刘士杰论诗

他用一生体味诗美

刘士杰 著

上海文化出版社

序 一

他用一生体味诗美
——为刘士杰序

谢 冕

　　这是一位毕生为繁荣中国诗歌奉献心力的评论家,一位值得尊敬的诗歌"志愿者"。我认识刘士杰是在伟大的 20 世纪 80 年代。那时的每一天几乎都是诗歌的节日,我们也几乎无一例外地全力投入了为诗歌拨乱反正的行动之中。中国新诗史上第一本理论批评刊物《诗探索》此时应运而生。这本由民间人士和学术机构创办的诗歌理论刊物,所有的编辑都是业余的,也都是无偿劳动的"义工"。我来自北京大学,还有几位来自中国社科院文学研究所,其中就有刘士杰。从那时到现在,这本刊物始终都没有申请到刊号,也基本上始终都是"自筹资金"。当然,从主编到编辑也始终都是义务劳动。

　　刘士杰从那时开始就为《诗探索》服务,与《诗探索》同甘共苦,相依为命,"凡四十年",直至如今。他把全部的青春贡献给了中国诗歌的繁荣发展,他是一位令人尊敬的学者和批评家,更是一位令人尊敬的诗歌编辑。数十年来,他做着一位全职的编辑所做的一切,默默地为《诗探索》约稿、改稿、编稿,他骑着单车或挤着公交车来往于社科院和北大之间,同时他还承担着文学所给与他的科研业务。《诗探索》就这样在一批专业而又"业余"的编辑手中,成为了受到学术界和诗歌界普遍尊敬的诗歌理论刊物。它已成为一本展示中国诗歌发展的权威传媒,其中有历届参与此项工作的、包括刘士杰在内的朋友们的无私奉献。

我和刘士杰的友谊就建立在我们为《诗探索》操劳的日日夜夜中，我们为它的困境忧虑，为它的成就宽慰，我们甘苦与共。我们的友谊是由于共同的工作，当然更有我们共同的爱好：我们热爱诗歌，而且热爱对于诗歌的研究和评论，尽管我和刘士杰都不是严格意义上的诗人，但我们是诗歌的真诚朋友。刘士杰和我一样，读诗，约稿，同时自己也写评论。他谦虚地说自己不勤奋，其实，他的诗歌批评一直是诗歌批评界的一道风景，在业界享有佳评。刘士杰有很深的学养，在复旦受到名家严格的训练，他精通古今的理论经典，他的诗歌批评立论公正，不务空言，且平易近人。

我要特别强调的是，刘士杰的诗歌理论批评总是信守自己的批评立场，他不追逐时尚，他也很少引经据典，他总是冷静而准确地将自己的阅读感受予以准确的表达、并提升到理论的高度。他的批评总是从创作的实际出发，立足于坚实的创作实际的分析之上。刘士杰言说他细读批评文本的体会是："以理性的眼光阅读，以艺术的心灵感受"，这正是他一生从事诗歌批评的经验之谈。他强调细读文本，这也许一般认真的读者都能做到，而理性阅读（即超越一般读者的冷静的思考与分析、判断的成分）与艺术感受（即基于诗性的心灵感受的成分）二者的融会贯通方面，正是他长期从事诗歌批评的宝贵经验的总结。这就使他的批评超越了平面的铺呈，而将浓厚的历史感与鲜活的现场感融为一体的层面，展现出了一种生动的、总体的立体观照。

刘士杰的批评视野是全方位的。如他为共和国诗歌五十年所写的总体介绍文章，以"风情"二字予以概括，就体现他把握诗歌发展规律的能力。五十年中国新诗的发展历程，充满了理想精神和浪漫情调，但又是充满惊风骇浪的艰难困苦的行进，刘士杰的叙述艺术体现了他作为资深批评家处理复杂现象的成熟——既不回避风险又从容坚守诗人的良知，既不违背严酷的事实却又条分缕析言说自如。数十年来，他坚持社会的和审美的相结合的批评立场，他对诗歌的审美判断总是与社会的进退荣辱密切关联。读他的文字，能够把握到鲜明的时代精神，并体现诗人对于世道人心的深重关切。

他为这本论文集最初定名："用一生体味诗美"，可谓一句话总括了他的诗歌批评的立场和精神。作为批评家，刘士杰当然始终关切诗人及其作品所体现的社会价值和思想含量，但他总是从审美的角度进入作品，并恰如其分地予以精到的概括：如他评牛汉，是"燃烧的生命烈火"的"壮美"；他评辛笛是"熔古典与现代于一炉"（注：很少人发现辛笛的"古典"，刘士杰注意到了）；再如他评郑敏，概括更为精彩，是"幽思哲思深邃，想象意象奇妙"，简单的评语道出了这位既是哲学家又是诗人的独特的风格。在论及杜运燮时，批评家注意到杜诗风格形成的内在基因，他以"杂交培育"四字展示这位出身于西南联大诗人中西交接融合的诸种因素。

刘士杰始终关注中国当代的诗歌创作，他论及的诗人涉及数代薪火相传的诗人，这些诗人是他的尊敬的前辈、充满友谊的同辈和朋友，从屠岸、洛夫、木斧、邵燕祥到莫文征、西川，从非马、适民、南永前到李小洛、阿毛，他的关注的目光遍及海内外、海峡两岸，涉及年长的和年轻的。刘士杰是中国诗歌界一位贴心的评论家，也是他们最贴心的朋友。

2019 年 3 月 8 日于北京大学

在诗歌评论的路上行走四十年

——《刘士杰论诗》序

吴思敬

　　我与刘士杰是在改革开放初期相识的,到现在已有四十年了。我们是一代人,都属于"文革"前的老大学生。他长我一岁,无论在学问上、为人上,我都一直视他为长兄。士杰是上海人,20 世纪 60 年代初考上复旦大学,师从著名戏曲理论家赵景深教授,毕业时赵先生想招他做研究生,这时分配方案下来了,士杰被分配到北京中国科学院哲学社会科学部文学研究所,赵先生认为文学研究所的学术环境及发展前景更好,支持他到那里工作,于是士杰来到了北京。刚来那些年,条件很差,只能住单身宿舍。但这并不影响他在拨乱反正的年代,写出一篇篇声讨"四人帮"极左文艺路线、呼唤文艺春天的好文章。就这样,士杰在改革开放之初便踏上了他的文学研究之路。士杰在上海时得到赵景深先生的真传,到北京后又接触到俞平伯、钱钟书、何其芳、唐弢、朱寨这样的大家,在这些前辈的潜移默化和言传身教下,他受到了严格的学术训练,为他后来从事诗歌评论奠定了坚实的基础。

　　刘士杰在文学研究所曾任当代室副主任,侧重研究中国当代诗歌,但他的学术视野却宽阔得多。他有多方面的艺术修养,他从赵景深先生学习戏曲理论,对昆曲、京剧、越剧、评弹有浓烈的兴趣,参加张允和主持的中国昆曲研习会,写过不少戏曲理论文章。当然,要说士杰对中国当代文学研究的主要贡献,那还是在诗歌理论与批评方面。这些年来,他在文学所参加了多个重大课题的写作,张炯、邓绍基、樊骏主编的《中华文学通史》"当代文学编"的诗歌部分就出自他的手笔。此外,他还出版了《审美的沉思》、《走向边缘的诗神》、《诗化心史》、《现代主义诗歌在中国的命运》等著作,在诗坛产生了重要影响。目前推出的《刘士杰论诗》则精选其有代表性的论文数十篇,可视为他对自己四十年来诗歌研究的一个总结了。总览这部书,可感受到士杰诗歌理论批评的特色与他的学术人格,下边就我印象最深的胪陈几项。

怀着一颗爱心去评论诗歌。从事任何事业都要有对事业的爱,爱心超过责任心。从事诗歌评论更是如此。诗歌是诗人心灵的外化,是诗人自我的实现。每首诗都是一个新的世界,都是一个自由的生命,读者可以从中照见自己的影子,用诗人的生命之光去洞彻自己的灵魂。诗歌不只诉诸人的理智,更诉诸人的感情,只有对诗歌、对诗人怀有深切的爱,在评论诗歌的时候,才不会感到这是外加的任务,而是让自己的心弦应合诗人的心弦而振动,才能感悟出一种独特的美。士杰四十年如一日,在寂寞中拥抱诗歌,阅读诗歌,感悟诗歌,评判诗歌,如果没有对诗歌的真挚的爱,是坚持不下来的。对他来说,每一篇评论都是与诗人的对话,都是对诗人心灵的触摸。也正是由于有一颗爱心,他才能在诗人创造的意象世界中漫游,并在欣赏与评论的实践中,获得精神上的最大满足。

从文本出发去评论诗歌。写纪实叙事类文章忌讳"客里空",写文学评论类的文字忌讳脱离文本。士杰评诗有个好处,那就是从文本出发,立论基于对文本的细读。他曾在《诗探索》2013年第1辑上发表过一篇文章:《以理性的眼光阅读,以艺术的心灵感受——关于细读新诗文本实践的体会》,高度强调了细读文本的必要,而且阐释了他对细读的理解:"我认为细读是研究和立论的基础。而细读绝不能仅仅停留在望文生义的'仔细阅读'的层面上,应该是'研读',即以研究的眼光阅读,以艺术的心灵感受"。对"研读",他还提出了具体要求,即必须具备一定的艺术感受力、具备较为宽泛的知识面,"哪怕是对一节诗,甚至是一句诗的细读,都要动用评论者的知识积累,有时甚至要更新知识结构。只有对诗的细部作深层的开掘和诠释,才能总体把握全诗的精神,作出精当的价值判断"。士杰不仅是这种细读理论的提倡者,更是一位脚踏实地的实践者。对照一下这本评论集中他对辛笛、郑敏、穆旦、洛夫等诗人的评论,自能看出士杰文本细读的功底。

出以公心去评论诗歌。古人云"士不立品必无文章"。品格低下的人不可能写出格调高雅的好作品,要写出好文章,就要先做一个堂堂之人。这一点对写评论类文字的人尤其重要。刘士杰批评过当下诗歌评论界的不良现象:"如对批评对象,缺乏鉴别,一味吹捧;还有的新诗批评故弄玄虚,不管是否合适,玩弄新概念,或者自己生造、随意命名概念,使文章云遮雾罩,使读者一头雾水;还有的新诗批评很少结合作品实际,从理论到理论,令人感到枯燥乏味。凡此种种,说明在新诗批评界存在着浮躁的风气"。古人云"修辞立其诚",士杰所批评的种种浮躁现象,就是做文章心不诚的表现。而士杰评论诗歌的基本态度就是实事求是,有好说好,有坏说坏,这从根本上说,就是要出以公心。士杰选择的评论对象最重要的是这样两类:一类是在诗坛有重要影响但在相当长的时间内被遮蔽的,如牛汉、辛笛、郑敏、穆旦、邵燕祥这样的诗人,实际上他是以自己独到的研究来重写诗歌史;另一类就是显示了坚实的创作实力,但目前还默默无闻的年轻诗人,他把为这样的诗人雪中送炭看成是自己的职责。他不拉帮结派,不自封大师,不看人眼色,他的评论不捧臭脚,不拍马屁,不听风是雨,不落井下石,展示了一种正直而谦卑的君子风格。

以个性化的美文去评论诗歌。诗歌是最能充分地展示作者的心灵,最能展现语言美感的一种文体,诗歌评论自然也应该是富有个性化的美文。不过评论的语言不同于诗歌的语言。诗歌的传达从根本上说是一种暗示,评论的写作则是告之。诗歌的语言可以是多义的、跳动的、隐喻的、象征的;评论的语言则是说理的、确定的、谨严的、脉络清楚的。士杰深深地理解这二者的区别,他的评论有个性,有自己的独立见解,文风朴实,思路明晰,由于他知识面广,特别是对古今诗学有深厚修养,深谙现当代诗歌的发展,所以他的诗歌评论有深度,有文采,又不乏激情,洋溢着一种浓郁的书卷气,在诗歌评论界别具一格。

　　士杰在研究所工作,我在大学教书,但就从事诗歌评论这项事业而言,我们是同行。多年来我们一起办《诗探索》,一起聊天,一起开会,互相交心,互相走动,结下了深厚的友谊。2018 年,士杰离开他客居五十年的京华,叶落归根,回上海定居了。好友离京,我心中不免有些怅然。恰好士杰来函希望我为他的新书写点东西,于是我不揣浅陋,写下对他的评论文字的印象,借以表达我的感念之情,并就正于广大读者。

2019 年 3 月 24 日

目录

第三辑

附录

第一辑

共和国新诗　五十年风情

人民革命的的胜利,迎来中华人民共和国的诞生。

建国初期,诗人们唱出的歌完全发自肺腑,出于直诚,颂歌和战歌遂成为建国以后十七年诗歌的主旋律。这种"欢乐颂"一直高歌了十七年!

应该说,颂歌的时代的确出现了不少优秀的诗人和优秀的作品。这是一个美丽的百花时代,唱颂歌不仅是时代的要求,而且也是诗人们对新中国的真诚礼赞。

但是,在建国初期,左倾的文艺方针政策就已露端倪,建国以后,在诗坛上,颂歌和战歌一直并行不悖,颂歌起到了"团结人民,教育人民"的作用;战歌则起到"打击敌人,消灭敌人"的作用。从"反右"到"大跃进",从"反右倾"到十年浩劫的"文革",颂歌和战歌各自发挥着社会作用,当年左倾的文艺政策歌颂不该歌颂的所谓"新生事物"(如"大跃进""人民公社"),批判了不该批判的所谓"毒草"(实际上是优秀的作品,如郭小川的《望星空》,流沙河的《草木篇》等),那么颂歌和战歌的社会作用也只能是歌颂了不该歌颂的,批判了不该批判的。直到在"文革"中,颂歌发展到鼓吹现代迷信和个人崇拜达到宗教般狂热的程度;而战歌则成为打击迫害大批革命干部和善良人们的凶残的武器。此时,颂歌和战歌结合在一起,成为一柄利剑的双刃,刺向诗歌,刺向中国文化。诗,走向非诗,"文革",革了文化的命!

"天安门事件"是以群众诗歌运动的形态出现的,它是针对"四人帮"的政治运动,也是针对伪诗的诗歌运动。"天安门诗歌"政治意义大于诗学意义。天安门诗歌运动说明,非主流诗歌也可以被当做"武器"和工具,用以对抗当时处于统治地位的政治和主流诗歌,"天安门诗歌"是人民群众真情实感的呐喊,标志着我国优秀的、传统的诗歌精神的一种回归。它也为以后新时期诗歌关注现实,关注人生,真实地反映人民的愿望的现实主义精神开了良好的先河。

"四人帮"的覆灭，标志着新时期的开始，也标志着诗歌新生之日的到来。

新时期的诗坛有三方面的诗人队伍，各自以不同的声音，演出了新时期诗歌大合唱。这三方面的诗人队伍是：一、"复出"的诗人，或称"归来"的诗人；二、关注社会现实，奔走呼号的诗人；三、朦胧诗人。

以艾青、曾卓、牛汉等为代表的"归来"诗人的复出，是新时期诗坛的一个重要景观。他们从自身经磨历劫的苦难遭遇中，引发了对人生和历史的巨大的沧桑感。因而他们的作品，比以前的作品更具思辨性。在艺术上，他们不约而同地对于残缺的美、破碎的美的诗意发现，也是他们以前作品中所没有的。

新时期开始不久，诗坛上引人注目地出现了敢于直面现实人生的诗，从而重新燃起了人们对诗的信心和热情。最为突出的是叶文福的《将军，你不能这样做》、雷抒雁的《小草在歌唱》、曲有源的《关于入党动机》、熊召政的《请举起森林一般的手，制止！》、刘祖慈的《为高举的和不举的手臂歌唱》等。此类诗共同的社会性命题，以及介入生活和为民众代言的倾向，不仅唤起诗人的热情，为诗歌赢得了声誉，而且得到社会积极的回应，产生了强烈的社会轰动效应。

几乎与此同时，以"朦胧诗"为标志的新诗潮的兴起，宣告了诗歌的轰动效应由社会过渡到诗歌界。"朦胧诗"受到人们关注的是，它作为一种新诗艺术潮流的标志，对于中国新诗自 50 年代以来逐渐形成的艺术统一规范的冲破。

"朦胧诗"的代表诗人有北岛、舒婷、顾城、江河、杨炼、食指、芒克、多多等。

以"朦胧诗"为标志的新诗潮，其黄金时代是在 1981 年，之后，就逐渐走下坡路。随着时间的推移，"朦胧诗"的局限与不足日益明显。在思想内容上，"朦胧诗"所体现的人道主义、人本主义的思想感情并不"先锋"，而显得陈旧，甚至是历史的倒退。在艺术形式上一味追求新奇，容易走上唯美主义道路，并且效尤者众，造成劣作泛滥。"朦胧诗"渐趋式微，新诗潮颓势已定，被"后新诗潮"（又称"新生代""第三代""后崛起"等）取代，乃是不可逆转的宿命结局。

"后新诗潮"拒绝诗歌的社会使命感，消解了诗的群体代言性质，以更为个人化的姿态，仅仅以个体的方式面对世界，他们主张以平常心、平常话语来写平常状态的诗,他们由拒绝诗歌的社会使命感、由消解一切意义而导致 "非崇高" "非英雄" "非文化" "非意象"。"后新诗湖" 的代表诗人有:韩东、于坚、伊沙、李亚伟、周伦佑等。

正如新诗潮有局限和不足一样,后新诗潮也有局限和不足,主要表现为两方面:其一,是不顾国情,现买现卖地接受和贩卖西方后现代主义,并以此炫耀,这足以表现他们浮躁和浅薄的心态。其二,饥不择食地认宗西方,大言不惭地数典忘祖。后新诗潮诗人激烈地反文化,反传统,其实他们所反对的只是中国的民族传统。后新诗潮在现实国情与超前心态的矛盾对立中呈现出尚未成然的青涩。

进入 90 年代以后,诗歌不再处于社会公众关注的中心地位,而是逐渐走向边缘,由于政治环境相对宽松,诗歌的社会使命和意识形态载体的功能逐渐减弱,诗歌逐渐向其自身回归。在商品经济大剂的冲击下,诗歌的社会价值日渐低落,诗歌被挤出了文化市场。而对于诗人本身来说,当下先锋诗人所面对的是商品经济大潮的压力,这使其对抗没有具体目标,以致不知所措。与意识形态对抗性的消失,减弱了生机和生命力,失去了锐气和才气,使诗歌逐渐走向平庸化。还有一部分诗人存在一种非文化、非艺术的心理,阻碍了诗歌本体的归位和诗艺的发展,更使诗歌与公众疏离。

诗歌中心地位的丧失包含着两种含义:一种是诗歌在社会上的中心地位的丧失,一种是诗歌自身以某一艺术流派的诗歌为中心地位的丧失。正因为如此,诗歌就呈现出一种非线性的、平面型的、多元多向发展的、自由散漫的生存状态。

诗歌从躁动变为平静,这是 90 年代诗歌的又一特点。进入 90 年代以后,一度以思想解放运动先驱和思想启蒙者自居的知识阶层,受到了由多样化经济所带来的民众社会多元化价值观念的冲击和挑战,他们那种 "指点江山,激扬文字" 的激情已渐趋缓和平静,民众在商品经济的社会中逐步找到了自己的位置和价值,不再听从知识分子的启蒙和引导。

而不再充当先驱和思想启蒙者角色的诗人,改变了诗歌社会抒情的传统性质,个体生命的歌唱成为诗歌的主调。告别了社会抒情和集体精神认同,青年诗人开始了个人化写作,个人化写作消解了社会抒情和集体精神的聚合力,同时也消解了诗坛上的喧哗与骚动。

青年诗人的先锋意识淡化,并不同程度地向传统和现实回归,这个也是90年代诗坛引人瞩目的现象。

对先锋情绪的反思,先锋意识的淡化,必然导致现代诗、现代诗学向传统和现实的回归。这表现在对把现实生活、社会理想和社会意识形态等等作为诗歌内容的重新认同。在形式上,新潮诗人曾经最为鄙夷的叙事方式、叙事话语,竟然又悄悄地出现在诗歌文本中。抒情诗中的叙事文本于是成为90年代诗歌创作中的独特景观。与此相联系,诗歌话语很自然地由晦涩变为澄明。

90年代的诗坛还有一个重要的现象,就是诗人队伍的分化变迁。一是诗人外流。据不完全统计,移居海外的诗人竟有半百之数。二是角色移位。有一部分诗人弃诗从商,直接"下海";有的为获得丰厚的稿酬当了小报和类似商业广告的企业宣传的写手;还有的诗人虽未离开文学,却离开了诗,改写杂文、散文、小说、电视剧。三是坚韧的守望。这些守望者既有德高望重的老诗人,又有呈现了多元化写作姿态的青年诗人,更有形成独特景观和美丽风景线的女性诗人。

由上述可见,尽管经过分化,90年代诗人队伍的实力仍很强大。新诗今后的走向是现实主义、现代主义、浪漫主义、新古典主义的多元并存的格局。90年代并未如某些人所妄断的那样成为诗歌荒漠化的时代。人们完全有理由对中国诗歌发展的前途充满乐观的信心。

刊载于1999年11月13日《新文化报》

浅议诗的语言

说到诗的语言,通常会这样界定:诗歌是语言的艺术,语言是诗歌的材料和要素。这自然是不错的;但是,如果仅止于此,那就失之片面了。事实上,语言之于诗的重要意义远不是以上肤浅的表述所能概括的。

诗的语言对于诗的重要性在于,正是诗的语言才使诗的王国从现实世界脱颖而出,并且有别于、超越现实世界,从而达到超验的完美境界。也就是说,诗人只有通过营造、熔铸诗的语言才能使自己和别人换一种方式去思考事物,使日常生活中的平凡事物闪闪发光,赋予其较高的价值和较深的涵义。这就是诗的语言所具有的魔化力量。

诗的语言与生活的语言最根本的不同,就在于诗的语言绝对不会简单地去摹写、照搬现实事物,不会单纯地去追求经验的现实;相反,它要与现实疏离,把现实陌生化。也就是说,诗人通过诗的语言,否定经验的现实世界,而创造一个与之对立的、完全不同的全新的审美时空。那么如何把现实陌生化,从而创造全新的审美时空?这就要求诗人用诗的语言替代日常语言,有意扭曲、触犯标准语言,打破日常语言的程式,颠覆、破坏日常语言的结构方式。这样,取代日常语言的诗的语言就摈弃了对现实事物的简单摹写。诗人笔下的事物已不复是现实生活中存在的事物,而是与现实事物疏离,甚至将现实事物变形、陌生化后的全新的富有诗意的事物。

当然,对现实事物变形和陌生化并不意味着可以随心所欲地胡诌,而应该在荒诞中求合理,从无序中找逻辑。

要使生活语言提升为诗的语言,必须运用必要的技巧,如比喻、象征、联想、韵律、含蓄等等。比喻和象征历来受到推崇。有一句名言是这样说的:所有的美就是比喻。最高的东西人们是无法说出来的,只有比喻地说。

中国现代诗的语言不仅要吸取西方现代诗的特点,还要继承中国古典诗歌诗性语言的传统。在中国现代诗歌史上,那些优秀杰出的诗人之所以能写出脍炙人口的作品,盖因他们大多具有深厚的古典诗歌的修养,又留学欧美,精通外语,深受西方文化、西方诗歌的影响,只有学贯中西,才能融会贯通。

现代诗语言普遍存在的问题大致有下面几点:

一、过于浅白,大白话。民间写作有主张口语化写作的,其中不乏好的作品。但是效颦者众,有的作者以为口语化写作就是不加提炼地将口语照搬进诗中。这就把生活语言等同于诗的语言。这种生活的语言因为没有经过提炼,显得十分芜杂。结果当然可想而知,质木无文,诗味索然。当然,有的诗虽然看似明白如话,似乎没用什么技巧,但是,若仔细分析,却还是可见诗人所下的锤炼语言的功夫,最高明的技巧在于不露痕迹,正如严羽所说:

"羚羊挂角,无迹可求",所谓"大巧若拙"是也。这样的诗当然是好诗。还有的诗虽然是白话,但是或富有刻骨铭心的深情,或蕴含发人深省的哲理,正如刘熙载所云:"言近旨远",仍不失为好诗。那些不加提炼的白话诗显然与此不可同日而语。

二、过于晦涩,佶屈聱牙。有的作者以为现代诗就是谁也读不懂的诗。为了追逐时尚,以晦涩为时髦,把语言胡乱组合堆砌,甚至生造词汇,安心不让读者读懂,不仅不能称为诗,而且亵渎践踏了我们民族的语言。现代主义不等于晦涩。麦克斯·伊斯特曼曾批评这种"对晦涩的崇拜",他说:"现代主义诗歌是世界上可以写的最真诚最自然的东西","因为现代主义者也是拿社会交流的工具作为材料的"。当然,我们不主张诗的语言过于晦涩,并不意味着反对诗的语言的奇峭怪险。正如上述,诗的语言在一定程度上有意扭曲、触犯标准语言,打破日常语言的程式,颠覆、破坏日常语言的结构方式是必要的。如何区分这两种情况? 这里有三个标准:一是须为诗的内容服务;二是要符合、服膺于诗美的标准;三是须掌握一定的度,俗话说"过犹不及"。胡乱凑合堆砌的语言只能成为语言垃圾。

三、缺乏诗性。诗的语言缺乏诗性,那还称为什么诗的语言? 诗的语言应该是最美丽的语言。无论是抒情诗还是叙事诗,都必须要求具有诗性的语言。诗性的语言甚至可以丰富美化我们民族的语言。正因为在中国诗歌史上,拥有像屈原、杜甫、李白、李商隐、李贺等这样伟大的诗人,写出了不朽的作品,才使我们的汉语如此美丽,如此丰富多彩。别林斯基曾高度评价普希金的诗,称正是普希金的诗使俄语变得更加优雅,更加丰富。缺乏诗性的语言使诗显得枯燥乏味,不成其为诗。此类诗(姑且称其为诗)的语言之所以缺乏诗性,其原因是缺乏语言的功力,缺乏中国古典文学和西方文学的修养;还有就是缺乏想象力。

由此可见,诗的语言对于诗来说是何等重要,从某种意义上说,诗的语言就是诗的生命。鲁迅先生曾说:"文且未亨,理将安托?"他是这样来说明文和理的关系的。我不妨套用一下鲁迅先生的话:"语且未亨,诗将安托?"如果语言缺乏诗性,遑论写出好诗。当然,语言功底非一朝一夕之力,需要长期积累,要阅读古今中外的名诗,还要勤于创作实践,笔耕不辍,逐步提高自己的创作水平。然而,有些作者,尤其是青年作者,生性浮躁,急于求成,语言这一关尚且未过,却率尔操觚,俨然以诗人自居。他们以为只要胡乱拼凑组合一些语言垃圾,就算是写诗了。他们在晦涩难解的所谓"现代诗"的幌子下,掩盖其语言的贫困与低劣。为了现代诗的前途,也为了汉语的纯洁和健康,我要大声疾呼:有志于诗歌伟业的诗人们,扫除语言垃圾,推崇诗性的语言,让现代诗的花朵开放得更加绚丽多彩。

浅谈新乡土诗

　　乡土诗,顾名思义是表现乡土风情的诗歌。乡土风情看似是外在于诗歌的表现内容,实际上,诗歌与乡土风情却有着与生俱来的血缘联系。正如著名的英国现代主义诗人艾略特在他的《诗歌的社会功能》一文中指出:"诗歌比散文与乡土风情有着更紧密的关系。"这是因为"利用人民语言作为文学语言的契机,是由诗歌引起的。"而一个民族的语言又必然与其思想感情、风俗习惯血脉相连。所以,他又说:"没有任何一种艺术能像诗歌那样顽固地恪守本民族的特征。"当然,诗歌虽然与乡土风情有着不解之缘,但是,这是就总体而言的。诗歌与从属于它的、以表现乡土风情为能事的乡土诗毕竟不能同日而语。只是因为诗歌与乡土原本有着这种先天性的关系,所以作为诗歌一个门类的乡土诗,更能曲尽其妙地表现本民族的乡土风情。

　　在我国,乡土诗有着渊源流长的传统。在我国诗歌史上,出现了许多优秀的乡土诗。20 世纪 80 年代末到 90 年代初,诗坛上出现了"新乡土诗"的热潮。"新乡土诗",不是统一的概念,有两种概念需要厘清:一种是与旧乡土诗相对的、顺乎自然地被称为"新乡土诗";另一种,则是作为一个特定的诗歌流派,一个被称为"新乡土诗派"的诗歌旗号。

　　从抗战时期一直到建国后"文革"之前,乡土诗可谓一脉相传。如李季的《王贵与李香香》、阮章竞的《漳河水》、张志民的《死不着》、贺敬之的《回延安》等。这类乡土诗的主要特点是用写实的手法,描写农村中农民的生活和斗争,表现乡土风情,也有表现热爱乡土的浪漫主义的抒情。此类乡土诗的创作,几乎成为一种模式,一直沿袭到"文革"之前。新时期开始后,随着农村的经济改革,农民的生活发生了翻天覆地的变化。这个时期的乡土诗,虽然浓墨重彩地表现了农村的新生活,以及农民对新生活的喜悦心情,但是其表现手法仍然沿袭老的套路,基本上仍以写实为主,充其量只能算是老瓶装新酒,所以尚不能称为新乡土诗。

也有题材、形式和表现手法都是新的,譬如表现了农村的新生活,形式上不再是民歌体,而是用新诗的自由体,表现手法也有创新,那算不算新乡土诗呢? 从严格的意义上说,还不能说是新乡土诗。那么什么才是新乡土诗呢? 新乡土诗新在什么地方呢?

我以为新乡土诗新就新在观念的新,而不仅仅在于题材、形式和手法的新。如果观念新了,即使题材、形式和表现手法都是旧的,却依然可以写出富有新意的乡土诗,也即新乡土诗。我所说的新的观念就是现代意识,也就是说,有无现代意识是新旧乡土诗的分野。这里,我要举王耀东的一首诗为例,很说明问题。他有一首诗题为《门前的老榆树倒了》。写门前的一棵老榆树死了。题材算不上新,人们甚至可以由此联想起牛汉的《悼念一棵枫树》。形式和表现手法也谈不上新,基本上是用白描、叙述的手法。但是,难能可贵的是诗人就是从这寻常的题材、传统的形式和表现手法中写出了新意。凭什么? 凭的就是他的新的观念、现代意识。在此诗中,诗人既写了对倒下的老榆树的痛惜和惆怅,又写了榆树倒后,天地空间为之扩大,因而感到摆脱榆树阴影卵翼后的个性张扬,以及自立意识的觉醒。在同一首诗中,充满着感情和理智、痛惜与庆幸的矛盾与悖论。这种矛盾的态度,正体现了现代人在当前社会中,面对纷繁矛盾的现象时的遑遽心态和两难选择。可以这样说,如果诗人没有多维思维结构的现代意识,就决不可能写出如此具有深层人生体验、多义思想意蕴的作品。此诗写的老榆树,自然是乡土诗,但它是超越了浅层次描绘表面现象的旧乡土诗。所以,与只表现农村表层变化的旧乡土诗不同,新乡土诗所表现的是农村与城市、传统与现代两种文化差异的尖锐冲突,以及随之而来的人们的价值观念和心理的深层次变化。

新乡土诗的最重要的特点是在作品中表现了"游子情结",或所谓"边缘人"、"两栖人"的情结。新乡土诗人在作品中表现了他们所面临的惶遽和困惑:一方面在商品经济大潮的冲击下,他们渴望走出乡村家园,摆脱贫困和落后,追求城市的现代文明;另一方面,他们又不满城市的物质文明背后所掩盖着的庸俗和贪欲,于是又向往回归到那远离物质文明、充满淳朴敦厚的民风、充满田野气息和人情味的乡村家园中去,以期使自己的漂泊的灵魂有所归依。但是,可悲的是,当他们进入城市的文明生活之后,就不可能退出了,不可能重新去过那种物质生活和精神生活都很匮乏的日子。他们想离开城市,却终于离不开城市;他们想回归乡村家园,却始终回不了家园。于是,他们只好在想象中疏离城市,回归乡村家园,继续他们的精神漂泊。这就是被称为"边缘人"、"两栖人"的"游子情结"。

反映了这种"游子情结"的"新乡土诗"超越旧乡土诗之处,就是它坚决摈弃旧乡土诗反复吟唱的田园牧歌和浮夸的赞歌。应该说,田园的牧歌和浮夸的赞歌,正是自给自足的小农经济社会和那个浮躁的时代的产物。摈弃这种牧歌和赞歌,正是诗人自我和良知的觉醒,是诗的觉醒,是诗歌切近现实和时代的表现,从某种意义上说,也是诗歌向古典诗歌关注现实的优秀传统的回归。

摈弃牧歌和赞歌,不等于对乡村家园就没有感情。新乡土诗人对乡村家园感情之深是一般人难以想象的。但是,他们对乡土家园的深厚感情和无限眷恋,并不是用优美的牧歌唱出来的,而是寄寓在直面残酷现实的沉重惋叹之中,从而产生一种悲壮的、撼人心魄的艺术效果。新乡土诗人耿翔的作品就有这种令人震撼的艺术效果。在他的笔下,故土家园远没有那种温馨浪漫的田园风光,他在《站在村口》一诗中写道:"我的远方的朋友 / 只知道这些村庄很有些野味","他们呵,永远无法理解 / 日子在这里,会是一路咯血 / 一路咯血"。新乡土诗人就是这样用富含悲剧意味的诗句,来概括西部贫困地区的农民那平凡而漫长的生命历程。他们面对贫困落后的乡土家园是既怀着眷恋的情感,又投以批判的眼光;既流连忘返,又急切背离,真可谓"剪不断,理还乱,别有一番滋味在心头"!反映在"新乡土诗"中的就是这种矛盾复杂的情结。

作为一个特定的诗歌流派,"新乡土诗派"是1987年春,以江堤、彭国梁、陈惠芳三位湖南青年诗人发起,并作为代表人物出现在当时的诗坛上。它一出现便以其独特的艺术风格,以及由此而触及和提出的一些诗学命题,受到诗界广泛的关注。"新乡土诗派"的出现有其一定的背景,与当时诗坛的走向和偏颇不无关系。中国新诗本来不是从旧体诗演变而成的,而是移植于外国诗歌。所以它与外国诗歌有着天然的血肉联系。朦胧诗后,西方各种主义思想的诗学观点被大量引进,被尽情渲染,形成了一浪高过一浪的现代诗潮。这种蔚为壮观的现代诗潮却是一柄双刃剑:一方面,它承继了"五四"以后中国现代主义诗歌的传统,激活了当代中国的诗性思考,前所未有地拓展了中国新诗创作的精神空间和艺术空间;另一方面,又不可避免地逐步显露出负面的倾向,即本土文化传统受到冷落、蔑视,民族精神缺失,更有甚者,置母语汉语言文字的丰富生动于不顾,却一味追求语言的欧化、洋化。当然,这种负面影响不独限于诗歌。相当部分的芸芸众生似乎走入误区,似乎现代化就是外国化,就是一切都是外国的好。这样,就造成了本土文化根系的丧失,民族精神的陵替。所谓"乡愁",超越了原有的对乡土的离愁别恨,被赋予了新的含义,那就是文化乡愁和精神乡愁。

正是在这样的背景下,"新乡土诗"应运而生。"新乡土诗"的出现,固然是对现代诗潮负面倾向的某种反拨和救赎,但是,这决不意味着"新乡土诗"将返回到、变回到田园牧歌式的、以传统现实主义为手法的旧乡土诗。"新乡土诗",其本质上属于现代诗。只不过其诗歌精神指向是民族的本土,是中国式的现代意识,而不是邯郸学步地把西方的现代意识作为自己的诗歌精神。与旧乡土诗截然不同的是,虽然两者都有"乡土"一词,但其含义却并不相同。旧乡土诗中的"乡土"是实指,而"新乡土诗"中的"乡土",却被抽去了具体内涵,成了一种精神象征。而"新乡土诗"人所提到的"现实",实际上已不是通常社会学意义上的"现实",而成为一种"精神现实"。这种"精神现实"与传统"现实主义"显然大相径庭。诗评家燎原曾说:"'乡土'从一开始就是一种假借物,是基于普通的精神痛失感中的诗人们,从城市退守至乡村,以乡村为背景,与物欲世界所展开的精神对峙。诗歌行为由此而导入精神行为,它在深刻的心理忧患中挺立精神匡扶的庄重的使命意识。"(《黄昏乡土上的放逐——关于新乡土诗的精神及其走向的描述》)。所以,"新乡土诗"人要回归的"乡土",并非现实生活中的真正的乡土,而是他们理想中的"精神乡土";为了实现对现实生活困境的超越,他们心中另有一个理想的"精神现实"。

当然,这种理想的"精神乡土"和"精神现实",并不完全是"新乡土诗"

人们天马行空式的乌托邦的幻影，而是建立在对早年乡村生活的美好温馨的回忆的基础上，再加上理想化的诗化和升华，从乡土原型中概括提炼出既亲切，又陌生，既保持了乡村淳朴敦厚的风土人情的传统，又具备富有时代气息的现代文明的精神品质。所以，他们回归的乡土，既不会重复陶渊明式的归隐田园，也不会沉溺于乌托邦式的幻影之中；所以，他们为了回望淳朴敦厚的乡村家园而疏离城市，而一旦回到缺失现代文明的贫困家园时，却又觉得远不是理想中的家园而急速逃离。这就是"新乡土诗"人所面临的城市与乡村的两难的生存困境。陈惠芳在《两栖人》一诗中写道："流动城市血液／却传出村庄声音的／那枚双重间谍的心脏"这就是"新乡土诗"人自称"两栖人"的由来，是他们生存困境的最恰当不过的形象阐释。

如上所述，无论是新乡土诗和"新乡土诗派"，其诗学精神、艺术取向都有大体相同之处，如果说有什么不同，那就是前者与现实中的乡土更切近些，更亲近些；而后者则更趋向诗性的理想化；前者作为诗人个体，诗歌创作中的艺术取向仅仅是其个人的艺术追求；而后者作为诗歌流派，更具有流派的自觉意识。在和现代派的关系上，前者固然也有意识借鉴、运用现代派的一些表现手法，而后者则是将自己定位在现代派诗中的一员。

根植于民族本土土壤的乡土诗与来自西方的现代诗，原本"不是一股道上跑的车"。但是经过脱胎换骨后的"新乡土诗"，却成为现代诗的一部分。旧乡土诗依然有人写，也不乏笃好者，也拥有不少读者。但是，新乡土诗以其前卫的现代意识，为乡土诗创作拓展了广阔全新的天地，它所蕴藏的生命力是毋庸置疑的。这从它诞生近二十年的历史便可得到证明。我们期待这朵诗苑中的奇葩枝繁叶茂，永不凋谢。

刍议诗性语言与现代诗歌

诗歌是由语言构成的，语言是诗歌的要素。这是毋庸争辩的事实。语言决定诗歌的形式，这也是不言自明的人之共识。古代汉语造就了古典诗歌的形式,而现代汉语决定了现代诗歌的形式。

有一种说法,认为文言,也就是古代汉语具有诗性特征,表现在多义性、未定性,因而显得似是而非,甚至扑朔迷离,而这正是诗的特点,同时,文言作为书面语言与日常语言的疏离和截然不同,更加强了文言的高雅的艺术色彩,所以说文言是诗的语言;而现代汉语虽然也有书面语言与日常语言之别,但是不可否认,这两者并没有像文言那样的疏离和截然不同。相反,书面语言更亲近日常语言。一个简单的例子是:你读文言文或古诗,不熟悉的人也许听不懂;而读一篇现代汉语的文章,几乎人人都能听懂。所以,如果说,文言是诗的语言,那么白话(现代汉语)更适合成为科学的语言。因为科学要求语言明确、清晰,容不得模棱两可。而白话恰恰就能做到这点。由此说法,引出结论:认为从诗歌的角度看,"五四"时期不应该提倡以白话文取代文言文,而新诗,现代诗歌之所以不如古典诗歌,是因为白话文就像白开水,缺乏诗性,所以好诗难觅。

这种看法未免偏颇。一个时代有一个时代的诗歌,时代在发展,诗歌也应该随之发展。古典诗歌所赖以生长和发展的时代氛围和生活的土壤都早已不复存在,所谓"皮之不存,毛将焉附?"所以,文学史上古典诗词的经典是无法超越的,正如马克思曾高度评价希腊艺术和史诗的成就一样,认为它具有"永久的魅力"、"而且就某方面说还是一种规范和高不可及的范本"。因此,即使今天的人们用文言创作诗词,也不可能达到文学史上古典诗词的水平。

至于现代诗歌与古典诗歌,根本就没有可比性,因为这是两种不同的诗歌。

我们说,古代汉语造就了古典诗歌的形式,其实,古典诗歌的价值并不仅仅限于古代汉语的精致与完美,而是更具有悠远深厚的文化传统和文化意蕴。中国古代诗歌产生于中国古代农业文明的社会中,其作者是深受儒家和道家思想影响的文人。他们或仕或隐,形成了士大夫和隐士的生活方式,也形成了相应的审美情趣。古典诗歌就集中地体现了他们这种高雅、精致的审美情趣。古典诗歌对诗歌语言的锤炼和打磨,对诗歌形式的苦心孤诣的追求和探索,到了唐代达到登峰造极的极致。如唐代诗人卢延让有一首《苦吟》诗,其中有两句:"吟安一个字,拈断数茎须"。杜甫也有"为人性僻耽佳句,语不惊人死不休"(《江上值水如海势聊短述》)之句。可见对诗歌语言的锤炼推敲,精益求精到何等程度,宜乎称为"苦吟"了。唐代以降,这种诗歌语言因其经典诗歌的不可撼动的示范效应,而逐渐规范化、样板化、程式化。这种"苦吟"而得的诗歌语言,当其初创时,也许是尖新的、生动的、富有生命力的,然而,一旦被奉为样板,成为圭臬,就不可避免地被僵化,被凝固,失去新鲜感,缺乏生命力。这种规范、凝固、僵化的诗歌语言,成为平庸的文人雅士们舞文弄墨、附庸风雅的手段。不是有这样的话吗?"熟读唐诗三百首,不会吟诗也会吟。"(清人孙洙《唐诗三百首序》)笔者曾经见过一本书,内容是做诗常用词语,分为许多类,例如"花草"类、"人物"类、"景物"类、"建筑"类等等,还有对仗和典故的词语。词语林林总总,丰富极了。有了这样一本书,掌握了大量做诗的常用词语,又提供了对仗和典故的范例,只要掌握起承转合的方法,便可以做诗了。笔者之所以说是"做诗",不说"写诗",是因为这诗确实如裁缝做衣那样,是做出来的,不是写出来的。曾经有人问笔者:"新诗容易写,还是旧体诗容易写?"笔者的回答是旧体诗容易写。因为写旧体诗,只要掌握做诗的常用词语,以及不变的规范和程式,即便没有真情实感,照样可以写出合乎规范、看起来还不错的诗。从某种角度看,旧体诗更像文字游戏。听说这种规范化、程式化词语组合,甚至可以输入电脑,由此电脑居然也可以写出旧体诗。而新诗则不然,一定要有真切的内心感受,在词语和形式上,全无依傍,全凭真情和意境取胜。打个比方,旧体诗好像满头珠翠、浓妆艳抹的女子。而新诗则是荆钗布裙、素面朝天的少女。

当然,在今天也有少数食古不化的人追寻古意,写仿古之作。既难以与经典比肩,更遑论超越?可谓毫无意义。诚然,还有许多迷恋古典诗歌的作者醉心于写旧体诗词,中华诗词协会的会员队伍庞大,其中不乏佼佼者。但是,大凡堪称上乘佳作者,必不囿于陈词滥调,而对旧的规范和程式作或多或少的突破。更有杰出的诗人,不仅突破旧的规范和程式的桎梏,而且写出了新意。笔者以为,古典诗歌的传统自然是要继承和发展的,这是毫无疑义的,继承了古典诗歌传统的旧体诗词的创作方法,作为文脉,作为非物质文化遗产,也应该流传下去。有那么多人热衷于写旧体诗词,从一个方面表现了诗歌创作的繁荣景象。但是,总的说来,现代诗歌应该是中国诗歌发展的主流和方向。

从整体上看,古代诗歌的遣词用语、规范、程式明显地不适合表现现代的生活。笔者看到,有些旧体诗词因为限于字数,不得不把一些新事物的专有名称加以缩写,弄得不伦不类,还要加上注释。旧体诗词要表现新时代人们的思想、心理,以及内心微妙的感受,更显得捉襟见肘,力不从心。所以,在当今,现代诗歌取代古典诗歌乃是历史的必然。

以上说到文言是诗的语言,白话(现代汉语)更适合成为科学的语言。因为科学要求语言准确、清晰,容不得模棱两可。原本对现代汉语不是诗的语言的诟病,恰恰成为对现代诗歌十分有利的因素。正是现代汉语的这些特点,使现代诗歌破茧而出,蜕化为美丽的彩蝶。鲍昌宝对古代汉语和现代汉语作了这样的比较:

虽然都是汉语体系,但其内部却发生了巨大的变化。其中,最为重要的变化可能就是现代西方理性逻辑的介入改变了汉语语法体系,为了表达的准确性更多接受了西方的主客体观念、现代时空观念、事理逻辑观念,致使现代汉语开始了以叙述句为主干建构语义体系。相对于古代汉语的纯粹、精致、优雅与韵味来说,现代汉语更为繁复、主体性更强,现场感更为突出,理性思辨和心理感觉的流程更为清晰。[1]

像理性、逻辑、主客体观念、时空观念等等,原本在汉语中是应科学发展的需要,从西方引进的概念,没有想到,这一引进,使古老的汉语摆脱了旧有的桎梏的束缚,一脚跨进了现代。汉语的现代化也改变了汉语的句式、语法和表述方式。文言的句式是以字为基础的,五言诗和七言诗的句式都是以单音节的字为句式的基础。而现代汉语的句式是以词为基础的,所以现代诗歌的句式也是以双音节的词为基础的。因为汉字的多义性,造成文言句式的不确定性,而以词为句式的现代汉语,语义就明确、清晰。现代汉语的语法明显地借鉴西方的语法,依次分主语、谓语、宾语,而文言显然与此大相迳庭,谓语、宾语倒置很常见,至今还放在口头上,如"何罪之有"。文言汉字的多义性,以及句式的不确定性,固然使之具有诗性的特点,但是,现代汉语

---

[1] 鲍昌宝:《新诗创作技法:问题与意义》,21世纪中国现代诗第五届研讨暨现代诗创作研究技法学术研讨会论文集,福建师范大学主办(2009年10月),转引自陈仲义:《现代诗:语言张力》长江文艺出版社2012年9月版。

以其明确、清晰的表述,对于揭示描摹人物的心理则更胜一筹。

古代汉语具有诗性功能,对于创作古典诗歌作出了伟大的贡献。但是,由于它的语言的形式、规范和程式的限制,不适合表现现代生活和现代人的思想感情。所以,只有现代汉语才能担负起创作现代诗歌的重任。

但是,不能笼统地说现代汉语是创作现代诗歌的材料和基础。只有具有诗性特征的现代汉语,才能用来写现代诗歌。

现代汉语分为诗性语言和非诗性语言。非诗性的、日常的现代汉语,不能构成诗的要素,只能成为人们指代事物、交流思想的工具;非诗性的、书面的现代汉语可以用来演绎、阐述科学原理,可以精准地厘清各种概念,可以成为表达理性和逻辑、建树理论的工具;惟有具有诗性特征的现代汉语才能成为诗的要素。那么,作为诗的要素的"诗性"是如何显现其自身的呢?俄国杰出的语言学家、诗学家罗曼·雅各布森说:"当词语被当作词语而感觉,而不是作为已被命名的指称物的一种纯粹表征,或一种情绪的宣泄,当诸多词语和它们的组合、它们的意义、它们的外在的和内在形式,获得了它们自身的一种重量和价值,而不是冷漠地指向现实,诗性便出现了。"(《何谓诗?》)罗曼·雅各布森从语言的交流功能中,分离出一种"诗歌功能",并对该功能的形成过程进行语言学解析,从而在理论上解释了诗歌语言何以不同于其他语言,揭开了"诗歌语言之所以成为诗歌语言"的内在生成机制。

语言的诗歌功能,或曰诗性语言,与交流性的工具语言划清了界线,这就使长期以来纠缠不清的问题迎刃而解。这就是说,被称为"白话"的现代汉语不再是白开水一杯了,它照样也可能具有诗性的特征。这种具有诗性的特征的语言就是诗的语言。诗的语言对于诗的重要性在于,正是诗的语言才使诗的王国从现实世界脱颖而出,并且有别于、超越现实世界,从而达到超验的完美境界。也就是说,诗人只有通过营造、熔铸诗的语言才能使自己和别人换一种方式去思考事物,使日常生活中的平凡事物闪闪发光,赋予其较高的价值和较深的涵义。

现代汉语有书面语言和口头日常语言之别。长期以来,阅读经验告诉我们:现代诗歌的语言多为书面语言,而口头日常语言似乎不登大雅之堂,难入诗歌堂奥。现在看来,这是一种错觉,其实是相当片面的。诗性语言不分雅俗,古典诗歌雅则雅矣,但也有像白居易那样的老妪能解的诗歌。现代汉语与现代日常生活密切相关,看似了无诗意,实则不然,只要做个有心人,善于发现,深入开掘,还是能从日常生活中发现诗意,从日常生活语言中熔铸诗性语言。如洛夫有一首诗《挖耳》,挖耳本是在人们日常生活中屡见不鲜的动作,琐屑之极,真正是不登大雅之堂的,而洛夫却将其形之于诗,并赋予深刻的内涵。那"不仅痒 / 还隐隐作痛"的"耳垢"原来是"谣诼蜂起 / 一些随风而逝 / 一些具化为油质的耳垢"。"挖耳"、"耳垢"都是琐屑不堪的日常生活语言,居然堂而皇之地入诗,在这里,生理现象被提升为社会现象。同类的诗还有《剔牙》:

> 中午
> 全世界的人都在剔牙
> 以洁白的牙签
> 安详地在
> 剔他们
> 洁白的牙齿
>
> 依索匹亚的一群兀鹰
> 从一堆尸体中
> 飞起
> 排排蹲在
> 疏朗的枯树上
> 也在剔牙
> 以一根根瘦小的
> 肋骨

同样是琐屑不雅的动作,日常生活的语言,诗人将其升华,用强烈对照的语言来表现,越是形象生动,越是震撼人心。

除了对日常生活的语言直接运用和加以升华外,诗性语言还来自对日常生活的语言的颠覆、扭曲和变形。

诗性语言与生活的语言最根本的不同，就在于诗性语言绝对不会去摹写、照搬现实事物，不会去追求经验的现实；相反，它要与现实疏离，把现实陌生化。也就是说，诗人通过诗性语言，否定经验的现实世界，而创造一个与之对立的、完全不同的全新的审美时空。那么如何把现实陌生化，从而创造全新的审美时空？这就要求诗人用诗性语言替代日常语言，有意扭曲、触犯标准语言，打破日常语言的程式，颠覆、破坏日常语言的结构方式。这样，取代日常语言的诗性语言就摒弃了对现实事物的简单摹写。诗人笔下的事物已不复是现实生活中存在的事物，而是与现实事物疏离，甚至将现实事物变形、陌生化后的全新的富有诗意的事物。以欧阳江河的长诗《悬棺》为例：悬棺本来是古人的一种殡葬方式。诗人以此为题材的长诗，以先人生前身后的不朽功勋或寻常细事，叩问人生的终极价值。其变幻莫测、奇诡怪异的语言，令人眼花缭乱，目不暇接：

一次分身会使两侧的影子生肉 / 并在一片非雾之雾中催眠那些非花之花，/ 使仅有腰肢的轻薄柳絮向身外曲尽风流。/ 但净骨一丝不挂，/ 光或镇魂之剑切肤逆走，/ 痛感消失，目力内敛如天体。/ 所有的躯壳将依次冷却于同一个谶语，/ 被灌满铅毒的寓意越缠越紧，凭空结石。

影子会生肉，真是闻所未闻。何谓"非雾之雾"？哪见"非花之花"？这些奇峭怪险，甚至荒诞不经的语言，无疑会造成一定的阅读障碍，但是，这些富有玄学色彩的语言，却营造了与全诗主题相和谐的悠长旷远的诗意氛围。由于它富有玄学色彩的语言，故命之为玄学诗也未尝不可。 而在西川的诗中，可以看到诗人对诗性语言的熔铸和操练。给人以突兀、新奇之感的意象跳跃与有着平缓节奏的语音，形成反差，更形成一种审美的张力。如《重读博尔赫斯诗歌》：

这精确的陈述出自全部混乱的过去
这纯净的力量，像水龙头滴水的节奏
注释出历史的缺矢
我因触及星光而将黑夜留给大地
黑夜舔着大地的裂纹：那分岔的记忆

无人是一个人,乌有之乡是一个地方
一个无人在乌有之乡写下这些
需要我在阴影中辨认的诗句
我放弃在尘世中寻找作者,抬头望见
一个图书管理员,懒懒地,仅仅为了生计
而维护着书籍和宇宙的秩序

我们从这首诗中,可以充分领略到西川熟练地驾驭诗性语言的非凡能力。"无人是一个人,/ 乌有之乡是一个地方 / 一个无人在乌有之乡写下这些 / 需要我在阴影中辨认的诗句",矛盾而富有张力的词语,意象之间突兀,新奇而又不乏内在联系的组接,层次丰富而多义的象征,这一切使西川的诗艺走向完善和精致。

要使生活语言提升为诗的语言,必须运用必要的技巧,如比喻、象征、联想、韵律、含蓄等等。如郑敏的《金黄的稻束》就运用了联想和比喻的手法:

金黄的稻束站在
割过的秋天的田里。
我想起无数个疲倦的母亲
黄昏的路上我看见那皱了的美丽的脸
收获日的满月在
高耸的树巅上
暮色里,远山是
围着我们的心边
没有一个雕像能比这更静默。
肩荷着那伟大的疲倦,你们
在这伸向远远的一片
秋天的田里低首沉思
静默。静默。历史也不过是
脚下一条流去的小河
而你们,站在那儿

将成了人类的一个思想。

把"金黄的稻束"比作"疲倦的母亲",真是奇妙的想象!然而还不止于此,女诗人以其特有的母性,赋予"疲倦的母亲"以在"秋天的田里低首沉思"的"静默"的"雕像"这样的形象。这样,普通的稻束被赋予了庄严的母亲的形象,并且"低首沉思"的"静默"也正是女诗人自己精神状态的生动写照。这里用的比喻属于"远取譬",即把完全不同类的事物,只要有哪怕一点相同,就加以类比。"金黄的稻束"和"疲倦的母亲"是不同类的物和人,用"远取譬"就产生了意想不到的艺术效果。而"金黄的稻束"又成为庄严的母性的象征。

上面说过,古典诗歌有时很像文字游戏。这是作为象形文字的汉字所具有的特点。例如古典诗歌有藏头诗、回文诗、辘轳体诗等等,这些被称为"杂诗",虽然不入主流,却也颇受欢迎。传奇、小说、戏曲多有表现。如京剧《望江亭》中,女主人公谭记儿羞于允婚,就写藏头诗以表心意:"愿把春情寄落花,/随风冉冉到天涯;/君能识得凤兮句,/去妇当归卖酒家。"谭记儿不愧是才女,诗中引用的卓文君私奔司马相如的典故,非常切合谭记儿的身份,两人都是寡妇,都有私奔之意。诗中每句第一字,合起来就是"愿随君去"。文人士大夫中也不乏写藏头诗的高手。如明朝大学问家徐渭(字文长)游西湖,面对平湖秋月的胜景,即席写下了七绝一首:"平湖一色万顷秋,湖光渺渺水长流。秋月圆圆世间少,月好四时最宜秋。"其中就藏头"平湖秋月"四字。现代诗歌也有类似藏头诗的形式。洛夫就创造了"隐题诗"这种新的诗体,虽然是一种新的诗体,却与诗的语言密切相关。按照洛夫先生对"隐题诗"的解释:"标题本身是一句诗,或一首诗,而每个字都隐藏在诗内,若非读者细心,很难发现其中的玄机。这决非文字游戏,也不是后现代主义的新花样,因为这种形式的最高要求在于整体的有机结构。"可能诗人从中国古典诗歌中的藏头诗受到启发,创造了这种隐题诗。藏头诗通常是五言、七言的绝句,而隐题诗则完全是新诗,并且突破四行的限制。隐题诗的写作难度似乎更大。诗题的每一个字成为每行诗句的第一字。如《我在腹内喂养一只毒蛊》:

我与众神对话通常都

在语言消灭之后

腹大如盆其中显然盘踞一个不怀好意的胚胎

内部的骚动预示另一次龙蛇惊变的险局

喂之以精血,以火,而隔壁有人开始惨叫

养在白纸上的意象蠕动亦如满池的鱼卵

一经孵化水面便升起初荷的粲然一笑

只只从鳞到骨却又充塞着生之恓惶

毒蛇过了秋天居然有了笑意,而

蛊,依旧是我的最爱

诗的整体浑然一体,自然熨帖。如此缜密细致,流巭精巧,可以想见,诗人在创作时,字斟句酌,苦心孤诣,该下了多少工夫!由对语言的精心设计,创造了新的诗体。

古典诗歌有时用拆字法,可以获得巨大的阅读快感。如南宋词人吴文英在《唐多令》一词中,首二句就用了拆字法:"何处合成愁?离人心上秋"。此二句语含双关,表现离人在秋天里的离情别绪,把"愁"字拆成"心上秋",真是神来之笔!机智之极。还有一副拆字对联,堪称妙对,十分幽默风趣。传说佛印和尚与苏东坡谈佛事,和尚大谈"佛法无边"。苏小妹在里屋写一联,令使女出示和尚:"人曾是僧,人弗能成佛"。和尚反击:"女卑为婢,女又可称奴"。这种拆字法也被运用在现代诗歌的创作中。一直为人称道,并常引为例证的《手枪》一诗,是诗人欧阳江河爆出的智力火花:

手枪可以拆开

拆作两件不相关的东西

一件是手,一件是枪

枪变长可以成为一个党

手涂黑可以成为另一个党

而东西本身可以再拆

直到成为相反的向度

　　　世界在无穷的拆字法中分离

　　此诗表面上是诗人机智地运用拆字法,迹近文字游戏,但从中却透露出深层的思想内涵,给读者带来了巨大的阅读快感和兴趣。

　　综上所述,笔者认为语言可分为诗性语言和非诗性语言。语言只有从指称和交流功能的工具性能中摆脱出来,才能成为诗性语言。诗性并非文言专有,现代汉语也可以具有诗性。正因为只有诗性语言才能构成诗歌的重要要素,它自然也决定了诗歌的形式。且不论古代汉语决定了古典诗歌的形式(今天的旧体诗词也必须用文言来写),现代汉语决定了现代诗歌的形式,就是同样运用现代的诗性语言,由于诗人不同的艺术修养和观念,以及审美个性,不同的锤炼和驾驭方法,可以变幻出眼花缭乱的现代诗歌形式,包括林林总总的现代诗歌流派,无不与形形色色、变幻莫测的诗性语言有关。既然诗性语言决定诗歌的内容和形式,诗人们,尤其是青年诗人们,理应把熔铸、提炼诗性语言作为自己诗歌创作的基本功。

作于 2013 年 11 月 1 日

北京芳城园寓所

以理性的眼光阅读　以艺术的心灵感受

——关于细读新诗文本实践的体会

　　新诗批评是促进新诗创作健康发展、提高新诗创作水平的重要环节。好的新诗批评家、评论家应该是诗人的诤友。评论家和诗人积极的互动关系,可以促使新诗批评和创作的双赢。可是,在新诗批评界,也存在一些值得注意的倾向。如对批评对象,缺乏鉴别,一味吹捧;还有的新诗批评故弄玄虚,不管是合合适,玩弄新概念,或者自己生造、随意命名概念,使文章云遮雾罩，使读者一头雾水；还有的新诗批评很少结合作品实际，从理论到理论，令人感到枯燥乏味。凡此种种，说明在新诗批评界存在着浮躁的风气。这种浮躁的风气，在很大程度上源于脱离新诗作品的实际。其实，这是很奇怪的现象，既然批评和评论的对象是新诗，却偏偏脱离新诗作品的实际，侈谈所谓高深的理论。殊不知，无论多么高深的理论，如果离开评论对象，离开具体的作品，理论就会变得苍白，批评就同无源之水而枯竭。经典的文学批评家的论著，几乎少不了对具体作品的分析和评价。如俄国批评家别林斯基在读了普希金的作品后，写出了一系列分析精辟的经典论文。他在著名的《亚历山大·普希金作品集》一文中指出："只有从普希金起，才开始有了俄罗斯文学，因为在他的诗歌里跳动着俄罗斯生活的脉搏。"又说："在普希金的情感中，有一种高贵的、温和的、柔情的、馥郁的、优雅的东西。"（《别林斯基论文学》）这是别林斯基在研读普希金作品后，所下的非常精确的判断。

要评论诗人的作品，细读是必不可少的步骤。试想，不经过细读，如何了解作品的内容，如何掌握作品的思想内涵和艺术特色？所以，我认为细读是研究和立论的基础。而细读绝不能仅仅停留在望文生义的"仔细阅读"的层面上，应该是"研读"，即以研究的眼光阅读，以艺术的心灵感受。

作为评论者，细读新诗文本，必须具备一定的艺术感受力。否则，再好的作品，也感受不到它的美。九叶派诗人辛笛主编的《20世纪中国新诗辞典》收入唐晓渡的一首小诗《镜——给我的孩子》，诗如下：

镜子挂在墙上
我们悬在镜中
毛茸茸的笑声把镜面擦了又擦
——"这是爸爸"
一根百合的手指探进明亮的虚空

一根百合的手指来自明亮的虚空
——"这是爸爸"
水银的笑声在心底镀了又镀

我们隐入墙内

镜子飞向空中

辛笛先生要我写辞条，解读这首诗。我是这样解读的：诗人通过和孩子一起照镜子这样一个生活中常见的镜头，得到某种启示，引起深深的思索：爸爸明明就在孩子身边，但是孩子却宁可指着镜中虚幻的影子叫爸爸。当然，我们完全有理由认为这是孩子的稚气和误会，但是，细想起来，我们成年人有时不也曾进入过这类似的误区吗？有些人宁可相信虚无缥缈的幻影，却不愿，甚至不敢正视现实生活中的真实。这样，这首诗从儿童的一句天真无邪的戏言，引发出一种严肃的、富有哲理意味的思索。

"假作真时真亦假，实到虚处虚即实"。第一节是孩子指着镜中的幻影叫爸爸，第二节则是镜中的孩子指着现实中的真身叫爸爸。这种对照更富有哲理色彩。在瞬间，孩子和爸爸几乎都陷入迷惘中：不知自身为谁？真耶？假耶？实耶？虚耶？这种映像式的诗句十分精彩，意蕴深邃，耐人玩味。

辛笛先生读了我的解读后，对我说："这样一首看来很朦胧，甚至较为晦涩的诗，被你分析得很清楚，很精当。"后来，我碰见唐晓渡，问他对我的解读的看法。他说他很满意，"我写这首诗所要表达的就是这个意思。你真是我的知音了！"由此，我想：评论者在细读作品时，应该全身心地投入，调动自己的艺术感受力，设身处地地进入诗人所规定情境中的角色，这样才能较为准确地领会诗人所要表达的意蕴。因此，甚至可以这样说，解读、诠释一首诗也是一种艺术的再创造。当然，这是碰巧我的解读与诗人所要表达的主旨正好不谋而合；可能多数情况下，评论者的解读与作品所要表达的主旨相悖。那么，按照"诗无达诂"的传统，完全可以仁者见仁，智者见智，只要言之成理。而往往一首诗经过评论家的点评，能开掘出连诗人自己都没有想到的艺术韵味和境界。我想，这就是细读对新诗批评的重要意义之所在。

其次，评论者细读新诗文本还必须具备较为宽泛的知识面，有时可以收到触类旁通的效果。

冯至先生有一首十四行诗《画家梵诃》，其中第一节如下：

你的热情到处燃起火，

你燃着了向日的黄花，

燃着了浓郁的扁柏，

燃着了行人在烈日下——

我在解读这一节诗时，凭着对荷兰画家梵·高（诗中译为"梵诃"）的知识，知道诗中的"黄花"和"扁柏"实指梵·高的两幅名作《向日葵》和《风景画》，前者尤其是举世闻名的杰作。为了解读这首诗，我特意对梵·高的画作了研究。我发现，梵·高的画有两点给人印象很深：一是梵·高似乎特别钟爱黄色，他的不少画都用黄色作为基本色；二是画中的有些景物，如向日葵、扁柏和白杨，都像是一团团火焰。关于第一点，我对色彩也作了一点研究。尽管有医学家经过考证和研究，得出这样的结论：认为梵·高由于精神狂乱，造成色盲，而最常见的色盲，就是红绿色盲，这样，从他眼中所见的事物就都是黄色的了；但是，我还是同意沙赫泰尔的说法："人对色彩的经验和他对情感的体验之间其实是有着类似的地方的。"[1] 色彩产生的是情感经验。康定斯基曾说过，明亮的黄色能够表现出凶暴的和狂乱的疯狂。梵·高的作品以明亮的黄色作为基本色，一方面表现出当时他被疾病折磨时的"狂乱的疯狂"的精神状态，另一方面也表现了他与厄运搏斗的顽强的生命力。而他把向日葵、扁柏画成火焰状，正是他内心那一团焚烧着的愤世嫉俗的烈火的外化。具有非凡艺术感受力的诗人冯至，敏锐而准确地抓住了梵·高作品的本质特征，从而以写意的手法向读者传达了作品的神韵。读者虽未见到原作，但从诗人的诗句中，却分明看到了那"燃着了向日的黄花，/ 燃着了浓郁的扁柏 / 燃着了行人在烈日下"，分明感到了"那样热烘烘 / 向着高处呼吁的火焰"；然而，更重要的是，诗人让读者见到了一位热情如火的、活生生的画家梵·高。

哪怕是对一节诗，甚至是一句诗的细读，都要动用评论者的知识积累，有时甚至要更新知识结构。只有对诗的细部作深层的开掘和诠释，才能总体把握全诗的精神，作出精当的价值判断。

欧阳江河被公认为知识分子诗人。他读了不少西方哲学和美学著作，

---

① 见《论色彩与情感》一文，载《精神病学杂志》1943 年第 7 期。

后来又去欧美游学,亲身沐浴了欧风美雨,身兼诗人和学者双重身份,使他不仅擅长于诗和诗学论文两个领域,而且他的诗也因此具有深邃的智力、知识和理性色彩。碰到这样一位智者型的诗人,要解读他的诗,至少也要具备一定的知识水平和必要的阅读面。如他的《亚述王国》一诗显示了他世界历史的丰富知识,从"底格里斯河定期泛滥"这样的常识,到"尼尼微的统治在公元前205年结束"这样准确的纪事,到"用迦勒底的芦苇/建造栖身之所,或者隐身于米提亚的天蓝石"这样的民俗细节,到"在小亚细亚,历史没有真相,/一切仅仅是陈述:片面的,固有的"这样的历史评价,诗人无不烂熟于心,因而得以游刃有余地神游在这个古老的国度里。如果读者缺乏有关的知识,那么他只能作为知识的被动接受者,而不能能动地参与艺术的鉴赏和再创造的活动,对诗人蕴含在诗中的深意,也不可能领会和把握。欧阳江河有一首很有名的诗《傍晚穿过广场》。在诗人眼中,这广场已不是寻常的广场,它的具象性、具体细节已并不重要。重要的是,它承载着、积淀着沉重的历史、现实和人生。诗就是以诗人哲人般的警句开始的:

> 我不知道一个过去年代的广场
> 从何而始,从何而终。
> 有的人用一小时穿过广场,
> 有的人用一生——
> 早晨是孩子,傍晚已是垂暮之人。
> 我不知道还要在夕光中走出多远才能
> 停止脚步?

"用一小时穿过广场"是正常的,而用一生穿过广场,则显然是反常的,其中一定包含着某种象征和隐喻。用一生穿过广场已属反常,而一生竟然是一天——"早晨是孩子,傍晚已是垂暮之人"更是反常。这里有两个反差:一是时空反差,按正常的时间,一生时间是很长的,而广场的空间是有限的,比较小的;二是时间反差,一生与一天,一生居然是一天。"早晨是孩子,傍晚已是垂暮之人",当笔者读到这样一个句式时,忽然如同电光石火一闪,立即想起莎士比亚的名剧《哈姆雷特》中的一句台词:"进门是少女,出门已是妇人。"在以时间反差诉说人生命运这一点上，颇有相似之处。我不知道诗人是否记得这句台词，也可能诗人在潜移默化中受到莎翁的这句台词的影响，即便是诗人套用了莎翁的句式，用在这首诗中也是非常精彩的。由此，我想，倘若我没有读过莎士比亚的《哈姆雷特》，只会惊叹"早晨是孩子，傍晚已是垂暮之人"这样的诗句的绝妙，而不知脱胎于莎翁的这句台词。以漫长和短暂的反差，产生强烈的震撼效果，不止见于这首诗，在诗人另一首诗《咖啡馆》中，也有类似的诗句："花上一生的时间／喝完一杯咖啡，然后走出咖啡馆，／倒在随便哪条大街上沉沉睡去。"

其实，表现时空反差的诗，在中国古代就有，唐代大诗人李白的《早发白帝城》就是这样的诗：

朝辞白帝彩云间，千里江陵一日还。
两岸猿声啼不住，轻舟已过万重山。

"千里江陵一日还"，通过强烈的时空对比，表现船速之快；后两句则是通过听觉的连续和视觉中的位移，来表现高速运动时的时间知觉和空间知觉。

看似十分现代前卫的诗，就这样在认真细读中，找寻到外国诗歌和古典诗歌中表现手法的同质渊源。

由此可见，具有一定的知识面和阅读面，对细读诗歌文本大有裨益，可以做到触类旁通，多方面诠释、解读诗歌文本。

当然，作为专业的诗歌评论者，还必须谙熟诗歌表现手法，这是对评论者最低的要求。这样在细读诗歌文本时，就能游刃有余地剖析其艺术特点。还以上引《镜——给我的孩子》一诗为例，诗人运用了多种表现手法。此诗在形式上很精致，因为写的是镜子，所以用映像式的写法，又借鉴了传统的回文诗的写法。第二节相对第一节，倒着写，即第二节的第一行基本上承接上节最后一行，仅仅改动几个字，而第二行则重复上节的第四行。接着第三、四、五行改动几字后，分别相对于上节三、二、一行。这样，这两节诗既互文相对，又不简单重复，而有所变化。

另外，诗人还娴熟地运用了通感的手法。"笑声"本应属于听觉的对象，而诗人却以"毛茸茸"、"水银"这样的视觉形象去形容,并且分别"把镜面擦了又擦","在心底镀了又镀",不仅令人感到耳目一新,而且生动地渲染了爸爸和孩子发自内心的欢乐的笑声。

除了表现手法外,在细读新诗文本时,还必须留意诗人所属的诗歌流派。这就需要评论者熟悉诗歌史上的流派。九叶派诗人辛笛先生学贯中西,中国古典文学功底相当深厚,同时,他对西方诗歌的研究也有很深的造诣,十分喜欢 19 世纪后半叶印象派的绘画和音乐。尤其是在他负笈英国留学期间,广泛地接触涉猎西方浪漫主义、象征主义以及现代主义诗歌,拓宽了视野。在解读辛笛先生的诗作时,必须熟悉西方诗歌的流派。如他的《秋天的下午》就运用了印象派的表现手法;

> 阳光如一幅幅裂帛
> 玻璃上映着寒白远江
> 那纤纤的
> 昆虫的手 昆虫的脚
> 又该黏起了多少寒冷
> ——年光之渐去

此诗的意象凌空而来,没头没尾,显示了印象派的本色。就我所见,把阳光比喻为"裂帛",为前所未有,不仅有色感还有声感。这也是印象派的特点。在《手掌》一诗中,首二句:"形体丰厚如原野 / 纹路曲折如河流",据诗人说,他是看了罗丹的著名雕塑《思想者》后得到启示构思而成。[①]

辛笛的旧体诗词写得相当出色,在新诗创作中,辛笛会有意识地将古典诗歌的意境水乳交融地化入诗中,营造一种富有古典情韵的新的意境。如《再见,蓝马店》一诗,其中"看板桥一夜之多霜"、"鸡啼了 / 但阳光并没有来",显然蕴含了温庭筠《商山夜行》中"鸡声茅店月,人迹板桥霜"的古意境界。

综上所述,我以为,与普通读者不同,新诗的批评者和评论者对新诗的

---

① 刘士杰:《辛笛的诗:兼美中西,臻为化境》,《香港文学》2001 年 7 月号。

细读,应该是用理性的、研究的眼光阅读,以敏感的、艺术的心灵感受。并且必须具备较为深厚的文化艺术素养,以及有关诗歌方面的专业知识。

作于 2012 年 9 月 26 日
北京芳城园寓所

20 世纪中国现代主义诗歌的高峰
——论"九叶派"诗歌出现的必然及其意义

20 世纪 40 年代的中国,内忧外患,战争频仍,血火交迸,国无宁日,民不聊生。在如此残酷黑暗的社会现实中,30 年代臻于成熟的"现代诗派",由于一心表现一己的心灵感受,远离了如火如荼的时代、惨绝人寰的现实生活,远离了广大民众,故而不可避免地走向衰微。随着部分诗人转向现实主义,"现代诗派"已是名存实亡了。

但是,诗歌艺术自有自身发展的规律,无论主观和客观条件如何变化,都不能阻挡其前进的脚步。在战云密布中国大地的非常时期,为适应战时的社会环境,现实主义和浪漫主义诗歌成为当时诗坛的主旋律。一些现代派诗人也纷纷转向现实主义和浪漫主义,汇入到"团结人民,教育人民,打击敌人,消灭敌人"的斗争洪流中去。

作为诗歌流派之一的现代主义诗歌,并不因为"现代诗派"的衰亡而停止向前发展。相反,在新的历史条件下,中国现代主义诗歌流派,作为世界现代主义诗歌潮流的一部分,经过迂回曲折,终于走出困境,走出低谷,达到中国现代主义诗歌的高峰阶段。

在当时的中国,幅员广大的领土被分为革命根据地、国统区和日寇沦陷区(抗战胜利后,就是革命根据地和国统区两部分)。在革命根据地,由于革命战争的需要,诗歌无一例外成为革命战争的宣传武器。所以,此时现实主义成为革命现实主义,浪漫主义也成为革命浪漫主义。在革命根据地,在杀敌战场,革命现实主义和革命浪漫主义的诗歌确实起到鼓舞士气、鼓舞斗志的革命号角的战斗作用。而现代主义诗歌显然因为不能适应战时斗争形势的需要,无法在革命根据地立足。

然而在国统区,情况却有所不同。由于特殊的社会环境,在国民党反动派高压的统治下,革命斗争只能在地下进行。所以,作为革命号角的革命现实主义和革命浪漫主义诗歌,在国统区却无法像在革命根据地那样发挥应有的战斗作用。(虽然在国统区,也有像"七月派"这样的以现实主义为主的诗歌流派,但是,它与革命现实主义还是有所不同,一是它不是直接宣传革命斗争,而是深刻地揭露现实矛盾,深化了现实主义的精神;二是它强调诗人的主观精神,也就是强调表现诗人的"小我",与革命现实主义强调表现"大我"相悖;三是它崇尚自由诗,并有意识地借鉴西方现代诗歌的艺术表现手法,与革命现实主义所提倡的诗歌的民族化和大众化相违背。正因为如此,"七月派"当时便受到批判,建国后,更因此在政治上获咎,陷入一场建国初最大的政治冤案之中,饱受迫害。)此时,现代主义诗歌就悄悄地在革命根据地与国统区之间的夹缝中求得一席之地的生存。

由于是在国统区这样一个特殊的社会环境之中,此时的现代主义诗歌与30年代"现代诗派"不同,它总结了"现代诗派"衰亡的教训,认识到在动荡的社会环境下,逃避现实,远离民众,钻入艺术的象牙塔,是取败之道。于是,它把关注的目光投向现实生活;同时,它又与革命根据地的革命现实主义和革命浪漫主义的诗歌不同,后者由于革命斗争和对敌战争的需要,为了最大限度地号召人民起来斗争,所以诗歌的抒情主人公为"大我",抒发一己之悲欢的"小我",在这里就显得不合时宜;而在国统区,由于社会的大环境不同,诗人又是以个体为存在方式,一般不从属于某个政治组织,不受其领导和制约,所以可以充分表现其个性。这些诗人大多留学国外,又有深厚的古典文学的修养,故而更尊崇艺术与个性,并努力寻求西方现代派艺术与古老的中国古典诗歌传统的交汇,寻求现实生活与心灵世界的交汇。于是,就在风雨如磐的国统区,一个新的现代主义诗歌流派诞生了,这就是与革命根据地诗歌、"七月派"诗歌鼎足而立被称为"中国新诗派",后被称为"九叶派"的诗歌流派。

这样一个独树一帜的诗歌流派,却因其现代主义的倾向、多元化的艺术观念，为建国后极左的意识形态和狭隘的艺术观念所不容。"九叶派"虽然没有像"七月派"那样被卷入"反革命集团"的政治批判运动中去，可是同样长期遭到冷遇、歧视、批判，以致长期濒于销声匿迹，淡出人们的视野。而作为这个流派中的成员，这九位诗人都程度不同地受到不公正的对待，有的被迫害致死，如穆旦；有的改行不再写诗，如曹辛之（杭约赫）后来成为著名的书籍装帧家；有的一度投笔从商，如辛笛一度从事工商和银行事业；有的则被错划为右派，如唐湜，受尽迫害，被遣返老家温州。新时期的春风终于吹绿了这九片濒临枯萎的叶子。直至1981年，《九叶集》问世，人们才惊喜地发现，原来在那风起云涌、血火交迸的40年代，还有这样一种沉静优雅、含蓄深邃的诗，而尤其令人惊奇的是，虽然时隔将近半个世纪，这些诗竟然仍然具有鲜活的生命力，仍然给人以深刻的感悟和强烈的震撼。

1982年，又出版了除杭约赫以外的八位诗人从50年代到80年代的作品合集《八叶集》，作为对《九叶集》的补充。

让时间倒流到40年代。"九叶派"应该是80年代的命名，40年代时，应该被称为"中国新诗派"。为了叙述的方便，我们就统称为"九叶派"。

"九叶派"的出现，似乎是偶然的现象。

"九叶派"的出现与两份创刊于上海的诗歌杂志《诗创造》和《中国新诗》有关。《诗创造》和《中国新诗》是以丛刊的形式出版的，每月出版一册。《诗创造》由臧克家、曹辛之、林宏、沈明、郝天航等人集资发起，由曹辛之主持具体的编辑事务。《诗创造》在《编余小记》里提出了在大方向一致的前提下兼容并蓄的编辑方针。在《诗创造》发表作品的作家和诗人有一百多人，发表的作品风格多种多样，有抒情诗、十四行诗，有山歌民谣，也有政治讽刺诗。作品的内容多数是反映国统区人民的生活斗争。此外，还有一些颇有见地的诗论。《诗创造》是1947年创刊的，一年后的1948年11月，《诗创造》遭到国民党反动派的查禁。

《中国新诗》于1948年6月创刊。由辛笛、杭约赫、陈敬容、唐祈、唐湜编辑。由唐湜执笔的代序《我们呼唤》写道：

> 我们现在是站在旷野上感受风云的变化，我们必须以血肉似
> 的感情抒说我们的思想的探索。我们应该把握整个时代的声音在

心里化为一片严肃,严肃地思想一切,首先思想自己,思想自己与一切历史生活的严肃的关连。一片庞大的繁复的历史景色使我们不能不学习坚忍的挣扎,在中心坚持,也向前突破,对生活也对诗艺术作不断的搏斗。我们的工作要求一份真诚的原则,毅然不动的塑像似的凝聚,也要求一个份量恰当又正确无误的全局的把握。我们有一份浑然的人的时代的风格与历史的超越的目光,也应该允许有各自贴切的个人的突出与沉潜的深切的个人的投掷。我们首先要求在历史的河流里形成自己的人的风度,也即在艺术的创造里形成诗的风格,而我们必须进一步要求在个人光耀之上创造一片无我的光耀——一个真实世界处处息息相通,心心相印,一个圣洁的大欢跃,一份严肃的工作,新人类早晨的辛勤的耕耘。历史使我们活在生活的激流里,历史使我们活在人民的搏斗里,我们都是人民中间的一员,让我们团结一切诚挚的心作共同的努力,一切荣耀归于人民!

读着这样的文字,即使是在经历半个多世纪的今天,却依然被当年的青年诗人的火热的情感所感染。这篇"代序"堪称《中国新诗》的宣言,表达了他们对历史、时代、现实人生、艺术和个性的见解。

在《中国新诗》第二集的"编后记"中,又进一步对刊物突出要求:"在内容上更强烈拥抱住今天中国最有斗争意义的现实,纵使我们还有各式各样的缺陷,但广大的人民道路已指出了一切最复杂的斗争的路,我们既属于人民,就有强烈的人民政治意识,怎样通过我们的艺术形式而诉诸表现。在这一点上,我们既非夸张的宣传主义……更非畏首畏尾中国式的'唯美派'……我们愿意首先是一个真正的人,在最复杂的现实生活里,我们从各方面来参与这艰苦而光辉的斗争,接受历史阶段的真理的号召……"也许是言辞激烈了些,强调了"强烈的人民政治意识",《中国新诗》与《诗创造》同时被国民党反动派查封。

当时为《中国新诗》撰稿的大多是大学教师、学生、作家和文化工作者。《中国新诗》的读者,也大多是爱好新诗的知识分子和青年学生。就在《中国新诗》这块园地里,由编辑、作者、读者共同对新诗的爱好、研究,互相切磋,互相鼓励,逐渐形成一个具有鲜明特色的新诗流派。当时被称为"中国新诗"派,后来被称为"九叶派"。

"九叶派"的出现看来似乎是偶然现象,但实际上,它的出现是必然的。

首先,"九叶派"的出现是由社会现实的外部环境所决定的。如上所述,40年代的中国,激烈的阶级斗争和民族斗争、惨烈的、不断的战争,使当时的社会成为民不聊生、哀鸿遍野的人间地狱。而在国统区,反饥饿、反迫害、反内战的民主运动风起云涌。在这样的社会环境下,进步的、有良心、有社会责任感的诗人,不会置身事外,必定要以诗歌来吐露自己的心声,表明自己对社会现实的态度。由于诗人的个性以及所处的环境不同,在总的方向和目标一致的前提下,诗人们选择了不同的诗歌表述方式。在当时的中国诗坛上,现实主义已发展为革命现实主义,以艾青、臧克家、田间等诗人为代表的自由体新诗的成就,确定了现实主义诗歌在当时诗坛上的主导地位,而当时革命根据地的新民歌、新叙事诗,也配合着革命斗争而十分红火。同在国统区的"七月派",以更为深刻的现实主义诗歌,高唱着昂扬的旋律。在这种情况下,富有个性特征、又深受西方现代主义诗歌影响的"九叶派"诗人,在客观上,不可能如革命根据地的诗人那样,高奏革命现实主义和革命浪漫主义的战歌;在主观上,他们那中西文化的深厚修养所形成的诗歌观念和审美追求,也不能接受现实主义诗歌那种直白浅露、粗砺的形式,号筒般的宣传;由于时代的变化和社会现实的动荡不安,又不可能再回到30年代"现代诗派"那样,一心钻入象牙塔,写那种远离现实生活、朦胧晦涩的所谓"纯诗"。"九叶派"诗人别无选择,他们只能将现代主义和现实主义加以交融。在中国,自古以来,诗歌的现实主义传统从来就是十分强大的、并且是永恒的。任何诗歌流派,只有与现实主义作某种程度的交汇和契合,才有可能保持并延续其生命力。而现代主义诗歌原本来自西方,在中国,没有生长的土壤,也只有与现实主义作某种程度的交汇和契合,才能继续向前发展。

其次,从诗歌发展的内在规律来看,"九叶派"的出现也是必然的。现代主义诗歌作为一种世界性的诗歌艺术潮流,在中国正方兴未艾,不会因为时代、社会的外部因素而使其完全消亡绝迹;即使在某一时期衰落了,也会在同一时期以另一种不同的形式重现。以另一种不同的形式重现,意味着对原有的现代主义诗歌流派的改造和重新整合。所以,从诗歌发展的内在规律,特别是从现代主义诗歌发展的规律来看,现代主义诗歌要向前发展,就必须加以改造和整合,而"九叶派"诗歌正是经过改造和整合的现代主义诗歌。

事实证明,把现代主义诗歌加以整合和改造,兼现代主义和现实主义之两美,正是"九叶诗人"最佳的选择,也是他们对新诗的最大贡献。

以"九叶"诗派为标志,说明中国现代主义诗歌已达到高峰。要对一个诗歌流派作这样的判断和评价,就必须将在它前后的诗歌流派作为参照系,加以比较。在"九叶"诗派之前的诗歌流派有现实主义、浪漫主义、以"新月派"为代表的新古典主义、象征诗派以及现代诗派。

在诗歌内容必须反映社会现实生活这一点上,"九叶"诗派与现实主义诗歌流派是相同的。也就是说,"九叶"诗派继承了现实主义诗歌流派诗歌反映社会现实生活的传统。然而在如何反映社会现实生活这一问题上,两者却有判然有别的分野。这种分野来自诗人感知方式的不同。现实主义诗歌流派将客观现实,包括客观物象、景象、事象作为表现对象,并且仅止于此。而"九叶"诗派则不然,它虽然也将客观物象、景象、事象作为表现对象,但是其目的并非仅仅停留在描摹这些对象本身;而是着重表现由这些对象所引发的主观感受、受到的启示、感悟到的哲理。

"九叶"诗派与现实主义诗歌流派的分野还在于主观自我与客观现实的关系不同。现实主义诗歌流派以客观现实为第一位,主观自我是次要的,甚至受到排斥。这种状况无论在战时环境和建国后相当长的时期内都是如此。现实主义诗歌必须表现现实生活中重大的政治斗争和事件,抒情必须抒革命的、集体的"大我"之情,而主观自我,也即"小我",则被当作"不健康的小资产阶级情调",不仅不能表现,而且应当加以排斥和批判。而"九叶"诗派则恰恰相反,在主观自我与客观现实的关系上,以主观自我为主。以主观自我为主,意味着主体意识的强化。强化主体意识,这是非同小可的事。在诗歌反映现实这一问题上,彻底改变了机械反映论所带来的弊病,变被动反映为能动反映。能动反映使诗人能主动地把握外部世界,既依据题材,又超越题材。所谓超越题材,就是不停留在题材本身,而是经过诗人主体意识改造过的题材。也就是说,"九叶"诗人在主观自我与客观现实的关系上,是将客观现实主观化。

然而，这仅仅是问题的一个方面，问题的另一方面是，"九叶"诗人除了将客观现实主观化外，还将主观自我客观化。所谓主观自我客观化，就是将诗人的主观自我、内心感受等作为客观的分析、研究和审视的对象。我们知道，现代主义一个重要特点就是内视意识，亦即内省意识。内视意识或内省意识就是将与外宇宙相对的内宇宙作为审视对象。而内宇宙的复杂、奥秘并不亚于外宇宙。

所以，"九叶"诗派是将客观现实主观化与主观自我客观化相结合，其中心还是主观自我。诗人将客观现实的题材经过主观自我的处理，也即主观化后，将所感受到的经验、情思加以沉淀、体味，然后，又超越内心，以知性的眼光来观照，来思考。最后，这一切升华为体现艺术经验的诗的要素，诗的灵魂。这样，写出的诗就既不是现实生活的刻板描摹，也不是脱离现实生活的心灵独白，而是融合了现实生活与心灵感受，是现实生活触发了诗人内心的感受、经验和体验。

在抒情这一点上，"九叶"诗派与浪漫主义诗歌流派划清了界线。抒情是浪漫主义诗歌的核心和灵魂。当然，不止是浪漫主义诗歌，抒情一向被认为是所有诗歌的核心和灵魂。而对于浪漫主义诗歌来说，抒情更是不可须臾离开的本质。没有抒情，就不能称为浪漫主义诗歌。"九叶"诗派恰恰在这最关键、最要害的一点上，向浪漫主义诗歌流派发起挑战。"九叶"诗派与浪漫主义诗歌流派的对立，是两种截然不同的诗歌观念的对立。浪漫主义诗歌流派以抒情作为核心和灵魂，是继承了"诗即抒情"的传统的诗歌观念。而"九叶"诗派对这种传统的诗歌观念进行大胆的挑战，提出拒绝单纯抒情的全新的诗歌观念。九叶诗人袁可嘉对"诗即抒情"的传统的诗歌观念就感到深恶痛绝，他不无激烈地说："诗只是激情流露的迷信必须击破，没有一种理论危害比放纵感情更为厉害。"[1] 放纵感情正是浪漫主义诗歌的特点之一，也正是它的弊端之一。诚然，在诗歌的诸要素中，情感无疑是其中之一，是不容忽视的。诗人在创作诗歌时，要完全排除情感的作用，处于所谓的零状态中写作，是不可能的。"九叶"诗派的诗人们也深知这一点，他们

---

① 袁可嘉：《新诗戏剧化》，《诗创造》第 12 期，1948 年 6 月。

并不是一概反对情感在诗中的介入,他们所反对的是单纯强调抒情,以情感涵盖诗歌的一切,而情感是难以涵盖诗歌的一切的。情感的花朵必须在理性的阳光照耀下,才能灿烂地开放。情感必须经过主体意识的沉淀、体验,必须经过思想的审视,才能转化为诗的经验。正因为如此,九叶诗人在诗歌创作中,尽量避免原生态的情感直接入诗,而先在理性和思想的审视中,加以沉淀、过滤和升华,然后,还不能尽情宣泄,而是将之融汇到诗人的理性思考、判断和评价之中。这种思考、判断和评价又水乳交融般和情感的载体、对应物交相渗透。所以九叶诗人乃至给予他们深刻影响的里尔克、冯至所创作的诗,已不是通常意义上的生活和情感的简单的反映,而要远为复杂得多。这样的诗最大限度地节制情感和情绪的洪水泛滥和宣泄,而以理性和知性的闸门来限制和规范它。情感和情绪只有经过启人心智的理性和知性的规范,才能达到更深的层次。这样的诗体现了感性与知性的结合,内心世界与外部世界的契合,情感与智慧的融合,情绪与经验的综合。这样的诗才可望达到思想性和艺术性兼美的境界。

以建筑美为追求目标的"新月派",是新格律诗,也即新古典主义的代表。为何说"新月派"是新古典主义的代表?这是因为虽然"新月派"也受到西方外来诗歌形式的影响,但是,在本质上,"新月派"诗人都有深刻的挥之不去的中国古典诗歌传统的情结。闻一多所强调的诗歌的建筑美,就是要以西方诗歌的优点来救赎中国古典诗歌的不足,改变中国古典诗歌死板、僵化的缺点,以创造一种新的、力求完美的诗歌形式。所以"新月派"所重视的是形式,新古典主义也是一种新形式主义。而这恰恰是"九叶"诗派不能容忍的。"九叶"诗派更注重内容,不能接受任何形式主义。至于诗歌的形式,"九叶"诗派更倾向自由化,而不能接受"新月派"的诗歌形式的建筑美。除了反对"新月派"的豆腐干式的建筑美外,"九叶"诗派对诗歌形式并非轻视,相反,是非常讲究的。"九叶"诗人辛笛在《辛笛诗稿·自序》中,就曾对诗歌的艺术形式问题有很精辟的论述,他说:

> 诗歌是不能脱离现实的。因为人总是社会的人,诗歌的源泉既是来自生活,就必和社会、时代密切相关联。但诗终究必须是诗,而不是政论,一定要有丰富的想象,有思想的深度,谋求艺术性

和思想性的统一，同时以精练的语言表达出来，给想象留下空间的容量，这才能增强诗歌的魅力。人有七情六欲，感情是十分复杂的，现代社会生活是丰富多彩的，诗歌要表达浓缩的真情实感，也可以说要有七情六感。照我的初步设想，六感就是真理感、历史感（古今中外的传统）、时代感；形象感、美感、节奏感。前三者从内容上讲，后三者从形式上讲。诗歌既是属于形象思维的产物，首先就必须从意境（现代化说法就是指印象、意象等）出发。善于捕捉印象是写诗必不可少的要素。通过五官甚至包括第六感的官能交感（或称通感），亦即运用音乐（声调、音色、旋律）、绘画（色彩、光影、线条）和文字（辞藻、节奏，包括格律）的合流来表达，促进并丰富思想感情的交流。好诗总要做到八个字：情真、景溶、意新、味醇。

辛笛的话说明"九叶"诗派对艺术形式的重视，他说诗歌"首先就必须从意境（现代化说法就是指印象、意象）出发"，可见他对意象的重要性的认识。九叶诗人唐湜在《飞扬的歌·后记》中，也指出，诗必须"将感情凝结在深沉的意象里"。九叶诗人由于既有深厚扎实的中国古典诗歌传统的基础，又接受了西方现代主义诗歌流派的影响，便自觉地将庞德、艾略特的意象理论与中国传统的意象、意境的理论结合融汇在一起，于是就最大程度地张扬意象艺术，意象成为现代主义诗艺的核心。所谓意象，就是心灵（内心世界）与外物（外部世界）相契合的产物。"九叶"诗派所提出的"思想知觉化"以及寻找"客观对应物"都离不开意象。他们就以此作为艺术追求的目标，因此在他们的作品中，往往大量地、密集地运用意象。这使他们的诗显得形象生动，含蓄蕴藉，耐人寻味。"九叶"诗派对意境的追求，使诗呈现一种浑然的、整体的美。

由此不难看出，同样是对中国古典诗歌艺术传统的继承，"新月派"的所谓"建筑美"，只是停留在诗体的形式（借鉴律诗、绝句，主张新诗要有格律，要有整饬的诗行的排列）上，而"九叶"诗派则在更深的层次上，继承了中国古典诗歌关于意象、意境的传统理论，并沟通西方现代主义诗歌的意象理论，创建了自己的诗歌艺术理论体系。

当然，"九叶"诗派除了在意象、意境等深层次艺术形式上有独特的建树外，即便在诗体、语言等艺术形式上也有创造性的探索。"九叶"诗派在诗体上既克服了"新月派"诗歌太拘泥于格律，显得呆板、僵化的弊病，又避免了浪漫主义诗歌因过于放纵感情，而显得散漫无序的自由体散文化的缺点，正如"九叶"诗派在抒情方式上，既不像浪漫主义诗歌那样直接、放纵、强烈，又不像"象征诗派"和"现代诗派"那样过于隐晦曲折一样，"九叶"诗派在诗体的探索上，找到了在散文化和格律化之间游刃有余的形式，兼两者之所长。"九叶"诗派虽然还是用自由体写作，但是这种自由体却与散漫无序的散文化迥然不同，与整饬板滞的格律体也大相径庭。九叶诗人所采用的诗体是自由中有限制，限制中有自由。诗体的句式、分行都视内容而定。如辛笛的诗《文明摇尽了烛光？》，诗行、句式都是服从诗的内容的需要的。最短的诗行只有两个字，最长的有十八个字，看来似乎没有章法规矩，实际上，这是应和着诗的内在节奏律动的。诗人以参差不齐的句式排列，对在资本主义社会中科学文明所起的作用提出质疑：科学文明成了"剥夺人性的桎梏"，"科学最高的知识可以劈分原子／但握住那一把刀的却为何还是金钱？"句式的参差不齐，应和着诗的节奏的律动，诗的节奏的律动隐含着诗人情感的起伏。当然，辛笛也不完全排斥整饬的、格律化的诗体，如《逻辑——敬悼闻一多先生》：

> 对有武器的人说
> 放下你的武器学做良民
> 因为我要和平
>
> 对有思想的人说
> 丢掉你的思想像倒垃圾
> 否则我有武器

这是对国民党反动派的反动强权逻辑的讥刺，两节诗句式完全相同，诗句高度凝练，只有这样才能达到讽刺的艺术效果，也符合诗题"逻辑"的严谨的特点。试想，如果两节诗句式不同，那就会大为逊色，削弱冷隽、尖锐，而又有些幽默的讽刺效果。此外，九叶诗人对破句分行也作了有意义的探索和

尝试。如杭约赫的《题照相册》:

> 凝固了你的笑、你的青
> 春。生命的步履从这里
> 再现,领你去会见自己

诗人故意把"青春"一词拆开,赋予这一词以更大的表现空间,更多的意义,而不仅仅为了整饬诗句。经过拆解,此词除了原来意义外,还增加了时间感(春)和色彩感(青)。他的《最初的蜜》也有这种特点。又如唐祈的《老妓女》:

> 无端的笑,无端的痛哭,
> 生命在生活前匍伏,残酷的
> 买卖:竟分成两种饥渴的世界。

如果不把"残酷的买卖"加以割裂开来,似乎也未尝不可,但是,现在这样分割,突出"买卖",什么买卖?"竟分成两种饥渴的世界":一个是对肉体的饥渴,一个是对金钱的饥渴。强烈的对比造成了强烈的震撼力。拆解后所造成的艺术效果大不一样。陈敬容的《珠和觅珠人》也运用了这种拆解法,收到很好的艺术效果。

　　九叶诗人对十四行诗这种形式也很中意,认为较能表现他们邃密的情思和深沉的哲理思考。他们笔下的十四行诗就显得舒卷自如,既有一定的韵律,又有较大的自由度;讲究音尺,又不过于拘泥,句式排列宽严适当。所以他们笔下的十四行诗成为最能体现他们情思和知性的、得心应手的诗歌形式。

　　九叶诗人在诗的语言上也进行了精心的淘洗和锤炼。而他们在语言上所作的一切努力,都是为了他们的诗歌观念和主张,即诗的知性化服务的。为了达到诗的知性化的艺术效果,他们在驾驭诗的语言时,采用了虚实结合的手法,即将抽象的词和具象的词结合,互相替代,以达到感觉和知性的统一。如唐祈的《女犯监狱》:"死亡,鼓着盆大的腹,/ 在暗屋里孕育。""死亡"本是抽象的概念，是一个抽象的词，而"鼓着盆大的腹"则是具体的形象。两者结合，产生了令人震撼的艺术效果，不仅增强了女犯监狱的恐怖氛围，而且发人深思。又如袁可嘉的《空》："我乃自溺在无色的深沉，/ 夜惊于尘世自己底足音。""深沉"是抽象的概念，抽象的词，而"自溺"则是具体的动作，把两者结合，使"深沉"这个抽象的词给人一种像深水那样的感觉，使"深沉"这个抽象的概念有了具体的外形。这种虚实结合的手法，加强了诗的知性化，将诗的感性和理性统一起来。由于这种虚实结合是建立在对事物的正常的联系规律和逻辑关系的故意违背、扭曲、变形的基础上的，故而，这样的诗给人一种巨大的惊奇感，一种猝不及防、出人意料的冲击力。九叶诗人因此在诗的语言上迈出了革命性的一步：将诗的语言从传统的描述功能转变为表现功能。

除此以外，九叶诗人在诗的语言上还运用了通感、远取譬、象征等手法，使诗收到陌生新奇的艺术效果。通感在中国古代诗歌中就曾运用过。通感就是感官感觉的互相替代、错位和转移。通感能造成新鲜奇妙的艺术体验和艺术效果。如辛笛的《门外》："如此悠悠的岁月 / 那簪花的手指间 / 也不知流过了多少 / 多少惨白的琴音""琴音"应该是听觉形象，却以视觉色彩的"惨白"去形容它，给人以新奇的感觉，并且增强了"琴音"的感情色彩。同样，唐湜的《诗》："灰色的鸽哨渐近、渐近"，鸽哨应该是欢乐的声音，而用视觉的色彩"灰色"去形容，就改变了鸽哨原有的情感基调，这是因为诗人自己的情绪低落，因而欢乐的鸽哨，在他听来显得也那么凄凉。通感的运用，大大增强了诗的语言的表现力，拓展了诗的语言的表现空间。

远取譬也是中国古代诗歌中运用过的。所谓远取譬，就是在看来没有共同之处的两种事物中，寻找某种意义上的相同之处加以类比。如唐祈的《故事》："早晨，一个少女来湖边叹气，/ 十六岁的影子比红宝石美丽"，"青海省城有一个郡王，可怕的 / 欲念，像他满腮浓黑的胡须"，十六岁少女的影子与红宝石从外表上毫无共同之处，可是在美丽这一点上是相同的，这就具有了可比性。同样，郡王的欲念与他满腮浓黑的胡须，前者是一种心理状态，是一种欲望，后者则是具象的东西，两者也毫不相干，无相似之处，可是，在不断增长这一点上，则毫无二致，故可相比。远取譬的运用，使诗的语言尖新奇巧，令人反复玩味不已，增强诗的陌生化效果。至于象征的运用，九叶诗人既继承了"象征派",又超越了"象征派",他们运用象征,不像"象征派"那样晦涩、生硬。

总之,"九叶"诗派在艺术上的探索和追求,使他们的诗日臻成熟,趋于完美。

最后,"九叶"诗派和与之相近的 30 年代的以李金发为代表的"象征派",以及以戴望舒为代表的"现代诗派"也有很大的区别。以李金发为代表的"象征派",一味模仿法国象征主义诗歌,生吞活剥,不能加以消化,融为己有,所以写出的诗,不仅晦涩难解,而且洋味十足,难怪被讥为不是中国诗了。而以戴望舒为代表的"现代诗派",吸取"象征派"的教训,不是刻意模仿,而是认真吸收西方象征主义诗歌的艺术经验,结合自身的艺术修养,超越"象征派"而自成一派。但是,无论是"象征派"还是"现代诗派"都有一个共同的致命的缺点,那就是脱离现实生活。而"九叶"诗派形成于 40 年代后期,其诗人又经历过抗日战争和解放战争时代暴风雨的洗礼,他们具有强烈的现实意识,所以不仅不可能脱离现实,相反,他们始终关注社会现实生活,并且积极介入其中,在诗歌创作中真实深刻地反映当时的社会生活。在艺术表现形式上,"九叶"诗派借鉴、总结"象征派"和"现代诗派"学习西方现代派的经验教训,结合自己对西方现代主义诗歌流派的认识、思考和体会,再加上他们深厚扎实的中国古典诗歌传统的基础和修养,融会贯通,遂形成了独树一帜的艺术流派,

那就是具有现实主义的内容,而又富有中国古典文化精神的现代主义艺术风格的诗歌流派。"九叶"诗派与"象征派"、"现代诗派"还有一个主要的区别,就是"象征派"和"现代诗派"都是主情的,属于主情的象征诗。主情的象征诗追求情感与意象相契合,通过意象的象征、暗示来表现情感,而这样的情感大多缠绵悱恻,只是一己的悲欢,且情调消极颓唐,缺乏积极的社会意义,诗风朦胧迷离;而"九叶"诗派则是主知的,属于主知的现代诗。主知的现代诗着重于对人生哲理的探索和思考,并且以玄思入诗。虽然"九叶"诗派也大量运用意象,但是,与"象征派"和"现代诗派"通过意象的象征、暗示来表现情感不同,"九叶"诗派的意象具有更多的理性内涵。在他们的诗中,抽象的理性思维和机智深邃的哲理最为突出。他们的诗以表现经验代替抒情,诗中情思深藏不露,冷静隽永,诗句既是具象的,又是抽象

的,诗风深沉玄奥。

　　上面论及在诗体上,"九叶"诗派与"新月派"的不同,其实,在这方面,"九叶"诗派与"现代诗派"也是不完全相同的。虽然两者都以散文化的自由诗为主要诗体,然而,以戴望舒为代表的"现代诗派",崇尚的是表现诗人情感、情绪的体验。在诗歌形式上,他们强调以诗情的强弱起伏为特点的诗的内在节奏,来取代"新月派"所主张的诗的外在韵律。而与"现代诗派""不借重音乐",不讲究韵律不同,"九叶"诗派因为不主情,而是主知。不属于单纯的毫无节制地放纵抒发个人情感。他们的主体的情感、经验经过转化升华,成为一种艺术情绪,成为诗的经验。由此,他们在诗歌形式上探求兼有自由诗与格律诗之美的形式。"九叶"诗派的诗歌形式依然属于自由诗,具有散文美,但是,又重视诗的形式美,注意诗的音乐性、自然的节奏和和谐的韵律。应该说,"九叶"诗派的感性与理性相结合的本质特征,决定了他们的诗兼有自由诗与格律诗双美的形式。

　　总的说来,"九叶"诗派在中国现代主义诗歌流派史上是达到高峰,趋于完美阶段的一个流派。"九叶"诗派将西方现代主义诗歌的艺术手法融于当时中国时代背景下的现实主义精神之中。它对于在它以前的诗歌流派如现实主义、浪漫主义、初期象征派、新月派、现代诗派都有所继承,有所扬弃,有所超越。"九叶"诗派在中国新诗史上的最大功绩是,打破了"诗必须表现情感"的传统信条,提出了"新诗现代化"的主张,更新了固有的诗歌观念。

　　"九叶"诗派既面对世界,又面对传统,它不仅继承、借鉴了西方现代主义的诗歌传统,而且还继承借鉴了中国古典诗歌的传统,特别是晚唐温庭筠、李商隐等婉约派诗人的传统,表现了古今中外的优秀文化艺术财富皆可为我所用,博采众长,兼收并蓄,而又加以扬弃和超越的广阔的艺术视野和恢宏的气魄。

　　"九叶"诗派提出"新诗戏剧化",主张新诗的结构应是戏剧化结构,就是要"设法使意志与情感都得到戏剧的表现,而闪避说教或感伤的恶劣倾向",(见袁可嘉《新诗戏剧化》,以下引文皆出此)这样其作品所体现的特点就是"表现上的客观性与间接性"。而"诗的戏剧化至少有三个不同的方向":"有一类比较内向的作者,尽力追求自己的内心,而把思想感觉的波动藉对于客观事物的精神的认识而得到表现的。这类作者以里尔克为代表,它表现出深沉的,静止的,雕像的美。""第二类诗的戏剧化常被比较外向的诗人所采用,奥登是杰出的例子。他的习惯的方法是通过心理的了解把诗作的对象搬上纸面,利用诗人的机智、聪明及运用文字的特殊才能把他们写得栩栩如生,而诗人对处理对象的同情、厌恶、仇恨、讽刺都只从语气及比喻得着部分表现,而从不袒然赤裸。"例如奥登是"活泼的,广泛的,机动的流体美的最好样子"。还有一类是"干脆写诗剧"。这一类,九叶诗人中还没有人写过诗剧,唐湜写过戏曲剧本,不是真正意义上的诗剧;但是无论是否写诗剧,九叶诗人却遵循了布莱希特的"间离效果"的戏剧化原则。这种诗的结构的戏剧化,就是诗人规避自己直接站出来抒情宣泄,所谓"间离效果",也就是和读者保持一定的距离,只是以作品中的静止的、富有雕像美而又互不相关的一个个意象排列组合着,犹如画面和戏剧场面,而在这些看似客观形象的意象的深层,却跃动着诗人丰富深邃的情思。当然,由于当时社会的腐败和混乱,客观现实的黑暗,迫使九叶诗人更切近现实生活。他们的有些诗如杜运燮的《追物价的人》、袁可嘉的《上海》《南京》等很像活剧和讽刺剧。即便如此,诗人们也不是直抒胸臆,而是让读者从诗人们所勾勒的人物和画面中,领会诗人的真意。当读者会意一笑时,说明诗人已收到讽刺的戏剧效果。"诗的戏剧化"取代了传统的诗歌的直抒胸臆,意味着诗歌突破单纯抒发情感的模式,而转向表现人生经验,意味着九叶诗人背叛传统,另辟蹊径,找到了以诗的方式把握客观世界和传情达意的全新途径,因此大大拓展了现代诗歌的艺术表现空间,丰富了现代诗歌的表现手法。无论从哪个方面看,"九叶"诗派为中国新诗,特别是为中国现代主义诗歌的发展作出了杰出的贡献。

九叶派与台湾现代派

纵观中外文学史,纵然文学现象纷繁复杂,但总有规律可循,文学虽然是人创造的,但是文学规律却往往不以人的主观意志为转移。就以诗歌流派来说,从表面上看,诗歌流派的形成似乎具有很大的偶然性。少数诗人的发难、提倡,群体的响应,推波助澜,由初具规模,渐成气候,到蔚为壮观,于是一种流派就形成了。细究起来,诗歌流派的形成,固然很大程度上取决于诗人的主观因素,然而,不可否认的是,客观因素也是诗歌流派形成、存在的重要原因。只有从主观和客观两方面的因素去考察诗歌流派的形成才是全面的。

诗歌流派形成的客观因素又可分为社会政治因素和诗歌发展内在规律的因素。社会政治因素可以影响诗歌流派,但却不能完全左右诗歌发展内在规律的走向。这在中国现代主义诗歌运动中的两个流派"九叶派"和台湾现代派那里体现得尤为明显。

由于社会政治的因素,40年代的现代主义诗歌流派"九叶派"(应为"中国新诗"派,1981年,因《九叶集》的问世,被称为"九叶派",为了叙述的方便,一般就称为"九叶派")到了50年代成为绝响,然而,现代主义诗歌并未真正退出历史舞台,一方面它转入地下,积聚力量,为70年代末的复出创造条件;另一方面,它穿越海峡,在台湾落地生根,诞生了台湾现代派,使中国现代主义诗歌得以承袭余绪。这正好证明:像现代主义诗歌这样在世界范围内涌动着生命活力的诗歌运动是不会因为社会政治的原因而轻易销声匿迹的。而在中国现代主义诗歌运动的长河中,"九叶派"和台湾现代派曾是两个跃动着蓬勃活力的诗歌流派。对于这两个诗歌流派,在惊叹它们历久不褪的艺术魅力和生命力的同时,我认为把两者加以比较、分析和研究是十分必要的,是很有意义的。

大体相似的政治背景

在比较"九叶派"和台湾现代派时,我发现有一个现象很有意思,即它们所处的政治背景竟然大体相似。"九叶派"诞生于40年代的国统区,而台湾现代派则诞生于50年代的台湾,同样是国统区。当然,虽然同是国统区,但毕竟时代和地域不同,其社会现实自然不同。

20世纪40年代的中国,在国民党反动统治下,内忧外患,战争频仍,血火交迸,国无宁日,民不聊生。"九叶派"就是诞生在这样的社会政治背景下。由于是在国统区这样一个特殊的社会环境之中,诗人又是以个体为存在方式,一般不从属于某个政治组织,不受其领导和制约,所以可以充分表现其个性。这些诗人大多留学国外,又有深厚的古典文学的修养,故而更尊崇艺术与个性,并努力寻求西方现代派艺术与古老的中国古典诗歌传统的交汇,寻求现实生活与心灵世界的交汇。于是,就在风雨如磐的国统区,一个新的现代主义诗歌流派诞生了,这就是与革命根据地诗歌、"七月派"诗歌鼎足而立被称为"中国新诗派",后被称为"九叶派"的诗歌流派。

"九叶派"的形成与两份创刊于上海的诗歌杂志《诗创造》和《中国新诗》有关。《诗创造》和《中国新诗》是以丛刊的形式出版的,每月出版一册。《诗创造》由臧克家、曹辛之、林宏、沈明、郝天航等人集资发起,由曹辛之主持具体的编辑事务。《诗创造》在《编余小记》里提出了在大方向一致的前提下兼容并蓄的编辑方针。在《诗创造》发表作品的作家和诗人有一百多人,发表的作品风格多种多样,有抒情诗、十四行诗,有山歌民谣,也有政治讽刺诗。作品的内容多数是反映国统区人民的生活斗争。此外,还有一些颇有见地的诗论。《诗创造》是 1947 年创刊的,一年后的 1948 年 11 月,《诗创造》遭到国民党反动派的查禁。

《中国新诗》于 1948 年 6 月创刊。由辛笛、杭约赫、陈敬容、唐祈、唐湜编辑。由唐湜执笔的代序《我们呼唤》写道:

> 我们现在是站在旷野上感受风云的变化,我们必须以血肉似的感情抒说我们的思想的探索。我们应该把握整个时代的声音在心里化为一片严肃,严肃地思想一切,首先思想自己,思想自己与一切历史生活的严肃的关连。一片庞大的繁复的历史景色使我们不能不学习坚忍的挣扎,在中心坚持,也向前突破,对生活也对诗艺术作不断的搏斗。我们的工作要求一份真诚的原则,毅然不动的塑像似的凝聚,也要求一个份量恰当又正确无误的全局的把握。我们有一份浑然的人的时代的风格与历史的超越的目光,也应该允许有各自贴切的个人的突出与沉潜的深切的个人的投掷。我们首先要求在历史的河流里形成自己的人的风度,也即在艺术的创

造里形成诗的风格，而我们必须进一步要求在个人光耀之上创造一片无我的光耀——一个真实世界处处息息相通、心心相印，一个圣洁的大欢跃，一份严肃的工作，新人类早晨的辛勤的耕耘。历史使我们活在生活的激流里，历史使我们活在人民的搏斗里，我们都是人民中间的一员，让我们团结一切诚挚的心作共同的努力，一切荣耀归于人民！①

读着这样的文字，即使是在经历半个多世纪的今天，却依然被当年的青年诗人的火热的情感所感染。这篇"代序"堪称《中国新诗》的宣言，表达了他们对历史、时代、现实人生、艺术和个性的见解。

在《中国新诗》第二集的"编后记"中，又进一步对刊物突出要求："在内容上更强烈拥抱住今天中国最有斗争意义的现实，纵使我们还有各式各样的缺陷，但广大的人民道路已指出了一切最复杂的斗争的路，我们既属于人民，就有强烈的人民政治意识，怎样通过我们的艺术形式而诉诸表现。在这一点上，我们既非夸张的宣传主义，……更非畏首畏尾中国式的'唯美派'。……我们愿意首先是一个真正的人，在最复杂的现实生活里，我们从各方面来参与这艰苦而光辉的斗争，接受历史阶段的真理的号召……"也许是言辞激烈了些，强调了"强烈的人民政治意识"，《中国新诗》与《诗创造》同时被国民党反动派查封。

当时为《中国新诗》撰稿的大多是大学教师、学生、作家和文化工作者。《中国新诗》的读者，也大多是爱好新诗的知识分子和青年学生。就在《中国新诗》这块园地里，由编辑、作者、读者共同对新诗的爱好、研究，互相切磋，互相鼓励，逐渐形成一个具有鲜明特色的新诗流派。这就是当时被称为"中国新诗"派，后来被称为"九叶派"。

这样一个独树一帜的诗歌流派，却因其现代主义的倾向、多元化的艺术观念，为建国后极左的意识形态和狭隘的艺术观念所不容。"九叶派"虽然没有像"七月派"那样被卷入"反革命集团"的政治批判运动中去，可是同样长期遭到冷遇、歧视、批判，以致长期濒于销声匿迹，淡出人们的视野。而

---

① 《中国新诗》1948 年 6 月创刊号。

作为这个流派中的成员，这九位诗人都程度不同地受到不公正的对待，有的被迫害致死，如穆旦；有的改行不再写诗，如曹辛之（杭约赫）后来成为著名的书籍装帧家；有的一度投笔从商，如辛笛一度从事工商和银行事业；有的则被错划为右派，如唐湜，受尽迫害，被遣返老家温州。新时期的春风终于吹绿了这九片濒临枯萎的叶子。直至 1981 年，《九叶集》问世，人们才惊喜地发现，原来在那风起云涌、血火交迸的 40 年代，还有这样一种沉静优雅、含蓄深邃的诗，而尤其令人惊奇的是，虽然时隔将近半个世纪，这些诗竟然仍然具有鲜活的生命力，仍然给人以深刻的感悟和强烈的震撼。

1982 年，又出版了除杭约赫以外的八位诗人从 50 年代到 80 年代的作品合集《八叶集》，作为对《九叶集》的补充。

台湾现代派诗歌诞生在 50 年代初的台湾。是时，国民党迁台不久，又正值朝鲜战争前后。国民党当局实行反共高压政策。这是它在大陆实行的反共高压政策在台湾的延续。所以，"九叶派"和台湾现代派先后同样处在国民党反共高压政策下。如果说，在大陆的国统区，国民党反动统治的反共高压政策对共产党和民主进步力量偏重于白色恐怖的行动，那么，在台湾，国民党当局的反共高压政策则更偏重于严酷的思想控制，对民众进行洗脑和灌输反共思想。为此，台湾国民党当局不遗余力地利用包括诗歌在内的文艺作品鼓吹反共宣传。以反共的"战斗文艺"来压制、抵消反映民众意志和愿望的进步文艺。台湾现代派正是在这样的政治背景下形成的。

台湾现代派诗歌的创始人当推纪弦。1953 年 2 月，纪弦创办了《现代诗》杂志。当时，他兼编辑、主要撰稿人、社长和发行人于一身。与此同时，他还打出了"现代诗社"的招牌。这样，在《现代诗》和"现代诗社"的周围，就逐渐吸引了一批台湾最早写现代诗的诗人。这一点与"中国新诗派"（九叶派）的形成也类似。

纪弦在《现代诗》的创刊宣言中，强调排斥中外的传统。他说："用白话或口语写了的本质上的唐诗宋词元曲之类，我们不要"；"同样的是，凡是贩卖西洋古董到中国市场上来冒充新的，……我们也一概拒绝接受"。纪弦主张，"惟有向世界诗坛看齐，学习新的表现手法，急起直追，迎头赶上，才能使我们的所谓新诗到达现代化"。《现代诗》最初为月刊，后来改为季刊。

1956 年 1 月，纪弦在台北发起召开现代诗人第一届年会。正式宣布成立"现代派"。最初有成员八十三人,后来增加至一百零二人。纪弦是发起人,筹备委员有:郑愁予、杨允达、小英、林亨泰、叶泥、罗行、林泠、季红、纪弦。其他成员还有:李莎、方思、彩羽、张拓芜、楚戈、秦松、蓉子、罗门、白荻、辛郁、梅新、黄荷生、锦连、黄仲琮(羊令野)、罗马(商禽)等。在这次大会上,纪弦在《现代诗》宣言的基础上,加以进一步的发展,概括为"现代派六大信条",发表在《现代诗》第十三期封面上,并且还特地写了一篇《现代派信条释义》加以诠释。这六大信条是:

第一条:我们是有所扬弃并发扬光大地包容了自波特莱尔以降一切新兴诗派之精神与要素的现代派之一群。

第二条:我们认为新诗乃横的移植,而非纵的继承。

第三条:诗的新大陆之探险,诗的处女地之开拓。新的内容之表现,新的形式之创造,新的工具之发见,新的手法之发明。

第四条:知性之强调。

第五条:追求诗的纯粹性。

第六条:爱国。反共。拥护自由与民主。[①]

这第六条加上"反共"的字眼,或许是为了生存而设的"保护色"。这一点决定了台湾现代派和 40 年代的"中国新诗派"("九叶派")有着不同的命运,避免被国民党当局查封。这六条信条未必能约束诗人的创作,又因其感性和主张胜过理性和思辨,缺乏理论的深度,它也不可能完全成为诗人们创作所奉行的圭臬。

与"中国新诗派"受到国民党反动当局政治迫害而被迫解散不同,台湾现代派则是自行解散的。1959 年,自第 22 期起,纪弦不再负责《现代诗》的编务,改由黄荷生任主编。自此《现代诗》的诗更渐渐与"现代派"的六条信条疏离。终于,在 1962 年春,纪弦宣布解散"现代派",《现代诗》也于1964 年 2 月出版了第 45 期之后停刊,直至 1982 年之后复刊。"现代派"作为诗歌团体可以说已经解体。

---

① 《现代诗》13 期,1956 年。

二者的艺术传承的异同

"九叶派"和台湾现代派在艺术传承上既有相同之处,又各有特点。

首先,它们在艺术传承上的相同之处是,它们都继承了"五四"以来新诗的传统。不管台湾现代派诗人主观上承认与否,这一点是不容抹煞的。他们写的是"五四"倡导的新诗。

其次,它们都在一定程度上继承了中国现代主义诗歌的传统,特别是早期象征派和现代派的传统。

虽然它们同样继承了现代主义的诗歌传统,但是,恰恰在如何继承上有着明显的不同。

先说九叶派,"九叶"派虽然和与之相近的 30 年代的以李金发为代表的"象征派",以及以戴望舒为代表的"现代诗派"有着一定的继承关系,但不容忽视的是它们也有很大的区别。以李金发为代表的"象征派",一味模仿法国象征主义诗歌,生吞活剥,不能加以消化,融为己有,所以写出的诗,不仅晦涩难解,而且洋味十足,难怪被讥为不是中国诗了。而以戴望舒为代表的"现代诗派",吸取"象征派"的教训,不是刻意模仿,而是认真吸收西方象征主义诗歌的艺术经验,结合自身的艺术修养,超越"象征派"而自成一派。但是,无论是"象征派"还是"现代诗派"都有一个共同的致命的缺点,那就是脱离现实生活。而"九叶派"形成于 40 年代后期,其诗人又经历过抗日战争和解放战争时代暴风雨的洗礼,他们具有强烈的现实意识,所以不仅不可能脱离现实,相反,他们始终关注社会现实生活,并且积极介入其中,在诗歌创作中真实深刻地反映当时的社会生活。

如果说"九叶派"对 30 年代的现代派是有所否定的肯定,是批判的继承,那么台湾现代派对 30 年代的现代派则是无批判的继承。这是完全可以理解的,是在情理之中的。我们知道,台湾现代派诗歌的倡导者纪弦原本是从大陆去的。他在 30 年代曾以"路易士"的笔名,在上海的《现代》杂志上发表诗作。而且,他在 1936 年还和戴望舒、徐迟等人合办过《新诗》杂志。所以,李金发、戴望舒的诗歌主张无疑影响他的诗歌艺术观念。事实上,"六大信条"中"追求诗的纯粹性"正是继承了 30 年代现代诗派脱离现实生活的传统。

　　当然,由于 40 年代的大陆与 50 年代的台湾,无论是时代、社会、政治背景和现实生活都是大不相同的,所以,对于"追求诗的纯粹性",也应加以具体分析。50 年代的台湾,国民党当局把诗当作政治宣传的工具,反共浪潮甚嚣尘上,在这种情势下,强调"诗的纯粹性"无疑是对"反共"紧箍咒的间接对抗,避免诗歌成为"反共"的传声筒,对提高诗歌创作的质量也起了促进作用。但是无论如何,脱离台湾本土的现实生活,忽视社会矛盾和广大民众,和 30 年代现代派一样,一心钻进象牙塔中写艺术至上的纯诗,仍然是它的致命弱点。

　　台湾现代派强调"横的移植,而非纵的继承",从而排斥了中外古典诗歌传统,这与"九叶派"正好大相径庭。"九叶派"之所以能成为 20 世纪中国现代主义诗歌的高峰,就因为它具备博大的艺术胸怀,"九叶"诗派既面对世界,又面对传统,它不仅继承、借鉴了西方现代主义的诗歌传统,而且还继承借鉴了中国古典诗歌的传统,特别是晚唐温庭筠、李商隐等婉约派诗人的传统,表现了古今中外的优秀文化艺术财富皆可为我所用,博采众长,兼收并蓄,而又加以扬弃和超越的广阔的艺术视野和恢宏的气魄。台湾现代派排斥中外古典诗歌传统,自断可供借鉴的艺术源流,殊不知,割断历史,割断传统,诗歌就成为无源之水,无根之木,也违反了诗歌艺术发展的规律。这一点,不仅为人们所诟病,而且恐怕未尝不是导致台湾现代派渐趋式微,乃至解体的原因之一。应该看到,排斥中外古典诗歌传统不仅对台湾现代派的诗歌创作,而且在一段相当长的时期内,对整个台湾诗歌界都产生了很大的影响。

　　诚然,对于"新诗乃横的移植,而非纵的继承"这一主张,也要具体分析。"非纵的继承"自然不对,而"横的移植"却并没有错。台湾现代派通过"横的移植",将西方现代诗歌艺术引进台湾诗歌界,作为台湾诗人诗歌创作的参照。这在一定程度上促进了台湾诗歌的创新,特别是有利于台湾现代主义诗歌的发展。

　　同时,我们也应看到这一主张的提出,与当时台湾的政治、经济、文化的背景以及台湾作为"孤岛"的地位不无关系。国民党政府迁台后,割断了与大陆的一切联系,台湾成为"孤岛"。为了生存,台湾国民党当局在政治、经济上向美国等西方国家求援，随着美援的进入，以美国文化为代表的西方文化和价值观念也随之进入台湾。一方面与中国大陆母体文化隔绝，另一方面，大量西方文化的涌入，造成了当时台湾文化的西化。台湾现代派正是在这样的情势下，提出"横的移植"这一西化的主张，把西方现代派诗移植到台湾来的。

最后，必须指出，这种只要"横的移植"，不要"纵的继承"，疏离了中华母体文化，淡化了中华民族的民族意识，对于中华民族的伟大的统一事业造成了一定的负面影响。

二者艺术表现手法的异同

台湾现代派在"六大信条"中提到"知性之强调"，不管诗人们是否严格遵守，但强调知性与"九叶派"主知的艺术特点可谓不谋而合。"九叶派"的诗是主知的，属于主知的现代诗。主知的现代诗着重于对人生哲理的探索和思考，并且以玄思入诗。虽然"九叶派"也大量运用意象，但是其意象具有更多的理性内涵。在他们的诗中，抽象的理性思维和机智深邃的哲理最为突出。他们的诗以表现经验代替抒情，诗中情思深藏不露，冷静隽永，诗句既是具象的，又是抽象的，诗风深沉玄奥。郑敏是九叶派诗人中最重视诗的知性和哲理的诗人之一。她有一句名言："哲学与诗歌是近邻。"她在早期的作品中就表现了她对生命、对人生的哲理思考。也斯在为郑敏的诗集《早晨，我在雨里采花》作的序《序：沉重的抒情诗——谈郑敏诗的艺术》中，对郑敏的诗作了这样精辟的分析："她在最具体表现意象的时候也不愿放弃哲理，最绘画性的时候也不愿意止于纯粹的视觉效果。她写艺术品的诗，变成对艺术品的咏唱、对人生的沉思。"这些话可谓确评。郑敏受乃师冯至影响至深。而冯至又是一位沉思型诗人。冯至本人心仪里尔克的诗，曾翻译过里尔克的《给一个年青诗人的十封信》。他写于1941年的《十四行集》分明具有里尔克诗的沉思风格。郑敏爱师所好，也喜欢上里尔克的诗。所以她的诗自然也受到里尔克沉思诗风的影响。

纪弦强调知性，但是具有讽刺意味的是，他的初期创作更接近浪漫主义。他的诗歌创作与他的诗歌宣言和主张相悖。反而是一向坚持抒情浪漫情调，与他唱反调的覃子豪，居然一改初衷，以知性入诗，写出了《瓶子之存在》这样的作品，成为早期知性诗的代表作。另一位诗人方思，被认为是最能体现台湾现代派主知精神的诗人。他深受里尔克的影响，深邃的沉思、睿智的知性成为他诗歌创作的重要特点。在《夜》一诗中，诗人写道："在这静而流动的宇宙中我探求这黑色的秘密"，在《时间》一诗中，他写道："真理不劳凡人担心／冷峻的坚定，不朽在一瞬间完成"。这种对宇宙和真理的执着探究，对瞬间与永恒的哲理思考，使他的诗具有知性的智慧和理性的力量。如上所述，郑敏的诗也具有里尔克式的沉静深邃的知性特点。如此看来，郑敏和方思可谓"师出同门"。

除了在"知性"这一点上，"九叶派"和台湾现代派有相同之处外，台湾现代派也不是铁板一块，都反对继承古典诗歌传统，其中的个别诗人在诗歌创作中就很明显受到中国古典诗歌传统的影响。郑愁予正是这样的一位诗人。由于他童年时随父不断迁徙的军旅生活，青年时随父迁台后，不得回归故里的人生经历，使他总有一种飘泊类转蓬的浪子情结。因而被诗人余光中称为"浪子诗人"。《梦土上》是他的成名作，也是他的代表作。寄托他儿时美好回忆的陆地，和面对现实海港生活的海上，成为他诗中情感张力的两端，也是他九转回肠、缠绵悱恻的离人心绪的最为动人的篇章。而他的名作《错误》，借春闺少妇苦苦期盼离人回归而终至失望的落寞和悲哀，尽情抒发离人浪子的惆怅情怀："我哒哒的马蹄是美丽的错误／我不是归人，是个过客……"这诗句成为他的传世名句。有评论说郑愁予的诗，其婉约典雅的气质颇似温庭筠，又有人说，从他的诗中，可以依稀看到 40 年代初辛笛诗的某些特征。这正好说明作为台湾现代派的成员之一的郑愁予与"九叶派"在继承古典诗歌传统上，有相同的认知。我在上文中说过，"九叶派"在继承古典诗歌传统中，晚唐温庭筠、李商隐是其重要的渊源。可以这样说，在台湾现代派中，郑愁予是在诗歌创作中将传统与现代结合得最为成功的诗人

"九叶派"借鉴、总结"象征派"和"现代诗派"学习西方现代派的经验教训，结合自己对西方现代主义诗歌流派的认识、思考和体会，再加上他们深厚扎实的中国古典诗歌传统的基础和修养，融会贯通，遂形成了独树一帜的艺术流派，那就是具有现实主义的内容、而又富有中国古典文化精神的现代主义艺术风格的诗歌流派。

而台湾现代派总的说来则是追求所谓纯诗的写作，一味西化，抛弃中外诗歌的古典传统，脱离现实，不关注社会生活和民众的疾苦。他们要表现的"新的内容"不可能是社会生活的内容，只能是一己的悲欢情怀；他们要创造的"新的形式"，是标新立异，竭力摆脱传统诗歌的形式，更有甚者，是对西方诗歌形式的生硬模仿和搬用。

当然，评价一个诗歌流派必须全面地看问题。正如上述，台湾现代派诗歌之割裂传统、脱离现实是因为受到强大的政治压力所致。或者毋宁说，它正是用这种方式曲折间接地对抗政治和意识形态的压力。另外，台湾现代派虽然强调"横的移植，而非纵的继承"，但是，它主张新诗现代化，强调创新精神，这就为诗人的创作开拓了广阔自由的空间，"横的移植"也拓宽了诗人的艺术视野，对于提高诗人的素质和诗歌的品位也是非常有利的。

同样处于国民党当局的高压政策下，"九叶派"和台湾现代派对现实采取不同的态度：前者积极面对，在诗中以精致的艺术形式关注社会生活，反映民众疾苦；而后者则采取回避态度，以"新的形式"表现"诗的纯粹性"。当然，由于时代地域不同，对它们作简单的价值判断显然是不合适的。

虽然台湾现代派强调"横的移植，而非纵的继承"，但是，从上面我们的分析，可以看到台湾现代派和"九叶派"还是存在着既相联系，又有区别的关系。如果把中国现代主义诗歌运动比作一根链条，那么，它们就是两个不可分割的环节。无论是"九叶派"还是台湾现代派，它们都是中国现代主义诗歌中不可分割、不可或缺的有机组成部分。

台湾现代派诗歌应该说是中国现代主义诗歌运动中重要的一环。如上所述，40年代的"九叶派"到了50年代就不得不销声匿迹了。台湾现代派的出现及时接续了"九叶派"现代主义诗歌发展的余绪，使中国的现代主义诗歌运动不致中断。从50年代初到70年代，台湾现代派诗歌以及稍后的"蓝星"和"创世纪"诗社，正好填补了大陆现代主义诗歌在这段时间的空白。从70年代中后期以后，随着"朦胧诗"的出现，大陆的现代主义诗歌才又得到中兴和发展。两岸的现代主义诗歌遂形成双峰隔水相望、相映生辉的美丽风景。

"九叶派"和台湾现代派都已是历史上的美丽风景。在当时两岸隔绝的情势下，尽管台湾现代派宣称"非纵的继承"，割断传统，但是，不可否认的是,这两个诗歌流派却并没有完全失去维系,无论是创作和主张,都有某种相同的认知和做派。这就证明,现代主义诗歌虽然来自西方,但是伟大的中华文化是更为强大的,它能包容改造外来文化,它有强大的向心力和凝聚力,正因为有这种向心力和凝聚力,才使两岸的这两个诗歌流派,成为中国现代主义诗歌运动中的有机组成部分。随着两岸文化交流的日益密切,我们完全有理由相信,两岸的诗歌创作一定会在互相切磋、互相交流中不断发展和繁荣。我们衷心希望两岸诗人携起手来,以兴会淋漓,生花彩笔,写出无愧于伟大时代的光辉作品,共同建筑中华诗歌的华美殿堂。

作于 2006 年 9 月 27 日

北京芳城园寓所

生命体验使诗歌永生

—— 中国古代流亡诗人现象试析

"流亡诗人"这个名称给我的印象似乎具有近现代色彩,是否只在近现代的中国和外国才出现过流亡诗人,我没有考证过。对于"流亡"一词,我还特地查了《辞源》,其解释为"流浪、逃亡"。最早出现"流亡"一词的是《诗经》,《诗经·大雅·召旻》曰:"瘨我饥馑,民卒流亡。"其后,屈原《楚辞·九章·哀郢》云:"去故乡而就远兮,遵江夏以流亡。"按照"流亡"一词的本义,"流亡诗人"似可分为"流浪诗人"和"逃亡诗人"两类。而就中国古代而言,仅仅以此来概括流亡诗人,显然是不全面的。而且,今天当我们界定中国古代的流亡诗人时,不必因泥古而局限了我们的视野。何况,对于"流亡"一词的含义,我们完全可以有新的理解。我同意这样的见解:流亡可以是主动的、精神的流亡,也可以是被动的、行为的流亡。如果以此界定,那么中国古代流亡诗人大致可分为以下四类:一,被贬遭谪,或退隐林下的官员;二,因政治原因亡命国外的志士仁人;三,战争、动乱中饱受颠沛流离之苦的文人;四,不图仕进,浪迹天涯的隐士。其中只有第四类是属于主动的、精神的流亡,其他三类都是在外力的驱动下,不得不被动地流亡。

这些诗人因其在流亡原因、遭遇经历、个性特点等方面各不相同,所以他们在对待统治者、黎民百姓和自我的态度上,就也有所差异。

其一,对封建统治者产生怨望、不满情绪,揭露他们的黑暗统治和骄奢淫逸的腐朽生活;对黎民百姓充满同情。但是,由于这些流亡诗人大多受儒家的影响,具有深厚的忠君报国思想,虽然本着"诗可以怨",可以刺的儒家传统,他们在诗中的"怨"、"刺"不乏激烈之处,但是对封建统治者却仍怀有幻想。例如,现实主义诗人杜甫,写出了"三吏"、"三别"这样震撼古今的诗篇,揭露封建统治者对人民的残酷压迫和剥削,以"朱门酒肉臭,路有冻死骨"这样强烈对照的千古名句,控诉社会贫富悬殊的不平。尽管如此,杜甫对封建统治者还是抱有幻想的,"致君尧舜上,再使风俗醇。"再清楚不过表明他的态度。儒家的哲学是积极入世的,他们中大多数人以建功立业、兼济天下为己任,由于政治的黑暗,朝廷的昏庸,奸臣的陷害,他们被排除在主流社会之外,被降职流放到边远地区。但是,他们不甘终老山林,时刻关注国事,所谓"身在江湖,心系魏阙"。他们之中,不乏官迷,企图东山再起,攫取财富和权力;但确有相当部分的人是为了重新施展自己的抱负和才能,实现自己的人生价值。他们对自我价值的肯定,表现了积极的人生态度。

其二,因国破家亡,而亡命国外。此类诗人把自我,把个人的命运与国家的命运联结起来。他们身在异国,心系故国,对故乡和亲人怀着刻骨铭心的思念。蔡文姬为匈奴掳去,她在《悲愤诗》中表达了对故国亲人的思念之情:"边荒与华异,人俗少义理。处所多霜雪,胡风春夏起。翩翩吹我衣,肃肃入我耳。感时念父母,哀叹无穷已。"而明朝遗民、亡命日本的朱舜水,则在《避地日本感赋》其一中,不仅表现了他对故国的思念,而且表现了他对明朝的拳拳忠心,在他身上体现了儒家所提倡的忠君爱国的传统道德,以及避地日本,不食周粟的民族气节:"汉土西看白日昏,伤心胡虏据中原。衣冠谁有先朝制?东海翻然认故园。"清兵入关后,强迫汉族人民剃头留辫,穿满族服装。当时有"留发不留头,留头不留发"之说。朱舜水流亡日本,因日本和服和明朝衣冠近似,他竟将日本认作"故园",即故国明朝。这是何等沉痛深沉的家国痛、民族恨!

其三，因战乱频仍，社会动荡，这类诗人饱受颠沛流离的坎坷生活之苦，对于生灵涂炭、靡有孑遗的残酷现实，民不聊生的人间苦难感同身受。王粲在《七哀诗》中，真实地描绘了当时社会惨不忍睹的人间悲剧图："西京乱无象，豺虎方遘患。复弃中国去，远身适荆蛮。亲戚对我悲，朋友相追攀。出门无所见，白骨蔽平原。路有饥妇人，抱子弃草间。顾闻号泣声，挥涕独不还。未知身死处，何能两相完？驱马弃之去，不忍听此言。南登灞陵岸，回首望长安。悟彼下泉人，喟然伤心肝。"蔡文姬在《悲愤诗》中也展现了董卓乱兵为非作歹的情景："卓众来东下，金甲耀日光。平土人脆弱，来兵皆胡羌。猎野围城邑，所向悉破亡。斩截无孑遗，尸骸相掌拒。马边悬男头，马后载妇女。长驱西入关，迥路险且阻。还顾邈冥冥，肝脾为烂腐。所略有万计，不得令屯聚。"这类诗人悲悯地注视着社会的动乱、民生的苦难，表现了博大的人文主义的关怀。他们的自我淹没在对社会现实的关注中，他们的作品在一定程度上反映了人民厌恶战乱，盼望安定幸福生活的强烈愿望。

其四，因宦海浮沉，历经波折和坎坷，认清社会政治的黑暗腐败，对封建统治者失望，遂无意于功名利禄，萍踪浪迹，寄情山水。孔子曰："达者兼济天下，穷者独善其身。"这类流亡诗人属于"独善其身"者。另外，这类诗人深受老庄思想的影响，其人生观是消极出世的。他们张扬个性，蔑视权贵。陶渊明"不愿为五斗米折腰"，挂印弃官；李白"安能摧眉折腰事权贵，使我不得开心颜"，充分表现他们磊落的胸怀，潇洒不羁的性格。如果说，前一类诗人更多关注社会现实和人民疾苦，那么这类诗人更多关注自我。表现在作品中，前者主要是现实主义，后者主要为浪漫主义。

尽管在出身、经历、性格等方面有所不同，可是总的说来，中国古代流亡诗人的作品有一点是相同的，那就是诗人真情实感的自然流露，而一扫无病呻吟、矫揉造作的柔靡之风。中国古典诗歌讲究"风骨"，而流亡诗人的诗歌大多写得慷慨激昂，沉郁悲壮，其表现的风骨是显而易见的。

中国古代流亡诗人的作品符合中国传统的诗学精神。中国古代向来有"诗穷而后工"的传统。司马迁说："夫《诗》《书》隐约者，欲遂其志之思也。昔西伯拘羑里，演《周易》；孔子厄陈、蔡，作《春秋》；屈原放逐，著《离骚》；左丘失明，厥有《国语》；孙子膑脚，而论兵法；不韦迁蜀，世传《吕览》；韩非囚秦，《说难》《孤愤》；《诗三百篇》，大抵贤圣发愤之所为作也。此人皆意有所郁结，不得通其道也，故述往事，思来者。"（司马迁：《史记·太史公自序》中华书局 1959 年版。）韩愈也说："夫和平之音淡薄，而愁思之声要妙；欢愉之辞难工，而穷苦之言易好也。是故文章之作，恒发于羁旅草野。至若王公贵人，气满志得，非性能而好之，则不暇以为。"（韩愈：《荆谭唱和诗序》，《韩昌黎文集校注》，古典文学出版社 1957 年版。）而欧阳修更明确提出诗穷而后工的看法："予阅世谓诗人少达而多穷。夫岂然哉？盖世所传诗者，多出于古穷人之辞也。凡士之蕴其所有而不得施于世者，多喜自放于山巅水涯，外见虫鱼草木风云鸟兽之状类，往往探其奇怪；内有忧思感愤之郁结，其兴于怨刺，以道羁臣寡妇之所叹，而写人情之难言；盖愈穷则愈工，然则非诗之能穷人，殆穷者而后工也。"（欧阳修：《梅圣俞诗集序》，《欧阳永叔集》居士集卷 42 商务印书馆 1936 年版。）他又说："君子之学，或施之事业，或见于文章，而常患于难兼也。盖遭时之士，功烈显于朝廷，名誉光于竹帛，故其常视文章为末事，而又有不暇与不能者焉。至于失志之人，穷居隐约，苦心危虑，而极于精思，与其有所感激发愤，惟无所施于世者，皆一寓于文辞。故曰，穷者之言易工也。"（欧阳修：《薛简肃公文集序》，《欧阳永叔集》同上。）这里所谓的"穷"，自然不仅是指物质生活而言，而是指物质和精神两方面的困厄与痛苦，以及经历和命运的波折与不幸。中国古代的流亡诗人历尽坎坷，备受挫折和苦难，可谓"穷者"。所以他们的诗以工见长。

那么，为什么"穷者"的诗一定是"工"的呢？我们常说"命运不幸诗家幸"。不幸的遭遇、悲惨的命运，使诗人经受了噬心镂骨的生命体验，使他不得不发而为诗。从诗人本身来说，正如钟嵘所说："使穷贱易安，幽居靡闷，莫尚于诗。"也就是说，正是因为诗，才使穷愁潦倒、饱经坎坷的诗人获得排遣、慰藉和补偿；从其作品来说，因为真实地表现了诗人的思想感情，自然就具有永久的生命力。顾嗣立的《寒厅诗话》，说到冯舒读孟浩然的《岁暮归南山》一诗，当读到"不才明主弃，多病故人疏"时，不禁感慨道："一生失意之诗，千古得意之句！"千古得意之句的写成，竟要付出一生失意的代价！

令人饶有兴味的是，"诗穷而后工"这一中国诗学传统，竟然与 19 世纪欧洲浪漫主义诗人的诗学主张不谋而合，有异曲同工之妙。如雪莱的《致云雀》："那些诉说最忧伤的思想的诗歌是最甜美的。"凯尔纳的《诗》："真正的诗歌只出于深切苦恼所炽燃着的人心。"缪塞的《五月之夜》:"最美丽的诗歌就是最绝望的,有些不朽的篇章是纯粹的眼泪。"这种巧合是偶然的吗?至少它说明,人类对心灵的美丽花朵——诗歌的爱好与关注是共同的,是不分国界的。因此不同时代、不同国家的诗人对诗歌的看法,完全有可能沟通。

在中国古代诗歌史上,有那么一批流亡诗人,以他们一生不幸、坎坷、困厄的命运,以难以想象的精神和肉体的痛苦为代价,创作了彪炳史册,堪称世界诗歌宝贵遗产的璀璨作品。

中国古代流亡诗人的作品给当今的诗歌创作的启示是写诗不能率尔操觚,而一定要有真实深刻的生命体验,才能进入创作。从某种意义上说,真实深刻的生命体验是诗歌的灵魂。即以上述"诗穷而后工"而言,历来有不少诗人走入误区,他们误以为只要在诗中表现不幸、痛苦、忧愁,就一定"穷而后工"了。殊不知没有真实深刻的生命体验,只在文字上以极状其痛苦忧愁为能事,便很可能走上无病呻吟的歧途。这里不妨举一个历来被传为笑谈的例子:据说有个李廷彦,写了一首百韵排律,呈给其上司请教。上司读到其中一联:"舍弟江南没,家兄塞北亡。"遂深表同情道:"不意君家凶祸重并如此!"不料李廷彦急忙恭恭敬敬地回答:"实无此事,但图属对亲切耳。"此事成为笑柄,有人还续了两句:"只求诗对好,不怕两重丧。"而以自己创作的亲身经历,说明真实深刻的生命体验的重要的古代诗人,当推辛弃疾。他在《丑奴儿》词中写道:"少年不识愁滋味,爱上层楼,爱上层楼,为赋新诗强说愁。而今识尽愁滋味,欲说还休,欲说还休,却道天凉好个秋!"此词上半阕就是属于无病呻吟,明明"少年不识愁滋味",却"为赋新诗强说愁"。下半阕,随着诗人阅历的增加,"识尽愁滋味",真正有了真实深刻的生命体验,却反而"欲说还休",在"却道天凉好个秋"的背后,蕴含着诗人多少深沉的忧愁、深切的悲愤!

另外,还有一点值得我们深长思之,就是创作是艰苦的,要耐得住寂寞。古代流亡诗人被排斥于主流社会以外,远离喧嚣,却亲近诗境,他们大多数人感到异常孤独和寂寞。惟其感到孤独和寂寞,他们才转向内心,进行内视和内省。而有无内视意识和内省意识是区别真正的诗人和平庸的所谓诗人的重要标志之一。对于诗人来说,他所面对的现实有外在现实和内在现实。倘若他只看到外在现实,只去表现外在现实,而忽视了内在现实,那他写出的诗,就只能是对外在现实的简单描摹,就称不上真正的诗人。真正的诗人应该具有内视和内省意识,在关注外在现实的同时,还要把注视的目光转向自己的内在现实,把内觉转变为意识和生动的体验,然后借助无法比拟的想象力和不可预科的顿悟表现出来。陈子昂的《登幽州台歌》,诗人面对"天地之悠悠"的大宇宙,却尽情抒发了内心小宇宙的深切感受:"前不见古人,后不见来者,念天地之悠悠,独怆然而涕下。"一个"独"字,道出了诗人旷古未有的孤独! 同时,诗中还传达出诗人在"天地之悠悠"的无限的宇宙面前,为个体生命的短暂和渺小所发出的深沉的浩叹。正因为诗人具有内视和内省意识,真切地道出了他的生命体验,所以尽管此诗看来似乎没有刻意经营,却成为千百年来震撼人心的不朽名作。同样,杜甫的《春望》中的名句"感时花溅泪,恨别鸟惊心",也表现了诗人面对兵荒马乱的外在现实,转向内在现实,把内觉转变为生动的体验,并把主观情感投射在客观物象上,使客观物象主观化,从而获得了令人震惊的审美效果。

中国古代诗人的流亡现象,是中国古代诗歌史上很重要的现象。流亡本属社会现象,因为流亡者是诗人,所以流亡诗也就成了诗歌现象。我们读着这些流亡诗,除了获得古典诗美的享受外,还将从中获得更多的启示,可以由此引发对有关诗学的一系列命题的深入思考。

写于 2002 年 12 月 13 日

北京芳城园寓所

第二辑 | 刘士杰论诗

燃烧着生命烈火的壮美花朵
——浅论牛汉的诗

在当今诗坛上，牛汉先生可算是少数年届耄耋，而创作力依然非常旺盛的老诗人之一。他旺盛的创作力来源于他旺盛的生命力。他就是一位浑身燃烧着生命烈火的诗人。

1996年8月23日，牛汉在日本前桥市第十六届世界诗人大会开幕式上的发言中说：

> 谈我的诗，须谈谈我这个人。我的诗和我这个人，可以说是同体共生的。没有我，没有我的特殊的人生经历，就没有我的诗。也可以换一种说法，如果没有我的诗，我的生命将气息奄奄，如果没有我的痛苦而丰富的人生，我的诗必定平淡无奇。①

谈到牛汉这个人，我们知道，他是一位有着蒙古族血统的老诗人，一生中经历了太多的艰难坎坷："经历过战争、流亡、饥饿，以及几次的被囚禁，从事过种地、拉平板车、杀猪、宰牛等繁重的劳动。"确实可以称得上是"痛苦而丰富的人生"。有这样的人生，就有这样的诗。对于牛汉来说，诗是生命的一部分，而且是不可或缺的一部分。也许可以这样来表述：生命是诗的骨骼，诗是生命的花朵。可是，高大魁伟的牛汉，却用"母性的虔诚"、"生成"、"接生"这样的词句来形容他创作诗歌时的感受，分明是将诗当作从母体中分娩出来的新的生命。他在给郑敏的信中，曾真诚地公开了他这种奇特的写作方式的"隐秘"：

---

① 牛汉，《谈谈我这个人，以及我的诗》，《牛汉诗选·代自序》，人民文学出版社1998年2月出版。

每个字、词语,都是由我生的,不是从传统的词典中取来的,我的散文和诗没有取来的文字,都是我生成的,属于这个即将诞生的(艺术)生命所应有的。我在《牛汉抒情诗选》的后记中说我创作时有一种"母性的虔诚",就是这种写作体验。……我不敢轻易把心中东西转变成文字,我求老伴为我作记录(她记得十分准确),我静坐在椅子里,闭起眼(为了避开这现实的世界),一句一句地自白(心灵的吐诉),几乎是自言自语,只有我的老伴能听明白,如作梦一般展开了那些久封的生命的篇页。在记录上,我还一改再改,直到把那个正在萌生显形的生命,从心里活活地接生下来。[①]

由此可见,牛汉的诗是他又一个生命的诞生。蒙古族血统中难驯的野性和粗犷,"痛苦而丰富的人生",使牛汉的诗激荡着蓬勃旺盛的生命力。

牛汉的诗所表现的对象都是有生命的,不管是强悍的生命,还是荏弱的生命。强悍的生命都被写得轰轰烈烈,甚至带有几分悲壮。例如《鹰的归宿》:

> 鹰的一生
> 最后不是向下坠落
> 而是幸福地飞升
> 在霹雳中焚化
> 变成一朵火云
> 变成一抹绚丽的朝霞

又如《虎啸的回声》:

> 华南虎啸吼时
> 浑身的斑纹像火焰似的沸腾
> 每一根彩色的毛发

---

① 牛汉:《致郑敏》,载《诗探索》,1994 年第 1 辑。

竖立起来

成为发声的金属的音叉

还有《汗血马》:

汗血马
扑倒在生命的顶点
焚化成了一朵
雪白的花

这些强悍的生命被写得有声有色,极其悲壮。而即使那些荏弱的生命,也写出了它们的坚韧不拔和自身的价值。蚯蚓是如此柔弱,但诗人却看到它的生命的价值和意义:"一条蚯蚓的生命里 / 只有一滴两滴血 / 默默地 / 在地下耕耘一生"(《蚯蚓的血》),以致"身高近两米"的诗人"多么希望 / 在我的粗大的脉管里 / 注进一些蚯蚓的血 / 哪怕只是一滴"。至于对一些被伤害的植物,牛汉更是感同身受地感到痛楚。众所周知的牛汉的名篇《悼念一棵枫树》和《我是一颗早熟的枣子》中的枫树和枣子,好似通了人性,有了人的感情,真是灌注生气的鲜活生命。其实,诗人正是怀着尊重生命的人文主义关怀来观照世间万物的。我们常说:人是万物之灵。然而,在诗人牛汉眼里,人和万物的生命应该是平等的。枫树的生命和人的生命也应该是平等的。因此,他像悼念去世的人一样悼念一棵被伐倒的枫树。既然砍伐者和被砍伐者的生命是平等的,那么,砍伐的行为无异手足相残,使他倍感悲愤。所以,诗人才怀着悲天悯人的深情,以无限关爱和体贴的善良的心,写下了感人至深的诗句:"家家的门窗和屋瓦 / 每棵树,每根草 / 每一朵野花 / 树上的鸟,花上的蜂 / 湖边停泊的小船 / 都颤颤地哆嗦起来……""伐倒三天之后 / 枝叶还在微风中 / 簌簌地摇动 / 叶片上还挂着明亮的露水 / 仿佛亿万只含泪的眼睛 / 向大自然告别""村边的山丘 / 缩小了许多 / 仿佛低下了头颅 // 伐倒了 / 一棵枫树 / 伐倒了 / 一个与大地相连的生命"。

对于一棵被戕害的树,诗人尚且倾注了如此深厚的人性关怀,那么对于一个被戕害的人,特别是自己的好友,则更表现了无限悲怆的深情。《火化聂绀弩》正是这样一篇感人肺腑的作品。由于长期的政治迫害，诗人聂绀弩的身体受到严重的戕害。在题记中，牛汉写他向聂绀弩的遗体告别，看到聂绀弩的"身躯仍佝偻地侧卧着，到死未能伸直"。"到死未能伸直"的佝偻身躯是死者生前饱受迫害的见证。诗人牛汉写道："静默地垂着头颅／我独自兀立在八宝山公墓的／高墙外，凝望茫茫的天空：／哦，一个人的灵魂／即将从这里升天"。接着，他写到他所望见的那一幕令他又惊又悲的情景：

> 哦，我望见了，
> 感觉到了：
> 是绀弩，
> 是绀弩的魂，
> 是绀弩的气象，
> 是绀弩化成的——
> 一缕烟，浓黑的烟，
> 正从一丛树梢冉冉冒起，
> 是他，是他，是绀弩，
> 可为什么不是直直地突突地向上升，
> 而是弯弯曲曲，颤巍巍巍，
> 哪里是升天？
> 天哪！
> 绀弩化成烟，他的魂体仍没有伸直啊！
>
> 绀弩的魂，
> 那一缕沉重的黑烟，
> 久久地停滞在离地面不远的空间，
> 那不是天宇，更不是天国，
> 他仍佝偻着，变成了永远疼痛的一缕烟。
> 地上的路走不动，
> 上天的路也走不通啊！

其实,按照生活的常识揆情度理,那一缕黑烟未必是火化聂绀弩产生的,而诗人却从这缕弯曲的黑烟联想到绀弩 "到死未能伸直" 的佝偻的身躯,并且痛心地仰天长叹 "天哪! / 绀弩化成烟,他的魂体仍没有伸直啊!" 按照中国古老传统的丧事礼仪,死者的仪容应该是端庄,甚至是神圣的,因而,为死者化妆修饰的习俗相沿至今。这习俗实际上是对活着的亲友心灵上的一种抚慰。显然,聂绀弩 "到死未能伸直" 的佝偻的遗体,对牛汉来说,无论在心灵上和感情上都是难以接受的。牛汉将聂绀弩佝偻的遗体作为全诗叙述和抒情的主体,可见他是多么为之心疼悲愤!毋怪他感同身受地为之痛惜:"他仍佝偻着,变成了永远疼痛的一缕烟。" 牛汉的这首诗之所以使读者悄然动容,不止是因为诗人写了一位身患残疾的诗人朋友,更因为写出了一个虽患残疾,却奋力抗争的坚强不屈的高贵生命。牛汉笔下的聂绀弩是一位虽饱经迫害,身罹残疾,却依然乐观向上,以勤奋创作向命运挑战的诗人:

> 我抚摩过浑身疼痛的聂绀弩,抚摩过他的
> 历历可数的胸骨,瘦削灵巧的手掌,掌心火热,
> 还有他僵硬而弯曲的腿骨,尖削的膝头……
> 聂绀弩苦笑对我说:"我的诗,一首一首
> 刻在了我骨头上,每个字都带给我痛感,
> 是痛快的那个痛!"

类似的诗还有《贝多芬的晚年》、《冰山的风度》、《最后的形象》、《人啊生命啊——读海伦·凯勒自传》。晚年的贝多芬不幸失聪,诗人写这位音乐大师面对 "可怖的静默","却宁愿隐忍",最后 "贝多芬 / 疯狂地冲到门外 / 奔向暴雷雨 / 向静默的世界 / 挥着拳头 / 仿佛猛击着 / 一排看不见的音键";而 "受过两次伤","腿部中了二百三十七块弹片" 的作家海明威,"谁都担忧你膝盖头上那个创伤 / 可你偏偏用这条腿 / 站立着写字 / 一口气写一个短篇";还有那位深受癫痫病折磨的绘画大师,"画一次自己 / 就经受一次自焚","苦痛把梵高鞭笞到爆炸点",他 "最后的形象" 成为 "永不熄灭的火焰";更有 "又聋又哑又瞎" 的海伦·凯勒,诗人写 "黑暗和寂静 / 并不能抹掉你的心脏和涌动的血液 / 抹掉你的梦和心灵里闪烁的诗 / 抹掉你的世界",诗人

赞美她是"真正的人"、"有血性有灵性的生命"。

像这样残缺而奋力抗争的顽强生命，成为牛汉满怀激情歌颂的对象，无论是植物，如《半棵树》、《悼念一棵枫树》、《我是一颗早熟的枣子》、《根》、《伤疤》，还是动物，如《鹰的归宿》、《华南虎》、《麂子》、《汗血马》；还是如上述的非凡的人，都震撼了读者的心。表现残缺的生命之美，是牛汉诗歌创作艺术追求的重要组成部分。也许诗人借鉴了现代派某些表现手法，但与其以残缺为美、以丑为美有着本质的不同。其不同之处在于，牛汉所表现的残缺的生命之美，是与表现对象的向上顽强的生命力不可分的。

在牛汉的诗中，顽强的生命力爆发出壮丽的色彩。甚至不是生物，诗人也赋予其生命。例如这首《夜》：

> 关死门窗
> 觉得黑暗不会再来
>
> 我点起了灯
>
> 但黑暗是一群狼
> 还伏在我的门口
>
> 听见有千万只爪子
> 不停地撕裂着我的窗户
>
> 灯在颤抖
> 在不安的灯光下我写诗
>
> 诗不颤抖

黑暗、灯、诗本不是生物，但在诗人笔下，一个个活灵活现，如闻其声，如见其形。所以诗人牛汉的诗笔好像童话中的魔杖，他所要表现的对象，不管是否是活物，只要一经他的诗笔点化，便一个个都具有鲜活的生命，并且都带上了牛汉的个性。这说明牛汉写诗时，是将自己的主观精神、自己的生命注入对象，或者毋宁说，是这些对象进入了牛汉的生命之中。

人们在评论牛汉的诗时，一般都要提到这种主观与客观猝然相遇、物我一体的感悟方式。这种不断重复的感悟方式，终于使牛汉自己也感到仍然是对生命的一种桎梏。为了打破这种桎梏，牛汉作了十分艰苦的探索。在《三危山下一片梦境》一诗的后记中，他这样写道：

> 近几年来，每创作一首诗，常常陷溺在诗中，每个词语跋涉得非常艰难。《梦游》使我陷溺了近半个世纪，《空旷在远方》是个没有尽头的境域，这首《三危山下一片梦境》其实仍在前两首诗之中继续跋涉着，只不过喘息得更为紧迫一些。为什么我被死缠活缠，总冲不出诗为我安排的命运，或命运为我安排的诗之中？

从上面的肺腑之言中，我们对年届耄耋的老诗人牛汉，为了超越自己，在艺术上有所突破，仍在诗的王国中上下求索、艰难跋涉而满怀敬意。他对诗歌创作的敬业精神、进取精神，以及为自己和读者高度负责的精神，堪为青年诗人学习的楷模。

经过艰苦的求索，牛汉果然有了突破。他的长诗《梦游》、《发生在胸腔内的奇迹》、《空旷在远方》以及《三危山下一片梦境》等作品，就是他求索的成果。《梦游》既是诗人永无止境的精神追求的标志，又是一次在诗艺王国中的历险。与前面所说的物我一体的感悟方式不同，《梦游》所写的完全是主观精神的高扬，是灵魂为自由而飞升。虽然在生活中，牛汉确患有梦游症，但我们不要被诗人骗过了，如果只是为了记录这数十年老困扰他的病症症状，就不值得写成诗，更不值得他如此用心，不断地修改，不断地易稿，其中定有深意寓焉。牛汉的蒙古族血统具有向往自由的基因，而严峻的现实又压抑了他的个性。所以夜游也好，梦游也好，无非是诗人长久以来积存在潜意识中的向往自由的愿望的病态表达；是为摆脱羁绊而进行的灵魂的自由漫游；是以反常的、非理性的举止表现了正当的、理性的要求；是以扭曲、变形的生命形态表现生命的本质。诗人写到他在梦游中的狂乱的精神状态，真是精彩极了：

我并没有毁灭

我是蛹变成了蝴蝶

我是岩石变成火焰

我是凋枯的花放射出浓浓的香气

失去躯壳的生命

顿然感到异常的轻松

哈哈,压在胸口的那块庞大而狰狞的岩石

被我摔得很远很远

我听见了它碎裂的呻吟

这块镇心石

几十年来

它把我的肺叶

压成了血红的片页岩

把呐喊把歌把笑把叹息把哭诉

从胸腔里

一滴不留地统统挤压净光

从这些诗句可以看出,生命力依然在强烈地跃动,但是写法和表现手法却与以前不同。以前是将主观精神投射到客观物象上,将自己的生命灌注在物象上,使之变为鲜活的生命;而这里却是俯视、省察自身的灵魂,并将自己的生命和主观精神向外辐射。而《发生在胸腔内的奇迹》可称为《梦游》的姐妹篇,它写的是梦魇,也是一种反常的、病态的生理和精神现象。它的副题是"有一首诗是这样诞生的",它把梦魇写成有生命的:"梦魇无形却有生命 / 因而是世界上最难消灭的一种活东西",并且那么可怕:"用一千只不分指的蹼一般冰凉的巨掌 / 把起伏不安的热胸膛 / 严严实实地封死 / 只剩下油油一丝呼吸"。诗人借梦魇这种反常的、病态的、生理和精神现象,富有象征性地显示诗人应具有内视意识,应着力表现内宇宙:"静静的胸腔内 / 有如创世纪前混沌的宇宙 / 出现了浓浓的灼热的云团 / 它强劲地流荡不息,冲撞着胸壁 / 想来这就是一个稚嫩的灵魂正在形成","带着血热的云团在

岩石上不停地摩擦 / 磨出了一闪一闪的电火 / 磨出了雷诞生时的哭泣声 / 像一个刚出世的婴儿 / 哦,哦,胸腔内有声有色,有复活的梦 / 正创造原始的奇迹","生命感到了雷鸣和闪电 / 在身躯的上上下下里里外外 / 耕耘着阡陌般昏迷很久的知觉 / 感到了细微的温暖不断地开展扩张 / 感到了雷电像胀痛的种子抽芽时的蠕动 / 生命重新开始"。最后,"胸腔内深深的蠕动和声响 / 预示着一个星球正在凝聚 / 它将同雷鸣闪电一起 / 轰开梦魇的阴影从胸腔内升起","一首诗诞生 / 在生命复活的瞬间"。这首诗简直就是一篇用诗的形式写就的诗歌创作谈。《空旷在远方》则是诗人借他人之酒杯,浇自己之块垒。他引用美国诗人惠特曼的话作为题记:"这海岸成了我写作的一种看不见的影响,一种作用广泛的产道尺度和符契。"这里,无论是海还是岸,都是一种隐喻,一种象征。诗人写道:"惠特曼一生向自己的岸自己的海奔走着 / 他的岸和海越来越陌生 / 没有被谁发现过 / 更没有一只船 / 记忆和幻梦里全是礁石险滩旋涡"。"自己的岸自己的海"也是牛汉自身一生所追求的。其实,海、河、岸都只是心灵的象征:"浩瀚和肃穆空灵并不只属于海 / 也属于入海之前的河和岸 / 属于诗人的心灵"。诗人深入心灵深处,用主观精神的辐射,表现诗人的哲思:"河为离弃岸而奔流 / 为越过自己前一个浪头而奔流 / 岸为离弃河而痛苦地延伸","海和岸 / 嘴唇般闭合又张开 / 张开又闭合 / 讲述预言 / 喃喃地祈祷 / 向宇宙的心灵不停地悸动和呼唤"。而在《三危山下一片梦境》中,三危山又成为一种象征,对诗人来说,"三危山不是一脉供人攀登游览的驯服的山 / 它是一个不朽的对心灵的诱感"。在现实世界中,三危山只是敦煌附近并不很高的山,然而,在诗人眼中,"三危山是无法攀登的山 / 也不是命运的河水最后出现的岸 / 三危山是一个美丽而困恼的诱感"。在这里,三危山作为一种象征,是诗人可望而不可即、诱感他不断为之追求的理想的梦境。这四首作品所用的手法,意味着牛汉对自己的超越,对既有诗艺的突破。就以《三危山的一片梦境》为例,这首诗的诗句很长,与诗人以前的作品不同。诗人在此诗的"后记"中,对此作了这样的解释:

这首诗的每一行为什么如此冗长,我只能说这是因为诗总在艰难地喘息,词语飞动不起来,必须一步一步地跋涉,如果这首诗有什么节奏或韵律的话,那就是生命不停地颤抖,以及急促的喘息声。空旷的境域中没有短的路,大沙漠的节奏是最沉缓的。佩斯的《进军》与《阿纳巴斯》只能以浩浩荡荡的词语和列队的诗行,去显现那庄严而浑厚的诗的国土的景象。

"诗总在艰难地喘息","一步一步地跋涉",再形象不过地表现牛汉对超越自己,突破自己的执着追求与艰苦的探索,也显示他能随着时代与题材的变化而变化的开放心态。

当然,牛汉对自己诗歌创作的超越,不仅是对既有诗艺和手法的突破,而且是对自己诗歌观念的突破。在中国现代诗歌史上,牛汉被公认为是"七月派"的代表诗人之一。可是,牛汉在晚年却不愿把自己归属到"七月派"门下。牛汉的这种想法我以为是对的。"七月派"是个历史概念,是历史上的一个诗歌流派,它不能涵盖今天牛汉的创作。在历史上,在40年代形成的"七月派"诗群的诗人,基本上走现实主义的创作道路,这是他们的创作主流;当然,他们中的一些诗人因为强调主观精神,所以在诗中也表现了浪漫主义的倾向,还有少数诗人也受到西方现代派诗的影响。但是总的说来,作为一个诗歌流派,一个以现实主义为主要创作倾向的"七月派"诗群的出现,是适应了那个战火纷飞的革命战争的时代,是为那个时代的政治和战争服务的。而牛汉近期的诗歌创作的变化,是基于他诗歌观念的变化。正如上述,牛汉的一些近作,是以反常的、非理性的举止表现了正当的、理性的要求;是以扭曲、变形的生命形态表现生命的本质。这样的作品风格与他以前的作品风格迥然不同,这也从创作实践的角度,反证牛汉诗歌观念的变化。在牛汉诗歌研讨会上,诗歌评论家程光炜在发言中,说牛汉后期作品有现代主义的倾向。我是赞同他的观点的。众所周知,现代主义向主张再现现实的现实主义挑战,张扬个性,反省回返内心世界,具有内省意识,表现复杂化的主体自我,在艺术上,则苦心孤诣地标新立异,追求新奇别致,甚至怪诞诡异的形式技巧和另类的表现手法。与现实主义的创作原则相比,它不属于表现表面层次的客观真实;与浪漫主义创作原则相比,它虽也表现自我,但又鄙薄狂放的、空泛的、浮躁的、毫无节制的廉价抒情。所以,现代主义所要表现的是人类最深沉隐秘的心灵和情感世界,笔触所向,直指幽深的潜意识领域。用或冷峻严肃，或玩世不恭的笔调，摹写心灵深处主体独特的感受，和主体眼中的客观真实。从牛汉后期的作品看，倒是多少与现代主义的创作原则相合的。例如，以前的作品，无论是《半棵树》，还是《华南虎》，都是写实的，而《梦游》等诗，则是由写实转向写心。转向内心，诗人明显具有了内视意识。而有无内视意识则是界定现代主义的一个重要因素。正因为牛汉的诗中出现了既迥异于他以前的作品，更迥异于传统的"七月"派诗歌的新的风格、新的因素，因此，对于跨时期的老诗人牛汉来说，再以"七月派"诗人来界定他，显然是不合时宜的。

但是，无论牛汉如何突破，如何求新，无论是以前的现实主义，还是近期的现代主义倾向，有一点是不变的，那就是他诗歌创作中一以贯之的生命意识。这正是牛汉诗歌创作的灵魂。正如诗人、诗评家任洪渊评论牛汉说："对于牛汉，每一首诗就是一个活泼泼的生命的诞生，又一个'我'的诞生。这个生命不同于过去的生命，也不同于以后的生命。一首首诗——一个个由我分裂出去的完整的'我'，第二个我，第三个我……诗人的生命不止，诗的生命也不止。牛汉不希望他的诗在'成熟'和'定型'中衰老和死亡。洋溢的生命力，使牛汉的诗还在不断求变——不断抛弃旧的，寻找新的，就是不要最后的完成。"①说得多好！"诗人的生命不止，诗的生命也不止"。可谓知人之论。我以为，牛汉的蒙古族血统不仅赋予他强悍的、不断涌动的生命力，而且赋予他一颗躁动不安的灵魂，惟其如此，他才不断地以整个生命投入诗歌创作，才以诗歌诠释生命，才义无返顾地跋涉在艰难的诗艺探索的道路上，永不餍足，永不止步。在牛汉看来，诗就是生命，生命就是诗，诗与生命是不可分的。

我们衷心祝愿老诗人牛汉先生永远保持旺盛的生命力，不断地写出迸射着生命火花的壮丽诗篇。

改于 2003 年 4 月 16 日

再改于 2003 年 5 月 24 日

北京芳城园寓所

---

① 任洪渊：《"白色花"：情韵·智慧·生命力——读曾卓·绿原·牛汉》，载《诗刊》1997年第 7 期。

熔古典与现代于一炉

——漫谈辛笛的诗

　　辛笛是九叶派诗人中的长者。由于他出身于书香门第,其父是晚清举人,幼年上过私塾,故而他旧学修养,特别是他的古典诗词的基础极为深厚。大学期间,尤其是在他负笈英国留学期间,他广泛地接触涉猎西方浪漫主义、象征主义以及现代主义诗歌,拓宽了视野,这为他的诗歌创作创造了极为有利的条件。

　　辛笛的古典文学功底相当深厚,他酷爱李义山、周清真、姜白石、龚定庵诸诗人的诗词。同时,他对西方诗歌的研究也有很深的造诣,十分喜欢 19世纪后半叶印象派的绘画和音乐。诗人在追求意境、结构布局、用词遣语、节奏韵律等方面,往往得益于中国古典诗词传统;而在捕捉和表现瞬间印象、微妙的情绪变化等方面,又吸收了西方现代诗歌、绘画和音乐之所长,特别是表现方式和感受方式都是西方现代主义的,表现在诗行间的大幅度的跳跃,而省略了其间的联系,还充分运用了潜意识、意识流的心理感受。这就使他的诗呈现多元的色彩,既典雅精致,宁静淡泊,富有中国传统的书卷气;又含蓄朦胧,印象幻觉迭现,时间空间倒错,分明是西方现代主义的特点。他的诗艺术性都很高,例如这首著名的诗《门外》:

　　　　门外
　　　　罗袂兮无声
　　　　玉墀兮尘生
　　　　虚房冷而寂寞
　　　　落叶依于重扃
　　　　——刘彻:《落叶哀蝉曲》
　　　　夜来了

使着猫的步子

当心门上的尘马和蜘丝网住了你吧

让钥匙自己在久闭的锁中转动

是客？还是主人

在这岁暮年天寒的时候

远道而来

且又有一颗怀旧的心

我欢喜

我的眼还能看

黑的影相

还托这一朵两朵

白色黄色的花

我还记得那炉火"爆"的声音

因为我们投掷了山栗子进去

或是新斫下的木柴

如此悠悠的岁月

那簪花的手指间

也不知流过了多少

多少惨白的琴音

但门外却只有封积了道路

落了三天的雨和雪

不再听你说一声"憔悴"

我想轻轻地

在尘封的镜上画一个"我"字

我想紫色的光杯

再触一次恋的口唇

但我怕

我怕一切会顷刻碎为粉土

这里已没有了期待

和不期待

今夜如昨夜一样的寂灭

那红的银的烛光

也不因我而长而绿

我听不见眼的语言

20 年　二十年

我不曾寻见熟稔的环珮

猫的步子上

夜来了

一朵两朵

白色黄色的花

我乃若与一切相失

在这天寒岁暮的时候

远道而来

且又怀有一颗怀旧之心

辛笛的诗一般都比较短小精练，此诗算是比较长的。之所以全诗照录，是因为此诗是辛笛早年在异国写的诗，当时诗人年仅二十多岁，却已经写出如此成熟精美的诗来，实属难能可贵。当时诗人旅居英国，因远离祖国，远离亲人，满怀离愁别绪，思念已逝的恋人。从这首诗中，可以看出辛笛的诗受中西诗歌两种传统的影响，从一开始题记所引汉武帝刘彻的诗《落叶哀蝉曲》，就为全诗笼罩了中国传统文化的氛围，特别是一种古典的凄凉哀怨的情调。首尾的逆向重复，营造了一种环回往复情韵，令人想起古时的回文诗。全诗所显现的低回缠绵的痴情完全是中国古典式的，再加上穿插文言的诗句，如"我乃若与一切相失 / 在这天寒岁暮的时候 / 远道而来 / 且又怀有一颗怀旧之心"，更令人感到诗中所透出的中国传统文化的古典美；然而，此诗所显现的美，并不止于此，它还向人展现了另一种美，那就是西方的现代美。如"如此悠悠的岁月 / 那簪花的手指间 / 也不知流过了多少 / 多少惨白的琴音 / 但门外却只有封锁了道路 / 落了三天的雨和雪 / 不再听你说一声'憔悴'""惨白的琴音"与后面的"我听不见眼的语言"都是用的通感的手法，视觉与听觉相通置换。更重要的是，这几句诗给人一种西方诗美的感觉。

据诗人自述,以上所引诗句,其意象、意境是受了纪德的小说《田园交响曲》的启发和感悟。[1]

辛笛见过艾略特,其诗亦受艾略特诗的影响,如《欧战休战纪念日所见》一诗中,下面所引诗句显然受到艾略特所写伦敦桥的诗的影响:"又是一声汽笛 / 早　午　晚 / '不幸的一群'的约制 /20 世纪的故事 / 便是车马驾着御者 / 看桥上的人 / 桥下的船舶 / 有多少份的口粮 / 就有多少风前风后的鬼"。

辛笛留学期间,不仅涉猎了大量西方现代主义诗歌,而且还特别钟情于西方的现代派艺术,并从中吸取营养。他非常欣赏法国印象派画家塞尚、雷诺阿的作品。他的《秋天的下午》就运用了印象派的表现手法:

> 阳光如一幅幅裂帛
> 玻璃上映着寒白远江
> 那纤纤的
> 昆虫的手　昆虫的脚
> 又该黏起了多少寒冷
> ——年光之渐去

此诗的意象凌空而来,没头没尾,显示了印象派的本色。就我所见,把阳光比喻为"裂帛",为前所未有,不仅有色感还有声感。这也是印象派的特点。在《手掌》一诗中,首二句:"形体丰厚如原野 / 纹路曲折如河流",据诗人说,他是看了罗丹的著名雕塑《思想者》后得到启示构思而成。

如上所述,辛笛旧学功底之深,在九叶诗人中是公认的。他的旧体诗词写得相当出色,曾和钱钟书先生唱和酬答。近著《听水吟集》就是他的旧体诗集,足见辛笛对中国传统诗歌的挚爱。在新诗创作中,辛笛会有意识地将古典诗歌的意境水乳交融地化入诗中,营造一种富有古典情韵的新的意境。如《再见,蓝马店》一诗,其中"看板桥一夜之多霜"、"鸡啼了 / 但阳光并没有来",显然蕴含了温庭筠《商山夜行》中"鸡声茅店月,人迹板桥霜"的古意

---

① 刘士杰:《辛笛的诗:兼美中西,臻为化境》,《香港文学》2001 年 7 月号。

境界。

　　辛笛很早就形成了他那婉约、精致、隽永、深邃的新诗风格。随着时代的嬗替、社会的动荡，他的诗的风格也有进一步的发展变化。最明显的就是他的诗在 40 年代后，写实成分有所增加。同样是九叶诗人的袁可嘉说他："在 40 年代的风浪里显露出了较大的转变，写出了一些更坚实的作品。他心中充满了爱国主义的热情，即使旅居海外，也不断地思念着故国。"他是这样来评价辛笛诗风的变化的：

　　　　他在听到布谷鸟叫唤时，就深切地体会到时代的不同，因而，他对布谷鸟叫声的理解先后也起了变化。二十年前，他是把它当作"永恒的爱情"之歌的，现在却觉得"你一声声是在诉说／人民的苦难无边"，认识到"你是我们中间的先知／是以血来化作你的声音"，"灵魂警觉的／听了你／于是也扰扰无休／他们一齐宣誓说／要以全生命／溶出和你一样的声音／要以全生命来叫出人民的控诉"（《布谷》）现实生活的冲击显然提高了诗人对自己的要求，在《手掌》一诗中，他显豁地表明：他担心自己的"白手"养成了太多的坏习气，发誓要天天捶打它，磨炼它，使它"坚定地怀抱起新的理想"。这里，诗人的赤子之心是跃然纸上的，……

　　不愧同是九叶诗人，袁可嘉的这段话可谓确评。辛笛的另一首诗《风景》，也是一首关注现实、颇有深度的作品。读了令人震撼：

　　　　列车轧在中国的肋骨上
　　　　一节接着一节社会问题
　　　　比邻而居的是茅屋和田野间的坟
　　　　生活距离终点是这样近
　　　　夏天的土地绿得丰饶自然
　　　　兵士的新装黄得旧褪凄惨
　　　　惯爱想一路来行过的地方
　　　　说不出生疏却是一般的黯淡

瘦的耕牛和更瘦的人
都是病，不是风景！

此诗的首两句是很有震撼力的。此种很大气的意象，在辛笛以前的作品中尚不多见。诗人将列车和铁轨比作压在"中国的肋骨上"的"社会问题"。我们似乎可以听见在重压下，中国大地的痛楚的呻吟。诗中的众多意象如"茅屋和田野间的坟"、"瘦的耕牛和更瘦的人"、以"夏天的土地绿得丰饶自然"来反衬"兵士的新装黄得旧褪凄惨"，这一切都指向战争、贫穷、落后，而"一路来行过的地方""却是一般的黯淡"。从车窗向外欣赏风景，原本应该是赏心悦目的美事，可是车窗外所显示的却是残酷的现实画面，这使他不得不悲愤地呐喊："都是病，不是风景！"

辛笛的后期诗创作，更注重知性，注重思辩和哲理。如这首写于1979年的《有和无》一诗：

小花对牡丹说
我开故我在
待到百花齐放时
也就不再有我在

星星对星座说
我亮故我在
待到星斗满天时
也就不再有我在

溪水对长江大河说
我流故我在
待到百川归海时
也就不再有我在

以生动浅显的意象，以问答的平易的形式，却蕴含了深刻的思辩和哲理，阐示了个别与一般、瞬间与永恒的深刻的哲理。

辛笛后期诗的另一个特点是洋溢着青春气息,充满希望,乐观向上,我们在他的作品中,几乎看不到通常老人难免都有的苍凉的感慨和低回的怀旧心理。《蝴蝶、蜜蜂和常青树》是诗人从加拿大寄给夫人的情诗。诗人深情地写道:"开始相爱的时候不知有多年轻,/你是一只花间的蝴蝶,/翩翩飞舞来临。/为了心和心永远贴近,/我常想该有多好:/要能用胸针轻轻固定。/祝愿从此长相守呵,/但又不敢往深处追寻,/生怕年一旦失去回翔的生命"如此缠绵情深的诗句,很难想象出自一位古稀老人的笔下。《"代沟"上握手》更充满了青春活力,显示诗人不老的心理年龄:"我边在诗叶上题字/边听你絮语低声/我忘记了你是我学生的女儿/你忘记了我祖父般的年龄/你谈论你青春的梦想/我心上响起驼铃/隔代人共同来找生命的支点/鸿沟能不能就美好地犁平?"也许正是因为辛笛与年轻人的这种"忘年交",使他总能保持着诗人的赤子之心。

辛笛先生离开我们已有八年了!他所留下的优秀的诗歌作品,作为宝贵的文化遗产将彪炳史册。

幽思哲思深邃　想象意象奇妙
——论郑敏的诗

郑敏先生是九叶派诗人中两位女诗人中的一位。1943 年毕业于昆明西南联大哲学系。1952 年,到美国布朗大学和伊利诺州立学院学习,获英国文学硕士学位,著有关于英国诗人约翰·顿的论文。1955 年回国,曾在中国社会科学院外国文学研究所工作,后任北京师范大学外语系教授,讲授英国文学史和英美文学选读等课程。郑敏在大学学习时期便开始写诗,那时,她喜欢欧洲浪漫主义文学,受歌德、里尔克的影响较深,并且受到西方音乐、绘画的艺术熏陶。在西南联大期间,又受到在该校任教的诗人冯至的影响。她倾心于哲理抒情诗,对于宇宙自然的哲理思考贯穿了她诗歌创作的全过程。40 年代，郑敏的诗作由巴金先生收入他所编的文学丛刊第十辑，书名为《诗集 1942—1947》，由上海文化生活出版社于 1948 年出版。1979 年，在沉默了二十多年后，郑敏写出了第一首诗《如有你在我身边——诗啊，我又找到了你》，除了合集《九叶集》《八叶集》外，她于 1986 年出版了《寻觅集》，该诗集获第二届全国诗集奖。她是中国作家协会会员。1991 年，她出版了包括 40 年代作品在内的诗集《心象》，同年，香港突破出版社出版了她的诗集《早晨，我在雨里采花》。翻译作品有《美国当代诗选》等。

香港张曼仪等人编的《现代中国诗选》中，对郑敏作了以下评价：

> 也许由于研究哲学的关系，郑敏的诗，往往爱从人生种种情景转向深远的幽思。
>
> 许芥煜评论她的诗说："她的风格典雅而洗练，结合了冯至和卞之琳的某些素质，特别是他们在 30 年代后期的诗作。"其实，郑敏不但继承了冯、卞二氏的文体风格，也继承了他们爱好冥想的创作路线。但如冯、卞二人一样，她也并不是一个枯燥的纯知性的诗人，相反地，她有极丰富的想象力。

这种评价十分精当，是符合郑敏的创作实践的。从郑敏特地把这段评论放在诗集《心象》的卷首看，她自己对这段评论也是认同的。

深远的幽思、丰富的想象，确实是郑敏诗作的重要特征。如这首名诗《金黄的稻束》：

> 金黄的稻束站在
> 割过的秋天的田里。
> 我想起无数个疲倦的母亲
> 黄昏的路上我看见那皱了的美丽的脸
> 收获日的满月在
> 高竿的树巅上
> 暮色里，远山是
> 围着我们的心边

没有一个雕像能比这更静默。
肩荷着那伟大的疲倦,你们
在这伸向远远的一片
秋天的田里低首沉思
静默。静默。历史也不过是
脚下一条流去的小河
而你们,站在那儿
将成了人类的一个思想。

把"金黄的稻束"比作"疲倦的母亲",真是奇妙的想象!然而还不止于此,女诗人以其特有的母性,赋予"疲倦的母亲"以在"秋天的田里低首沉思"的"静默"的"雕像"这样的形象。这样,普通的稻束被赋予了庄严的母亲的形象,并且"低首沉思"的"静默"也正是女诗人自己精神状态的生动写照。从某种意义上说,"金黄的稻束"倾注了诗人的深沉的情感,未始不可以认为是女诗人的自画像。《一瞥》也是郑敏早期的作品,这是一首题画诗,写的是画上的少女,却凝聚了女诗人对生命、对人生的哲理思考:

优美的是那消失入阴影的双肩,
和闭锁这丰富如果园的胸膛
只有光辉的脸庞像一个梦的骤现
遥遥地呼应着歇在矮门上的手,纤长。

从日历的树上,时间的河又载走一片落叶
半垂的眸子,谜样,流露出昏眩的静默
不变的从容对于有限的生命也正是匆忙
在一个偶然的黄昏,她抛入多变的世界这长住的一瞥。

我们知道,绘画是"空间的艺术",画家用色彩、线条、形状、光线、投影等手段构成画面,营造一个"虚的空间",使我们感受到美。而诗则是"时间的艺术",诗人将排列组合的词,传达他所要表现的诗思。既是题画诗,就是以诗来演绎画的内容。就是要把诗人读画得来的视觉经验，转换成诗的语言来表达。而读者欣赏诗，所获得的只是语言的经验，等于是把"空间"转换成"时间"。莱辛在论述诗与画在塑造形象的方式上的分别时说："诗是一门范围较广的艺术，有一些美是由诗随呼随来的而却不是画所能达到的；诗往往有很好的理由把非图画性的美看得比图画性的美更重要。"这里，莱辛所说的"非图画性的美"，我理解为图画难以尽情描绘的人物精神、内在气质和心灵的美，以及比喻象征之美。作为女诗人，郑敏体贴入微地状写出画上少女"在一个偶然的黄昏，她抛入多变的世界这长住的一瞥"中，所隐含的对青春、对生命的触动和省悟。也许，郑敏自己也有类似的情感体验吧？所以才能如此传神地表现一个少女瞬间的情愫。也斯在为郑敏的诗集《早晨，我在雨里采花》作的序《序：沉重的抒情诗——谈郑敏诗的艺术》中，对郑敏诗的绘画性作了如下精辟的分析：

> 她在最具体表现意象的时候也不愿放弃哲理，最绘画性的时候也不愿意止于纯粹的视觉效果。她写艺术品的诗，变成对艺术品的咏唱、对人生的沉思。

这些话可谓确评。郑敏受乃师冯至影响至深。而冯至又是一位沉思型诗人。冯至本人心仪里尔克的诗，曾翻译过里尔克的《给一个年青诗人的十封信》。他写于1941年的《十四行集》分明具有里尔克诗的沉思风格。郑敏爱师所好，也喜欢上里尔克的诗。而里尔克的诗一个重要的特征就是具有绘画性。稍有绘画常识的人都知道，凡是成功的画家，首先必须对表现的对象作深入、细致、独到的观察。里尔克诗的绘画性正得力于他非凡的观察力。而他非凡的观察力实受益于雕塑艺术家罗丹。里尔克曾自述罗丹力劝他去动物园观察动物。里尔克依言照办，于是便诞生了《豹》这样的世界诗歌史上的名篇。当然，《豹》之所以成为名篇，绝不是仅仅因为停留在对豹的外表的客观描绘上，而是通过对豹的外表的描写，深入体悟到它内在的生理和心理感受，感同身受地写出了犹斗困兽的愤怒和绝望，写的是豹，却很容易令人联想到人类的生存状态，未始不是对在社会困境中徘徊的人们的一种隐喻。郑敏师承冯至，自然也从里尔克、冯至那里继承了敏锐、细致的观察力以及对绘画性诗的钟爱。当然，也许她当初学的是哲学，因此，她的诗无论怎样抒情，怎样富有绘画性，总是与哲理结下不解之缘。甚至她诗中所含的哲理成分比她的前辈更多一些。试看这首《月季，一幅立体画》：

> 深红的月季
> 几乎带着夜的强烈
> 五月
> 生命的焦点
> 太阳的焦点
> 祖母的墓碑
> 月亮的焦点
> 太阳和月亮在天空追逐
> 洗净的白骨在泥里
> 儿童和月季
> 走过时吐出幽香

> 在太阳的焦点下生命吐出浓烟
> 月季在火中变得晶莹透明
> 放在我的案头从它的肥厚的、棱角的花瓣里
> 走出几何形的坚实和美
> 然而回到现实中来
> 月季是柔软而芳香的
> 祖母的墓石是温暖的
> 当她睡在我的血液里

以月季为题，而且是"一幅立体画"，此诗绘画性确实很强，你看，月季的色、香、形都写到了："深红的月季"是写其色，"吐出幽香"是表现其香，而"从它的肥厚的、棱角的花瓣里 / 走出几何形的坚实和美"，则是状其几可触摸的、富有质感的形。如此写法，仿佛真有一幅月季的立体画呈现在读者眼

前。然而，如果仅仅停留于此，那就不是郑敏了。郑敏的可贵之处，也就是她的创作个性，正在于"她在最具体表现意象的时候也不愿放弃哲理、最绘画性的时候也不愿意止于纯粹的视觉效果"。她是通过对月季的着力、传神的描绘，很自然地、毫不牵强地引发对人生的深邃的沉思。"深红的月季"是美丽的生命的象征，而"五月"、"太阳"则是孕育"生命的焦点"，与此相对，"祖母的墓碑"、"洗净的白骨"则意味着死亡，而"月亮的焦点"也就成为死亡的象征。值得一提的是，此诗虽然现代色彩相当浓厚，用了时空交错、跳跃等手法，然而，在意象的运用上，仍显示了传统的特点。太阳和月亮本是自然界的天体，是宇宙的两颗星球，但是在笃信阴阳五行说的古代中国人眼里，太阳代表阳，月亮代表阴；生命代表阳，死亡代表阴。人们常将生死相隔说成阴阳相隔，即源于此。诗人用"太阳和月亮在天空追逐"这样具象生动的诗句，既表现岁序嬗替，又隐含生命和死亡的轮回。这种生死的轮回，诗人是用非常形象的，然而又是非常强烈的对照手法加以阐述的，令人震撼：一边是被岁月"洗净的白骨"，一边是"吐出幽香"的"儿童和月季"。这种强烈的对照贯穿全诗，"柔软而芳香的"月季和"祖母的墓石"成为生死的象征和意象。诗人正是用这种极富绘画性的、鲜明的形象，来阐述关于生命和死亡的关系的哲理，阐述她对死亡的看法。关于这一点，以下还要谈到。

在谈到郑敏诗的绘画性时，不能不提到诗人那绚烂多彩的想象力。诗人诗的绘画正是由其想象之笔绘就的。且看这首《画像·1》：

> 头脑是浓雾下的山谷
> 突然一线阳光射透
> 几千年的疑虑
> 只显露了古老的栈道
> 看着窗外的秋空
> 面孔是木化石
> 上面凝固着地壳和远祖的皱纹
> 坚果的硬壳下
> 果仁暗怀着胚胎

如果说，《月季，一幅立体画》一诗的绘画性，还多少运用了一些写实的、具象的手法，比如描绘了月季的色、香、形，那么，此诗的绘画性则是通过写意的、想象的手段实现的。两诗对照，区别是很明显的。在这里，诗人用"远取譬"的手法，表面看来，主体和喻体毫无共同之处，但是通过诗人丰富诡奇的想象力，加以联想连缀，两者猝然相遇，立即爆发出耀眼的、智慧的火花。以"浓雾下的山谷"比喻"头脑"，这是诗人的独创。诗题为"画像"，却偏偏不是对客观对象的照搬和翻版，而是以不似为似，不求形似，但求神似。写意比写实反而更真实、更本质地反映了事物的属性。以"浓雾下的山谷"，"突然一线阳光射透／几千年的疑虑"，来表现人类头脑被电光石火般的智慧之光照亮，可谓更真实地反映了作为"万物之灵"的人类的头脑的本质属性。另外，把"面孔"比作"上面凝固着地壳和远祖的皱纹"的"木化石"，则揭示了作为整体的人类所具有的悠久历史和沧桑感。最后两行诗，则同时运用了明喻和隐喻。把头脑喻为"坚果的硬壳下"的"果仁"，很贴切形象，这是明喻；而能"怀着胚胎"的，只能是子宫。把头脑比作"怀着胚胎"的子宫，那么，这"胚胎"无疑是指智慧了。这是隐喻。

从以上分析可知，同样具有绘画性，郑敏在运用写实的手法时，更多是从鲜明的、具体的形象中，加以概括、提炼、升华为具有相当深度的思想，让感性形象呈现出知性的光芒；而当她在运用写意的手法时，则在丰富瑰丽的想象中加入理性的思考，使感性和理性熔于一炉。因此，也可以这样说，郑敏的想象是感性和理性之星交相辉映的、美丽而辽阔的天空。

除了绘画性这一特点外，郑敏的诗的另一特点就是善于撷取人生世态中的某一瞬间，注入冷峻的、理性的思考。如《愉快的会见》一诗：

在世界最大的都会里

繁华使一切发冷

虽然有着柔和的灯光

虽然有着茶几上的玫瑰

在高楼的深处

友谊和爱情都晒不到阳光

电壁炉发出的警惕的火光

没有流着油脂的松木芳香
剃须水带着化学工业的进攻性
身体是橱窗里的服装模特
微笑是脸上的商标
心是计算机的软件
我们握手
据说是
一次愉快的会晤

在涌动着商品大潮的社会中，"繁华使一切发冷"，"友谊和爱情都晒不到阳光"，亲情变得淡漠。当"微笑是脸上的商标／心是计算机的软件"时，诗人不无讽刺意味地写道："我们握手／据说是／一次愉快的会晤"。在这里，诗人不是用描绘性的绘画，而是用叙述性的语言，截取了世态百相中的一个片断，投以冷峻嘲弄的一瞥，凝聚了诗人对现实的看似轻松、实则沉重的思考。

郑敏还往往擅长于将人生种种情景转向深远的幽思，当然，她并非一个枯燥的纯知性的诗人。相反，她的想象力异常丰富。在她以诗人的身份复出后，依然保留了这样的创作个性。《斗室》一诗就既体现了其耽于沉思冥想，想象丰富奇特，富有哲理意味的特点，又未尝不是这位感觉锐敏、情感丰富、聪慧多思的女诗人的自我写照：

斗室这样沉寂
过去的风景常到这里来
在母体里胎动

有人嘲笑你
你厚厚的墙把轻浮的笑声
摈斥在外，还有奴隶的崇拜
这里只有苦思苦想
沸腾后的冷凝

白昼后的深夜

斗室有坚硬的墙
我的思想反复击在上面
投出又弹回
空谷的声音
也没有你的忠实
告诉我，我是什么。

可以说，这首诗既表现了郑敏诗冥想幽思的风格，又表现了冥想幽思的内容。此诗虽然题为"斗室"，但是所要表现的内容和主题却是冥想幽思。而冥想和幽思自然与沉寂分不开的。众所周知，没有沉寂的环境和心境，是无法进行冥想和幽思的。而诗中的"斗室"既是沉寂的环境（"斗室这样沉寂"），又未尝不是诗人沉寂的心境的象征？沉寂还往往与孤独相连。此诗对"沸腾后的冷凝／白昼后的深夜"的孤独感作了如此精彩的描写："斗室有坚硬的墙／我的思想反复击在上面／投出又弹回"。把思想物化，仿佛真有击墙的声音。写沉寂，用的却是大幅度动作的写法，所谓寓动于静，以动写静。最后一句："告诉我，我是什么。"深刻地表现了诗人的内省意识。而内省意识正是现代诗人的重要标志。"我是什么"是西方现代主义诗人时时反躬自问的问题，也是诗人"苦思苦想"的问题。其实，以沉寂为主题的诗，不止这首，更早的还可以追溯到她早期最满意的代表作长诗《寂寞》。

晚年的郑敏，她的诗除了仍然保持其"风格典雅而洗练"、"爱好冥想"、"有极丰富的想象力"的特点外，在思想内涵上具有更深邃、更睿智的哲思，境界更为开阔；在艺术上更为圆熟。她无论在创作与理论上，都显示了深厚的知性与语言的功力，做到深入浅出寓深奥于平易之中。如组诗《母亲没有说出的话》就是这样的诗，其中《外面秋雨下湿了黑夜》是赠给她的孩子的。诗中表现的母爱深挚动人，但是值得注意的是，诗中所表现的母爱，已经不是东方式的慈母、良母之爱而是西方式的母爱，那就是母子平等的爱。那是一种不以长辈自居、互相尊重、人格平等的爱。这些诗以形式服从内容的需要，服从情感表达的需要。既然情感是如此之深，那就不宜一味玩弄技巧,朦胧晦涩,那样反而会影响情感的抒发。这就是大巧若朴,返璞归真,也就是严羽所说的:"羚羊挂角,无迹可求。"当然,这也在一定程度上稍稍改变了郑敏的"深远的幽思"的诗风。

而最好地保留了这种"深远的幽思"的诗风,且又为诗坛瞩目,并受到好评的成功之作,是郑敏的组诗十九首《诗人与死》。这十九首都是十四行体,又称商籁体(sonnet)。我们知道冯至最擅长十四行体诗,作为冯至的高足郑敏,驾驭这种诗体自然也得心应手。郑敏的这组《诗人与死》是为悼念另一位"九叶诗人"唐祈的死而写的。然而又不止是写唐祈一个人的遭遇,而是写出了一代知识分子的命运。唐祈死得很冤枉,他是因医疗事故而死的,死得不明不白,死后又受到不公正的待遇,而生前更受到排挤打击。郑敏是在悲痛、义愤、不平之余,才写了这组诗。郑敏在谈到组诗《诗人与死》的创作时,曾这样说:

> 我写这组诗的时候,总的来讲受里尔克的影响很深。我念的是哲学,但却选了冯至先生的德文和他关于歌德、里尔克的讲座。我从40年代就非常喜欢里尔克。因为他跟我念的德国哲学特别配合。关于死当然是里尔克的一个很重要的题目,他那首奥菲亚斯十四行诗,本身就是关于一个小女孩的死。我这首诗写的时候意图是讲诗人的命运,在我们特有的情况下我们诗人的命运,也可以说是整个知识分子的命运,同时还有我对死的一些感受②

冯至的诗受里尔克诗的影响很深,而郑敏又是通过冯至接受了里尔克的影响。里尔克除了郑敏所提到的奥菲亚斯十四行诗以外,他那著名的《杜伊诺哀歌》也是以死为主题的。所以郑敏接受冯至、里尔克的影响,用十四行诗的形式来写哀悼唐祈的诗,无论从内容到形式都是非常适合的。虽然郑敏是出于悲痛、义愤、不平写这组诗的,但是形诸诗中却表现得异常沉静、镇定。读者可以从这沉静、镇定中感觉到诗人内心的愤懑与不平:

> 让一片仍装满生意的绿叶
> 被无意中顺手摘下丢进

> 路边的乱草水沟而消灭
>
> 无踪,甚至连水鸟也没有颤惊

这里的"绿叶",既是诗人唐祈的隐喻,他又是"九叶"中的一叶,所以有双重含义。如此温婉地描述一幅甚至常可见到的情景,来表达她内心的愤怒与不平,这正是郑敏"冥想的创作路线"的本色。难怪青年诗人臧棣在读了《诗人与死》后这样说:"当时我是作为悼亡诗来读的,后来我觉得这组悼亡诗怎么写得境界这么开阔,这么澄明,不是很悲伤,很开通,后来又作为冥想诗来读。"郑敏从诗人唐祈的悲剧中,引起对整个知识分子命运,乃至对人类整体生存状态和生存心理的严重关注。试看她同样以隐喻的手法描写整个中国知识分子的命运:

> 我们都是火烈鸟
>
> 终生踩着赤色的火焰
>
> 穿过地狱,烧断了天桥
>
> 没有发出失去身份的呻吟

> 然而我们羡慕火烈鸟
>
> 在草丛中找到甘甜的清水
>
> 在草丛上有无边的天空邈邈
>
> 它们会突然起飞 鲜红的细脚后垂

"没有发出失去身份的呻吟",这正是中国知识分子的固有特点,表现了知识分子的自尊自爱,尽管受尽磨难,但却绝不可"失去身份",所谓"士可杀而不可辱"。我们从中听到了遥远的历史的回声。

在"九叶诗人"中,坚持创作和理论的双重写作的有三位诗人:袁可嘉、唐湜和郑敏。袁可嘉先生在理论上的贡献是介绍引进西方的现代派。唐湜先生主要致力于九叶派诗人研究和作品评论。而郑敏先生则偏重于对现代诗学,特别是对后现代主义和解构主义的研究,在诗学理论上颇有建树,她写了一系列诗学论文,有关于后现代主义的,有关于解构主义的,还有关于语言与思维等问题的。论著有《英美诗歌戏剧研究》、《哲学为诗歌的近邻：结构——解构诗论》、《结构——解构视角：语言·文化·评论》等。在"九叶诗人"中，郑敏先生的"写作状态"是最好的。她思维活跃而敏捷，无论是创作还是学术研究，都获得了丰硕的成果。这对一位年逾八旬的老人来说，实在难能可贵。郑敏先生笔耕不辍的勤奋精神对年轻诗人和学者来说，无疑是一种激励和鞭策。我们衷心祝愿郑敏先生健康长寿，永葆创作青春。我们期待着不断读到她的新作。

作于 2004 年 4 月 24 日

用杂交培育的美丽诗花
——论杜运燮的诗

杜运燮先生是九叶派重要诗人。

杜运燮（1918—2002），曾用笔名吴进、吴达翰，原籍福建古田，出生于马来西亚吡叻州的农村，1945 年毕业于昆明西南联大外语系。在校时，他参加进步学生文艺活动，在《文聚》、《大公报·文艺》等报刊发表新诗。杜运燮与穆旦、郑敏为抗战时期西南联大校园三诗人。大学期间，他曾应召入伍，任美国盟军译员，到过缅甸、印度等国。大学毕业后，他曾担任重庆《大公报》编辑，并在上海的《文艺复兴》、《诗创造》、《中国新诗》等刊物上发表诗作。闻一多主编的《现代诗抄》收录了他的《滇缅公路》等三首新诗。后在巴金主编的《文学丛刊》中出版诗集《诗四十首》。1951 年，杜运燮从新加坡回国，在北京新华通讯社国际部工作。"文革"中，他被下放到山西永济"五七"干校，历时两年，后又被迫退职到侯马市林城大队当了两年公社社员，靠挣工分为生。1974 年，他被调到临汾山西师范学院（现为山西师范大学）外语系任教师及系主任。1979 年，他终于获得"落实政策"，回到北京新华社国际部，曾任《环球》杂志副主编。他于 1986 年退休。在建国后到"文革"前这 17 年中,他只发表了两首诗:《解冻》和《雪》。直至 1979 年以后,他才重新拿起诗笔,1980 年,《诗刊》发表了他的那首著名的诗《秋》,引发了一场关于"朦胧诗"的争论。从此,他佳作叠出,先后出版了《南音集》(新加坡文学书屋 1984 年版)、《晚稻集》(作家出版社 1988 年版)、《你是我爱的第一个》(马来西亚霹雳文艺研究会 1993 年版)、《海城路上的求索——杜运燮诗文选》(中国文学出版社 1998 年版)、《杜运燮 60 年诗选》(人民文学出版社 2000 年版)等。诗人去世后,有遗著散文集《热带三友·朦胧诗》(中国戏剧出版社 2006 年 6 月版)问世。

五年前,杜运燮先生的生命进入倒计时。就在他逝世前一个月,即 2002 年 6 月 11 日下午,笔者在病榻旁采访他。在两个小时的访谈中,杜运燮先生毫无病容,始终精神矍铄,神采奕奕,侃侃而谈,纵论对新诗和当前诗坛的看法。孰料,一个多月后的 7 月 16 日,杜运燮先生竟溘然逝世,令我震悼,感到无限哀伤与痛惜。

虽然五年过去了,但是杜运燮先生当时的谈话至今犹在耳边回响,我想,今天重温这位老诗人在生命的尽头,本着对新诗一生挚爱所作的剀切之论,对诗人,特别是青年诗人仍然具有启迪意义。

在那次访谈中,杜运燮先生说:"诗歌要反映现实,但手法可以借鉴现代主义。外国的东西可以引进,但必须适合中国的国情。"他借用生物学"杂交"这一术语,说中国新诗应该成为一棵杂交品种的植株,是古典诗词传统与新诗传统、中国诗与外国诗、现实主义与现代主义的杂交的植株。"为了使新品种健康苗长,我认为需要继续杂交。中国新诗应在吸取古今中外优秀诗歌传统的基础上,有所创新,以形成新的风格、新的传统。"他以为,不能一概反传统,好的传统应该继承,而且在反传统的同时,必须提供新的有价值的东西。现代主义诗歌重要的是要有现代观念。他还谈到对一些"前卫诗"的看法。他说,有些青年诗人照抄音乐、绘画方面的名词术语,生硬地嵌进诗里,以为时髦,结果不伦不类,不像诗。对于诗歌的语言,杜运燮先生主张口语化。他反对用半文半白的语言写诗,而要用现代口语写诗,使受过中等教育的读者都能读懂。当然,用来写诗的口语,不能等同于日常口语,应该精练并具有个性特点。最后,杜运燮先生把自己对于诗歌创作的追求概括为"新、真、深、精"四字。在这四字中,"新"是更重要的。创新是诗歌创作的生命。①这是杜运燮先生诗歌创作的主张，他的诗歌创作正实践了他的创作主张。

由于经历和教养的缘故，杜运燮的诗歌创作受现代主义影响较深。他早年受英国现代主义诗人奥登的影响，比较注重心理分析，并且将具体的感觉、情绪与抽象的观念相联结，做到虚实结合，还大量运用象征和隐喻的手法。他很擅长写咏物诗，40 年代所写的咏物诗至今脍炙人口。如这首《落叶》：

> 一年年地落，落，毫不吝惜地扔到各个角落，
> 又一年年地绿，绿，挂上枝头，暖人心窝。
> 无论多少人在春天赞许，为新生的嫩绿而惊喜，
> 到秋天还是同样，一团又一团地被丢进沟壑。
>
> 好像一个严肃的艺术家，总是勤劳地，耐心地，
> 挥动充满激情的手，又挥动有责任感的手，
> 写了又撕掉丢掉，撕掉丢掉了又写，又写，
> 没有创造出最满意的完美作品。绝不甘休。

在中国古典诗歌传统中，落叶总是与悲秋相联系的，这样的诗不可胜数。如宋玉《九辩》云："悲哉秋之为气也！萧瑟兮草木摇落而变衰。"然而此首落叶诗却写得积极向上，新意盎然。在诗人的笔下，落叶竟成了大自然这个"严肃的艺术家"，为追求"最满意的完美作品"而不断书写，又不断撕掉丢掉的草稿。真是别开生面的奇想！诗人分明是借落叶告诫真正热爱艺术、有艺术良心的艺术家必须具备的高贵品质：那就是要严肃认真地对待艺术创作，要有责任感，不断地追求完美，追求理想，却写得如此富有情趣，使读者既得到严肃的启示，又获得美好的艺术享受。其他咏物诗的精彩篇什尚有富有哲理意味的象征诗《井》《山》，反映现实人生的《月》《雾》《雷》、《闪电》等。

---

① 见拙文《为了新品种的健康苗长，我认为需要杂交——访九叶诗人杜运燮先生》（《中华读书报》2002 年 7 月 24 日）。

像所有九叶派诗人一样,具有现代主义倾向的杜运燮十分关注现实生活,写下了堪称现实主义的优秀诗篇。他还擅长写那些幽默风趣的讽刺诗。如《追物价的人》:

> 物价已是抗战的红人。
> 从前同我一样,用腿走,
> 现在不但有汽车,坐飞机,
> 还结识了不少要人,阔人,
> 他们都捧他,搂他,提拔他,
> 他的身体便如烟一般轻,
> 飞。但我得赶上他,不能落伍。
> 抗战是伟大的时代,不能落伍。
> 虽然我已经把温暖的家丢掉,
> 还把妻子儿女的嫩肉丢掉,
> 而我还是太重,太重,走不动,
> 让物价在报纸上,陈列窗里,
> 统计家的笔下,随便嘲笑我。
> 啊,是我不行,我还存有太多的肉,
> 还有菜色的妻子儿女,她们也有肉,
> 还有重重补丁的破衣,它们也太重,
> 这些都应该丢掉。为了抗战,
> 为了抗战,我们都应该不落伍,
> 看看人家物价在飞,赶快迎头赶上,
> 即使是轻如鸿毛的死,
> 也不要计较,就是不要落伍。

此诗体现了杜运燮诗歌创作的另一面:机智、风趣、冷峻。诗中说的是反话,反面文章正面做,以荒诞的形式表现严肃的内容;用轻松的、近乎喜剧的语言,表现愤世嫉俗的感情。此外,如《狗》一诗,写的是狗,具有狗的特征,而讥刺的矛头所向却是某类具有狗性的人。而《善诉苦者》则同样以揶

揶调侃的笔法善意地嘲笑某些人的人性弱点,十分深刻。如其中末节:

> 母亲又给他足够的小聪明
> 装饰成"天才",时时顾影自怜;
> 怨"阶级""时代"不对,使他不幸,
> 竟也说得圆一套话使人摸不清,
> 他唯一的熟练技巧就是诉苦,
> 谈话中夹满受委屈的标点,
> 许多人还称赞他"很有风度"。

不直接评价和议论,而是不动声色地叙述,读者却可以从字里行间体味到冷峻幽默的嘲讽。我们知道,奥登的诗比较含蓄,不直露地抒发胸臆。从杜运燮的这类诗中,可以明显地看出奥登对他的影响。

有的评论认为杜运燮由于从近代科学文明汲取灵感而获得使人眼睛一亮的新意:

> 杜运燮的诗作为现代诗,还有一个特征,那就是从近代科学文明汲取诗的灵感。"请再掀动你的嘴唇,/ 我要更多的眩晕,我们 / 已在地球的旋转里,/ 带着灿烂的星群。"诗人懂得地球在飞快地转动,因此感到早已眩晕。他从月亮是古老的星球这个角度去写它的魅力,因而颇有新意:"这一片奇怪的波澜,露着 / 孙女的羞涩与祖母的慈祥。"《追物价的人》的创作灵感,也是来自几种东西速度的比较以及速度与重量的关系。他从科学汲取灵感以追求诗歌对社会现实的反映有新鲜的艺术魅力,其经验值得注意。[1]

我深然其言。这一特点恐怕为杜运燮所特有。科学与诗歌原本就不应该绝缘的,而倘若两相结合,就会迸发出耀眼美丽的光芒。如《牛女》一诗,诗人写牛郎和织女的爱情神话:"现在,只有你们两人 / 仍然伫立在旷寂的

---

[1] 蓝棣之:《论四十年代的"现代诗"派》,《中国现代文学研究丛刊》,1983 年。

夜空中／满身燃烧着一万度的激情／隔河默默地含情注视／苦等一年一度的相会／难得还遥遥关注着我们／用浪漫目光悄谈爱情／用千万年的坚贞讥讽性解放"。值得一提的是，此诗写得情趣盎然，诗人巧妙地将神话和科学结合起来，可谓天衣无缝。其中"满身燃烧着一万度的激情"，是采用了织女星表面温度约一万摄氏度的科学数据。既是科学数据，又符合神话夸张的特点；而"用千万年的坚贞讥讽性解放"，则显然是诗人故意揶揄调侃，延续了诗人一贯的风趣机智的诗风。诗人甚至还运用了唐代诗人杜甫诗的典故："让善忘的人们不会忘记／纯情能制造神话／不会生风波"，诗句典故出自杜甫诗："牛女年年渡，何曾风波生。"所以，深受现代主义影响的诗人杜运燮不仅不排斥古典诗歌的传统，相反，有意识继承古典诗歌的传统，吸收过来，为我所用。又如《西湖》一诗，诗人非常自然巧妙地化用了宋代诗人苏轼的《饮湖上初晴后雨》的诗意。苏轼的诗云："水光潋滟晴方好，山色空蒙雨亦奇。欲将西湖比西子，淡妆浓抹总相宜。"苏轼写尽了西湖水光山色的晴雨之美；而诗人不着痕迹地化用其诗意，也以写意的手法写出了西湖山水晴雨之美的神韵："在山之中，却像在非人间的山外青山，／在水之上，却像是沉浸在绿水之中，／不会画画，也想在石桌上即兴挥毫，／还想在雨山空濛中低吟满身花影。"连不会画画的人都想把西湖的美景画下来，还想低吟苏轼的这首诗。极言西湖山水之美。这"雨山空濛"既是眼前景，又未尝不是指苏轼的这首诗。这个典故用得如羚羊挂角，无迹可求。

杜运燮后期的诗歌沿袭了40年代就谙熟的现代主义的表现手法，以"连鸽哨也发出成熟的音调／过了，那阵雨喧闹的夏季"暗示告别十年"文革"噩梦，而开始新生活的《秋》一诗，1980年在《诗刊》发表后，即引起诗坛的普遍注意，有人批评此诗"令人气闷的朦胧"，并由此引发了大陆诗坛上"朦胧诗"之争。诗人将具体的感觉、情绪与抽象的观念相联结的抒情方式，以及隐喻、象征的手法，在《树》、《占有》、《窗》等诗中也有所体现。而他在40年代所形成的另一类轻松、幽默、反讽和调侃的诗风，到了晚年则有了较大的改变，变成深层的知性、冷静的沉思，具有生动而耐人寻味的理趣。如《车站》就是这样的作品："对于匆匆前进的列车，／小车站只是站牌上的一个地名，／或者小径的一块小石头。／但在我们的梦里、记忆里／却是一个永恒的最美的世界／一首完整的乐曲。"这里的"车站"、"列车",令人想起美国诗人弗劳斯特的名诗《没有走的路》中的那条小路,它们都凝聚了诗人对人生的哲理思考。而《里尔克的豹》更是同类诗中的名篇。杜运燮借里尔克笔下的这只"豹",作为人类生存状态中,陷入误区、进退维谷的困境的一种象征,生动而富有耐人寻味的理趣:

> 里尔克的豹
> 初次见面以后
> 就带着铁栏杆
> 常在我眼睑前挥动晃动
> 在沿街窗口
> 在舞池中
> 在柜台内外
> 在书房台灯下
> 在汽车方向盘前
> 诗中的豹
> 跳出来以后
> 也许铁栏杆太沉重
> 就不曾跳回去
>
> 铁栏杆已繁殖无数千万条
> 留在无数心灵后院里
> 有更多现代的豹
> 烦躁地在现代化小圈子里
> 旋转着,旋转着
> 想跳出来而总跳不出来

里尔克的《豹》本身就富含丰富的意蕴,耐人寻味,而杜运燮在此基础上加以发挥,使这只"豹"为自己的思想意蕴服务,既生动,又深刻,写出了新意。与此诗类似的,还有《读罗丹的〈思想者〉》一诗。《思想者》是法国艺术大师罗丹的雕塑名作。杜运燮用诗笔向读者再现了这座伟大雕塑的丰采：

> 忧郁的目光，穿透地面
> 凝视隐藏深处哲学世界的奥秘
> 顽强的颈项上，跃出小精灵
> 飞上高空，把完美形象的世界上下求索
> 全身的肌肉神经，收紧
> 深入一个青铜般坚硬的力的世界
> 内心世界却是矛盾纠结

可以看出，杜运燮的这首诗不仅写出了这座雕塑"思想者"的形，而且还写出了"思想者"的神：

> …………
> 只是坐在人世之外，之上，
> 使寂静扩大，再扩大
> 他俯首，虔诚地，沉思
> 不断地沉下去，深下去
> 飞高，飞远
> 再沉入心灵的最深处

艺术家的心灵是相通的，杜运燮不愧为罗丹的知音。他不仅用诗笔再现了"思想者"的外形，而且以极为丰富的想象力，以犀利的诗笔刻画"思想者"的内心世界。对于造型艺术来说，形似是重要的，但是更重要的是神似。要神似就是精神气质上，与内心世界相联系。杜运燮的过人之处，是将罗丹雕塑《思想者》中的神似的一面揭示了出来，揭示了这位"思想者""矛盾纠结"的"内心世界"，揭示了思辨的美、沉思的美、智慧的美。而这一切正是莱辛所说的"非图画性的美"。杜运燮将罗丹的雕塑《思想者》的"非图画性的美"揭示了出来，标志着他的艺术感受力和诗艺都达到了相当的高度。

　　杜运燮既有短小的咏物诗，又有《滇缅公路》这样篇幅较长的诗。这首歌颂光明和自由,歌颂伟大的民族精神的作品气魄雄浑,意象繁富,深受朱自清的激赏,曾亲自撰文作评。闻一多还把它连同其他几首杜诗选入他编选的荟萃"五四"以来的优秀新诗的《现代诗钞》。难得的是,他还写了一首叙事长诗《一个有名字的兵》。这首诗诗人自称是"轻松诗"(light verse),其实其内容一点也不轻松。诗人是以看似轻松的笔调,叙述一个沉重的悲剧故事。诗中的主人公麻子张必胜是个老实得冒傻气的农民。诗人总结他的一生是种田和当兵。当抗战爆发时,他种不成田,被抽了壮丁当了兵。在战争中,他失去了一条腿。当抗战"'胜利'转眼过了三个月,/ 他梦见回过两次家乡",却最终客死他乡,"死在路旁"。此诗写于 1945 年抗战胜利后,胜利的狂欢尚未完全平静,诗人却以他所谓的"轻松诗"的形式,向人们叙述一个普通农民的悲剧故事,令人悄然动容。在这"轻松"诗句的背后,蕴含着诗人多么强烈的愤怒、不平与抗议! 诗的最后,诗人写麻子是在抗战胜利后,回不了家乡,"死在路旁"的,这就在向读者暗示:抗战胜利只为达官贵人带来好处,而底层人民仍难免悲惨的命运。诗人对现实敏锐的洞察力和那犀利的批判眼光不得不令人钦佩。而尤其难能可贵的是,为了真实表现这切近时代、切近现实的题材,杜运燮一改平素的创作路子,放弃了他惯用的现代主义的手法,而用现实主义的白描叙述的手法,并且,还运用了平民化的农村的语言,所以这首诗读起来有点土,与他的别的诗相比,可谓大异其趣。四十多年后,杜运燮仍然钟情于长诗创作,写出了如《古丝路》、《故乡毕竟是故乡》等作品。

晚年的杜运燮的诗仍充满机智和灵动,表现了生命感和青春活力。因而他被称为"诗坛的智者与顽童"。诗人虽年届高龄,但是却没有半点迟暮、颓唐和消沉,相反,还是那么乐观向上。他有一首《乐水》的诗,写的是水,却也是自况:

乐观,所以才青春常在
"逝者如斯夫"
衰老的,失落的
都只是时间
水,只不过变化舞台,变化形态
变薄雾,变层冰,变行云

推水车,点电灯,做冰棍

终于还是滚滚向东流

因此富有历史感

总是充满信心

知道最终一定要汇入

又是消失又是永恒的深阔海洋

水,历史,都乐观

天天都在提醒

因此,我也乐观

这是何等达观开阔的襟怀!乐观基于对必然的认识。"乐观,所以才青春常在。"正因为"青春常在",所以才有这样稚态可掬的诗句:"我还看见一只刚会飞的小鸟/有礼貌地问道:'客从何处来?'"(《耳到眼到》)。

正如有的评论所指出的:"杜运燮的诗创作,一开始就明显地表现出对于独创和深沉的执著追求。——杜诗因此显得有深度,哲理意味浓厚,凝练精警。……杜运燮的诗,倾向于现代主义与现实主义的结合,或者说得确切些,是现代主义中比较外向,与现实联系更为明显的那一类。……他关注现实,关注众生的苦乐,关注社会生活的重要课题。"①确实如此,我们可以从杜运燮的诗作中,看到现代主义的手法,还可以看到时代、人生、生命的底蕴。即使到了晚年,诗人那关注时代、关切现实的积习也未尝稍减。如《圆明园漫步》、《为长城唱支歌》、《香港回归颂——一个七九老人庆九七》等,只看题目就可知道,这些诗的时代和社会现实的意识形态话语特点。不过,也正是在这一点上,杜运燮在晚年,特别是90年代写的某些诗,有点偏离他一贯的诗风,显得较为直白,不那么含蓄蕴藉,更像对他来说较为陌生的政治抒情诗。

总的说来,杜运燮的诗歌作品正如他自己所宣称的那样,是他对各种创作方法进行杂交的产物。杜运燮出生在异国,从小在英国教会学校上学,接受西方教育,又精通外语,当过译员。所以他的思想开放,视野宽广。他在

---

① 蓝棣之:《新颖的显得抒情风格——谈杜运燮的诗》,载《香港文学》1990 年 10 月号。

高中时曾大量阅读古今中外的名著,在抗战时,在古田乡居期间,又专门阅读中国古典文学。正因为他有如此丰富的经历,如此深厚的中外文学的学养,所以他在从事诗歌创作时,才能对各种创作方法博采众长,不拘一格,为我所用,驾驭自如。今天,当我们重读杜运燮先生的诗时,会感觉到诗人那一颗洒脱不羁的诗心在诗行间强有力地搏动。杜运燮先生走进了历史,而他的诗心将永远强有力地搏动,扣击着无数读者的心扉。

写于 2007 年 10 月 4 日

北京芳城园寓所

现实土壤上的现代诗花

——论袁可嘉的诗

袁可嘉(1921—2008)浙江慈溪人,1946 年毕业于昆明西南联大外文系。就读期间,他在《文学杂志》《文艺复兴》《中国新诗》等刊物上发表新诗。建国后,1950 年至去世前,历任中共中央宣传部毛泽东选集英译室、外文出版社翻译、中国社会科学院外国文学研究所研究员,长期从事英美文学研究和诗歌翻译工作。他是中国作家协会会员,是我国研究英美现代文艺思潮和流派的著名学者。他的主要诗作是合集《九叶集》和《八叶集》。著作有《半个世纪的脚印——袁可嘉诗文选》、《论新诗现代化》、《现代派论·英美诗论》等,他的译诗集主要有:《彭斯诗抄》《米列诗选》《英国宪章派诗选》《外国现代派作品选》(主编)等。

袁可嘉是九叶派的诗论家。与唐湜主要评论九叶诗人不同,袁可嘉诗论主要有两个方面。一是新诗的现代化,由于受英美现代主义诗人的影响,袁可嘉主张新诗必须实现自身价值,克服自身的缺点和弊病,必须现代化以与世界诗歌接轨;同时他还从理论上探索现代主义与现实主义相结合,为九叶派的形成,以及理论建设作出了重要贡献。杭约赫曾称赞袁可嘉"对现代诗与现代文学批评有过深湛的研究"。二是新诗的戏剧化,戏剧化的思想显然源于艾略特。艾略特认为,"哪一种伟大的诗不是戏剧的? ……谁又比荷马和但丁更富戏剧性? 我们是人,还有什么比人的行为和人的态度能使我们更感兴趣呢?"袁可嘉则进一步指出,"人生经验的本身是戏剧的(即是充满从矛盾求统一的辩证性的),诗动力的想象也有综合矛盾因素的能力,而诗的语言又有象征性、行动性,那么所谓诗岂不是彻头彻尾的戏剧行为吗?"按照袁可嘉的说法,"从现代心理学的眼光看,人生本身就是戏剧的。"而"戏剧化"的根本要义在于其"表现上的客观性与间接性",而这正符合戏剧的间离效果。这种间离效果。恰恰暗合了现代主义者那种既不回避现实人生,又持相对客观立场的心态。诗人既是人生戏剧的个中人,更是冷静审视、客观思考的评判者。由于新诗戏剧化这种观点,避免了新诗过于写实和过于虚夸的弊病。诗人只有通过"戏剧化"的表现性和间接性原则,使自己"不至粘于现实世界,而产生过度的现实写法"。"过度的现实写法",容易流于平铺直叙和散文化,缺乏想象力;"表现上的客观性"避免了新诗过于张扬个性,一味表现一己悲欢,脱离现实,缺乏理性的思考。基于现实主义和浪漫主义各自具有不可克服的局限,袁可嘉提出现代主义和现实主义相结合的主张。这也正是九叶派诗人身体力行的美学追求。

袁可嘉又是一位九叶派的诗人。他的诗早期曾受到徐志摩、冯至、卞之琳的影响,多是沉思型的。如《沉钟》:

让我沉默于时空,
如古寺锈绿的洪钟,
负驮三千载沉重,
听窗外风雨匆匆。
把波澜掷给大海,
把无垠还诸苍穹,
我是沉寂的洪钟,
沉寂如蓝色凝冻;
生命脱蒂于苦痛,
苦痛任死寂煎烘,

> 我是锈绿的洪钟,
> 收容八方的野风!

从形式的诗句整饬、凝练看,很像"新月派"的新格律诗;然而从内容看,那沉思、思辨、沉寂、寂寞、静谧又与冯至的诗非常相似,而袁可嘉自己则说与卞之琳极为相似,几可乱真。我以为他的《空》在空灵方面更像卞之琳的诗:

> 水包我用一片柔,
> 湿淋淋浑身浸透,
> 垂枝吻我风来搂,
> 我底船呢,旗呢,我底手?
>
> 我底手能掌握多少潮涌,
> 学小贝壳水磨得玲珑?
> 晨潮晚汐穿一犀灵空,
> 好收容海啸山崩?
>
> 小贝壳取形于波纹,
> 铸空灵为透明,
> 我乃自溺在无色的深沉,
> 夜惊于尘世自己底足音。

这首《空》与卞之琳的《白螺壳》颇为相似。从意象、意境都很相近。如此诗首二句:"水包我用一片柔,/ 湿淋淋浑身浸透"而《白螺壳》:"请看这一湖烟雨 / 水一样把我浸透",《空》:"我底手能掌握多少潮涌,/ 学小贝壳水磨得玲珑?"《白螺壳》:"掌心里波涛汹涌,/ 我感叹你的神工",《空》:"小贝壳取形于波纹,/ 铸空灵为透明",《白螺壳》:"空灵的白螺壳,你,/ 空眼里不留纤尘"。据诗人自己说,他倒并非刻意去模仿老师的作品,只是因为当时他如痴如醉地喜欢卞诗,耽读卞诗,再加上当时自己由于感情的失落而产生的落寞的心情,于是在写诗时,不知不觉间就自然形成了老师的风格。袁可嘉的《岁暮》一诗,写得很精致优美,且有古典诗歌的韵味,倘要归类,则无疑可归入"新月派"的新格律诗:

> 庭院中秃枝点黑于暮鸦,
> (一点黑,一分重量)
> 秃枝颤颤垂下;
> 墙里外遍地枯叶逐风沙,
> (掠过去,沙沙作响)
> 挂不住,又落下;
>
> 暮霭里盏盏灯火唤回家,
> (山外青山海外海)
> 鸟有巢,人有家;
> 多少张脸庞贴窗问路人:
> (车破岭呢船破水?)
> 等远客? 等雪花?

再看这首《墓碑》:

> 愿这诗是我底墓碑,
> 当生命熟透为尘埃;
> 当名字收拾起全存在,
> 独自看墓上花落花开;
>
> 说这人自远处走来,
> 这儿他只来过一回;
> 刚才卷一包山水,
> 去死底窗口望海!

这首诗的内容很现代,诗人以诗为墓碑,作为墓碑的主人,却"独自看墓上花落花开",并且又以当事者转化为旁观者,由"我"转变为"他":"说这人自远处走来,/ 这儿他只来过一回","去死底窗口望海"。由自我转化为他者,再来反观审视自我,正是现代主义的特征之一。其孤独寂寞的情调,以及这种表达方式,也是与现代主义相吻合的。然而,在诗的形式上,却表现为对传统的认同。每节四行,第一节二、三、四句押韵,第二节一、四句押韵,二、三句押韵,读来朗朗上口。类似的诗还有《无题》:

> 我的心竟这般寂静,
> 如冰霜融于黄昏;
> 幽冥里睁大了眼睛,
> 看树影儿移远移近。
>
> 倒真是自溺于古井,
> 想漂白三千载风尘;
> 我虽爱狂风暴雨,
> 尤爱风暴后海蓝天青。

同样表现了孤独寂寞的心情,内容和表达方式是现代的,而四句一节,一韵到底的形式却是传统的。

这类诗表现了袁可嘉诗的一种婉约的风格,他的诗的风格还有另一面,那就是豪放和冷峻。这是由时代和现实所决定的。随着时代和现实的变迁,袁可嘉的诗的内容和风格也随之变化,其内容变得非常关注现实,风格则由优美和抒情一变为豪放、冷峻和讥刺,语言也由含蓄凝练变为平易幽默。他写于"七七事变"七周年的《我歌唱,在黎明金色的边缘上》就是一首气势雄壮的政治抒情诗。且看一开始就先声夺人地吸引读者的前三节诗:

> 听,我们的马蹄
> ——我们新中国轻骑兵的马蹄

清脆地敲响着黎明金色的边缘。

我们——新中国的轻骑兵
沉重地驮载着世纪的灾难
曾久久抑郁在霉烂的叹息里
在惨白的默默里
罪恶的黑手,骄纵地
为我们增订一页页痛楚的记忆
多少年,我们躁急地等待第一声出击

终于有一天
(那在历史上嵌稳了不朽的日子)
一支复仇的火令闪过北国七月的蓝空
我们狂笑中噙着眼泪
向风暴,催动我们骁勇的挑花骑

这首诗与上述的诗大异其趣,豪放雄浑,是政治抒情诗的本色。但与一般政治抒情诗不同的是,运用了现代诗的写法。"新中国轻骑兵的马蹄 / 清脆地敲响着黎明金色的边缘",这里采用虚实结合的手法,"马蹄"是实的,而"黎明金色的边缘"则是虚的,用"敲响"加以联结,收了奇妙的艺术效果。"霉烂的叹息"、"惨白的默默"都是运用通感的艺术手法。叹息属于听觉的范围,霉烂则是视觉所及,同样惨白是视觉,而默默是听觉,听觉和视觉的替代错位,造成了变抽象为形象的生动艺术效果。

还有的诗则表现了冷峻、讥讽的风格。如《上海》:

不问多少人预言它的陆沉,
说它每年都要下陷几寸,
新的建筑仍如魔掌般上伸,
攫取属于地面的阳光、水分

而撒落魔影。贪婪在高空进行，
一场绝望的战争扯响了电话铃，
陈列窗随着数字如一串错乱的神经，
散布地面的是饥馑真空的眼睛。

到处是不平，日子可过得轻盈，
从办公房到酒吧间铺一条单轨线，
人们花十小时赚钱，花十小时荒淫。

绅士们捧着大肚子走进写字间，
迎面是打字小姐红色的哈欠，
拿张报，遮住脸：等待南京的谣言。

此诗作于 1948 年，诗人以极其精练、形象的笔触，对处于解放前夕的十里洋场上海滩的畸形的社会世态，作了高度的艺术概括。此诗的风格与诗人前期作品的风格相比，几乎判若两人所写。由于为诗的题材所决定，所以，此诗语言的特点是机智、幽默、辛辣，写意和工笔结合，讽刺与直斥并重，对腐朽黑暗的社会现实揭露得入木三分。如果说《上海》一诗主要是揭露讽刺上海滩的畸形社会，虚假繁荣；那么在《南京》一诗中，诗人则将批判讽刺的矛头直指当时的最高统治者独夫民贼蒋介石：

一梦三十年，醒来到处是敌视的眼睛，
手忙脚乱里忘了自己是真正的仇敌；
满天飞舞是大潮前红色的蜻蜓，
怪来怪去怪别人：第三期的自卑结。

总以为手中握着一支高压线，
一己的喜怒便足以控制人间，
讨你喜欢，四面八方都负责欺骗，
不骗你的便被你当作反动、叛变。

官员满街走，开会领薪俸，

乱在自己，戳向人家，手持德律风，

向叛逆的四方发出训令：四大皆空。

糊涂虫看着你觉得心疼，

精神病学家断定你发了疯，

华盛顿摸摸钱袋：好个无底洞！

这是一首十四行体诗。然而，与传统的十四行体诗的风格已大相径庭。传统的十四行体诗的风格是深邃沉思型的，而这首十四行体诗却是冷嘲热讽，嬉笑怒骂。以十四行体来写讽刺诗，这是一个突破。在当时白色恐怖的环境中，诗人将讽刺的矛头直指蒋介石，这是需要极大的勇气的。类似的诗还有《旅店》、《难民》等。在《旅店》一诗中，诗人写道："不安像警铃响彻四方的天空，/ 无情的现实迫我们匆匆来去，/ 留下的不过是一串又一串噩梦"，一个极其普通的旅店，本来是风尘仆仆、饱受羁旅奔波之苦的旅客借以憩息的温馨之所，然而，在战乱中的旅店，所面对的是"远方的慌乱，黑夜的徬徨"，"和投奔而来的同一种痛苦"，"留下的不过是一串又一串噩梦"，渲染了多么阴森恐怖的氛围。《难民》是一首具有相当思想深度和艺术造诣的诗：

要拯救你们必先毁灭你们，

这是实际政治的传统秘密；

死也好，活也好，都只是为了别的，

逃难却成了你们的世代专业；

太多的信任把你们推到城市，

向贪婪者求乞原是一种讽刺；

饥饿的疯狂掩不住本质的诚恳，

慧黠者却轻轻把诚恳变作资本；

像脚下的土地，你们是必需的多余，
重重的存在只为轻轻的死去；
深恨现实，你们缺乏必需的语言，
到死也说不明白这被人捉弄的苦难。

这首诗运用了强烈对比的手法，令读者震撼。"要拯救你们必先毁灭你们 / 这是实际政治的传统秘密"，看来殊不可解，实际上，这是揭露国民党的贪官污吏以救济难民为名，中饱私囊的罪恶。"像脚下的土地，你们是必需的多余，/ 重重的存在只为轻轻的死去"，"必需"和"多余"，"重重的存在"和"轻轻的死去"都是相对的反义词。诗人通过这些反义词的组接对比，深刻地揭露了在反动统治下，社会的黑暗和不公。这些难民多半来自农民，原本是社会财富的创造者，是社会所必需的；但是，在反动统治下，他们流离失所，沦为难民，对于统治者来说，他们自然是多余的了。"重重的存在只为轻轻的死去"，真个是轻重倒置。难民是民，民为邦本，应该是"重重的存在"，却"轻轻的死去"，令人惋叹。然而，更可叹的是这些难民虽然"深恨现实"，却缺乏觉悟，"必需的语言"是有了觉悟后，才能说出来的。所以可悲的是他们"到死也说不明白这被人捉弄的苦难"。诗人一方面对反动统治强烈的愤怒，加以讽刺和鞭挞，另一方面对不觉悟的难民哀其不幸，怒其不争。

《冬夜》是袁可嘉的又一力作。在人民解放军兵围北平的重大历史时刻，诗人用冷峻幽默的笔触，状写了城内各色人等不同的心态百相。非常的时局，引起人们种种不安的猜测，于是谣言就应运而生。诗人用拟人化的手法描写谣言的传播，十分精彩：

谣言从四面八方赶来，
像乡下大姑娘进城赶庙会，
大红大绿披一身色彩，
招招摇摇也不问你爱不爱；

把谣言比喻为"进城赶庙会"的、身穿"大红大绿"的"乡下大姑娘"，真是奇特有趣。这种远取譬的比喻，非常生动，令人过目不忘。用同样的手法，写人的忧伤沮丧："人就若痴若呆地张望／活像开在三层楼上的玻璃窗"。用玻璃窗比喻痴呆张望的眼睛，可谓神来之笔。还有看他写人们的紧张不安，急于求助的心情；"阿狗阿猫都像临危者抓空气／东一把，西一把，却越抓越稀"。寥寥两句就把类似一个溺水者抓稻草的急迫心情生动地表现出来。甚至东西两座城门都给了诗人天才的灵感，他想象为一个括弧。这是从圆形的城门的外形引发的联想："东西两座圆城门伏地如括弧"，而从"括弧"的"括"字，他又忽发奇想："括尽无耻，荒唐与欺骗"。诗中又写到"不曾测准自己的命运"的"测字摊"、招揽生意的"商店伙计"、"沉得住气"的"读书人"等。一首不算很长的诗，成为一幅围城百相图，我不得不佩服诗人高度的艺术概括力。

与这首诗风格迥然不同的，同样写北平的诗，还有一首《北平》。这首诗采取拟人化的手法，把北平写成"我"可以倾诉的对象。因为是倾吐心声，所以写得真情流露，较为平易澄明：

> 有人说你是活着的死人，我替你不平，
> 试打开任何一个角落，别处哪有这份美景？
> 公园的黄昏，北海的午夜，景山的早晨，
> 生命不强，哪里消受得了那么多美的漫淫？
>
> 但这些都不要紧，要紧的你是新文化的中心，
> 思想的新浪潮都打从你的摇篮起身，
> 跟跟跄跄地大步前去，穿透紧裹的夜心，
> 突然飞出一脚将大小沉睡的灵魂踢醒。
>
> 不过你一旦沉醉，酣睡深深，也着实让人担心，
> 一向是理性的旗手，如今也自困于反民主的迷信，
> 我来自南方，爱你像爱我失去而复得的爱人。
>
> 总愿你突破一时的眩惑，返求朴质的真身，
> 至勇者都须自我搏求，像你在"五四"之春

所发出的追求科学民主的宏大呼声!

这又是一首十四行诗,写得思想深邃,情感深沉,写出了诗人对曾经高扬科学民主精神的北平那种既爱又忧的心情。值得注意的是,惯于用现代手法写诗的袁可嘉,在这首诗中,恰恰没有用现代手法。也许诗人觉得这种直抒胸臆的写法,更能表达他当时的心情,更能激发读者的情感,引起他们的共鸣。在袁可嘉的诗中,也许这首诗是特例。总的说来,他的诗现代手法是较为突出的。

袁可嘉的诗歌主张在他的诗歌创作中得到体现。他的诗在内容上切近社会现实,真实反映了反动统治的黑暗腐败,以及民众的悲惨生活;在艺术上,则借鉴了西方现代主义象征、通感等手法,追求多层次的含义;其诗的语言机智、冷隽、幽默。由于知性这一九叶派诗人共同的特点,使袁可嘉的诗蕴含深邃的思想,使他能更加深刻地揭露当时社会的反动本质。

袁可嘉虽然诗歌作品不多,但是这些作品都堪称上乘之作。他在新诗理论上的建树,特别是有关新诗现代化的论述,以及精湛的创作实践,为中国新诗的发展,为中国现代主义诗歌的发展,作出了杰出的贡献。

作于 2009 年 10 月 18 日

北京芳城园寓所

兼容现实传统的现代主义诗歌
——论穆旦的诗

在九叶诗人中,穆旦是最早凋谢的一片叶子。由于他的不同寻常的经历和个人的涉猎修养,受西方诗歌影响最深,因而在诗歌创作中,他的现代派倾向最为明显。但是,有的评论据此就认为,穆旦诗的现代主义成就正表现在他对中国古典诗歌传统的彻底背叛,或者毋宁说,他的诗与中国传统诗歌的母体断了脐带。他的现代主义诗歌的成就,正源自他对中国传统诗歌的无知。我以为这种说法未免偏颇武断,是不符合穆旦的创作实际的,不是公允的评价。要科学地评价一位诗人,还是要从分析其作品入手。

诚然,现代主义倾向在穆旦的作品中的体现是毋庸置疑的,无论是表现主观的内心世界,还是反映客观的外部世界,穆旦的诗都体现了浓烈的现代主义色彩。先看穆旦写于 1940 年的《我》一诗:

> 从子宫割裂,失去了温暖,
> 是残缺的部分渴望着救援,
> 永远是自己,锁在荒野里,
>
> 从静止的梦离开了群众,
> 痛感到时流,没有什么抓住,
> 不断的回忆带不回自己,
>
> 遇见部分时在一起哭喊,
> 是初恋的狂喜,想冲出樊篱,
> 伸出双手来抱住了自己
>
> 幻化的形象,是更深的绝望,
> 永远是自己,锁在荒野里,
> 仇恨着母亲给分出了梦境。

我们知道,现代主义的一个重要特点,就是具有自省意识,或者说内视意识。"我从哪里来? 又往哪里去?"可以说是永恒的问题。此诗正表现了诗人穆旦的自省意识和内视意识。从现代性的意义上说,"我"是通过感受、坚忍和消极的态度,来渐变所面对的世界。现代主义诗人认为,外部世界是不稳定的,不可靠的,因而只能转而肯定内在感受。所以"寻找自我"是现代主义文学中的普遍倾向。为了"寻找自我",现代主义诗人就力图"内化",在诗中表现"我"的意识的复杂变化。此诗看来比较晦涩,但这正准确地表现了"我"为"离开了群众"而感到孤独和焦虑,以及对自闭与外求的进退维谷的两难困惑。

穆旦的诗意象繁丽,内涵深沉丰富,具有较强的知性,甚至具有玄学和神秘色彩。正因为如此,他的诗显得朦胧晦涩,耐人寻味。由于他是一位著名的翻译家,深得西方现代主义诗歌之真髓,所以,他在创作时,就很自然地运用了西方现代主义诗歌的表现手法,因此,他的诗与西方现代主义诗歌很相像。当然,在接受西方现代主义诗歌的影响时,不仅是形式上的,而且还是内容上的。所以,西方现代主义诗歌中的常见的那种神秘的、虚无主义的消极的思想内容,不可避免地会对他产生一定的影响。《诗八首》就是这样的一组诗。这是一组情诗,但却充满了理性的思辨色彩,以及哲学的高度。这组诗结构恢宏,构思精巧,以夸张、意象迭加、隐喻、换喻、象征等手法,来表现爱情的多变、复杂、纠缠等特征。例如,在表现爱情的短暂时,诗人夸张地写道:"我却爱了一个暂时的你","那只是上帝玩弄他自己"。此外,像"我们成长,在死的子宫里"、"你底年龄里的小小野兽,/ 它和青草一样地呼吸"、"我越过你大理石的理智底殿堂,而为它埋藏的生命珍惜"等等,这些意象、象征和隐喻都出人意料,在艺术上造成惊奇的效果;另外,如"相同和相同溶为怠倦,/ 在差别间又凝固着陌生;/ 是一条多么危险的窄路里,/ 我驱使自己在那上面旅行""再没有更近的接近,/ 所有的偶然在我们间定型;/ 只有阳光透过缤纷的枝叶 / 分在两片情愿的心上,相间。"用形而上的、富有哲理的、意味深长的语言来体现不同寻常的爱的历程。最后一节表现了诗人对瞬间与永恒关系的深刻认识,把爱情的变幻无常和不确定性与宇宙的不停运动相联系,但在这种爱情观与宇宙观的背后,却隐隐约约透露出诗人那消极的、虚无主义的颓唐心情:

等季候一到就要各自飘落,
而赐生我们的巨树永青,
它对我们不仁的嘲弄
(和哭泣)在合一的老根里后化为平静。

虽然很少有情诗写得如此富有理性和思辨色彩,但是其热烈的情感还是在不经意中流露了出来："你我底手底接触是一片草场，/ 那里有它底固执，我底惊喜"，"它要你疯狂在温暖的黑暗里"。所以，此诗除了冷峻的一面，尚有热烈的一面。

在穆旦的诗歌创作中，占有主导地位的是那些富有现代主义思辨色彩的诗篇；但是，他的诗也不全是内敛的、形而上的，也有外露的、由内向外辐射型的，甚至也有现实性较强的作品。如《在寒冷的腊月的夜里》、《控诉》、《赞美》、《不幸的人们》、《旗》等。《在寒冷的腊月的夜里》一诗，诗人难能可贵地将关切的眼光投向当时最为贫困的"北方的平原"的农民。值得注意的是，诗人通篇用的是白描手法，却不直接描写农民的贫困生活，通过渲染环境和氛围，暗示农民生活的贫穷：

> 火熄了么？红的炭火拨灭了么？一个声音说，
> 我们的祖先是已经睡了，睡在离我们不远的地方，
> 所有的故事已经讲完了，只剩下灰烬的遗留，
> 在我们没有安慰的梦里，在他们走来走去以后，
> 在门口，那些用旧了的镰刀，
> 锄头，牛轭，石磨，大车，
> 静静地，正承接着雪花的飘落。

可以看出，诗的基调是压抑的，氛围是黯淡的，其中"在我们没有安慰的梦里"一句，足可细细回味，连梦都不能给农民安慰，可见在现实世界里，他们过的是何等悲惨的生活。即使用白描写实的手法，穆旦依然能从中显示他对现实的深沉思考，依然能使读者震撼，并引发深思。也就是说，诗人的哲理，或者是玄思，都不是抽象的，而是在具体描述中显示出来的。所以，穆旦的诗，纵然是写实的，也决不会像一般的现实主义诗歌那样，走平铺直叙、浅白直露的现实主义道路。《控诉》一诗，看诗题，你一定以为免不了愤怒的喊叫；但是，这却是一首十分平静、理性的诗。诗中不乏睿智的警世妙句。如："零星的知识已使我们不再信任 / 血里的爱情，而它的残缺"，"这是死。历史的矛盾压着我们，/ 平衡，毒戕我们每一个承担冲动。/ 那些盲目的会发泄他们所想的，/ 而智慧使我们软弱无能。"而《赞美》似乎可以归入政治

抒情诗一类。当然它和我们常见的政治抒情诗不可同日而语。说它是政治抒情诗，是因为他富有政治激情，当你读着下面的诗句时，很难不被诗人的满怀激情所感染：

> 我要以一切拥抱你，你，
> 我到处看见的人民呵，
> 在耻辱里生活的人民，佝偻的人民，
> 我要以带血的手和你们一一拥抱，
> 因为一个民族已经起来。

但是它又不同于一般的政治抒情诗。它要比一般的政治抒情诗更繁富，更复杂，更深刻。诗人从"一个农夫"的贫穷苦难的生活，写到"一个民族已经起来"，由小见大，从一滴水反映出太阳的光辉。而写这"一个农夫"又不是一般的农夫，而是象征意义上的"农夫"。说是象征意义上的"农夫"，是因为这个"农夫"是所有农夫的代表和象征，并且具有丰富深邃的历史感：

> 一个农夫，他粗糙的身躯移动在田野中，
> 他是一个女人的孩子，许多孩子的父亲，
> 多少朝代在他的身边升起又降落了
> 而把希望和失望压在他身上，
> 而他永远无言地跟在犁后旋转，
> 翻起同样的泥土溶解过他祖先的，
> 是同样的受难的形象凝固在路旁。
> 在大路上人们演说，叫嚣，欢快，
> 然而他没有，他只放下了古代的锄头，
> 再一次相信名词，溶进了大众的爱，
> 坚定地，他看着自己溶进死亡里，
> 而这样的路是无限的悠长的，
> 而他是不能够流泪的，
> 他没有流泪，因为一个民族已经起来。

这 "一个农夫" 只能是个象征,所以 "多少朝代在他的身边升起又降落了 / 而把希望和失望压在身上"。诗人是通过 "一个农夫",也就是 "多少朝代" 的农夫,世世代代受苦受难,经历 "多年耻辱的历史","无言的痛苦是太多了",终于觉醒,意识到 "一个民族已经起来"。就这样,一个寻常的主题,被穆旦在诗中演绎得如此丰赡、深沉。特别是它的时而热烈、时而冷静的叙事抒情方式,使读者时而深受感染,时而又引起沉思,兼收情趣和理趣之美。

真正的诗人应该具有博大的胸怀,应该对一切弱者奉献伟大的爱和温馨的人文关怀。穆旦正是这样的一位诗人。他的《不幸的人们》一诗体现了他的博大的爱。诗中所体现的人文关怀可谓泽被古今:

> 我常常想念着不幸的人们,
> 如同暗室的囚徒窥伺着光明,
> 自从命运和神祇失去了主宰,
> 我们更痛地抚摸着我们的伤痕,
> 在遥远的古代里有野蛮的战争,
> 有春闺的怨女和自溺的诗人,
> 是谁的安排荒诞到让我们讽笑,
> 笑过了千年,千年中更大的不幸。

诗人是对古往今来所有 "不幸的人们" 的关怀。值得注意的是,在形式上借鉴西方现代主义诗歌的穆旦,却在不少诗中采用了中国传统诗歌的意象。如在此诗中,"春闺的怨女和自溺的诗人" 就分明是中国传统诗歌的典故。前者出自唐代诗人王昌龄的诗句:"可怜无定河边骨,犹是春闺梦里人。" 后者无疑是指伟大的爱国诗人屈原。由此可见,那些认为穆旦对中国古典诗歌传统彻底决裂、甚至无知的观点是站不住脚的,也是不符合实际的。

在穆旦的诗中,现实性很强、而又平易近人的诗当数《旗》:

> 我们都在下面,你在高空飘扬,
> 风是你的身体,你和太阳同行,

常想飞出物外，却为地面拉紧。

是写在天上的话，大家都认识，
又简单明确，又博大无形，
是英雄们的游魂活在今日。

你渺小的身体是战争的动力，
战争过后，而你是唯一的完整，
我们化成灰，光荣由你留存。

太肯负责任，我们有时茫然，
资本家和地主拉你来解释，
用你来取得众人的和平。

是大家的心，可是比大家聪明，
带着清晨来，随黑夜而受苦，
你最会说出自由的欢欣。

四方的风暴，由你最先感受，
是大家的方向，因你而胜利固定，
我们爱慕你，如今属于人民。

　　此诗作于 1945 年 5 月，离日本投降还有三个月。可能穆旦预感到抗战的胜利已为期不远，所以写下这首歌颂英雄、呼唤胜利的诗。即使从今天的政治眼光和审美眼光来看，此诗也没有给人以 "隔" 的感觉，反倒感到亲切有味。虽然穆旦是现代主义诗人，但是在民族解放战争的时代风云面前，他的爱国热情、英雄观和价值观与现实主义诗人是一致的。诗中的 "旗"，不仅是胜利的象征，而且也是领导人的象征。第一节写的就是领导人和人民群众的关系。这里 "我们" 就是人民群众，作为 "旗" 的领导人 "你" 虽然 "在高空飘扬"，"和太阳同行"，具有崇高甚至神圣的地位，但是也不能随心所欲,虽"常想飞出物外,却为地面拉紧"。这就是说,领导人必须与人民群众保持密切的联系,必须接受人民群众的监督和制约。另外,诗人在诗中表现了是英雄的壮烈牺牲,换来旗的光荣,而胜利和光荣"如今属于人民"。在那个战争年代,在国统区,穆旦能有这种正确的认识是难能可贵的。

穆旦是个内向沉思型诗人。他的诗多带有对人生哲理性的探索,注重内心的自我发掘和剖析,同时观察、思考外部世界与内心世界交汇的"新颖处"。他在后期的作品中依然保留了这种创作个性,虽然由于时代的不同,作品的思想内容会有所不同。发表于1957年的《葬歌》,是诗人决意要埋葬旧我、和"我过去的自己"永别的歌。穆旦的诗唱出了当时一代正直的知识分子共同的坦诚的心声:尽管身处逆境,但仍真诚地愿意改造自己,跟上时代前进的步伐:

> 这时代不知写出了多少篇英雄史诗,
> 而我呢,这贫穷的心!只有自己的葬歌。
> 没有太多值得歌唱的:这总归不过是
> 一个旧的知识分子,他所经历的曲折;
> 他的包袱很重,你们都已看到;他决心
> 和你们并肩前进,这儿表出他的欢乐。

可悲的是,诗人的近乎天真的坦诚和自我改造的决心,却没能使他避免一场政治厄运。他终于被错划为"右派"。但是尤为可贵的是,二十年的劫后余生,并未改变穆旦的初衷,更未泯灭诗人的赤子之心,在他生命最后阶段的诗中,依然保持他当年关注社会、关注人生的积极的人生态度,只是其讽喻力量表现得更加深刻和沉重。如《演出》一诗辛辣地讽刺了当时泛滥成灾的虚假:"却不知背弃了多少黄金的心 / 而到处只看见赝币在流通",而《夏》则一针见血地嘲弄那场"史无前例"的"文化大革命"的荒谬实质:"太阳要写一篇伟大的史诗, / 富于强烈的感情,热闹的故事, / 但没有思想,只是文字,文字,文字。"穆旦的诗常将感觉和知性天衣无缝地结合起来,使抽象观念具象化,思想知觉化。这使他的诗在鲜活灵动的意象中辐射出理性的光芒。

总的说来，穆旦不仅是九叶派中最具现代主义倾向的诗人，而且也是中国现代诗歌史上杰出的诗人。当然，说他的诗最具现代主义倾向，这是就其整体主导的倾向而言，并不是说他一概排斥中国古典诗歌和现实主义的传统。他毕竟生活在中国，生长在这片具有悠久古典诗歌传统和深厚现实主义土壤的土地上，不可能不受到来自这两方面的深刻影响。只是这种影响在他的诗中并非以一种直接的方式体现，而显得较为含蓄和曲折。也就是说，穆旦在现代主义诗歌的创作实践中，溶进了现实主义与中国古典诗歌传统的因素。我认为，就像须正确对待所有历史人物一样，对于穆旦这样一位现代诗歌史上的杰出诗人，也不应以偏概全，过于轻率武断地下结论，而应该从分析其作品实际出发，给予正确、科学和公允的评价。

作于 2006 年 4 月 3 日
北京芳城园寓所

激情转冷峻　豪气兼婉约
——论邵燕祥的诗

在共和国建国初期的 50 年代，邵燕祥的诗是以热烈奔放、赤诚纯真而赢得人们的赞美的。50 年代，刚刚结束了血与火的战争，年轻的共和国举国上下，掀起了生产建设的高潮。这既符合广大人民的愿望，更是时代的要求。那时邵燕祥有机会到工厂矿山采访，迎面扑来的新鲜经验撩动着诗人青春的激情。不同年龄的工人、技术人员忘我地为国家工业化建设而奋斗的实践，深深打动了诗人。那时邵燕祥的诗满怀激情地讴歌战斗在生产建设第一线上的劳动大军、青年突击队，以及热气腾腾的建设场面。《到远方去》是他的一首很有名的诗，在当时影响很大。以今天的眼光来看，这首诗未免写得直白、平铺直叙，可是在诗行中所涌动的纯真的、高扬的理想主义激情，虽然时隔半个多世纪，依然令人感动，特别是对那些亲历过那个历史时期的人来说，更觉亲切，好像又回到那个如火如荼的火红的年代。值得注意的是，诗人并不仅仅止于单纯歌颂生产建设者，也不仅仅停留在赞美建设者为国家作贡献这一层面上，他是将自己心中的英雄情结赋予他所讴歌的普通劳动者。他写道："心爱的同志你想起了什么？ / 哦，你想起了刘胡兰。 / 如果刘胡兰活到今天， / 她跟你正是同年。// 你要唱她没唱完的歌， / 你要走她没走完的路。""在英雄辈出的祖国， / 我们是年轻的接力人。""青年团员走在长征的路上， / 几千里路程算得什么遥远。"做英雄的"接力人"，50 年代初，就提出走"长征的路"，可谓难能可贵。他是将建设者提到继承先烈遗志的革命者的高度，把建设事业视为重走"长征的路"的革命事业。足见诗人当时有着何等强烈的英雄情结，有着何等昂扬的理想主义情怀！

此后，诗人写出了一系列这样讴歌生产建设的诗篇。诸如《在夜晚的公路上》、《我们架设了这条超高压送电线》、《在大伙房水库工地上》、《我们的钻探船轰隆轰隆响》等，单从这些诗题也可看出诗人对生产建设倾注了多大的关注和热情！而他的脍炙人口的名篇《中国的道路呼唤着汽车》之所以被传诵一时，是因为该诗不仅是诗人内心的呼唤，更道出了亿万人民的心声：

> 我们满怀着柔情与豪情，
> 大声地告诉负重的道路：
> ——我们要让中国用自己的汽车走路，
> 开足马力，掌稳方向盘，
> 一日千里，一日千里地飞奔……

这里的汽车已是中国的象征，诗人热切地渴望中国像汽车那样"一日千里地飞奔"，早日改变"一穷二白"的面貌。在《五月的夜》一诗中，诗人身处雪山下狂风中的帐篷，望着"牛粪堆在暮色里冒起青烟"，却"遥想我们不夜的京城"，无限深情地向祖国倾吐衷肠："祖国！你的胜利就是我们的幸福。 / 祖国！你的繁荣就是我们的骄傲。"

由此可见，50 年代的邵燕祥是一位激情如火的诗人。他的单纯和真诚，使他把所看到的世界都涂上了理想主义的美丽虹彩。

邵燕祥后来在回顾这一时期的创作时说："我写劳动者,写工业建设,在题材上填补了空白,得到承认;至于我自己,以'我们建设者'为抒情主人公来抒写自己的真实感情,却得免于按照小资产阶级面貌偷换工农兵形象的指责。这些带有某种纪实性的抒情诗,尽管存在着这样那样的不足,但不同于图解概念、宣传政策的纯政治诗,留下了当时生活的一些光与影。"一方面要"免于按照小资产阶级面貌偷换工农兵形象的指责",另一方面又不满那种"图解概念、宣传政策的纯政治诗",即便在蒸蒸日上的 50 年代,已露端倪的左倾思想观念的压力,已迫使富有个性和才华的邵燕祥纵然在高唱赞歌时,也不得不有诸多顾忌,而采取富有智慧的生存策略。

随着时间的推移,生活中的矛盾、问题,甚至弊端不断地出现。一脸困惑的诗人终于看到阳光下的阴影,生活给他上了重要的一课,他终于明白,对现实过于理想化只是不切实际的幻想。当然,他原本可以继续高唱赞歌,像当时不少诗人所做的那样。然而,作为一位正直的诗人,他可不屑违背自己的良知,唱那种廉价的赞歌。于是,诗人勇敢地站出来,满怀着对无辜的弱女子贾桂香的无限同情和不平、对主观主义者和官僚主义者的愤怒和谴责,写下了长诗《贾桂香》。在诗的末尾,诗人愤怒地责问:

> 到底是怎样的一股逆风
> 扑灭了刚刚燃点的火焰?
> 海阔天空任飞翔的地方,
> 折断了刚刚展开的翅膀!
>
> 告诉我,回答我:是怎样的,
> 怎样的手,扼杀了贾桂香!?

此诗写于 1956 年,正是高唱颂歌的年代,在一片歌功颂德声中,独有诗人唱着不和谐的反调,宜乎被人讥为不识时务。诗人邵燕祥因此获咎,在所谓的"反右斗争"中,被错划为右派,被开除党籍。在十年动乱中,诗人自然未能逃过劫难,他被批斗,被剥夺了写作权利达二十年之久。邵燕祥不趋时媚俗,坚持操守,正是正直的知识分子最可宝贵的品质,也表现了传统的知识分子的人文精神。

诗人复出后,创作风格有很大的变化。由激情趋向冷峻,由一位乐观向上、热情奔放的诗人一变为善于思索、富有理性美质的诗人。《记忆》一诗就不同于他50年代的诗,虽然很短,是首小诗,却写得极有分量,是那么沉痛,那么深沉! 倘不是从那个不堪回首的年代走过来的人,怎能有如此痛彻心扉的真切体验? 诗人用拟人化和虚实结合的手法,把记忆的创巨痛深形容到极致:

> 记忆说:
> 我是盐。
> 别怨我
> 撒在你的伤口上,
> 让你痛苦。
>
> 把我和痛苦一起咽下去——
> 我要化入你的血,
> 我要化入你的汗,
> 我要让你
> 比一切痛苦更有力。

对于一位正直的、有社会责任感的诗人来说,十年动乱所带给他的不仅仅是个人的劫难和痛苦,或者毋宁说,比起国家与人民的命运和前途,个人的苦难和委屈是无关宏旨的。尽管诗人遭受到不公正的对待,历尽苦难,但是,我们却没有在他的作品中找到渲染他个人苦难的诗篇;却满怀柔情和爱心,写下了《童年》一诗。此诗以一个孩子的口吻,写到十年动乱中,父母都被抓去办学习班,孩子们饥寒交迫,苦苦盼望父母归来的令人辛酸的一幕。读着这充满天真稚气,却丧失童趣的诗句,似听到孩子们和着泪水带哭的呼唤。令人震撼! 最后,孩子们天真地以为是"学习班"带走了他们的爸爸妈妈,于是,向"学习班"发出了稚嫩的诅咒:"'学习班'!'学习班'! /你的名字多么好听! / '学习班'!'学习班'! /你干了多少坏事情!"在这里,诗人在对受害儿童这样的弱者表达温婉的人文主义的关怀的同时,字里行间更燃烧着愤怒谴责的烈火。

这种愤怒的烈火在《怒江问答》中燃烧得更为猛烈。诗人借怒江之口写道："说起十年人间不平事 / 恨不能到处擂动堂鼓"，"我不能容忍自己无动于衷 / 面对着有害的事物，人民的疾苦"。邵燕祥还是50年代时的邵燕祥！我们又看到《贾桂香》中诗人那刚正不阿的影子。诗人的刚正不阿在他遭受迫害、被隔离审查时表现得尤为突出。在《问自己》一诗中，他面对横逆，仍高傲地宣告："爱我之所爱 / 恨我之所恨"，并且勇敢地责问颠倒黑白的荒谬："我只是要问 / 为什么一夜之间 / 有用的人变成多余的人 / 同志变成敌人"。受审问者竟成了审问者。最后，诗人坚定地这样回答宵小们的审问："在亲者与仇者面前 / 我就是我 / 我是受伤的战士 / 不是替罪的牺牲"，表现了一位正直的知识分子的尊严。

正因为他关注的是国家和人民的命运和前途，"十年人间不平事"、"人民的疾苦"在他心灵上留下如此深刻的烙印，所以他在诗中痛定思痛所深思反省的，是造成十年动乱的社会根源。在《吊汨罗》一诗中，诗人一反前人发思古之幽情的写法，一针见血地指出，"封建的土壤"正是造成十年动乱的社会根源："讥谗起家，罗织为业，害人成性，/ 封建的土壤滋生过多少奸佞强梁？ / 这一切，我们若没有亲身经受，读一千遍《离骚》又何从想象？"

我们说复出后的邵燕祥诗风的转变，并不意味着诗人以理性取代抒情，从此不写单纯的抒情诗了；恰恰相反，随着改革开放后，思想解放运动的展开，新时期开始了，中国的历史再一次走到十字路口。经济建设又被提到中心地位。岑寂已久的诗人的激情如火山般喷发出来，诗人讴歌生产建设的热情被唤醒了。就在《中国的道路呼唤着汽车》发表24年后，诗人又发表了著名的《中国的汽车呼唤着高速公路》。这两首诗堪称姊妹篇，都顺应时代的潮流、历史的要求，符合人民的愿望。在《中国的汽车呼唤着高速公路》中，诗人急切地呼唤"不要牧歌，/ 不要讲古，/ 要的是速度！速度！速度！"如果我们把这两首诗相比较，就会发现，后一首诗在抒情中带有批判的成分。"小米加步枪"打败"飞机和大炮"，"木船打军舰"，支前"靠两条腿"追赶"轱辘"，历来是被肯定甚至歌颂的；而诗人对此却大胆地加以批判和否定："我们新的征途，/ 再不能仅仅靠小米加步枪，/ 再不能靠木船打军舰，/ 再不能靠两条腿，/ 去追赶十轮卡的轱辘！"在"文革"中，极左思潮强调路线方向,"方向盘"成为富有政治含义的象征物。而诗人却无情地加以批判和颠覆:"前进是唯一的路。/ 再不能只是夸耀方向盘,/ 而安于老牛破车的速度!"这样的诗句也只能出现在思想解放运动开展的 1978 年。充分显示了浓烈的时代精神。不仅如此,诗人还在诗中尽情宣泄了对当时中国现状的强烈不满:"高速度,/ 高速度;/ 渴望了十年、二十年,/ 但是直到一九七八年,/ 中国还没有高速公路!"接着,诗人历数落后的道路所带来的"多少次磨蹭、停滞、梗阻!"最后诗人以近乎悲壮的情感大声疾呼:

> 空话不能起动汽车,
> 豪言壮语也不能铺路。
> 但我们难道还不能铺一条
> 高速公路——
> 有这么多的痛苦,
> 有这么多的愤怒,
> 甚至有这么多的血肉
> 化为我们特有的混凝土!

急切焦虑之心溢于言表。与前一首诗相比,此诗更为凝重深沉。这正显示出邵燕祥诗风的变化。

然而更能体现他诗风变化的是他的抒情长诗。邵燕祥经过数十年坎坷曲折、风雨沧桑的人生道路,虽然诗人的赤子之心始终不变,但是他的诗风却发生了变化,变得沉郁凝重、恢宏壮美。从邵燕祥的抒情长诗中,我们不难看到诗人洞察历史和现实的自觉性,看到历史和现实的结合。所以即使像《长城》《南京》这样以传统的凭吊古迹为题材的诗,也没有写成吊古伤今之作,而是站在历史的高度俯瞰现实,展望未来,因而显得有相当的深度和力度。例如在《长城》一诗中,诗人从"长城是中华民族的脊梁"这一象征性的意象出发,这样写道:

> 我要进入你们的灵魂
> 同你们一起歌唱

"把我们的血肉筑成我们新的长城"
我要进入你们的身体
化作刚硬的骨骼,坚韧的脊梁

我交到你们手中的
不是锁
而是一串钥匙
召唤你们
准备去开启
新世纪的铁门

对于秦淮风月、六朝金粉的南京城,多少文人墨客以诗词抒发式微之叹、黍离之悲。然而诗人的眼光却注视着现实:

虽然摩挲残碑
我没有怀古病

我关心市民的居住面积
远胜于李香君的故家
为什么如此破落
我高兴绿树荫荫
使炎热的火炉平均降温一度
远胜于寻问鸡鸣寺
为什么寺号鸡鸣
——《南京》

别林斯基曾经说过:"在构成真正诗人的必要条件之中,一定非包括有现代性不可。诗人比任何人都应该是他时代的儿子。"① 邵燕祥自觉地意识到自

---

① 《别林斯基选集》第一卷,第 216 页,上海译文出版社 1979 年 5 月出版。

己是"时代的儿子",因而在他面对历史遗迹的诗中,闪耀出时代精神的光辉。同时,在他的另一些面对现实、时代气息非常浓厚的抒情长诗中,又贯穿了历史精神,使这些诗不显得空泛、肤浅,而显得更为深沉,有一种深厚的力度。歌唱劳动和建设,曾经是邵燕祥 50 年代诗的主旋律。然而在 80 年代,当他"重新唱出第一支歌,还是劳动的歌"时,这支《劳动》的歌却打上了十年动乱的历史印记,显得那么沉重,那么撼人心魄:

> 我宁愿浑身散发着
> 猪尿和牛粪的气味
> 好让那些教训别人劳动
> 而自己逃避劳动的宣传队
> 掩鼻让开

同样,诗人从司空见惯的敲门声,引发了奇思遐想,从战争年代到"文革",历史的红线贯穿始终。"敲门声"使"我又想到了文化大革命,/ 想到了两千多年封建专制的严刑峻法,/ 想到了横行一时的第三帝国的党卫军,想到了中国人民同'四人帮'的惨烈的决死的 / 战斗,/ 想到了战斗中牺牲的有名与无名的英魄,/ 想到了幸存者和后来者的沉重的责任。"(《敲门声》)从邵燕祥的抒情长诗中,我们分明可以看到历史潮流冲击"今天"的岩石所激起的浪花的虹彩。

除了上述历史和现实的结合外,邵燕祥抒情长诗的另一个特点是思辨与诗情的结合。邵燕祥在说到写作这些抒情长诗的缘起时说:"我想要发议论。"确实,从《我是谁》《不要废墟》《与英雄碑论英雄》《走遍大地》等诗中,我们仿佛听见诗人在纵论天下事,诗人的胸中包孕着世界、历史、民族、祖国、社会、人民的命运,意蕴深远地提出了理想、英雄、生命的价值等严肃的人生课题。当然,这并非抽象枯燥的议论,而是饱和着诗人的血肉感情的。一方面,诗人从自己坎坷的人生道路中寻求这些人生课题的解答,因而更能激起诗人的强烈情感;另一方面,这些人生课题也正是当时人们、特别是青年一代所时时思考的问题。诗人提出这些人生课题,正是把握了社会的心理情绪,感受到时代脉搏的跳动,一种阔大恢宏的诗情就伴随着深邃隽永的思想油然而生了。思想是能产生感情的,"因为这个思想在诗人头脑里产生出来之后,给了他的有机体以推动力,激动并且煽起他的热血,在他的胸腔里波动起来。"① 思想产生感情,而感情又使思想充实,深沉。请看这样的诗句:

让每一寸国土

不再出现历史的废墟

让每一寸心灵

不再出现精神的废墟

像咬一颗圆圆的透明的红樱桃

我认真又爱惜地咬着"建设"两个字

——《不要废墟》

前四句堪称警句,耐人寻味;而后两句极其生动形象的比喻,道出了诗人对得来不易的"建设"极为丰富、深厚和珍惜的感情。像这种熔思想、形象、情感于一炉的佳句,在诗人的笔下比比皆是。如"可能最终算不上英雄,/ 但你要有一点英雄主义。""是非之心高于利害之心,/ 为你所爱的人民而献身——或是电光石火的一瞬,/ 或是辛勤劳动的一生。"(《与英雄碑论英雄》)"我愿像高压线一样 / 带着电 / 走向天涯地角 / 我愿像长河水 / 流贯焦渴的大地 / 但是不夹带泥沙"(《走遍大地》)"我是中国民主中的绝对多数 / 又是这多数中小小的一个"(《我是谁》)这些诗句体现了思想和情感的交融,哲理和形象的结合,思辨美和诗情美的交相辉映。英国湖畔派诗人柯尔律治很强调诗的"思想深度与活力",他曾说:"从来没有过一个伟大的诗人,不是同时也是个渊博的哲学家。因为诗就是人的全部思想、热情、情绪和语言的花朵和芳香。"② 邵燕祥虽然不是哲学家,但是他却是一位著名的杂文作家。邵燕祥的诗中所体现的深邃的哲理、思辨的美质,应该说与他杂文家所具有的深沉冷峻的智性素质密切相关。

---

① 《别林斯基选集》第一卷,第 237 页,上海泽文出版社 1979 年 5 月出版。

② 引自《欧美古典作家论现实主义和浪漫主义》第 278 页,中国社会科学出版社 1980 年 3 月出版。

邵燕祥的抒情长诗的风格是恢宏壮美与细腻柔美的结合。就像一幅山水长卷，既有怒涛排空、气象雄浑的大江，又有涓涓细流、蜿蜒曲折的小溪。他的抒情长诗给人总的印象是辽远、壮阔、深邃、气象万千，但其中也不乏细腻清丽之作。《怀念篇》是一曲真正的朋友的赞歌。诗人歌颂了"在缺少温暖和信任的年月"里，给了他"太多温暖和信任"的朋友。诗人写朋友的胸襟是如此豪放开阔：

> 朋友，我们靠得这么紧
> 我们都有
> 至少九百万平方公里的
> 胸怀

但是写到朋友之间的友谊却又那么拳拳深情：

> 朋友，对你们
> 我没有任何秘密
> 只怕我小小的胸廓
> 装不下对你们的记忆
> 和你们对我的友情

在这首诗中，诗人还满怀深情地回忆起房东大嫂怎样看着他"把烤得焦黄喷香的饼子吃下去"，而大娘则把他当作"又一个亲生的儿子"。这种细腻的细节描写，充分体现了诗人真挚、深厚的情感，使全诗呈现一种婉约柔情的色彩。

读着邵燕祥的抒情长诗，令人既感到振奋鼓舞，又得到艺术享受。这是因为诗人谙熟抒情长诗的艺术特征，熟练地掌握它的艺术规律的缘故。诗人在重视抒情长诗的深邃的思想、热烈的感情的同时，没有忽视形象、联想、比喻等诗的艺术要素。《荒原》是一首带有召唤性的抒情长诗，令人想起诗人在 50 年代写的另一首带召唤性的抒情诗《到远方去》。与后者的单纯、质朴不同，《荒原》在艺术上更加圆熟，除了像号角那样激动人心外，还很有艺术感染力。如下面这样的诗句：

> 啊，我们——
> 瀚海中的篝火
> 尽管缺氧
> 仍然炽烈地燃烧着
> 五十年代的精神
> 可还在八十年代的胸膛里燃烧？

把荒原的开拓者喻为"瀚海中的篝火"，何等贴切形象！而在诗的最后一节，诗人以拟人化的手法写荒原召唤开拓者，很是感人，具有一种低回不绝的韵味：

> 你可听见了
> 西北风吹送来的
> 她的悲歌
> 她的呼吁
> 她的粗犷而殷切的召唤！？

上文说到邵燕祥的抒情长诗有婉约柔情的一面。其实在他的不少短诗中，也有婉约清丽之作。简直很难想象，一位擅长写大气磅礴的抒情长诗的诗人，一位参透世态百相的冷峻机智的杂文家，居然能写出如此如泣如诉、似爱似恨、柔肠百转的爱情诗：

> 我心中有一个秘密的爱
> 一半是恨
> 一半是债
> 这死扣要生命才能解开！
> ——《我心中有一个秘密的爱》

全诗的形式颇像元曲中的小令。《再别屯溪》同样有小令的韵味,写得清新不俗,雅致优美:

> 梦着樱桃,梦着枇杷
> 梦着石榴自在开花
> 绿叶浓荫里藏着的鸟
> 自在说着千年不变的话

邵燕祥知识丰富渊博,用典贴切,可谓"信手拈来,皆成文章"。他的《遐思》一诗,写得挥洒自如,才气横溢。诗中大量运用古今中外的典故,从苏武到秋瑾,从拿破仑第三到伏契克,有的是明用典,有的是暗用典,一路写来,流畅自然,毫不涩滞。正因为他旧学功底好,所以他写的新诗文采斐然,文字优美。丰厚的古典文学基础、广博的知识结构无疑使他的新诗锦上添花。

其实,邵燕祥精湛的古典文学造诣还不止于此,他能写堪称上乘的旧体诗。而且一写就是四十余年。《邵燕祥诗抄·打油诗》收入诗人自1958年至2001年间所写的旧体诗数百首。所谓"打油诗"是诗人对自己旧体诗的自谦之词。据诗人称,聂绀弩、黄苗子、荒芜都把自己的旧体诗称为"打油诗"。新诗诗人兼写旧体诗,这真是新诗史上一个独特的现象。一些彪炳史册的新诗诗人如俞平伯、何其芳、辛笛、臧克家等,都能写非常出色的旧体诗。这也许因为无论新诗或旧体诗,形式虽不同,其诗心则一的缘故吧?

邵燕祥先生在新诗、旧体诗和杂文三个领域都取得了杰出的成就,赢得了人们的敬重和爱戴。然而,更令人钦佩的是,年逾古稀的他依然保持一颗诗人的赤子之心,依然充满好奇地关注现实生活,关注寻常百姓,时有新作问世。2006年11月4日的《北京青年报》发表了邵燕祥先生的《痛悼子尤》一诗。邵燕祥先生这样一位大诗人,却为16岁的少年诗人写悼念诗,诗行中溢满悲恸痛惜之情,可谓一字一泪,读了令人悄然动容。这首《痛悼子尤》也许不能与诗人其他的名作相比,但是,相信它在读者中间的影响是巨大的,这意味着大诗人的诗是如此亲近民众,关注普通人的生活。读着这首诗,人们很自然想起诗人当年的《贾桂香》和《童年》两首诗,遭受迫害的普通的女工、"文革"中,盼着父母回家的饥寒交迫的孩子,曾打动多少读者的心！读着这首诗，令人再一次感受到诗人那悲悯的人文主义关怀。人们传诵着这首诗，不仅仅是为了悼念那位逝去的天才少年，更是为诗中所体现的诗人邵燕祥先生的人格力量所震撼，所深深感动。

邵燕祥先生用他的为人和天才诗作告诉人们：什么是真正的诗人。邵燕祥先生虽然年逾古稀，但是诗人的青春永驻，衷心祝愿他健康长寿，不断有佳作问世。

作于 2007 年 4 月 11 日

北京芳城园寓所

诗人的生命：不断地自我超越
——论李瑛的近作

李瑛先生是诗坛上享有盛誉的老诗人，以勤奋而多产著称，至今已出版了 48 部诗集，数量之丰，质量之高，为诗歌界所仅见。他的诗集《生命是一片叶子》曾荣获 1995—1996 年鲁迅文学奖诗歌奖。

从建国初到"文革"结束，李瑛一直作为军旅诗人活跃在诗坛上。他那鲜明的个人风格曾影响过好几代青年诗人。

李瑛的军旅诗的抒情主人公是普通战士，他笔下的普通战士形象都具有丰富的内心世界、优美细腻的情感，朝气蓬勃的精神面貌，这与建国以来大量涌现的军旅诗中所出现的千篇一律的四肢发达、头脑简单的战士形象大异其趣，所以深受读者的喜爱。几十年的创作生涯，李瑛已形成了成熟的、独具个性的风格，那就是奇巧的构思、丰富的想象、优雅清丽的语言、大致整齐的压韵，以及由具象描述与铺垫入手，最后"卒章显其志"，升华到哲理高度或情感高潮。这种独具个性的风格，给当时片面强调诗歌为政治服务而程度不同地忽视艺术形式和风格，因而显得单调而缺乏色彩的诗坛，带来一线亮色。所以李瑛的军旅诗的影响已经不限于军队，而成为所有诗歌爱好者所钟爱的读物。他的军旅诗中的一些名诗如《敦煌的早晨》、《戈壁日出》等诗中的诗句,至今为人传诵。

李瑛诗歌创作的转折点,是在发表了悼念周恩来的抒情长诗《一月的哀思》之后。这首抒情长诗震撼了诗坛,影响到全国,成为当时反响最为强烈、最为广泛的佳作。从此之后,李瑛将眼光和诗笔从军旅生活转向更为广阔的人生舞台和世界风云。这是他对军旅诗的超越,更是对自己的超越。

进入新时期以来,虽然李瑛的诗歌创作已经超越了军旅诗,而转向更为广阔的人生和世纪风云,然而,他一刻也没有忘记自己仍然是一位军旅诗人,没有忘记自己仍然是一名战士,没有忘记战士和诗人双重的道德责任和社会责任。他热爱我们的人民和脚下这块热土,他热爱我们的祖国和党的事业,这种热爱的情感非同寻常,而是达到了虔诚和圣洁的程度。十年前,在诗集《睡着的山和醒着的河》的"后记"中,李瑛写道:

> 在我过去出版的三十多种诗集中,可以说,我所表现的只有一个单纯的集中和鲜明的主题,那就是我对祖国和人民的爱。我说爱人民爱祖国,绝不是只停留在宪法所写的抽象条文上,它不是消极的、直观的情感意识或抽象观念,对于我,它血液流淌,战士和诗人是神的两个化身。我是怀着这样一种认识来写作的。

这种热爱祖国和人民的伟大情感,在李瑛诗中是一以贯之的,虽历久而弥深。1998 年出版的长诗《我的中国》,就是诗人这种伟大情感在创作上的生动体现。也正因为这种爱"绝不是只停留在宪法所写的抽象条文上,不是消极的、直观的情感意识或抽象观念",而是伴随诗人的"血液流淌,心脏跳动",所以这首政治抒情长诗才写得如此情真意切、丰赡优美、诗意盎然,而避免了有些同类诗常见的空洞无物、政治术语堆砌的弊病。

虽然李瑛热爱祖国和人民的伟大情感没有变,战士和诗人双重的社会责任感没有变,但是随着时间的推移,时代的变迁,题材的拓展,人生阅历和体验的更加丰富深刻,其作品的思想内容和艺术表现方式都发生了较为显著的变化。这是李瑛近作所表现出来的令人瞩目的现象。

在人们的印象中,李瑛对人民和土地的热爱,对祖国和党的事业的热爱,以往都是通过他的深情的赞美的诗歌来表现的。如写于 1961 年的《牧场晨光》:"我的年轻的祖国,我又在草原看见了你,/ 这一切多么美,多么令人向往,/ 看穿白罩衫的挤奶姑娘正向你走来,/ 接受吧,这一束束野花,一桶桶奶浆!"同样写于 1961 年的《夜歌》:"夜来了,一张银幕盖草原,/ 夜深了,一片歌声,一幅图画。/ 我们伟大的党、伟大的祖国,你听,/ 家家梦里有多少深情的话……"以前,李瑛下部队体验生活,去兵舰,去海岛,和官兵生活在一起,以明丽优美的笔调表现部队生活,诗的基调是明朗向上的。如:"亲爱的家乡,亲爱的祖国,/ 多少神圣的命令藏在我心中","边境好恬静,但要警惕,/ 夜是肌肉,我们是神经!"(《月夜潜听》1961 年)但是,近年来,人们发现,同样是热爱人民和土地,李瑛的诗中却出现了一种与以往不同的、奇异而陌生的因素——沧桑感、凝重、沉郁,甚至苦涩。正因为他热爱人民和这片热土,所以他一刻也没有移开深情关注的目光。李瑛怀着诗人崇高的使命感,不惮跋涉之艰辛,亲赴贫困欠发达地区体验生活。贫困地区人民的艰难的生存条件,使他感同身受。他将贫困地区比为"我的另一个祖国",并以此为题写了组诗。相信读者读后,定会悄然动容,潸然泪下,心灵上受到强烈的震撼。在《我的另一个祖国》中,诗人劈头一句反诘:"难道这就是我的祖国"?这句诗令人想起闻一多《发现》一诗的首二行:"我来了,我喊一声,迸着血泪,/ '这不是我的中华,不对,不对!'"虽然时代、思想内涵不同,但是急切关注的心情、忧国忧民的怀抱则是相同的。在这首诗中,诗人看到的村庄"犹如一堆风卷的枯叶 / 犹如史前部落的遗址","家家传递的都是愁苦 / 日子沉重得像石头","没有什么比这更死寂"、"凄惶"、"严酷"、"痛苦"。"忽听一片孩子的读书声",使"我窒息的肺和猝死的心脏 / 突然醒来",诗人想到这些孩子"明天,他们踮起脚 / 就会看见山外辽阔的世界"。在诗的结尾,诗人满怀深情地呼唤:"我的艰辛中成长的祖国呵"!虽然诗人对明天不失信心和希望,可是字里行间仍然表现出沉重的心情。与以前作品中所表现出来的明朗、清丽、绚烂的色彩大异其趣,这首诗总的说来用的是低调冷色,你看:"低矮的茅顶倚着坍塌的土墙 / 一户户相拥相挤的苦人家","走进一间黑洞洞的茅屋 / 一个老人独对一堆火的余烬"……如果仅仅读这些诗句,简直很难相信出自李瑛之笔。又如《假如我忘记你》一诗,诗人深情地写道:

面对你倾斜的黝黑的茅屋
艰辛中生长的洋芋和苦荞
孩子们蓬乱的头发、污脏小脸
以及那头喘着粗气的拉犁的牛
我该说些什么

无论白天和黑夜
我都看见你
总是深情地望着我
如同你就是我出生的小村
如同你就是我勤劳的母亲

自从我走近你
我的心变得比石头更沉重
难道你不是我的另一个祖国
石头般贫困的小村
假如我忘记你
就像劈开肋骨、剖开心脏
我的生命就将被撕成两半

对于贫困地区的人民，诗人不是以悲天悯人的同情的目光注视他们，而是视为"我出生的小村"、"我勤劳的母亲"而与之血肉相连。最后一节将诗人与贫困地区及其人民的血肉相连的深情，写得噬心镂骨，震撼人心。同样令人酸鼻的作品还有《饥饿的孩子们的眼睛》。那是使诗人痛苦的眼睛。下面的诗句可以说是诗人饱蘸泪水写成的：

就这样，他们的眼睛和
他们小小的胃和
他们空空的碗和

他们冷却的锅

静静地望着我

目光,钉子半般

从我的骨缝里直刺进心窝

他们不认识我

却信任着这荒山冻云的祖国

对这些燃烧的目光

我的沸腾的血

我的苦涩的泪

我的怦怦跳动的心脏

该说些什么

我不认识他们

但我认识饥饿

质朴无华、饱含情感的诉说,表现了诗人赤诚的人文主义的关怀和美丽的人性光辉。

与某些诗人只是为了猎奇,浮光掠影地去找感觉的所谓"体验生活"不同,李瑛去贫困地区体验生活,却是真正用心灵去体验的。诗人体验生活,就必须透视自己的内心情感。诗人自身的内在生活的结构本身,决定他的体验程度的深浅,也决定他的内在价值的高低。缺乏内在感受、缺乏内在精神的人,不可能成为真正的诗人。诗人惟其从自己的内在精神出发,他才能去体味、掂量、摸索、参透具体的生活事件的真味和意义。所以,体验生活也是一种渗透着思想的情感活动。李瑛正是这样去体验生活的。李瑛在诗集《生命是一片叶子》的"后记"中这样写道:

感谢我们值得骄傲的父辈和祖先,给予我他们的基因和一份纯净的鲜血,使我得以有至高无上的爱和积极的思绪、质朴和正直、善良和纯真,使我得以在对生活的观察中,引发出心灵的折射,或消融于哲学的沉思,或映照艺术的情韵;就是受这些激发,才使我能永葆心灵的青春和诗的激情,这时我便努力寻找自己的语言和自己艺术地掌握世界的方式进行创作。

李瑛说他拥有的"至高无上的爱、质朴和正直、善良和纯真",正是他优美的内在情感、内在生活和内心世界。诗人由此出发,观察生活,耽于"哲学的沉思",并"努力寻找自己的语言和自己艺术地掌握世界的方式进行创作"。上面所引的诗,正表现了李瑛的"质朴和正直、善良和纯真",表现了他对人民的"至高无上的爱"。也正因为如此,他不回避现实生活中的阴暗面,敢于"揭示在矛盾和冲突中流淌着的痛楚的眼泪和淋漓的鲜血"(引文与上同)。如果说,以前,李瑛的社会责任感主要表现在歌颂党的事业和祖国,歌颂人民和土地;那么现在除此以外,他还表现在直面惨淡人生的"艺术家的勇气"(恩格斯语)。后者使他在近作中体现了以前罕见的沉郁、凝重、苦涩的特点。这些特点源于他几十年来所经受的"周身伤痕和心灵的创痛",源于"饱经风霜的成年人的思想感情中所积累的对社会、生活的体验、认识和理解"(引文与上同)。

这些特点甚至还出现在描写自然风光的诗中。在李瑛近作描写自然风光的诗中,既有保持他那原有的清丽柔和风格的诗句,如:"这世界多么美丽/纯净的北方之夜的雪和月光/无声地流出一种/宁静的美、温馨和渴望/哦,我的楚楚动人的素洁的新娘"(《雪和月光》)又有"清纯却又苦涩",甚至是沉重而严峻的诗句:"在杏树和风景后边/站着的是生活中多么严峻的/真实"(《杏花》)。

李瑛说他"努力寻找自己的语言和自己艺术地掌握世界的方式进行创作"。事实也正是这样,年逾古稀的他还不断地探索诗艺,力求超越自己。于是,我们从他的近作中,看到他运用了新的表现手法。

在艺术表现手法上,李瑛除了还保留注重、善于写细节,以及特别讲究选取意象等特点外,引人注目的是适当运用了现代的手法,使得他的诗显示出新奇、陌生的光芒。例如《我望着你》,比之李瑛以前的作品就明显不同,颇具现代风采。试看其中三、四两节:

我望着你

在瓷盘上
　　这里已在世界之外
火烧尽了
　　远方的波浪
　　摇曳的水草
　　卵石上跳荡的阳光以及
　　所有活泼的鳃、鳍和思想

我望着你
波浪、水草，卵石上的阳光
仿佛都不曾存在
只一架鱼骨
　　一根根坚硬的刺
　　　　比针更锋利
在酒杯和世界之间
　　静静地闪光

在这首诗中，李瑛借鉴了后象征主义和印象主义的手法。从抒写主观"我"的内心世界，转向对客观事物仔细的观察和精确的描绘。李瑛素来重视细节描写，对描写对象观察之细致，描绘之精到，是人所公认的。诗中一再出现的"波浪"、"水草"、"卵石上跳荡的阳光"给人印象极深，既是鱼的生活环境，又是鱼本身生命力的象征。和后象征主义与印象主义不同的是，李瑛并没有排除主体"我"，相反，全诗倒有四句"我望着你"，更重要的是诗题就是《我望着你》。但是虽然如此，全诗却没有正面展现"我"的内心世界，只写出了"我"的一些感觉。与上面所引的《假如我忘记你》那首诗中，抒情主人公"我"的强烈的情感宣泄相比，此诗显然大异其趣。这是因为题材不同，诗人用了两副笔墨。当然，这首《我望着你》也有抒情，只不过是"冷抒情"，而不是"热抒情"。此诗表现了诗中的"我"对于生命的珍爱。他把鱼写成不仅有"活泼的鳃、鳍"，而且也有"思想"的生命。最后一节将"仿佛都不曾存在"的充满活泼生命的"波浪、水草，卵石上的阳光"，与丧失生命的

"一架鱼骨"相对照,对比强烈,最后却以"在酒杯和世界之间静静地闪光"作结,冷冷地作结,冷隽地、颇具嘲弄意味地指出人为了满足口腹之欲,而扼杀自然生命的悲剧。像这种颇具现代色彩的诗,在李瑛的作品中不止这一首,事实上,他在出访诗集《美国之旅》《日本之旅》中,就已开始这方面的探索了。其他如《多梦的西高原》《山草青青》,以及《睡着的山和醒着的河》等,都是他这种新的探索的实绩。再看他的《桂林五月》:

> 像闪动的绿翡翠
> 像飞翔的翅膀
> 像游动的鳍
> 在这里,一切美都醒着
> 使所有的靴子
> 都迷了路

　　这种灵动、洒脱、虚实结合,以及拟人化的诗句,在李瑛以前的作品中还很少见到。正是诗中出现的现代色彩,使我们在李瑛近些年以来的作品中,感受到一种奇异陌生的艺术光芒。

　　其实,在李瑛近作中所出现的现代倾向,与其说是李瑛诗风的嬗变,毋宁说是他早期诗风的某种复归。早在上世纪40年代中后期,李瑛还在北京大学上学时,他所写的诗就颇具现代风采。我们不妨读一读他写于1947年的《春的告诫》:

> 凡是陈旧的姿态都该改变,
> 凡是不堪积压的都急速突破,
> 让生者倔强地爆裂开土地,
> 让死者埋下去填补他的空位。
> 呵,那些渴求着光和热的,
> 我给你们年轻的时间,
> 过时不再! 过时不再!

所有能发声音的都发到无限，
所有褪失颜色的都重新闪光，
一切都在赤裸的生活中，
智慧属于工作，向它服从。
呵，那些渴求着光和热的，
我给你们年轻的时间，
过时不再！过时不再！

从这首李瑛的少作中，我们可以看到年轻的李瑛那急于冲破旧制度的桎梏，强烈要求改变陈旧腐朽的社会，"渴求光和热"的满怀激情。诗的形式采用西方的"商籁体"（sonnet），也即十四行诗。此诗的表现手法和语言的运用都具现代色彩。后来，李瑛参军南下，投笔从戎，也许对他来说，应该说是"带笔从戎"，因为他到部队后，一直没有放下诗笔。由于战争和部队生活，他的诗风不变也得变。战争年代的诗作为宣传武器是理所当然的，李瑛也写了不少这样的诗。当然，李瑛毕竟是北京大学中文系的学生，即使必须把诗作为宣传武器，他也不会写标语口号式的诗，像当时大多数战地诗人所写的那样；他尽可能把诗写得更有艺术性。如写于 1949 年的《历史的守卫者》一诗，李瑛为哨兵画像：

夜晚，在接近炮火的前方，
我看见我们的哨兵，
守卫在一棵大树的隐蔽下，
那一副闭着深厚嘴唇、收着下颔的
庄严的面容——
像一座古希腊神话里青铜的铸像，
整个地球都旋转在他的脚下；
他铁山一样地屹立着，
仿佛凝视着无穷的远古直到现在，
凡所有属于他的每一秒钟，
都灌注了真实的代价和意义。

这正是李瑛的写法,他把哨兵比作"古希腊神话里青铜的铸像",写"整个地球都旋转在他的脚下",充分显示了他的艺术才能。这类诗在当时的战地诗中,应该是不多见的。

建国以后,当时的诗坛是将根据地的诗歌奉为正统,而排斥"五四"以来的新诗传统。作为军旅诗人,李瑛本可以驾轻就熟地、理直气壮地写那种直抒胸臆式的、宣传政治运动的诗,但是,他的文化艺术修养很深,加上他自身的文静、温和、柔婉、纤细的个性与气质,所以,虽然他学会了用革命战士的眼光观察生活,身兼战士和诗人,可是,当和平军旅诗取代战时军旅诗时,他个人的文化艺术修养、个性和气质被唤醒了,他没有去写宣传政治运动的诗。在完成由战时军旅诗向和平军旅诗的转变时,他的诗风由急风暴雨转变为清丽柔婉。李瑛的这种诗风在当时显得很别致,也很少见,令人注目,深受读者喜爱,也得到诗歌界的认同。

近些年以来,李瑛诗歌创作的艺术风格又有了一次转变,这是向着他早期诗风的一种复归。当然不是简单的重复和回归,而是一种螺旋形的上升。李瑛在 50 年代到 70 年代已经成熟的个人风格的基础上,结合自己的条件、素养、气质,适当借鉴现代诗的一些表现手法,逐步形成了自己的新的风格。

总之,近些年来,李瑛的诗歌创作无论在思想内容和艺术表现形式上,都有了明显的突破和创新,并形成了新的风格。在思想内容上,更贴近现实生活,敢于直面惨淡的人生,出现了沉郁、苦涩而带有悲剧意味的诗风;在艺术表现形式上,则向着他早期诗风复归,闪烁着现代诗的美丽光芒。

李瑛已年逾七旬,创作力仍很旺盛,仍处于最佳的"竞技状态",他不仅一如既往地勤奋创作,笔耕不辍,而且,不满足现状,不断超越自己,力求创新,向读者奉献最新最美的诗篇。这是多么难能可贵!对诗歌创作、诗歌事业抱着献身精神的李瑛先生,可以当之无愧地成为青年诗人学习的楷模。

作于 2002 年 4 月 11 日

北京芳城园寓所

撒播生命的诗歌

——论屠岸的诗

屠岸是著名的诗人、翻译家。可以这样说，屠岸先生是为诗而生的。从少年时代直到耄耋之年，他与诗结下不解之缘。在数十年的创作生涯中，他创作了大量优秀的诗歌，翻译了许多经典的外国诗歌。中国第一部莎士比亚十四行诗集就是屠岸先生翻译的。此外，他还发表和出版了诗歌理论论著，对诗歌创作和理论独具真知灼见。屠岸先生作为一位老诗人，执着地坚持他的创作原则，忠实于时代和现实生活。他古典文学学养深厚，又有广博的西方文学修养，可谓学贯中西。他在长期的诗歌创作中，汲取传统和现代诗歌之长，结合自己的创作个性，逐渐形成自己刚柔并济、优雅精致的艺术风格。尤为可贵的是，屠岸先生虽然年事已高，但却能始终保持一颗赤子之心，对世界充满新鲜的感觉，在创作中做到与时俱进，表现为不断创新的精神。

忠于时代　关注现实

屠岸先生曾经说："诗要忠实于时代与生活，首先是指诗不能脱离时代的精神，不能背离生活的真谛，要与人民同呼吸共命运。"这是屠岸先生数十年来所坚持的诗歌创作的原则。关于这一点，甚至可以追溯到诗人的少年时期，尽管少不更事的他还没有自觉意识到。可是残酷的现实生活迫使生性善良的他，不得不受到强烈的震撼，而直面惨淡的人生。1936 年，诗人时年仅 13 岁，就写下了他的第一首诗《北风》，其中前四句为："北风呼呼 / 如狼似虎 / 寒月惨淡 / 野有饿殍"。这位少年的四言诗用的是白描手法，把当时凄凉的氛围、悲惨的情景渲染得如此生动，令人战栗。读着这样的诗句，难以置信是出自一位年仅 13 岁的少年的笔下，我不得不佩服诗人在诗歌创作上的早慧。诗人后来回忆起这首诗的创作经过时说："当时我刚从家乡常州考入上海中学,住在萨坡赛路,出门就看见寒夜中冻死的人,从心底里产生一种同情。这首诗没有发表,却是我走向诗歌的开始。"屠岸就是这样以一首关注现实生活的诗歌走上诗歌创作的道路的。而他的第一首发表的作品是散文诗《祖国的孩子》,写于 1941 年被称为"孤岛"的上海,发表在《中美日报》副刊"集纳"上。作品"虚构了一个农村的孩子,怀着对日寇的仇恨,投奔到革命队伍中"。直到 1941 年 12 月,太平洋战争爆发,上海沦陷,屠岸不愿在日伪报刊上发表作品,但诗歌创作却没有间断,写了许多很好的诗,40 年代成为屠岸第一个创作高潮。《打谷场上》就是一首优秀的诗作,据诗人说,此诗是根据真人真事创作的,他听到农村老汉向他诉说自己的独子如何牺牲在鬼子的屠刀下:

夏夜,村后的打谷场上,
老汉的旱烟筒一亮,一亮……

"他受了伤,被鬼子俘虏了,
对汉奸的劝降,他只冷笑。

"他被捆绑在刑桩上,
面对着武士道血浸的军刀。

"说不说? 没有低头,没有呻吟;
说不说? 连表情也没有。

"一刀! 一刀! 一刀! 血像泉水般迸涌出来……
还是孩子般的嘴唇紧闭着,直到停止呼吸。

"他倒在荒草丛中,血,流在大地上。
十五岁的新四军,只有十五岁呀……"

我,一个教师的儿子,在心里流着血,

为着一个庄稼老汉的独子。

我是在听故事吗？我在思忖：
十九岁的我怎样才对得起这块大地……

十九岁的诗人听了少年英雄壮烈牺牲的故事，引发了对人生、生命意义的严肃的思考。是严峻残酷的社会现实使少年诗人变得早熟。1945 年，抗日战争胜利后，屠岸开始在《文汇报》副刊"笔会"上发表诗作，先后发表了《生命没有终结》、《我相信》等作品。而写于 1946—1949 年的《政治犯之歌》，原是诗人与诗友们分头执笔的集体创作《青春之歌》中的一章。1949 年 4 月，屠岸先生的中共地下党员的胞妹被国民党淞沪警备司令部逮捕，此诗经过她的修改。原本就富有政治色彩的诗，更成为革命的战歌。诗中写道："生活教育我要搏斗，奋进！／我加入了战斗者的行列，／要用众力砸碎冷酷的桎梏，／臂挽臂冲出黑暗的闸门！／要干，就要准备前仆后继，／怎么能避免损失和牺牲？"诗人甚至还较为明显地暗示心中向往的革命圣地延安："我只知道远有一座山，／山上有一座宝塔，／它是为奴隶们指路的北斗星！／我在梦里都见到它，／见到它，就见到希望，见到光明！"1946 年到 1949 年，正是中国光明与黑暗两种命运和前途的的决战时期，诗人屠岸没有置身时代潮流之外，他的诗歌唱出了时代的强音。当国民党反动当局暗杀民主人士李公朴、闻一多后，屠岸很快作出反应，写下了《被击落的星星》一诗，诗人写道："在黑暗的天空／有两颗耀眼的星星／突然被／因为阴谋所以没有声音的枪弹／击落了"，诗人最后写道："我将看见两颗星星的灵魂／微笑着／在黑暗灭亡的时候"。另一首《拓荒者之歌》以拓荒者的口吻，激情满怀地写拓荒者"告别欢乐和温馨的故乡"，"扛起锄头"，"拿起镰刀／奔向那贫瘠的土地／奔向那万古的荒原"，义无反顾，"去了就决不再回来！"这期间，屠岸还写了歌词《鲁迅颂》，就笔者所见，这是屠岸唯一的一首歌词，表达了对鲁迅先生的崇敬。长诗《进出石库门的少年——诗句的碎片》，从上海沦为孤岛写起，写到沦陷，直到战后国民党接收大员的"劫收"，写尽了十里洋场灯红酒绿、光怪陆离的畸形繁华的假相，描绘了醉生梦死、男盗女娼的各色人等，以及啼饥号寒、求告无门、挣扎在饥饿死亡线上的贫民。更为重要的是此诗写出在一片污浊黑暗中,出现了一点亮色,写到"警备司令部制造恐怖的毒氛 / 掐不灭民众心头思想的火花",诗中预言"一个腐朽的王朝的基座已经在 / 进击的铁拳的攻势下摇摇欲坠",诗人最后写道:"进出石库门的少年呵心明眼亮","看见了红星帽徽上炫目的光芒 / 射向城市乡村和无垠的大地",看见了这个城市乃至整个中国光明的前途。《战士的鞋》是拟人化地以鞋的口吻,写鞋的主人人民解放军的战斗历程,以及"向前去,一刻也不要停留",直到解放全中国的决心。叙事诗《王小龙》,则是写主人公王小龙瞒着妈妈,参加革命,参加南下服务团的故事,写主人公经过思想斗争,最终下定了决心。一首小诗写得曲折起伏,也很感人。写于 1949 年 9 月的《光辉的一页》一诗,是诗人屠岸的献礼诗,献给即将诞生的中华人民共和国。

由于建国后政治运动频仍,特别是"胡风事件"、"反右"和"文革",使屠岸二十年中只写了几首诗,几乎停止了诗歌创作。直到 70 年代末到 80 年代中期,屠岸迎来了第二个创作高潮。他在评价这个时期的诗歌时说:"这些诗可以说是个人的,但也有时代、政治的内涵在其中"。党的十一届三中全会的召开,清算了"四人帮"的罪恶,拨乱反正,使政治生活走上正轨。清算"四人帮"极左路线的罪恶,成为屠岸在这个时期诗歌创作的重要内容。在《爸爸,我求你原谅……》一诗中,诗人写到在那样一个一切都被扭曲的年代,"划清界线曾经是 / 革命激情的时尚 / 勇敢的揭发 / 换来最高的奖赏: / 鬓发苍苍的老父 / 再没有回到 / 最亲爱的女儿身旁"。而今,"这个白衣姑娘 / 不顾雨淋日晒 / 不顾风寒露凉 / 日夜在街头流浪 / 每见到白发人走过 / 就哭着扑上去: / '爸爸,我求你原谅……'"在女儿的忏悔声中,人性和亲情得到回归,这正是此诗感人肺腑之处。感人肺腑的诗还有写于 1979 年的《喉之歌》,这是一首朗诵诗,在屠岸诗作中还不多见。此诗歌颂了为维护真理而被"四人帮"割断喉管的张志新烈士。20 年之后,诗人又写了一首歌颂张志新式的女英雄马正秀的诗《迟到的悼歌》。在"文革"中,因为马正秀反对打倒一批党和国家领导人,反对打倒共和国主席而被打成"现行反革命",被执行死刑。在这首诗中,诗人歌颂了女英雄为坚持真理所表现的不屈不挠的斗志,同时,作为与烈士相熟的朋友,诗人进行了反思与拷问:"我曾在牛棚里写过多少次检讨, / 想用违心的认罪去换取自由; / 我无地自容,反省又反省,想到:/怎样才能够称得上是你的朋友?"诗曰《迟到的悼歌》,是因为诗人"已经思考了三十年,历史的洪钟/已敲响回答:不能呵,我不能再缄口——/啊,布鲁诺、张志新式的女英雄,/让我用歌声伴你到永久,马正秀!"女英雄视死如归的英勇行为触动诗人的灵魂整整三十年!也触动着读者的灵魂。

综上所述,我们可以看到,从十几岁的少年到老年,忠实于时代,深切关注现实生活,如一条红线贯穿着屠岸的诗歌创作,这是难能可贵的。

中西合璧　刚柔并济

在新诗史上,似乎有一个共同的现象颇引人注目:凡是有成就的诗人,大多学贯中西,既有深厚的中国古典文学学养,又有广博的西方文学修养。如何其芳、冯至、九叶派诗人辛笛、唐湜等。屠岸先生是又一个例子。

屠岸先生中国古典文学的造诣是很深的。在诗集《夜灯红处课儿诗——屠岸诗选》中共四辑,除了第一辑是新诗外,其余三辑都是旧体诗词。他的旧体格律诗词,无论是五律、七律还是词,在押韵、平仄、对仗上无不谐律,既合古典格律,又能写出新意。屠岸先生最初接触诗歌就是从学习古典诗歌开始的。而他学习古典诗歌的启蒙老师就是他的母亲。屠岸先生的母亲出身于书香门第,旧学功底很深。"夜灯红处课儿诗"原是一位画家赞赏屠岸的母亲的一副对联的下联。从中可以想见屠岸的母亲在灯下教儿子读诗的情景。屠岸母亲教儿子读《唐诗三百首》、《唐诗评注读本》,还有《古文观止》,还教他用家乡常州口音吟诵诗文,并要求能背诵,至今屠岸先生还能用常州口音来吟诵古诗文。甚至他在写旧体诗时,不是先写,而是先默吟,边吟边改,直到完篇。屠岸十四岁时就写出了第一首五言律诗,受到母亲的首肯和鼓励,并且为他修改了颈联。就这样,在母亲的教导下,屠岸在少年时期就打下了扎实的中国古典文学的基础。

屠岸先生是著名的翻译家。然而,很少有人知道,屠岸先生的英文是在国内学习的。而他学英文,却是从学英文诗开始的。他说:"我学英语从学英诗开始,还没有学语法,先学背英诗。我读高中时,表兄权进了大学英文系。他的课本英国文学作品选读和英国文学史,都成了我的读物。我把英诗一百几十首的题目抄在纸上,贴在墙上,然后用羽毛针远远地掷过去,看针扎到纸上的哪一题,便把那首诗找来研读。经过两年多时间,把一百多首诗都研读了一遍,然后选出我特别喜欢的诗篇,朗读几十遍、几百遍,直到烂熟能背诵为止。"屠岸先生不仅能背诵英语诗,而且能写英文诗。他说:"读高三时,不顾功课,沉湎于写英文诗。我借来一架打字机,夜以继日地打——写。写了一首一百多行的半通不通的英文诗,题目叫《Under the Poplar Tree》(《白杨树下》)。"屠岸淹通英诗,掌握了英文诗的艺术规律和特点,对整个西方诗歌领域也都有广博的涉猎。

中国古典诗歌的深厚功底和西方诗歌的广博的学养,在屠岸身上交汇,再加上他本身身人的才华,宜乎他能写出中西合璧的佳作。在屠岸的诗歌创作中,中国古典诗歌传统和西方诗歌传统都得到了体现。如组诗《节令乡歌》,节令本是中国农时,在《白露》一诗中,在自由体的新诗中,首尾重复加了两句唐代诗人杜甫的诗句:"露从今夜白,/月是故乡明"。虽然是由两种诗体合在一起,却并未有突兀之感,而感到浑然一体。在《闲花房》一诗中,短短的三节诗,竟用了六个中国古典文学里的典故。它们分别是李白的《静夜思》、陶渊明的《桃花源记》、《庄子》、《诗经》中的《关雎》、屈原的《离骚》、俞伯牙碎琴。虽然用了那么多典故,但是诗的写法和结构却是现代的。汶川大地震后,屠岸写下了《阿特拉斯的脊梁》一诗,他在诗的首尾节引用了孟子的话"天将降大任于斯人也……"以激励斗志,并且将希腊和中国的古代神话的典故荟萃熔铸在诗中,既激情昂扬,又增长了作品的趣味性和知识性。《孔子在春申江上》是一首幽默风趣的诗。诗人设想两千多年前的孔子和他的弟子,来到今天现代化的大都会上海,会是怎样的情景?老夫子和当今的一切当然会发生激烈的碰撞,于是,《论语》中的话,会成为孔子对现今上海滩生活的评判,令人忍俊不禁。《众鸟齐鸣》显示了诗人渊博的知识,为了歌颂北京奥运会,诗人由奥运会体育场鸟巢发挥丰富的想象,让古今中外诗人笔下的鸟,都飞集于鸟巢,发出"众鸟齐鸣"。屠岸的诗中不乏这样才气横溢的诗,又如《夜宿听涛楼》,诗人夜宿听涛楼,如刘勰所言:"寂然凝虑,思接千载;悄然动容,视通万里"(《文心雕龙·神思》),西方基督圣母、英国19世纪诗人马修·阿诺德和罗伯特·布朗宁,以及中国古代的庄子、李白、苏轼、张九龄、文天祥等纷至沓来,诗人从这些历史人物身上凝聚了对人生、历史、迷信与理性的追问和思考。因为诗人学识渊博，所以写诗才能挥洒自如，信手拈来，皆成佳构。

然而，最能体现屠岸东西方诗歌传统相结合的诗歌是十四行诗。提到屠岸的诗，不能不提他的十四行诗。

十四行诗，又称"商籁体"（sonnet）。屠岸在《十四行诗形式札记》一文中，对十四行诗的由来作过介绍："十四行诗原是中世纪流行于欧洲的一种抒情短诗。是为歌唱而作的一种诗歌体裁，在这一点上同我国古代的'词'颇为相似。后来这种体裁被文人所掌握和运用。这一点也与'词'相同。"他还将十四行诗与中国的律诗作比较："十四行诗在某种意义上颇似中国近体诗中的律诗，特别是七律。律诗由四联（首联、颔联、颈联、尾联）组成，十四行诗由四个诗节组成。十四行诗与律诗对格律的要求都较为严格。……从思想结构上来看，十四行诗的四个诗节和律诗的四联都讲究'起承转合'的艺术规律，这是二者最根本的相似点——我视'起承转合'为一种自然的发展程序，而不是刻板的模式和僵死的套路。"既然十四行诗和中国的古典诗词，特别是七律如此相似，对擅长中国旧体诗词、又谙熟西方诗歌的屠岸来说，创作十四行诗无疑轻车熟路，得心应手。

像西方的十四行诗一样，屠岸的十四行诗也写得诗意盎然，意境深远，十分精致；与西方十四行诗不同的是，屠岸的十四行诗于优美的描绘和抒情中，常有深意寓焉。如《丁香》，写得极美，我们仿佛可以看到在朦胧的月色下，那"一片如梦的白光和紫雾"，仿佛可以闻到"这漫山遍野流荡的芬芳"。但是，在美丽的丁香花的芬芳的氛围中，"我"的心情却不美好："那时候，困于一项艰难的任务：／来山脚撰写我不愿撰写的文章。／我白天伏案，像个忧郁的囚徒，／到黄昏我夺门投入丁香的汪洋。"是丁香使"我""心战的疲惫消融在锦绣的国度"。诗人最后写道："违心和安心的斗争早成为过去，／丁香却还在我耳边低唱安魂曲。"真个是余香细细，余音袅袅。十四行诗是西方的诗歌形式，可是在屠岸笔下，中国诗歌的情韵是如此浓郁，最后一句又运用了中国传统诗歌的通感的手法，供人欣赏的丁香，由视觉（色）、嗅觉（香），转变成听觉，（居然会唱歌），而它唱的竟然是莫扎特的《安魂曲》，又是西方的曲子。中西方的因素就这样和谐地统一在这首诗中。又如《潮水湾里的倒影》：

潮水湾南岸耸峙着圆形廊柱厅，
圆厅的中央是杰弗逊的青铜雕像。
他右手握着独立宣言的文本；
站立着，严肃的目光正射向前方。

绕厅内穹庐形屋顶四周的铭文
标明他反对一切形式的暴虐；
铭文如大桂冠高悬在他的头顶，
或一圈灵光，使得他无限圣洁。

清风穿越过圆柱从四面吹进来，
他手中的文告仿佛要随风飞扬；
圆柱外四面挂斑斓萧索的云彩；
他的额上漫移着日影和星光。

我看见这一切映入澄澈的潮水湾，
成美丽空灵的影子，在水中倒悬……

这是诗人在参观美国第三任总统托马斯·杰弗逊纪念堂后写的诗。杰弗逊总统是美国独立宣言的主要起草者。此诗用白描手法，写来形象生动，刻画细致，呼之欲出。诗人写这位美国总统拥有"一圈灵光，使得他无限圣洁"，属于崇高的偶像。然而，最后这一切都"成美丽空灵的影子，在水中倒悬"。这看来是自然现象，却很耐人寻味。当年杰弗逊所参与起草的《独立宣言》，"反对一切形式的暴虐"的铭文，都成为水中倒悬的影子。一切都是镜花水月，一切都被颠倒了。这就是诗人所要暗示给读者的意向。于描绘中不动声色地寓以深意，这正是诗人艺术手法的高明之处。《梦蝶》用庄子梦蝶的典故作为框架，其内涵和表现手法却完全是现代的。诗人用迷离、优美而富有诗意的诗句，表现离开尘世时的洒脱："黑色大蝴蝶挣破梦壳，/ 穿窗户取走一缕幽魂；/ 白雪裹黑翅，颤栗的衬照——/ 蛋黄搅蛋清，朝远古沉沦。"

显示了诗人对生死的达观态度。屠岸善于以诗性的语言表现哲理的思考。如《哑谜》，诗人写道："无知和悟性在宁静和骚动中溶解；/ 宇宙万物渗入朦胧的瞳仁。/ 千古哑谜在哲学家头脑里萌灭，/ 疑问如游丝潜入童心的裂痕。// 为什么我是我，不是别人？脆声问。/ 上帝不言语，魔鬼睁大了眼睛。"不仅是千古哲人不断地反躬自问，而且现代派的标志之一也是这种自问。《巴西龟》这首十四行诗看来更像词曲小令：

青青的背
扁扁的嘴
小小的眼睛
短短的腿

似僵非僵
似睡非睡
不吃又不喝
不醒也不醉

不颐指气使
不屈膝下跪
没发出半声笑
没流过一滴泪

无为无不为
一刹那万岁

这首十四行诗明白如话，一韵到底，却平中见奇，写的是龟，实则是展示一种冷漠出世的人生态度。这样的十四行诗从内容到风格对屠岸说来都是一种突破。

屠岸的十四行诗的风格有柔情似水的一面，如《蓝田路上》写恋人的约会："抑制着一丝焦虑，在廊下徘徊，/ 一分又一秒，心儿啊，莫怦怦跳动！//

白色的凉鞋从街角出现,朦胧,/ 淡黄的月色下,移动着洁白的脚踝; / 惊起,迎上去,却不敢拥入胸怀,/ 两只手紧握,两双眼睛又相逢!"你只是伴着我徜徉,没一句告别话; / 你的血从指尖对流到我的心窝——// 一刻钟,凝固的时间,锁住了海峡,锁住了世界上所有的眼泪和欢笑。"屠岸诗的风格又有刚强豪迈的一面。除了上述的政治诗、朗诵诗外。就是十四行诗中也有豪放之作。如《刹那与永恒》首节:"站在喜马拉雅山最高的峰巅,/ 纵览世界的风云,古今的巨变; 华夏的历史治乱交叠,到今天,/ 看呵,东亚大地上放万丈光焰!"形象壮阔,诗句豪放,不仅与恬静、优美的西方十四行诗,就是与屠岸自己那细腻、抒情的十四行诗也大异其趣。

与时俱进　锐意创新

屠岸先生在诗歌创作中,有一个最可宝贵的特点,那就是他永远拥有一颗赤子之心。这就不难理解为什么虽然他年事已高,却依然能有佳作不断问世。诗人拥有赤子之心,就是拥有童心,就是对一切事物都有好奇心,对什么都感到新鲜。屠岸先生关注国内外大事,有些见诸媒体的重要事件,往往在他的诗中得到反映。他还经常走出家门,参加各种社会活动,特别是有关诗歌的活动。因为他始终拥有年轻的心,所以,我们读他的诗,往往会忘记他的年龄,甚至不相信如此充满活力、生气灌注的诗,会出自一位年届耄耋的诗人的笔下。我们读他的诗,会真切地感到这位老诗人要尽力赶上时代的发展步伐的信心,于是敬佩之心油然而生。上世纪 90 年代中期,古稀之年的屠岸迎来了他的第三次创作高潮。在 21 世纪即将来临的 1998 年 11 月,屠岸一连写了三首十四行诗,题为《二十一世纪的召唤》,请看"之一";

> 二十一世纪的声音正清晰起来,
> 听啊,听! 它正在召唤我们。
> 它乘着高速列车轰轰然来临,
> 它将把另一个千年的大门打开!
>
> 用什么迎接它呀? 高科技的花束?

信息飞溅的电光？网络的音波？
知识经济的种子向全球撒播？
航天器宣布人类在火星的登陆？

哦！愿当代女娲用硕手补天——
消灭臭氧层空洞，叫穹庐重圆；
愿人间上帝把地球村塑成新伊甸；

愿人和自然改对抗为睦邻相处，
愿亚当和盖亚互爱，互让又互助——
新世纪，愿你有这样美好的面目！

在这首诗中，出现了好多新名词："高速列车"、"高科技"、"信息"、"网络"、"知识经济""航天器"、"臭氧层空洞"等等。这说明，老诗人屠岸与时俱进，接受新鲜事物是多么及时。整首诗表现了老诗人对新世纪的向往、期待和美好的愿望，洋溢着积极向上的进取精神，哪里像是老诗人的作品呢？

当然，诗歌创作的创新，不能仅止于加上几个新名词，主要还是内容和形式的创新。在十四行诗《信息时代》中，不仅内容是创新的，有"程控"、"传真"、"荧屏"、"键盘""外星人"、"飞碟"等，而且在形式上也有创新。如"鸿雁的足呵，鲤鱼的腹，/ 悠然定格在渺远的过去，/ 程控的线呵，传真的点，编织着光电交驰的今天……"第二节首二句也是这种格式。读着这样的诗句，令人想起贺敬之《桂林山水歌》的句式。在十四行诗中，运用"信天游"的句式，亦或也是一种创新的尝试？

屠岸的诗其总的风格是典雅精致。然而，有时为了内容的需要，他会作形式上的突破和创新。例如，屠岸以汶川地震中受灾最严重的擂鼓镇为题写的诗《擂鼓镇》：

擂鼓声：地壳扭动！
擂鼓声：山体倾斜！
擂鼓声：江河改造！

擂鼓声：大地崩裂！

擂鼓镇，惊人的寂静！

擂鼓镇，一片狼藉！

擂鼓声：重兵奔袭！

擂鼓声：生命大营救！

擂鼓声：全民族怒吼！

擂鼓声——响彻全球！

擂鼓镇，擂鼓声中解体，

擂鼓镇，擂鼓声中崛起！

很明显，此诗从内容到形式都有很大的突破和创新。诗人巧妙地以"擂鼓镇"为诗题，以"擂鼓"贯穿全诗，表现擂鼓镇人民以擂鼓鼓舞斗志，在"擂鼓声中崛起"的决心。

上面说到屠岸先生的诗歌创作之所以能常写常新，是因为他拥有一颗赤子之心。其实，屠岸先生本人对此有更深刻的见解，有更合理的解释。他说："我写诗也是完全投入，把生命撒播到吟咏对象中去，把自己变为客观事物的化身，激活对客观事物充分的新鲜感。有人谈语言的陌生化，我认为二者是相通的。这样就会对事物有新的发现，构成一种灵魂的颤动，使自己的思维和观察都是新鲜的、鲜活的。惟此，诗歌创作才不会衰老，才可能避免重复自我，即使到老年也有希望写出常看常新的诗。"这是一位老诗人几十年来从事诗歌创作的心得体会，当视为至理名言。这对青年诗人来说应该是大有教益的。

屠岸先生是令人尊敬的诗界前辈，我们衷心祝愿他健康长寿，有更多佳作问世。

写于 2010 年 10 月 6 日

北京芳城园寓所

漫论洛夫诗语言的现代性

　　说起风格特异的现代性诗人,洛夫绝对是绕不过去的一位重要诗人。1954 年,他与张默、痖弦在台湾创办《创世纪》诗刊,并担任总编辑数十年,使之成为中国现代诗歌的标志性刊物之一,对台湾现代诗的发展,产生了极为重要的影响。他还创作了现代主义、超现实主义的诗歌,被誉为中国诗坛超现实主义的代表人物,由于表现手法近乎魔幻,因此被诗坛誉为"诗魔"。台湾出版的《中国当代十大诗人选集》把他列为中国当代十大诗人之首。他的《漂木》一诗获得诺贝尔文学奖的提名。

　　诗歌是语言的艺术,要使诗歌具有现代性,必须做到诗歌语言的现代性。

　　要做到诗歌语言的现代性,就必须更新对诗歌语言认知的观念。很显然,把语言仅仅作为诗歌的材料和要素,这样的观念已显得陈旧和片面的了。诗的语言之所以成为诗的语言,而不是生活语言,就在于正是诗的语言才使诗的王国从现实世界脱颖而出,并且有别于、超越现实世界,从而达到超验的完美境界。也就是说,诗人只有通过营造、熔铸诗的语言才能使自己和别人换一种角度去观察生活,换一种方式去思考事物,使日常生活中的平凡事物闪闪发光,赋予其较高的价值和较深的涵义。这就是诗的语言所具有的魔化力量。诗人洛夫先生深谙诗的语言的这种魔化力量,并在自己的作品中发挥到淋漓尽致,宜乎被称为"诗魔"。如《挖耳》这首诗。挖耳本是在人们日常生活中屡见不鲜的动作,琐屑之极,甚至不登大雅之堂,而洛夫却将其形之于诗,并赋予深刻的内涵。那"不仅痒 / 还隐隐作痛"的"耳垢"原来是"谣诼蜂起 / 一些随风而逝 / 一些具化为油质的耳垢"。生理现象被提升为社会现象。同类的诗还有《剔牙》:

　　　中午
　　　全世界的人都在剔牙

以洁白的牙签

安详地在

剔他们

洁白的牙齿

依索匹亚的一群兀鹰

从一堆尸体中

飞起

排排蹲在

疏朗的枯树上

也在剔牙

以一根根瘦小的

肋骨

同样是琐屑不雅的动作,诗人用强烈对照的语言来表现,越是形象生动,越是震撼人心。在这首诗中,诗人基本上用的是白描手法,一改他擅长使用的迷离晦涩的语言。我想这也许为了彰显诗中所要表现的社会意义吧?

诗的语言与生活的语言最根本的不同,就在于诗的语言绝对不会去摹写、照搬现实事物,不会去追求经验的现实;相反,它要与现实疏离,把现实陌生化。也就是说,诗人通过诗的语言,否定经验的现实世界,而创造一个与之对立的、完全不同的全新的审美时空。那么如何把现实陌生化,从而创造全新的审美时空? 这就要求诗人用诗的语言替代日常语言,有意扭曲、触犯标准语言,打破日常语言的程式,颠覆、破坏日常语言的结构方式。这样,取代日常语言的诗的语言就摈弃了对现实事物的简单摹写。诗人笔下的事物已不复是现实生活中存在的事物,而是与现实事物疏离,甚至将现实事物变形、陌生化后的全新的富有诗意的事物。《石室之死亡》是洛夫现代气息最为浓郁的一首长诗。 洛夫在诗集《石室之死亡》的"自序""诗人之镜"中说:"我认为中国现代诗的发展,大致上可归纳为两个倾向:一为'涉世文学'之发展,二为'纯粹性'之追求,前者与存在主义思想有根本上的渊源,后者则是超现实主义必然产生的归向。我认为反传统的积极意义在于创造精神之建立，而存在主义与超现实主义乃是构成现代文学艺术真貌之两大基本因素，只是前者偏重于精神之启发，后者着重技巧之创新，正是以存在主义的'虚无'，超现实主义的'以心眼去透视'为归依，我以《石室之死亡》展开了现代主义诗歌创作实践。"可见《石室之死亡》是洛夫现代主义诗歌的重要篇章。

在《石室之死亡》这首诗中，诗人这样"展开了现代主义诗歌创作实践"，语言技巧娴熟，令人目不暇接。如其《十二》：

> 闪电从左颊穿入右颊
> 云层直劈而下，当回声四起
> 山色突然逼近，重重撞击久闭的眼瞳
> 我便闻到时间的腐味从唇际飘出
> 而雪的声音如此暴躁，犹之鳄鱼的肤色
>
> 我把头颅挤在一堆长长的姓氏中
> 墓石如此谦逊，以冷冷的手握我
> 且在它的室内开凿另一扇窗，我乃读到
> 橄榄枝上的愉悦，满园的洁白
> 死亡的声音如此温婉，犹之孔雀的前额

很显然，诗中的语言组合和搭配都是对标准语言的扭曲、颠覆和破坏。如按标准的语言结构和搭配来看，诗中的语言就太荒谬了。"山色"如何能"撞击"？"时间"怎么会有"腐味"？无声的"雪"，居然会发出"暴躁"的声音，而且还会像"鳄鱼的肤色"，最不可思议的是"死亡"还会有"声音"，还"如此温婉"，并且"犹之孔雀的前额"。虽然，这些诗句看来荒诞不经，但是因为这是诗人将自己的主体意识、情感、感觉投射在客观事物上，将客观事物变形，所以给人惊奇陌生的感觉，而细细品味，还是可以悟出隐含其中的逻辑性和合理性。当然，对现实事物变形和陌生化并不意味着可以随心所欲地胡诌，而应该在荒诞中求合理，从无序中找逻辑。如上引诗句，因为云层和山色在一起，显得特别浓重，诗人的主体意识一时产生错觉，不认为那是山的颜色和气体的云,倒像是富有质感的固体物质,所以才能产生撞击的想象。而时间的"腐味",则是形容时间的旷日持久,而毫无意义。"死亡的声音"只是诗人的幻觉,而"温婉"因为与"孔雀的前额"相联系,立即具体生动,活泛起来。对于诗歌因为晦涩,是否影响流行的问题,洛夫先生说:"诗歌像流行歌曲一样大众化,品质肯定好不到哪里去。很多年轻诗人要去跟流行文化竞争,把诗歌写得很白,那是误区。诗歌没有诗歌的味道,谁去看它?"他认为诗歌需要写现实,但很多诗人对语言的把握驾驭都不够,语言没有穿透力,导致读者对诗歌没兴趣,这是新诗界的危机,也是诗人自身的原因。

当然,洛夫不是一概反对"把诗歌写得很白",他反对的是"没有诗歌的味道"的"白"。如果有真情实感,有诗歌的味道的"白",那就当作别论了。他有一首没有迷离晦涩的语言、显得较为澄明的诗是长诗《血的再版》。这是诗人悼念母亲的诗。诗人于 1949 年离开大陆去台湾,从此与母亲天各一方,终成永诀。这首感人肺腑的诗源于感人肺腑的诗的语言,而感人肺腑的诗的语言,来自诗人真实的内心世界。诗的语言是诗人情感、内心世界的外在表露。因为是噬心镂骨的丧母巨痛,故而总的说来发自内心的诗的语言不假斧凿,也无需斧凿,即能令人感泣。请读诗人初闻噩耗时的诗句:"四月,谷雨初降 / 暮色沉沉中 / 香港的长途电话 / 轰然传来 / 一声天崩地裂的炸响 / 说你已走了,不再等我 / 母亲 / 我忍住不哭 / 我紧紧抓起一把泥土 / 我知道,此刻 / 你已在我的掌心了 / 且渐渐渗入我的脉管 / 我的脊骨 / 我忍住不哭 / 独自藏身在书房中 / 沉静的 / 坐看落日从窗口蹑足走过 / 黄昏又一次来临 / 余晖犹温 / 室内 / 慢火在熬着一锅哀恸 / 我拉起窗帘 / 夜急速而降 / 赶来为我缝制一袭黑衫"。虽然总体上看似不假斧凿,但是从局部细节中仍然可以看出诗人对诗的语言的刻意经营。如"落日从窗口蹑足走过"、"夜急速而降 / 赶来为我缝制一袭黑衫",以拟人化的"落日"和"夜"烘托抒情主人公的悲痛心情。落日的"蹑足走过"既是时间的流逝,又是为了不忍惊扰浸沉在沉重悲恸中的"我",虽然落日西沉原本悄无声息。而夜"赶来为我缝制一袭黑衫",更堪称神来之笔,以黑夜为"我"赶制丧服,烘托悲伤的气氛。诗人以客观的对应物来状写主体的情绪,或者毋宁说,诗人以情感的方式将诗意的主体性投射到客观的环境中去。诗人以原本相对静态的"落日"和"夜"的动态,来反衬原本相对动态的人,也就是"我"的静态,以反常、错位的一静一动,极写丧母的"我"在"沉静的"外表下,创巨痛深无法平静的内心!这首在洛夫诗中显得较为"白"的诗,既有真情实感,又有诗歌的味道,堪称上乘之作。后来,诗人终于可以回大陆为母亲上坟了。于是就有了这一首《河畔墓园——为亡母上坟小记》:

> 膝盖有些些
> 不像痛的
> 痛
> 在黄土上跪下时
> 我试着伸腕
> 握你蓟草般的手
> 刚下过一场小雨
> 我为你
> 运来一整条河的水
> 流自
> 我积雪初融的眼睛
>
> 我跪着。偷觑
> 一株狗尾草绕过坟地
> 跑了一大圈
> 又回到我搁置额头的土
> 我一把连根拔起
> 须须上还留有
> 你微温的鼻息

可以想象,离开母亲时尚是青年,生离死别几十年,如今好不容易到了母亲的坟前,自己也已进入了暮年,该有多少离情别绪,有多少遗憾悲痛,又有多少肺腑之言要向母亲倾吐。揆情度理,自当呼天抢地,悲恸欲绝;然而,我们在诗中,却看不到大放悲声的激动诗句,甚至没有出现"流泪"、"悲痛"等词,但是,我们从貌似平静的诗句中,分明感受到诗人那痛彻心肺的哀伤。你看,诗中虽未着一"泪"字,可是,"我为你 / 运来一整条河的水 / 流自 / 我积雪初融的眼睛","一整条河的水"呵,都是诗人泪! 诗人规避了华赡的常用词语,却以朴素的、看似夸张但合情的意象,用平静的描述道出了对母亲深沉的爱和刻骨铭心的哀伤。母亲是和故乡血肉相连的,思母和乡愁又是密不可分的。于是这首《边界望乡》是如此强烈地震撼着读者的心:

> 说着说着
> 我们就到了落马洲
>
> 雾正升起,我们在茫然中勒马四顾
> 手掌开始出汗
> 望眼镜中扩大数十倍的乡愁
> 乱如风中的散发
> 当距离调整到令人心跳的程度
> 一座远山迎面飞来
> 把我撞成了
> 严重的内伤
>
> 病了病了
> 病得像山坡上那丛凋残的杜鹃
> 只剩下唯一的一朵
> 蹲在那块"禁止越界"的告示牌后面
>
> 咯血。而这时
> 一只白鹭从水田中惊起
> 飞越深圳
> 又猛然折了回来
> 而这时,鹧鸪以火音
> 那冒烟的啼声

一句句

穿透异地三月的春寒

我被烧得双目尽赤,血脉贲张

你惊蛰之后是春分

清明时节也不远了

我居然也听懂了广东的乡音

当雨水把莽莽大地

译成青色的语言

喏! 你说,福田村再过去就是水围

故国的泥土,伸手可及

但我抓回来的仍是一掌冷雾

洛夫先生在谈到创作这首诗的心情时说:"1979 年 3 月中旬我应邀访港,当时大陆尚未开放,然而到了香港,离家越近,乡愁越浓。16 日上午在港任教的余光中兄,亲自驱车陪我参观落马洲之界河。当时轻雾氤氲,望远境中的故国山河隐约可见,而耳边正响起数十年未闻的鹧鸪啼鸣,声声扣人心弦,发人愁思,又令人"近乡情怯",大概就是当时的心境吧。""近乡情怯"、"乡愁越浓",诗人这些话为这首脍炙人口的名作作了最好的诠释。中国古典诗歌讲究"诗眼",系指一首诗中最精彩的诗句。这首诗也有"诗眼",就是这样的诗句:"望眼镜中扩大数十倍的乡愁 / 乱如风中的散发 / 当距离调整到令人心跳的程度 / 一座远山迎面飞来 / 把我撞成了 / 严重的内伤"诗人用超现实主义的手法,极度宣泄了思乡之深,乡愁之痛。

从上述悼念亡母、抒发乡愁的作品看,洛夫的此类作品有一个共同的创作特点:在语言上比较澄明,并不以晦涩为旨趣;而在创作方法上,则运用超现实主义的夸张,甚至荒诞的技巧。这样,他的诗既有前卫新潮的特点而呈现现代性,又因语言"不隔",从而能与更广泛的读者沟通,以传达动人心魄的真情实感。这类诗,既表现了现代性的审美趋向,又符合传统意义上的审美诉求。洛夫先生说过超现实主义重视技巧的创新。要做到诗歌、语言的现代性,就必须做到技巧的创新。事实上,要使生活语言提升为诗的语言,就必须运用必要的技巧,如比喻、象征、联想、韵律、含蓄等等。比喻和象征历来受到推崇。有一句名言是这样说的：所有的美就是比喻。最高的东西人们是无法说出来的，只有比喻地说。洛夫对诗的语言技巧的把握，可谓驾驭自如，得心应手。如："香港的月光比猫轻／比蛇冷／比隔壁自来水管的漏滴／还要虚无"（《香港的月光》）这里用的比喻属于"远取譬"，即把完全不同类的事物，只要有哪怕一点相同，就加以类比。月光和猫、蛇完全不同类，但在轻和冷这一点上有可比性，就可加以类比。这是明喻，还有暗喻。"晚钟／是游客下山的小路"（《金龙禅寺》），这是暗喻，意谓游客循着晚钟下山，把晚钟比为小路又是"远取譬"。这首诗还运用了联想的手法："羊齿植物／沿着白色的石阶／一路嚼了下去"。虽然羊齿植物是植物，但因为有"羊齿"两字，诗人就联想到咀嚼的动作，于是就"一路嚼了下去"，有此联想，使整首诗活了起来，生气灌注，诗趣盎然。如"六月原是一本很感伤的书／结局如此之凄美／——落日西沉"（《烟之外》）这里也是用隐喻，用"落日西沉"来隐喻结局的凄美，真是凄美极了。又如"子夜的灯／是一条未穿衣裳的／小河／你的信像一尾鱼游来"（《子夜读信》）这种绝妙的比喻令人过目不忘。再如："我的头壳炸裂在树中／即结成石榴／在海中／即结成盐"（《死亡的修辞学》）也是用的联想的手法。由炸裂的头壳联想到开裂的石榴，由海联想到盐。这种由此及彼的联想的表现手法颇类似电影中的蒙太奇。电影中的蒙太奇也是由两个或两个以上的镜头，由其相似处引发联想而加以组接。此外，诗人还运用了通感、错觉的手法，即将不同的感觉有意混淆和替代。如："月光的肌肉何其苍白／而我时间的皮肤逐渐变黑／在风中／一层层脱落"（《时间之伤》），月光属于不可触摸、无法把握的视觉，而肌肉则是可触摸的、富有质感的物质。这里不仅是视觉与触觉的交错变换，而且还运用了隐喻。时间原是抽象的概念，而在诗人的笔下，却变成具象的皮肤，这是虚实结合，抽象和具象的变换。还有如"怎么也想不起你是如何瘦的／瘦得如一句箫声／试以双手握你／你却躲躲闪闪于七孔之间"（《回响》），"箫声"无疑属于听觉的范畴，而"瘦"与形体相联系，应该属于视觉的范畴，只一句"瘦得如一句箫声"，视觉就置换成听觉。听觉置换成味觉的更妙，枪声居然有芥末味："枪声／吐出芥末的味道"（《死亡的修辞学》）。值得一提的是，诗人将同一词句多次重复排列，与诗句浑然天成，收到新颖奇异的艺术效果。如：

你纯粹的眼　亦如

你逃逸的脚

你逃逸的脚　亦如

你反抗的发

你反抗的发　亦如

你痴愚的唇

你痴愚的唇　亦如

你哀伤的血

你哀伤的血　亦如

你化灰后的白

　　　　　——《诗人的墓志铭》

同样,《白色墓园》也用这种写法。此诗分上下两节,上节将"白色"放在前面,下节将"白色"置于后面。因为篇幅较长,上下两节各选前四行:

白的　一排排石灰质的

白的　脸,怔怔地望着

白的　一排排石灰质的脸

白的　干干净净的午后

………

地层下的呼吸　白的

沉沉如炮声起伏　白的

这里有从雪中释出的冷肃　白的

不需鸽子作证的安详　白的

诗人在这首诗的"后记"中说:"两节上下'白的'二字的安排,不仅具有绘画性,同时也是语法,与诗本身为一体,可与上下诗行连读。"与此相似的手法,诗人还大量使用排比句。如《裸奔之二》共有七节,倒有六节使用排比句。如第一节：

> 帽子留给父亲
>
> 衣裳留给母亲
>
> 鞋子留给儿女
>
> 枕头留给妻子
>
> 领带留给友朋
>
> 雨伞留给邻居

以"诗魔"著称的诗人选择明白如话的语言，运用排比句，使整首诗如行云流水，一泻而下，张扬了裸奔者自由奔放的个性。

诗人对诗的语言刻意经营，锐意创新，由此可见一斑。

洛夫先生可称为台湾现代派诗的巨擘。他无疑受到西方现代主义诗歌的影响，在他的一些作品，特别是早期的作品中，现代派的倾向较为明显。他对现代派诗歌语言技巧的把握已相当纯熟，写来驾轻就熟；但是他从来没有排斥中国古典诗歌的传统。正如他在《诗的传承与创新》一文中说："我个人认为，向西方借火有时是必要的，问题是，诗人不应流连异邦而忘返。一个民族的诗歌必须植根于自己的土壤，接受本国文学传统的滋养，在创新的过程中也就成为一种必要。"一次，在接受记者采访时，洛夫先生说"回归并不是倒退，是另一种精神领域的探索，另一艺术境界的追求。我在数十年的诗歌创作过程中，曾将超现实手法做过批判性的调整，并与中国古典诗中暗合超现实手法的技巧相互印证，加以融会，而逐渐形成自己一套独特的表现手法。我心目中的现代诗，是'以现代为貌，以中国为神'的诗。换言之，就是能以现代人的生活体验、语言形式，而体现真正属于中国风味的作品。"

我们在他的作品中，可以看到在诗的语言的斟酌和锤炼上，明显受到中国传统诗歌的影响。比如，他有意识地将古典诗词引入自己的诗中，有时是整个诗句引入，有时是引入诗意。如"那种悲伤 / 那种蜡烛纵然成灰 / 而烛芯仍不停叫痛的悲伤 / 那种爱 / 缠肠绕肚，无休无止 / 春蚕死了千百次也吐不尽的 / 爱"（《猿之哀歌》），这两句诗，分明化用了李商隐"春蚕到死丝

方尽，蜡炬成灰泪始干"的诗句。又如《与衡阳宾馆的蟋蟀对话》中"醒来 /
不知身是客"，是化用了李煜的词《浪淘沙》中"梦里不知身是客"。有时，诗
人还和古代诗人对话，或以这些古代诗人及其作品为创作题材，充分地表现
诗人对中华民族传统诗歌的热爱和尊崇。这样的诗有《长恨歌》《与李贺
共饮》《李白传奇》《车上读杜甫》《走向王维》等。在《长恨歌》中，诗人
一方面用现代诗的语言对唐玄宗极尽揶揄之能事，另一方面又引用或改写
了原作的诗句。如"从此 / 君王不早朝"，把"山在虚无缥缈间"改写成"脸
在虚无缥缈间"。《与李贺共饮》则把李贺的名句"石破天惊逗秋雨"改写为：
"石破 / 天惊 / 秋雨吓得骤然凝在半空"。特别有意思的是在《车上读杜甫》
一组诗中，诗人将杜甫的七律《闻官军收河南河北》的每句诗作为诗题，以
八首小诗组成一组诗，十分新颖。洛夫先生在回答为何以中国古代诗人为
写作对象的问题时说："我的看法是：中国古典诗中蕴含的东方智慧、人文
精神、高深的境界，以及中华民族特有的情趣，都是现代诗中较为缺乏的，而
我个人所追求的也正是为了弥补这种内在的缺憾。"（《诗的传承与创新》）
此外，诗人的有些诗还取材于《世说新语》（如《猿之哀歌》）和庄子的寓意
故事（如《爱的辩证》取材于庄子的《盗跖篇》）。

　　洛夫先生不仅在诗的语言上作了大胆的探索和创新，而且在此基础上
还创造了新的诗体，即"隐题诗"。虽然是一种新的诗体，却与诗的语言密
切相关。按照洛夫先生对"隐题诗"的解释是："标题本身是一句诗，或一首
诗，而每个字都隐藏在诗内，若非读者细心，很难发现其中的玄机。这决非
文字游戏，也不是后现代主义的新花样，因为这种形式的最高要求在于整体
的有机结构。"这种隐题诗颇类中国古典诗歌中的藏头诗，可能诗人由此受
到启发。藏头诗通常是五言、七言的绝句，而隐题诗则完全是新诗，并且突
破四行的限制。隐题诗的写作难度似乎更大。笔者读了二十首隐题诗，每
一首诗的诗题的每一个字成为每行诗句的第一字。如《我在腹内喂养一只
毒蛊》：

　　　我与众神对话通常都

　　　在语言消灭之后

　　　腹大如盆其中显然盘踞一个不怀好意的胚胎

内部的骚动预示另一次龙蛇惊变的险局

喂之以精血，以火，而隔壁有人开始惨叫

养在白纸上的意象蠕动亦如满池的鱼卵

一经孵化水面便升起初荷的粲然一笑

只只从鳞到骨却又充塞着生之恓惶

毒蛇过了秋天居然有了笑意，而

蛊，依旧是我的最爱

有的诗题较长，分为两节诗，那么第一节诗的每行第一个字合起来成为诗题的上半句诗；第二节每行诗的最后一个字合起来成为诗题的下半句诗。诗的整体浑然一体，自然熨帖。如此缜密细致，流邑精巧，可以想见，诗人在创作时，字斟句酌，苦心孤诣，该下了多少工夫！

艺术的本质就是不断的创新和超越。杰出的诗人之所以能获得成功，主要应归功他时时超越自己，具有不断创新的精神。洛夫先生从 1946 年开始新诗创作，迄今已有 68 年。在这将近七十年的创作生涯中，创新精神一直贯穿其中。我们仅从上述对他的诗的语言的分析中，便可看出，创新精神如何使他的诗的语言不仅灿若珠玑，美不胜收，而且被赋予了鲜活的生命。也正是创新精神，使他的诗的语言、他的诗总是挺立在现代诗歌的潮头之上。在诗人笔下，那些古灵精怪、小精灵似的语言，按照诗人的意愿排列组合，成为一首首脍炙人口的好诗。从这个意义上说，杰出的诗人实在无愧于"语言大师"的称号。洛夫先生已届耄耋之年。古话说：衰年变法。洛夫先生衰年不衰，变法却还要一直变下去。且听他的"夫子自道"："我所追求的是最现代的，但也是最中国的，继承古典或发扬传统最好的途径就是创新。创新才是我最终的目标，最本质的追求。"（《诗的传承与创新》）我们钦佩洛夫先生执着的不断求索、不断创新的精神，我们更期盼读到他不断使我们惊喜的新作。

改于 2014 年 10 月 8 日

北京芳城园寓所

蕴含着魔化力量的诗的语言

——漫论洛夫诗的语言艺术

说到诗的语言,通常会这样界定:诗歌是语言的艺术,语言是诗歌的材料和要素。这自然是不错的;但是,如果仅止于此,那就失之片面了。事实上,语言之于诗的重要意义远不是以上肤浅的表述所能概括的。

诗的语言对于诗的重要性在于,正是诗的语言才使诗的王国从现实世界脱颖而出,并且有别于、超越现实世界,从而达到超验的完美境界。也就是说,诗人只有通过营造、熔铸诗的语言才能使自己和别人换一种方式去思考事物,使日常生活中的平凡事物闪闪发光,赋予其较高的价值和较深的涵义。这就是诗的语言所具有的魔化力量。著名诗人洛夫先生深谙诗的语言的这种魔化力量,并在自己的作品中发挥到淋漓尽致,宜乎被称为"诗魔"。如《挖耳》这首诗。挖耳本是在人们日常生活中屡见不鲜的动作,琐屑之极,甚至不登大雅之堂,而洛夫却将其形之于诗,并赋予深刻的内涵。那"不仅痒 / 还隐隐作痛"的"耳垢"原来是"谣诼蜂起 / 一些随风而逝 / 一些具化为油质的耳垢"。生理现象被提升为社会现象。同类的诗还有《剔牙》:

中午
全世界的人都在剔牙
以洁白的牙签
安详地在
剔他们
洁白的牙齿

依索匹亚的一群兀鹰
从一堆尸体中

飞起

排排蹲在

疏朗的枯树上

也在剔牙

以一根根瘦小的

肋骨

同样是琐屑不雅的动作,诗人用强烈对照的语言来表现,越是形象生动,越是震撼人心。在这首诗中,诗人基本上用的是白描手法,一改他擅长使用的迷离晦涩的语言。我想这也许为了彰显诗中所要表现的社会意义吧?

还有一首没有迷离晦涩的语言,显得较为澄明的诗是长诗《血的再版》。这是诗人悼念母亲的诗。这首感人肺腑的诗源于感人肺腑的诗的语言,而感人肺腑的诗的语言,来自诗人真实的内心世界。诗的语言是诗人情感、内心世界的外在表露。因为是噬心镂骨的丧母巨痛,故而总的说来发自内心的诗的语言不假斧凿,也无需斧凿,即能令人感泣。请读诗人初闻噩耗时的诗句:"四月,谷雨初降/暮色沉沉中/香港的长途电话/轰然传来/一声天崩地裂的炸响/说你已走了,不再等我/母亲/我忍住不哭/我紧紧抓起一把泥土/我知道,此刻/你已在我的掌心了/且渐渐渗入我的脉管/我的脊骨/我忍住不哭/独自藏身在书房中/沉静的/坐看落日从窗口蹑足走过/黄昏又一次来临/余晖犹温/室内/慢火在熬着一锅哀恸/我拉起窗帘/夜急速而降/赶来为我缝制一袭黑衫"。虽然总体上看似不假斧凿,但是从局部细节中仍然可以看出诗人对诗的语言的刻意经营。如"落日从窗口蹑足走过"、"夜急速而降/赶来为我缝制一袭黑衫",以拟人化的"落日"和"夜"烘托抒情主人公的悲痛心情。落日的"蹑足走过"既是时间的流逝,又是为了不忍惊扰浸沉在沉重悲恸中的"我",虽然落日西沉原本悄无声息。而夜"赶来为我缝制一袭黑衫",更堪称神来之笔,以黑夜为"我"赶制丧服,烘托悲伤的气氛。诗人以客观的对应物来状写主体的情绪,或者毋宁说,诗人以情感的方式将诗意的主体性投射到客观的环境中去。诗人以原本相对静态的"落日"和"夜"的动态,来反衬原本相对动态的人,也就是"我"的静态,以反常、错位的一静一动,极写丧母的"我"在"沉静的"外表下,创巨痛深无法平静的内心！

　　如同一切卓有成就的诗人一样，洛夫深知诗的语言与生活的语言最根本的不同，就在于诗的语言绝对不会去摹写、照搬现实事物，不会去追求经验的现实；相反，它要与现实疏离，把现实陌生化。也就是说，诗人通过诗的语言，否定经验的现实世界，而创造一个与之对立的、完全不同的全新的审美时空。那么如何把现实陌生化，从而创造全新的审美时空？这就要求诗人用诗的语言替代日常语言，有意扭曲、触犯标准语言，打破日常语言的程式，颠覆、破坏日常语言的结构方式。这样，取代日常语言的诗的语言就摈弃了对现实事物的简单摹写。诗人笔下的事物已不复是现实生活中存在的事物，而是与现实事物疏离，甚至将现实事物变形、陌生化后的全新的富有诗意的事物。《石室之死亡》是洛夫现代气息最为浓郁的一首长诗。在这首诗中，诗人就充分运用了上述的语言技巧，手法娴熟，令人目不暇接。随手拈一例，如其《十二》：

　　　　闪电从左颊穿入右颊
　　　　云层直劈而下，当回声四起
　　　　山色突然逼近，重重撞击久闭的眼瞳
　　　　我便闻到时间的腐味从唇际飘出
　　　　而雪的声音如此暴躁，犹之鳄鱼的肤色

　　　　我把头颅挤在一堆长长的姓氏中
　　　　墓石如此谦逊，以冷冷的手握我
　　　　且在它的室内开凿另一扇窗，我乃读到
　　　　橄榄枝上的愉悦，满园的洁白
　　　　死亡的声音如此温婉，犹之孔雀的前额

　　很显然，诗中的语言组合和搭配都是对标准语言的扭曲、颠覆和破坏。如按标准的语言结构和搭配来看，诗中的语言就太荒谬了。"山色"如何能"撞击"？"时间"怎么会有"腐味"？无声的"雪"，居然会发出"暴躁"的声音，而且还会像"鳄鱼的肤色"，最不可思议的是"死亡"还有"声音"，还

"如此温婉"，并且"犹之孔雀的前额"。虽然，这些诗句看来荒诞不经，但是因为这是诗人将自己的主体意识、情感、感觉投射在客观事物上，将客观事物变形，所以给人惊奇陌生的感觉，而细细品味，还是可以悟出隐含其中的逻辑性和合理性。当然，对现实事物变形和陌生化并不意味着可以随心所欲地胡诌，而应该在荒诞中求合理，从无序中找逻辑。如上引诗句，因为云层和山色在一起，显得特别浓重，诗人的主体意识一时产生错觉，不认为那是山的颜色和气体的云，倒像是富有质感的固体物质，所以才能产生撞击的想象。而时间的"腐味"，则是形容时间的旷日持久，而毫无意义。"死亡的声音"只是诗人的幻觉，而"温婉"因为与"孔雀的前额"相联系，立即具体生动，活泛起来。

　　要使生活语言提升为诗的语言，必须运用必要的技巧，如比喻、象征、联想、韵律、含蓄等等。比喻和象征历来受到推崇。有一句名言是这样说的：所有的美就是比喻。最高的东西人们是无法说出来的，只有比喻地说。洛夫对诗的语言技巧的把握，可谓驾驭自如，得心应手。如："香港的月光比猫轻／比蛇冷／比隔壁自来水管的漏滴／还要虚无"（《香港的月光》）这里用的比喻属于"远取譬"，即把完全不同类的事物，只要有哪怕一点相同，就加以类比。月光和猫、蛇完全不同类，但在轻和冷这一点上有可比性，就可加以类比。这是明喻，还有暗喻。"晚钟／是游客下山的小路"（《金龙禅寺》），这是暗喻，意谓游客循着晚钟下山，把晚钟比为小路又是"远取譬"。这首诗还运用了联想的手法："羊齿植物／沿着白色的石阶／一路嚼了下去"。虽然羊齿植物是植物，但因为有"羊齿"两字，诗人就联想到咀嚼的动作，于是就"一路嚼了下去"，有此联想，使整首诗活了起来，生气灌注，诗趣盎然。又如："我的头壳炸裂在树中／即结成石榴／在海中／即结成盐"（《死亡的修辞学》）也是用的联想的手法。由炸裂的头壳联想到开裂的石榴，由海联想到盐。这种由此及彼的联想的表现手法颇类似电影中的蒙太奇。电影中的蒙太奇也是由两个或两个以上的镜头，由其相似处引发联想而加以组接的。此外，诗人还运用了通感、错觉的手法，即将不同的感觉有意混淆和替代。如："月光的肌肉何其苍白／而我时间的皮肤逐渐变黑／在风中／一层层脱落"（《时间之伤》），月光属于不可触摸、无法把握的视觉，而肌肉则是可触摸的、富有质感的物质。这里不仅是视觉与触觉的交错变换，而且还运用了隐喻。时间原是抽象的概念,而在诗人的笔下,却变成具象的皮肤,这是虚实结合,抽象和具象的变换。还有如"怎么也想不起你是如何瘦的 / 瘦得如一句箫声 / 试以双手握你 / 你却躲躲闪闪于七孔之间"(《回响》),"箫声"无疑属于听觉的范畴,而"瘦"与形体相联系,应该属于视觉的范畴,只一句"瘦得如一句箫声",视觉就置换成听觉。听觉置换成味觉的更妙,枪声居然有芥末味:"枪声 / 吐出芥末的味道"(《死亡的修辞学》)。值得一提的是,诗人将同一词句多次重复排列,与诗句浑然天成,收到新颖奇异的艺术效果。如:

  你纯粹的眼,亦如

  你逃逸的脚

  你逃逸的脚　亦如

  你反抗的发

  你反抗的发　亦如

  你痴愚的唇

  你痴愚的唇　亦如

  你哀伤的血

  你哀伤的血　亦如

  你化灰后的白

     ——《诗人的墓志铭》

同样,《白色墓园》也用这种写法。此诗分上下两节,上节将"白色"放在前面,下节将"白色"置于后面。因为篇幅较长,上下两节各选前四行:

  白的　一排排石灰质的

  白的　脸,怔怔地望着

  白的　一排排石灰质的脸

  白的　干干净净的午后

  ……

  地层下的呼吸　白的

沉沉如炮声起伏　白的

　　这里有从雪中释出的冷肃　白的

　　不需鸽子作证的安详　白的

诗人在这首诗的"后记"中说:"两节上下'白的'二字的安排,不仅具有绘画性,同时也是语法,与诗本身为一体,可与上下诗行连读。"与此相似的手法,诗人还大量使用排比句。

　　如《裸奔之二》共有七节,倒有六节使用排比句。如第一节:

　　帽子留给父亲

　　衣裳留给母亲

　　鞋子留给儿女

　　枕头留给妻子

　　领带留给友朋

　　雨伞留给邻居

以"诗魔"著称的诗人选择明白如话的语言,运用排比句,使整首诗如行云流水,一泻而下,张扬了裸奔者自由奔放的个性。

　　诗人对诗的语言刻意经营,锐意创新,由此可见一斑。

　　洛夫先生可称为台湾现代派诗的巨擘。他无疑受到西方现代主义诗歌的影响,在他的一些作品,特别是早期的作品中,现代派的倾向较为明显。他对现代派诗歌语言技巧的把握已相当纯熟,写来驾轻就熟;但是他从来没有排斥中国古典诗歌的传统。正如他在《诗的传承与创新》一文中说:"我个人认为,向西方借火有时是必要的,问题是,诗人不应流连异邦而忘返。一个民族的诗歌必须植根于自己的土壤,接受本国文学传统的滋养,在创新的过程中也就成为一种必要。"我们在他的作品中,可以看到在诗的语言的斟酌和锤炼上,明显受到中国传统诗歌的影响。比如,他有意识地将古典诗词引入自己的诗中,有时是整个诗句引入,有时是引入诗意。如"那种悲伤/那种蜡烛纵然成灰/而烛芯仍不停叫痛的悲伤/那种爱/缠肠绕肚,无休无止/春蚕死了千百次也吐不尽的/爱"(《猿之哀歌》),这两句诗,分明化用了李商隐"春蚕到死丝方尽,蜡炬成灰泪始干"的诗句。又如《与衡阳宾馆的蟋蟀对话》中"醒来 / 不知身是客",是化用了李煜的词《浪淘沙》中"梦里不知身是客"。有时,诗人还和古代诗人对话,或以这些古代诗人及其作品为创作题材,充分地表现诗人对中华民族传统诗歌的热爱和尊崇。这样的诗有《长恨歌》、《与李贺共饮》、《李白传奇》、《车上读杜甫》、《走向王维》等。在《长恨歌》中,诗人一方面用现代诗的语言对唐玄宗极尽揶揄之能事,另一方面又引用或改写了原作的诗句。如"从此 / 君王不早朝",把"山在虚无缥缈间"改写成"脸在虚无缥缈间"。《与李贺共饮》则把李贺的名句"石破天惊逗秋雨"改写为:"石破 / 天惊 / 秋雨吓得骤然凝在半空"。特别有意思的是《车上读杜甫》一组诗中,诗人将杜甫的七律《闻官军收河南河北》的每句诗作为诗题,以八首小诗组成一组诗,十分新颖。洛夫先生在回答为何以中国古代诗人为写作对象的问题时说:"我的看法是:中国古典诗中蕴含的东方智慧、人文精神、高深的境界,以及中华民族特有的情趣,都是现代诗中较为缺乏的,而我个人所追求的也正是为了弥补这种内在的缺憾。"(《诗的传承与创新》)此外,诗人的有些诗还取材于《世说新语》(如《猿之哀歌》)和庄子的寓意故事(如《爱的辩证》取材于庄子的《盗跖篇》)。

洛夫先生不仅在诗的语言上作了大胆的探索和创新,而且在此基础上还创造了新的诗体,即"隐题诗"。虽然是一种新的诗体,却与诗的语言密切相关。按照洛夫先生对"隐题诗"的解释是:"标题本身是一句诗,或一首诗,而每个字都隐藏在诗内,若非读者细心,很难发现其中的玄机。这决非文字游戏,也不是后现代主义的新花样,因为这种形式的最高要求在于整体的有机结构。"这种隐题诗颇类中国古典诗歌中的藏头诗,可能诗人由此受到启发。藏头诗通常是五言、七言的绝句,而隐题诗则完全是新诗,并且突破四行的限制。隐题诗的写作难度似乎更大。笔者读了二十首隐题诗,每一首诗的诗题的每一个字成为每行诗句的第一字。如《我在腹内喂养一只毒蛊》:

我与众神对话通常都

在语言消灭之后

腹大如盆其中显然盘踞一个不怀好意的胚胎

内部的骚动预示另一次龙蛇惊变的险局

喂之以精血，以火，而隔壁有人开始惨叫

养在白纸上的意象蠕动亦如满池的鱼卵

一经孵化水面便升起初荷的粲然一笑

只只从鳞到骨却又充塞着生之恓惶

毒蛇过了秋天居然有了笑意，而

蛊，依旧是我的最爱

　　有的诗题较长，分为两节诗，那么第一节诗的每行第一个字合起来成为诗题的上半句诗；第二节每行诗的最后一个字合起来成为诗题的下半句诗。诗的整体浑然一体，自然熨帖。如此缜密细致，流啭精巧，可以想见，诗人在创作时，字斟句酌，苦心孤诣，该下了多少工夫！

　　艺术的本质就是不断的创新和超越。杰出的诗人之所以能获得成功，主要应归功他时时超越自己，具有不断创新的精神。洛夫先生从1946年开始新诗创作，迄今已有62年。在这六十多年的创作生涯中，创新精神一直贯穿其中。我们仅从上述对他的诗的语言的分析中，便可看出，创新精神如何使他的诗的语言不仅灿若珠玑，美不胜收，而且被赋予了鲜活的生命。在诗人笔下，那些古灵精怪、小精灵似的语言，按照诗人的意愿排列组合，成为一首首脍炙人口的好诗。从这个意义上说，杰出的诗人实在无愧于"语言大师"的称号。洛夫先生今年已八十岁了！可以称为耄耋之年了。古话说：衰年变法。洛夫先生衰年不衰，变法却还要一直变下去。且听他的"夫子自道"："我所追求的是最现代的，但也是最中国的，继承古典或发扬传统最好的途径就是创新。创新才是我最终的目标，最本质的追求。"（《诗的传承与创新》）我们钦佩洛夫先生执着的不断求索、不断创新的精神，我们更期盼读到他不断使我们惊喜的新作。

急就于 2008 年 10 月 12 日

北京芳城园寓所

改于 2009 年 2 月 1 日

上海达安城

情真情深　诗妙诗趣

——序木斧《一百五十个诗人的画像》

　　这部诗集名曰《一百五十个诗人的画像——1947—2010 木斧书信诗选》。就我有限的涉猎，我尚未见过有类似的诗集。木斧先生用书信诗的形式，用诗的画笔，为 150 位诗人一一画像，简直可以组成光彩照人的诗人的画廊了。我于惊叹之余，更对这位虽届耄耋之年，却仍保持着可贵的童心、至今笔耕不辍的著名老诗人肃然起敬。

　　"书信诗"顾名思义是以诗的形式写信，既然是写信，自然是第一人称对第二人称诉说、表达情感。在世俗社会中，人与人的关系往往为功利所累，表现为不是城府森严，就是尔虞我诈。而诗人则不然，由于诗歌本来表现纯洁美丽的心灵，对诗歌的共同爱好，使诗人们惺惺相惜，心心相印，所以书信诗的一个最重要的特点就是真情的真诚流露。木斧的书信诗正体现了这样的特点。如《说不完——给汪玉良》："一见面就有许多话要说 / 说不完说不完的话 / 用不完用不完的时间 / 分分秒秒都被话语填满了 // 列车开过去了谁也不知道 / 繁华的闹市区走过了没有感觉 / 广播中所有的新闻失去了声音 / 电视上许多镜头看不分明 // 这城市众多的人都被忘怀了 / 世界上只有两个人在对话 / 眼镜对着眼镜不断闪光 / 拍下了街头上这一对痴人"，诗人有意改变主观的感觉和客观事物的正常特点，加以反衬和对比，把一对久别重逢的好友的真情渲染得酣畅淋漓。更为动人的还有《同案犯——给山莓》，木斧曾被打成胡风分子，受到不公正的对待。他和这位山莓就是所谓的同案犯。在那"扭曲的日子"里，"见面不敢喊名字"，而"你用同样的方法保护我 / 不认识就是不揭露"，"档案上没有记载 / 山莓和木斧的来往 / 其实我们一见如故 / 只是把相逢的惊喜 / 深深地埋葬"。直到"今天，只有今天 / 当着你一家人，你的孩子 / 我才能把这荒诞的故事 / 一古脑儿讲完"。这"荒诞的故事"产生于那个"扭曲的日子"，这一对所谓的"同案犯"的共同命运，使他们心有灵犀一点通，真情尽在不言中。以假装不认识来保护对方，真可谓看似无情却有情。与木斧有同样遭遇的还有诗人罗洛，也算是"同案犯"。有着相同命运，有着几十年友情的两位诗人感情深挚，因此，当罗洛于 1998 年逝世后，木斧写下《呼唤（二）——给罗洛》为他送行。诗人在诗中回首往事，感慨万千，在流露出无限的沧桑感中，更加沉痛地怀念故人："许多远了远了的事又浮现眼前 / 愈远愈清晰愈难忘怀 / 说起今天就想起昨天…… // 从你身上再也找不到好斗的性格 / 在我身上也褪下了暴躁的脾胃 // 不再提那用泪水浇成的话题 / 今天，我远远地给你送行 / 走好，罗洛，洛洛，洛洛，洛……"在《呼唤（一）——给罗洛》一诗中，"罗洛，洛洛……"原本是木斧写罗洛"结巴地说：我是罗洛，洛洛……"而在这里给人的印象却是诗人泣不成声、口不择言的悲痛情状。因为故人已逝，书信诗已无法寄达逝者本人，像这样的书信诗就是悼念诗。同样的悼念诗还有《没有寄出的信——给陈敬容》，与给罗洛诗沉郁的格调不同的是，此诗的格调却轻快活泼。木斧对被他称为"大姐"的九叶派女诗人陈敬容说："你走了，我还是要说：/ 你还年轻哩！""读一读《陈敬容选集》吧 / 我说大姐，我不哄你 / 真的，你正青春！"这自然意味着陈敬容的诗富有生命力，"正青春"，而她的名字也将在诗歌史上永葆青春。木斧就这样以乐观向上的精神为"大姐"送行，表现了他积极旷达的生死观。

木斧书信诗的另一个特点是富有机趣，诗意盎然。因为木斧对他的诗友非常熟稔，非常了解，能准确地抓住对方的特点，所以工于绘画的他，把书信诗当作人物速写，往往寥寥数笔，便形神兼备地使描写对象跃然纸上。诗人诗化了对方的特点，写得很机智，极富情趣。如九叶派诗人曹辛之又是书籍装帧家，同时还是治印大家，工于篆刻。于是，我们就看到了《刻印——给曹辛之》这首诗：

> 那凸出来的
> 是印在我脸上的笑纹
> 那凹下去的
> 是藏在我心中的不平

镂出的字

就让它镂出

总要留些痕迹

留给岁月的河流冲洗

隐去的话

就让它隐去

总要留些空白

留待栽种后来的诗魂

我们知道,篆刻以刻文的凸凹分阳文和阴文。诗人由阳文和阴文忽发奇想,联想到"我脸上的笑纹"和"我心中的不平",后又进一步联想到岁月、人生和未来的诗,联想何等巧妙而又富有意蕴!又如《忏悔录——给流沙河》,诗人流沙河因其作《草木篇》而获咎,被打成右派,受尽苦难。诗人写道:"是花草打扮了你呢 / 还是你擦亮了花草?""你尽量映出两岸的无限风光 / 却把泥沙掩盖在自己的躯体下 / 你淌吧,在曲折中寻找自己的路 / 不管你是流沙还是流泪的河 / 等你痛痛快快地哭够了 / 就痛痛快快地畅流吧"。对诗人流沙河的命运遭际,木斧感同身受,因而引为同道和知己,诗中"花草"隐指《草木篇》,而"两岸"既指诗人的笔名流沙河作为"河"的"两岸",又隐指海峡两岸。借此褒扬流沙河为海峡两岸诗人交流作出贡献。而最后三句还是落在"流沙河""河"的意象上,可谓神来之笔。还有的书信诗机智地将所写诗人的作品特点写得趣味横生,如《手掌——给辛笛》。九叶派诗人辛笛著有《手掌集》,木斧就以《手掌》作为诗题。诗人写道:"为什么古老的山脉畅流清泉? / 为什么归去的枫叶吐露童颜? / 伸出你的手掌,老诗人 / 我要从你手掌地图上追根溯源"(《手掌——给辛笛》)真可谓掌中乾坤,木斧从手掌的纹路联想到"古老的山脉",从手掌的形状,联想到"枫叶"、"地图",令人回味无穷。著名的七月派诗人牛汉有一首名诗《华南虎》。于是木斧就写了一首《虎姿——给牛汉》。诗中写道:"虎!虎的性格是永远不会改变的","当你虎地一声跃到川西平原来 / 是你,我一眼便认出了你 / 不是你那硕大壮健的身躯 / 而是你渴求友谊哪怕一滴也不放过的真诚 / 你那追求渺小和平凡的愿望 / 你那竭力摆脱形式写诗的顽毅 // 那不是你诗中的画我画中的虎么？"既写到牛汉的名作《华南虎》，更重要的是写出了具有"虎的性格"的牛汉。圣野是儿童诗人，木斧就写了一首《快乐和天真——给圣野》：

> 想不到我从花甲走出去
> 演了好多逗人笑的戏
> 每演一回戏
> 便得到一份快乐
>
> 正如你写呀写呀
> 写了好多好看的儿童诗
> 每写一首诗
> 便蹦出一个天真
>
> 快乐和天真是好朋友
> 正如我们是老搭档
> 老了还写诗还扮怪相
> 就是那颗童心还在跳荡

木斧是京剧丑角名票，圣野是著名的儿童诗人。两人是"老搭档"，他们的共同之处，"就是那颗童心还在跳荡"。

木斧既是京剧丑角名票，戏曲中的丑角以诙谐幽默擅场，他在舞台上的诙谐幽默的表演令人绝倒。这种特点也体现在他的书信诗中。如《独坐——给刘岚山》：

> 我在我的家中，正如
> 你在你的家中，闭门
> 独坐。一个痴呆的老家伙
>
> 我悠闲地向你笑笑

你悠闲地向我笑笑

其实我们都很久不出门了
却能互相看见,闭门
独坐。一对痴呆的老家伙

　　刘岚山是人民文学出版社的诗歌编辑。木斧和他是老朋友了,所以可以这样打趣,表现出诗人幽默风趣的性格特点。又如《关于我的牙病——给陈绍陟》,诗人幽默地写道:"一读那些曲扭的诗 / 我就牙疼",原来他的牙病来自啃那些曲扭的诗。当我们读到"不知道我啃诗啃多了 / 医生告诉我 / 赶快拔牙!"时,不禁忍俊不禁。他是以妙趣横生的诗来表达他对诗歌的看法:"对诗也该这样 / 该拔的拔掉 / 该长的长出来"。
　　人们常说:缪司女神垂青于青年,其实不然,只要拥有一颗纯真的童心,就具备作为诗人的条件。君不见木斧先生虽年届耄耋,但"那颗童心还在跳荡",所以他能写出生气灌注、诗行间跃动着生命力的好诗。
　　是为序。

写于 2010 年 9 月 10 日
北京芳城园寓所

诗是谐里寓庄　角更丑中见美
——读木斧《百丑图》

　　木斧先生寄来他的新著《百丑图》,嘱我写些什么。说实在的,对于木斧先生我是欠了笔债的。早就要为老先生写些评论文字,可是总是因为杂事缠身,总没有写,不觉常怀歉疚。如今,面对这本令我爱不释手、图文并茂的《百丑图》,我是怀着如同与兄长好友促膝谈心的喜悦心情写本文的。

木斧先生是著名的、很有影响的诗人,多年前,我曾赏析过他的名篇《画卷》,该文是应九叶派诗人辛笛先生之约,为他主编的《20世纪中国新诗辞典》而撰写的。木斧先生同时又是一位京剧名票,正儿八经拜过名师,不仅能清唱,还能粉墨登场,在当地京剧票房大获好评。

诗人与戏曲结缘,并非自木斧先生始。据我所知,就有两位九叶派诗人与戏曲结缘。一位是唐祈先生,他不仅能唱,还会操琴,拉得一手好京胡,并且也曾在舞台上正式演出过。另一位是唐湜先生,他虽不会唱演,但也和戏曲结下不解之缘。他的舅父王季思先生是戏曲研究大家,唐湜先生受舅父影响,从小就喜欢戏曲。在他被打成右派,受到不公正待遇,被开除公职,遣送原籍温州后,他随一个昆曲草台戏班,跋山涉水,流浪演出,他为戏班创作戏曲剧本,《百花赠剑》就是他创作的昆曲剧本。唐祈先生只是把京剧当作业余爱好,并没有和诗歌创作联系起来;而唐湜先生则不然,他有意识地将戏曲的一些因素,有机地融合到诗歌创作中,如他的叙事诗就吸取了戏曲情节和唱词的特点。然而,唐湜先生只是将戏曲的因素融化到诗歌创作中去,并没有直接以戏曲作为诗歌创作的题材。就我有限的寡闻陋见,除了木斧先生,我尚未见过以戏入诗的当代诗人。

以戏入诗可以说是木斧的独创,我想是否可以在诗歌的门类中,增加一个"戏诗"?这"戏诗"的名称是否系木斧杜撰?我不得而知,反正此前我没见过。但以"戏诗"来为木斧以戏入诗的诗命名,真是再恰当不过的了。

木斧的戏诗看来很轻松,甚至很活泼,似乎写来不费功夫,其实我推想写得并不轻松。我曾经设想,如果让一个对戏曲外行的诗人来写,是断乎写不出这样让懂行的读者满意的戏诗的,那无异隔靴搔痒,甚至还会闹出笑话;但是即使是戏曲行家,也未必能写好戏诗。盖因他不是诗人,不是缺乏诗趣,就是卖弄行话,使读者读时要么索然无味,要么如堕五里雾中。可贵的是木斧既是诗人,又是戏曲行家,这就使他的戏诗既有诗味,又能为一般读者看懂欣赏,做到雅俗共赏。

木斧演的是丑角,往往是一些不起眼的配角、小角。但是正如斯坦尼斯拉夫斯基所说:"只有小角色,没有小演员。"木斧深谙这个道理,他安于、乐意扮演这样的小角色。在《断太后》一折戏中,木斧扮演"小不点"的"地方",这"小不点够不上戴乌纱帽",但是"别看我小小中有戏 / 戏不离我我

不离戏 / 要不然老包怎识李皇娘？ / 要不然怎会有这唱工戏？"(《断太后》)
木斧就这样用形象的诗句浅近地说明在戏曲中,主角与配角的关系,以及配角在一出戏中的重要位置。木斧还有一首诗,以自身的体验,说明配角与主角的关系。如《配角与主角》:

> 我常常站在舞台上一声不吭
> 我只有一句道白呵
> 我要准确地把它投在
> 主角唱腔激流的一个旋涡中
>
> 这道白击开了掌声奔腾的河流
> 主角高兴极了,我也乐在其中
>
> 是主角的唱腔增添了我的勇气呢
> 是我的道白激励了主角的唱腔呢?

如果没有舞台上演出的实践体验,是写不出这样有深切体会和感受的诗句的。在戏曲行话中有"一棵菜"的说法,说的是在一出戏中,各个行当应该像一棵菜那样合作,才能演出成功。

众所周知,世界上有三大戏剧体系,即斯坦尼斯拉夫斯基、布莱希特、梅兰芳。以梅兰芳为代表的戏剧体系,即中国的戏曲的一个显著的特点就是间离效果。这个间离效果曾经为布莱希特大为赞赏。何谓间离效果? 间离效果就是剧中人跳出剧中规定的情景,转而与观众交流,使观众暂时离开剧情,获得短暂的间隙,使观众在短时间内领悟到这是在演戏。间离效果是由中国戏曲的假定性、虚拟性的特点所决定的。而在所有的行当中,最多实施间离效果的是丑角。因为在所有行当中,诙谐、调侃、搞笑正是丑角的本色当行。丑角在演出中,会突然离开剧情,类似相声的现场抓哏,抛出一个包袱,引得台下满堂笑声。木斧把这种间离效果用到诗中。在《窦娥冤》中,木斧男扮女装,饰禁婆。禁婆属于彩旦,归入丑行。且看木斧如何抓哏:

都说窦娥这一板成套唱腔
是我禁婆子几板子打出来的
冤哪！窦娥不冤我冤
我用凶恶衬托她的可怜
不过是摆摆姿态而已
我怎么敢动她一根毫毛呢？
——人家是名角哪！
　　　　　——《窦娥冤》

　　从上引的诗句不难看出，木斧已经跳出剧情，从剧中人变回到演员了。最后两句显然是对饰演窦娥的演员的调侃。这首诗活现了丑角的做派。丑角可以从规定的剧情中跳进跳出，一会儿是角色，一会儿又是演员。

　　在中国戏曲的脸谱中，丑角的脸谱最为滑稽可笑：在鼻梁上涂一方块白色油彩。丑角无疑是被丑化了的人物形象，一般认为很丑陋。丑角一般扮演令人憎恶的反面角色，如《审头刺汤》中的汤勤、《野猪林》中的高衙内、《十五贯》中的娄阿鼠、《打渔杀家》中的教师爷等等；但也不乏正面形象，如《苏三起解》中的崇公道、《秋江》、《游湖》中的艄公、《双下山》中的小和尚等等。不过这类正面人物大多具有或伶俐活泼，或幽默风趣的性格特点。这与西方戏剧和马戏中的小丑角色颇有类似之处。法国积极浪漫主义诗人雨果在《〈克伦威尔〉序言》一文中说："滑稽丑怪作为崇高优美的配角和对照，要算是大自然所给予艺术的最丰富的源泉。"中国的戏曲艺术家深谙美与丑互相对照、互相依存、互相衬托的艺术辩证法之三昧，他们让美丑同台，妍媸互映，收到了绝妙的艺术效果。像《苏三起解》中的崇公道和苏三，《秋江》中的艄公和陈妙常，《双下山》中的小和尚和小尼姑都是一丑一俊，载歌载舞，令人叫绝。越是对比鲜明，越是反差强烈，艺术感染力就越强。然而，除此以外，还有人物自身美丑的互相对照，互相映衬。如崇公道、艄公、小和尚作为丑角，外貌是丑的，但是他们的内心却是美的。这样，人物的内心和外表形成了强烈的反差，人物形象更加鲜活。戏曲艺术家所加给这类丑角脸上的一块白油彩，不是憎的丑化，而是为了制造逗趣的喜剧气氛而作的善意的调侃。且听木斧扮演的《游湖》中艄公自编的道白："我是一

幅风流的风景线 / 我是船上摇橹的老汉 / 白娘子和许官人的恋爱故事 / 正是老汉我亲眼看见",(《游湖》)活画出艄公善良、风趣,以及成人之美的美好个性。

即便是对于丑角扮演的反面人物,从审丑为美的美学角度看,也是美的。在《丑像自题》一诗中,诗人写道:"把丑陋搬上舞台 / 用艺术的细胞装扮 / 最复杂的性格最难塑造 / 仔细看,愈看愈耐看","耐看",说明具有艺术的观赏性,就是美的。真实地揭露丑恶,会使人震撼,会引起对美好的向往,同样能达到审美的享受。达芬奇的《蒙娜丽莎》固然是美的,但罗丹的《老妓女》同样是美的。《凤还巢》是一出喜剧,表现一对丑男女煞费苦心破坏别人的佳偶,妄图得到俊男美女,结果却自食其果,在洞房中"丑人和丑人对上了号"。在此剧中,木斧扮演丑女程雪雁,且看他是如何用诗《丑洞房》来表现这出闹剧的:

朝思美人暮思美人
朝朝暮暮思念美人
直到把美人抬回家
丑人和丑人对上了号

又是哭又是笑
又是吼又是闹
又瞪眼又叉腰
把浑身的解数都抖出来了

满台全是丑
满堂都是美
美的道白美的身段美的唱腔
《丑洞房》这出戏美极了

这就是艺术辩证法,满台是丑,恰恰又是美。丑经过艺术点化转化为美。木斧在《小丑自述》中写道:"丑恶不是你的本性 / 你是美的源泉美的化身"。

正是从这个意义上,可以这样说:丑角非但不丑,而且很美。

正如丑角在滑稽搞笑中演绎严肃的、对人性的善恶美丑拷问一样,木斧的戏诗也在诙谐幽默中显示戏曲艺术的美学真谛,以及诗人潇洒旷达的人生态度。他虽年事已高,却如此热情地投入学戏演戏,这本身就表现他那积极向上、乐观豁达的人生态度。

木斧先生的戏诗可圈可点处还有很多。因为我酷爱京剧,作为同好,我就从戏曲的角度来赏析他的戏诗。但愿不致说外行话,不致露怯,不致让人笑话。我还想对木斧先生说的是,我太喜欢您的戏诗了!希望不断拜读您的新作。衷心祝愿您健康长寿!祝您在诗坛和舞台上艺术青春永驻。

作于 2009 年 10 月 5 日

北京芳城园寓所

追求光明和理想的诗人永葆青春
——读木斧诗选《点燃艾青的火把》

一位耄耋老人手擎火把,高歌猛进,唱出时代的强音。这就是我读了木斧先生的新著《点燃艾青的火把》以后所获得的第一印象。读着他那生气灌注、充满激情的诗,谁能相信是出自一位老诗人的笔下?谁说诗神缪司只眷顾于青年诗人?

木斧先生属于"七月派"。"七月派"是抗战时期和解放战争时期国统区重要的现实主义诗歌流派,因胡风主编《七月》、《希望》杂志和《七月诗丛》、《七月文丛》而得名。在中国现代文学史上,"七月派"是富有探索精神、而又具有沉重的悲剧命运的进步文学流派。说它"具有沉重的悲剧命运",是源于 50 年代胡风的冤案。"七月派"的成员纷纷被打成"胡风分子"。木斧先生也未能幸免,被剥夺创作权利二十余年。然而,坎坷的命运并没有摧毁他的意志和信念,当他重新握起诗笔时,便追随他所崇拜的、也是"七月派"

的大诗人艾青的创作道路,向太阳,向光明,向一切美好的事物放声歌唱;而批判、鞭挞那些腐朽丑恶的现象。其实,早在青年时代,木斧就已经是艾青的崇拜者和追随者了。正如孙玉石先生所说:"承袭伟大革命诗人马雅可夫斯基、惠特曼战斗艺术传统的艾青,和他的诗所代表的爱人民、爱土地、爱自由与光明的战斗精神,当时已经怎样深深浸入了青年诗人木斧的血脉,一开始就成为他进行新诗创作的灵感源泉和最高榜样。"(《〈点燃艾青的火把〉序》)令人感动的是,几十年过去了,浸入木斧血脉的"爱人民、爱土地、爱自由与光明的战斗精神"依然不变,这成为他一生坚守的信仰。在这本诗选中,有两首可专供朗诵的政治抒情诗:《五月,迎接新中国的诞生》和《点燃艾青的火把》。木斧很少写篇幅较长的政治抒情诗,他一般写短小隽永的小诗。然而,这两首诗一前一后,成为他诗歌精神和创作主旨的形象概括。

《五月,迎接新中国的诞生》原题《献给五月的歌》,更早的诗题为《五月的道路和我们的歌》。诗人在"附志"中说:"当解放战争临近全国胜利之际,我已转移下乡,热血沸腾地写下了这首迎接新中国的长诗。但是新中国叫什么名字,多久到来,当时一无所知,因为写作的时间是1949年的红五月,所以我便以五月为题,把我热烈的盼望写入了这首诗。"岁月过去了六十余年,如今我们读着这样的诗句,依然感受到诗人沸腾的热血:"五月啊,掀起了风暴 / 在血污的日子里 / 在肉搏的斗争里 / 五月——大地的保姆 / 用血和泪 / 向垂死者唱起葬歌"。此诗不仅以恢宏的气势夺人,而且还以人性化的情感动人:

妈妈,你不要哭
你的亲爱的儿子
正在你的面前
妈妈,你该笑啊
你看见了吗
窗外的青山,山沟的溪水
笑得多可爱啊

在五月里诞生的

　　　　勇敢的小弟弟
　　　　拍着发红的小手
　　　　笑望黎明

　　这样的政治抒情诗将豪情和柔情结合,做到刚柔并济,避免了政治抒情诗空泛和概念化的弊病。
　　如果说《五月,迎接新中国的诞生》是诗人对新中国诞生的急切深情的呼唤,那么《点燃艾青的火把》则是诗人对以体育强国的身份主办奥运会的伟大祖国的热烈而自豪的赞歌。受艾青《火把》诗的影响,几十年来,木斧一直拥有"火把"情结。2008 年奥运会在中国北京举办,奥运会火炬的传送,使他的"火把"情结和激情找到了突破口,也点燃了他的灵感。于是,他抑制不住满怀的激情,一泻而下,洋洋洒洒地挥笔写下了字里行间都燃烧着炽烈情感的诗篇。在诗中,木斧富含深意地进行时空穿越,把艾青的"火把"与奥运会的火炬联系起来:"1940 年 / 为唤起民族的自尊 / 诗人艾青举起了火把","我们,点燃艾青的火把 / 跨过二十世纪 / 在明朗的天地中 / 奔向光辉的奥运",并且更进一步:"艾青的火把,点燃了 / 全世界光与热的追求"。这两首诗形象地表现了诗人木斧继承并发扬了艾青的现实主义的诗歌传统,以及激情满怀、永远积极向上、笑迎光明和未来的诗歌精神。
　　除了这首讴歌奥运会的长诗外,诗人还以极大的兴趣和参与感写了七首《奥运会赛场速写》。有趣的是,在这些诗中,出现了一些优秀运动员的形象,诗人惟妙惟肖地状写他们的雄姿风采,说明他对他们是多么熟悉。如写郭晶晶:

　　　　晶晶,从高高的太空
　　　　投入水中
　　　　从封闭的水池中
　　　　跃起。转身
　　　　干净,利落

　　　　欢呼太空的月亮

欢呼戏水的鲤鱼

欢呼四朝元老郭晶晶

依然年轻,优秀

——《跳水英姿》

除了郭晶晶,诗人还"速写"了陈燮霞、陈苇绫、杜丽、张娟娟、刘子歌、菲尔普斯、北岛康介等。其中有些运动员连我都不太熟悉的。可见木斧先生对奥运会、对运动员是何等关注,何等熟悉!当读者读到这些诗时,一定会误以为是青年诗人写的呢!

在这本诗选中,木斧先生还有一首抒情长诗《我对阳光说》。读着这首诗,令人想起艾青的抒情长诗《向太阳》。同样是歌颂太阳,歌颂光明,木斧和艾青一样,赋予太阳以象征的意义。所不同的是木斧结合了自身的命运和体验,使此诗具有鲜明的个性色彩,而不是简单的模仿之作。诗人的命运一开始就很悲惨:"我诞生在一个 / 雷电交加的夜晚 / 冷冽的北风 / 浸透了我的脊梁 / 我倒卧在 / 流亡奔波的行程中",随后,他随"一支逃亡的队伍 / 在中国版图上南徙北迁 / 从银川到甘肃,颠沛流离 / 从固原到四川,步履维艰 / 走呀走,哪里有我的家? / 行呀行,何方可以栖身?"正是在逃亡中,"我在颠簸中迎来了五星红旗",从此,诗人把自己的命运和民族祖国的命运联系起来:"我把我的民族和祖国编织在一起 / 我把我的民族希望交给了阳光"。正因为如此,诗人在诗的结尾所发出的热爱阳光的心声,才显得那么真实动人:

那灼热得可以融化冰城和顽石的

那颤动得可以唤醒星辰和月亮的

我的歌——我——爱——你

我心中灼热的阳光呵!

没有阳光雨露

便没有我的民族

没有我的民族

便没有我的一生!

诗人的诗句真情而朴实无华,其心中的阳光所指不言自明。

作为现实主义诗派的"七月派"的一个重要特点,就是关注切近现实生活。木斧先生的诗歌继承了这个传统。汶川地震后,木斧写了多首诗,感同身受地关注灾区灾民的生活,并且以自己的诗鼓舞灾民战胜灾害,坚定乐观地创造美好的未来。《震后的北川》一诗,如果只看诗题,不看内容,读者一般会猜想此诗所表现的,定是铺叙北川灾后满目疮痍、惨不忍睹的景象;然而,出人意外的是,在诗人笔下,却只有短短四行:

> 北川的清明
> 遍地是坚定的白花
> 白花向扫墓者表露
> 从来没有过的清醒

诗人匠心独运地用以小见大的手法,以白花作为整个北川人的象征,以"坚定"和"清醒"这两个极为普通的形容词,却高度赞美整个北川人无坚不摧的坚强性格。在《汶川的预言》一诗中,诗人预言:"将来的汶川呢/是跌倒了站起来了的/中国人的总称/许多有出息的人物从这里诞生"。诗人当然不是预言家,因为诗人坚信:"信念在灾难中凝成/理想在灾难中升腾"。当玉树又发生了强烈地震后,诗人满怀深情,以拟人化的手法,写下了《汶川对玉树说》,诗人写道:"在天崩地裂的灾害面前/兄弟呵,莫彷徨,莫悲伤/把头抬起来/把腰挺起来/听人间的大爱/为你唱一首歌","在天崩地裂的灾害面前/兄弟呵,你知道吗/你的创伤就是我的创伤/你的苦难就是我的苦难/朋友相聚,笑看明天"。可以看出,诗人已经全身心地融入灾民中了。

在木斧先生的这本诗选中,既有上述气势恢弘的政治抒情诗,又有精致隽永、耐人寻味的小诗。而后者更是诗人所擅长,也是最为人称道的。如《暗恋》:

> 我常常在梦中想看你一眼
> 却不敢抛开那年龄的垂帘

又如《圆梦》：

> 梦中的安乐窝
> 经不起推敲
> 切勿从梦中搭桥回来

这样的小诗只合在年轻人的微博中出现；当然，一般年轻人写不出这样的佳句。这样富有机趣的诗堪称微博诗中的经典。这也再一次证明木斧先生具有一颗年轻的心。在《校园散步》一诗中，诗人更萌发了童心：

> 两个大学生小朋友
> 挽着我在校园散步
>
> 高一步矮一步
> 我怎么不会走路了
>
> 两个小的带个老的
> 你们说谁老谁小？
>
> 我实在是老了，老了
> 我实在是走不动了
>
> 恍惚之间，我已返老还童
> 我变成牙牙学步的婴儿了

面对身体衰迈的现实，诗人没有半点自怨自叹，反倒十分乐观，甚至带有几分俏皮，半是调侃，半是自嘲，童心毕现，俗话说："老小"，此之谓也。诗人有好些诗写得清新不俗，如《油菜花香》，写"我从绥阳归来／犹带着油菜花的沁香／／油菜花的声音／至今仍在我的耳边回荡"。"带着油菜花的沁香"是可能的，而油菜花有声音，在现实生活中是不可能的。此句极言诗人是何等喜爱眷恋油菜花,仿佛听到它开放的声音。词句朴素,却诗味浓郁。这样精彩的诗句在诗选中随处可见。如"一座一座桥梁把几匹高山缝了起来"(《诗城新韵》),这"缝"字就成为这诗句的诗眼,可见诗人字斟句酌的锤炼功夫。又如诗人在天涯海角感到热不可耐,他写道:"此间热,不可久留 / 此间乐,乐不思蜀 / 其实我是想把这条炙手的记忆 / 趁热背回成都"。后两句写得何等精彩!带着几分幽默,而又趣味盎然。

我曾拜读过木斧先生不少作品,也曾写过一些评论文章。然而,这部诗选却给我留下全新的印象。诗选中所迸发的澎湃激情、对现实的热情关注,以及所表现的恢弘视野和时代精神深深地感染了我,而木斧先生以他耄耋之年,仍钟情于诗歌,勤奋地笔耕不辍,使我非常感动。我衷心祝愿木斧先生身体和创作都更加焕发青春,青春永驻。

写于 2012 年 12 月 22 日

北京芳城园寓所

传统与现代熔于一炉,雄浑和婉约交相辉映
——浅论叶维廉诗歌的艺术特色

我曾在一篇文章中这样评价"九叶派":"'九叶'诗派既面对世界,又面对传统,它不仅继承、借鉴了西方现代主义的诗歌传统,而且还继承借鉴了中国古典诗歌的传统,特别是晚唐温庭筠、李商隐等婉约派诗人的传统,表现了古今中外的优秀文化艺术财富皆可为我所用,博采众长,兼收并蓄,而又加以扬弃和超越的广阔的艺术视野和恢宏的气魄。""九叶派"之所以堪称 20 世纪中国现代主义诗歌的高峰,其原因盖在于此。学贯中西,博采众长,能使一个诗歌流派名垂青史;那么,深厚的中西文化的学养同样能造就一位有杰出成就的诗人。叶维廉先生正是这样一位有杰出成就的诗人。《走过沉重的年代》不仅记录了叶维廉先生坎坷曲折的人生之旅,而且更记录了

他在中西诗学的影响下,自创新诗的创作历程。

我之所以提到"九叶派",是因为事实上,不管是有意抑或无意,叶维廉先生也确实受到"九叶派"诗人的影响。叶维廉先生在《走过沉重的年代》一文中说:"象征派以来的精彩的文字的雕塑是由他们的传统的力量,他们的民族共同的意识形构,联想网络等等促成;我们的雕塑必须落实在我们的语言传意方式,我在他们提供的辛笛里找到一些曙光,我在《我与三十年代的血缘关系》一文中有较细致的讨论,我这里只想用一首他的诗略表我在无邪、昆南的引带下思索下的发现。辛笛,承着戴望舒,在韵味的追寻都在字词、造句、气脉转折、题旨运转、境界重造和变体变调"。他从辛笛的诗中"找到一些曙光",在文中不止一次地提及,并且将其诗与谢朓、谢灵运、柳宗元相提并论,可见他对"九叶派"诗人辛笛的尊崇。叶维廉之所以接受"九叶派"诗人,是因为虽然他们所处的时代不同,但是却有着大体相似的文化背景。叶维廉,作为中国的知识分子,从童蒙时就被课以旧学教育,熟读《古文观止》和旧诗。此后,又大量阅读了西方有关哲学和诗学的著作,并且长期旅居海外,深受西方文化的影响。所以,中西文化和诗学的双重影响是叶维廉诗歌创作的优越条件。叶维廉还有一个有利条件,那就是大量阅读了包括"九叶派"诗人在内的前辈现代诗人的作品。可以说,他站在巨人的肩膀上,起点就是高度,并且拥有广阔的艺术视野。

叶维廉赞美辛笛的诗具有古典美,并且"极为着迷"。大概由于"着迷"的缘故,所以有意无意间,使自己的诗也具有古典美了。他甚至以新诗和王维的诗,且看这首《和王维鸟鸣涧》:

"平展的 / 闲寂 / 水面上 / 云影 / 点隐点现 / 如花瓣 / 无声 / 落 / 在冥沉沉的 / 黑夜里 / 夜 静 天 空 / 无人 看 / 无人 听 / 残灯 / 一一 / 灭去 / 没有线 连 / 没有边 缘 / 深、广 高、厚 / 都一样 / 无法量度 // 在这黑色的零里 / 突然 / 从山的子宫里 / 跃出 / 一点 / 一块 / 一半 / 一整圆的 /
　　光辉的 / 月 / 惊起 / 山峰 / 惊起 / 岛屿 / 惊起 / 渔船 / 一片 / 有板有眼的渔鼓 // 一些催逼 / 一些飞腾 / 好一片 / 横展的生机"

从上面这首诗中，我们可以看到，如"云影"、"花瓣"、"残灯"、"渔船"、"渔鼓"这些意象，分明蕴含着古典的韵味；然而，诗人写的毕竟是现代诗，"从山的子宫里""跃出""光辉的／月"，则是现代诗的写法。为了表现古典美，诗人有时直接引用或化用古典诗句。如"河是界线吗？／一苇渡之"是化用《诗经·国风》中的诗句："谁谓河广？一苇杭之"。又如《圣彼德堡》中，"对我啊／一弦一柱都是我们民族庄生晓梦般的酸楚"，"一弦一柱"、"庄生晓梦"都是引用了晚唐诗人李商隐《无题》诗中"一弦一柱思华年"、"庄生晓梦迷蝴蝶"的诗句。即使面对异国他乡的景物，诗人用的还是中国传统的抒情方式。还有如写巴黎的初冬，可谓情景交融：

> 寒风猎猎摄摄
>
> 凝冰的天空欲雪
>
> 木叶翻飞绝
>
> 被砍剪平头的丛树
>
> 倒插如荆棘的枝桠
>
> 刀锋冷冽
>
> 霍霍焉
>
> 要割切冻云的郁结
>
> ——《巴黎的初冬：空寂愁结三折》

写的是巴黎，却运用了中国传统的抒情方式。文字文白相间，采用双声叠词，如"猎猎"、"摄摄"、"霍霍"，更为突出的是以仄声字押韵，节奏感很强，颇有柳宗元《江雪》的韵味。同样，在《湘江橘子洲》一诗中，为了更形象地渲染景与情，诗人也成功地运用了双声叠词：

> 昨夜莽莽天涯雨
>
> 今朝湘水汹汹，撕破
>
> 我累牍经年的
>
> 记忆的河岸
>
> 崩断，浮沉欲灭

瘝水涌涌

短短六行，竟用了三组双声叠词，足见诗人中意于此。首二行情景颇类李商隐《夜雨寄北》中"巴山夜雨"的情景。双声叠词有助于渲染情绪，烘托气氛，也有助于表现中国传统诗歌中的节奏音乐之美。而《温城何处不飞花》，"温城"指温哥华，连诗题都套用了"春城何处不飞花"。诗句更显出温庭筠、李商隐婉约派的风格：

　　　风寒花放暖
　　　桥瘦水流迟
　　　一串串一滴滴亮绿的水珠
　　　拂动一池垂柳的妩媚
　　　数株依水的垂樱
　　　寂寂的飘红
　　　好细好细的声音
　　　飘入我们的心耳
　　　我们不得不停下来
　　　去凝听花的呼吸

　　还有的诗词句组合颇类元曲小令，如《无名的农舍》：

　　　奋发的夏木里
　　　苔绿的瓦块间
　　　腐蚀的木门上
　　　梦
　　　是暴风雨
　　　醒
　　　是暴风雨

最后两句令人想起元代诗人张养浩的《山坡羊·潼关怀古》："兴，百姓苦；

亡,百姓苦"。有的小诗,看似不假斧凿,没有刻意经营,似乎是将眼前景信
手拈来,细细地一路写来,却写得清新不俗,清丽可喜:

> 夜沉得更深了
>
> 依着桂花的香息
>
> 把小巷走完
>
> 到了土地庙
>
> 在大榕树的侧面
>
> 当井沿那些女子洗衣的笑声
>
> 早已潮退尽去
>
> 我提起脚
>
> 偷偷的走到井边
>
> 用最迅速的手势
>
> 从井中
>
> 打出一桶沥沥闪闪的星星
>
> ——《深夜的访客》

读着这样的诗,似可闻到"桂花的香息",似可听见"女子洗衣的笑声"。看
似平铺直叙,未用技巧,实则大巧若拙,所谓"羚羊挂角,无迹可求"也。

当然,叶维廉的诗不全是婉约风格的,还有雄浑、豪放、沉郁的一面。如
《司马长城》:

> 野草穿墙的烽火台
>
> 趴在山头上
>
> 斥侯塔空空的眼眶
>
> 凝望着
>
> 一节一节的龙体
>
> 艰辛地
>
> 攀上直立的岩岭
>
> 翻转又翻转

雄奇地死在
失忆的天空里

此诗写得也"雄奇",意象雄浑,富有动感,且意蕴深远隽永,耐人寻味。然
而,更为雄奇而且显得非常大气的是诗人对冰河的咏叹。且看他是如何表
现冰河的:

一千条垂天的冰河
一万里动犹未动隐隐的涌流
横空一片白,啊不,夺目盲目的一片晶蓝
我们从没有见过如此奇特闪烁的晶蓝
我们亢奋而头空目眩
我们雀跃而情绪纠结
亿万年动犹未动的涌流上
看:千千万万
被凝固的呼喊
倒插的刀锋
互相挤压着
互相挤压着
等待
等待
冰床岩
再一次的滑动
等待了千年的呼喊
也许就在此刻
与冰河母体分裂
以震耳欲聋的溅响崩坠
加入释放的流冰
漂入遥远的永续不断的循环?
————《冰河的超越》

诗人一改婉约细腻的写法，写得大气磅礴，石破天惊，酣畅淋漓地展现了崇高美。

如上述，叶维廉受西方现代诗的影响良深，那就不可避免地在他的诗中表现出来。此时，诗人用的是另一副笔墨，譬如他就很强调抓住瞬间的感觉。正如他自己所说："在我们的意识里，这不是时间的序次，而是一瞬间经验、感受内在空间的延展，我们仿佛从经验、感受的核心来来回回地伸向圆周，不断回到一点时间中的激发点。则在词调的早期的模式里，它的结构也是由一个简单的情感、经验的爆发，通过音乐渐次增长、重复、回环、变化来建立一种强烈的力量。"（《走过沉重的年代》）强调瞬间的经验正是现代诗的特点。如"我们／突然／从万里烟焚历史记忆的碎片中／跃马醒来／一种神异的感觉／刻刻的不寻常／贯穿全身／全身的细胞／像一万朵花苞／一齐打开"。并且"让我们打开触觉所有的花瓣／让我们伸出触觉所有的手指"（《冰河湾的苏醒》）这种瞬间感受通过诗人奇特丰富的想象，不无夸张的诗句，再恰当不过地表现诗人乍见冰河时的惊喜和震撼。

有意识地运用错觉、行为错位、通感也是现代诗常用的技巧。如明明"无声"，却还要凝听；明明"大寂"，却居然"激荡""内耳"："凝／听／透明无声的水蓝下／新生鱼类的游跃／凝／听／激荡我们内耳的大寂（同上）。"这是错觉，无声竟成为可听的有声。而"月／骇然涌出／惊醒／单身宿舍阁楼上的／一群灰鸽子"这是将视觉转换成听觉，用了通感的手法。

《残存的情素扫除后》是一首现代气息较为浓郁的诗。之所以这样说，是因为此诗显示了诗人的内省意识，而内省意识正是现代诗的主要标志之一。由于是涉及内心深处潜意识的活动，所以此诗写得较为晦涩曲折，写到"炫目的光芒"，则有"黑白青黄赤"，写到动静，则"水流金飞木折土倾火溅"，既有"好奇异的超音速的宁静"，令人"惊怖的宁静"，又有"山崩地裂的洪音"，诗人通过下面这些诗句极状内心活动之激烈："口角重茧唇齿干结／厉口的五味燃烧入神经／神经隆肿翻腾激起千涛万浪"。诗人最后写道：

就这样
灵魂与爱便在头颅外

涤荡漂流
黑风黑水无依傍
天阴雨湿声啾啾

　　"灵魂与爱便在头颅外",看似荒诞到了极致,也现代到了极致,但是,最后一句却依然回到传统:"天阴雨湿声啾啾",这是杜甫《兵车行》中的最后一句。

　　叶维廉的作品,其风格总的说来是传统与现代熔于一炉,雄浑和婉约交相辉映。叶维廉先生长期居住海外,却始终不渝地坚守民族诗歌的传统,又不囿于传统,而能借鉴西方现代诗为我所用,锐意创新,着实令人钦佩。对于诗人来说,不断地充实自己,尽可能多地掌握拥有古今中外优秀的文化知识、诗学理论,大量阅读古今中外优秀的诗歌作品,从中汲取养料是何等重要。这是作为一名优秀诗人所不可或缺的先决条件,也是他必须具备的文化背景、知识积累和创作基础。叶维廉先生的诗歌创作道路,再一次向人们、特别是爱好诗歌的青年朋友们证明了这一点。

作于 2008 年 3 月 20 日

于理趣中见真情
——漫论费孝通的散文

　　费孝通先生是杰出的社会学家、人类学家,而他的散文写得也非常好,因此散文家的称号对他来说是当之无愧的。

　　感情真挚细腻是费孝通散文的一个重要特点。《费孝通文化随笔》一书收了作者三篇少作。第一篇《一根红缎带》作于 1926 年,作者时年十六岁,在一般少年少不更事的年龄,竟然能写出如此富有情感、行文流畅的散文,我不得不惊叹作者的早慧。这篇散文通过对一只可爱的小猫鼠虎的描写,表现了少年的作者喜爱小动物的天真未凿的童心。当他误以为鼠虎吃了小鸡,又表现出为弱者报仇的正义感,抛弃了鼠虎,及至知道冤屈了鼠虎后,又深感内疚自责。难得的是作者在一篇短文中,把情感写得跌宕起伏。《新年的礼物》写于1927年,作者时年十七岁。从这篇文章可以看到,少年的费孝通已经对处于社会底层的贫民给予深切的关注和人文的关怀。文章写冰姊和芝妹的学校发起欢迎新年大会,她们本想买献给新年的礼物,可是在大雪纷飞的山上,她们发现一位衣着单薄、冻得发抖的打柴老人,于是便给他喝热水,并脱下外衣,披在老人身上,送他回家。在了解到老人的儿子被抓了壮丁,只剩老夫妇相濡以沫贫度日后,她们留下原来用来买新年礼物的两块钱。回到学校后,她们拿不出新年的礼物,只得说出救助老人的事,冰姊说:"我的礼物不是物质的,是精神上的礼物。我想'新年'一定能接受的。"校长听后,"快乐极了",说:"新年的快乐,本来不是少数人的,应该使得全人类都快乐。尤其是穷人和老人,因为他们劳苦了一年,在一年的开始,应该特别的使他们快乐。""若是新年的快乐只存在少数人里,那就失了新年的意义了。"并说冰姊芝妹的礼物"是胜过一切的礼物"。最后,大家决定"把大家送给'新年'的礼物一齐都分送给穷苦的孩子"。作者借校长之口,说出他要"使得全人类都快乐。尤其是穷人和老人"的愿望,是否可以这样说,也许由此可以看到他日后走上社会学、人类学研究道路的端倪?《年终》一文写于1928年,在这篇文章中,作者表现了对被侮辱被损害的弱者的无限同情,以及对强暴的愤怒。作者路遇"四五个常见的小孩,也可说是小土棍,在作弄一个挑剃头担的小工"。在"小土棍""得意地发出胜利的狂笑时","甚至路旁闲坐和做生活的女人们也随着笑了",竟然无一同情者,更无一人仗义执言,挺身而出加以制止。而"孤立的小工,含着两眼晶莹的泪水。""自知反抗不是弱者的武器,只能默默地尝他两颊流下的泪珠的滋味,挑着担走了。"那么,作者对此又是什么态度呢?作者写道:"我两足虽不自主地走着,但是全身发着愤怒的战栗,但是不久,紧捏的拳头,渐渐地放松了,沸突的心也恢复了,好像没有事一般地过去了。这或者十七年的光阴中积得的经验所指使我的处世的方法罢。"作者不无自嘲地写到他由愤怒到平静的心理变化的过程,年纪虽小,却已懂得明哲保身的"处世的方法"。然而,他毕竟生性善良,他开始设身处地地推想这位小工的身世：

> 我很凄怆地推想这小工的身世，他的母亲或者也和我的一般的去世了罢，否则或不致如此幼小的儿童，做这种工作；仿佛记得在我回头的一瞥好像见他也穿上白鞋，虽则污秽得和黑鞋差不多——不过，我再转念一想，即使他有母亲，也如何有力来反抗这种社会的压迫呢？我也曾见过多少母亲把女儿卖给人家做婢做妾。她们不住地挥泪交割，但是她们在经济的压迫下、制度的压迫下不能不如此，虽则她爱她的子女百倍于他人，天下的事情本来没有和我们想象的简单。

这篇短文蕴含着很丰富的内容。有对受欺辱的弱者的同情，有对施暴者与麻木旁观者的愤怒和失望，还有自嘲。对于一位年少气盛的少年来说，能以自嘲来对自己"处世方法"的不满是很不容易的。更为可贵的是，十七岁的少年，已经能敏锐地看到如小工这样的底层百姓所遭受的苦难，是来自"社会的压迫"和"制度的压迫"。我们不得不佩服这位少年超出他年龄的洞察力和判断力。从小对社会和制度的关注，成就了一位杰出的社会学家。

费孝通散文的另一个特点，就是优美的文词中闪耀着理性和思想的光芒。游记是散文中重要的部分。好的游记不仅记游，而且抒情，表意。否则，如果一味地详细描述景点，那与导游指南何异？费孝通的游记写得不仅非常美，而且还写出自己独特的感受和思考。《鸡足朝山记》是作者游览云南鸡足山后的长篇游记，写于1943年。作者从当地老妪养的用来放生的"长命鸡"，联想到杰克·伦敦的小说《野性的呼唤》。后来被改编为电影的这部小说，写一只宠物犬如何被窃，成为阿拉斯加的雪橇犬，又如何在荒僻的雪地山林中听到狼嚎，唤醒了它的野性，接着写它在对主人的依恋和对狼群血统的认同之间挣扎，最后它还是恢复了野性，在荒原山野传下了新的狼种。作者读此小说时，正旅居英伦三岛，"异乡作客"的他，感到"都会的沉重"、"热闹中的寂寞"、"人群中的孤独"，因而"引起了我一阵阵的惶惑"。作者自比那融入狼群的犬："我盼望着野性的呼唤"。作者真诚地对自己进行内心剖白：

若是我敢于分析自己对于鸡山所生的那种不满之感，不难找到在心底原是存着那一点对现代文化的畏惧，多少在想逃避。拖了这几年的雪橇，自以为已尝过了工作的鞭子，苛刻的报酬；深夜里，双耳在转动，哪里有我的野性在呼唤？也许我这样自己和自己很秘密的说，在深山的名寺里，人间的烦恼会失去它的威力。淡朴到没有了名利，自可不必在人前装点姿态，反正已不在台前，何须再顾及观众的喝彩。不去文化，人性难绝。拈花微笑，岂不就在此谛？

然而，"我这一点愚妄被这老妪的长命鸡一声啼醒。""想做 Jack London 家犬的妄念，我顿时消灭了，因为我在长命鸡前发现了自己。我很惭愧地想起从金顶下山一路的骄傲，我无凭无据藐视了所遇的佛徒，除非我们能证明喂狼的价值大于喂人，我们从什么立场能说绿漆的围廊，功德的账簿，英雄的崇拜，不该成为名寺的特征呢？"由"长命鸡"联想到杰克·伦敦的小说《野性的呼唤》，从而引起对人间的烦恼、名利、文化、人性的思考，并且能真诚地解剖自己的思想。这篇游记超越了一般的平庸之作，堪称上乘的散文。在《游青海湖》一文中，作者从藏族喇嘛身上得到启迪："我越来越觉得一个民族在历史上能生存下来，不可能没有其特具的素质。穿着这样单薄的袈裟，孑立在青海湖畔，在雪后冷温的侵袭下，还能那样灵活的行动，健步如飞。这是藏族从千百年世世代代锻炼出来的真本领，在这方面比任何民族都强。可以肯定地说，今后青藏高原现代化的主力军必然是历史传给我们民族大家庭里的这些少数民族同胞。"又如《秦淮风味小吃》一文，说是写风味小吃，其实作者更重视文化的变迁。作者去南京夫子庙游览，这样写道："当时我见到的夫子庙，已经是既不见夫子，又不见庙了，竟是一个熙熙攘攘的市场。看来我们的祖祖辈辈就是有这样的本领，把天上变成人间。南京的夫子庙、上海的城隍庙、苏州的玄妙观，儒释道三宗，都逃不脱化圣入俗。食色人之大欲存也。究竟是我们祖先错了呢，还是原本不存在三教九流？我不清楚。""可怜的是，传统中国里受排挤的商品经济，只有受庇于庙会寺观才能形成交易中心。夫子庙、城隍庙、玄妙观之弃圣入俗，其可奈何？"作者在参观游览过程中，触景生情，生出感慨，自当发出议论。这种写法表现了作者独特的个性，一般流水账式的游记是不能与其比肩的。

费孝通散文还有一个特点就是趣味盎然。他长期到全国各地考察,因此有机会接触各地的风俗名产。他的有些散文就是记叙这方面的内容的,知识性和趣味性使这类散文可读性很强。如《榕城佛跳墙》一文,由"佛跳墙"这道名菜的渊源说起,菜名从"坛烧八宝"、"福寿全"到"佛跳墙"的发展过程,又是野史,又是传说,使这道名菜流传国内,名闻海外。作者是娓娓道来,读者是津津有味。该文知识含量很大,浓郁的趣味引人入胜。又如《话说乡味》一文,作者从喜爱家乡的臭豆腐说起,介绍如何自己做臭豆腐。又如何做酱、酱菜,于对难忘乡味的饶有趣味的叙述中,透出浓郁的乡情。饶有趣味的文章还有《盐城藕粉丸子》,作者品尝了"此处独有"、"别地皆无"的盐城藕粉丸子,既觉其味绝美,又讶其制作不可思议,于是请教主人,经主人介绍,作者认为"不易想象的事",终于"容易明白"了。接着作者兴味十足地详细介绍藕粉丸子制作的过程,可谓涉笔成趣,而读者从趣味盎然的叙述中长了见识。

常言道:文如其人。我们读费孝通先生的散文,除了感受到作品所闪耀的思想和艺术的光辉外,更为他的人格魅力所深深吸引。读着这些散文,我们仿佛看到,费孝通先生正用他那一双关注社会,关注民生的眼睛,注视着芸芸众生,匆匆行走在城镇乡村之间……

写于 2010 年 9 月 18 日

北京芳城园寓所

灵性的感悟　睿智的沉思

——读朱寨文集《感悟与沉思》

著名学者、文艺评论家朱寨先生的论文集《感悟与沉思》虽然只有薄薄的一本,然而它的内容却是沉甸甸的。其中既有对文学现象的宏观的概述,又有对具体作品的微观的分析评价;既有对文学理论问题的深沉思考,又有对文学创作的真知灼见。

第一辑中三篇综论性的长文,《社会主义时期的文学理论批评》、《"十七年"中篇小说巡礼》和《向生活和艺术的多层面掘进》,表现了作者的史家手笔和卓然的概括分析的才能。由于作者运用历史的、社会的、审美的眼光来审视文学现象,这就站在了评判的制高点,使其不为表面现象所迷惑,而深入文学现象的底蕴,作出准确的、科学的,甚至是与以往传统见解迥然不同的、全新的评判。例如对于"十七年"中篇小说,以前一般认为它"稍嫌逊色,而且似乎还没有取得独立的地位",但是经过作者对"十七年"中篇小说创作进行全面系统研究后,终于发现它们"有其独特的成就"。作者的独特发现在于以下三方面:一、对于以前公认为好的作品,经过重新阅读、思考,有了更深的,或者与以前不同的理解和评价。例如"以往对于《开不败的花朵》的称赞,多着眼于草原风光景色的描绘",而作者却看到"作品还有更深沉的蕴含隐喻";而以往被肯定的刘澎德的《桥》和方之的《浪头与石头》,作者却看到当时"左"倾思想倾向所带给它们的思想局限。二、对于以前被批判的作品,作者予以重新的、公正的评价。最有代表性的例子当推路翎的《洼地上的"战役"》。这部作品以前遭到不公正的批判,主要因受所谓"胡风集团"政治冤案株连,以及写了朝鲜姑娘全圣姬对志愿军战士王应洪单方面的爱慕之情。现在随着胡风冤案的平反昭雪,朱寨从小说的思想和艺术两方面充分肯定了这部优秀作品。三、发现了以前受冷落、被埋没的优秀作品,并予以充分的肯定,公正的评价。例如杨尚武的《戈壁滩上的风云》,描绘人民解放军在戈壁滩上追歼逃匪的艰苦卓绝的斗争,变幻莫测的自然风光与惊心动魄的剿匪斗争相交织,读来震撼人心。如此优秀作品,过去却未予应有的重视。未得到应有重视的还有康濯的《水滴石穿》和柳青的《狠透铁》。由于朱寨先生的努力,这些埋没在历史风尘中的明珠终于重见天日。

朱寨在论述理论著作和作品时,总是与当时的时代和社会背景紧密联系,表现出深邃的历史感;同时又总是以一种科学的、审美的尺度去衡量这些著作和作品的内在价值,以确定它们的学术地位和艺术品位。这是史家的眼光,也是史家的手笔。

第二辑"新时期文学散论"虽然文章都很短小,但是精炼,富有真知灼见。例如作者将新时期开始以来的十年文学发展过程,概括为从文学的解放到文学的自觉的过程。又如他认为"现代"、"当代"的概念越来越显得不准确,赞成以"20世纪"包容、代替"现代"、"当代"。而对以前批判过的胡风和俞平伯,作者则仗义执言,为他们辨证。这些文章是作者沉思的硕果,闪耀着一位资深的文学理论家的思辨之光。

朱寨先生是著名的学者、文学理论家,但是他也搞创作,主要写小说和散文,尤其是散文,取得引人注目的成就。由于本身就是作家,对创作甘苦自然深有体会,这样,他写作家作品评论就不会隔靴搔痒,而是格外真切,分析作品时能够条分缕析,深中肯綮。所以,身兼评论家和作家的朱寨先生具有双重的优势:一方面,他有非凡的艺术感受力,能准确地把握作家的艺术个性、作品的艺术风格和艺术品位;另一方面,他又有缜密的理性及思辨力,能将创作中出现的现象、问题提升到理论的高度。《伴随着时代的行吟——作家荒煤》是文集中最好的一篇作家评论。除了上述的双重优势外,作者写此文还具备一个优势,就是对荒煤的熟悉了解,这就是所谓的"知人论文"。早在延安时期,在鲁艺文学系,荒煤是教员,朱寨是学员。新时期开始后不久,荒煤又任文学研究所副所长。这一对旧时的师生又走到了一起。该文回顾了荒煤所走过的漫长的革命斗争道路和文学创作道路。作者运用洗练的笔墨,令人信服地表现了一位革命者和作家的成长过程。随着革命经历的日益丰富,荒煤作为作家也日益成熟。对于作家荒煤,朱寨既有纵的对创作道路的论述,又有横的对作品的具体分析;既把握了荒煤作品总的艺术特色——"质朴",又不放过对闪耀着奇异色彩、展现其另一种风格的作品的关注与分析,使读者对荒煤的其人其作有了较完整的了解。例如,《抬一口棺木回来吧》就是一篇相当别致的散文,"写得感情淋漓,声色惊动",朱寨评论说"这是那个年代的一篇有荒诞色彩的反讽之作,但写得庄严痛切"。又如报告文学《一个厨子的出身》,写了他人没有涉及过的奇特的人物厨子。这是描写一个吃喝嫖赌的浪荡子,经过曲折的人生经历,终于从"财富的废墟中站了起来",走上革命道路的故事。

文集中其他几篇作品评论,如《韦君宜和她的〈母与子〉》《〈绿化树〉预示着什么?》《读〈轮椅上的梦〉》《评〈白鹿原〉》等也都写得十分出色,对这些作品的评价精当公允,既有理论高度,又有细致分析。有时作者往往从具体作品的分析入手，借此印证一个理论问题，或者给人以深刻的启示，或者预示一种新的文学潮头即将来临。如作者从张海迪的小说《轮椅上的梦》印证了这样一条真理，即"思想教育的效应需要藉助艺术性的魅力才能行远传久"。又如从张贤亮的小说《绿化树》中，作者别具慧眼，看到"它的诞生又预示着一个新的创作势头的来临。从中我们看到史诗般的长篇巨制在临盆前的阵痛中"。

相对年轻的评论家而言，朱寨先生自然属于老一代文学评论家了。但是他并不封闭守旧。他对晚辈的作家、评论家十分关怀爱护，为他们的作品、著作写评论文章、写序言。从文集中，那字里行间流露出来的真诚至爱之情令人感动。同时，从文集中，人们也可感觉到，这位老评论家并非只固守传统而不及其余，并非只推崇现实主义而排斥否定现代主义。从文集中可以看到，朱寨先生也涉猎过西方的现代主义作品，并对当代中国文学中出现的现代主义倾向表示了宽容和理解。他认为在现实主义的作品中，适当借鉴现代主义的表现手法和内容，可使作品具有"新颖之感"。

评论集题名《感悟与沉思》，正道出了朱寨先生身兼作家和理论家的特点。作为作家，朱寨先生具有敏锐的艺术感受力，对作品有一种充满灵性的感悟；作为理论家，他又具有冷峻的理性洞察力，能够对纷繁的文学现象进行深邃睿智的沉思以作出科学准确的判断。

衷心祝愿朱寨先生身笔双健！

第三辑

沉思中显现静穆的诗美

——浅论西川早期的诗

西川无疑是新时期以来最重要的诗人之一。他在 1992 年初说:"尽管当初我并不知道全国有五十万青年同时在奋笔疾书,也不了解做一个诗人意味着什么,但我命中注定要成为一个诗人。""命中注定要成为一个诗人",说明他的诗人的自觉意识是何等强烈!他是属于里尔克所说的"非写不可"的那种诗人。不管外界环境如何变化,不管自身的生存状态如何变迁,西川始终以虔诚的态度,维护着诗歌的尊严与庄重的气质,体现了一种难能可贵的古典精神。因此,也有人将西川的创作倾向归属为"新古典主义"。

西川在诗歌创作中,命运是其重要的表现内容。西川诗中所表现的命运,并非仅仅是个人的命运,而是人类的整体命运。尽管诗人"唯一能够预言的事"是"末日只属于个人而人类将世代连绵"(《汇合·激情·第四·伪先知或真理之歌》),表现了对人类的命运、人类的前途充满乐观的信心;但是,这是就人类总体的命运而言的,而如果对作为个体的人来说,则在一生中不可能不遇到挫折、失败、死亡等悲剧性的事件。对人类总体命运的乐观,并不排斥在某一阶段对人类悲剧命运的焦虑和关注。1993 年,西川在《悲剧真理》一文中说:

> 由于人在宇宙中所处的地位和他在社会中所遭受的失败,致使作家不由得要借悲剧来向茫茫宇宙发问,并以此促成了悲剧精神的无限性和苍凉感。

> 我们可以解释很多事情,但是任何时候我们对于任何事情都无法加以清晰地解释。放弃了对命运的猜测,等于放弃了天空和大地。

在这里,西川清楚地表明了他对悲剧和命运的思考。他所说的"向茫茫宇宙发问",表现了"悲剧精神的无限性和苍凉感",这种现象在文学史上并不鲜见。屈原的《天问》就是"向茫茫宇宙发问",表现了"悲剧精神的无限性和苍凉感"的千古绝唱。宇宙是无限的、永恒的,而人生则是有限的、瞬间的。"向茫茫宇宙发问",这使个人存在面对广袤无边的宇宙,使个人显得渺小孤单,把人们引入有限与无限、瞬间与永恒的沉思,从而产生深刻的孤独感。从审美心理的角度看,时空的无限反衬人生的短暂和个体的渺小,形成无限大和无限小的反差和冲突,从而在读者心理上产生恐怖感和自怜感,产生审美的"震惊"效果。人是一种时空的存在物,但在这种存在中,人是不自由的。然而人性的基本素质是自觉和自由。人类在时空中的不自由和人们企图超越时空的限制获得自由的愿望时时发生冲突,形成困扰人生的一大痛苦,这种痛苦永远无法解除。这就是人类"悲剧精神的无限性和苍凉感"的深刻渊源。"末日只属于个人而人类将世代连绵",作为个体的人,悲剧的命运是无法逃脱的,除了自然法则外,更有人为的因素。诗人以悲悯的笔触"向茫茫宇宙发问":"一千年的和平,什么人血流成河? / 一万里的丰收,什么人忍饥挨饿?"(《汇合·激情·第四·5 占星术士或命运之歌》)人的悲剧命运还来自于自然力的过于强大和个体人的渺小。西川以感同身受的关爱同情的目光,注视着自然灾害中的人类的悲剧命运:

> 泛滥的大汶河水怎样吞没那陋巷里
> 蜗牛银灰色的行迹
> 一个钱袋空空的人又是怎样
> 丢失了他那将永远空空如也的钱袋
> 告诉我,母亲,一片汪洋怎样替代
> 黑色的泥土? 运送冷雨的南风
> 掐灭了灯,一双眼睛就失去了作用
> 告诉我那天塌地陷的七天七夜
> 带来了什么? 改变了什么?

西川在谈到这首诗的写作时,曾这样说:"在巨大的灾难面前,在命运的笼罩之下，诗人必须将其个人恩怨和伤感降低到最低限度，或者干脆抛诸脑后，从'个我'走向'他我'，继而走向'一切我'。"可见他要关注的、表现的不是"个我"的命运，而是"他我"，最终是"一切我"，也就是整个人类的命运。所以他的诗超越了个人的经历和感受，超越了个人的生活和命运，超越了一己的悲欢。他把自己的命运融入"他我"、"一切我"之中。他借僧侣之口这样唱道：

> 所以沉睡的人们啊，起来
> 让众神惊讶，让他们发现
> 我有如此之众的父母、兄弟和爱人
> 恰如所有的你们是一个我
> 你们所有的鲜血只是一滴
> ——《汇合·激情·第四·粗鲁僧侣或期待之歌》

诗人的"我"就这样融入凡众的"你们"之中。但诗人的"我"毕竟不同于凡众的"你们"，因为诗人"我是唯一的僧侣"，是"我把那些荒原上沉睡的人们一一唤起"。这里，诗中的"我"是"唯一的僧侣"，实际上是一个智者的形象，是"唤起""沉睡的人们"的智者。

因为"我"是智者，洞悉人类命运"悲剧"精神的无限性和苍凉感，故而西川在诗中所表现的命运，成为一种人类不可抗拒的力量，而带上命定感和宿命色彩："象征命运的鸟群驮着星辉／越过有风的山冈"在《梦见诗歌》一诗中，诗人将诗歌视为"出于神恩的文字"，充满神秘感：

> 这出于神恩的文字，一行行
> 写满白纸。正如有毒的浆果
> 要惩罚那些采摘的手
> 它们是预言和诅咒
> 关乎命运，让我看见，却不允许
> 我在大庭广众之中肆意谈说
> 黎明是忘却的时辰

进入我血液的诗歌模糊一片
每天改变我的生活

命运只能"让我看见,却不允许 / 我在大庭广众之中肆意谈说",突出了命运的权威性和不可动摇性。而"出于神恩的文字"——诗歌,竟能"进入我血液",并且"每天改变我的生活",真是神秘莫测。

世界上确有些事情是"无法加以清晰地解释"的。人的命运尤其不可测。因此,诗人西川对猜测人的命运表现了极大的兴趣,并且看得与"天空与大地"同等重要:"放弃了对命运的猜测,等于放弃了天空与大地。"在《汇合·造访 第三》中,诗人对命运作了多种富有神秘意味的"猜测":

你是否记得那个在舞会上大出风头的女人,
被一支支舞曲追逐得精疲力竭,
最后竟然光着脚板走回家?
你是否记得那个险些毁掉你生活的家伙,
在一个冬日的黎明消失,
没有留下一句抱歉的话?
而假如你怀念一个人,就请你在
午夜十二点面对镜子削一只苹果,
凝神静气,轻轻地轻轻地将他呼唤。

哦,假如这时他在镜中出现,
一个幻像,恍如来自另一个世界的使者,
恍如穿越了另一个世纪的暴风雪,
(一个 1085 年的士兵或一个 1521 年的水手,
一个 1883 年的教师或一个 1999 年的香客)
请勿因恐惧而握紧刀柄,
请回答他怯懦的"晚上好";
在他身后,或许灵魂遇见灵魂,
他们的礼节是接吻;

而假如你有足够的勇气注视他的身后，

你或许会看到一支灵魂的大军鸦雀无声。

这种对命运的神秘的、带有恐怖性的猜测，意味着诗人对命运的权威性、残酷性、不可动摇性的一种敬畏心理。由对命运的敬畏心理，发展到对命运的宿命感，进而发展为对命运的超现实的神性体认。所以西川诗中经常出现诸如"上帝"、"神祇"、"灵魂"等形象。甚至没有神，他也要创造出神来：

倘若你们（指"沉睡的人们"——引者）

跟随我

众神定会欢呼在荒原的尽头

把我们迎接

沉睡的人们啊，请相信即使天上没有众神

我们也能露水和霞光创造出他们

——《汇合·激情·第四·4　僧侣或期待之歌》

就在《汇合·激情·第四　6　炼金术士或元素之歌》中，诗人写道：

我要把高山、大海炼成一锭黄金

风吹雨打不变形

让上帝在上面行走，赞叹我的艺术

让那些小气的天使们也心怀嫉妒

……

我从水中提取氢气，让它燃烧

我从世俗的偏见提取真理，让它燃烧

燃烧，来自光明的色彩

燃烧，遇火升温的梦境

最终的静止就是无上的酬谢

直到黄金宣告永恒
直到纯粹的死亡回归上帝
第一次将他感动！

他之所以要创造上帝，是因为他需要上帝。在《上帝的村庄》一诗中，诗人
写道：

我需要一个上帝，半夜睡在
我的隔壁，梦见星光和大海
梦见伯利恒的玛利亚
在昏暗的油灯下宽衣

我需要一个上帝，比立法者摩西
更能自主，贪恋灯碗里的油
听得见我的祈祷
爱我们一家人：十二个好兄弟

只是这里他笔下的上帝却不是高踞云端的神，而是"半夜睡在／我的隔壁，
梦见星光和大海"，"贪恋灯碗里的油／听得见我的祈祷／爱我们一家人：
十二个好兄弟"的"从不远行"的"父亲"：

在雷电交加的夜晚，我需要
这冒烟的老人，父亲
走在我的前面，去给玉米
包扎伤口，去给黎明派一个卫士

他从不试图征服，用嗜血的太阳
焚烧罗马和拜占庭；而事实上
他推翻世界不费吹灰之力
他打造棺木为了让我们安息

可见,西川心目中的上帝除了令人敬畏的超验一面外,还有他所希望的博爱、世俗、亲和的一面。

除了"上帝"、"众神"等诗中常见的形象外,还有"女先知"和"灵魂"。"女先知"是伴随着凄凉的歌声出场的,阴森、可怖而凄婉:

> 当月华东升,凉露结愁
> 人到衰年的女先知开始歌唱
>
> 人到衰年的女先知在坟墓里歌唱
> 仿佛春天在她体内生长
> ——《汇合·哀歌第五·2》

"女先知"的出场,被渲染得凄婉、可怖而又美丽。"女先知"这一形象本身就具有神秘的宿命色彩。对命运的超现实的神性体认,还表现在对佛教和基督教的借用和汲取,成为诗歌中的有机组成部分。如《汇合·造访第三·3》:"多好的夜晚哪,凉风吹送着花朵的灵魂 / 投胎转为目光短浅的好汉 / 他们一个个摆脱了贫困却第一次遇到了良知。"我们知道,投胎转世源于佛教。诗人借用过来,化为诗中的内容,熨帖自然,产生很好的艺术效果。又如《汇合·远游第六·1》:"星星点点的火把照耀大地 / 大地上依稀可见的脚印 / 乃是灵魂升天的见证。"众所周知,灵魂升天又是基督教教义中的内容,加上多处出现的上帝,诗人借用过来,同样水乳交融。两种宗教的内容在诗中并行不悖,而且很和谐,使诗歌氤氲着一种神秘的宗教气氛。

值得一提的是,耽于沉思是西川诗的重要特征。这种沉思源自他对人类的整体命运的倾心关注和深入思考。由命运的权威性、残酷性与不可变更性,引起他对命运的敬畏感、宿命感,进而使他通向超验和神性。

瑞士学者埃米尔·施塔格尔说:"抒情式的诗人没有命运。在命运,即某一陌生的生存的反抗可以开始的地方,他的诗歌创作也就停止了。"正因为西川特别关注人类的命运,所以他的沉思取代了抒情。在西川的诗中几乎看不到热烈奔放的抒情,有的只是冷峻深刻的沉思。这种沉思的诗风是诗人成熟的标志。

上文说过，对命运的沉思最终通向宿命和神性，但是在沉思的过程中，却处处闪现出哲理的光辉。如《空想的雪山》中第三节：

> 白色，浩瀚的无上的白色
> 死亡之乡，或许更是精神的永生的家园
> 是一个被否认的隐喻
> 凌驾于有关生命和世界的种种谎言

诗题《空想的雪山》就预示了此诗超凡脱俗的形而上性质。这节诗同全诗一样，展现了富有哲理的思辨色彩。又如《杜甫》的末节：

> 千万间广厦遮住了地平线
> 是你建造了它们，以便怀念那些
> 流浪中途的妇女和男人
> 而拯救是徒劳，你比我们更清楚
> 所谓未来，不过是往昔
> 所谓希望，不过是命运

前面四行都较具象，最后二行却是箴言式的警句。虚实结合，加深了诗的意蕴，增强了诗的哲理性。

西川是典型的沉思型诗人，惟其如此，沉默才成为他诗中的一种突出的气质。正如世界需要诗人的歌唱一样，世界也需要诗人的沉默。诗人大可不必因为受到冷落便把世界看成是贫乏的黑夜。在生活中，西川就是一个沉默寡言的人。现在，我们甚至很难分辨，是西川的性格气质影响了他的诗，抑或是他为了写这种沉默气质的诗，使自己的性格变得沉默寡言。也可能两者都是吧。俗话说："沉默是金。"西川特别偏爱沉默。他在诗中多处写到沉默。如："我用沉默竖起天梯"（《激情·占星术士或命运之歌》），"你将看到我让出我自己／是为了在旷野上与冬天相遇／是为了弥补头脑的损失／是为了在大地空阔的讲台上沉默无言"（《旷野一日》）。"七艘木船发着

木头的光芒 / 我的沉默使它们心怀感激"(《黄金海岸·8 船之歌》)。当然，西川的诗不仅较多使用"沉默"一词，而且，更重要的是他的沉默的气质已经有机地渗透在他的作品之中。西川诗的沉默的气质最根本的一点是在于诗人对世界的基本态度。面对纷繁复杂的世界，诗人采取了少见的镇定自若的态度。特别是在商品经济大潮涌动，物欲横流，世风日下，传统道德和人文精神低迷，古典艺术精神陨落这样一种残酷严峻的现实面前，诗人西川没有拍案而起，像汉代的赵壹那样，写出了愤世嫉俗的《刺世疾邪赋》，愤怒抨击时弊；也没有写揶揄嘲弄不合理社会现象的讽刺诗，而是表现了出奇的深沉的镇定。西川沉默地注视着这个"喧哗与骚动"的世界，他的锐利的目光像要把这个世界看透。西川是一位诗人，但更像一位努力参透世事底蕴的智者。沉默是与激情相对的，不能说西川的诗缺乏激情，但是，至少可以这样说，西川的激情深藏在表面的沉默之中。用地火的比喻也许是合适的。中国传统的"温柔敦厚"的诗教中，有所谓"不怒不露"之说。执教英语，一向被认为受西方美学思想影响很深的诗人西川，既然崇敬唐代大诗人李白、杜甫，并且分别为他们写诗，想来也断不至于拒绝来自中国传统诗教对他的影响，说不定这种影响"润物细无声"，诗人在不知不觉中，在潜意识深处已受其影响。

由于其沉默的气质，必然导致对寂静的向往。如果说沉默是一种气质，那么寂静则是一种境界。在西川的诗中，"寂静"一词出现的次数仅次于"沉默"。如《观芮城永乐宫壁画》首节：

> 如果绵羊能够看到自己的内心
> 如果玉米能够说出大地的劫运
> 寂静就会来到寂静中间
> 道路上就会有人羽化而登仙

"羽化登仙"属于道家的神话传说，寂静——虚静恰恰也是道家的主张，两者在诗中相融无间。在道家的学说中，虚静是作为"物我两忘"的一种最高境界。西川的"寂静"显然受到道家"虚静"境界的影响。又如"寂静，否定的因素，说呀——/ 我打开一本书，一个灵魂就苏醒"(《书籍》)，"只有附耳于岩石,才会相信 / 寂静是一种辽阔的声音"(《裸露的岩石》)。"寂静是一种辽阔的声音",既富含诗意,又富含哲理。真是此时无声胜有声。一个人当他荡涤尘念,入定于无为的寂静之境界之中,他的胸襟就会豁然开朗,澄澈透明,异常开阔。在《喜悦》一诗中,一反表现喜悦心情的渲染热闹场面的惯例,依然是"冷处理":

> 一匹马拉一车晚霞走进田野
> 寂静的田野,辽阔的田野
> 我播撒晚霞
> 收割黑夜

以寂静的境界表现喜悦,寓动于静,正是西川惯用的手法。不是冷漠,而是冷静,西川平静地关注着周围剧烈变化的世界,在诗中则营造出一种寂静的、诗意化的境界。从沉默的气质、寂静的境界,可见西川已是一位成熟的诗人。他的诗体现了一种静穆圆熟的美。

诗人西川这种沉思型的特征固然与他的性格特点有关,但是不可忽视文化渊源,特别是前辈诗人对他的影响。无论他自觉与否,前辈沉思型诗人如冯至、郑敏,乃至域外的沉思型诗人里尔克、卡夫卡、博尔赫斯肯定会对他的诗产生深刻的影响。所以沉思型诗人西川其诗歌艺术的渊源分别来自中国诗歌艺术传统和西方现代诗歌传统。

与此相应的是西川对于诗性语言的娴熟的操练。

西川拒绝激情,拒绝抒情,追求寂静的境界。表现沉默的气质,并不意味着西川的诗平淡无奇。平静不等于平淡。西川继承了朦胧诗的意象密集、浓缩而跳跃幅度巨大的特点,但在节奏的处理上,则尽量做到舒缓平和。意象间的巨大跳跃,既给人以突兀之感、新奇之感,又在细想之后感到联结得自然巧妙,不得不承认诗人构想的机智。这样,意象跳跃幅度的巨大,与语音节奏的平缓形成了反差,更形成了一种审美的张力。我们从《重读博尔赫斯诗歌》一诗中,可体会到上述西川诗的这些特点:

> 这精确的陈述出自全部混乱的过去

这纯净的力量,像水龙头滴水的节奏
注释出历史的缺失
我因触及星光而将黑夜留给大地
黑夜舔着大地的裂纹:那分岔的记忆

无人是一个人,乌有之乡是一个地方
一个无人在乌有之乡写下这些
需要我在阴影中辨认的诗句
我放弃在尘世中寻找作者,抬头望见
一个图书管理员,懒懒地,仅仅为了生计
而维护着书籍和宇宙的秩序

我们从这首诗中,可以充分领略到西川熟练地驾驭诗性语言的非凡能力。意象之间突兀、新奇而又不乏内在联系的组接、层次丰富而又多义的象征。他在有的诗中运用了把对象扭曲变形到甚至荒谬的手法,如"灯塔走向大海,水上起了火焰"(《把羊群赶下大海》)"鸟儿坠落,天空还在飞行"(《秋天十四行》)。我们要放弃固有的阅读习惯,才能面对西川的诗作所带来的尴尬,西川诗中大量存在着尴尬,还有荒谬。西川自己也说:"我感受最深的就是尴尬。"有媒体报道,诗人简宁早年在与西川的访谈中就注意到了这个问题,从《致敬》之后,尴尬,还有荒诞,在西川的作品中成分越来越重。 但是在有些诗中,西川一改他的"尴尬"和"荒诞",而显得平易澄明,而且节奏自然流畅。如《虚构的家谱》,家谱原是宗法制社会的产物。在以农业为主体的宗法制社会中,为了维护长幼有序、嫡庶有别的封建秩序,家谱被提到非常重要,甚至神圣的地位。而诗题《虚构的家谱》显然颠覆了家谱存在的必要性,在诗中对家谱进行不无嘲弄的揶揄:

从大海的一滴水到山东一个小小的村落
从江苏一份薄产到今夜我的台灯
那么多人活着:文盲、秀才
土匪、小业主……什么样的婚姻

传下了我,我是否游荡过汉代的皇宫?

一个个刀剑之夜。贩运之夜

死亡也未能阻止喘息的黎明

我虚构出众多祖先的名字,逐一呼喊

总能听到一些声音在应答;但我

看不见他们,就像我看不见自己的面孔

此诗的反讽意味决定了其平易流畅的风格。这说明西川的诗性语言是服务于诗的内容的。

综上所述,说明西川的诗艺已臻完善和精致,他当之无愧地堪称新时期以来卓有成就的诗人之一。

改于 2010 年 6 月 13 日北京芳城园寓所

诗之和弦 芳馨醉人
——论莫文征的诗

诗人莫文征将他最新的诗集命名为《芽与根的和弦》。我于音乐是外行,对于音乐的术语更是一窍不通,也曾请教过懂行的朋友,在他对"和弦"的这一术语的诠释中,又引出了许多新的术语。不过,就在这一知半解中,我领悟到,诗和音乐虽然分属不同的艺术门类,但是有一点是相通的,它们都表现心灵,是心灵的艺术。我为自己的迂腐感到可笑:诗人不过是借用此术语而已。不管"和弦"的真正定义是什么,我却有自己的理解. 我理解的"和弦",不是同一音质的简单组合,那样的音乐将会显得多么单调沉闷;恰恰相反,应该是不同音质,甚至互相对立的音质的有机统一。孤立地看,这些相互对立的音质当然不和谐,然而作为整体,恰恰由于这些对立矛盾因素的反差对比,形成了艺术张力,反而显得和谐统一。和谐恰恰由不和谐组成,这正体现了艺术的辩证法。

莫文征的诗的"和弦"正是由各种对立矛盾的音质所构成,由局部的貌似不和谐达到整体的真正的和谐。

我们知道,传统与现代的此消彼长的张力是新诗发展的动力之一。这种二元对立的因素也出现在莫文征的诗歌创作中。

以诗人的年龄,教养,受传统文化的熏陶和影响是很自然的。正因如此,就如同他的同辈诗人一样,积淀了传统文化的历史风物成为他诗性目光所关注的对象。从《圆明圆》《颐和园石舫》《观象台》《胡同》等诗题可看出诗人对传统文化的深厚感情。但是,对传统文化的深厚感情,并不意味着对传统观念的完全认同。正因为如此,诗人写此类前人早已写过的题材,才能摆脱吊古伤今,抒兴亡之感的模式,而是对历史追问,陷入沉思,发人深省。在《圆明圆》一诗的末尾,诗人并未直接揭露清政府的腐败和英法联军的残暴,像有的诗人写同题诗所做的那样,甚至对历来受到谴责的慈禧,诗人竟也以一句"何必怨那女人"而轻轻放过。诗人显然认为,对于这一场民族的耻辱和历史的劫难,慈禧固然难辞其咎,但要完全归咎于她一人,显然是皮相之见,因此他写下了这样的诗句:

> 在一条睡眠的
> 长河之畔
> 谁能担保
> 醒的永恒
> ?

真可谓"卒章显其志"。这些富有哲理性的警句式的诗句,显然是诗人对历史追问沉思的结果。最后那个问号赫然在目,似乎在考问读者,促使读者永远深长思之。也许,下面一首同样描写古迹的诗《颐和圆石舫》能提供思考的答案。石舫分明是末世封建王朝的象征.它徒具"船的造型","却在一湾死水中 / 永远的宁静","既没有上浮的本领 / 更缺乏一根破浪的龙骨",宜乎诗人要发出"沉重得如 / 巍巍五岳 / 万钧雷霆"的"历史的慨叹"。很显然,诗人是以现代意识的眼光来观照积淀着传统文化的历史风物的。而现代意识的一个重要的组成部分，就是自我反省意识。甚至可以这样说：有无自我反省意识也就意味着有无现代意识。在"五四"时期，以鲁迅为代表的先进的知识分子，看到并痛感旧的传统文化，以及在此温床上滋生的"国民性"，即民族心理的脆弱、病态和扭曲阻碍了中国现代化的进程。因而大声疾呼：要进行民族的自我反省。他说："多有不自满的人的种族。永远前进，永远有希望。多有只知责人而不知反省的人的种族，祸哉祸哉！"他不仅大声疾呼要进行民族的自我反省，而且还塑造了一个具有脆弱、病态、扭曲的民族心理，和国民劣根性的典型形象阿Q，以警示世人。在当时，以鲁迅为代表的知识分子走在时代的前面，在众醉独醒的社会里，提醒国民要进行自我反省，指出锢疾，是为了引起疗救的注意。当时的鲁迅无疑具有现代意识。

将近一个世纪过去了，民族的自我反省意识，仍是现代意识的一个重要标志。一个能对自己的历史进行自我反省的民族，是有希望，有前途的民族。值得注意的是，莫文征一连写了五首关于历史的诗。这五首诗不仅用鲜明的形象对漫长的历史进行高度的、艺术的概括，而且字里行间充满批判精神和自我反省意识。这就使短诗蕴含了巨大的思想容量。例如在《历史之一》中，诗人将历史概括为"为王为贼的交替"，而"在每一次翻手为云／覆手为雨的／狂飙式赞颂中"，"都是血色的／赫然泛滥"，写尽了历史上政治斗争的险恶与残酷。而在《历史之二》和《历史之三》中，诗人先是将历史分别比作"被沧桑锤炼过／固执而严厉的／威武老人"和"庄严的判官"，接着笔锋一转，分别"成为／一位弯腰屈膝的／卑微侍者"和"一个／着迷你裙／涂胭脂油的／风尘女子"。这真是应了"历史是一个任人打扮的女孩子"这句名言。诗人辛辣地嘲弄了那些不问"黑白与明暗"，不辨"是非和曲直"，为一己私利而篡改、歪曲历史的"残暴而贪婪的／临时主人"。当有人为辉煌的中国古代文明而骄傲沉醉时，诗人却沉重地写道："沉落了／最高智慧的刻度／以及龙架支撑的／中国的宇宙／以及写在线装书上的／赫赫荣誉"，并且痛感"蕴藏着最多力度的国度／却不能发动最大的推力／最有智慧的民族／却无智慧减轻因袭的重量"（观象台）。蹲在大门口的石狮和火爆热烈的舞狮，作为中国传统文化的产物，历来为人们所喜爱。然而诗人对此却依然持批评的眼光，指出这样的狮已失去了"咆哮威仪"、"野性的暴虐／与粗犷的爱恋"，"却装出一副谄媚的笑颜"与"俗气的憨态"。诗人最后呼喊道："不！那不是你／你是自立而／强悍的种族／百兽之王，天之骄子／你的头，应昂起自我完善／你的爪，更应扬起震慑的威仪。"(《狮》)这里的狮分明是中华民族的象征。而在《胡同》一诗中，诗人写道："多少历史的公牛／咆哮而无奈／千年冲不出一个小小门庭。"胡同是闭关锁国时代封闭的宗法社会的产物，也成了保守封闭心态的象征。这显然与现代化格格不入。所以诗人最后说："走出胡同就是大街广场白云。"也就是说中国人要走向世界，先要走出胡同。诗人正是以现代意识的眼光，来观照传统文化，因此才使这些前人早已写过的题材，在他的笔下写出了新意。

在莫文征的"和弦"中，还有一对相互对立矛盾的"音质"，那就是情感与理性。

诗是抒情的艺术，这自然是对的。但是，诗的情感之花，如果没有理性阳光的照耀，那就会显得苍白憔悴，甚至枯萎。缺乏理性的感性是肤浅的、空泛的。从接受美学的角度看，正如美国当代著名心理学家西尔瓦诺·阿瑞提所说，诗歌审美愉快的产生，"是由于丰富的感性包含有抽象的概念与范畴，反过来又唤起不同寻常的情感。实际上审美意义里很大部分是在于抽象内容与知觉内容的协调统一"。情感是知觉的核心，在莫文征的诗中，抽象的理性与知觉的情感较好地达到协调统一。《心迹》一诗就很有代表性。这是一首写失恋的诗。诗人写"来得容易／去得也容易"的"那场爱的风暴"，给抒情主人公带来"有形的痛苦的回忆"，状写失恋的情感体验十分丰富真切。但是，诗人并未让他的抒情主人公沉溺在失意的情感中而不能自拔，而最后让他作了清醒的自我反省："最痴的莫过／克守并美化／年轻而确已陨落的黄昏／瑰丽而不知根底的晨曦。"知道自己痴，恰恰说明他不痴，说明他已从情感的旋涡中摆脱出来，而这正是理性起了作用。这一节写得很美。正是理性使情感之花开得如此绚丽。抽象的理性与具体可感的感性形象和情感水乳交融地结合在一起，十分和谐。面对大海，古往今来的诗人大多是唱赞歌的。而诗人却经过理性的思考，独出机杼地唱了反调："啊，大海！我不爱／你这古怪的脾气：／浪，汹涌着爬上滩头，／又泄着气退回原地"，"年年月月徘徊踟蹰，／却口喊着进击进击！"他还以此与江河比较："而江河的性格是／浩浩荡荡，一泻千里！／障碍——能除，／污秽——能洗。"

这显然是诗人的理性改变了他对大海的感情。包含着独立思考的理性和与众不同的情感相得益彰，使此诗闪耀出奇异独特的诗美光辉。这就是组诗《海思》中，《海》一诗的艺术魅力所在。

莫文征的"和弦"中的第三对相互对立矛盾的"音质"，是艺术风格的豪放与柔美。

豪放与柔美两种风格同时显现在他的诗中，这一方面说明诗人有意追求不同的艺术风格；另一方面也与诗的不同题材和形式有关。一般说来，以雄浑、宏伟的抒情对象为题材的抒情诗，往往表现了豪放的艺术风格。如《汨罗江——拟一个心灵的呼唤》《龙的思索》《长江，中国的龙》等诗。我们从这些诗中，可以读到这样气势磅礴的诗句："我发源于力的故乡 / 一千个雷霆 / 一万道闪电 / 汇合成我移山填海的力量""我将吞吐浩瀚的流云 / 铺展无比的霞光"（《汨罗江》）"直立，支撑起两千年 / 坍塌的破旧天空 / 弯曲，变成一把满月的弓 / 射出我彩虹的襟怀"（《龙的思索》）"你是一支叩问理想大门的响箭 / 一万二千里身躯已准备好发射 / 七千公里的海岸是一张拉满的雕弓 / 射吧，把一腔慈爱变为满天云锦 / 射吧，把一身金鳞变为无数星宿 / 在未来的长天架起万道彩虹"（《长江，中国的龙》）而在那些优美的景物诗中，则又显现了诗人另一种艺术风格：清丽柔美。当我们读着下面的诗句时，就会觉得与上面所引的诗句风格迥异。如："易别的是娇小的枝叶 / 难离的是淡淡的幽馨 / 玉白色里有隐隐的羞涩 / 羞涩里跳一颗颤栗的心。"（《遥远的栀子花》）大有古代婉约派诗人之遗风。又如《雨》中的首节："我不相信 / 这长长的雨丝 / 能结成茧捆缚住 / 你飞翔的灵魂 / 也不相信 / 这密密的雨脚 / 竟缝不起 / 一个恒久的思念。"不仅想象丰富，设譬奇警，而且有如女诗人一般的纤巧清丽。而《灞桥柳》一诗，由于有灞桥折柳送别的典故，为与题材内容的古典色彩相和谐，诗人借鉴了词的形式和风格，写得情真意切，柔情似水：

灞桥柳 / 丝丝秀 / 柳枝如载万种情 / 柳烟蕴藏千年愁 / 亲眷折枝在桥头 / 离人持叶他乡走 / 灞陵意如绵 / 灞河情如酒

当然，莫文征的清丽柔美的诗风，并不表明他是唯美主义的诗人。事实上,他也并非刻意追求美而不及其他,九叶老诗人唐祈说他的诗质朴中含着闪光的灵秀(见牛汉的序),可谓确评,豪放可归属质朴,柔美可称灵秀。值得一提的是,莫文征的一些亲情诗,就充分体现了质朴的特点。他的《父亲的回忆》《妈妈》等诗,写得情感深挚,委婉动人,催人泪下。因为以情动人,一切华美词章均属多余,此时质朴即是大美,这里的柔美即是柔情之美,真情之美。请看诗人在《父亲的回忆》一诗中对父亲的描写:

> 我们看见
> 那副踏山的铁"脚马"
> 被磨损得不再防滑
> 那一根挑生意的扁担
> 浸透了血红的朝霞
> 他青青的发丝跌落为
> 记账本上的蝇头小字
> 他英俊滋润的脸庞
> 风干为又黄又皱的橘皮

这里的排比句没有用华丽夸张的语言,而是用质朴的语言,带有乡土味的凡人细节,描述父亲为了全家,辛劳一生,由英俊的青壮年变为脸像"又黄又皱的橘皮"的老人。在这里,诗人无一字正面评说,而字里行间却充溢着诗人对父亲的无比深厚的真情,和噬心镂骨的思念。读着这样的诗句,令人想起艾青的名诗《大堰河——我的保姆》。在这首诗中,艾青就是运用了一连串饱含着质朴生动的语言和细致的排比句,表达了他对大堰河的深厚感情和深切怀念,达到了感人肺腑的艺术效果。这就是质朴所具有的强大的艺术感染力。在《妈妈》一诗中,虽然诗人用的是同一表现手法,可是我仍然被诗中所表现的质朴的感情所深深地感染了:

> 终于,在那个
> 寂然的黄昏
> 那双因灶火熏呛

而红肿浑浊的双眼

　　那双因思念

　　而泪水熬干的双眼

　　在经过挣扎之后

　　徐徐地阖上了

　　　是在呼唤着

　　　我们的名字时阖上的

　　　是在她手中的针线

　　　跌落时阖上的

　　　是在我们失声痛哭时阖上的

　　诗人越是不加修饰地,具体地叙述细节,就越能收到震撼人心的艺术效果。相信读者读到此处,定会悄然动容,为之酸鼻。

　　莫文征的诗的和弦,就是由这种种正反对立的音质所构成。"而所有这种种正反的滋味 / 都被时间酿造成醉人的芳馨"(《母校的记忆》)。我欣赏着莫文征的诗之和弦,沉醉在佳酿的芳馨之中……

写于 2000 年五一节

北京芳城园寓所

开拓创新的硕果:重新解读经典

　　沈泽宜教授教的是新诗,研究的是新诗,他又是一位诗人,写的还是新诗。因此,当我收到他寄来的厚厚一大本《诗经新解》时,真感到一种意外的惊喜。我摩挲着这部凝聚了他十八年的心血,几经周折,包括曾遗失三分之二的书稿,终于在友人的帮助和出版社的支持下付梓出版的、具有开拓意义的学术著作,不禁感慨系之。我除了为他深厚渊博的学识、卓然不群的创见而深深折服外，更为他在浮躁的世风中，甘受寂寞，孜孜不倦，用古人"皓首穷经"的执着和毅力，从事如此繁重浩大的学术工程的巨大勇气和顽强不屈的奋斗精神而感动，我对这位平素敬仰的、师长辈的学者又平添了几分尊敬。

《诗经新解》的"代前言"《重读诗经》是一篇不可多得的、见解独特深刻、分析擘肌分理，论证凿凿有据、文笔优美流畅的学术论文。它情文并茂，给人带来巨大的阅读快感。它集中体现了作者对《诗经》的重新评价，可视为全书的纲领。

我认为《诗经新解》是一部具有开拓意义的学术著作，其意义甚至已超出《诗经》研究本身。

首先，《诗经新解》开创了《诗经》研究的全新领域。这可以从以下几方面来考察：第一，关于《诗经》的定位。以前的传统说法是，《诗经》是我国古代第一部诗歌总集，而沈泽宜则认为，不是总集，应该是选集。他以为"辨明这一点是至关重要的。这决不止是'总集'和'选集'之辨，而是直接牵涉到《诗经》的出现是否拥有一个庞大、深远的诗创造基础的问题"。当然，这只能仅仅是出于想象和猜测。但是他"确信这种想象和猜测是接近事实本身的。"另外，更为重要的是，以前的《诗经》研究者几乎无一例外地只是从纵向确定《诗经》在中国诗歌史上的地位；而就我所见，沈泽宜教授第一次对《诗经》作了横向比较，把《诗经》放在世界诗歌史上去考察，从而确定了《诗经》在世界诗歌史上的地位。他具体列举了早于《诗经》的，埃及的《亡灵书》、印度的《梨俱吠陀》，与《诗经》同时的希伯来宗教典籍《旧约》。在对中外上古诗歌作了比较分析后，他发现两者最大的不同在于：这些上古的外国诗歌的共同特点是，"有浓厚的神灵意识、宗教情绪（尽管是原始的），神祇作为法力无边的人格神而存在"，"从这些诗篇中所看到的人类是弱小的、缺乏自信的，还无法走出神的庞大的影子。""而同是上古诗歌的《诗经》却与此不同，三百零五首中，除祭祀天、地、祖先神灵的少量诗篇以及碰到特大灾难不得不追问上天的个别诗篇如《云汉》外，绝大多数都直接面对人的现世生活，书写的是人的现世感受与体验，神祇意识淡薄，没有宗教情结，由此表现出更为成熟的理性精神，即人在大地上生存不能依靠神灵，而必须依靠自己，自己去处理好人与自然、人与社会、人与人的关系。"他指出:"《诗经》精神,则是艰难倔强的忧患意识和积极执着的入世精神。这种精神后被儒家发扬光大,百代传承,成了中华民族历经磨难仍维持不敝的最可宝贵的民族精神。《诗经》的价值内涵正在于此。"沈泽宜从中西上古诗歌的比较中,确立了《诗经》在世界诗歌史上的无可争辩的地位和独特的价值内涵。他的令人信服的独到见解,是对《诗经》研究的重大突破。第二,一反沿袭已久的传统习见,对《诗经》所由组成的《风》《雅》《颂》的内涵重新加以诠释和界定。比如对于《风》和《雅》的区分,自古以来众说纷纭,分别主张以内容、音乐、语言等为区分标准,而沈泽宜却一语破的:"所谓《雅》,其实就是'首都地区的诗歌选编'。"而对于《颂》,过去半个世纪以来,一直被认为是歌功颂德、粉饰太平之作。然而,他却认为:"这样说过分笼统。其实《颂》中有史诗如《长发》《玄鸟》,有写农业劳动的诗如《载芟》《良耜》,有写畜牧业的诗如《駉》。"第三,也是最重要的,是在尊重经典原著精神的前提下,一洗儒家学说所强加给《诗经》的浓重的教化色彩,矫正前人对《诗经》作品的种种曲解,而加以重新诠释和解读,令人觉得别开生面,耳目一新。例如《绿衣》,朱熹的注具有浓厚的尊卑贵贱的封建伦理道德色彩,他以"闲色(绿)贱而以为衣,正色(黄)贵而以为里"为"皆失其所也",也就是说尊卑贵贱颠倒,乱了封建秩序,并讲了这么一个故事:"庄公感于嬖妾,夫人庄姜贤而失位,故作此诗。言绿衣黄里,以比贱妾尊显而正嫡幽微,使我忧之不能自已也。"而沈泽宜则对此作了全新的解读:"这是一首丈夫悼念亡妻的诗,睹物伤怀,悲思难禁,非常感人。"又如《式微》,朱熹注是这样的:"旧说以为黎侯失国而寓于卫。其臣劝之,曰:'衰微甚矣!何不归哉?我若非以君之故,则亦胡为而辱于此哉!'"他把"微"字解释为"衰",也就是"衰落"的意思。后人就把"式微"一词作为"衰落"的典故而常加引用。而沈泽宜则把"微"解释为"苍茫"、"幽暗",把《式微》解读为爱情诗,并对它的表现角度和艺术手法大加赞赏:"令人惊讶不已的是诗的角度出乎意外:诗人仅以八行诗保留了两人见面后情感的交流与碰撞,却把刻骨的相思、路途的跋涉、漫长的等候一概推入背景,而男女双方的语气、神情、心态、个性已尽在其中,从而使后世大量描写爱情的诗黯然失色。"如此精彩的解读,不仅有助于读者更好地理解原著,而且一下拉近了与经典的距离,远古时期那一对青年恋人的音容笑貌、佯嗔作态的情状历历如见。再如《伐檀》,此名篇一直被公认为劳动人民反抗剥削的诗。但是沈泽宜仍然提出了自己独特的见解。他认为诗中"尔"与"君子"指的是两种人。在诗中,'君子'是作为'尔'的对比者而存在的。"他说:"正直的君子、清官,常常是人民朴素愿望的寄予者。……有好说好,有坏说坏,符合人民群众博大心灵的是非准则。如果一味拔高《伐檀》,认为作者当时已清醒自觉地认识到剥削是怎么回事,进而对当时整个社会形态产生疑问,显然是缺乏根据的。不要把后人的思想强加给前人,把《诗经》按照它原来的面貌去欣赏和理解,才能真正有所得。"说得何等精辟! 这不仅是对《诗经》而言,而且也是对欣赏和理解所有古典文学作品都适用的正确方法。

所以,沈泽宜的这部《诗经新解》的出版,其意义已超出《诗经》研究的本身。《诗经新解》不仅为《诗经》研究注入新鲜的活力,开拓了新的境界,而且为整个古典文学研究提供新的方法和经验,提供多种可能性。它所显示的学术视野的开阔,除了把《诗经》"放入全人类的诗歌格局中去加以考察",作横向比较,已如上述外,从纵向上,不仅在诗歌史上加以准确的定位,而且,就我所知,它第一次提出了《诗经》对当代诗歌的影响。以前,说起《诗经》对后世诗歌的影响,总是提《楚辞》、汉代乐府、唐诗等,似乎还没有人提到对当代诗歌的影响。这说明沈泽宜研究的是《诗经》,立脚点却是当代诗歌。正如他所说:"我更愿意把对《诗经》的解读和对中国当代诗歌写作现状的思考联系起来。"他是这样说的,也是这样做的。由于他是从研读《诗经》文本出发,所以避免了立论的牵强附会。在他的《重读诗经》(代前言)中,他列举了许多作品,加以精细地分析,令人信服地证明当代诗歌写作中常用的"省略与跳跃""意识流""象征意象""暗示"等表现手法,早在《诗经》时代就已被我们的先祖诗人运用自如了。又如他从《颂》的形式中发现了现代散文体自由诗的滥觞:《颂》大多是无韵诗,简洁明了,不分章,不叠唱 ,句式可长可短,开后世无韵自由体诗的先河。这是一件极其重要的大事,中国新诗中散文体的自由诗(进入现代这种形式压倒一切),可以从三千年前的本土找到强大的支撑。"因此,可以这样说,《诗经新解》不仅为用新的观点、新的方法研究古典文学提供了一个范例,而且也为当代文学的研究拓宽了思路。它给我们的深刻启示在于:某些看来颇为时髦的创作手法,其实都源远流长,都能追溯到遥远的古代。那些所谓"新潮"和"前卫"的诗人、作家们,标榜"非历史"、"非传统",适足以表明他们的民族虚无主义的狂妄和数典忘祖的无知。《诗经新解》从解读文本出发,对《诗经》作了精心的研究,对其文学价值作了实事求是的评价。我们在文学研究中,应该提倡这种认真、细致、踏实的科学精神。这对于当前文学研究和批评中,那种抛开文本,以玩弄概念、术语和新名词以及洋名词为时髦,信口开河、天马行空的浮躁风气也是一种针砭和反拨。

沈泽宜教授同时又是一位诗人。在这部《诗经新解》中,他不仅对古奥艰涩的原文进行重新诠释和解读,而且还将之译成新诗,使一般读者可以欣赏和理解这部我国最古老的经典诗选。虽然较之从外文译成中文,从古文译成今文,毕竟是同一种文字,但是,其难度未尝稍减。《诗经》的译者必须具备两个条件:一是具有深厚的古典文学的基础,对《诗经》有深入的研究和理解;二是本身既是新诗研究的学者,又是新诗创作的诗人。前者是前提,后者是关键。两者缺一不可。沈泽宜教授正具备这两个条件。与外译中一样,古译今也应做到信而达。而译诗仅仅做到信而达还不够,还必须是诗。如果把《诗经》译成散文,信则信矣,达则达矣,但不是诗了。所以,从某种意义上说,译诗也是一种再创作,同样需要灵感和才华。综观《诗经新解》中的译诗,处处闪耀着译者横溢的才气、敏锐的艺术感受力和丰富的艺术表现力。我曾经读过余冠英先生用格律诗译的《诗经》,沈泽宜教授是写新诗的,他用自由体新诗译《诗经》。我觉得两种译诗各有千秋,而沈泽宜的译诗更接近今天的读者。沈译《诗经》既忠实于原著,又是一首首优秀的新诗;既保留了原著古朴淳厚的风格,又散发出清新盎然的生气,使读者不仅更好地理解了《诗经》,而且获得了原著和译诗双重的艺术享受。

作为教授,《诗经新解》是沈泽宜先生送给大学文科学生的最好的礼物,它是一部不可多得的古典文学的好教材。作为普通读者,我感谢他为研究和普及古典文学的经典作品所付出的巨大的精神劳动。

作于 2000 年 11 月 25 日

纵横相辅　精当细致

——浅评斯声《中国古典文学作品精讲》

收到斯声先生的煌煌巨著《中国古典文学作品精讲》（下面简称《精讲》）已多时，每次面对这五大部厚厚的、沉甸甸的书，我都禁不住一阵感动。在我眼前浮现出一位清癯的耄耋老人，他在离休后，用了近二十年的时间，用圆珠笔笔耕不辍，终于完成这部巨著，其个中甘苦可以想见；其不惮劳苦、坚毅顽强的奋斗精神令人敬佩。

我是从事当代文学研究工作的，对古典文学涉猎不深。古典文学的注释选本可谓不可胜数。就我所见，《精讲》的篇幅浩繁是前所未有的。前所未有的还有它的体制。《精讲》以文体分类，按韵文（包括诗、词、曲和民歌）、散文（包括辞赋、骈文和散文）和故事（包括神话传说、古典戏曲和小说）分为三编。这种体制的好处是文体发展的脉络一以贯之，较为清晰，没有割裂之感。我曾从事过文学史的写作，曾参与了由张炯先生主编的《中华文学通史》的写作。当时在写作过程中，还是按惯例，先介绍时代背景，然后分别叙述这一历史时期的诗歌、散文、小说等文体的创作的概况，以及重要作家、作品的介绍和分析。当时大家在写作过程中，也感到存在着偏重于书写各个历史时期的文学的成就，而忽视了对各种文体自身发展历史的梳理的问题。之后，在文学史写作的各种讨论会上，这个问题屡屡被提起，但始终没有定论。当时大家认为，最好的解决办法是分别撰写各文体史，如《中国诗歌史》、《中国散文史》等等。我以为斯声先生的《精讲》，为中国各文体史的写作打下坚实的基础。我建议斯声先生可以在《精讲》的基础上，分别撰写《中国诗歌史》《中国散文史》《中国戏曲史》等。有了《精讲》这么坚实的基础，这个写作计划虽然庞大，应该还是可行的。

上面说的是《精讲》从纵的方面体现了各文体发展的历史，此外，在横的方面，《精讲》对每一篇（首）作品讲述得十分精当，十分到位，不愧"精讲"之名。在以往的注释选本中，往往只是注释，只起到工具书的作用，很少作艺术分析；而各种鉴赏辞典则偏重艺术分析，不重视注释，往往该注释的不注释，而尽人皆知的词句却偏偏喋喋不休地解说。而《精讲》则把训诂和鉴赏相结合，既使读者读懂作品，又引导读者渐入佳境，进入美妙的艺术殿堂，获得极大的艺术享受。以李白的《蜀道难》为例，《精讲》先是介绍此诗写作的时代背景，以及写作的过程，确定它在文学史上的地位："是我国文学史上最著名的浪漫主义杰作，表现了作者特有的艺术风格，是李白诗歌最主要的代表作。"接着作诗篇结构的剖析："首句定调—领起全篇"、"交代来历—展示古蜀地山川图景"、"详写'难'字—具体描绘蜀道之难"、"从自然到社会—由险要关隘引出险恶政治"、"篇末照应—增强效果"。对整首诗的艺术特色条分缕析，十分透彻。我曾读过一些鉴赏辞典，我自己也曾撰写过其中的条目，可以毫不夸张地说，还没有看见有任何鉴赏辞典像《精讲》这样，在艺术分析方面如此精当细致。更可贵的是斯声先生能将古今对《蜀道难》主题的探讨一一列出，以便于读者参考。可以想见，斯声先生在浩瀚的书海中钩沉辨识，得花费多少精力和时间！然而，斯声先生对此犹嫌不足，最后再从"新——形式创新""巧——手法奇巧""雄——气势豪雄"三方面来分析《蜀道难》此诗的奇妙之处。至此，对《蜀道难》的分析才算画上句号。由此我们不难看到斯声先生对学术精益求精的态度，以及认真负责的精神。

　　要完成这样一部古典文学的学术巨著，没有深厚的古典文学学养是不可设想的。正因为斯声先生学富五车，才高八斗，才能独力完成这部本应由集体完成的巨著。林爱泉先生在《厚积薄发——感悟斯声老师的古代文学教学艺术》一文中，说到斯声老师在课堂上讲解南宋著名诗人陆游的名篇《示儿》："死去原知万事空，但悲不见九州同。王师北定中原日，家祭无忘告乃翁。""斯声老师的讲解不是到此为止，他充分发扬了自己挥洒自如的教学功底，进而问道：'后来陆游的子孙有没有把"王师北定"的好消息告诉他呢？'引出宋末元初诗人林景熙（浙江平阳人），于陆游去世六十六年后所作的诗《书陆放翁诗卷后》。"倘不是平素博览群书，拥有丰富的知识积累，安能及此？斯声先生学识渊博，博闻彊记可见一斑。

　　我们常说"识见"，有了广博的知识，才能有真知灼见。正因为斯声先生拥有渊博的学识，也就有了不俗的见解和眼光。他在选取作品时，并不一味地选名篇,而是选最能全面反映作家思想艺术特点的作品。例如晋代诗人陶渊明,他不仅选了脍炙人口的、静穆的田园诗,如《归园田居》《饮酒》,还选了《读〈山海经〉》《咏荆轲》这样的"金刚怒目"式的诗歌。斯声先生在《陶潜》的前言中,就引用了鲁迅的话:"陶潜正因为并非'浑身静穆',所以他伟大。"(《"题未定"草》)

另外,在选诗人时,斯声先生的眼光不仅停留在著名的大诗人身上,也关注那些不为大多数人熟知的、比较冷僻的诗人,如宋代诗人王十朋、翁卷、赵师秀等。颇为难得的是,连到处题诗的一代君主乾隆皇帝的诗,也被选入《精讲》。这是在此以前的选本不多见的(春风文艺出版社出版过《乾隆诗选》)。既然乾隆皇帝写了那么多的诗,就不应该因为他是皇帝,是封建统治者,就无视他的存在,不选他的诗。尽管他的诗太多、太滥,尽管他的诗"历史的价值大大超过艺术价值",可是正如斯声先生在《爱新觉罗·弘历》的前言中说:"他的一些记游诗、山水诗比较清新流畅,较少八股味和庙堂气。"这说明斯声先生具有独特的学术的眼光,以及实事求是的科学精神。

斯声先生堪称全才,他不仅完成了《精讲》这部古典文学的巨著,而且他还集诗人、书法家、画家和摄影家于一身,曾举办个展。在《艺圃群芳》这部诗、书、画、影册中,我们可以看到,斯声先生在每个领域中都取得很高的成就。他占尽了风流,赢得人们由衷的倾慕。人们更要感谢他为社会,为人民奉献了宝贵丰厚的精神财富。

写于 2011 年 11 月 2 日

北京芳城园寓所

独特的审美发现　别致的结构方式
——读非马的诗

美籍华人非马先生原是一位从事原子物理、能源和环境研究的科学家,令人钦佩的是他同时又是一位著名的诗人、翻译家和从事绘画、雕塑的艺术家。科学精神和艺术气质就这样完美地统一在他身上。值得提出的是非马先生从事诗歌创作并非业余的"客串",而是当作正业,并且取得了很大的成就。他的诗在海内外享有很高的声誉,具有广泛的影响。

读非马先生的诗给我一个特别的感觉,就是惊奇和新锐,这使我获得巨大的阅读快感。

就以他的新著诗集《非马的诗》而言,其中绝大多数的诗的题材都很普通,都是人所共知,或屡见不鲜,或耳熟能详的人与事物。然而,就是在这些毫不新鲜的题材中,诗人却独具慧眼,偏有独特的审美发现,给读者以惊出意表的新鲜感,从而获得审美的享受和满足。

我们知道,诗的审美意义和价值在于诗的表达方式和结构方式,而不仅仅在于其内容。诗人的目的,并非一定是让读者知道那些以前不知道的内容,而是要让读者和他一起体味他自己对那些熟悉的事件或事物状态的特殊经验方式,为读者创造一个新颖的、感情上的独特体验。非马的诗歌创作正是遵循这一艺术法则的。

在"表达什么"和"怎样表达"两个问题中,后者无疑是更为关键和至关重要的。那么,非马的诗是"怎样表达"的呢?诗人是用了何种表达方式和结构方式,才使寻常的题材变成新鲜的诗,才化平常为神奇呢?我以为可以从以下几方面进行探讨。

首先,诗人在诗歌创作中,运用了自相矛盾,甚至近乎荒诞的思维方式和结构,使之造成一种惊人的效果。事情看来似乎匪夷所思:诗人好像减少了现实性,却恰恰增加了读者的理解力,增加了诗的审美价值。如《失眠》一诗:"被午夜 / 阳光 / 炙瞎 / 双眼的 / 那个人 / 发誓 / 要扭断 / 这地上 / 每一株 / 向日葵 / 的脖 / 子"阳光属于白天,这本是自然时序的常识。然而,在诗人的作品中,午夜竟然有阳光,不仅有阳光,而且还相当强烈,竟然把"那个人"的双眼"炙瞎"了!这看来悖乎常理,似乎不可思议,然而,诗人正是用这种自相矛盾、荒诞的思维方式和结构,成功地表现了失眠者极度痛苦的强烈感觉。这里,诗人又成功地运用了错觉、幻觉的表现手法。午夜里的阳光,显然是失眠者的错觉、幻觉。因为睡不着觉,失眠者的双眼大睁着,似乎直视炽烈的阳光。由于深受幻觉中的阳光炙灼之苦,所以对向日葵产生嫉恨心理,才"发誓 / 要扭断 / 这地上 / 每一株 / 向日葵 / 的脖 / 子"又如:"汹涌的波浪 / 在陆地上凝住"(《桂林》)水陆是互相矛盾的,然而在诗人的笔下,却不可思议地统一起来了。其实,只要我们掩卷闭目想象一下,桂林那青翠欲滴、此起彼伏的山峦可不活像"凝住"的"汹涌的波浪"?再如《哑》:"伶俐的嘴 / 有时候 / 比哑巴还 / 哑 // 连简简单单的 / 我—— / 都不敢 / 说""伶俐的嘴"和"哑巴"显然是矛盾的,但诗人说有时候"伶俐的嘴""比哑巴还哑"。诗人有意通过这两种形成强烈对照的极端的状态,讽刺人性的弱点。在看似矛盾、荒诞的表象背后,包含着合理的内涵,表现了诗人敏锐的洞察力和犀利的剖析力。诗的矛盾对比的结构方式确实能给读者带来惊奇和新鲜感。非马显然深谙此道。

其次,非马的诗的结构方式的另一个显著特点是,丰富多彩的感性的知觉内容与深邃睿智的理性的抽象内容的谐调统一。我们知道,仅有丰富多彩的感性的知觉内容,而缺乏深刻睿智的理性的抽象内容,诗就会显得平庸肤浅。实际上只有在丰富的感性中包含有抽象的概念与范畴,才能反过来又唤起不同寻常的情感。正如 19 世纪英国湖畔派诗人、批评家柯尔立治在《文学生涯》一书中所说:诗须有"思想的深度与活力。从来没有过一个伟大的诗人,不是同时也是个渊深的哲学家。因为诗就是人的全部思想、热情、情绪和语言的花朵和芳香"。他所说的活力,我理解为情感和力量。别林斯基也曾说过,感情越强烈的作品,其思想性就越强。作为科学家的非马惯于且擅长于理性思维,也深知理性思维在诗歌创作中的重要,因而他在诗中有意识将感性的知觉内容与理性的抽象内容加以协调统一。在他的诗中,彩虹般的感性内容,分明折射了理性的阳光。这类诗在极具亲和力的、感性具象的内容中,却蕴涵着发人深省的深刻哲理和严肃的社会或道德的命题。如《学画记》一诗,表面上写的是学画,写到了"原色"、"调色板",然而,通过前两节对所画对象的既具象又富想象的描述,不难悟出诗人对这些具象的理性思索。第一节诗充满哲理意味:"不是每一抹晚霞 / 都燃烧着熊熊的欲火 / 忧郁的原色 / 并不构成天空的每一片蓝。"既写出了具体的颜色,又蕴涵着深刻的哲理。第二节则是写出了诗人对芸芸众生的人文关怀。他能从"阳光蹦跳的绿叶"中,联想到人的"枯黄飘零的身世",从"每一朵流浪的白云"中,看到"都有一张苍白的小脸在窗口痴望",同样充满了理性精神。

最后一节更把整个"斑斓的世界"比作"大调色板",坚信"迟早会调出 / 一种连上帝都眼红的颜色"。表现诗人对未来世界美好前景的坚定信念,充满了乐观向上的理想主义。此诗以"晚霞"、"天空"、"绿叶"、"白云"等具体鲜活的意象,表现诗人对现实和未来的思考,使具体的感性内容与抽象的理性内容交相融合。又如黄河,这是无数诗人写过的题材。诗人一方面传神地概括了黄河那"挟泥沙而来的 / 滚滚浊流"的具象特点,另一方面又以其对中华民族苦难历史的深邃的理性思考,指出"根据历史书上 / 血迹斑斑的记载 / 这千年难得一清的河 / 其实源自 / 亿万个 / 苦难泛滥的 / 人类深沉的 / 眼穴"(《黄河》),正是这种理性思考,使无数次写过的题材写出了新意。除了此类抒情诗在意象中表现理性内容外,诗人还在小叙事诗中,以戏剧性的情节体现理性内容。如《芝加哥小夜曲》,诗题是多么温馨浪漫,情节富有戏剧性:"一辆门窗紧闭的汽车 / 在红灯前缓停了下来","一个黑人的身影"突然出现。于是"受惊的白人司机 / 猛踩油门 / 疾冲过红灯 / 如野兔奔命",然而,车后传来的却是一声友善的劝买:"……买把花吧 / 今天是情人节"诗到此戛然而止,但却留给读者以深长的回味。诗人通过这一戏剧化的情节,深刻地反映了美国的社会问题:暴力和种族矛盾。显然这首小诗是经过诗人的理性思考后,才结构出来的。类似的诗还有《跳房子》和《初潮》。如果说,上面所引的诗是通过白人司机的一场虚惊,深刻揭示美国的社会问题,那么这两首诗所表现的则是真实的社会悲剧。人们常可以从传媒中见到类似的报道。这两首诗同样具有情感的巨大冲击力。在《跳房子》中,被子弹击中的"小女孩嘴边",居然露出"压抑不住胜利微笑",因为"她的双脚 / 终于成功地跳入 / 粉笔涂画的 / 两个方格"。在《初潮》中,"一颗呼啸而过的流弹",击中了未谙世事的小女孩,"红色的血潮汩汩自她尚未成熟的身体涌出 / 渐僵的嘴还有话要问呼天抢地而来的母亲"。垂死的"红色的血潮"竟成为这个小女孩"尚未成熟的身体"的初潮。两首诗都在诗末以天真无邪的小天使般的小女孩与暴力的恶魔作强烈的对照,并以小女孩惨遭杀害的悲剧,激起读者强烈的情感冲击波。正如别林斯基所说,情感越强烈,思想性就越强。诗人正是通过感性的形象、富有戏剧性的情节,表现了反对暴力,关爱生命的思想内容。在诗中,灿烂的理性阳光与绚丽的情感花朵交相辉映。

在说到非马诗的表达方式时，值得一提的是他的语言表达方式。他的诗的语言呈现多种风格：写实与写意；机智幽默与冷峻深沉。诗的写实的语言注重细节描写。这样的作品如《台上台下》《罗湖车站》，同样注重细节描写，前者语含讽刺，后者却是真情流露。前者写一个戏子在台上"勾着忠臣孝子的脸""在众目睽睽之下""满嘴的仁义道德"，"但在后台"，他却"偷偷捏了／身旁的女戏子一把"，一副"偷鸡摸狗的猥琐模样"。其实，作品所讽刺的不限于那个戏子，其深刻含义在于对那些善于伪装，具有双重人格的丑陋人性进行揭露和讥讽。《罗湖车站》写"我"在罗湖车站遇见"手挽包袱的老太太"和"拄着拐杖的老先生"，明知不是自己的父母亲，却觉得"像极了"。而当自己的父母亲，在"离别了三十多年"后，"在月台上遇到"时，他们"彼此看了一眼／可怜竟相见不相识"。此诗用的是白描的语言，十分平易近人，在亲切委婉的叙述中，字里行间流露着真挚的亲情。非马的此类作品多在诗尾来个戏剧性的突现，起到画龙点睛、突出主题的作用。这相当于唐代诗人白居易在新乐府诗中所运用的"卒章显其志"的手法。例如，上述台上演着忠臣孝子的戏子，台下却偷鸡摸狗，形成强烈对照，以此褪其伪装，还其本相；罗湖车站上的一对老夫妇竟相见不相识，由此痛感海峡两岸阻隔太久。上面所引的《跳房子》《初潮》亦复如此，诗的最后可谓石破天惊，惊出意表，震撼人心，深刻地揭示了主题。同样震撼人心，催人泪下的作品还有《生与死之歌》，因饥饿而濒死的索马里小孩，"在断气前／他只希望／能最后一次／吹胀／垂在他母亲胸前／那两个干瘪的／气球／让它们飞上／五彩缤纷的天空"。由于饥饿，母亲没有奶水，两个乳房总是干瘪的。索马里小孩是活活饿死的。临死前，他希望能最后吹胀这两个气球。把乳房比作气球，真是奇想、奇语，却符合小孩天真的幻想，表现了他对果腹，对生存的强烈渴望。诗人一路写来，最后，落下两句只改动一字的句子："庆祝他的生日／庆祝他的死日。"这两句话，孤立地看，是再平常不过的，在生活中，人们时常会挂在口头；但是，在这里，在这首诗的结尾，却成为撼动读者情感的巨大的冲击波。那么幼小、孱弱，而又那么短暂的生命！我们似乎可以看到在那面黄肌瘦的小脸上，那双满含渴望的大眼睛正望着我们。人们称赞欧·亨利的小说结尾写得好，常常出人意外。我可以毫不夸张地说，非马先生的诗的结尾同样写得好，也常常出人意外。

非马的诗的语言表达方式也有写意的一面。此类诗不重细节描写，而强调独特的感受，或总体印象。此类作品如《人间天上》《松》等，读了这样的诗，犹如观赏写意的风景画。且看诗人写黄山的雾："一阵雾过／把眼前的风景／统统抹掉／／我们顿时迷失／不知置身何处——／云上／或是云下。"(《人间天上》)写出了对黄山雾的迷恋。写松更是有声有色："不怕冷的请站出来／／刷的一声／漫山遍谷／顿时站满了／抬头挺胸的／青松。"(《松》)这里，诗人并没有去描写青松的细节，而是写出了青松给予他的突出的印象，写出了青松的神韵。特别是用拟人化的手法，把作为植物的青松写得灵动而富有生气，好像一排排年轻英武的战士。又如写郁金香："春天派来的／一群小小的记者／举着麦克风／在风中／频频伸向／过路的行人"，真是新奇的想象，巧妙的构思。诗人根据郁金香外形的特点，独出机杼地将之喻为"举着麦克风"的"一群小小的记者"。这是诗人运用了"不类为类"的"远取譬"的手法，使这种比喻清新脱俗，不同凡响，给读者留下深刻的印象。

非马的相当部分的诗的语言非常机智幽默，这类诗写得才气横溢，恣肆灵动，富有深意。如《特拉威喷泉》，诗人在写到把"三枚面值五百里拉的硬币"抛向喷水池时，紧接着来了这么一句："但愿它们在落水前还没太贬值。"只一句话，虽然不无夸张，却道出了人们对通货膨胀的担忧，活画出人们那种朝不保夕的惶遽心态。这些担忧和惶遽，却是用一句看似戏言的调侃来表现的。又如《凯旋门》，凯旋门是迎接凯旋而归的英雄的门。而在诗人笔下，却成为"左右跨开巨人般双腿的"裤裆"。如今"只有顽皮的风／在它宽容的裤裆下／钻来又钻去／不停地钻来又钻去"。诗人以风趣幽默的语言完全消解了凯旋门曾拥有的历史意义和神圣性。同样，在《比萨斜塔》中，他把比萨斜塔喻为"一棵／不能倒塌更不能扶正的／摇钱树"。最有趣的是《仰望》一诗，第一节全部由六个"仰望"组成，接着，诗人写到"梦想中／终于把自己／也仰望成一座／仰望的铜像高高在上"。写到这里，应该说是很高大雄伟，也很神圣了；然而，诗人却笔锋一转，突然急转直下，令人啼笑皆非地写下了最后一节："神气地／挺着硬脖子／等待一阵暖呼呼鸟粪的洗礼。"前二节是包袱，到第三节还层层铺垫，直到最后才抖开，真应了一句俗话："佛头着粪"，令人忍俊不禁。《侏儒的形成》和《天葬诗》是富有寓言意味的诗。前者讽刺那些爱虚荣,好名声的人,"纷纷 / 在他自己头上加冕",结果反为声名所累。这些名声"一下子变得沉重了强烈起来 / 空空空空 / 气锤般 / 把他锤压成 / 侏儒"。而后者简直是诗人异想天开的产物。诗人巧妙地利用"诗体"与"尸体"谐音,联想到西藏天葬的习俗,竟"把一个快腐烂了的 / 诗体 / 抬上天葬台"。谁知连兀鹰都"不瞅不睬","任那些没有血肉的东西漫天飞舞",辛辣地嘲笑讽刺那些没有生命力的诗体。又如《烟囱 2》:"被蹂躏得憔悴不堪的天空下 / 纵欲过度的大地 / 却仍这般雄赳赳 / 威而刚"用的是幽默调侃的隐喻手法,以男性性器比赋烟囱,却提出了严肃的生态环境的保护问题。

非马诗的语言的冷峻深沉给人留下深刻的印象。所谓冷峻,并不是冷漠,恰恰相反,在冷的表面隐含着热。诗人往往不直接站出来表态,作价值判断,而是通过诗本身,通过诗所揭示的事物本质,由读者自己来作出价值判断。像上面提到的《跳房子》《初潮》《生与死之歌》都是此类作品。《张大的嘴巴》《恶补之后》都是冷峻之作,前者以平静的笔触,谴责军国主义不顾人民死活,发动侵略战争的罪行。后者则是哀悼跳楼自杀的台湾女生之作。这位女生在"恶补之后"却"依然 / 缴了白卷",诗人最后写道:"而当你奋身下跃 / 远在几千里外的我 / 竟仿佛听到 / 一声惨绝的欢叫 / 搞懂了! 终于搞懂了! / 加速度同地心引力的关系。"写得惊心动魄。这两首诗都在平静冷峻的叙述中,表现了诗人的火热感情,表现了诗人悲悯的人性关怀。同样的作品还有《一群麻雀》,诗人别出心裁地设想,从麻雀的视角,看人类的暴力枪击事件。美国的暴力枪击事件,媒体时有报道。而此诗的表现角度极为奇特,极富新意,且写得冷峻深沉,震撼人心。

由于非马诗的语言的表达方式丰富多彩,所以他的诗为读者带来新鲜感,陌生感。值得注意的是,非马先生是一位翻译家,但是他的诗的语言却平易流畅,没有过于西化的弊病。这缘于他受中国传统诗歌的影响。他曾说过,他喜欢唐诗宋词。这从他的《登黄鹤楼》《西陵峡》等诗中可见一斑。正因为他熟稔并圆熟驾驭汉语和英语两种语言,所以他的诗的语言显得非常纯熟、灵动、活泼,极富表现力。

非马先生从事诗歌创作至今已有四十年。作为科学家,他在做好科学研究本职工作的同时,坚持笔耕不辍,在诗歌创作的园地内,嘉卉纷呈,硕果累累。这种对诗歌的执着热爱,对创作的敬业精神是难能可贵的。我们期待着读到非马先生的新作。

作于 2001 年 9 月 15 日星期六

北京芳城园寓所

恬静沉思的诗美
—— 读郁葱诗集《自由之梦》

正如人的性格可以分为外露和内向两种类型一样,抒情诗似乎也可以分为辐射奔放型和内敛沉思型两类。在现代诗史上,郭沫若的《女神》属于前者;而冯至的《十四行诗》则属于后者。

读了郁葱的诗集《自由之梦》后,我觉得其中的诗充满了形而上的思辨色彩,似也可归于内敛沉思型。

翻开诗集,我发现一个与众不同之处,从诗题看,具体的风物所占比例较少,而较多的都是些抽象的概念。刚开始,不免杞忧:像"和平"、"良知"、"过去"、"历史"、"以后"、"真实"等等的抽象概念,能作为诗题,写出好诗来吗? 待读完后,才心悦诚服,不仅不感到枯燥乏味,而且还感到一种巨大的审美满足。敢于以大量的抽象概念作为诗题,并居然能写出好诗,这是郁葱这本诗集的独特之处。

19 世纪英国的湖畔诗人柯尔立治曾强调诗歌的"思想的深度",他甚至说:"从来没有过一个伟大的诗人,不是同时也是个渊深的哲学家。"(见《文学生涯》)他明确指出了理性在诗歌创作中的重要地位。从接受美学的角度看,诗歌的欣赏者,正如其他艺术作品的欣赏者一样,并非那种靠感性知觉来把握世界的经验论者。正如美国学者 S. 阿瑞提所说,审美愉快的产生"是由于丰富的感性包含有抽象的概念与范畴,反过来又唤起不同寻常的情感。实际上审美意义里很大部分是在于抽象内容与知觉内容的谐调统一"(见《创造的秘密》)。缺乏理性的情感易流于空泛,浮浅,并且不能持久,而若没有理性阳光的照耀,诗之花就会枯萎。我以为,郁葱的诗之所以使我感到巨大的审美满足,是因为较好地做到了抽象内容与知觉内容的谐调统一。

以抽象的概念,如以《和平》为题,可以写一篇洋洋洒洒的学术论文。然而写诗,虽然诗题为抽象的概念,但是内容却排斥了抽象概念的堆砌,代之以具体生动的知觉感性形象。且看诗人笔下的"和平":"这是雨滴和阳光共有的名字/——和平//这个名字是萤火的一点光亮/这个名字是草叶的一丝颤动/是沉默的绿意/是浅浅的虫鸣/是我们哲思和想象的羽毛/是一滴泪,落在梦中的草坪。"在诗的最后,诗人更将和平比作孩子,"真的,和平是这个世界最小的孩子"。当然,这与把和平比作鸽子的寓意是一样的。

在诗集中,这类诗的内容可以大致归纳为以下几个方面:即对人生终极意义与最高价值的探索和追问;对于时空及宇宙万物的哲理思考;对于社会与道德的理性审视和判断。

我们知道,人类通过精神活动,既能使环境对象化,无限地扩大环境,从而把自在的世界构成一个自为的世界;又能使自身对象化,即把自身作为思考、体验、爱恋的对象,通过向自己提问而超越自身的自然存在。既然人把自身作为认识对象,那就不可避免地要"向自己提问",这样,叩问人生的终极意义和最高价值,也就十分自然的了。明乎此,也就不难理解缘何古往今来的有个性的诗人,都会发出相同的追问和感慨,并且会不断地感染一代代的读者。正如爱与死是文学创作的永恒主题一样,与此相关的人生价值和终极意义也正是人类所共同关注与思考的命题。而对此命题的思考,常由生与死的问题所引发。《哈姆雷特》中的著名台词:"生存,还是毁灭?这是一个问题。"之所以至今犹震撼人心,盖因道出了人类共同的心声。正因为生命短暂,所以才引出对人生价值和意义的思索。诗集中有一首诗的标题就是《我感受中的生命如此短暂》。此诗从人类自我意识中伟大与渺小的辩证统一中表现对人生真谛的沉思。从哲学人类学的角度看,人的存在具有两重性:既是主体,又是客体。人在活动中是主体,是改造自然,支配自然的力量;人在存在中又是客体,又是不以人的意识和意志为转移的客观存在,是受自然力支配的自然界的组成部分。所以,一方面人是自然的主人,在改造自然的过程中,表现出巨大的能动性。诗中正是这样写的:"生命的力量甚至可以延续时光,/ 使所有有限的成为无限。"另一方面,又不得不受制于自然规律,谁也无法超越,无法抗拒。正如诗中所写:"那么深刻的生命也在瞬间消失","生命是所有存在中 / 最脆弱的物质"。那么,"人们在博大的空间里寻找永恒"的愿望能否实现呢?诗人没有明说。在诗的最后,诗人写道:"而当我们的生命丰茁茂美的 / 充盈整个大地,/ 一滴晨露,便会使所有的血液 / 蓬勃成为火焰。"对于诗人有关生命价值和意义的看法,我们似可参透个中消息。而在《生存者》一诗中,诗人写"生存者被称为人","徘徊于瞬间与永恒之间",写"生存者的犹豫",写"人深涉苦河","盲点沉思",而终于顿悟"谁也难以摆脱一种必然",因此,"生存者神情漠然 / 生存者面对苍穹淡然一笑"。那是对于必然的认识的旷达的笑。这"必然"就是不可抗拒的自然规律。在永恒和瞬间中叩问生命的意义和价值,诗人可以写得苍凉悲壮,如《我感受中的生命如此短暂》,也可写得恬淡达观,如《生存者》。而在《人》一诗中,诗人更是明确地提出寻找"世界的本源、人 的本源 / 和归宿",并且充满信心地预言"在理念的世界 / 我们把握了永恒 / 在现象的世界 / 我们把握了瞬间"。诗人认识到"任何价值都是人的价值 / 人在创造着思想 / 又靠思想 / 创造自身"。又如《我们的船队》将个体的人和总体的人比作海水与海:"人为瞬间之海水 / 海为永恒之生灵",可见瞬间与永恒是诗人经常关注和思索的命题。再如《无岸之河》:"结局的最终便是生存的最终 / 我们心地坦然地沉溺 / 即便仅仅是为了 / 某一瞬间的辉煌。"作为个体的人难免最终的结局,但只要有"某一瞬间的辉煌",那么这短暂的生命就具有真正的价值和意义,而总体的人的生命则是充满活力,绵绵不绝,直至永恒。这就是诗人所要告诉我们的人生的真谛。而这一切都是诗人用具体生动的感性形象来表现的,因此丝毫不减作品的艺术感染力。

诗集中有不少诗表现了诗人对时空及宇宙万物的哲理思考。写时间的诗如《过去》,诗人用富有质感的生动形象来状写抽象的时间,"冰墙高耸,坚硬且闪着光亮 / 重复的语言做碑,雕刻着淡泊的碑文"。诗的最后以虚实结合的手法,以视听可感的形象,表现了抽象的时间概念,以及永恒与瞬间的关系,"永恒的升起,在于瞬间的坠落 / 这一刻,旷野里真沉寂"。警句式的诗句引人深思。又如《以后》,"以后"无疑也是个时间概念。但是在诗人笔下,"以后,是环绕我们的 / 固执的影子",这就把抽象的时间写活了。最后,诗人还是用抽象与具象相结合的手法描写"以后",使人在艺术欣赏的同时,引发对时间的哲理思索:"以后的日子如羽如雨 / 以后只是那个 / 或始或终的 / 瞬间。"写空间的诗如《空房间》《边缘》《距离》等。诗人笔下的"空房间"并非专指生活中某个空房间,而不过是人在空间所处位置的一个象征物。诗人通过"空房间"这个象征物,真实地状写了人们在生存空间中所感受到的困惑、迷茫和进退维谷的遑遽心态。你看:"一种色彩成了你的象征 / 你试图使它遍布四壁 / 最终却使你 / 愈感混沌。""走出这扇门世界便近了 / 然而你说 / 离光明愈近 / 便愈是灾难"。独占一所空房,应该是件高兴的事,但诗人却偏说:"不!"请看:"你独自占有了 / 一个空旷的所在 / 并迷茫地寻找着什么 / 没有答案你很悲哀 / 有了答案 / 你更悲哀。"同样的困惑也出现在《边缘》一诗中:"我们在某些时候 / 有着不可言喻的经历 / 这些经历常使人混沌 / 许多混沌 / 使本来淡泊如水的人类 / 趋于茫然。"由于"我们常觉得 / 世界如此莫名其妙","于是人类 / 便永远处于某种边缘"。由此可见,"边缘"盖指人类的生存困境。"距离"属于空间的概念,在诗人的笔下,距离不仅与时间密切相关,而且被蒙上一层形而上的思辨的外衣:"距离是瞬间的存在 / 和永久地失去 / 距离是一个谜的终结 / 和同一个谜的延续。"(《距离》)而在《我们的距离如此遥远》一诗中,这里的"距离"就不仅是指空间距离,主要是指人与人之间的心灵距离。诗人感慨人与人之间的心灵不能沟通,因而产生了距离。即使近在咫尺,"面对面,我们的距离如此遥远","甚至对视也成为一种缺憾","我们不知道,一个灵魂如何走向另一个灵魂",而这种距离"如同一条道路的 / 永不相接的两端"。这种距离感仍是生存困境的一种表现。

如果说,以抽象概念入诗少不了思辨色彩,那么,诗人在表现具体事物时,仍保留其耽于沉思的特点,即不仅停留在具象表现,而是从中开掘深刻的哲理。阳光对于人们,对于世界的重要意义是人所共知的,当然这里 指的是生物学的意义。而诗人却从这人人感受到的阳光中,开掘出令人深思的哲理:"总存在着,便感受不到存在。"(《阳光》)树是最为普通平凡的事物,然而,诗人却向"我们叙述一些 / 关于树的思想",并且"年轮深埋着,像一些经典"。诗人从"树的话题,使我们想到命运 / 抑或想到一些更为深刻的题目"。诗人看到了树的高贵品质,"平和的存在着,朴厚甚至博大",由此,他情不自禁地发问:"真的,谁有资格 / 把自己比喻为树?"最后,他耐人寻味地提问:"树与人 / 相距多远?"这自然不是指空间距离,而是指人与树在品质上的距离。这难道还不令人深思吗?《树》这首诗,写的是树,针砭的却是人。是人性的弱点。《黯淡的火星》写的是宇宙中的天体——火星,表现了诗人的宇宙意识。所谓"宇宙意识",是指对宇宙以及人在宇宙中地位的认识。对于人类探索"距离我们最近的邻居"——火星,诗人认为"这是那个星球悲剧的开始","不在于存在生命或不存在生命 / 那遥远的星宿,本身便是生命。/ 作为存在,他坦然地沉默着,/ 而人类的目的,或许仅仅为了让他 / 证明自己的存在,/ 人类,真正的失去了最后的自信?"诗人"宁愿相信,/ 那里不存在任何意义,/ 发现生命,其实仅仅是发现悲剧,/ 或者我们把他变成悲剧!"这就是诗人的宇宙意识。所谓悲剧之说,是说宇宙间一切个体生命都必然要经历生长——发展——死亡的过程。从个体生命必然灭亡这一点看,也可说是悲剧。当然,不能据此认为诗人的宇宙意识是悲观的。这是诗人对宇宙、生命的底蕴有透彻认识后的顿悟。还必须指出,诗人的宇宙意识不同于科学家的宇宙意识,不能据此认为诗人反对探索火星。诗人是以诗的方式与宇宙对话。诗的方式充满了诗人的主观情感。所以诗的结尾这样写道:"凝视一个孩子童稚的眼睛,/ 我们把它叫做星辰! // 那是我们所需要的唯一的亮度!"与其去探索不可知的外星,不如更多地关注孩子——人类的未来。这是借题发挥,借探索"黯淡的火星"这一壮举,更加强调关注人类的未来及其生存状态。诗人的宇宙意识更充满人情味和人文关怀。可以这样说,宇宙意识使诗人走向成熟。

诗集还有一个重要的内容,就是对社会现象和道德作理性审视与批判。这些诗表现了诗人高度的社会责任感和正义感。此类诗如《良知》,组诗《国家黑洞》中《京都落日》《权力》《冰躯壳》《道德的天空》等。良知无疑是抽象的概念,属于道德的范畴。而诗人用许多美好的形象和语言热情歌颂良知。他把良知比作"烛光"、"人内心的声音"、"默默地支撑起我们"的"唯一的圣洁","它常常是我们内心的空地 / 是我们期待的空地中间的 / 悬于太阳、真理、道德之上的 / 纯粹的青草 / 是通向光和纯洁的 / 最单纯的道

路 / 是我们所能感受到的 / 明净的水滴"。

如果说《良知》是一首对于美好人性的热情的赞歌，那么组诗《国家黑洞》则是揭露和批判腐恶的战鼓。当然，这样的战鼓并不剑拔弩张地使用如"文革"中"大批判"的语言，诗的语言依然是那么平和、从容，甚至显得有几分温和，然而丝毫没有减轻批判的力度。激烈的言辞并不意味着真理在握。真理是朴素的，无敌的，无须借助攻击和谩骂。尤其重要的是，这是写诗，而不是写批判文章和大字报，必须符合诗的艺术规律。《京都落日》是一首批判贪污腐败分子陈希同的诗，诗人毫不掩饰对这个名字的厌恶，用的却是诗的表述方式："我们又听到那个刺痛我们的名字 / 它是嘈杂中的嘈杂 / 破败中的破败 / 是被我们鄙视的西山顶端那棵枯树的 / 飒飒落叶"。尽管如此，诗人在具体描写这个人时，仍然没有采取在外形上加以丑化和脸谱化的手法，甚至很少使用贬义词，"他有时平和、有时凝重 / 那时，人们甚至能体味到他从战争年代 / 带来的从容 / 霜染双鬓，他的一个眼神 / 可以使长安街通明或者黯淡 / 面对权力 / 一个矮小的个子居然成为巨人"。这里几乎都是褒义词。最后一句虽带有嘲讽意味，但"矮小的个子"也符合陈的实际身高，并不算有意丑化，何况"矮小的个子"并无贬义。之所以这样写，是为了避免简单化，也符合生活真实。诗人用形象说明，出现像陈希同那样的腐败分子，并不奇怪。"我们总以为，我们土地仅会生长枝叶和繁花 / 不知从什么时候 / 我们每次期待收获时 / 却有落英和蛆虫"。最后，诗人这样写道："在一个巨大影子的涵盖下 / 人们形色匆匆 / 我突然觉得 / 不知他们的血 / 将在什么时候被人怎样的吞噬 / 也不知道一个鲜活的生命 / 将在怎样的绳索下终结一生。"不仅在理性上批判"落英和蛆虫"的罪行，而且在情感上激起人们的极大义愤。在《权力》一诗中，诗人"思索过正义与权力的必然联系"，"如果权力是黯然的鬼火 / 正义，便只能是 / 遥远而空茫的 / 接近极致的邪恶"。这样形象、凝练、含义深隽的诗句，完全可以视为优秀的警句箴言。《冰躯壳》是针砭乱建楼堂馆所的奢华腐败之风之作。诗人以强烈对比的手法，以精彩的诗句，表达他的愤慨："当一座大厦巍然耸立时 / 我们信念的大厦颓然倒下"，"当我们即将面对这辉煌的建筑时 / 它的意义，真的能重于一株小草的意义?"诗人又以饱含深情的、温柔的人文关怀，展露了忧国忧民的博大的、爱的怀抱："当我们踩在花岗岩光洁的地面时 / 那脚下闪烁

的 / 是生存边缘的支撑我们骨架的 / 求生者的眼神。"这是一栋没有生命的建筑 / 不知道还有多少这样的重负 / 压在祖国柔弱的胸膛。"《道德的天空》是诗人在浮躁肤浅的年代里对道德的诗意的呼唤。"在卑劣的涵盖下 / 人只能产生卑劣 / 道德,成为所有实在中的 / 唯一空濛。"尽管道德如"微弱的童音",但诗人却感到是"唯一神圣":"道德 / 一个喧嚣的空间有一个微弱的童音 / 那是我们在一个浅薄年代感受的 / 唯一神圣"。诗人就是这样通过感性的形象和情感的语音,把自己对于社会与道德的理性审视和判断传达给读者。苏珊·朗格在《艺术问题》一书中说:"艺术家意在表达的一切概念都应该是某种诉诸感觉的概念,或者说,都是诉诸感觉的生命形式。"诗人郁葱在诗中正是以"诉诸感觉的生命形式。"来表达他对世界的基本态度。面对"喧哗与骚动"的世界,他始终守望在诗歌的精神家园里,耽于沉思,志向高迈,追求高雅,这是尤其难能可贵的。

作于 2000 年 6 月 1 日

北京芳城园寓所

诗情如水　诗骨似铁
——评阿毛的诗

　　曾经有这样一种说法:女诗人和女性诗人是不同的。前者单纯指性别是女性的诗人,后者则不仅是就性别而言,而且指具有自觉的女性意识的女诗人。这样的女性诗人不仅在诗歌创作中表现、张扬女性意识,而且著文发表宣言加以强调。我同意这样的画分。我认为,女性诗人作品的性别特征不等同于女性诗人的性别意识。女性诗歌的性别特征是女性诗人不由自主地表现出来的;而女性诗人的性别意识则一定是自觉的。女性诗人不同于女诗人之处,就在于前者女性意识的觉醒和成熟,以及对实现女性自身价值的不懈追求。如果以此来定位,阿毛显然属于真正意义上的女诗人。而女性诗人毕竟是上世纪八九十年代，在那样一个特殊的时代，在诗坛出现的特殊现象。

阿毛是一位非常有个性的女诗人。她的个性就在不同于其他女诗人的特征中突现出来。当然，作为女诗人，在作品中不由自主、不可避免地表现女性的性别特征是很自然的。

所以，和所有的女诗人一样，阿毛诗中体现了女性特有的敏感、细腻、体贴入微的特点。但是不同寻常的是，她这种敏感、细腻、体贴，已超出了一般女诗人所常见的性别特征，而蕴含了丰富而深厚的内涵。她的敏感、细腻、体贴入微无不出自她的爱。她的爱被及众生。她认为生命是平等的，哪怕是细小的生命。在《对换》一诗中，她把自己和蚂蚁对换，设想蚂蚁的感受："我痛，是因为我伤了它，/ 也可能杀了它。/ 我痛，是因为我想到：/ 如果我是那只蚂蚁，/ 蚂蚁是我，用写诗的右手拍我一下，/ 我会怎么样？"她甚至把没有生命的客观物象赋予有敏锐感觉的生命。并且设身处地、感同身受地状写它们的感受。如《雪在哪里不哭》，写到"雪一定就是悲伤的"，"文字却在雪里哭 / 因为它冷啊，真的冷"。又如《石头也会疼》，诗人写道："我这么敏感 / 是因为世上万物都会疼"，" 任何一个事物的疼 / 都是我们的某一部分在疼"。 把对象拟人化，细致地表现人类才有的感觉，这也是现代主义常用的表现手法。 她不仅把没有生命的"世上万物"都看作有感觉的生命，而且让"世上万物"的感觉和"我们的"感觉产生休戚相关的感应，把对"世上万物"的感觉写到了极致。这样的写法尚不多见。诗人对"世上万物"的爱，不妨可以称为"泛爱"。"泛爱"语出《论语·学而》："泛爱众，而亲仁。"又见《庄子·天下》："泛爱万物，天地一体。"可见"泛爱"最早由孔子和庄子提出来的。我不知道阿毛是否从《论语》和《庄子》中得到启示，不过，我更愿意相信阿毛的"泛爱"源自一位女诗人的真诚和善良，而她对"世上万物"的爱，却与遥远古老的中国传统文化"天人合一"的精神一脉相承。我说阿毛的诗既有女诗人的特点，又不同于一般女诗人，而蕴含丰富深厚的内涵，盖指于此。

除了"泛爱"，当然还有"专爱"。像所有女诗人一样，爱情应该是阿毛诗歌中的重要主题。爱在阿毛的心目中分量很重，在《词》一诗中，她写道："无论你是谁，你在哪里？/ 你只需要一个词，和它全部的能量，/ 那就

是——爱。"爱在阿毛诗中出现的频率很多。她在写爱情的诗时,用了全身心的感情,用了最美丽的语言。如《多么爱》:

> 我多么爱啊,
> 所以用尽世间所有的词。
> 以前,我用得最多的是形容词,
> 其次是动词。
> 那时候,我拥有星星
> 那样多的形容词和动词。
> 现在,我用得最多的是名词,
> 也只剩下名词。
> 昔日丰满的血肉之躯,
> 只剩下一张血的皮,和一把嶙峋的骨头。
>
> 白天我写诗,是替不能再爱之人,
> 还原夜晚的盛宴,
> 是用骨中之磷,点燃星星和露珠;
> 晚上我写诗,是用滴血之皮,
> 替不能倒流的时光,
> 还原青春的天空和大地。
> 我多么爱啊,
> 所以用尽了剩下的名词,
> 也用尽了这血肉之躯。

"用尽了剩下的名词","也用尽了这血肉之躯","只剩下一张血的皮,和一把嶙峋的骨头"。把爱写得如此刻骨铭心,可谓惊心动魄!又如《更多》:"云要爱大地,/就会变成雨落下来。""写到爱,就会写到心疼:/心疼某个人,心疼她的名字和姓氏,/心疼相爱的往事。//所以,我这样在爱:/手指用键盘,眼睛用雨水,/灵魂用她自己。"在《取暖》一诗中,诗中的我,以双臂环抱自身的取暖方式表达她对爱的渴求:

是谁说，"你一个人冷。"
是的，我，一个人，冷。
我想，我还是抱住自己，
就当双肩上放着的是你的手臂。
就当你的手臂在旋转我的身体；
就这样闭着双目——
头发旋转起来，
裙子旋转起来；
血和泪，幸福和温暖旋转起来。
"你还冷吗？"
我似乎不冷了。
让我的双手爱着我的双肩，
就像你爱我。

可是尽管如此，在表现爱的诗中，诗人却让我们看到这样的诗句："还写了不少爱的诗句。可是有什么用？／这些都不过是青春的瘟疫／或爱情的发疯形式。／经验告诉我，爱情是一场急性病，日子久了就好了。／除非你在年轻的爱中就得了不治之症，／否则没人能靠爱情过一辈子。"（《爱情教育诗》）这是一个参透了爱情的底蕴，经历了爱情的磨折，看破红尘的过来人对爱情的诠释。还有《爱情》一诗，诗中的"我"对爱情表现了疲惫到麻木的状态："太累了。我不要它了。／我是说，／我已经平静下来，／已经刀枪不入了。"好像爱情的心被包上了硬壳，"已经刀枪不入了"。这说明即便是在诗歌中大量表现热烈的爱情的同时，诗人还有冷峻、理性的另类爱情诗，表现为规避一味单纯的歌颂的姿态，体现了爱情诗的丰富性和多样性。

作为女诗人，把诗的笔触指向爱情、青春是很自然的。然而阿毛除了爱情的主题外，还将关注的目光投向光怪陆离的社会现象。在《艺术论》这样一个类似论文的标题下，诗人却以幽默调侃的手法针砭时弊："到处都是低俗文化，／尤其在脏、乱、差的地方。／高雅没有土壤。／你何以在金字塔里写字？／我考虑了一整天，／把理想主义和唯美主义者／用于杀纸的笔，／送进了典当铺。"又如《2月14日情人节中国之怪状》,西方的情人节来到中国,出现了不中不西,亦中亦西的尴尬:"吃西餐,不拒中餐;吃中餐,不拒西餐。""情人或低于内人,或稍重于内人、亲人。/ 不是夫妻的,行为暧昧;是夫妻的,心里怪昧。"而《懦夫(妇)的外遇症(史)掠影》则别出心裁,以开处方的形式,嘲弄讽刺那些患外遇症的夫妇们。当她的哥哥也有了外遇后,她不假颜色,不是讽刺,而是斥责:"他成了一个我们不认识的人/ 没有亲情、没有手足 / 没有道德和秩序 / 他完了","对于现实中活生生的一次 / 我早已不用笔去杀它 / 而是用一个妹妹的嘴 / 吼着,去死吧,你"(《当哥哥有了外遇》)。这首《当哥哥有了外遇》,曾受到不少质疑,甚至责难,这是我没有想到的。我以为这首诗表现了诗人的正直和正义感。她不因是自己的哥哥而护短,而是鲜明地谴责这种对爱情和家庭不忠的行为。艺术的本质就在于情感的体验和情感的表达。诗人在这首诗中所表达的情感是真实的,真诚的,并且以其正直和正义性赢得读者的认同,而具有普遍性。这就是这首诗能打动读者的主要原因。诗人还有一首诗《出身》,告诫人们不要忘本:"我们吃的米是从乡下来的,/ 我们喝的水是从乡下来的,/ 我们穿的衣是从乡下来的,/ 我们走的路,也是从乡下延伸过来的。// 所以,不论当多么大的官,/ 写多么抒情、多么优雅的诗,//——我们都是乡下人——// 这甚至是绝大多数贵族的出身。"诗人用朴实无华的语言表现了她对草根一族"乡下人"的深厚感情和真诚的认同。

最后说说阿毛诗的语言。她的诗的语言的风格是多元化的,是为诗的内容服务的。我发现她在抒写社会现象的诗时,其语言的风格是质朴自然,直抒胸臆而不加斧凿的,如上引《当哥哥有了外遇》《出身》等。而当描写女性微妙的心理活动时,其语言则显得十分细腻、精致、富有想象力,表现为如梦如幻的美丽。正如她在一首诗中所宣告的那样:"我如此富有而狂妄,/ 是因为我拥有 / 不能穷尽的夜晚和想象。"(《打开的夜晚》)如"月亮是诗人挂在天上的遗容模具,/ 月光是裹尸布"(《批评之道》)。古往今来的诗人为之沉醉、吟咏不绝的优美的月光,在诗人笔下成了"裹尸布",月亮变成了"遗容模具",多么丰富而令人战栗的想象力!又如《在水中》:"在水中的落叶,/ 在水中的鸳鸯,/ 在水中花朵般飘动的奥菲莉亚,/ 还有童话的鱼尾,寓言的泡沫,/ 都在水中,/ ……都是诗,是不熄的倒影,/ 把流水挽留。/ 诗人说,这水,这文字中的水，/ 是诗人的——/ '是真实的时间之水。' / 可真实其实是一种眼光，/ 是一种思想的内核；/ 是水底的石头，和它白色的火焰。" 我不得不佩服阿毛如此纯熟地操练优美的诗的语言，以及出奇制胜的想象力。

阿毛纯熟地操练优美的诗的语言，还表现在对诗句的整饬和排列，如《以前和现在》一诗富有格律诗的对称、整齐和精致；更巧妙的是在形式上，是两节诗对称，而在内容上，则相反，相矛盾，形成正反对称：

> 以前我走的路，都很平坦
> 以前我走的路，都在生活的外面
> 我整天写诗，做诗人
> 我整天爱呀，做恋人
> 还常常哭，流眼泪
> 人们看我一脸痛苦
> 其实，我那时多么幸福
>
> 现在我走的路，都很坎坷
> 现在我走的路，都在生活的里面
> 我整天写字，做作家
> 我整天做事，做俗人
> 还常常笑，没眼泪
> 人们看我一脸幸福
> 其实，我现在多么痛苦

S.阿瑞提说过："诗句的矛盾对比变成诗人的魔术。"[1] 这首诗就是用的诗句的矛盾对比的手法，诗人用这样的诗的魔术，带给读者以深长的回味和沉思，这正是这首诗的魅力之所在。

我读过不少女诗人的诗，比较常见的，就是过于内视，一味沉溺在女性纤细的情感悲欢中不能自拔。而阿毛则不然，她的诗既表现了一往情深的

---

① S.阿瑞提《创造的秘密》第 186 页，辽宁人民出版社 1987 年出版。

爱情，又能从狭小的一己的情感圈子中跳出来，放眼看到广阔的世界、复杂的社会。阿毛的诗既表现了女性温柔细腻、深情敏感的特点，又表现了对社会现实的关注和参与意识，从她的诗中，难能可贵地可以听到代表公众的正义呼声。她的诗那刚柔相济的风格正是区别于其他女诗人的个性特征。

个性特征是诗人成熟的标志。阿毛正是这样一位成熟的女诗人。我衷心祝愿她的诗越写越好，衷心祝愿她和她的诗青春永驻。

梦幻般缤纷的内觉体验
——评李小洛的诗

众所周知，个性是成熟诗人的重要标志。诗人的个性应该具有排他的性质，具有迥异于其他诗人的独特的秉性。那些亦步亦趋地模仿别人的所谓诗人固不足取，而有的诗人为了表现自己的个性，一味挖空心思，标新立异，同样算不上有真正的个性。盖因他们恰恰缺少作为真正的诗人所必不可少的一样东西，那就是独特的生命体验。说到生命体验，还要追溯到最为原始的体验：内觉体验。

所谓内觉是对过去的事物与运动所产生的经验、知觉、记忆和意象的一种原始的、不定形的认识。内觉体验是艺术和审美体验的基础。由于内觉不能与他人分享，这就保证了诗人个性的独创性。当然，仅仅是内觉体验因其认识的不定形，尚不足以形成诗，诗人所要做的，就是要将飘忽、朦胧的内觉体验定形，并形诸语言、形象，最后写成诗。这样的诗并不排斥理性思维，在沉思这样的理性思维活动中，存在着大量的内觉活动。可以这样说，艺术和审美体验的过程正是源于内觉体验，而超越内觉体验的过程。当一位诗人厌倦于自己作品的固有风格，而力图作较大的突破和创新时，他往往会回复到内觉的水平，从原始的体验中寻找诗意。

读了李小洛的诗，笔者认为她的诗之所以真切动人，具有自己鲜明的个性，就是因为诗人经历了内觉体验的过程。正因为内觉体验具有原始性，也就具有单纯的童真的特点。《雨是从哪儿下起来的》就颇有童趣："我们睡在这儿／雨都楼顶上下了一整夜了／我们却不知道它是从哪儿下起来的"。同样富有童趣的还有《那些蚂蚁为什么不飞起来》：

那些蚂蚁为什么不飞起来
不像我
也不像一只麻雀那样
去天空里觅食

那些蚂蚁为什么不飞起来
不像蝗虫，也不像一个蚂蚱那样
跳到庄稼和叶子上

为什么，它们不飞起来
不像蝴蝶一样
不像燕子一样
不像一支长箭，一艘飞船那样
突然从地面上飞起来呢

飞起来。我们就不用搬家了
也不用一辈子都在那些泥里土里爬了
就能像春风一样飞过花朵
云朵一样住在天上了

这些诗句，充满着孩提式的天真美丽的想象和梦想，可是，在轻松而令人愉悦的诗句背后，依稀可以感觉到诗人对当下生存状态的不满，以及对美好自由生活的憧憬。

内觉体验是最原始、本真，也是最切近生命的体验。故而对于血浓于水的亲情，自然更有噬心镂骨的体验。《我想念那些亲人》写得凄婉动人，看来那些亲人皆已作古，诗人"在夜里重复着开窗的动作／是想让那些月光照进来／照上每一面雪白的墙壁／然后关上门,不让这群／远道而来的客人在这个冬天／又一次离开这所空房子",诗人"总是担心他们其中有人／要告辞,从不同的位置里／突然抽身,然后／大地就一片银白／窗口就一片漆黑／我的眼睛就会饱含热泪"。然而,更使诗人痛断肝肠的是她的父亲的溘然而逝。她说"这个意外的打击对我非常巨大,我像一个突然失去保护,一下子暴露在风雨里的孤鸟,茫然无措……我常常失眠,性格变得愈来愈孤独、敏感。常常在夜半大汗淋漓地醒来"。后来虽然她"慢慢走出这场巨大的伤痛和阴影",但是,她到底"因此而构成了我这一时期的诗歌品质,很多人看我的诗歌,都觉得女性的意识已经减到了最低,我想这正是和我对于父亲的这种感情有关。我写诗的时候,心里始终有一个正在说话的男人"(霍俊明:《缓缓地涉过那片诗歌水域——李小洛访谈录》)。《无题》和《背影》是诗人献给她父亲的诗。李小洛的不少诗可谓率性写来,写得挥洒自如,其中不乏令人惊奇的机智的想象,也有颠覆常人思维的近乎呓语的看似荒诞的诗句。但是,对于这两首怀念父亲的诗,诗人却运用了最为朴素的铺陈白描的手法,还特别重视细致地描绘。如在《无题》中,诗人那么细致动情地写她的父亲,"那个种菜的男人""他下蹲的姿式／以及。多年后／他永远蹲下去的姿式",两次写他下蹲的姿式,并且"多年后",她还记得他这种姿式,可见她对此印象的深刻。直到最后一节写到"我跟在后面,知道／他的腿疼病又犯了,却沿着／这片菜地,又走了回来"。前后对照,人们这才恍然,"腿疼病又犯"的父亲要做下蹲的姿式,该忍受多大的痛苦!而他居然还在微笑,可见父亲的意志和毅力,以及对生活乐观向上的态度。宜乎这位女诗人要"我含着眼泪／看见,他的微笑"了。

《背影》一诗也是怀念父亲之作。写父亲出门了,"我和母亲放下了手里的毛线／送他到村口,我们的眼里饱含／热泪,他却没有回过头来看我们／背着他荒草般背影在春天／一步一步越走越远"。没有回过头来看妻女,并非心肠似铁,又冷又硬,恰恰是离愁别绪,柔肠百转,不敢面对妻女。最后写父亲"真的上山去了／他留下秋天的庄稼和粮食／留下了我和母亲的空房子／也留下了春天这一片疯长的荒草地",可谓余韵深长。诗曰《背影》,不由得令人想起朱自清的名篇《背影》。在以细腻的细节描写反复渲染,达到动人的抒情效果这一点上,是否受到朱自清的影响?

由此，似乎可以归结为一个大致相同的现象：凡是真情表现骨肉至爱亲情的作品，一般在形式上都尽量做到朴素自然，在语言上则洗尽铅华。流沙河的《故园六咏》、余光中的《乡愁》等莫不如此。这是因为骨肉真情原本是作为人类本能的生命属性，表现骨肉真情的诗因其最为直接深刻地突现生命体验，故而最能震撼人心，而无须斧凿藻饰。

至于上文说到的李小洛的那些颠覆常人思维的看似荒诞的诗，实际上最接近内觉体验。因为内觉的内容本来就包含着过去的经验、当前的无意识情感，以及不确定的，甚至互相矛盾的缤纷而朦胧的感觉。如这首《我背对着火车行走的方向坐下来》，就写得令人惊出意表。诗中的"我"背对着火车行走的方向坐着，"感觉自己正从一些生活的场景里徐徐后退"。令人惊异的是，她竟"后退着返回消失的时光／一点一点接近从前的春天／从前的房屋和车站"。就这样，她把火车这样的活动的空间，置换成活动的时间，并且她好像进入时间隧道，更奇妙的是，她"喜欢把那枚后退键／掌握在自己的手里"。于是，"这样一路倒退／一路倒退着从后来的结局／从你的身边离开／一路退回到遥远的那个清晨／母亲的柔软、温暖的子宫"。只是反方向的坐姿，竟产生如此堪称荒诞的奇想！令人不得不佩服诗人丰富奇特的想象力。

作为女性诗人的李小洛，虽然连她自己也承认，她的诗女性的性别特征不太明显，但是她的敏感、善感肯定超过男性诗人。正由于她的敏感，才使她的内觉体验异常丰富缤纷。所以在她的诗中出现一些个性张扬、互相矛盾，甚至极端的、怪异的内容就不足为怪了。你看：一方面，她用十个"省下我"这样的排比句，要省去她的一切，甚至"恋爱"和"泪水"，要"省下我对这个世界无休无止的愿望和要求"，宣称自己是"一个多余的人，一个／这样多余地活着／多余地用着姓名的人"（《省下我》）；另一方面，她又宣称："我要做一个享乐主义的人／我要用光这个世界"（《我要做一个享乐主义的人》），俨然以世界的饕餮自居。而在《我并不是一个贪婪的人》一诗中，她又表白："我要让他们和我一样！／——对这个世界充满爱和欲望／啊，和我一样！做一只并不贪婪／却要终生吃草的羊。"又如，一方面她不无自私地坦承："不让你知道，在这个世界上／我最爱的人只有我自己／从来不会是你，也从来不是世界上／任何一个其他的人"（《我最爱的人》）；另一方面，她在《我要做一个长工》这首诗中，却心甘情愿做她爱人的长工。她用那么温馨亲切的诗句，不厌其烦地罗列了诸如"拿来他的拖鞋，毛巾和热水／冲好牛奶，打开房门／替他刮掉胡须，递过他的领带、西装／围巾、帽子和大衣"这样琐屑的细事，并且表示"我要一辈子跟着他／跟定了他就哪儿也不去了／哪儿也不去了只为伺候好他的胃"。这时候的她，又绝对是一位传统的贤淑的家庭主妇了。

李小洛的诗还呈现出一些极端的甚至怪异的特点。譬如这首《我要赤裸着穿过这个城市》：

> 首先，我要解开鞋带，脱掉鞋子、丝袜
> 再解开纽扣，脱掉裙子和内衣
> 脱掉你，脱掉戒指
> 最后，连皮肤也一起脱去
>
> 我要像一缕空气从床上站起来
> 打开房门走到大街上
> 我要从那些行人、车辆中间
> 从那些楼房和树荫中间穿过去
>
> 踩着满城的人群和头颅
> 赤裸地穿
> 就像风从春天慢慢地刮过去

从世俗的眼光看迹近怪异，而"连皮肤也一起脱去"更是荒诞。在个性极端张扬的背后，是否有深意寓焉？

李小洛的诗就这样以多元缤纷的色彩使人着迷，使人感动。《我喜欢这样扬着头走路》一诗，扬着头走路是不愿过"低贱屈辱的一生"，表现诗人人格的尊严；而《我喜欢从高处往下看》，则相反，是低头。为什么？原来诗人"喜欢看／那些地上的昆虫"、"一朵花瓣，一只正在搬家的蚂蚁／一行庄稼，一粒发霉的种子"。且听诗人多么动情地说："面对它们，我都会低头／轻轻

的低下头去 / 让大地,在我一低头的瞬间 / 看见我一直含在眼里的这颗泪滴。"为尊严而扬头,为苍生而低头,一踞一恭,俯仰之间,显示出这位女诗人动人魂魄的人格力量。

由上分析,李小洛是一位很有个性的诗人,也是一位很有才气的诗人。而这与她有着丰富细腻的内觉体验有关。关于这一点,刘小枫在《诗化哲学》一书中,也有类似的论述。他说:"诗人、儿童、富于热情的梦想的人的想象,超越了理性的形式法则,它由特殊到特殊的推断来组织,并总是沉浸于一种无意识的莫名情绪之中。也就是说,诗人的想象活动是依据自身精神过程的非常内在的性质造成的,其基础只能是诗人自己的具体体验和这些体验所提供的视觉映象的背景。""沉浸于一种无意识的莫名情绪之中","自身精神过程的非常内在的性质",我以为就是指内觉体验。而有无这种体验关乎诗人有无个性和质感。

李小洛的诗丰赡多彩,可圈可点处还有很多。我喜欢她的诗,她的诗给我带来艺术享受。相信她会不断给人们带来诗美的享受。

写于 2007 年 6 月 30 日

北京芳城园寓所

内外刚柔　各擅胜场
——驻校女诗人阿毛与李小洛诗歌比较

在首都师范大学的驻校诗人中,阿毛与李小洛两位都是很有个性的女诗人。除了她们作为女诗人,在作品中不由自主、不可避免地体现女性特有的敏感、细腻、体贴入微的特点外,她们的诗歌更有不同的鲜明的个性。相对而言,阿毛的诗显得外向些,而李小洛的诗则更为内敛些;阿毛的诗柔中见刚,可谓诗骨似铁,而李小洛的诗更注重内心体验,可谓柔情如水。

阿毛的诗所体现的敏感、细腻、体贴,已超出了一般女诗人所常见的性别特征,而蕴含了丰富而深厚的内涵。她的敏感、细腻、体贴入微无不出自她的爱。她的爱被及众生。她认为生命是平等的,哪怕是细小的生命。在《对换》一诗中,她把自己和蚂蚁对换,设想蚂蚁的感受:"我痛,是因为我伤了它,/也可能杀了它。/我痛,是因为我想到:/如果我是那只蚂蚁,/蚂蚁是我,用写诗的右手拍我一下,/我会怎么样?"她甚至把没有生命的客观物象赋予有敏锐感觉的生命。并且设身处地、感同身受地状写它们的感受。如《雪在哪里不哭》,写到"雪一定就是悲伤的","文字却在雪里哭/因为它冷啊,真的冷"。又如《石头也会疼》,诗人写道:"我这么敏感/是因为世上万物都会疼","任何一个事物的疼/都是我们的某一部分在疼"。把对象拟人化,细致地表现人类才有的感觉,这也是现代主义常用的表现手法。她不仅把没有生命的"世上万物"都看作有感觉的生命,而且让"世上万物"的感觉和"我们的"感觉产生休戚相关的感应,把对"世上万物"的感觉写到了极致。这样的写法尚不多见。诗人对"世上万物"的爱,不妨可以称为"泛爱"。"泛爱"语出《论语·学而》:"泛爱众,而亲仁。"又见《庄子·天下》:"泛爱万物,天地一体。"可见"泛爱"最早由孔子和庄子提出来的。我不知道阿毛是否从《论语》和《庄子》中得到启示,不过,我更愿意相信阿毛的"泛爱"源自一位女诗人的真诚和善良,而她对"世上万物"的爱,却与遥远古老的中国传统文化"天人合一"的精神一脉相承。我说阿毛的诗既有女诗人的特点,又不同于一般女诗人,而蕴含丰富深厚的内涵,盖指于此。

而李小洛显然也有这种"泛爱"心理,可是她在诗中所表现的是丰富瑰丽的想象和天真无邪的童趣:《雨是从哪儿下起来的》就颇有童趣:"我们睡在这儿/雨都楼顶上下了一整夜了/我们却不知道它是从哪儿下起来的"。同样富有童趣的还有《那些蚂蚁为什么不飞起来》:

> 那些蚂蚁为什么不飞起来
>
> 不像我
>
> 也不像一只麻雀那样
>
> 去天空里觅食

那些蚂蚁为什么不飞起来

　　不像蝗虫,也不像一个蚂蚱那样

　　跳到庄稼和叶子上

　　为什么,它们不飞起来

　　不像蝴蝶一样

　　不像燕子一样

　　不像一支长箭,一般飞船那样

　　突然从地面上飞起来呢

　　飞起来。我们就不用搬家了

　　也不用一辈子都在那些泥里土里爬了

　　就能像春风一样飞过花朵

　　云朵一样住在天上了

这些诗句,充满着孩提式的天真美丽的想象和梦想,可是,在轻松而令人愉悦的诗句背后,依稀可以感觉到诗人对当下生存状态的不满,以及对美好自由生活的憧憬。

　　如果说,李小洛的诗是以曲折含蓄的方式,表达了对当下生存状态的不满,以及对美好自由生活的憧憬,那么阿毛的诗则是直陈时弊,不假颜色。阿毛的诗除了爱情的主题外,还将关注的目光投向光怪陆离的社会现象。在《艺术论》这样一个类似论文的标题下,诗人却以幽默调侃的手法针砭时弊:"到处都是低俗文化,/尤其在脏、乱、差的地方。/高雅没有土壤。/你何以在金字塔里写字?/我考虑了一整天,/把理想主义和唯美主义者/用于杀纸的笔,/送进了典当铺。"又如《2月14日情人节中国之怪状》,西方的情人节来到中国,出现了不中不西,亦中亦西的尴尬:"吃西餐,不拒中餐;吃中餐,不拒西餐。""情人或低于内人,或稍重于内人、亲人。/不是夫妻的,行为暧昧;是夫妻的,心里怪味。"而《懦夫(妇)的外遇症(史)掠影》则别出心裁,以开处方的形式,嘲弄讽刺那些患外遇症的夫妇们。当她的哥哥也有了外遇后,她不假颜色,不是讽刺,而是斥责:"他成了一个我们不认识的人／没有亲情、没有手足／没有道德和秩序／他完了"，"对于现实中活生生的一次／我早已不用笔去杀它／而是用一个妹妹的嘴／吼着，去死吧，你"（《当哥哥有了外遇》）。这首《当哥哥有了外遇》），曾受到不少质疑，甚至责难。这是我没有想到的。我以为这首诗表现了诗人的正直和正义感。她不因是自己的哥哥而护短，而是鲜明地谴责这种对爱情和家庭不忠的行为。艺术的本质就在于情感的体验和表达。诗人在这首诗中所表达的情感是真实的，真诚的，并且以其正直和正义性赢得读者的认同，而具有普遍性。这就是这首诗能打动读者的主要原因。诗人还有一首诗《出身》，告诫人们不要忘本："我们吃的米是从乡下来的，／我们喝的水是从乡下来的，／我们穿的衣是从乡下来的，／我们走的路，也是从乡下延伸过来的。／／所以，不论当多么大的官，／写多么抒情、多么优雅的诗，／／——我们都是乡下人——／／这甚至是绝大多数贵族的出身。"诗人用朴实无华的语言表现了她对草根一族"乡下人"的深厚感情和真诚的认同。

　　这样的诗不可能出现在李小洛的笔下。李小洛的内敛和内心体验，决定了她的诗柔情似水，情深如海。《我想念那些亲人》写得凄婉动人，看来那些亲人皆已作古，诗人"在夜里重复着开窗的动作／是想让那些月光照进来／照上每一面雪白的墙壁／然后关上门，不让这群／远道而来的客人在这个冬天／又一次离开这所空房子"，诗人"总是担心他们其中有人／要告辞，从不同的位置里／突然抽身，然后／大地就一片银白／窗口就一片漆黑／我的眼睛就会饱含热泪"。然而，更使诗人痛断肝肠的是她的父亲的溘然而逝。她说："这个意外的打击对我非常巨大，我像一个突然失去保护，一下子暴露在风雨里的孤鸟，茫然无措……我常常失眠，性格变得愈来愈孤独、敏感。常常在夜半大汗淋漓地醒来。"后来虽然她"慢慢走出这场巨大的伤痛和阴影"，但是，她到底"因此而构成了我这一时期的诗歌品质，很多人看我的诗歌，都觉得女性的意识已经减到了最低，我想这正是和我对于父亲的这种感情有关。我写诗的时候，心里始终有一个正在说话的男人"（霍俊明：《缓缓地涉过那片诗歌水域——李小洛访谈录》）。《无题》和《背影》是诗人献给她父亲的诗。李小洛的不少诗可谓率性写来，写得挥洒自如，其中不乏令人惊奇的机智和想象，也有颠覆常人思维的近乎呓语的看似荒诞的诗句；但是，对于这两首怀念父亲的诗，诗人却运用了最为朴素的铺陈白描的手法,还特别重视细节的描绘。如在《无题》中,诗人那么细致动情地写她的父亲,"那个种菜的男人""他下蹲的姿式 / 以及。多年后 / 他永远蹲下去的姿式",两次写他下蹲的姿式,并且"多年后",她还记得他这种姿式,可见她对此印象的深刻。直到最后一节写到"我跟在后面,知道 / 他的腿疼病又犯了,却沿着 / 这片菜地,又走了回来"。前后对照,人们这才恍然,"腿疼病又犯"的父亲要做下蹲的姿式,该忍受多大的痛苦!而他居然还在微笑,可见父亲的意志和毅力,以及对生活乐观向上的态度。宜乎这位女诗人要"我含着眼泪 / 看见,他的微笑"了。

《背影》一诗也是怀念父亲之作。写父亲出门了,"我和母亲放下了手里的毛线 / 送他到村口,我们的眼里饱含 / 热泪,他却没有回过头来看我们 / 背着他荒草般背影在春天 / 一步一步越走越远"。没有回过头来看妻女,并非心肠似铁,又冷又硬,恰恰是离愁别绪,柔肠百转,不敢面对妻女。最后写父亲"真的上山去了 / 他留下秋天的庄稼和粮食 / 留下了我和母亲的空房子 / 也留下了春天这一片疯长的荒草地",可谓余韵深长。诗曰《背影》,不由得令人想起朱自清的名篇《背影》。在以细腻的细节描写反复渲染,达到动人的抒情效果这一点上,是否受到朱自清的影响?

因其注重内心体验,为想象力提供广阔的天空,所以李小洛常出石破天惊的奇诡之词。如这首《我背对着火车行走的方向坐下来》,就写得令人惊出意表。诗中的"我"背对着火车行走的方向坐着,"感觉自己正从一些生活的场景里徐徐后退"。令人惊异的是,她竟"后退着返回消失的时光 / 一点一点接近从前的春天 / 从前的房屋和车站"。就这样,她把火车这样的活动的空间,置换成活动的时间,并且她好像进入时间隧道,更奇妙的是,她"喜欢把那枚后退键 / 掌握在自己的手里"。于是,"这样一路倒退 / 一路倒退着从后来的结局 / 从你的身边离开 / 一路退回到遥远的那个清晨 / 母亲的柔软、温暖的子宫"。只是反方向的坐姿,竟产生如此堪称荒诞的奇想!令人不得不佩服诗人丰富奇特的想象力。

她的敏感和想象力,使她的诗出现一些个性张扬、互相矛盾,甚至极端的、怪异的内容。你看:一方面,她用十个"省下我"这样的排比句,要省去她的一切,甚至"恋爱"和"泪水",要"省下我对这个世界无休无止的愿望和要求",宣称自己是"一个多余的人,一个 / 这样多余地活着 / 多余地用着姓名的人"(《省下我》);另一方面,她又宣称:"我要做一个享乐主义的人 / 我要用光这个世界。"(《我要做一个享乐主义的人》)俨然以世界的饕餮者自居。而在《我并不是一个贪婪的人》一诗中,她又表白:"我要让他们和我一样! / ——对这个世界充满爱和欲望 / 啊,和我一样! 做一只并不贪婪 / 却要终生吃草的羊。"又如,一方面她不无自私地坦承"不让你知道,在这个世界上 / 我最爱的人只有我自己 / 从来不会是你,也从来不是世界上 / 任何一个其他的人"(《我最爱的人》);另一方面,她在《我要做一个长工》这首诗中,却心甘情愿做她爱人的长工。她用那么温馨亲切的诗句,不厌其烦地罗列了诸如"拿来他的拖鞋,毛巾和热水 / 冲好牛奶,打开房门 / 替他刮掉胡须,递给他的领带、西装 / 围巾、帽子和大衣"这样琐屑的细事,并且表示"我要一辈子跟着他 / 跟定了他就哪儿也不去了 / 哪儿也不去了只为伺候好他的胃"。这时候的她,又绝对是一位传统的贤淑的家庭主妇了。

李小洛的诗就这样以多元缤纷的色彩使人着迷,使人感动。《我喜欢这样扬着头走路》一诗,扬着头走路是不愿过"低贱屈辱的一生",表现诗人人格的尊严;而《我喜欢从高处往下看》,则相反,是低头。为什么? 原来诗人"喜欢看"那些地上的昆虫"、"一朵花瓣,一只正在搬家的蚂蚁 / 一行庄稼,一粒发霉的种子"。且听诗人多么动情地说:"面对它们,我都会低头 / 轻轻的低下头去 / 让大地,在我一低头的瞬间 / 看见我一直含在眼里的这颗泪滴"。为尊严而扬头,为苍生而低头,一踞一恭,俯仰之间,显示出这位女诗人动人魂魄的人格力量。

通过以上的比较分析,我们可以看到,同样是女诗人,阿毛和李小洛的诗歌,除了具有女性诗人所共有的敏感、细腻、体贴的特点,以及共同的爱的主题外,还各具个性风采。阿毛的诗张扬了正气,显示了诗歌的风骨;而李小洛的诗内敛含蓄,诡谲奇象,异彩纷呈。这两位女诗人,一张扬,一含蓄;一刚,一柔,各有所长,各擅胜场,堪称驻校诗人中的一对姐妹花。

写于 2014 年 11 月 25 日

北京芳城园寓所

诗美在重新发现中闪光
——读流逸的近作

我曾为流逸的处女诗集《流逝的不是水》写过前言。十多年过去了，最近，我读了他新出的诗集《水流云在》以及集外的诗，我深深感到，我所面对的是一位步入中年的，不仅成熟，而且卓有成就的诗人。比起他的处女诗集，流逸现在的诗意蕴更为深邃，情感体验更为真切，技巧也更为圆熟；然而，难能可贵的是，流逸有一种不断超越生活，不断超越自身的、重新发现的探索精神。这是我读了他近作后所留下的最为深刻的印象。

60年代初，杨绛先生曾发表过一篇文章，题为《艺术就是克服困难》，文章的要旨是说艺术是喜新厌旧的，艺术的价值在于创新，不仅要超越前人，而且更要超越自身。无论是超越前人还是超越自身，都是相当困难的。从这个意义上说，"艺术就是克服困难"。从流逸的近作中，不难看到流逸"克服困难"的决心和信心。那么流逸是如何克服困难，实现对自身的超越的呢？

我以为，在诗的内容上，他努力将自己的内觉形态转变成有意识的情感体验，将散乱的内觉形态、对客观世界所产生的毫无联系的认识结构、零碎琐屑的情感体验加以整合，创造出审美的统一体。这种审美的统一体一方面较为真实地反映、概括、升华了客观世界的外在现实，另一方面将诗人的内在现实，将内觉形态转变为意识和生动的体验。在诗的形式上，则苦心孤诣，精益求精，力求精致完美，表现了对诗美的理想主义的追求。

从流逸的诗中可以看出，在外在现实和内在现实的关系中，他更注重内在现实。这就避免了诗成为外在现实的消极、被动的反映，避免了诗流于平庸。注重内在现实无疑强调诗人的积极能动性，强调诗人的创造精神。惟其如此，诗人才能从习以为常、屡见不鲜的客观世界的外在现实中，有卓然不群的独特发现。春天是时序，可谓再平常不过。可是"在这创造和向上的季节里"，诗人的内在现实却转变为生动的体验，表现为特有的"独步和情怀"。他"无法不兼爱／雨那润泽生长的含义／以及无雨时的渴望"，并且顿悟到"超越顺逆晴晦的博爱／比春天的澄空更辽远"。他由此发现一条真理，"貌似深奥的哲理／其实，就是在／这寻常的季节里被谁演绎着"（《春天里》）。在此诗中，诗人将作为外在现实的春天升华了，或者毋宁说他重新发现了春天。这是诗人内在现实中的春天。他将这种深切的体验生动地传达给读者。又如《仰望星空》，星空，这是无数诗人写过的题材，如何能写出新意呢？流逸"仰望星空"，并没有将星空神秘化，"那里并不是虚无幻境"，也没有赋予其特别的历史文化意蕴，而是大胆地转换了全新的视角，甚至大悖常情和传统心理：诗人告诉我们，在"白昼的桎梏下"，"使我们／成为只迷信白昼的奴隶"。古往今来有多少诗人歌颂光明，诅咒黑暗，而流逸却将光明的白昼比作"桎梏"，不甘心"成为只迷信白昼的奴隶"。对于"我们被告知黑夜即死亡"，诗人大胆说："不！"真是石破天惊之语。以往同类题材的诗，总是感叹星汉遥远，人生短暂。然而诗人却有意识地拉近了星空与人类的距离，使之具有亲近感："虽然相距迢遥／迢遥得只可意会难以言传"，"但当我们从闪烁的群星中／发现了自己的座标时／我们就可以一扫悲哀／我们就可以自信地独语——／彼岸不远"。在遥远的群星中，居然发现了自己的座标，这就一下子拉近了距离。并且自信"彼岸不远"。这就与以往同题诗大异其趣。显然，这里的星空已不是自然意义上的星空，而是诗人心中的星空，也就是诗人内在现实中的星空。诗人通过内在现实中的星空，阐示了乐观向上的人生哲理。

由于诗人注重内在现实，注重意识，注重内省和沉思，所以在他的诗中不乏具有深邃哲理的、类似箴言和警句的精彩诗句，如"然而身后所未被赋予的／恰恰是前方所独具的"（《远山》），"未来最亲近憧憬"（《一段路程和一种抉择》），"一如长长的流水只以流动思考世界／我们的思考也催动这世界"（《河谷》）等。值得提出的是这样精彩的诗句，是诗人生气灌注、意象生动的诗作中的有机组成部分，或者说，这些诗句成为全诗的诗眼，起到了画龙点睛的作用。诗中所显现的深邃哲理，具有真理的性质。这印证了英国湖畔派诗人柯尔律治的名言："从来没有过一个伟大的诗人，不是同时也是个渊博的哲学家。因为诗就是人的全部思想、热情、情绪和语言的花朵和芳香。"（见《文学生涯》）一位有成就的诗人，往往能从日常生活中，并且进一步超越日常生活，发现出乎意料的真理。

诗人的良好的内觉形态，赋予诗人以丰富的想象力和非凡的创造精神，使他能在无数诗人表现过的、屡见不鲜的日常生活中的现象、事物中，重新发现诗意，发现美。正如歌德所说："诗人的本领，正在于他有足够的智慧，能从惯见的平凡事物中见出引人入胜的一个侧面。"（见《歌德谈话录》）我以为诗人流逸就具有相当良好的内觉形态，并因此具有细致入微的情感体验。富有创造精神的他，总能用一双充满丰富想象力的眼睛观察世界，善于从司空见惯的日常事物中，重新发现诗意，发现美。《晚寂》是一首写寂静的小园晚景的诗，题材寻常之极，却写得不同寻常的美：

> 夜云的裙影中
> 彷徨过失神的月亮
> 风很轻
> 羽毛般绕过沉默的瓦檐
> 漫空中有一支歌在唱
> 唱得小园的夜来香泪眼凄迷
> 唱得满墙的茑萝凝神支颐……

以歌声反衬小园之静，以拟人化的手法写草木对歌声的痴迷，再加上"夜云的裙影"、"失神的月亮"、"羽毛般"的轻风，把寂静的小园晚景写得美轮美奂。又如《今夜无风》，写的依然是日常的天气现象，却写得不同凡响："皎月无晕／天籁澄净／可以在胸中／放牧悠悠白云"，写得气势浩然，显出诗人胸襟开阔，豪情满怀。同样写时序，在《晨昏》中，诗人把平明比作糕点，"切取平明这块糕点时／石阶上的苔藓绿得惬意"，而在《暮》中，则把暮喻为书的结尾，"不是扉页／是一个／精彩得绚烂／余味无穷的结尾"，诗人进一步驰骋想象，"即使乘着淡月／寻找一个通宵／在黎明的地平线上／找到封面相同的另一本／也难以百分之百地重温／那一去不返的情感"。这些比喻都可谓出人意料地奇警尖新。《暮》的结尾更隽永蕴藉，耐人寻味。在《乡情》中，诗人将看不见、摸不着的乡音，具象化为手臂，诗人写道："乡音是乡情的手臂／它把你揽向胸前／你感应着那独特的音韵／痴迷地穿越／痴迷地寻觅／像一片秋叶偎近大地母亲。"用的是不类为类的"远取譬"的手法，但我不得不惊叹他那双善于重新发现美的眼睛。即使是别人早已用过的比喻和意象，他也能写出新意。例如"情丝"，这是很陈旧，几乎用滥了的意象。然而在诗人笔下，加以发展，化腐朽为神奇，写出了新意：

> 那一刻，情丝杂绞
> 怨爱悔盼拧成一股绳
>
> 以后，凭了这股奇绳
> 我拽你，寸寸希望寸寸流血
> 我们竟神奇般渡过湍流
>
> 以后，凭了这股奇绳
> 你拽我，寸寸温馨寸寸坚韧
> 那狂奔之马竟在我们手下归于平静

情丝拧成了"奇绳"，给了情人信念和力量。就我所知，此种写法前所未有，是流逸的创造。

正因为流逸具有重新发现诗意、发现美的眼睛，和一心求新的创造精神，所以才能超越日常生活，超越自己，发现梦想不到的美与出乎意料的哲理。诗人创作的过程，也就是重新发现诗意、发现美、发现哲理的过程。

这种重新发现美、一心求新的创造精神，也表现在他对诗歌表现形式的不断探索上。

著名诗评家吴思敬在诗集《水流云在》的序中说："流逸是介于朦胧诗人与新生代诗人之间的一位诗人。但他从未想借助朦胧诗人或新生代诗人的群体造势浮出水面，他似乎是燕赵大地诗坛的一位独行者，凭着自己对诗的挚爱，以甘于寂寞的心态生活、写作，最终在诗坛上获得了应属于他的一席之地。"信哉斯言！可谓确评。"独行者"正是对这位富有创新精神的诗人的恰当称呼。他的诗既不像某些朦胧诗那样意象密集，过于晦涩，又不像有的新生代诗那样过于口语化,淡乎寡味。他的诗含蓄而不晦涩,虽然时有惊出意表之语,但不故弄玄虚,不勉强生硬,细思之,当在情理之中。他的诗的语言既典雅,又平易。尤其值得指出的是,在流逸的诗中,古典美与现代美较好地得到融合。可以看出,流逸的古典文学的基础很好。在流逸的诗中,古典美主要体现在两方面:一是在现代自由体新诗中,直接嵌入古文、成语、古典诗歌的诗句和语言,能做到有机统一,水乳交融;二是创造一种古典美的意境。

　　流逸写的是现代自由体新诗,但有时他在自由体新诗中,适当嵌入一些古文、成语、古典诗歌的诗句,使其显得典雅蕴藉,富有古典美。例如,"白驹过隙",原是一句成语,形容光阴倏忽。而组诗《人生方程式》中《享受时光》一诗,不仅嵌入了这句成语,而且化为诗中情节的有机组成部分。

　　　　枕着一种情绪
　　　　梦见白驹过隙
　　　　白驹撞破闸门
　　　　滔滔大水
　　　　歌唱着汹涌着
　　　　将你梦中的蓓蕾
　　　　吹绽成一望无际的花海
　　　　将你梦中的柳枝
　　　　拂荡成林涛壮阔的绿海……

而最后,诗人又以古文入诗,表现了一种古典情怀:"嗟呼 / 汪洋之大观 / 仰卧于斯 / 手足浸泡其间 / 感受到音乐之美"。虽然如此,但却没有给人以陈旧感,因为从整体看,此诗的现代感还是很明显的。有时,诗人成功地化用了古典诗歌的诗句,收到出奇的艺术效果。如"几声雄鸡高唱 / 又是一枚茅店月"(《自省》)显然是化用了唐代诗人温庭筠的《商山早行》的诗句:"鸡声茅店月,人迹板桥霜。"有时,干脆就把诗句和词牌作为诗题。如《天凉好个秋》源自辛弃疾《采桑子》:"而今识尽愁滋味,欲说还休,欲说还休,却道天凉好个秋。"《临江仙》则是词牌名。诗人还有意识创造一种古典诗歌的意境,在《赠你一种境界》中,诗人创造了一种境界,使读者的胸腔注满庄子的"秋水",听到李商隐的"秀隐"的"锦瑟",看到"李太白难易一字的绝句"。而在《刻度》一诗中,诗人借寒食节的典故,将古代古朴纯真的人生态度和价值观念,与今天"酒气与私欲交织"的"市声和交易"作强烈的对照,感叹"我已非我 /──我已被看不见的脏手 / 抢先交易过了"。读后使人深思。此典故为:春秋战国时代,重耳功臣介之推隐而不仕,与其母逃往绵山。重耳欲其出山,焚绵山,介子推母子俱亡。重耳遂定是日为寒食节。在《你的河床》中,这种古典美和现代美的结合更为明显。就在同一节中,诗人嵌入了王之涣的《凉州词》的第一句"黄河远上白云间"的后五字,这样富有古典诗意的"风景",却"嵌镶在意会的画布上"。这就分明带有现代色彩了。再看下面:"至于在梦中 / 则往往出乎体外 / 俯瞰自己 / 虽被扭曲却未失强健的身躯"。自己"出乎体外 / 俯瞰自己",自我反省和内视,这完全吸收了现代派诗歌的表现手法。《无题之十》是诗人为数不多的最具古典诗词之风的诗篇之一:

一曲方唱半

山雨袭来

湿了你我衣衫

重调弦

再起板

恰虹霓高悬

醉忘华年

翠竹舞出风万种

南山苍翠雨霖铃

蛙鼓鸣涧时

白月东升

残笺不羞惭

绝句几成篇

与此诗风格判若两人所写的是《极乐鸟》,第一节就非常精彩:"极乐鸟飞起时／整条河以及翡绿的岸／都睁开了眼睛",最后为了突出极乐鸟一飞冲天的警世雄姿,诗人写"四季作为序曲／慢慢地奏着／不知不觉／年年代代／将河水漂染成一匹尸布一种昏睡"。这种表现手法完全可称为现代派较为前卫的表现手法。这两种截然不同类型的诗同时出现在诗集中,一方面说明刘逸在诗歌创作中,有意追求不同的风格;另一方面也说明他驾驭不同风格诗歌创作的能力。

从刘逸的诗歌创作中,我深深感到,他是那样执着地追求诗美,把诗美看成为神圣的目标。他在诗歌创作中,力求精致完美,几乎可以说是在坚持一种近乎悲壮的理想主义。我对他怀着深深的敬意。我相信,只要他坚持用重新发现的眼光,不断深入地观照客体世界的外在现实和主体世界的内在现实,就一定会不断地发现诗美,就一定会重新发现世界,就一定会源源不断地向读者奉献闪耀着诗美光芒的诗篇。

作于 2001 年 12 月 31 日
北京芳城园寓所

徜徉在绚烂诗花丛中流连忘返
——无锡诗人十五家序言

我虽生于上海,但因为先父是无锡人,便自认为无锡人了。作为诗歌评论者和研究者,我对家乡的诗人和诗歌创作自然格外关注。令我深感惭愧的是,虽然很关注,可是因为忙和其他种种原因,我对家乡诗人、诗歌创作评论既少,研究也不够,只是断断续续写过几篇评论文章。因此,我总感到亏欠了家乡的诗歌界。令我感到高兴的是,现在我终于有补偿的机会了。摆在我面前的一叠厚厚的诗稿,是无锡十五位诗人的作品。这十五位诗人不完全是无锡人,有的是从外地来无锡工作的,已经融入无锡的社会中,成为新无锡人。对我来说,集中阅读十五位无锡诗人的作品还是第一次。阅读的体验和感受是仿佛徜徉在盛开的灿烂诗花丛中流连忘返。

孟敦和先生曾经陪我参观了位于蠡湖之滨的蠡湖艺术画廊。无锡艺术家的书画艺术堪称精品，与画廊外鬼斧神工的湖光山色相映成辉。现在我手中翻阅着的十五位诗人的诗稿，每首诗都是一幅美丽的心灵和社会的图画，连缀起来，不就是一条闪光的诗画廊吗？那么，就让我引领读者向这条闪光的诗画廊进行一番审美的巡礼吧！

我面对的第一位诗人却不是无锡人，而是湖南人陈天雄。湖南独特奇谲的山水，孕育了这位富有才情的诗人。他虽移居无锡，但仍不忘故乡的山水。我甚至推想他是否会以"气蒸云梦泽，波撼岳阳城"的洞庭湖，傲视"晴红烟绿"的太湖。他对故乡山水的热爱，已超出一般的眷恋，而是达到敬畏的程度。惟其如此，在他眼中，故乡的湘江才具有"尊贵的面庞"。作为湖南人的母亲河，这"尊贵的"湘江果然与众不同，俗话说"水火不容"，而在诗人看来，"我相信湘水会燃烧"。是的，湘江在诗人的想象中燃烧，那江水波涛汹涌翻滚，分明是冲天而起的烈焰，同时又是湖南人如火般燃烧的性格象征。难得的是，诗人如此热爱故乡，却对故乡有着可贵的清醒认识。故乡并非一切都很完美，长期以来，精神上传统因袭的负担、愚昧和落后，正阻挡故乡文明前进的脚步。为此，诗人如此焦急动情地发问："是否能够让两岸的乡亲摆脱内心的罪恶和诅咒？"但是，无论如何，时代总是在前进，总会给生活带来变化。所以"一味去触摸自己的旧日梦是徒劳的／采沙机的轰鸣带来了咖啡和可乐"（《湘水上的碎想》）。

陈天雄不仅有着丰富炽烈的情感，而且有着纯熟的艺术表现技巧。他的诗构思精巧，很精致，很美。如"我已习惯了一个人立在秋风中／听湖水下的鱼群／踩响远处的冷月"（《低语》），其实，诗人写的是鱼群游在水中的月影上，却偏写成"踩响远处的冷月"。鱼自然是没有脚的，更不会有脚步声，这是常识。然而在诗人的想象世界中，不可能变为可能，鱼群踩响了冷月，我们甚至和诗人一起，听到了鱼群踩在晶莹的冷月上所发出的清脆响声。"一个人立在秋风中"本来就显得孤独凄清，又极言周围之静谧，静到可以听到鱼儿踩月的声音。仅仅三句就情景交融地渲染了幽冷绝静的环境，和孤高凄楚的心绪，而且写得如此凄美动人。

《雨中清明桥》是诗人的一首颇具亮色的诗。在诗中，诗人毫不掩饰对具有古风民俗的"这座城市中的古旧民居区"的喜爱,"来过多少次了——/清明桥,寂静岁月里,欢娱岁月里/都想来走走这安详的地方/在这里能嗅得出炽热阳光下火烧荒草的味道/也能闻到梅雨下的爱情,含泪的笑容和时间的无可挽回"。因为喜爱这古旧民居,他用不事藻饰的笔触,深情地描绘了一幅寻常市井小巷的风情图。这位湖南游子终于认同融入到这座江南的城市里了。

陈天雄,他是否要将胸中湘江的激情和太湖的柔情交融在他的诗中?

黑陶,本名曹建平。黑陶是他的笔名。真是名如其人,他生得黝黑,性格笃厚朴实,一如寻常百姓家里的陶器。我推想这可能是他以黑陶自况的原因吧。然而,黑陶所写的诗却与其名其人大异其趣。他的人如黑陶般平凡,而他的诗,却不同凡响。我甚至不能想象,这位看来敦厚实诚,不善言词,从不显山露水,往人堆中一站,就没影儿的人,居然能写出如此才气横溢、诗思灵动的好诗。我想黑陶是属于那种"内秀"的人。

读黑陶的诗,我觉得他似乎不属于那种凭才气一挥而就,立马可待的诗人,而是对每一首诗都经过精心的营构和打造,因而显得很精致。即便是一块不起眼的"旧布",在他笔下,却顿时脱胎换骨,被赋予鲜活的生命,"角落。灰尘的桌。/被随意的手扔成这个姿势。/像一位历经坎坷的老人/居住在沉默屋里"(《旧布》)。你看,一块旧布被诗人想象成"一位历经坎坷的老人"。诗人巧妙地运用"远取譬"的手法,使无生命的旧布一变为令人同情的老人,寄寓着沧桑之慨叹。

黑陶善于根据不同的题材营造不同的诗意盎然的氛围。如《岩石上的孩子》,因为写的是孩子,所以营造了轻快灵动、色彩鲜明的氛围:"又轻又绿/薄薄透明的大水下/看见岩石/看见/岩石上的孩子""水影晃动的睡眠里/孩子松散的手/滑落一束/春天的光芒"。而在《酒器与酒》一诗中,因为写的是酒器与酒,使人联想起祭祀、先祖、家族,故而诗人营造了庄严、宁静和沉重的氛围,其基本色调则是暗红,"暗红。我熟悉/白昼劳动之后/这缕/幽鸣于粗糙木桌上的/酒器的宁静"。暗红色通常是出土文物中漆器的颜色,与家族古老的历史是如此和谐。而"幽鸣"和"宁静"原本是对立的,正如以动写静一样,此处是以有声写无声,极言"酒器的宁静"。最精彩的是最后一节:"晶莹浓郁的液体/沿沉重的日子蜿蜒/流成/一条艰辛的充满血气息的／家族河。"酒和家族的河巧妙地联系起来,就像电影中的蒙太奇一样,酒的液流和家族的历史在河的意象中连接起来。

黑陶的诗还表现了他那遄飞的才思和丰富的想象。无数诗人写过大海,然而他却独出机杼,把大海波涛的运动比喻为"父亲弓起的油亮脊背",更为大胆的想象是:"大海,剧烈地,和礁岸、底岩和广大的天宇摩擦／溅起灼烫的赤红碎星／已被风,送还了沉睡的万千村庄。"(《大海》)这种想象极为大气,也很美丽。在《裸岩》一诗中,诗人更把无生命的岩石想象成"壮美搏动"的"大地心脏"、"故乡心脏",由心脏联想到血液,想象"液火和灼血在其间周流",由血液流动联想到生命和活力,于是"我懂得四月的原野为什么能将花海烫得通红"。仰望满天星斗的夜空,诗人驰骋着奇特的想象:"而你只收集泪珠,／悲哀的银质冬日泪珠,／一颗又一颗,你把它们钉上了晶莹发蓝的古老夜空。"(《星宿》)写得何等凄美!那是一种凄婉的古典美。我想起清代诗人纳兰性德的名句:"一星如月看多时",还想起郭沫若的《天上的街市》以及郭小川的名诗《望星空》,星空为不同时代的诗人提供了无限想象的空间。

"人民粗劲、坚茧的大手,不顾热浪,又一只只,／将它们全部滚进了黎明。"《故乡肖像:陶》以史诗的笔触写故乡宜兴的陶文化,写得气势磅礴,动人心魄。写的是陶,歌颂的却是人民的创造伟力。

黑陶作为器皿是那么平凡朴素,但是作为诗人,他为人们捧出了多么精美华赡的诗篇!

家雄本名徐善庚。从 1988 年我们结识至今,将近二十年了!他是我最早认识的无锡诗人。通过他我有幸结识了浦学坤和"男朋友诗社"的诗人们。所以我第一个要感谢的就是他。古人有"知人论诗"的传统。说到"知人",我想我应该是知家雄的,那么多年了,还会不了解吗?说句倚老卖老的话,我是看着他成长起来的。十多年前,我为他的第一本诗集《风尘诗选》写过一篇序言。在那篇序言中,我谈了第一次读到他的诗时的印象,是他的"锐敏的感觉和灵秀之气"。现在看来,他依然保持了这些诗人所必须具有的素质,与以前不同的是,他更加成熟了。这表现在他从以抒情为主的浪漫型诗人,过渡为重理性思索的沉思型诗人。也许他的这首《气质》正是他作为沉思型诗人的自我写照:"荷花／将思想／一节一节地／埋在／污泥中"。诗是沉潜的思想绽放的美丽花朵。当然,他并不是以简单的比附来演绎,甚至宣扬他的思想,也不是故弄玄虚地玩深沉。而是做到情感、理性和形象水乳交融般的统一。而要做到这一点,诗人就凭借他十分娴熟的艺术技法,其中就运用了反义词所形成的强烈反差,造成陌生化的艺术效果。如《欲望十三行》:"让我操纵你的本能 / 我们一起到达叫做地狱的天堂。""地狱"和"天堂"本是相对的反义词,现在放在一起,形成强烈的反差,使人惊奇,发人深省。欲望来自本能,可以到达天堂,也可以到达地狱,两者仅一步之遥。此诗告诫那些沉溺在欲望中而不能自拔的人们:他们自以为是在天堂,殊不知已身堕地狱。岂不畏哉!在《回忆》一诗中,同样运用这种手法,"月亮已经消失了 / 我沉睡的心灵却依然清醒"。那意味着看来沉睡的心灵,其实依然清醒。这正显示心灵活动的复杂性。青春已过的诗人,"端坐在时光的缓缓流水中 / 风是永恒的桨叶 / 心城是永远的圣殿 / 一片绿草绕过了城市繁杂的脚印"。无论外界如何喧嚣,在诗人如圣殿般圣洁的心城中,永远珍藏着美好的回忆。有时这种美好的回忆会化成道德的"冰冷锋利的刀舌",将浸泡在世俗中,而受到"城市繁杂的脚印"践踏的"我灵魂划出道道血口"。这首诗反映了诗人可贵的内视意识和深刻的反省意识。这正是现代诗人不可或缺的现代意识的表现。

《在自然与心灵之间》写个体的心灵与宇宙对话。如果说自然是大宇宙,那么心灵就是小宇宙。诗人除了要面对小宇宙,进行内视和反省外,还要面对生活在其中的自然这个大宇宙。大宇宙自然的永恒和小宇宙个体心灵的短暂,形成了强烈的反差。在强大永恒的宇宙面前,连"星球 / 灯塔 / 烟影 / 这些光明何曾永恒",更遑论个体的生命和心灵了。宇宙的永恒和个体生命的短暂,永远是诗歌最震撼人心的主题,也往往具有古典的感伤色彩,"黑暗终将包抄过来 / 向你 / 向我 / 向人类岁月的尽头"。

《自由的光束》用非常感性、形象的感受和意象,来表现深刻的哲理和丰富的内涵。诗人想象着如果真有绝对自由的福地,那反倒使"到达者备感寂静后的手足无措","感到孤独和寂静"。而真正的"令一切朦胧归于透明的自由光束 / 它可以扫过灾难风景死亡 / 最后到达人的尽头"。"人的尽头"也就是人的终极指向。

家雄是一位聪慧颖悟的诗人。除了表现为较强的悟性外,还表现为善于运用机智、活泼而灵动的语言,或者将语言加以巧妙地缀合,神奇的变形,使寻常的语言化为闪耀着诗性光芒的珠玑。如在《器皿》中,"黑夜"和"黎明"居然可以和数量词"一杯"搭配,尤其让人惊奇的是,诗人居然可以"用流尽了血液的心 / 撞击流尽了思想的头颅"。可谓用语奇警诡谲。

出语怪诞,却不艰涩,这就是能给我们带来流畅的阅读快感,一位充满灵秀之气的诗人家雄。

敏感和细腻是我读范双僖诗后的第一印象。敏感是与悟性分不开的。诗人与寻常人的不同之处,就在于后者的眼中,眼前景只是供人赏玩的风景;而在前者的眼中,已是诗化了的景物,是主观化了的客观物象。我比较喜欢《在三月的手上》这首诗。三月天,"在向阳的草地上"、"零星的无名小花",这些在一般人眼中都是再普通不过的景物,也许就很不在意地被忽略过去了,可是在诗人眼里却大做起文章来。三月是无形的时序,它居然有手!把无形化为有形。这令我想起唐朝诗人贺知章的名句:"不知细叶谁裁出? / 二月春风似剪刀。"细想起来,那些花草不正是"三月的手"装点的吗?更妙的是,诗人把不会活动的"无名小花",写成"正轻手轻脚地 / 在搬运搁浅的春天"。这样一写,把那些"零星的无名小花"拟人化了,显得那么灵动可爱。诗人又用了虚实结合的手法,把抽象的季节春天变成可以"搬运"的实物。这就是诗人锐敏的艺术感觉。这种艺术感觉甚至锐敏到可以感同身受地感觉到"梅花在疼痛 菊花在疼痛"。诗人具有的悟性,使他对外界事物产生锐敏的艺术感觉,然后细腻地表现出来。而"满街浮动的 / 是少女的心事",向人们形象含蓄地诉说"哪个少女不怀春?"整首诗把春天、花草、少女写得风情万种,尽现婉约特色。而《开放的花》通过尽情渲染气氛,把四月的花事点缀烘托得多么红火:"瞬间汹涌的幸福 / 透过点点红色的花 / 一夜遍开到天明","柔软的花 清香的花 / 欲闭还开的花 / 在四月初的某一天 / 将复苏的春天全部淹没。""五月的雨"在诗人笔下成为灵动可爱的小精灵。你看:"五月的雨很少忧郁 / 在一江春水的映衬下 / 舞蹈着激情的点点滴滴","一滴雨在追赶另一滴雨 / 雨的呻吟像小号划过的音符","淡淡的痛 是春雨的呢喃"(《五月的雨》),诗人把"五月的雨"写成"激情",会"呻吟",有"淡淡的痛"的感觉的生命。诗人在《手指上的风》中,从"那曾经轰轰烈烈怒放的花朵 / 使我的忧伤显得空空荡荡"中勘破红尘，领悟到"一切荣耀全成为虚设的自尊"，因而产生深刻的孤独感，"我的忧伤越来越浅／我的孤独越来越深"。从盛开的花朵已预知其凋谢，从而联想起世间人事的沧桑变化，引起深深的喟叹。这是具有真性情的诗人所共有的感受与怀抱。

诗人虽然感到孤独，但终究生活在充满"娉娉婷婷的诱惑"的"欲望滚过的城市"。诗人可贵的真诚道出了内心的困惑："生活总是让我为难／我没有钱　我也无法／让我的诗歌在风中雨中舞蹈"，表现了诗人可敬的操守，于是诗人最后选择独善其身，"只能用一掬清水／养育那朵清清白白的白合花"。最后诗人在春天的梦境里，抒发了对未来的美好憧憬和信念，"我仿佛听到了清晨的枝头／满世界都是清脆的鸟鸣"（《春天的梦境》）。从这首诗中，人们依稀可以看到历代如陶渊明那样正直的诗人的影子。

《梳理的情绪》写的是诗人偾张高扬的情绪，彰显一位富有悲壮色彩的真正的诗人的高尚的襟怀。这位诗人"在沉寂中怀念英雄"，"贫困或者灾难／即使结伴而来／我也会用沙哑的歌喉／唱出那悲壮的一曲"，"即使歌喉已经沙哑／我仍要高举以笔为旗的手／让满屋激情的诗句跃出窗去／在风中发出猎猎的声"。

以上两首诗可以视为诗人自我勉励的座右铭，显示了诗人范双僖可敬可爱的人格魅力。

我和庞培只是在几次会议上见过，虽然接触不多，了解也不深，但是给我的印象是很随和亲切，有时朋友们在一起还常说笑。如今读了他的作品，发现他是个情感很深沉的人，内心世界非常丰富。他有一首诗《我年过四十》，也许人过四十，到了中年，对人生有了较为透彻的顿悟，"而周围的安然寂静更甚"，正体现其内心的恬静和淡然。他能在所读的"那一行行诗句"中，感悟"早已消逝的人生，仍在寻觅中／在苦苦的希冀、憧憬里／被反复印证"。诗人读着诗句。反刍咀嚼着已逝人生的况味。正由于这样的情绪指向，庞培诗中显示了浓郁的怀旧情绪。《将来的某一天》是以超现实的手法表现古典的怀旧情感。诗人幻想时空倒错，"把这座城市翻个个"，于是，"我可以在荒草丛里找出／我们年轻时候的脚印；／看着多年之前，屋顶上那轮月亮"，"我会看见我自己的影子，尾随我／转悠过古老的青果路、都督坊街、忠义街"，"许多儿时的情景在沦落为烟花／红灯区的街巷"。超现实的表现手法呈现了庞培的诗富有现代色彩。这种现代色彩还表现在客观对象的主观化、拟人化。如《椅子》，椅子是无生命的客体，而在诗人那里却认为"椅子知道我的年龄的重量／知道我手里那一小册书"，不仅如此，椅子竟然"对夜色的掌握仅止于必要的晦涩"，而且，更离奇的是，无生命的家具摆设居然有生动的表情和感觉："一切房子里的家具摆设／都比人更喜形于色"，"他的听觉不会比黑沉沉的书架差"。时空倒错、错觉和幻觉都是现代诗常用的手法。然而，当诗人抒发刻骨铭心的亲情时，他就有意改用朴素的语言、白描的手法来表现。如《妈妈》，通篇都是白描，诗人写道："我妈妈年轻时候可漂亮了！／她喜欢体面／脸圆圆，平常不笑／像宋庆龄／笑起来，又像——／圣母玛利亚。"真情是不用修饰的，惟其如此，才更能表达诗人对妈妈的深情。同样，《一个平常的时刻》也是通篇用白描手法。这是一首悼亡诗，却用最朴素寻常的语言，表现"多少年前"那些温馨的细事，反衬心情的悲伤，"一个平平常常的时刻／但我却永久失去了她"，以平常的时刻表现极其悲痛的心情。还有如《清晨》，也是用白描手法表现寻常百姓的日常生活，细节描写极为生动，"楼上人家的闹钟铃响／有人在看不见的厨房／刮铲锅底／一名小孩和他家人走下楼梯／小小的步伐，稚嫩的声音"。这种写法使人备感亲切。

庞培诗的语言可以说是变化多端的。他根据诗的主题、表现对象，灵活机变地驾驭丰富多彩的语言。如《暮晚》："辽阔的寂静／有几公尺深"，不可量的形容词竟然用量词去度量。而"屋顶上孩子们的叫嚷，碰着星星"，以夸张的语言极言叫嚷声之大。而为了表现"那种从不碰面，但像彼此微笑着的／淡淡的恋情"，诗人仍然用白描的手法。

庞培那深沉丰富的情感、娴熟机变的技巧、灵活多彩的语言，使他的诗具有令人赞叹的艺术魅力。

达黄是"男朋友"诗社的成员。"男朋友"诗社是无锡很有影响的诗歌团体，可以说代表了无锡诗歌界的水平。

达黄的诗给我的印象是理趣深邃，情感深挚。

理趣最早是宋人提出来的。包恢在《答曾子华论诗》一文中说："古人于诗不苟作，不多作。而或一诗之出，必极天下之至精，状理则理趣浑然，状事则事情昭然，状物则物态宛然。"（《敝帚稿略》卷二）"理趣"，顾名思义，既要有哲理,又要有趣味,两者须水乳交融。我说达黄的诗颇有理趣,是因为他将两者结合得较好。如《雨中的人》:"雨中的人抬头望天 / 其实是面朝内心安坐。"如果说,第一句是非常平常的句子,只是描绘"雨中的人""望天"的动作,那么第二句就颇饶理趣。从字面上看,人怎么可以"面朝内心安坐"?但是,这种看似荒谬的写法,却不仅诗趣盎然,而且有深意寓焉。这两句实写和虚写,是向人们暗示,人所要面对的是两个宇宙:即外宇宙和内宇宙。诗人望天是面对外宇宙,而"朝内心安坐",则是面对内宇宙。尤其是诗人,更要强调面对内宇宙,要有内视反省意识。而有内视反省意识正是现代诗人的主要标志。"婴儿和祖先"概括了人类的血脉传承。最后,"雨中的人叹息天空的深邃 / 自己在清浅的部分起居",感叹宇宙的无限浩渺,而个体生命的有限短暂。这是深邃的哲理,更是古往今来的诗人反复吟咏不绝,而始终令人震撼人心、感慨万千的主题。

诗人的情感世界是很丰富深挚的。这种深挚的情感往往在平凡细事中体现出来。在《屋顶》中,诗人居然能够"细察记忆和情感的纹理",由于浸透了他的深情,致使"一些平常的日子仿佛光点闪烁不已"。于是,难忘的往事又历历犹在眼前:"在低垂的屋檐下 我亲手掐灭了 / 蓝色的初恋 多年以后我才感觉到隐痛"。此诗与其说是对"使我缄默不语 置身其中"、"闪动鳞片的屋顶"的怀念和留恋,毋宁说是追忆那份为屋顶所见证的充满少年情性的青涩恋情。《透明的孩子》是诗人献给孩子的最美的诗。诗人对孩子的深挚的情感在阳光般跳跃、晨露般新鲜的诗行中汩汩流淌。"透明的孩子",是对孩子最美好的礼赞。他们的心灵是如此透明澄澈,像天使一般美丽。诗人用富有童趣的意象如"自由快乐的小人鱼"、"五光十色的动物花"来加以渲染烘托,使他笔下的孩子灵动活泼,呼之欲出。最后,他用"被纯净的水晶照耀 / 被苹果和鸟环绕"点题,有了"纯净的水晶"、"苹果和鸟"相比附,"透明的孩子"在读者心中的形象就更加完美了。

《晃动的脸》所表现的情感则更为博大。"晃动的脸"并非专指哪一个人的脸,而是"这些陌生的脸烂熟的脸",泛指所有善良的人的脸。所以诗人"我喜欢看你"。在这些脸上,"从额头听到智慧的声音 / 从眸子窥见灵魂的场面 / 这些脸保持了最后的一点真诚"。正因为有这样的脸,"互相走失的人们 / 在世界的每一个地方频频握手",表现了诗人博大的爱,可贵的人文精神,也是诗人美好的心愿。

值得称道的是达黄诗的语言,经过锤炼,他的诗的语言较为精粹,较为别致。他用新鲜不俗的语言,营构独特的意象。如:"阳光如草莓／它红红的汁水／在细密的白齿间　浮动",形容阳光照在雪峰上的景色,多么形象生动,真是妙极。

达黄的诗总能给人带来惊奇和审美的满足。

王学芯也是男朋友诗社的成员。作为政府官员,他在繁忙的公务之余,钟情于诗,笔耕不辍,时有佳作问世,实在难得。学芯是无锡人,而据我所知,其父母远在四川,他常赴四川探亲,这就给了他一个扩大视野,体验生活的机会。作为江南诗人,他的诗所表现的已不囿于江南的莺飞草长,小桥流水,而多了些西部那片神奇土地上的雄浑壮丽的景象。收在这部诗选中的两组诗:《山坡上的川西》和《天上的大草原》正是这样的诗。正是西部的景色使江南诗人胸襟大开,促使他换一副笔墨。诗人在表现客观对象时,常采用写实和写意的手法。如《崖边的大河》就是采用写实的手法,写出了大河的磅礴气势,"千里山谷　大河盘旋着群山／响彻天空的浪涛／震落无数岩石／归流的气势／改变悬崖和崩溃的山路"。而《彝寨》则是采用写意的手法:"悬崖的嘴　衔住一粒种子　经过山坡／山寨演化而成","悬崖的嘴／衔住一粒种子"是非常形象的比喻,但是虚写,甚至表现彝民,也用写意手法:"山的皱折　全部／刻上彝民的脸",用"山的皱折"比附彝民脸上的皱纹,传神地表现彝民的坚毅性格。诗人很像一位画家,他在描写人物肖像时,也用了写实和写意的手法。如《一个藏牧老妇的印象》就是用写实的手法:"独自坐在白塔的风里／尘沙里的皱纹／被夕阳的光自然地涂抹／笑起的棱角光亮／深陷的沟缝黯然"。具体写到老妇的皱纹、棱角、沟缝,很像一幅油画,富有立体感。而《藏牧少女》则用了写意的手法:"这是藏牧少女　蓝色／天空下一朵敏感的格桑花／蒙纱的脸／躲开迷散尘土和阳光／眼睛如同深邃山泉。"这里没有具体描写少女的脸,只说她是"一朵敏感的格桑花",而"眼睛如同深邃山泉",包括下面"神秘的目光／如同远处冷色的寺庙",都不是具象的实写,而是写意的写法。

由于诗人深入细致的观察力,所以在他诗笔下的自然景色都显得灵动活泼,自然景物一经他的诗笔点化,便一个个都被赋予了鲜活的生命。如

"白云张开蓝天 / 俯下身来 / 轻轻地拂过格桑花的花"（《格桑花的花》）。白云能"俯下身来 / 轻轻地拂过格桑花的花"，说明白云很低，低到能轻拂花，一般说来，这是不可能的。但是，如果你设想你置身在茫茫大草原上，一望无际的格桑花与天际的白云相连，那么，这拟人化的俯身轻拂的动作，就十分合理，无生命的白云就一下子变成为活泼可爱的生命。又如他是怎样写黄河的："黄河　喊出千沟万壑 / 入眠　太阳指引血液的舒畅。"（《在黄河边小憩》）黄河正是由千沟万壑汇成的，然而诗人不这样写，那太平庸了，一个"喊"字可谓境界全出，写出了黄河的惊天声势，写出了黄河强大不屈的生命。虽然以血液喻黄河，并非诗人独创，但是在这里作为生命力的象征，依然熨帖、新鲜、闪光。

王学芯的诗喷涌着蓬勃的生命力，我想他应该真诚地感谢生活给予他宝贵的馈赠。

孙昕晨是江苏射阳人，也是男朋友诗社的成员。他的诗给我印象较深的是情感的沉郁和语言的机智。我说他诗中的情感显得沉郁，是他的诗常有一种慨叹的苍凉感。如在《一天》中，他写道："一天 / 从一位老人的咳嗽开始 / 干燥，空洞 / 被寂静宽容 / 又被黑夜吞没 / 他的早晨比早晨还早 / 他的一天比一天还短。""一天 / 从老人的咳嗽开始"，写得何等真实！立即唤起我们对老人的印象，可见诗人观察的细致，又善于高度概括。最后两句那两个对比，也是高度概括，既真实又意味深长。老人睡眠少，起床早，所以"他的早晨比早晨还早"，虽然一天对每个人都是一样的，但是对老人来说，他的生命力和生活质量显然比中青年差，所以，在这个意义上，"他的一天比一天还短"。在这里寄寓诗人对生命逐渐逝去的无限感慨。由此，诗人认为"一天"应"从学会'由死亡的方向看过来'那一刻开始"。最后诗人向世人警示地说："一天 / 我们只有一天。"这就告诫人们要珍惜宝贵的光阴，切不可蹉跎时光。又如《角色·这棵树》，诗人从树的角度写道："在它的眼里 / 皇帝和我们 / 都是些栽不活的东西"，虽然人生短暂不如树，为人所共知，但是古往今来的文人、豪杰不断慨叹吟咏，仍然震撼人心。东晋的桓温一心北伐，岁月蹉跎，终不能如愿，面对长大的树，悲愤地发出："树犹如此，人何以堪？"归有光在《项脊轩记》中最后写到他妻子生前手植的树，"今已亭亭如盖矣！"悼亡喟叹良深。如此充满沧桑的沉重的惋叹，诗人却用机智、活泼，甚至调侃的语言来表现,形成强烈的反差和张力,这就是孙昕晨的诗与众不同之处。这一点在《活着》一诗中表现得尤为突出。活着本来就不易,包含多少坎坷、痛苦和无奈!几乎充斥在成年后每个年龄段,"二十岁胡子太少六十岁皱纹太多 / 三十岁太危险四十岁太痛苦五十岁太复杂 / 花七十年工夫架一张床 / 你来不及做梦就塌下了"。用近乎调侃幽默的语言来诠释沉重而又复杂的人生百般况味。最后依然是将人与树比附,"看一辈子站成一棵树是什么滋味"。人生短暂不如树,但真要人变成树,像树那样活着,人生还有什么意义呢?诗人就是这样用活泼、调侃、幽默的语言,叩问人生意义这一令人深思的严肃问题。

诗人善于驾驭语言,他善于使用对比反差强烈的语言,既表现其智慧,又使诗句充满趣味,更重要的是有助于含蓄凝练地显示诗的丰富而深刻的意蕴。如《下雪了》:"在黑暗中 / 我常怀着一些白色的想法 / 在雪地上说话 / 我的声音是黑色的","雪覆盖着一切 / 雪覆盖着不配覆盖的一切"。"黑暗"和"白色的想法"相对,"雪地"是白色的,而"我的声音是黑色的",又是相反的。"想法"和"声音"都是抽象名词,而"白色"和"黑色"则是具象的形容词,虚实结合,产生反差,形成艺术张力,显得诗趣盎然。至于"白色的想法",我理解为追求光明的想法,在黑暗中,始终怀着追求光明的信念;而"黑色的""声音","黑色"是否可理解为沉重?后两句则寓意深长。曾有一种说法,说白雪虽然显得很纯洁,但却以粉饰现实为能事。所以诗人说"雪覆盖着不配覆盖的一切",连人间的一切丑陋罪恶都覆盖了。

孙昕晨深谙艺术辩证法之三昧,宜乎能写出如此诗趣盎然,而又意蕴深远的好诗。

陈锡民,笔名陈傻子,为"男朋友"诗社成员。我至今不明白,缘何他自称"傻子"?这是自嘲,还是自虐?俗话说"大智若愚",自称傻子的人往往是绝顶聪慧的人。我与他认识虽然有十余年,但是,因为接触机会少,委实不敢说我很了解他。他给我的印象是很有个性,行为方式有些特立独行。也许有人不理解他,甚至对他侧目而视,而我却十分欣赏他。我认为他身上极富诗人气质,他真诚爽直,率真而言,富有正义感和同情心,更具备真正的诗人必不可少的赤子之心。他的这些性格特点也表现在他的作品中。《十一只鸟就这样死了》就是表现他正义感的一首诗。此诗写"我"对猎鸟人的无比愤慨，表现他对生命温婉的人文关怀。他用长长的以"黑色"开头的排比句，来衬托"色彩鲜艳美丽的死鸟"表现了浓烈的感情色彩。他用孩提的语言，表现了赤子之心。

我上面说他的为人是大智若愚，对于他的诗，我要说的是大巧若拙。因为他真诚率直，所以在创作中坚持平易近人，不玩弄技巧，不故意玩深沉，语言力求口语化，写作方法以白描为主。如《船开过，河里就起了波浪》，诗人完全用白描手法，把无生命的河写成一条强悍倔犟、不屈不挠的生命，"河的叫喊声就更响／像要用更粗的绳索／把岸拖下水去／船早已不见影儿了／一条大河／还在喘气／瞪着不甘心的小细眼"，写得非常鲜明生动。又如《看天空》，"从来没看到／天空有人／从来没有听到／天空说话／就这样看／天天看／它容得下／所有想看它的人"，看似大白话，却以平易出奇，读着这首诗，使人想起韩东的《有关大雁塔》和《你见过大海》，两者语言和写作方法有相似之处，但是，不同的是，《看天空》还是注意到诗的意蕴。诗的最后，"卒章显其志"，那两句诗给读者留下了耐人寻味的想象与思考。《插满玻璃的墙》是一首很有意思的诗。诗人也是用白描叙述的手法，写几代人从"插满玻璃的墙"下走，却"从不敢生出爬上去／坐在上面／然后越过它的念头"，于是，"我很悲哀／我们都是一些胆小的人"。诗人与常人不同之处，就是诗人能从寻常的事物中，忽发奇想，引出令人深思的问题。应该说诗人的这种念头是荒谬的。即使真正有胆量的人，也未必会做出这种荒谬的举动。诗人是把爬越墙作为一种象征性的举动，作为一种假设性的想法，意在说明一种常见的心理心态，一种惯性的因袭如何影响着一代代的人。这才是此诗的真正内涵和意蕴。《散步》一诗，同样以白描的手法细腻逼真地描摹了世态人情中的有趣的一幕。这种相遇而"没有说话"的情景，在生活中可谓屡见不鲜，没有引起普遍的注意。现在通过诗人用重复句加以着意渲染，加以放大，使人们意识到人与人相互沟通，相互了解是多么困难，又是多么重要。上面说到的"卒章显其志"源自唐代诗人白居易的新乐府诗的特点，即在诗的最后道出诗的意蕴。陈锡民的一些诗也具有这个特点。如《我看见了第一片雪花》，诗人用直白的叙述，看似不经意，一路写来，直到最后，诗人写道："我为我的看见高兴／我有了自由的眼睛。"这两句可谓全诗的诗眼，足可令读者去咀嚼体味了。

刘熙载在《艺概》中所称道的"平中见奇"，如果用来评价陈锡民的诗，我想亦不为过吧！

金山是"男朋友"诗社的"大哥"。大哥自有大哥的风范。他给人的印象是那么沉稳、文静，不苟言笑，却在"男朋友"中很有威望。

金山曾说过，他在三十岁以前，大半岁月在无锡郊区、武进等江南农村度过。所以他的诗大多以农村为背景，写自然本真的景物。他的诗的风格是清丽、婉约、凄美。他还有一个突出之处，就是作为男性诗人，他却偏偏善于从女性的眼光来观察世界，以女性的身心来体验世界。他在给一位朋友的信中，曾承认自己以"三少女"自况。小雪在《一个诗人在纯真地唱》一文中，曾这样转述金山的话："他曾在一封来信中告诉我，诗中的三少女其实就是他自己。"惟其如此，就不难理解他的这种与众不同的观察和体验方式了。

庄稼、花草等乡村景物是金山诗主要的描写对象。如《豆花灯盏》，"睫毛一闪种瓜点豆／睫毛是豆花黑色的光亮／三少女你的睫毛点亮豆花的灯盏"，意象很独特，把黑色的豆花喻为少女的睫毛，又因睫毛的黑亮，点亮豆花的灯盏，构思极为巧妙。他的诗还有一个特点，就是常以自然的景物拟人化，常把花草与少女同体。如《光亮依旧》，"青草少女又小又瘦默坐水面／招摇其手 光亮依旧"，把少女与青草相比附，取其绿油油青翠欲滴之意，青草已人格化为少女。《三少女》是金山的名诗，歌颂纯洁美丽的少女。三少女光风霁月，天真未凿，与自然浑然一体。三少女被诗人多次称为"我的姐妹"，这是诗人姐妹情结的表露。诗人在刻画三少女时，仅用三句就形神兼备地表现了三少女的神态动作，可谓栩栩如生，呼之欲出，"一个摸着草茎低唱／一个用枝丫在地上划痕／一个托起头颅似有所思"。同样表达了诗人姐妹情结的还有《菊花姐妹》。在诗中，诗人多次出现"我的姐妹"。菊花和姐妹简直无法区分，完全浑然一体，"谁的呼吸 催动鼻翼／谁的呼吸 吹下你们一脸泪水／悄悄爬坡升上山来／我的菊花姐妹"。无论菊花和姐妹，在诗人的笔下都显得楚楚动人。

金山笔下的"我的姐妹"都是少女，所以他的姐妹情结也是他的少女情结。金山的大多数诗都表现了这种少女情结。如《冬夜和叶子》把叶子比作少女，"冬夜是我宽厚的诗人／叶子是他的精灵少女"，"叶子妹妹头顶开花／叶子妹妹四季下雨"。而最为奇特的是诗人竟然将黑夜拟人化为少女，把鸟叫喻为少女慌乱的心："鸟叫是黑夜少女慌乱的心。"(《鸟叫》)如此奇警的比喻可谓绝无仅有。虽然收到陌生化的艺术效果，但是也并非不合情理。黑夜和白天分别与阴和阳对应，而阴和阳又是女人和男人的传统属性，因此也可以说黑夜和白天分别属于女人和男人。而黑夜那阴柔，包容一切，甚至显得盲目的特点，正是少女所特有的。女诗人翟永明在她组诗《女人》的序言《黑夜的意识》中说："女性的真正力量就在于既对抗自身命运的暴戾，又服从内心召唤的真实，并在充满矛盾的二者之间建立起黑夜的意识。"她第一次提出女性的黑夜意识这个概念。我不知道金山是否读过翟永明的文章，但不管怎样，"黑夜少女"的形象既给人以神秘的美感，又具有丰富的底蕴。而不规则的鸟叫正暗合少女"慌乱的心"。《你让我做一个诗人》仍然离不开"我的少女"，离不开"花冠"、"菊花"、"青草草篮"。诗人甚至认为是少女成就了他这位诗人："我的少女　你让我做一个诗人"可见少女在诗人心中的地位。

可以这样说，金山是美丽纯洁少女的真诚的歌者。他不是冷眼旁观地去表现少女，而是以极大的热情、真挚的情感，设身处地，以少女的眼光触觉，感同身受地去触摸感知世界。因而他才能真切地表现少女的美丽的形象和纯洁的情怀。

雇页，原名顾忠德。在我有限的阅读范围内，我的读后感觉是他的诗很耐读。印象较深的是在他的诗中，情感的深挚着实令我动容。尽管现在有些人鄙薄诗的抒情性，认为早已经过时了，但是抒情是人类最基本的感情宣泄方式。抒情诗是抒发诗人美好情感的动人诗篇，永远不会过时，这是因为抒情诗所蕴含的浪漫主义和理想主义的倾向，在本质上反映了人类心灵深处成为生命驱动的基本经验，以及对终极渴望的诉求。抒情诗既是对心灵的抚慰，又是对未来的信念。在雇页的抒情诗中，我们感受最深的就是他的深厚的爱。他的爱是从亲情之爱开始的。《痛楚而无奈的影象：老树和遗石——记病中的父亲》以写意的手法，以老树和遗石作为病中老父的象征。当读到"这棵原本粗壮的老树呵""只剩下树皮皴裂的沉重的身躯"，"这山石倔强而欲起的身／业已爬满血痕累累的苔藓　常在苦痛中呻吟"时，我相信读者都会被诗人触动那一根最敏感的爱的神经，而受到情感的冲击和震撼。《给妻子》是诗人对妻子的深厚爱情的美丽的呢喃。值得注意的是诗人以奇特的方式表达对妻子的爱情。这奇特的方式就是以恋母的方式恋妻。在恩爱夫妻之间，妻子会被爱她的丈夫视为母亲，而妻子也会像爱自己的孩子那样去爱丈夫。诗的第一节以"襁褓"、"断脐"、"摇篮"、"奶瓶"、"竹马"等与孩子有关的事物，来表现丈夫被妻子像母亲般的呵护，丈夫"晃荡在你编织的摇篮里／我无甚忧虑／如同婴儿会有永远的奶瓶／顽童少不了竹马一样的亲昵"。在《美人睡》一诗中，诗人则表现了对女儿的深深的疼爱。从这首诗中，我们可以看到做父亲的如何用爱怜横溢的眼光抚摸着熟睡中的小美人。诗人不惜用最美的语言来形容他心目中世界上最美的女儿。

如果说，对亲人的深挚的爱，使诗人赢得好儿子、好丈夫和好父亲的美誉，那么，他对陌生人的关怀和怜爱，则是超越了家族和血缘关系的更加无私的爱。在《霜晨：草垛中我永难忘怀的一张少女的脸》中，诗人动情地用白描的笔触写到"最令我心灵震撼的一幕"，"一个年纪约摸十七八岁、衣衫单薄但肌肤却十分白皙的女孩子"，在"白花花的霜晨"，躲在草垛里避寒。诗人用细致朴素的笔墨，饱含同情地为我们勾勒了一幅贫困的农家女孩的肖像："惺忪的眼睛，周围泛出一圈黑晕／她紧裹沾着草屑的衣衫，奔至土屋前／长长的发辫散开来，耸着瘦削的身子／宛如自家地里正在发抖的玉米秆子一般。"诗人就这样把使他"震撼的一幕"传达给读者，令读者也受到震撼。法国批评家丹纳在他的名著《艺术哲学》中说："有一种超乎一切之上的动力，就是爱"，"爱的对象越广大，我们越觉得崇高。"诗人扩大了他所爱的对象，表现为崇高的博爱。

读崔页的诗，可以感受到他在艺术上有着多方面的追求。凭着他深厚的中外文化艺术的素养，他对不同的题材，采取不同的表现手法。《沈园》因写的是南宋大诗人陆游的名胜，故而此诗的形式采用文白相间的语言，采用词的句式，显得很精致优美。同样，《大明山词》运用典故故事，表现为典雅华美。而《读罗丹雕塑〈少女向爱西丝吐露心事〉》和《灵感——波特莱尔一百三十周年祭》，因为是外国题材，所以从内容到形式都具有现代诗的特色。

崔页的诗使我们受到真情的洗礼，也使我们受到诗美的陶冶。

浦学坤是我相交近二十年的诗友了,我曾为他写过评论和序言。他不仅写诗,还写散文。作为政府官员,他在繁忙的公务之余,执着地钟情于诗文,坚持创作,如此勤奋的精神,一直使我钦佩不已。

浦学坤的诗想象力很丰富,在新奇的意象中包含着深刻的哲理。英国湖畔派诗人柯勒律治曾说过,一首好诗应该具有思想深度和活力,并且说,一个诗人同时也应是一个哲学家。而富有哲理性正是浦学坤的诗的特点。据他说,他的笔名浦析就是"剖析"的谐音,可见他对思想和理性的重视。在他的诗中,箴言、警句较多,发人深省。《生命之光》正是这样的诗。诗人自始至终运用排比句法,表现生命的顽强和积极向上的人生态度。诗人写道:"即使一百次一千次死亡 / 也要换一种方式再生。"这样的诗可以作为座右铭置于案头上的。《生命无悔》同样表达了诗人对人生的思考,表现为达观的人生态度,"最好的活法是 微笑着 / 在茫茫宇宙里找准自己的方位"。在诗人看来,世界上的生命都是平等的,都有自己的价值:"小草有小草的风采 / 大树有大树的丰碑 / 小草与大树有一个共同的骄傲 / 作为只有一次 / 曾经在世界上活过 / 生命无悔。"

在我的印象中,浦学坤的诗一般说来还是传统的写法,现在读了他的新作,才惊讶地感到,他在创作上有显著的突破。最引人注目的是,他开始有意向现代诗的方向探索。从组诗《老屋的童话》这样的题材看,他完全可以驾轻就熟地用传统的写实的手法来表现,可是,他偏偏用颇为新潮的现代诗的表现手法。这样一来,传统的题材却用现代的手法来表现,形成很大反差,形成一种艺术的张力,用现代的手法表现抚今追昔的慨叹,在诗中,传统和现代水乳交融地结合在一起。如其中《之二》:"寒风吹过口哨 / 神鸟就开始在玻璃窗上 / 啄出太阳 / 当梦的情节 / 消失在高远的天穹 / 我无法揣度它们的语意 / 一种黑色的飞翔。"这样的诗句不是写实的,而是写意的,用迷离朦胧的诗句渲染老屋的某种神秘性。"睁着许多眼睛的土墙","我的祖先生活在墙上 / 面对我"(《之四》)。同样,《你使我年轻》也用了现代手法:"轻于空气的情绪 / 被拴于唇 / 一种飘在翠绿之上的声音 / 来自语言之外 / 总是那么甜润。""情绪"是非物态的名词是虚的,唇是具体的器官,虚实结合后,产生了奇妙的艺术效果。而"翠绿"、"声音"、"甜润",分别是视觉、听觉和味觉,这三者互相置换,用的是通感的艺术手法。

当然，浦学坤也不是一味求新，而完全抛弃传统写法。《清明桥》是他用传统写法所作的最美的一首诗。试看他写这座无生命的桥，却不仅赋予它美丽的生命，而且还赋予它人类的情感："一只圆圆的大眼睛／睁一半在水上／睁一半在水下／默默注视／千万次月缺月圆／沉寂倾听／远古的潮声复响／尔后无数次向过客讲述／桥与水的爱情。"最后一节，"目光被水充盈／心即随水而去／浪迹天涯／岁月老去，河流永远年轻"，大有"子在川上曰：逝者如斯夫！"之慨，依然令人唏嘘！

一位有成就的诗人应该博采众长，无论传统和现代，皆加以融会贯通，为我所用。浦学坤就是这样一位有成就的诗人。

毛益新的外表给我的印象是性格外向，然而读他的诗，却感到他实在是一位含蓄的、沉思型的诗人。生活中看来很平常普通的事物，到了他的笔下，竟被开掘出深刻的思想和深远的意蕴。如剥落的墙是随处可见的，不足为奇。然而在《剥落的墙》一诗中，诗人却拟人化地将这面"剥落的墙"写成一位饱经沧桑的老人："剥落的墙嵌进残阳／血滴成斑驳／四周爬满了隆起的青筋／和弓形的背影。""残阳"、"血"、"青筋"、"弓形的背影"这些描写使拟人的墙具有悲壮的色彩。整首诗氤氲着"古老的气息"。诗人不无揶揄地指出，即使"祖辈上很少有人读过书"，其后人"却都会用坚硬的词汇／筑起高昂的家史／涂上世纪的夕晖"。通过这一面"剥落的墙"，不仅表现了沧桑的历史感，而且还犀利地揭示出常见的自炫高贵家史的心态。令人忍俊不禁地想起阿Q那句名言："老子先前比你阔多了！"又如《喝豆浆的时候》，喝豆浆是生活中再平常不过的了，我刚看到这个诗题时，曾想：这能有什么文章可作呢？及至读完后，我不得不钦佩诗人，也感到意外，想不到他能从如此平常的事情中，开掘出如此深远的意蕴。诗人的想象力非常丰富，他从喝豆浆，想起"大豆的生命"，从大豆的黄色的圆粒，联想起"黄橙橙的秋日"，又联想到"滚圆的日子"，又因为大豆来自"黑土地"，故而诗人写"舒坦地吮吸／大地甘甜的乳汁"，最后，更由"乳汁"联想到母亲："喝豆浆的时候／我更想起／白发苍苍的母亲。"这母亲可以是指自己的生身母亲，也未尝不是指祖国母亲。无论是生身母亲，还是祖国母亲，诗人都表现得如此拳拳深情！

把寻常事物写得非同寻常。这是诗人与寻常人的区别。毛益新正是这样一位非同寻常的诗人。向日葵、原野都是寻常的事物和景观,然而,在《向日葵里的原野》一诗中,我们看到了很不同寻常的景物。作为植物的向日葵,在诗中不仅成为"一轮盛满籽粒的圆盘"的"秋日",而且还"在原野旋转",把向日葵写得如此灵动,如此新奇,令人耳目一新;然而,诗人并未就此止步,他进一步写道:"旋转成雨 / 一粒粒璀璨如金的谷子 / 不停地浇灌自铸的太阳。"真是神来之笔!把向日葵写成"自铸的太阳",恐怕在此前没有见到过。更重要的是此诗颠覆了向日葵传统的形象。向日葵顾名思义是朝向太阳,亦步亦趋地跟着太阳转动的,而在此诗中,向日葵则是"不停地浇灌自铸的太阳",自己就是太阳,强调个体的独立和尊严,这就是诗人从向日葵这样的寻常事物中开掘出的不寻常的意蕴。

每当人们翻动一张张日历时,常会感叹岁不我与,生命如白驹过隙。尽管古往今来无数诗人都发过同样的喟叹,但是因为人生的有限与宇宙的无限,瞬间与永恒是人类永远无法回避的宿命,所以此类诗总能震撼人心。毛益新的《日历上的岁月》自然无法回避生死轮回。但是,与消极的感伤不同,他在诗中由日历引发对生命意义的遐想和思考:"起舞生和死的过程 / 在阳光和月色里 / 有无我们一丝光亮。"这就一反此类诗颓唐消极的基调,而表现了积极进取的昂扬精神。

毛益新,一位善于从寻常事物中开掘不寻常诗意,深谙点石成金魔法的诗人。

陶祖德,又名祖德陶。我没有读过陶祖德全部的作品,不知是偶然碰巧,还是诗人有意为之,读了收在这个集子里的诗,我总的感觉是凝重和悲壮。我想,这是否是他所追求的艺术效果呢?《访天王府西花园》是诗人凭吊太平天国遗址所写的诗。对于这座花园,诗人没有作多少细致的描绘,却用主要的篇幅,以含蓄冷峻的诗句,对天王末路进行深刻反思,发人深省。"你让寂寞的剑 / 去寻找自己的影子",很耐人寻味,身为天王,却"看不到自己",虽然获得了荣华富贵,却失去了本真的自我。诗人还运用跳跃和类似电影中蒙太奇的手法,用极为凝练省俭的语言概括了太平天国从起事到败亡的过程。"那把炭火 / 终于熄灭,变成殷红的血泊 / 而你的影子依然没有找到 / 金田村干涸的田地 / 裂出了,一条汹涌的大渡河"。火是红的,血也是红的,于是,经过蒙太奇式的组接,起义的星火就成为败亡的血泊;后两句更是精彩地概括了从金田村到大渡河的起义历程。诗人在写这段沉重的历史时，一方面在字里行间渲染着浓重的悲壮的氛围；另一方面又冷峻地引发人们对历史悲剧的思索。一首短短的小诗，能形象地包含如此丰富深刻的内涵，实在难得。这种沉郁凝重的风格同样表现在《沉剑》一诗中。古今吟咏屈原的诗可谓不计其数，然而诗人写屈原的诗却不同凡响。诗的开始就气势不凡，"一切谗言在你的身后／阴谋是他们的影子／握剑回首／抽出的竟不是一声呼啸／而是滔滔汨罗"。再如这样的诗句："剑鞘空空／头顶的楚天空空／滚滚江水／是一卷长长《离骚》。""空空"、"滚滚"、"长长"，诗人用这三个叠词，有声有色地把屈原一腔的悲凉孤愤宣泄得淋漓尽致。我不得不佩服诗人淘洗锤炼语言的功力。诗的最后，诗人以冷峻的、类似箴言的诗句作结，"不是一切沉冤都能打捞／剑魂／是清醒的"，这种寓理于形的写法，既使读者得到艺术享受，又从中引起理性的思考。

即使歌颂人世间最为温馨伟大的母爱，陶祖德的诗依然具有悲壮凝重的色彩。在《诞生——给母亲》一诗中，诗人写道："你诞生了你的儿子／和他一生的苦难与荣光／天涯和声四起／——你以母亲苦痛的爱／为他把整个世界照亮。"母爱本身就是无私的，苦痛的，悲壮的。你看，母亲为了儿子的诞生，要"忍受雷殛／忍受陨石雨／寻找那遥远的呼喊"。母亲为爱付出了苦痛的代价，惟其苦痛，才更显出母爱的伟大和悲壮。

他的诗的凝重深沉之处，还表现为对人性的弱点的揭示，他是怀着悲悯同情的态度对待这些人性的弱点的。《推敲的和尚》用流畅的叙事，幽默地讽刺流言之可畏，可恶，而又对它无可奈何，"流言的舌头断了又长出来"。看似轻松的笔墨却蕴含着沉重的叹息。

在诗人笔下的爱情诗，是对无望圆满的美丽的慰藉，是对逝去青春的深沉惋叹。《给H》正是这样一首旧时情人重逢，激起双方情感波澜，虽然人已老去，却依然美丽动人的爱情诗。"愿你在我昔日的痛苦中永远年轻／愿我永远跋涉在你记忆中的风暴"。老去的是人，而爱情永远年轻。诗中透露出几许惆怅，几许凄美。

陶祖德的诗，不以炫目新奇的技巧取悦读者，而以丰富深沉的底蕴、沉郁凝重的风格、真挚优美的情感使读者悄然动容。

孟敦和，人如其名，敦厚和善，为人极好。诗是心灵的歌唱，孟敦和的诗离不开他心灵中对真善美的追求和向往。在他的诗中，最为动人的是他的那些闪耀着真情光辉的诗篇。《老屋　永远的眷念》就是这样的一首情真意切的好诗。此诗虽然只是用朴实无华的细节描写，用白描的表现手法来抒写诗人对父亲的深情怀念，但是，越是朴实无华，越是收到荡气回肠、低回不绝的艺术效果。如"父亲的油盏　还安放在桌上／一枝干笔　孤苦伶仃"，"月光下　父亲没有说完的海／如今　只要思念像蔓藤攀满枝头"，"一叠珍藏半世纪的诗稿　在手中颤抖／那是父亲为我抄写处女作的墨宝／我的渔笛　我的潮汐　我的月光／都是父亲没有听见的呐喊"。物在人亡，益增悲伤！"父亲的油盏"、"一枝干笔"，还有"父亲为我抄写处女作的墨宝"，这些父亲的东西越是具体，就越能勾起做儿子的思父之痛。而《老井　我心中的海》则是怀念母亲的深情之作。母亲去世了！"可她用过的井／还活着／她把伤痕和印记／嵌在凹凸的井口"，"蹲在老井身边／仿佛飘然风雨的沧桑／久远的疼痛和苦涩／我用心灵在抚摸"。"蹲在老井身边"，就好像小时候蹲在母亲身边一样，那该是多么温馨！如今只能"用心灵在抚摸""久远的疼痛和苦涩"了。

孟敦和是土生土长的无锡人，由于他对家乡的感情特别深厚，故而他最能发现家乡的美，并用最美的诗句加以表现。当诗人看到母亲湖太湖的环境得到很大改善时，他不觉欢欣鼓舞，唱出心底的欢乐："母亲湖　经过千转百回的呼唤／正在洗濯受伤的苦涩"。诗人像对爱人一样对太湖倾诉他的爱情，"我始终如一的爱情和不曾失望的诗／永远温馨在你可爱的怀抱"。欣喜中，诗人甚至感到"不知不觉"间，"我变成了一条眺望天空的小箭鱼"。《太湖》更是一首太湖的颂歌。"说你是海　你可是金三角的湖／说你是湖／你却是通至大洋的海"，"那震撼的万顷惊涛／让心胸的云帆直济沧海"。读着《崇安寺的夜晚走进了灿烂》这首诗，我感到分外亲切，想起诗人陪我同游崇安寺时的情景，当时我惊叹崇安寺的巨大变化，流光溢彩的灯光，把夜晚照耀得如同白昼。诗人尽情地歌颂昔日古寺翻天覆地的伟大变化："古寺的流光和新街的溢彩"，"历史的沧桑和现实的辉煌／在新世纪的舞台　交汇和　牵手"，写出了崇安寺灿若银河的美丽。

诗人善于发现美，所以才能把握美，表现美。《周庄　朦胧在轻飘的雨声和水声》就像一幅淡雅的水墨画，"缥缈的细雨／浮动几许花伞的粉红／若隐若现的风景／闪亮曲曲弯弯小巷的 天空"。虽然诗人写的是新诗,可是,无论是内容和形式都可以看到古典诗歌对他的影响。他的诗呈现一种气韵优雅的古典美。当然,我们所说的古典美,绝不仅仅是运用古典式的语言和形式,而是在气质和气韵上具有古典美质。

孟敦和还是一位歌词作家。他的有些诗具有歌词的特点。此外,他还擅长写朗诵诗,《南方 我看见你了》就是一首充满激情的朗诵诗。

孟敦和,诗如其人,温雅敦厚,孔子提倡的诗教是"温柔敦厚",我故意差一字,因为"温柔敦厚"主张不怒不露,太温吞水了! 而温雅敦厚则雅致且富有质感和厚重感。

总算对十五位诗人面面俱到都点评了一下。还不知是否恰当? 说实在的,我还是第一次为十五位诗人的作品选集写一篇序,而且是第一篇如此长的序言。蜻蜓点水式的点评自然不可能深入,何况单凭这收在集子里的这些诗,委实很难对诗人作全面准确的分析和研究,不当之处怕在所难免,请读者诸君,还有这十五位诗人不吝赐教。好在我在本文的开头说过,我只是引领读者欣赏这条闪光的诗歌长廊而已,也算是当个"导读员"吧。至于曲径通幽,渐入佳境,乃至拍案叫绝,则是靠读者诸君自己的亲身体验了。

无锡是吴文化发源之地,自古以来文化名人荟萃,从悯农诗人李绅到文学学者钱锺书都出自无锡,可谓人杰地灵。这十五位无锡诗人虽然各自生活经历不同,创作个性自然也不相同,但是对诗的痴迷,对诗艺的执着探索则是一致的。还有一点相同的是,他们的作品水平都很高。只要想到,这十五位诗人是处在无锡这样一个既具有深厚的传统文化氛围,又逐渐接受外来文化影响的大环境下,他们在创作上所取得的成就也就不足为怪了。我为家乡能拥有如此众多优秀的诗人而感到骄傲,我更期待今后在无锡的诗人队伍中能出现同样优秀的女性诗人。

是为序。

作于 2007 年 1 月 15 日

北京芳城园寓所

抒情诗：浪漫情怀的佳酿历久弥醇
——序《余文法抒情诗选》

关注诗坛的人们都有这个感觉：这些年来，抒情诗受到了冷落，特别是一些青年诗人，更不屑于写抒情诗。其原因是怕被人讥为"青春期写作"，流于肤浅；其实，还有一个更重要的原因，那就是在那些青年诗人看来，抒情的时代已经过去了。

其实，无论在哪个时代、社会，抒情诗都不应受到冷落。抒情是人类最基本的感情宣泄方式。抒情诗是抒发诗人美好情感的动人诗篇，永远不会过时，即使在当前社会、政治、经济变革的时代，即使文化、社会心理发生了巨大的变化，抒情诗仍将在诗歌领域中占有不容忽视、不可或缺的地位。这是因为抒情诗所蕴含的浪漫主义和理想主义的倾向，在本质上反映了人类心灵深处成为生命驱动力的基本经验，以及对终极渴望的诉求。细究起来，可以这样说，我们每个人心中几乎都隐秘着某种乌托邦的冲动，对于完美神圣的向往。抒情诗就是要把远不完美的现实生活，加以提升、升华、诗化，使之成为完美的、理想化的诗国。抒情诗既是对心灵的抚慰，又是对未来的信念。

正是在抒情诗受到冷落的情况下，当我读到中英文对照的《余文法抒情诗选》时，其喜悦欣慰的心情是可以想见的。

这是余文法先生的第三本诗集了。作为科技工作者的他对诗歌创作如此执着，已使我深为感动，然而更使我由衷钦佩的是，他对诗美的不懈追求。他对诗美的追求表现为两方面：一是从外部世界中去发现诗美，二是从内心世界中去发现诗美。

余文法先生虽然是一位科技工作者，但可贵的是他却具有诗人所不可或缺的良好的艺术感受力，一双善于发现诗美的眼睛。正因为他有如此良好的诗人气质，所以他才能慧眼独具地从外部世界发现诗美，并形诸诗中。

温州瓯江中的小岛,对温州人来说太平淡无奇了。然而,长期居住温州的余文法先生却能平中见奇,从屡见不鲜的景物中发现诗美,发现诗意。他把江心孤屿比喻为西方《圣经》故事中的方舟,表现出丰富的想象力。然而,诗人的想象还不止于此,而是进一步纵横驰骋,他让与温州有关的中国古代诗人谢灵运、孟浩然,民族英雄文天祥站立方舟船头"吟诗赞叹","彩绘湖山",并且要让这只方舟"快快解开绳索,/ 向着大海展旗扬帆挽狂澜!"把静止不动的江心孤屿写得生意盎然,富有灵动之美。

对于诗人来说,善于发现外部世界的诗美固然非常重要,但是,善于发现内心世界的诗美无疑尤为重要。诗人除了具有才华、灵感等天赋外,有无内视、内省意识是之所以成为诗人的决定性因素。所谓"内视"、"内省",就是诗人必须直面自己的内心,审视自己的灵魂,善于开掘、发现、表现人性中的真善美,即使是对假恶丑的鞭挞,也是为了呼唤真善美。诗歌是精神宝库中高贵而璀灿的明珠。诗歌就是要以真善美的高贵精神,创造一个与远不完美的现实世界相对立的、完美的、理想的、诗意化的世界,使人们的心灵得以净化,升华,也充满诗意。所以从根本上说,诗歌就是要开掘、发现、表现心灵中优美的、充满诗意的、闪烁着人性光辉的精神。爱情是诗歌和一切文学创作的永恒的主题。爱情诗最能体现优美的、充满诗意的人性的光辉。在诗集中,爱情诗占了不少的篇幅。在这些爱情诗中,尤以失恋的爱情诗写得最为凄美动人。如《无望的爱》一诗,诗中的抒情主人公不能面对"无望的爱"这个现实,痛苦地扼腕追问上苍:"我不明白,/ 为什么这种至诚的感情,/ 得不到好的报应? / 为什么普降甘霖的爱神,/ 偏偏不垂念痴情的人?"怨望之情,溢于言表,如闻其声。这类诗反映了人类最基本的经验、心态和情感。这首诗就表现了人类普遍存在的"企恋"心态。无望的企恋、痛苦的追求、无可奈何的适应,营构了富有悲剧意味的凄美的意境。诗美就在可望不可及的内心冲突,以及无怨无悔、忽喜忽悲的情感波澜中熠熠闪光。

无论是表现外部世界还是内心世界的诗美,古典美是余文法诗歌的主要特色。余文法先生有较好的古典诗词的基础,所以他的诗的形式大多吸取词和小令的特点。如《秋思》《柔风吹拂罗帐》等诗就很像小令。当然,这种古典美不仅表现在诗歌形式上,而且表现在诗歌营造的意境上。诗人善于运用富有古典情调的景物、道具、情绪,营造出典雅的古典美的诗情画意。

如《凭栏处,细雨蒙蒙》中,诗人用了"小楼"、"消魂"、"柔肠"、"酥手"、"凭栏处"等具有古典情调的话语,营造了典雅的、古典美的意境和氛围。此外,如《思念》《灯火阑珊》等诗,用同样的手法构筑了充满古典情调的优美意境。

贝恩在《抒情诗问题》一文中说,必须用高度的技巧创作抒情诗,"对于抒情诗来说,或者是尽善尽美,或者是一钱不值,二者必居其一。这乃是抒情诗的本质所决定的"(见《二十世纪外国重要诗人如是说》,河南人民出版社1992年11月出版)。我期待着余文法先生不断地充实自己,从古今中外优秀的抒情诗中汲取营养,力争创作出"尽善尽美"的抒情诗。

作于 2002 年 3 月 31 日

北京芳城园寓所

体味童真与沧桑
——读鸽子的诗

由于工作的缘故,我读诗较多,可谓阅诗多矣。阅诗多难免会产生审美疲劳。然而鸽子的诗集《一个人的炼金术》却使我眼前一亮。我对自己说:这是属于我喜欢的那类诗。

首先吸引我的是鸽子那些充满童真浪漫气息的诗。人生中最美好的童年、少年、青年是每个人都要经历的生命阶段。这些诗不仅使年轻的读者产生共鸣,而且使上了岁数的读者仿佛回到那遥远的、让人无限怀念的、美好的青少年时代。诗人所表现的、显得有些青涩的青少年的生命体验,正是不同年龄段的读者都体验着或体验过的。如《童年纪事》:"总是在一些有月光的晚上 / 我们把双手张开学着飞鸟拍动翅膀 / 我们嘴里说着'我要飞了! 我要飞了!' / 我们全都飞起来了",接着便梦想飞上天,"看见月宫里美丽的嫦娥,可爱的玉兔,飘香的桂花树",甚至还"会飞到课本里所讲的天安门",飞"在高高的云朵里,我们还会听见 / 父母在地上喊我们的声音",哪怕在梦里也会"大声喊着飞起来",而"睁开眼睛时往往是在午夜时分 / 揉着眼睛的我们往往是睡在家里的床铺上 / 抬头看见的往往是 / 母亲笑盈盈的脸"。张开双手学飞,这是几乎所有人在童年都做过的游戏。诗人用明白如画、充满童趣的语言,把我们带回到那个"五彩缤纷金光闪闪"的年代。又如《十八岁》:

> 个子高了,胡须长出来了
> 十八岁,我感到全身有使不完的劲
> 身体像成熟的玉米棒子一样结实
> 十八岁,我想去远方
> 远方是什么
> 我不知道
>
> 声音响了,目光亮了
> 十八岁,感到体内随时都会膨胀爆炸
> 一举一动都充满虎虎生机闪闪发光
> 十八岁,我想大声说
> 我长大了

把一个后青春期刚成年的小伙子的生理和心理状态描摹得多么传神!相信成年人读到这里时,定会露出会意的微笑。在组诗《四季》中,诗人把青年男子从情窦初开、恋爱到结婚的过程都浓缩在四季中。如《春天》,"我的脚生根了,妈妈 / 我的身子长叶了,爸爸 / 我的头开花了,祖父 // 他们的笑声打断了我的吃惊 / 孩子,那是春天",用植物的生长比喻身心的成长,隐含"花季"之意,颇具匠心。到了《夏天》,"我"开始情窦初开,"那个邻家的大姐姐 / 我老忍不住想看 // 长裙像蝴蝶的翅膀 / 露出的胳膊和大腿 / 真白。我把脏手朝身后藏了藏 / 她的笑声真好听 / 她的样子真好看 / 没有人发现我小兽一样的想法 / 只有牵牛花疯狂地缠着篱笆 / 夏天真好,无论乡村和城市 / 有那么多的姐姐和妹妹 / 让我看个够 / 我咽了咽口水 / 夏天真好"。

诗人把成熟的男孩对异性的渴慕，以及抑制不住的生理冲动，大胆而绝无猥亵地传达出来，特别是"把脏手朝身后藏了藏"这一细节，生动地显现了后青春期的男孩在心仪的女孩前自惭形秽的微妙心理，让人只觉得男孩的纯真可爱。最有趣的是《秋天》，诗人用调侃幽默的笔触，写出"我"青春的冲动和遐想，"花草树木都跳脱衣舞 / 我边啃一个大苹果边看蓝天 // 邻家姐姐胸前的大苹果 / 一定更好吃 / 我傻傻地想 // 那是我十八岁的秋天 / 祖父在我身后咳嗽了一声 / 我听若未闻 // 但祖父的另一句话却听得清清楚楚：/ '该给他娶媳妇了！' // 我又狠狠地咬了一口苹果 / 得意地笑了"。不仅是"我"，连疼爱孙子的祖父也显得那么可爱，他经过细致观察，洞悉孙子的秘密，以一种长辈和过来人的身份说了句"该给他娶媳妇了"。最妙的是"我"听后"狠狠地咬了一口苹果 / 得意地笑了"。要知道，"苹果"在"我"的眼里是另有所指的。到了《冬天》，"我"终于恋爱结婚了，"我发高烧了 / 我失语了 / ——冬天，我恋爱了 // 我张开眼时，看见她的脸 / 她躺在我身旁 / 是我的新娘子"。

当然，人是会长大成长，并且终究会老的。于是，我们在鸽子的诗中又读出了沧桑感。诗人在《一个老人在乡村的夜晚咳嗽》一诗中，尽情渲染了这种沧桑感，十分动人。"有一些红红的花瓣带着老人的咳嗽声 / 从村东走到村西 / 从屋下活人的耳畔走到村庄对面坟地里死人的心中 / 一个老人在乡村的夜晚咳嗽 / 一声，一声，又一声 / 他咳出来山冈的坚韧和河流的泛滥 / 他咳出了青春年华时的年轻气盛和风烛残年时的孤苦无奈 // 一个老人在乡村的夜晚咳嗽 / 在一声声撕心裂肺的咳嗽声里 / 有无数人一动不动，睁大眼睛 / 听春风一阵紧过一阵吹破桃花 / 听带着小道消息桃花瓣四处游走 / 在这撕开了心裂开了肺的咳嗽声中 / 老人的另一半，老人的老伴 / 把同样瘦骨嶙峋的身子 / 向老人挨近，再挨近 / 一动不动，努力着用体内小小的火把 / 温暖着老人的咳嗽声 / 和咳嗽声里的老人"。老人在夜晚咳嗽，原是常见的现象，然而诗人在这常见的现象中注入了悲天悯人的情感，写出了人生的沧桑和悲怆。同样，在《轮回》一诗中，也渲染了人生的沧桑感，诗人从人的两三岁感到"世界无边无际 / 我不相信，长大后的自己 / 能走太远"，到十七八岁"世界是我一个人的世界 / 我相信，只要我愿意 / 我可以拥有整个世界 / 我想走多远就能走多远"，一直到七十八九岁，"世界无边也无际 / 我不相信,自己想走多远就能走多远","一切都是别人的 / 甚至于想法也是别人的 / 只有死亡是自己的"。随着年龄由小到老,人对世界的看法中间经过变化,最终又回到起点,完成了人生的轮回。读者从中似乎可以听到诗人轻声的喟叹。

沧桑感不止由人生引发,还表现在对社会光怪陆离的现象进行深刻洞察后所引起的那种愤懑、不平和感慨,那种参透真相本质、看破世事的沧桑感。如《每个人都在修建属于自己的房子》一诗,在写到用什么来修建房子时,诗人写道:"有的人用善良的爱,也有的人 / 用狼心狗肺和欺上瞒下弄虚作假。"诗人写这些房子:"有的房子千年之后还牢固顶天立地 / 有的房子人还活着就臭着倒塌。"读着这样的诗,令人想起臧克家的《有的人》。在这里,"房子"是一个人生的象征。出生的家庭是无法选择的,可是人生道路是可以自己做主的。所以诗人在最后写道:"什么样的人会修建什么样的房子 / 每个人都在修建属于自己的房子。"还有一首诗的标题很恐怖,曰《谋杀》。实际上,此诗并非写通常意义上的人命谋杀案,而是写官场上政治生命的谋杀。你看诗人以平静从容的笔触款款写来,不动声色地写出了官场上你死我活的残酷斗争。"通常是在会议室里开会 / 其中有一个人,只是因为出门接一个电话 / 或小便或抽烟 / 谋杀事件就在静悄悄中发生 / 会议室里的某个人不动声色地拉开谋杀的序幕 / 他用平淡的语调,认真严肃的表情发言 / 聆听发言的人同样面无表情,认真而严肃 / 谋杀的成功率通常是百分之百"。"事件的结果是 / 那个可怜的人再次步入会场时 / 看到的同样是一张张面若春风的脸孔 / 但这个人,却再也回不到原有的位置","座椅上是另外一张熟悉而陌生的嘴巴 / 在口若悬河,滔滔不绝 / 最后的结果是,在以后的会议上 / 这个人不知所终 / 没有人关心他何去何从 / 就像这个人从来未出现过一样"。我们注意到,诗人在诗中两次用了"认真严肃"一语,这是用反讽的手法,讽刺这种黑暗的、见不得人的勾当是在庄严的会场上堂而皇之地进行的。写到这里,本来已经够让人震撼的了,可是诗人犹嫌不足,又加了四行诗,令人不寒而栗,"一个人被轻而易举谋杀 / 一个人被不动声色谋杀 / 这样的事件,在我们身边 / 天天都在上演"。读着这样的诗,几乎很难相信与上述充满童真浪漫气息的诗是出于同一位诗人的笔下。是丰富复杂的社会经验使诗人由单纯走向复杂,由童真走向沧桑。

值得注意的是,这样的诗明白如话,平易近人,却有很强的感染力。其原因盖在于其情感真实,真挚动人。无论是诗人描摹青少年和暮年的生命体验,还是诗人揭露社会上的种种丑恶现象,都使读者感同身受,产生共鸣。艺术的本质就在于情感的体验和情感的表达。这些诗所表现的情感和体验都具有普遍性,但却以个别普通人的面貌出现,因而又获得了生动性。由于运用了使人愉悦的感性知觉手段,这种生动性更加能被读者接受。这就是为什么此类诗具有艺术魅力的主要原因。

如果把童真作为人类幼年的特征,那么沧桑就是人类暮年的特征。鸽子在他的诗中分别体现了这两种特征。谢林有一句名言::"不管是在人类的开端还是在人类的目的地,诗都是人的女教师。"这句名言意味深长,这是说,无论是对人类的幼年,还是暮年,诗都会像女教师那样给人以温柔的抚慰和亲切的教益。我们读着鸽子的诗,会分明感受到有一双女教师那样的深情的目光,抚慰眷顾着那些少不更事的孩子和垂暮孤苦的老人。

作于 2009 年 6 月 14 日

北京芳城园寓所

智性的诗花因情感的滋养而分外绚丽
——读北塔诗集《正在锈蚀的时针》

在当今诗坛上,特别是在有些青年诗人中间,抒情诗受到冷落和疏远。对于抒情诗,他们避之犹恐不及。之所以会这样,我想其原因不外乎有两点:一是他们认为抒情诗表现了青春期的躁动,给人以不成熟的印象。而青年是最怕被人说不成熟的;二是抒情诗往往与浪漫主义相连,而在那些尊崇现代主义和后现代主义的青年诗人的心目中,浪漫主义早就成为历史的陈迹而过时了。何况,在诗歌史上,浪漫主义,尤其是革命浪漫主义曾经与浮夸、虚伪、浅薄结缘,弄得声名狼藉。对于抒情诗所遭到的冷遇,说实在的,我着实为之不平。试想,诗歌如果完全排除了情感,只有理性、智慧、哲理,诗将会变成什么样呢? 我看诗与箴言、格言、语录也就没有什么区别了。其实,无论在哪个时代、社会,抒情诗都不应受到冷落。抒情是人类最基本的感情宣泄方式。抒情诗是抒发诗人美好情感的动人诗篇,永远不会过时,即使在当前社会、政治、经济变革的时代,即使文化、社会心理发生了巨大的变化,抒情诗仍将在诗歌领域中占有不容忽视、不可或缺的地位。这是因为抒情诗所蕴含的浪漫主义和理想主义的倾向,在本质上反映了人类心灵深处成为生命驱动的基本经验,以及对终极渴望的诉求。细究起来,可以这样说,我们每个人心中几乎都隐秘着某种乌托邦的冲动,对于完美、神圣的向往。抒情诗就是要把远不完美的现实生活,加以提升、升华、诗化,使之成为完美的、理想化的诗国。抒情诗既是对心灵的抚慰,又是对未来的信念。

正当此时,我读完了青年诗人北塔的处女诗集《正在锈蚀的时针》,感到特别兴奋和欣慰。如果论年龄,他应属于前卫、新潮的青年诗人,而不属于抒情的,然而,令我欣喜的是,在他的诗歌创作中,并没有摈弃抒情,不仅没有摈弃,相反,更加强了作品的抒情性。他在《自序》中的那段话说得多好!他说:"我要求自己诗歌中的智性因素都在浓烈的情感中浸泡过。我甚至要求我所驱遣的每一个象征性意象都饱含情感。我始终认为,诗歌意欲去影响读者,只去说服是不行的,还得去感染,让他们手舞足蹈地去思索,而不是枯坐在板凳上沉思。"在创作实践中,他正是这样做的,他把现代主义的主智和浪漫主义的主情结合起来,把灼热的情感通过智慧的方式表达出来。所谓智慧的方式,我以为是指规避直抒胸臆的抒情方式,而采用看似冷静客观的叙事方式,在字里行间无不渗透着诗人炽烈的情感。如组诗《秋兴若干》中《秋雨》一诗,诗人写道:"一片落叶以瘦弱的身躯 / 保护着一块石头 // 在人类的脚步远离之后 / 它们得共同承受秋雨的捶打 // 在小商贩逃逸之后 / 受伤的果实滚满街头 // 仅仅是深夜的一场秋雨 / 使它们只能在阳光里腐烂"看似"瘦弱的身躯"的"一片落叶",居然"保护着"坚硬的"一块石头"?看来似乎不可思议,但却引起我们多少遐想! 在人类社会中,一般说来,总是强者呵护弱者,可是在特定的情境中,弱者也可能保护强者。众所周知,民国初,妓女小凤仙救护蔡锷将军,历来为人们传为佳话。这就是弱者保护强者的生动一例。惟其因其外表的柔弱,更显出其灵魂的坚强。显然,诗人在"落叶"上所倾注的，已不仅是通常意义上的同情、怜悯和惋惜的情感，而是充满对弱者的敬意，以及对他们所受痛苦的感同身受的关怀。落叶"共同承受秋雨的捶打"，而"受伤的果实"经过"深夜的一场秋雨"，"只能在阳光里腐烂"。在阳光里，万物生机盎然，而"受伤的果实"却不得不腐烂。诗人通过对落叶、果实的不幸遭遇的看似客观的描写，表现了他对生命的热爱，对弱者悲悯的人文关怀。

当然，智慧的表达方式还在于诗人机智巧妙的构思，以及诡异莫测的娴熟技巧。

北塔在"自序"中，对如《夏日札记》《雪夜之旅》《夜》《秋夜杂感》、《油灯》等札记体短诗似乎不太满意，说它们有廉价哲理诗的"后遗症"。我却以为不然，我倒很喜欢这些短诗。我认为，这些短诗恰恰表现了诗人的机智和智慧，按诗人的话来说，既"在诗中表达智慧"，又"智慧地去表达"。如组诗《夜》其五："夜是一条饥饿的蚕，/ 蠕动绵软的身躯。/ 从缝隙里爬进来，/ 慢慢吞食 / 藤蔓里、文字里的光。/ 我们坐在平静的时间里，/ 像一张张嫩香的桑叶。""廉价的哲理诗"是概念化的，而我们在这首诗中所看到的却是诗人的机智和聪慧，是出人意料的妙喻，是灵动而生气灌注的形象，一点也不概念化。夜是时间的抽象概念，而诗人却喻为"一条饥饿的蚕"，并且还有一系列动作："蠕动"、"爬进来"、"慢慢吞食"，增强了"夜"的动感。最令人击节称赏的是，诗人最后把"我们"比为"一张张嫩香的桑叶"，可谓奇喻妙对。正好与上面"饥饿的蚕"互文相对。夜、时间这条"饥饿的蚕"，可不是"慢慢吞食"着我们的生命吗？诗人在机智巧妙地表达如此丰富生动形象的同时，也表达了自己对时间无限，个体有限的岁不我与的感慨，警示人们对有限的生命之意义的思考。诸如此类的好诗还有好多，如"我把我走过的道路 / 剪下来，一段段地折叠好 / 即时寄给家乡的亲人"（《雪夜之旅》），"灯火在天空的穹幕上 / 烧出一个小洞 / 又烧断了流星的缆绳 / 于是陨石在人间流浪"（《油灯》）。读着这样的诗句，你不得不佩服诗人丰富而奇特的想象力。

北塔既是一位诗人，又是一位学者。他的"自序"是一篇很有见地的诗学论文。他的创作正是他诗学观点的实践。他大学本科学的是英语，英语造诣很深，曾应出版社之请，重译莎士比亚名著《哈姆雷特》。这次他自译了"自序"和全部作品，成为一部汉英对照的诗集。我想，这部诗集一定会受到喜欢诗歌和英语的青年读者的欢迎。因为是翻译自己的作品,所以就能避免翻译中常见的曲解原作意思的弊病,而更忠实于原作。我的英语底子很薄,却喜欢读英语诗。经过汉英两相对照,我觉得英译诗也相当好,没有某种因直译带来的别扭不顺的毛病,如果以英语原创诗示人,也不会受到怀疑。如《我拒绝风》译诗为 I Refuse the Wind,三节诗都以 d 押韵。而原作是以"风"字押韵。虽然现代诗多不押韵,但是如果朗诵,则还是押韵更能朗朗上口。

三、四十年代,如徐志摩、戴望舒、冯至、卞之琳、辛笛、郑敏等前辈现代诗人,都学贯中西,故终成大家。北塔兼治学创作,又通晓英语,且刻苦勤奋,他还那么年轻,前途未可限量。我预祝他在事业上一帆风顺。

作于 2002 年 11 月 14 日
北京芳城园寓所

诗的戏剧化　戏剧化的诗
——读徐俊国的诗

新诗的戏剧化是由九叶派诗人、学者袁可嘉先生提出来的。20 世纪 40 年代后期,袁可嘉先生针对当时中国新诗的种种流弊,写了《新诗戏剧化》与《谈戏剧主义》等文章,指出新诗要提高艺术性和表现力,就必须加强新诗的戏剧性,"设法使意志与情感都得着戏剧的表现"他说:"人生经验的本身是戏剧的(即是充满从矛盾求统一的辩证性的),诗动力的想象也有综合矛盾因素的能力,而诗的语言又有象征性、行动性,那么所谓诗岂不是彻头彻尾的戏剧行为吗?我们再重复一遍:诗所起作用的素材是戏剧的,诗的动力是戏剧的,而诗的媒介又如此富有戏剧性,那么诗作形成后的模式岂能不是戏剧的吗?"他认为,卞之琳、冯至、穆旦、杜运燮、郑敏的一些优秀诗作,能使意志和感情转化为诗的经验,从而获得了戏剧的表现。袁可嘉先生的这种观点颇有见地，而且为许多优秀诗作所验证。

现在，我们来看徐俊国的诗，戏剧化可以说是其重要的特点之一。

袁可嘉先生把"素材是戏剧的"作为诗的戏剧化的标志之一，可谓深中肯綮。抒情固然是诗的重要特征，然而也不排斥叙事。叙事诗是诗歌中重要的门类。我国古代优秀的叙事诗如《木兰辞》《孔雀东南飞》《长恨歌》是叙事诗的经典。因为叙事也是戏剧的要素，所以叙事诗特别适合改编为戏剧。从上述古典叙事诗改编的戏剧至今久演不衰。袁可嘉先生的"素材是戏剧的"观点，我理解为素材当有叙事性。这样，诗就会具有戏剧化的特点。徐俊国的诗就有许多叙事性的情节。如《代替》：

> 走近了才发现
> 头围黄丝巾　腰扎红腰带
> 穿着这件咖啡色女式风衣的
> 是一个蓬头垢面的中年男子
> 在杭州路与红旗路交叉处
> 他停了下来
> 从怀里掏出一个白馍　半瓶酒
> 一叠冥钞和打火机
>
> 一个蓬头垢面的男子
> 穿着亡妻生前最爱穿的衣服祭奠亡妻
> 亡妻肯定明白他的良苦用心
> 她飘在半空
> 肯定会看到依然活在尘世的自己
> 他代替她活着
> 代替她走没走完的路　过没过完的日子
> 在一个破落的小院子里
> 在一棵果实落尽的柿子树下
> 当他替她织完那件粉红色的毛衣
> 他对着水缸试穿了一下

忽然呜咽道——

老婆 我想你哇

这首诗有奇特的情节,诗中的主人公,一位深情的男子,"穿着亡妻生前最爱穿的衣服祭奠亡妻"。而"亡妻肯定明白他的良苦用心 / 她飘在半空 / 肯定会看到依然活在尘世的自己 / 他代替她活着 / 代替她走没走完的路 过没过完的日子"。中国古代把戏剧称为"传奇",意为演绎奇特的故事情节。此诗的情节也颇为奇特,实属罕见,由此可见其戏剧性。

奇特的情节,加上强烈的对比和反差,构成了戏剧性。月光给人们带来温馨、和美的感觉,是诗人们吟咏不绝的浪漫主题,然而,在徐俊国的笔下,却出现了惊心动魄的悲剧的一幕:

我老家一对老夫妻,

一个八十七岁,瘫痪了十二年,

一个八十八岁,能拉会唱,肺癌晚期。

中秋之夜,两个老人互相

抱着,点燃了炕上的棉花被。

屋梁倒塌,瓦片碎落,

月光被烧得噼啪噼啪响。

大火中,越来越微弱的声音在唱:

月光晃晃,

大路宽啊——

——《月光》

在美丽的月光中,竟发生如此惨绝人寰的惨剧!这是第一个强烈的对比和反差;更为震撼人心的是最后一幕:"大火中,越来越微弱的声音在唱: / 月光晃晃, / 大路宽啊——"一对老夫妻在被烧死的瞬间,竟然还在歌唱月光曲!这是何等令人震惊的奇人奇事!这既是生活中的悲剧,也完全可以成为戏剧中的悲剧。这就是富有戏剧性的叙事所产生的戏剧效果。同类的诗还有《作文课》:

到了春天,老师总要让孩子们
写"万物复苏"之类的作文。
其实,就在上午,
王六凳的爹娘喝完农药互相抱着睡了,
鹅塘村的新媳妇哭着点燃了自己和婚房,
烧焦了一窝燕子、八只麻雀,半亩油菜花……

每年春天发生的痛心事,
三辆灵车、五辆灵车根本装不完。

　　如果说《腊月》写出了底层草根生存的艰难:"白龙潭灰暗的出租房里 / 一对湖北籍的夫妇在对骂""赊本的夫妇背着蛇皮袋子逃回生活的窟窿 / 男的在前　趿着鞋 / 女的在后　用牙咬着蓬乱的长发 / 寒风像一条瘦骨嶙峋的饿狗 / 贴着胡同逼过来"。那么《年景》就是一幕悲剧了,"因讨不到工钱而上吊的结巴张小野 / 在警察到来之前 / 没人把他从屈辱与忿怒上抱下来 // 明年开春 / 背着铺盖卷挤火车的人当中　少了一个人 / 没人知道　少了的这个人 / 名叫张小野　媳妇王翠菊　怀有身孕"。这种富有戏剧性的叙事,调动读者的悲悯的神经,产生了情感的震撼和深切的同情。《刚洗完头发的人》则更像一首小叙事诗:

往她家门缝里塞屎壳郎,
爬上她家屋顶,掀瓦片,撒尿。
刚洗完头发的人仰着头大骂,
脱下布鞋扔我们。
当晚她得了急病,全身哆嗦,
临走时说:"日子苦,孩子们穷乐呵,
我不该骂他们。"

黎明，我们跟在送葬的队伍后面，
像条泥泞的尾巴，被大雨甩来甩去。
从墓地回来，吃丧饭，我们一声不吭，
碗里有种小孩品不明白的味道，一口也咽不下。

秋风勒紧每个人的脖子，纸钱落满院落。
坐在她昨天坐过的小板凳上，
抬头可见，屋顶上瓦片不全，
一缕洁白的烟在升天。

我们小声判断，人肯定有魂。
此刻，刚洗完头发的人俯视世间：
一群孩子，低着头，咽不下她家的饭。

这首诗除了情节的戏剧化外，还有性格和情感的戏剧化。小孩子因为淘气，对"刚洗完头发的人"恶作剧："往她家门缝里塞屎壳郎，/ 爬上她家屋顶，掀瓦片，撒尿"，而"刚洗完头发的人仰着头大骂，/ 脱下布鞋扔我们。"而当她临死前却说："日子苦，孩子们穷乐呵，/ 我不该骂他们。"真是"人之将死，其言也善"。她对孩子由憎恶咒骂一变为自责宽容。这是她性格和情感的曲折变化；而孩子们的性格和情感也发生了变化，由淘气恶作剧变为自责和愧疚："从墓地回来，吃丧饭，我们一声不吭，/ 碗里有种小孩品不明白的味道，一口也咽不下。""一群孩子，低着头，咽不下她家的饭。"

所以，诗的戏剧化除了情节的戏剧化外，还须有性格和情感的戏剧化。这正是袁可嘉先生所说的情感得着戏剧的表现。

以上说的是不同人物的性格、情感的矛盾冲突形成的戏剧化，就像戏剧中有人物内心独白一样，诗的戏剧化还体现在抒情主人公心理和情感的矛盾冲突。如《我喜欢坐在田埂上度过一个个秋天》：

我喜欢坐在田埂上度过一个个秋天
谷子和高粱被砍了头

优秀者被运往城市

劣等者被贮存在潮湿的粮囤

我喜欢望着空旷的庄稼地发呆

去年见过的蜻蜓不见了

田鼠饿着肚皮走了

鸟雀飞过我头顶的时候羽毛散尽

只剩下一副零乱的瘦骨架

大地上的小公民都去了该去的地方

只有我还活着

还坐在岁月的田埂上

继续见证那个看不清面容的人

用坏了九张犁耙

种完了五十六茬庄稼

再过几十年　我也将离开

这条田埂将空下来

远道而来的风将毫无阻隔地吹过来

好像这里从来没人坐过一样

我一直感到好奇：诗人如此年轻，何以有这种沧桑感？其实，中外的诗人无数次发问："我从哪里来？又向哪里去？"这是人生永恒的母题。无限的时空与短暂的人生所形成的矛盾冲突，也成为诗人内心矛盾冲突的根源。因此，人生的慨叹也就成为诗歌中吟咏不绝的主题。唐朝诗人陈子昂在《登幽州台歌》中，写下"念天地之悠悠，独怆然而涕下"的千古名句，正是这种时空慨叹赋予其不朽的艺术生命力。同样，在外国文学中，在莎士比亚的戏剧《哈姆雷特》中，王子哈姆雷特指着骷髅所发的议论也表现了这种人生的感叹。在这首诗中，诗人先是写"大地上的小公民都去了该去的地方 / 只有我还活着 / 还坐在岁月的田埂上"，后来写到"再过几十年　我也将离开 / 这条田埂将空下来 / 远道而来的风将毫无阻隔地吹过来 / 好像这里从来没人坐过一样"。诗人在诗中无一字悲叹人生，却处处透露出在无限的时空面前，人生是何等短暂，个体是何等渺小！我们在诗人平静从容的叙述中，隐约可以感受到一颗自怜、悲凉灵魂的颤动。比之直白式的内心独白，此诗有细腻的情感，有栩栩如生的形象，还有丰富的想象，真所谓委婉曲折、含蓄蕴藉。抒情主人公的这种内心独白增强了戏剧性。

　　袁先生说诗的语言有象征性、行动性，诗就是"彻头彻尾的戏剧行为"了。我们看徐俊国的诗不乏这种象征性、行动性的语言。《掘地瓜》一诗，通篇都是动作，也就是运用行动性的语言，"一锹　二锹　再一锹／就这样一锹一锹往深处挖"，看来平淡之极，然而，最后充满象征意味的行动性的语言把此诗推向高潮，"倾斜的天空压弯脊背／蓝色辽阔无垠　我热爱它倾盆而下的重量／突然间多少有字的瓦片和无字的骨头一下子涌现／风开始摇撼阔大的芋头叶子"。写实和象征的既相矛盾，又相结合，使这首小诗饶有回味，也平添了几分戏剧的张力。

　　诗人在有些诗中，用行动性的语言，勾勒一幅美丽的图景，如《小沽河》：

天暗下来
一个月亮挂在天上
一个月亮落入水中
那时候　四下没有大人
我们把身子挤得更紧
露水湿了兜肚
而呼吸变暖

在类似的时光中
小沽河从脚趾间流过
我三岁　她二岁
在鱼的啜水声中
我衔着半个花瓣
亲了她

此诗用朴实、生动，而又富有动感的语言，描绘了一对小儿女在美好的月夜，两小无猜、童贞纯洁的友情。堪称小小的诗剧。然而，像这样美好的诗剧，在诗人的作品中是不多见的。更多的是已如上述的在芸芸众生中不断上演的悲剧。

袁可嘉先生提出新诗戏剧化曾对新诗的创作和理论产生积极的影响。我欣喜地看到徐俊国的诗中具有戏剧化的元素。我不知道徐俊国是否读过袁可嘉先生的有关新诗戏剧的论述，是刻意在诗中表现戏剧化，还是无意中体现出戏剧化。不过，戏剧化对提高诗歌创作的表现力和艺术性是确凿无疑的。我期望有更多的诗人像徐俊国一样，将戏剧化引入诗歌创作，使诗歌创作别开生面，提高诗歌创作的整体水平。

写于 2012 年 6 月 12 日

北京芳城园寓所

纯真的姊妹情结的美丽颂歌

——读金山诗集《三少女颂歌》

金山是一位很有才华的诗人。比起那些多产的诗人来，他的作品的量也许不算特别多，可是其质却很高。他的诗大多写得清新而精致，有不少作品堪称精品。就拿他的这本诗集《三少女颂歌》来说，从 1994 年到 2003 年，十年间就选编了这薄薄的一本，可见他对自己作品的要求严到近乎苛刻的程度，表现了难能可贵的严肃认真的创作态度。金山在给我的信中称："这是我的精心之作。"读完诗集后，我不禁击节称赏：果然诚如其言，信不谬也！

我反复阅读了这本诗集。在我印象中，很少有其他诗集令我如此欣赏和玩味。读罢掩卷沉思：顾名思义，《三少女颂歌》所要歌颂的是什么呢？对此问题，也许有各种不同的回答。你可以说是歌颂少女的灵秀之美，也可以说是歌颂人和大自然浑然一体的清新之美。这些无疑都是确评。而我却认为,诗集歌颂了纯真美丽的姊妹情结。

　　一般说来,既然写到少女,似乎就不可不写爱情。可是我注意到,在这本诗集中,却很少涉及爱情。更多的、更主要的是写姊妹之情(包括兄妹、姐弟、姐妹之情)。《三少女》是诗集中很重要的一首诗,堪称主题诗。诗中有两处称"三少女"为"我的姐妹"。如第二节:

> 落在水面短暂歇息　三少女
> 流水抬着她们装满青草的篮子
> 风吹稻禾　车轮滚过无边的田地
> 我的姐妹　嘴唇咬着草茎轻轻点头

　　再如末节:

> 打着赤足　我的姐妹
> 流水抬着她们装满青草的篮子
> 三少女咬着沉默的嘴唇轻轻点头

诗人用"打着赤足"、"装满青草的篮子"以及"咬着草茎轻轻点头"、"咬着沉默的嘴唇轻轻点头"的神情动作活画出"三少女"纯洁可爱的形象。这种纯洁可爱的、天使般的形象可以说在诗集中随处可见。而诗人对"三少女"的姊妹情结也就贯穿始终。这种姊妹情结是多么纯真无邪! 在《稻草铺》一诗中,诗人写到少男少女躺在稻草铺上,写到他们青春期的朦胧的性的萌动,甚至写到"男孩随手摸了女孩那个地方 / 女孩迟迟疑疑 / 也摸了男孩的那个东西",读到这里,读者一定以为是写少男少女的朦胧的性爱了,然而不,诗人在写了少男少女那"灿烂的羞涩"后,却出人意料地点明这"一个男孩两个女孩"的身份,"这个男孩 / 是她的弟弟她的哥哥 / 两个女孩 / 一个是他的姐姐 / 一个是他的妹妹"。虽然触及男孩和女孩的私处,但毫无猥亵之感,有的只是小儿女一派的天真烂漫,依然是纯洁的手足之情。当然也写到了他们的情窦初开,悄悄话中交换着各自心中的秘密:男孩"给我的她送了礼物",女孩"给我的他回了封信",但是,此诗主要是以充满喜爱,甚至是怜爱的笔触,状写天真未凿的小儿女的可爱情态以及他们的手足情深。

这种手足情深有时足以令人怆然泪下,如《睡觉在深草》。诗人写道:"深草很深 / 像敞着怀抱的母亲 / 这是童年的夜晚 / 有星星的灯笼　停在你的脚边。"脚边停着灯笼,这是民间停尸的风俗。诗人将深草比作母亲的怀抱,实际上是将灵床比作母亲的怀抱。最后,又将深草比作棺椁:"这草就深得像埋我姐姐的棺椁。"诗人写"睡觉在深草",一路写来,最后才点出是姐姐"睡觉在深草",并且是长眠在深草,悲怆之情溢于言表,全篇无一字悲伤,却无一处没有悲伤。关于姊妹情结,莫达尔在《爱与文学》一书中有很深入的阐述。在说到作家受"姊妹的影响"时,他说"兄弟姊妹之间的关系也会影响他们的一生","某些作家兄弟姊妹之间亲密的关系,兄妹情结,我们可以这样称呼,对于作家的文学作品也具有影响"。他又举华兹华斯对其姊妹桃乐塞的依恋为例加以分析,认为"这份依恋就是:每个人都会把对母亲的情感转移到最像母亲的姊妹身上"。从这首诗中,我们可以看到诗人金山对早逝的姐姐的无限依恋和哀伤。莫达尔在说到华兹华斯的姊妹对于他的影响时指出:"他的姊妹要大大为他的心灵趋向负责。她给他眼睛与耳朵,帮他视察自然。"从金山诗歌创作的风格看,我们不妨认为,虽然金山的姐姐不是诗人,但是从某种意义上说,金山的姐姐也"给他眼睛与耳朵,帮他视察自然"。宜乎金山的诗如此清丽,如此婉约,如此凄美!

正因为如此,金山在观察自然时,会自觉不自觉地运用女性的视角、感受和体验。这也就不难理解,金山以"三少女"自况。 小雪在《一个诗人在纯真地唱》一文中,曾这样转述金山的话:"他曾在一封来信中告诉我,诗中的三少女其实就是他自己。"通观诗集,我们可以看到,青草、花儿、小雨水、白棉花、小小鱼儿等意象占了他诗中意象的大部分。而此类意象恰恰是女诗人所喜欢,并经常使用的。这自然是与金山以"三少女"自况,并尽量从她们的视角、感受和体验去观照自然分不开的。于是,金山的诗以其青草小花的新鲜清新的气息、锐敏的感觉,以及细腻委婉的情感,形成不可抗拒的艺术魅力,给读者以巨大的审美享受。如《豆花灯盏》一诗,诗人从黑色的蚕豆花引发想象,联想到同样黑色的睫毛,"睫毛是豆花黑色的光亮",再由睫毛联想到"三少女"的睫毛,由光亮联想到灯盏,于是便有了"三少女你的睫毛点亮豆花的灯盏"这样的妙句。而"豆花灯盏"也就成为"内心的光亮”的象征和外化，不仅构思巧妙，展开蜿蜒曲折的多层联想，而且运用远取譬的手法，使意象鲜活生动，富有新意。又如《青草旺长》一诗，只因有了“忧郁的少女”，青草和雨水一下子都拥有了拟人化的生命和丰富的情感。你看，“青草手足无措 / 青草自言自语”而“雨水的眼睛一阵阵发亮”，“覆盖青草的只是雨水娇小而温柔的翅膀”。在诗人的笔下，花草雨水等自然风物都具有人的生命和情感，人和自然浑然一体。这正是金山诗的突出的艺术风格。

值得注意的是，这种艺术风格仍然与其姊妹情结相联系。可贵的是，金山并未囿于一己悲欢的姊妹情结，而是将姊妹情结加以扩大，投注在自然风物身上，在诗人眼中，自然界的一草一木、风云雨水都成为他的姊妹。如《菊花姐妹》，诗人一开始就深情地呼唤：“菊花姐妹　你们听到坡上 / 谁的呼吸我的姐妹”，接着，诗人写道：“你们听到谁的呼吸 / 晃摇一脸灿烂 / 围在脚边的我的姐妹”，“上山的姐妹 / 我的姐妹一路歌唱而来”。在诗人的艺术眼光中，不仅分不清“谁的呼吸”，恐怕也分不清谁是菊花姐妹，谁是真正的姐妹了。而在《冬夜和叶子》一诗中，叶子又成为“拉着哥哥拉着亲人”的“叶子妹妹”，“叶子妹妹头顶开花 / 叶子妹妹四季下雨”。再看诗人笔下的“小雨水”，活脱脱是一个淘气任性的小女孩：她“光着脚丫”，“甩着胳膊踢着腿”，“小雨水噘起嘴”。诗人称她为“任性的妹妹小雨水”（《小雨水》之一）。法国批评家丹纳在他的名著《艺术哲学》中说：“有一种超乎一切之上的动力，就是爱”，“爱的对象越广大，我们越觉得崇高”。金山把姊妹情结，把对姐姐的手足情深的爱，扩大超越为对自然风物的爱，这样，他拥有了广大的爱的对象，虽然他的诗是那么纯真、清丽、婉约，但是，从诗中所体现的爱的情感却是崇高的，令人无法不为之动容。我想，这也是为什么这部诗集如此吸引我，令我如此激赏的原因所在。

写于 2004 年 11 月 13 日

北京芳城园寓所

诗的运动带来艺术享受

——《陈有才诗歌精选》序

有才嘱我为他的《陈有才诗歌精选》作序,当我打开这本沉甸甸的书稿,略一展读后,便引起我极大的兴趣,简直放不下了,我获得了巨大的阅读快感。何以至此?因为它调动了我的感官和想象。从诗行中,我仿佛看到那色彩斑斓的田野、月光笼罩下的农家小院;我仿佛听见聒噪的蛙鼓、粗犷深情的山歌;我仿佛闻到泥土和庄稼的清香、荷花和栀子花的芬芳。不过,我喜欢这部诗稿还有一个原因。我们知道,有才是从河南农村走出来的诗人。河南农村对我来说并不陌生。我生命中最美好的青春岁月,有三年的干校生活就是在那里度过的。后来我参加中央讲师团,又去了河南滑县,至今还和我的河南学生交往。所以我和河南农村是有缘的。因此,当我读着有才的诗时,眼前立即浮现出我所熟悉的河南农村的景象,似乎又听见乡亲们用浓郁的河南乡音热烈地交谈,使我感到格外亲切。

然而,我的感受还不止于此,这些诗篇让我更深一步地认识了乡土诗人陈有才。其实,我与有才尚属初交,总共才见过几次面,应该说彼此还不甚了解。然而,常言道:诗如其人,读了这些诗篇,我分明看到一位淳朴热情的乡土诗人从诗行里迎面走来。可以毫不夸大地这样说,比起和他的接触来,我从诗篇中所获得的信息要多得多。正是在阅读诗篇的过程中,我逐渐了解了陈有才:他的个性和他那动人的憨笑一样可爱,他的诗句比他的言词更为活泼机智。明明是初交,可是由于诗篇的媒介,竟使我们成为非常熟稔的老朋友了。

读了有才的诗,我不禁掩卷自问:为何他的诗如此吸引我,竟至不忍释卷?思之再三,我方悟出其中奥秘。原来有才的诗之所以具有如此大的艺术魅力,乃是他成功地运用了艺术辩证法。所谓艺术辩证法就是将看似对立的艺术因素有机地统一起来,形成一种此消彼长的艺术张力。这种艺术张力所包含的对立艺术因素的矛盾冲突形成诗的运动。诗的运动是如同爱情一样的运动（罗伯特·弗罗斯特语）。正是诗的运动给人带来艺术享受，这就是为何一首好诗能打动人心的原因。

我以为，有才的诗是通过三组对立统一、相辅相成的艺术因素体现艺术辩证法的，那就是淳朴单纯与丰富多彩、幽默诙谐与严肃思考、乡土风情与现代意识。

有才的诗兼有单纯与丰富之美。单纯不是单调。人们常有一种误解，认为只有丰富是美的，其实单纯也是一种美，并且要达到单纯而非单调，也殊非易事。齐白石的写意画寥寥数笔，便使小虾跃然纸上，甚至省略了背景，省略了小溪流水，在艺术上，就是以少胜多，体现了单纯之美；李白的名篇《静夜思》，明白如话，无论情与景都是单纯的。单纯的月光之景引起单纯的思乡之情。然而这单纯的情景被表现得多么美，传诵千年而不衰。有才诗的这个特点在第一辑"情歌二重唱"中表现得比较突出。众所周知，爱情是文学作品永恒的主题。自古以来，男欢女爱的爱情就其本质上自然属性来看，是相同的、一致的。那么，为何爱情故事久演不衰？盖因时代、社会环境的不同，人物性格和命运的不同，特别是诗人和作家的创作个性和表现手法的不同，这才演绎出多少又悲又喜、亦歌亦哭的爱情活剧！一般说来，比之复杂的城市里的爱情和知识分子的爱情，农村青年男女的爱情相对来说要淳朴得多，单纯得多。这种淳朴单纯的爱情本身就是美丽的。特别是在物欲横流的商品经济的社会中，这种排除功利目的的淳朴单纯的爱情更显得纯洁无邪，难能可贵。当然，在现实生活中，农村中不乏爱情与婚姻相分离的现象，甚至还有买卖婚姻这样的社会丑恶现象，但是诗人的社会使命之一，就是要以真善美的高贵精神，创造一个与远不完美的现实世界相对立的、完美的、理想的、诗意化的世界，使人们的心灵得以净化、升华，也充满诗意。诗人有才正是这样做的。在他的笔下，农村中青年男女的爱情被表现得多么纯洁美丽！这是理想的爱情，爱情的理想！在诗人的情歌中，我们听不到计较金钱、地位等与爱情相游离的不和谐的声音，有的只是刻骨铭心的真情。在《小槐树·槐树槐》一诗中，诗中的女主人公唱道："今夜月色多么好啊／快拉我去那陡石崖／我白天和你烧木炭／我夜晚和你放木排／假如是老虎吃了我／我还落个肉棺材／我上山不用你来抬／我自己刨坑自己埋！"为和"小哥哥"在一起，她纵然被老虎吃了，也心甘情愿，居然还自嘲"落个肉棺材"，"肉棺材"可谓闻所未闻，真是石破天惊之语！我们只知道佛祖为了普渡众生，甘心舍身饲虎。而这位农村少女，为了爱情，居然不怕以身饲虎。甘愿作出牺牲。这是何等深挚的生死不渝的爱情！而表现得又是何等单纯、率真、大胆！最后两句如闻其声，如见其人。一个热情、泼辣、大胆的少女跃然纸上。

有才的情歌歌颂了农村中青年男女单纯、率真、美丽的爱情，而他运用的艺术表现手法则是丰富多彩的。首先是运用了生动活泼、富有生活情趣和乡土气息的口语。无论是叙述语言和对话，都用了在农村中具有强大生命力的口语。这一特点也是这本诗集最为突出之处。且看这首《小妹妹留门到天亮》，诗人用鲜活生动的语言、富有情趣的拟人化的手法，惟妙惟肖地状写了"小妹妹"等"小哥哥"来幽会的焦灼不安的心情，"阵阵清风也不知趣儿／把门窝臼撩拨得吱吱响／初五六的月牙也钉在西山／一只眼老瞄着我家门窗／好几次像是听到了脚步／心门儿开了板门儿安然无恙"。在这里，"撩拨"、"钉"、"瞄"可称为诗眼。因了这三个动词，赋予无生命的清风、明月以生命，使诗充满动感。

其次，善于为抒情主人公代言，特别是为女性的抒情主人公代言，描摹女性的细腻微妙的心理状态，模仿其姿态、口吻可谓逼真之至。如上面所引的《小妹妹留门到天亮》即是一例。又如《黑牛哥哥你错怪了我》，诗中的女主人公抱怨"黑牛哥哥"对她没有好脸色，不说用眼瞪她，却说"你光拿眼光来剜我"。这个"剜"字就用得相当好，既形象通俗，符合农家女的口吻，又极言眼光如剑，给人以痛感，显得不同凡响。接着，她又提醒"黑牛哥哥"曾"口对口发过誓言"，用一连串现实生活中不可能发生的事，以反证永不变心，令人想起汉代乐府民歌《上邪》。最后一节很有意思：

说俺待铁蛋青砖厚

说俺待你瓦片薄

青砖瓦片同窑出

同是黄泥巴儿脱

青砖再厚也脚下睬呀

瓦片儿再薄我头顶着

　　你多了副心肝少长只眼呀

　　黑牛哥哥你错怪了我

诗中的女主人公为了向"黑牛哥哥"表白心迹,以消除他的妒忌之心,以青砖和瓦片相比,十分贴切生动,活脱脱是村姑口中说出的话。我不得不佩服有才农村生活积累的丰富深厚,他对农民口语的熟悉。不仅是描摹女性的口吻惟妙惟肖,而且描摹处于热恋中的女性心理状态也是体贴入微的。《在你面前我才是真正的女人》,以女主人公自白的方式,诉说她对"小哥哥"的爱,在"自从小哥哥夺走了我的心"后,诗人一连用了十个排比句,描写爱情在这位村姑身心上发生的变化。最后女主人公说了一句很有分量的话:"小哥哥哟在你面前我才是真正的女人。"任何有过爱情体验的女性都会有这种深刻的体会,因为"两性的存在具有加深强调异性特征的功能"(罗洛·梅语)。

　　还有值得提出的一点,就是这些情歌几乎全有情节,可视为小爱情叙事诗。虽然篇幅短小,却写得波澜起伏,富有戏剧性,写出了农村青年男女动人的爱情悲喜剧,使读者随同诗人一起对男女主人公的命运生出欣喜、同情和慨叹。例如《关于红发卡的传奇》就是一个曲折的爱情故事。诗中男女主人公历经波折,冲破世俗偏见,一起私奔,最终有情人终成眷属。也有屈服于家长的压力,未能遂愿的,"今天,是他结婚的日子 / 而我早已当了孩子的妈"。

　　《月光渲染的柳树荫下》就叙述了这么一个爱情的悲剧,令人扼腕惋叹。有才的诗诙谐幽默,妙趣横生,然而,于诙谐幽默之中,注入了他的严肃思考。例如《我的乡亲都有舔碗的习惯》,诗人从舔碗这个看似可笑的习惯动作,挖掘出深层的社会内容。先是在"三年自然灾害"时期,诗人的同学"每顿吃了饭 / 很熟练地把碗扣在脸上 / 用他长长的舌头 / 用他学俄语发卷舌音的舌头 / 把碗舔个精光"。这种对舔碗动作和舌头的风趣描绘,读来令人忍俊不禁。最后"老同学设宴招待","老同学"又重复了舔碗的动作:"下意识地拿起碗来扣在脸上 / 又一脸严肃地放下来 / 对小姐打了个响萆 / '买单——'。"这种强烈的对比、喜剧化的情节,凝结了诗人对历史和现实的不无严肃的思考。类似的诗还有《走着走着我就把双手背在身后》,诗人从谁也不会留意的"双手背在身后"这个下意识的习惯动作中,却对沉重历史因袭的象征进行深刻的反省:"当我意识到这是祖先的遗传时 / 我的脸成了一块红布 / 啥时才能遗忘自己 / 是来自一个被捆绑的后代!"有才的诗无疑属于乡土诗,然而与传统的乡土诗不同的是,在他浓郁乡土味的诗中,却体现了明显的现代意识。时代在发展变化,乡土诗要生存发展,就必须在内容和形式上创新,跟上时代的步伐。在乡土诗中体现现代意识,就使乡土诗的面貌焕然一新。从艺术的规律看,艺术内部的运动是循环式地推进的。一种艺术趋势的显现,会引起相反的艺术趋势的显现,形成交互显现。所以,以民族乡土特色为其表征的乡土诗,显现前卫新诗才有的现代意识,也符合艺术发展的规律。诗人在《啥时才能活成我自己》一诗的前面,引用智利诗人聂鲁达的诗作为题记,"我们钓的是鱼 / 你却在钓自己 / 你钓到了自己 / 却又扔回海里"。这首诗对人的生存状态陷入悖论的困惑,同样也是诗人自身的困惑。诗人在诗的一开始就提出他的困惑,"活了这么一把年纪了 / 忽然发现我活得不是我了"。接着,他向大自然一连串发问,有点像屈原的《天问》。最后,"问来问去谁也回答不了我 / 我还得问我自己 / 啥时才能活成我自己呢"。应该说,人生在世,有不同的活法:有的人只是自发地活着,浑浑噩噩地活着;有的人却是自觉地活着,惟其自觉地活着,他就要时时反省自己,追寻生命的意义。诗人就属于后者。这首诗深刻地表现了诗人的内省意识。所谓内省意识,就是人从游离于自身的角度来观照自身,也就是说,把自己的内心世界作为观照的客观对象。而内省意识正是现代诗人的重要标志。"我是什么"是西方现代主义诗人时时反躬自问的问题。值得称道的是,诗中的现代意识竟是通过如此通俗,如此浓郁的乡土风味的形式来表现的。现代意识不仅体现在诗的内容上,而且还体现在形式上。如《伤疤感谢你的提醒》一诗就运用了现代主义的荒诞表现手法,把身上的伤疤拟人化,写得有声有色。而整首诗的语言仍然是活泼生动的口语。

在中国当代诗歌史上,乡土诗曾经深受广大读者,特别是农民读者的喜爱。乡土诗发展到今天,无论在思想水平和艺术水平两方面都有很大的提高,出现了不少优秀的乡土诗人。无论我们的社会如何进步,如何现代化,乡土诗作为清新鲜妍的花朵,将永远盛开在我们的诗歌百花园中。那种只推崇现代派诗歌,而轻视乡土诗,嫌它土得掉渣的看法是不可取的。我想起著名的西方现代派诗人和评论家托·斯·艾略特在他的《诗歌的社会功能》中说："没有任何一种艺术能像诗歌那样顽固地恪守本民族的特征。"他又说："欧洲各种语言的历史证明诗歌比散文与乡土风情有着更紧密的关系"。可见，即使是现代派的诗人也不否定诗歌的本民族的特征，以及它所表现的乡土风情。当然，乡土诗要向前发展，就必须不固步自封，要不断创新。我欣喜地看到，有才在乡土诗的创作上获得可喜的成就，我预祝他创作丰收，佳作迭出。

是为序。

作于 2004 年 8 月 10 日

北京芳城园寓所

从生活深层汲取诗歌生命的活泉
——读王夫刚的诗

来自山东农村的青年诗人王夫刚，以其丰硕而坚实的创作实绩为诗界所瞩目。可以想见，他从一名籍籍无名的文学青年，登堂入室，进入诗歌的殿堂，成为一位知名的诗人，他所经历的该是一条何等艰难曲折的创作道路。这其中甘苦、个中滋味恐怕只有他自己知道。王夫刚出身于农民家庭，深知有多少耕耘，就有多少收获的道理。在诗歌创作上，他像农民那样朴实，不追求时髦，不搞花里胡哨的噱头，像农民在自己熟悉的土地上耕作一样，他在自己熟悉的农村生活中沉下来，辛勤地笔耕，从农村生活深处汲取诗歌生命的活泉。对于王夫刚来说，这实在是个扬长避短的聪明的做法。这也是他成功的关键。

正因为王夫刚全身心地投入生活，才使他的诗切近生活，表现了盎然、丰沛的生活气息，特别是写家乡的诗，更显得生气灌注，充满生命力。

作为农民的后代，王夫刚对生于斯，长于斯的农村、土地无疑是怀着深深的热爱和眷恋之情的,惟其如此,他才全身心地投入到农村生活中去。但是,当他深入到农村生活中时,却又不得不抽身出来,重新加以冷静地审视他从小就非常熟悉的生活、人物和事件。他发现原来他所热爱的家乡农村并非如他所想象期盼的那样圆满美好,于是难免会感到失望和不满。王夫刚在不少写家乡的诗中,就表现了他对家乡既热爱又不满的复杂感情。诗人一方面愿意把"所有的才华都为家乡而倾尽",另一方面,面对家乡的现状,明知不可能在短时期内改观,却又偏偏过于急躁焦灼地询问:"明年春天你能否战胜贫穷?"(《十四行·第6首》)"家乡的歌声把你颂扬/在那高高的山冈上/春天来了,草木青青,溪流淙淙",这里写出了家乡的春天景色是多么美丽,但接下来写"放羊的老乡,/你站在迎风的垭口/好像一棵树,一块石头/贫穷被阳光照得一清二楚","贫穷被阳光照得一清二楚",贫穷也使"放羊的老乡"麻木得"好像一棵树,一块石头"。诗人要"放羊的老乡""不要挥动鞭子抽打羊只/抽打一种炊烟般的善良。放羊的人啊/比起羊群来,你也未必乐观"(《十四行·第7首》)。人的生存境况比羊好不了多少,这就是诗人在诗中所要展示给我们的他的家乡。应该说,王夫刚在诗中所表现的对家乡既热爱又不满的复杂感情是颇具代表性的,这在其他乡土诗人如耿翔的诗中亦可见到。事实上,只要城乡差别不消除,这种对家乡的复杂的感情就一直会延续下去。而王夫刚的这种复杂的情感的深刻性在于对家乡、农村的不满、失望不仅停留在物质的层面上,更重要的是在精神的层面上。诗人与父亲在精神上的隔膜就属于这种情况。在《失败的对话》中,诗人写道:

对我而言,残酷生活起源于多年前
我与父亲的一次酒后对话。
"道路,无非两点之间的线。"
我从考场溃退下来,尚且
离不开书本,对具体的东西不以为然,
而父亲坐在木椅上,一言不语。
"广阔的农村天地……"
我继续说着,而父亲已经站起身来,

昏暗的灯光下,他踢倒了
空空的酒瓶但依旧一言不语。
事实上,对话是失败的。
"他将吃尽苦头……"半夜醒来,
我听见黑暗中父亲粗重而压抑的低语犹似天籁
——是说给母亲听的。
这一次,对话不仅失败,
而且孤独:直到天亮母亲还在沉默,
仿佛什么也没有听到。

诗人称这种父子间的隔膜为"残酷生活"的"起源",可见他是多么在乎与父亲在精神上沟通。最典型的是《春节回家,和父亲喝酒》一诗。父亲所谈论的与诗人所关注的是如此迥然不同:

偶尔,父亲也和我说几句村里的
事情——谁家添了人口
谁和谁被赶出了村委会但怀疑
选票做了手脚,土地
又到了再卖一遍的年份
左邻右舍都在犯愁
筹不到钱的农民将成为没有土地的人

而诗人"我"所想的又是什么呢?

我是父亲的长子,但不是
他的酒友,和知音
一年结束了,新的一年
即将开始,我不知道该安慰
父亲,还是责备自己
我不知道是否该跟他谈论

刚刚闭幕的十六大

　　和一触即发的美伊战争

　　对于这个春节,现实的意义

　　仍然超过了不现实的

　　意义

这说明城乡之间的差别不仅仅是物质生活的差别,更重要的是精神生活的差别。虽然这是父子之间家长里短的对话,但是却代表了不同文化群体的精神碰撞。一个贫穷的群体,首要关注的是衣食温饱,而不遑他顾。这就是诗人所说的"现实的意义 / 仍然超过了不现实的 / 意义"。这也是最让诗人"辗转失眠"的痛苦的心结。

　　上面所引的诗都运用了白描的手法,娓娓道来,读后只觉亲切有味。这就是王夫刚诗的特点。王夫刚善于铺陈生动而具有浓郁生活气息的细节,使他的诗生机盎然。如《1994 年的五莲县城》,简直是《清明上河图》式的五莲县城的全景画;而《酗酒的中年人……》更像一幅百丑图,活画出各色人等的丑态。从这类诗中,可以看到王夫刚的笔力是何等恣肆老到!寥寥数笔,即能形神兼备地刻画出世态众生相。有趣的是,他在状写人物、细节时,还不忘幽默与调侃,有些诗句可谓令人绝倒。如"电视台 / 流行点歌,在"爹是爹来娘是娘"的 / 歌声中,再婚的老头与民同乐 / 啊,有多少人白天在喝酒 / 有多少人晚上在做爱! 纺织厂的 / 老板,近水楼台,死在了 / 女职工床上:这是新闻 / 也是生活"。这种可视为饭桌上"段子"、"谈资"的细节,使诗中的原生态的生活气息扑面而来。

　　因为诗人出身草根底层,所以对弱势群体拥有悲悯情怀,表现了温婉的人文关怀。如《异乡人之死》《一个盲人走过正午的乡村》《安全帽上的遗言》等。在《异乡人之死》一诗中,诗人用饱含悲悯同情的笔触,描写一位异乡人"路过人民公社",只因"不该把手伸得太长","被高高吊起",惨遭横死。"时年十岁的""小学四年级学生"的诗人,恐惧地"目睹一个人的死","看见异乡人身上落满越来越多的 / 苍蝇",心中好生不忍,他"曾盘算着 / 给异乡人家里写封信,却没有谁 / 能说出他的名字和地址"。在那个法律被践踏的特殊年代所发生的视人命为草芥的惨剧,对诗人的影响是巨大而深远的。他写道："对于我 / 则像一团晃来晃去的阴影 / 不断加深着成长岁月的荒凉色彩。"《一个盲人走过正午的乡村》一诗对盲人给予深厚的人文关怀。正午是阳光最强烈、最明亮的时候，然而对盲人来说，则是一片黑暗。不仅如此，"一个盲人的出现带来了黑暗"，这是诗人感同身受地设想自己也是盲人时的体验。这跟廉价的同情不可同日而语。最令人震撼的是诗的结尾："他手中的竹竿戳到了苍天的 / 痛处，苍天和他一样，有眼无珠。/ 一个盲人走过正午的乡村 / 请不要以苍天的名义为他祈祷！"这是为盲人向苍天詈骂，并发出的不平之声！同样震撼人心的还有《安全帽上的遗言》。"聂清文死于一次煤矿事故。他知道""家里大概能得到两三万块钱的 / 补偿：这是一条性命的可比价值。""聂清文，因为用粉笔 / 在安全帽上写下遗言 / 而意外地成为一篇报道的主角""一个人将亡之时写下 / 他欠别人的钱和别人欠他的钱 / 并叮嘱妻子把自己火葬"，相信读者读到这里时，会无不悄然动容。这写在"安全帽上的遗言"，表现了这位工人堪称是负责任的汉子。诗人在对他表示敬重的同时，也表示了义愤："而愤怒 / 啊！如果我们没有权利通过愤怒 / 表示愤怒，就忘记他吧。"诗人虽未明言，但"愤怒"指向矿主则是不言而喻的。说"忘记他"是出于无奈的反话，怎能忘记？为了忘却的记念，诗人在诗的结尾又郑重地介绍了聂清文，似乎是为他立了墓碑。

王夫刚的诗运用了独特的抒情与叙事方式。他的诗抒情较为克制，较为内敛，并不属于那种张扬的、向外辐射型的抒情，而是于叙事中抒情。这从他的悼念亲人的两首诗即可说明这个特点。如《悼念一位意外去世的亲人》与《悼念另一位意外去世的亲人》，诗人"我想说的是命运"，他还想说的是"人嘛，生于偶然，死于必然"。即便丧亲之痛，诗人依然表现得理性而冷静。甚至显得比较豁达。但是，这种理性不是无情，冷静不是冷酷。后一首悼念的是他因车祸而去世的弟兄。他写道：

> 他那么匆忙地去买一辆婴儿推车
> 那么遗憾地，把这个愿望
> 带到了另一个世界。
> 一个人消失了；一个亲人

突然消失了——我没有流泪,哭泣,

过度悲痛(尽管,具体的悲痛

允许被夸大,被理解)

在暗夜般的寂静中,疲惫的

心灵,正慢慢地回到

继续的生活。而他的女儿

将在继续的生活中听人说起

一辆婴儿推车的故事。

车祸之后,它从未出现,却夺走了

她一生的父爱。

诗人尽管"没有流泪,哭泣,过度悲痛",但是却通过"一辆婴儿推车"这一细节,表现了伟大的父爱,从他侄女的角度设想"夺走了/她一生的父爱"的创巨痛深。我们知道,人生有三大不幸:幼年丧父,中年丧妻,晚年丧子。诗人写的正是人生的第一大不幸。还有比这个不幸更令人痛心的吗?诗人从娓娓叙述中体现的哀痛,远胜过呼天抢地的哀号。不仅如此,诗人用深情的叙述调动读者的感情,使读者与诗人同悲。

另外,诗人还运用叙述隐晦曲折地表现自己的好恶感情,用叙述来臧否人物或现象,这就是春秋笔法。如"生活,是介入的生活。我们不关心/车轮下面,那个蓝色书包的/尖叫;我们只想上车/只让自己的孩子霸占自己的心""在马路上寻找家庭美德是一种奢举——/如此论断不知有谁挺身辩驳"(《惯性》)。对"只让自己的孩子霸占自己的心"的自私心理,对"在马路上寻找家庭美德是一种奢举",而意味着"家庭美德"的缺失,诗人明显地持批判态度的。又如《劈柴》:

整整一个下午,他在劈柴

(长的变短,粗的变细)

他是村里的劈柴好手

村里的人,个个都是

劈柴的好手。儿子就要回家了

儿子回家,木柴牺牲

每年都是如此。想到儿子

他温暖在身,觉得

这个冬天并不寒冷

整整一个下午,他在劈柴

整整一个下午,他心中的

长途汽车,在奔跑

哦,如果雪下得大一些

再大一些,这个下午

这劈柴的人,也不会住手

这劈好的木柴也不会

回到更粗和更长,回到树木

一路写来,都是称赞"他是村里的劈柴好手","村里的人,个个都是 / 劈柴的好手"。最后两句"卒章显其志",以反讽的语气谴责乱伐树木,破坏生态环境的违法行径。

苏珊·朗格说过:"情节中的每一因素也就是情节中的情感表现,因此,诗人是以心理方式编织事件,而不是把它当作一段客观的历史。"又说,"一桩小事在纯诗歌现实的简单而孤立的结构中铺叙细节,也会促成整个一首诗。"(见苏珊·朗格《情感与形式》第247页。)而王夫刚正是"以心理方式编织事件"在"铺叙细节"中抒情,从而促成一首首诗的。

读王夫刚的诗,觉得他的诗的语言的功夫已臻纯熟,显得十分老到,而且又很灵动,饶有趣味,如《寻人启事》,诗人巧妙地利用一词多义的特点,"丢人"既可解释丢失人,又可解为丢脸,写得类似绕口令。读来趣味横生。又如写废品收购者,"他们收购生活中不再需要的 / 但生活需要他们",这样的语言很机智。有时,他的语言又表现为诙谐幽默和风趣,甚至调侃。如《情人节》,诗人调侃道:"我是人民,依然缺少人民币 / 我是诗人,常常忘了情人节。"再如"伐倒树木的声音却非音乐 / 不瞒你说,在一个有植树节的国度 / 植树向来算不上重要"(《十四行·第十五首》),同样用反讽的手法,对只砍伐,不植树的现象加以揶揄调侃。

读王夫刚的诗是一种享受,你会看到生活的缤纷多彩、芸芸众生的世态百相,体验人生的欢乐和痛苦。王夫刚的成功来自生活的馈赠。希望他继续从生活深层汲取诗歌生命的活泉,让诗思泉涌,永不枯竭。

作于 2011 年 7 月 18 日

北京芳城园寓所

广阔的文化视角　悲悯的人文关怀
——读余文法诗集《梦之旅》

作为一位科技工作者兼诗人,余文法先生对诗歌创作的热爱和执着,令我感佩,更佩服他的多产。继《情之帆》《瓯之歌》《余文法抒情诗选》之后,又出版了《梦之旅》《狮岛情》。《梦之旅》是诗人遍历五大洲后,对全球各种社会现象、重大文明所作的独特的诗化审视。这是这本诗集与以前的几本诗集不同之处。

古人说:读千卷书,行万里路。这是写好诗的重要条件。读千卷书,就是说写诗必须要有丰富深厚的知识积累,不能想象,一个知识贫乏的人能写出好诗来。诗虽然是情感的花朵,可是,也必须有理性阳光的照耀,才能开得绚丽灿烂。而理性、思想就离不开知识。且不说伟大的思想家往往也是某些知识领域的学者和专家,就说一位成熟的诗人,要写出能反映丰富多彩的社会生活的诗歌,就必须具备丰富的自然和人文知识。而行万里路,就是说诗人必须到生活中去,开拓视野,以获取尽可能丰富深刻的生活经验和人生体验。这样才有可能写出好诗来。我不敢说余文法已读了千卷书,但是有一点可以肯定,这本诗集中的知识含量远远超过以往任何一本诗集。我相信,诗人在游历这许多世界文化遗迹前,必定阅读了大量有关这些文化遗迹的著作和材料,不然,就不会将诗情、感慨和知识浑然一体地熔于一炉。读者在阅读这些诗歌时,不仅获得了艺术享受,而且还获得了世界各地文化和文明的丰富的知识。如《比萨斜塔的故事》，诗人向读者娓娓叙述着比萨斜塔的来历故事，说明比萨斜塔原来竟是"延误百年的'胡子工程'"。而伽俐略，"一位怀揣金属小球的哲人，/ 攀登二百九十四级阶梯，/ 站立在世界一绝的塔顶。/ 一个小小的自由落体，/ 引发了一场伟大的革命。/ 一个悄悄进行的实验，/ 迎接了科学的又一个黎明！"使知识穿上诗歌的外衣，让诗歌富含知识的分量。类似的诗还有描写世界上唯一享有《国际法》一切权利的无领土国家马耳他骑士团的《大楼里的王国》、描写被称为"国中之国"的《圣马力诺，一本袖珍画册》、表现被称为"邮票王国"的《列支敦士登》等等。

行万里路，余文法是做到了。他的足迹遍及世界五大洲，亲身考察了世界各地的人文景观、殊风异俗。在他的诗中，处处闪耀着再现这些景观风俗的迷人光芒。但是，诗人并不是猎奇者，如果只是出于好奇心，客观地加以表现，那就意义不大了。无论是诗的思想和艺术含量都会大打折扣。诗人不是这样，首先，他有着博大宽容的胸襟，在他看来，无论是哪一种文化和文明，都有其存在的价值，都是人类创造的精神和物质财富，都应该得到尊重和爱护。比如宗教，在他的诗中，对于世界三大宗教一视同仁，未加臧否，不分伯仲。在《约旦河水清又清》一诗中，诗人以一颗善良的赤子之心，表达了他的宗教观："透过二千年历史雾幔，/ 宗教的魅力为什么如此无穷？/ 是不是因为人民的心灵，/ 像河水，/ 太纯净？太透明？"耶路撒冷，是犹太教、基督教和伊斯兰教共同的圣地。宜乎成为多事之地。诗人在《耶路撒冷，谁家的耶路撒冷？》一诗中写道："三种文化，/ 包容、融合、渗透；/ 三种宗教，/ 碰撞、冲突、翻脸！/ 耶路撒冷，/ 多事之地，/ 历史铸造了圣城的命运，/ 圣殿山麻烦连连！"显然，诗人不希望看到民族和宗教间互相争斗，互相残杀的局面。所以，他在诗的最后大声疾呼："消除说不清道不明的恩怨！/ 让所有人民谦让共处，/ 国宁家欢！/ 耶路撒冷，/ 应该成为全人类文明的圣地；/ 和平之城，/ 应该成为各族人民安详的乐园！"

正因为诗人有博大宽容的胸襟，那胸襟里有一颗博大慈悲的爱心，所以他对人类，特别是对那些弱势群体，表现了真诚的，甚至是悲悯的人文关怀。在写到有"海上佛国"之称的斯里兰卡时，诗人感到困惑和悲哀。那困惑和悲哀自然来自政府军和泰米尔猛虎组织之间没完没了的惨烈的战争。诗人写道："我不明白，/ 就在这个时时宣示，/ '不杀生灵'的国度，/ 为什么，/ 从林里猛虎常常嘶鸣？／泰米尔响起猛烈的枪声炮声？／为什么，／在盛产'猫眼'宝石的土地上，／佛光下处处可见流浪的饥民？／为什么，／那些'普渡众生'的僧侣，／只能在千年古都前短叹？／或到'铜宫'残柱下长吟？／为什么，／那些天天向佛祖膜拜的百姓，／也只能在雨树啤酒树马拉树下，／等待民族和解和富足安宁？！"天下就有这种不合逻辑的怪事！难怪诗人要感到困惑不解了。在一声声的追问和困惑的背后，是诗人那充满温情和悲悯的人文关怀。而这种出于博大爱心的充满温情和悲悯的人文关怀，是作为真正的诗人所不可或缺的，也是他的诗歌的真正的价值之所在。法国评论家丹纳在他著名的《艺术哲学》中说："有一种超乎一切之上的动力，就是爱；因为爱的目的是促成另外一个人的幸福，把自己隶属于另外一个人，为了增进他的幸福而竭忠尽智。……爱的对象越广大，我们越觉得崇高。因为爱的益处随着应用的范围而扩张。在历史上，在人生中，我们最钦佩的是为大众服务的精神：我们钦佩爱国心。"我认为，余文法先生的这本诗集，正表现了这种崇高的爱，这也是这本诗集最可宝贵的价值之所在。

写于 2003 年 12 月 24 日

北京芳城园寓所

壮美浓郁的诗情，崇高亲切的形象
——读王蔚桦的长诗《邓小平之歌》

王蔚桦在长诗《邓小平之歌》的后记中称："我的少年时代是在军号声中度过的。小平同志不但是共和国繁荣昌盛的总设计师，也是我当年的老政委。两重身份，两种形象，在我心中出现了极为亲切的交汇，从而产生了一种难以抑制的创作冲动。"这种创作冲动源自他对小平同志的崇敬和热爱。这种崇敬和热爱的深情，洋溢在长诗的始终。

现在看来，当初伴随着诗人的创作冲动而来的是对诗人自身创作能力的挑战。有了创作冲动，未必能创作出好作品。题材伟大，而据此写出的作品却未必伟大。这本是人所共知的常识。当时诗人所面临的挑战是，如何准确地把握并表现小平同志的光辉形象？小平同志的波澜壮阔的一生和光辉业绩，已为人们耳熟能详，如何能写出新意？小平同志是伟大的政治家，一生与政治结下不解之缘，如何避免长诗中枯燥的政治术语泛滥，流于概念化，或者把长诗写成政治运动史？读了这部长诗，我高兴地看到，诗人不仅勇敢地迎接挑战，而且较为成功地解决了创作上的难题。

我认为长诗的成功之处，是诗人将内容的普遍性和形式的独创性有机地结合在一起。

内容的普遍性在这部长诗中自然是指小平同志的战斗的一生。要写邓小平，就必须以此为内容。这内容对每个作者来说，都具有普遍意义。据说，除此长诗外，尚有两部歌颂邓小平的长诗。可以推想，那两部长诗在内容上不可能有根本的不同。既然内容不可能有根本的不同，那么能变的就只有形式了。说起内容与形式的关系，以前我们往往片面地强调内容决定形式，却忽视了形式的能动作用。其实，从某种意义上说，诗的审美意义是在于它的结构方式——怎样表达——而不是在于它的内容。诗人深知这一点，所以正是在"怎样表达"上下功夫。

首先，诗人在结构方式上独出机杼，借鉴采用了交响乐的结构方式，把全诗分为序曲、四个乐章和尾声六部分。每部分都有小标题。这就为全诗定下了抒情的基调。"序曲：中国双子星座"是诗人为毛泽东、邓小平这两位伟人所唱的颂歌。在灿烂的历史星空中，诗人为这两颗巨星定下坐标。四个乐章分别以"前天"、"昨天"、"今天"、"明天"象征不同的历史时期，并且分别以"乌云重重"、"雷声隆隆"、"马蹄声声"、"车轮滚滚"这如见如闻的生动形象，概括了各历史时期的时代特征。

值得称道的是，诗人具有出色的驾驭重大历史题材的能力。邓小平的一生贯穿了一部中国革命史。一部长诗不可能包罗万象。所以诗人对题材的剪裁得当与否是作品成败的关键之一。对题材的剪裁取舍得有一个标准。可以看出，诗人心中的标准就是要符合诗的特点。也就是说，诗人时时意识到自己是在写诗，而不是在写分行的散文。在抒情与叙事的关系上，诗人以抒情为主，甚至以抒情的方式来叙述，尽量避免枯燥呆板的平铺直叙。

例如在写到抗日战争转入反攻阶段时，诗人写道："当一九四五年 / 如火的朝霞, / 点燃了万岭千山, / 古长城顿时褪去 / 昔日的老年斑。/ 烽火台筑在 / 每个人的心上, / 濒临绝境的民族, / 再一次转危为安。"这不是孤立单纯的抒情，而是情节进展中不可或缺的一环。长诗的浓郁诗意还表现在纵向的写意和横向的写实的结合上。所谓纵向的写意就是以写意的手法, 简略地勾勒历史风貌, 营造时代氛围; 所谓横向的写实是指较具体生动地刻画最能体现人物性格的细节。这样, 就使得在历史规定情境下的人物性格更加丰满, 更加可亲可信。在长诗中, 诗人浓墨重彩地渲染了解放军攻占南京这一重要的历史时刻。接着诗人生动地展现了这样一个细节: "邓小平 / 走进了总统府, / 面对着 / 欢呼的人群, / 他热泪盈眶, / 感慨万端。/ 就是这座建筑, / 不知给中国 / 带来多少灾难。/ 他在蒋介石的 / "宝座"上, / 坐了片刻, / 带着微笑, / 带着轻慢, / 同时也是 / 让历史记取: / 一切独裁专制, / 都很短暂。/ 邓小平随即 / 驱车而去, / 迎着隆隆的炮声 / 继续挥师向南。"一位吊民伐罪, 气度非凡的人民军队的统帅形象跃然纸上, 呼之欲出。最使人感动的是, 小平同志被流放到江西, 亲自为残疾的儿子擦澡, "朴方含泪请求: / 爸爸! 你太累了! / 我能克服困难, / 千万不要为我操心!"/ 小平也含泪叮咛: / "乖乖听话休养, / 天塌下来, / 有我和你妈支撑!"这些细节和对话生动感人地展示了作为领袖人物的邓小平, 同样具有普通人的真情。正如诗人所写的那样: "虽然在中国 / 他曾经叱咤风云。对老母, / 他是孝顺的儿子; / 对妻子, / 他是温存的丈夫; / 对子女; / 他是慈祥的父亲。"正是由于这些细节描写, 使邓小平的形象更加丰满真实, 可亲可信。

除了在结构方式、情节的剪裁取舍以及细节描写上表现独创性外, 长诗的形式的独创性还表现为对语言的陌生化操练, 以及运用富有大胆想象, 惊意表而又在情理之中的比喻和隐喻。在长诗中, 这样的例子不胜枚举。由于长诗的政治性内容, 如果艺术处理失当, 便很有可能出现套话、空话连篇的现象。诗人对语言进行非常规的、陌生化的操练, 不仅大大减少套话和空话, 而且令读者在阅读中时有意外的惊喜。走私是一种罪行, 走私者自然是罪人了。"走私者"一词无疑是贬义词。可是, 诗人却把共产党的缔造者称为"真理走私者", 这显然成了褒义词了。化贬义词为褒义词, 这就是非常规的语言操练。除此之外, 诗人还运用化陈旧为新奇的手法。"白驹过隙"

本是一句成语，形容时光倏忽飞逝。而诗人巧妙地化用这一成语，写出了新意："从此，/ 列祖列宗的梦幻，/ 茫茫数千年的寄托，/ 乘着时光的 / 白驹，/ 终于在 / 神州大地降落。"当诗人写到邓小平登上天安门城楼参加开国大典时，引用了两则典故。显然，无论"女娲补天"，还是"夸父追日"，已不复是上古神话传说，而被赋予了人民革命的全新的意义。

美国当代著名心理学家西尔瓦诺·阿瑞提说："运用隐喻的才能显示了诗人丰富多彩的想象力。蕴藏无限的内在心灵以及在诗歌创作中的无穷幻想。"王蔚桦正是具有"丰富多彩的想象力"和"无穷幻想"的诗人。他在长诗中所运用的隐喻与比喻都非常精彩，时时造成一种惊人的效果。例如他写新中国的诞生，就成功地运用婴儿降生的隐喻："时代的雷电，/ 用火的巨剪，/ 剪下 / 你的脐带，/ 使你适时生产。"又如："旧观念，/ 难治愈的 / 政治褥疮；/ 新思潮，/ 极痛苦的 / 临产疼挛。""旧观念"和"新思潮"本是抽象的概念，由于精彩的隐喻，立刻变得生动形象，具体可感。再如："一八四○年，/ 中国被打落 / 第一颗门牙，/ 一九一九 年，/ 民众锻造 / 第一柄利剑。"以鸦片战争隐喻为被打落门牙，以"五四"运动隐喻为锻造利剑。比喻清新，设譬奇警。正因为诗人巧妙地运用了隐喻和比喻，才使得政治性极强的长诗，避免了概念化的倾向和枯燥的历史叙述。在写到十一届三中全会之后，邓小平同志开创改革开放的新时代时，诗人更有精彩的神来之笔："党的十一届 / 三中全会，/ 就像新时期的 / 产床。邓小平如同 / 胸有成竹的 / 助产士，/ 一个崭新的时代 / 在他的手中光降。"人们称邓小平为改革开放的总设计师，而诗人却把他比作"助产士"，这真是大胆的比喻，这是诗人独特的发现。诗人的隐喻和比喻之所以能达到惊人的效果，是因为他深谙"远取譬"之妙，即隐喻和比喻的价值"不在于事物之间的相等，而在于彼此联系上的减少。彼此之间越不一致，所放射出的光芒就越强。"（巴拉凯恩语）

尽管长诗的内容人所共知，具有普遍性，但是诗人以其独特的审美发现，运用独创性的形式，为读者创造了新颖的情感体验。这正是长诗《邓小平之歌》的成功之处；由此，我还领悟到即使是熟识的内容，仍然可以有独特的审美发现。

写于 2000 年 5 月 12 日凌晨 1 点 15 分

行吟在无等山下

——读葛乃福诗集《无等山下》

我正在阅读的是一本由韩国全南大学校出版部出版的诗集《无等山下》,作者是我的学友复旦大学教授葛乃福先生。1999 年 9 月,葛教授赴韩国全南大学执教一年,在教学之余,他还创作了不少诗,最后出版了这本诗集。我一直认为从事诗歌教学和诗歌研究的教师与学者,最好也搞一些诗歌创作,具有一些创作的体验和经验,这样,在诗歌教学中,才能对诗歌文本作体贴入微、条分缕析地解读;在诗歌研究中,才能对诗歌创作、诗歌流派和诗歌运动,从微观到宏观,作擘肌分理、深中肯綮地分析和研究。葛教授长期从事诗歌教学和研究工作,卓有成就,我想这是与他同时从事诗歌创作分不开的。

诗集《无等山下》的内容主要有以下几方面:记游、咏物、酬答、感怀。

诗人到韩国执教,异国的山水风物自然引起他的极大兴趣。记游的诗在诗集中占了相当大部分。如《游济州岛》《游丽水》《参谒韩国诗人郑澈遗址》《咏春香故里南原》《咏潇洒园》等。其中,《咏春香故里南原》对中国读者来说,当会感到很亲切。因为春香的故事在中国几乎家喻户晓。越剧和粤剧都移植了《春香传》这一剧目。无论在朝鲜或在韩国,春香这一形象表现了高丽民族的妇女,威武不能屈,富贵不能淫,忠于爱情的崇高品质,而受到人民的喜爱。诗人到了春香故里,虽然是第一次造访,却好像有故地重游之感。由此,春香这一美丽动人的形象,已成为中韩两国人民友谊和文化交流的桥梁。诗人写道:"莫道春香已谢世,家喻户晓寿最长,一支感人肺腑曲,唱遍浦江唱珠江。"首二句运用对照反差的手法,写春香虽早已"谢世",但她的"寿最长",因为她永远活在人民的心中。三四句则是写《春香传》在中国的流传盛况。"浦江"和"珠江"当然分别指上海和广州,但把这两条江嵌入诗句中,不仅凝练形象,而且增强了诗句的节奏感,令人想起杜甫著名的《闻官军收河南河北》一诗中末两句:"即从巴峡穿巫峡,便下襄阳向洛阳。"也许诗人并非有意识模仿此种句式,但娴熟古典诗歌的诗人受其潜移默化的影响则是肯定的。

诗集中咏物诗不算多,而《咏杜鹃花》一诗写得如行云流水。杜鹃花就是金达莱,是高丽民族最喜爱的花。诗人用比兴的手法,将杜鹃花比为堪与"天上的云"、"彩霞"媲美的"地上的云"。诗人在表示"愿做个画家描绘你","愿做个歌手赞美你"之后,最后,诗人写道:"我更愿做个园丁培育你呵 / 在高山、平地,在苗圃、心中",在这里,"愿做个园丁"的诗人所"培育"的,就不仅是杜鹃花了,而是美,因为杜鹃花已成为美的象征。诗人愿意做培育美的"园丁",充分显现了他那美好的内心世界。

诗集中大量出现的是酬答诗,此类诗体现了诗人与韩国朋友的深厚友谊。我比较喜欢的是其中一首《绿色的哨子——赠金在乘教授》:

> 金教授折一段树枝
> 做成绿色的哨子
> 他深情地沿路吹着
> 仿佛领我们去寻找童年
>
> 若干年以后
> 这哨音还会在耳畔回响
> 那时我头发一定白了
> 但愿像他那样有颗童心

这首诗不是一般地写诗人与金在乘教授的交往和友谊,而是用简练生动的笔触,惟妙惟肖地再现金教授折枝吹哨,童心复萌的生活小景,表现了他纯真可爱的性格。接着,诗人驰骋想象,运用时空倒错的手法("若干年以后","这哨音"是不可能"在耳畔回响"的),想象着"若干年以后",居然又听到哨音了。只是"那时我头发一定白了",他"但愿像他那样有颗童心"。看到眼前的情景,想到以后对今日情景的美好回忆,从而更珍惜眼前短暂的相处。这样写比一般地、泛泛地写交往和友谊更深一层。

在诗集中,感怀诗写得最为深挚动人。小而至于对母亲、老师,大而至于对故乡、祖国,诗人都表现了一往情深的挚爱。在《慈母十年祭》中,诗人悲怆地哀叹:"如今母去儿无福",如果有来世的话,情愿"来世重做孝敬人",重为母子。他看到韩国的名画《学房》,就想到自己的两位开蒙塾师,满怀深情地写下《忆儿时》一诗。最后两句可谓情深意重:"寒窗十七师七十,没齿难报授业情。"在异国他乡,诗人思念故乡,"我又梦见了故乡／仿佛夜里也出了太阳",极言其思乡之情之深切,而《我们都是中国人》则表现了对祖国的热爱,以及作为中国人的自豪感。

作为学友,我为他的成就感到由衷的高兴。他为人厚道、真诚、平易近人,他的诗一如其人,在他那纯真、朴实无华的诗句中,读者可以扪到一颗鲜活跳动着的赤子之心。

作于 2002 年 1 月 24 日

北京芳城园寓所

燃烧的激情　睿智的哲理
——读李爱真的诗

曾经有一种说法:"女性即诗性。"意思是说,女性本质上具有诗的属性,天生与诗结下不解之缘。如果从女性的细腻的情感、对外界事物的敏感的反应的角度来看,此说也不无道理。因此可以这样说,上述特点也是女性诗人的共同特点。当然,如果一位女性诗人只表现了这些共同特点,而缺乏自己的个性特点,那么她只能算是一位平庸的女诗人。这样,当我读完青年女诗人李爱真的包括诗集《大漠之音》在内的诗作时,欣喜地感到:这位女诗人除了具有女性诗人的共同特点外,还具有较为鲜明的个性特点。其个性特点表现在对不同艺术风格的追求,在她的诗作中,既有内敛沉思的深邃,又有辐射抒情的热烈。诗人视题材而定的这两种迥异的风格,在她的诗歌创作中，得到较为和谐的统一。

19世纪英国湖畔派诗人柯尔立治很强调诗的思想深度，他甚至说："从来没有一个伟大的诗人，不是同时也是个渊深的哲学家。因为诗就是人的全部思想、热情、情绪和语言的花朵和芳香。"（见《文学生涯》）所以，只有在理性阳光的照耀下，诗之花才能开得绚丽灿烂。当然，诗不同于哲学论文，诗是通过意象和优美的形式来表现诗人的理性思考的。青年女诗人李爱真深谙此理，她的不少作品就以生动多彩的意象、含蓄优美的语言表现了这种恬静沉思的诗美。读她的作品，我发现一个与众不同之处，就是爱情诗所占比例很小。一般说来，一提到女诗人，就会联想到爱情诗，似乎女诗人是专写爱情诗的。然而，李爱真却偏不如此。这在当今浮躁的世风下，在爱情诗充斥诗坛的情况下，是何等难能可贵。她的一些诗，从诗题就可看出是深邃沉思的结晶。如散文诗《沉默的风景》《走近淡泊》《朴素是真》《拥有孤独》《关于嫉妒》，新诗《生活对我说》《无怨的人生》《宽容》《我是过客》《彷徨》《诽谤》等等。诗中出现的"沉默"、"淡泊"、"朴素"、"孤独"既是沉思的前提，又是沉思的状态。如《沉默的风景》，女诗人写道："沉默是一种品格，也是一种美丽的享受。"可谓参透沉默的境界，最后更领悟到"人生正是一首沉默而隽永的诗啊！"而对于"淡泊"，诗人则比作"山脚一隅，那无修无饰，深深的，映影如镜、泛着淡淡薄雾的那口古井"，并且"相信淡泊是一种成熟，是一种美丽"（《走近淡泊》）。同样，诗人也很珍惜"孤独"，"在嘈杂的世事面前，当我们再无力寻求一份美丽的宁静时，我们便学会拥有孤独，享受孤独"。"拥有孤独，便拥有人生。／拥有孤独，便拥有深刻"（《拥有孤独》）。应该说，女诗人诗中的"沉默"、"淡泊"、"朴素"、"孤独"也是她对生命意义思考后，对人生的态度。这是对"喧嚣与躁动"的世界的反拨与抵御，是向中国历史文化传统中淡泊宁静的人文精神的回归。这也符合90年代以来，中国大陆新诗从躁动到平静的发展总趋势。正如诗中所写"淡泊是一种成熟"，"拥有孤独，便拥有深刻"，李爱真在诗中崇尚沉默孤独、淡泊宁静的人生态度，以及诗中在鲜活多彩的意象中所体现的理性精神，说明这位女诗人正走向深刻，走向成熟。

如果说，内敛恬静的沉思正符合女性诗人的创作特色，那么，在女诗人李爱真的作品中，除此以外，还具有另一种与此迥异的辐射型热烈抒情的创作气质。上面说过,在李爱真的作品中,爱情诗较少。但是,她却以很大的热情写主旋律以及以宏伟形象为题材的作品。如为了纪念毛泽东主席诞辰一百周年,她写了《湖与桃花》与《百年孤独》两首诗,把毛泽东主席比作"海上那个巨浪"(这种比喻实属罕见,颇具新意),并以"巍巍泰山"、"汹涌的黄河"衬托这位伟人。其形象均雄伟壮观。在《飘扬的旗帜》一诗中,诗人写道:"拥有高山的理想 / 便拥有广袤的土地 / 躺下 是一条奔腾的小溪 / 站起 是一面飘扬的旗。"意象鲜活雄浑,境界开阔,寓意深远。长江是中华民族的母亲河,古往今来,不知被多少诗人反复吟咏过。然而,李爱真在这极易写作雷同的题材面前,知难而进,独辟蹊径,写出了新意:"苦闷、恐怖与失望的激流中,你高举信念之火,千年风雨千万年的沧桑,依然白浪滚滚,歌声悠扬,追寻着生命的绚丽。"写得感情豪迈,气势不凡,又很优美。在抒情诗《祖国啊,我不能》中,李爱真更是满怀激情地抒写对伟大祖国的无比热爱:"歌唱汹涌大潮中搏击的风帆 / 歌唱我们的泰山、长江、黄河 / 于是我不能 / 我不能离开你一步","我只想做你一名普通的女儿 / 山里那朵,盛开的百合","因为我是你的女儿 / 你是我的祖国 / 我生活在你温暖的怀抱"。人们常说,真理是朴素的。而真情同样也是朴素的,是不需要任何夸饰的。这些诗句,看来朴实无华,语不惊人,却历历如诉衷肠,倾吐了肺腑真情。五爱街是沈阳的一条寻常街道,李爱真用一百多行的较长篇幅,满怀激情地歌颂五爱街的沧桑巨变,由衷地赞美"一群自强不息 / 风姿绰约的儿女 / 勤劳智慧 / 如梦如幻","缤纷的五爱街 / ——一束五彩的中国风景"。最后,她从"歌唱这情与爱的街巷","歌唱家乡歌唱沈阳","歌唱可爱的祖国":"迎着世纪的曙光 / 五爱街啊五爱街 / 你在昭示着一个辉煌的预言吗 / 站起来的中国人啊 / 从此展开金色的翅膀 / 腾飞在世界的东方"(《走过五爱街》)。女诗人另一首长诗《故宫》,写的是沈阳故宫。吟咏对象是古老的,但她却并不仅仅停留在发思古之幽情上,而是在以现代的眼光观照历史的同时,激发起强国的豪情:"风花雪月 / 怎载得下太多的悲凉与愁怅 / 山川已载不动 / 太多的等待与彷徨 / 只晓得那枚朗月 / 如镜如湖 源远流长 / 这是昨天的沉思 / 更是今天执著追求的企望 / 听 有一种回音正震彻宇寰 / 重振我强大中国 / 祝福我壮丽河山"。

恬静的沉思和热烈的抒情就这样并存在李爱真的诗歌创作中,我们知道,绘画的色彩有暖色和冷色之分,一幅成功的画,其色彩总是冷暖色搭配协调的。同样,在诗歌创作中,冷峻隽永的哲理和热烈真挚的情感,都是诗歌感染力的重要因素。李爱真有一首诗题为《燃烧与沉默》,我以为,这正是她诗歌创作特色的写照。她的诗使读者既受到燃烧激情的冲击,又受到沉默睿智的启迪。

作于 2000 年 12 月 13 日

北京方城园寓所

审美的返祖与超越

——评南永前的图腾诗

不知从什么时候起,诗歌界就流行这样一句调侃语:"写诗的人比读诗的人多。"语虽尖刻,却也道出了诗歌创作的尴尬处境。虽然有识之士也曾大声疾呼,希望引起疗救的注意,也曾想方设法,标新立异,提出眼花缭乱的口号和主张,但是似乎终难挽诗歌滑入低谷的颓势。诗歌究竟怎么了? 难道诗歌创作真的摆脱不了这种宿命的阴影:诗意将随着工业社会的不断发展而消失殆尽? 正是在当前诗歌不景气,读者普遍存在着缺乏阅读兴趣,产生审美疲劳的浮躁心理的背景下,南永前的图腾诗的问世,为沉闷的诗歌界别开生面,吹进一股清新强劲的风,使人刮目相看,宜乎受到诗坛与读者的瞩目和喜爱。

表面看来,南永前选择创作图腾诗似乎是他的个人爱好,纯属偶然; 其实,图腾诗的出现,还有其必然的原因。我们知道,随着科学技术的发展,商品经济大潮的冲击,人的价值观念的变化,工业文明导致人的感性的沉沦,想象力的减弱乃至消失,这样,与人的感性和想象力有着本体论上的联系的诗歌,就面临着式微之虞。而要使诗歌重现绚丽风采,就必须张扬人的感性,重新激发人的丰富多彩的想象力。基于诗坛上充斥着"反抒情"、"反意象"等刻板摹写生活的作品,想象力被放逐于诗外,在物欲横流的世俗生活中,确实也很难激发出美丽的想象力,于是平庸的审美眼光成为评价诗歌的标准,艺术的惰性取代了积极进取和创新。为了对这种现象进行反拨,有的诗人一反标新立异的惯例,进行逆向思维,不无极端地把诗性的目光关注于远古的先民,于是便出现了审美的"返祖"现象。

正如人类有的个体会出现"返祖"现象一样,在诗歌创作中,同样也会出现"返祖"现象,不同的是,前者源于遗传基因,后者则是诗人自觉的行为。之所以要"返祖",自然与激发想象力有关。我们知道,想象力在儿童和原始人那里,在受热情或梦想支配的人那里最为活跃。诗人就是从原始人、先民那里汲取想象力的源泉,用返回到原始的认识方式来激活想象力。显然,作为审美的"返祖"现象,南永前的图腾诗就这样应运而生。对于图腾社会的原始人、先民来说,任何动物、植物,任何客体,即使像太阳、月亮以及其他星球那样的客体,都构成图腾的一部分,都具有神秘的性质,显示出一种神性。而图腾又与原始宗教信仰血脉相连。无论是图腾和原始宗教,离开想象力是不可思议的。正因为如此,图腾才具有艺术内涵,才有了美感。诗人南永前正是充分认识到这一点,才从远古的图腾中开掘艺术内涵,感受美感,发现诗意。

其实,也许南永前不是唯一写图腾诗的诗人。多年前,杨练的《诺日朗》从某种意义上说,也可算是图腾诗。不过《诺日朗》神话史诗的成分更多些。南永前的图腾诗其重点不在演绎神话史诗的情节本身,而在于开掘远古图腾的艺术内涵,发现诗意。他所表现的图腾是经过他诗化了的图腾。诚如阿库乌雾和栗原小荻在《图腾美学与生命哲学的诗化实践》一文中所说:"南永前的图腾诗是以图腾这一沉淀着原始文化精神和美学内涵的原型为对象,予以诗意化的开拓实践和深层次的生命哲学构建,从而呈现出独特的诗美诱感力。"《羊》一诗就显现了诗美的魅力。远古人类把羊作为图腾,是由羊的品质以及在农耕生活中的地位所决定的。远古人类喜爱羊,这从汉字的造字中也可窥其端倪,凡是好的字,都与羊有关。例如:"美"、"善"、"祥"等都带"羊"字。诗人满怀深情地赞美羊的美好品质:

该赐予之情全都赐予之

该奉献之物全都奉献之
　　最终还要
　　替人之冥冥之罪
　　替人之不善之恶
　　被逐
　　被逐于荒漠之原野
　　被逐于森森之雪谷
　　甚而
　　被杀于威严之祭坛
　　被杀于祈祷之早晨

　　祭祀三牲中有羊，"替罪羊"中又有羊。羊对人类可谓鞠躬尽瘁，死而后已。诗人对羊的赞美，再现了远古先民把羊作为图腾的虔诚感恩心理，使古老传统的图腾文化重新焕发光彩。

　　但是，艺术的本质是否定性和超越性。如果诗人仅仅用审美的"返祖"，再现远古的图腾文化，虽然也有考证钩沉的意义，然而从诗性的角度，特别是从今天诗歌创作的角度看，意义不大。既要"返祖"，又要否定和超越，看似矛盾，实则是辩证的统一，此消彼长，形成张力，这种诗的运动激活诗歌创作的生命机制，使诗歌创作处在运动健康的状态中。诗人南永前对图腾文化的"返祖"已如上述，其否定和超越表现在颠覆图腾文化原有的、传统的文化含义，注入全新的文化内涵，从而使传统的图腾文化焕发出新的光辉。最突出的当推《乌鸦》。乌鸦历来被指为能给人们带来灾祸的邪恶不祥之鸟。作为图腾，人们对它恐怕更多的是憎恶、畏惧。然而在诗人笔下，这种传统的偏见被彻底颠覆了。诗人别出心裁地写到乌鸦之所以臃肿玄黑，嗓子嘶哑，是因为：

　　把窈窕的体态给了黑夜
　　把艳丽的衣饰给了黑夜
　　把婉转的歌喉给了黑夜
　　把世人最为仰慕与赞叹的全都

给了黑夜

给了最残酷最无情的黑夜

　　诗人不仅以奇异的,甚至怪诞的想象为乌鸦曲意辩解,而且以逆向思维将乌鸦那令人嫌恶憎厌的鸣叫,加以反其意的阐释,"为陡生异兆而鸣叫／为野兽僵尸而鸣叫／为禳解灾祸而鸣叫／为传递消息而鸣叫"。这就为自古以来被目为不祥之鸟的乌鸦彻底平反正名。不仅如此,诗人还满怀关爱地呼吁人们善待乌鸦,并进而"以香火崇敬",将它奉为"人畜巡狩之神"、"为黑夜报警之神"。

　　如上所述,诗人南永前以"返祖"的审美眼光投注在传统的图腾文化上,从中汲取灵感和想象力,以改变平庸的审美惰性,激活诗歌创作的生命机制;同时,他又不囿于传统的图腾文化,而加以诗性的改造和超越,使之具有全新的文化内涵,使古老的图腾文化焕发出新的光彩。他的图腾诗的创作,不仅为图腾诗这一新的诗歌品种的创作提供了经验,并取得可喜的成绩,而且为今后诗歌创作的走向,以及如何力挽诗歌下滑的颓势等问题,作了有益的探索和尝试。

作于 2006 年 3 月 27 日

北京芳城园寓所

走进艺术家美丽的诗化心灵

——读《翰墨情缘》

　　我和阴岭山先生虽然相识不久,可是已成为很熟稔的朋友了。他最初给我的印象是一位很干练的、深得民心的领导干部。后来,看到他写的好多著作,我很惊讶。我想象他在繁忙的公务之余,一定是牺牲了许多休息时间,笔耕不辍,才有如此的成绩。单是这份对写作的执着精神,就使我十分钦佩，更使我十分感动。现在，他的新著《翰墨情缘》即将问世，我向他祝贺。作为出版前就先睹为快的读者，我就先抛砖引玉地谈谈对此书的粗浅看法。

《翰墨情缘》是阴岭山先生对书法、绘画、雕塑等著名艺术大师、艺术家的访问记结集。读着这本文集，我高兴地看到，作者用他那枝生花梦笔，不仅向读者生动、逼真地再现了艺术大师、艺术家的音容笑貌，以及他们的独特的个性，而且更重要的是，在作者笔下，你可以看到，天才的艺术大师、艺术家是如何利用艺术品与生命体之间的类似性，从而把多种多样的人类精神、情感、个人经验和想象向人们展示出来的。笔者也写名人访问记，深知个中甘苦。对一般具有一定写作能力的作者来说，生动、逼真地再现描写对象的音容笑貌，及其个性，也许并非难事，而要达到上述那样的境界，却殊非易事。

我认为写访问记有不同的写法，有深浅之别。正如我们所看到的，现在充斥在各种报刊上的娱乐记者所写的明星访问记，有相当大部分流于浅薄、低俗、媚俗，表现为追逐名人隐私的猎奇心理和低级趣味；当然，更离不开商业上的炒作。而一位严肃的、有社会责任感的作家，就必定不属于这种写法，尤其当他面对的是大师和艺术家时。阴岭山先生很显然属于后者。

阴岭山先生采访的对象是艺术大师和艺术家，他们都是审美的发现者和创造者。审美的发现不同于科学的发现。审美发现并非必然让我们知道那些以前不知道的内容，而是创造一个新颖的、感情上的体验。既然审美、艺术总是和感情体验相联系，因此较之科学，艺术更具有生命体所具备的特质。随着时代的发展，艺术审美在社会生活中，将越来越被提到重要的地位。有的论者甚至把审美解放看作人的解放的前提。刘小枫在他的《诗化哲学》一书中说："人的感性的审美解放，才是发达工业社会中面对科技力量的人的解放前提。一种新的感性将体现出未来革命新型的历史形式。"这也从一个新的角度，使我们领会到艺术大师、艺术家对一个健康、进步的文明社会的发展具有何等重要的、不可或缺的意义。其实，艺术大师、艺术家的社会使命，本来就是要以真善美的高贵精神，创造一个与远不完美的现实世界相对立的、完美的、理想的、诗意化的世界，使人们的心灵得以净化、升华，也充满诗意。那么，如何才能更好地、更准确地把握艺术大师、艺术家的创作个性和人格魅力，以便引导读者走近大师和艺术家，更好地欣赏、更深刻地理解他们的作品，更真切地感受和领会到他们崇高的社会使命呢？我以为最重要的是，作者应该不是浮光掠影地，如蜻蜓点水般采访描写对象，而是力图走进他们的内心，触摸他们的心灵，与他们的灵魂对话。这样，才有可能形神俱备地再现大师和艺术家的动人风采。阴岭山先生正是这样做的。

对于大师和艺术家，阴岭山先生自然是满怀崇敬之情。用"高山仰止"来表达对大师、艺术家的尊敬应该说不为过；但是，要真实地表现他们，我以为宜平视而不宜仰视。平视是把他们当作普通的人，而不是"超人"、神人。惟其如此，才能进入他们真实的内心世界，而不把他们神化。这样，才有可能给读者一个真实的、有血有肉的、活生生的大师和艺术家的形象。大师也好，艺术家也好，须知他们都是自然人，有常人的七情六欲。他们既有常人所无法企及的高深的智慧、精湛的艺术功力和伟大的人格，也难免有常人所共有的缺点，当然也免不了会犯错误。只有真实、全面地加以表现，才能令人可信，这不仅不会损害大师和艺术家的形象，反而使他们更具亲切感和亲和力。阴岭山先生满怀敬意地描写他们，但在采访和写作过程中，却把他们当作可以披肝沥胆、倾心交谈的忘年交、知心朋友。由于是知心朋友，所以他能准确地把握描写对象的个性特征，及其丰富的内心世界，并能绘声绘色地娓娓道来。如写画家亚明，不仅写到他的卓越的艺术成就，而且还写到他充满机趣的谈话，以表现他那幽默风趣的个性。作者在文中，不止一次地写到亚明的口头禅："快活"，作者抓住这个口头禅，表现了画家以苦为乐的达观性格。在艰苦的革命战争年代，身为美术记者的亚明，冒着枪林弹雨，出生入死，南征北战，自然吃了不少苦，但他却乐呵呵地说："不苦，快活！"在"文革"中，他遭到"红卫兵"的揪斗，他以诙谐的话语加以调侃，使对方"无言以对，哭笑不得"，而亚明却"从内心感到快活"。诚如作者所言："这是一种抗争，是对造反派的蔑视，也是一种心灵的呐喊。"亚明之所以有如此乐观豁达的胸襟，盖源于他那积极向上的人生观、苦乐观。作者引用了亚明的话对此作了最好的诠释："人活着，不仅要自己快活，更重要的是要让别人快活，不让别人快活，自己也得不到快活。"这样，就画龙点睛般点出这位著名画家那正直高尚的品质、爱心泽及他人的温煦的人文关怀，以及独特的、迷人的人格魅力。

除亚明外,在文集中,写得最有个性光彩的画家还有董欣宾。作者的标题对他作了恰如其分的评价:"个性张扬的典范。"这个性包括两方面:一是其人的个性;二是作品的个性。所谓"画如其人",人的个性决定作品的个性,人的个性与作品的个性是统一的。作者生动地再现了这位"褒于个性"、"贬于个性"的画家。读了该文,我们可以感到,作者的写作态度是非常严肃和严谨的。他既不为尊者讳,曲意护短,又不刻意奉承,一味吹捧,而是以客观公允的态度,实事求是地描绘。这不仅无损于画家的形象,反而使其形象生动饱满,令人可亲可信。作者在文章一开始,就写到他如何"初步领教了他的怪脾气,弄得我很尴尬"。作者自嘲"拍马屁拍到了马脚上"。那是在一次聚会上,作者说:"董老师是无锡人,在无锡很有名气……""没想到他回过头冲着我说:'我告诉你,在江苏比无锡有名气,在中国比江苏有名气,在国外比国内有名气。'"按照一般的评判标准,董欣宾未免太狂了!一点也不谦虚,简直是持才傲物!我佩服作者秉笔直书的勇气。不过这恰恰是刻画这位画家的成功之笔。通过这极富个性的话语,使这位中国传统知识分子所特有的狂狷孤傲性格的画家呼之欲出。更能表现他鲜明个性的,是作者向我们讲述了这样一个故事:"一位省委领导托人向他求一幅画。董欣宾认为你看不起我,托人求画我就不买账,不给!本来事情应该结束,不给也就算了。可是,董欣宾不是轻易罢休的人,他越想越气,于是,他出人意料地给这位领导的驾驶员画了一幅画,故意气这位领导,发泄自己的不满情绪。"之所以能把董欣宾刻画得如此栩栩如生,能如此准确地把握他的独特的个性,是与作者和画家有着十年交往的历史分不开的。在这十年的交往中,作者走进了画家的心灵,成为画家的知音。

要写好艺术家的访问记,就必须了解艺术家所从事的艺术创作,虽不一定是艺术门类的专家,但至少不应是个门外汉。因为访问记的作者就好像艺术宫的讲解员,他必须准确地判断、评价艺术家的艺术成就,而且,比讲解员更难的是,讲解员是对着艺术品进行讲解的,观众一面欣赏艺术品,一面听讲解员讲解,自然容易理解;而访问记的作者则要把视觉形象的艺术品,通过文字的表述传达给读者,使读者犹如看到艺术品一样,甚至比亲眼看到艺术品更理解其价值和成就。所以,写这样的访问记实属不易。我感到十分可喜的是,作者对书画艺术显然很内行,评论艺术家的作品的艺术成就、艺术风格及其价值历历如数家珍,侃侃而谈,十分到位。这是很难得的。且看他如何评价书法家沈鹏的书法艺术:"他的书法艺术,尤其是草书,深受草书大家张旭、怀素、苏东坡、林散之等人的影响,又经过自己不懈的努力,推陈出新,形成了自己独特的艺术风格:既有舒张奔腾之雄,又有静憩端庄之媚;既有跳动飞舞之神采,又有送月远眺之凝思。"既能说出其继承传统的渊源,又能说出其独特的风格,来龙去脉交代得十分清楚。有时,他就直接引用艺术家对艺术创作的见解,等于让艺术家现身说法,有助于读者更好、更深地理解艺术家及其作品。如他引用书画艺术家钱绍武对艺术的见解:"关于艺术创作,钱老有独到的见解。他认为艺源于情,情是一种人类的认识发展到高级阶段的一种飞跃现象。这一阶段,所谓的艺术的来源就形成了。飞跃就是爱和恨,艺术家要反复体会自己的痛苦和欢乐,并由艺术家所赋予的表现的天性去表现。艺术就是这样在人类中间发生,然后为人类所需要的艺术的价值,是艺术家自己灵魂的价值。所以说情是艺术家创作过程中间的唯一标准。对于艺术家来说,把自己郁积于心,不吐不快那种的情感表达出来,感动自己,与人们分享,这是最大的幸福和愉快。可以说也是艺术家的最终目的。"作者引用艺术家的见解,不仅有助于读者对这位艺术家及其作品的理解,而且提高了读者对艺术总体的认识,可以说是对读者进行的一种深刻的美学教育。

是的,审美是需要教育的。对美好事物的喜爱、向往、追求,是人类的本能。但是,如果审美只停留在本能的层次,那显然是低层次的。审美固然是情感的活动,但是更需要理性的介入。情感之花只有在理性阳光的照耀下,才能开得绚丽夺目。艺术家由亲身的艺术实践所总结出来的感受、经验、体会,是十分宝贵的精神财富,它不仅有助于读者更深刻地理解,从而更内行地欣赏艺术品,而且使读者丰富了艺术知识,学习了艺术理论,提高了艺术修养。观众如果去美术馆欣赏艺术品,他也能受到艺术的陶冶、审美的教育,但是接受的程度有深浅不同。这要看其自身的艺术修养和接受能力。可是,假如读者读了专业的艺术理论、艺术评论,以及艺术家的创作感受、经验和体会后,再去美术馆欣赏艺术品,那就大不一样了,那时,他就可以以一种行家的眼光去欣赏艺术品,他就可以在更高的层次上理解、欣赏艺术品,就像俗语说的,不再是"外行看热闹",而是"内行看门道"了。

另外,还有值得重视的一个方面是,这种艺术大师、艺术家的访问记为后人留下了大师和艺术家们的宝贵的、生动的形象资料,可以作为美术史、艺术史史料的补充和佐证。从这一点可以这样说,作者的这部文集对今后丰富、修订,乃至重新撰写中国当代美术史、中国当代艺术史极具参考意义,可谓功不可没。

我们要感谢阴岭山先生,感谢他为读者展示了那么多大师、艺术家的美丽的、诗化的心灵世界,让读者得以走近他们,走进他们的内心,犹如走进艺术殿堂,从而受到庄严的艺术洗礼。

作于 2004 年 12 月 19 日

北京芳城园寓所

亲和力,是诗的一种魅力
——评余文法的新诗近作

余文法是一位科技工作者,但他对诗歌创作情有独钟,并且矢志不移。继诗集《情之帆》之后,他又一本歌颂他的第二家乡温州的风土人情的诗集《瓯之歌》问世。由于诗集对温州的人文景观、自然风光、改革开放的硕果及温州人的创业精神作了多视角的生动描绘和深情歌唱,所以出版后,立即在温州引起了巨大的社会反响。温州市委宣传部、市文联、市科委联合召开了诗集《瓯之歌》的首发式和赠书仪式。余文法向全市希望工程高中班、全市革命老区、贫困乡镇文化站、市图书馆和全市大专院校、中等专业学校、市区 18 所普通中学的图书馆赠送了《瓯之歌》及作者的一本科技著作。受赠单位代表及全市文学界、科技界知名人士、部分作家、诗人、新闻工作者,全市部分著名企业家,市级机关有关同志共 180 多人出席了会议。中国诗歌学会特地发来贺电。市长、市人大副主任专门来电祝贺。市政协领导、市长助理、市委宣传部长、市文联主席、市科委主任、市商业银行董事长等在会上作了热情洋溢的讲话。会后，温州的主要媒体如温州日报、晚报、时报、电视台、电台都作了宣传报道。晚报《新闻周刊》刊登了对余文法的人物专访。温州电视台还以《扬帆在科学与诗的海洋》为题，为余文法及《瓯之歌》制作了专题节目，多次播放。在一些全市性的大型庆典活动，如温州最大的飞云水利枢纽工程首台机组发电的盛大庆典仪式和温州国际服装博览会上，《瓯之歌》被作为文化礼品赠送给中央、省、市有关部门的领导和来宾。市政府、市人大接待处，更把此书作为来温考察参观者的接待赠品。而在2000年7月，温州市举办的旅游节上，《瓯之歌》又被隆重推出，赠送给兄弟省、市旅游部门。作者在交易会的旅游局综合展台上举行签名售书，竟应接不暇，一天就销售了一百多本。在温州市一些大型联欢会上，《瓯之歌》中的诗，常常被选为朗诵节目。一些被讴歌过的企业，更是反响强烈。我国最大的氡温泉——浙南大温泉，把《瓯之歌》中的《温泉水滑洗凝脂》一诗，连同诗人简介制成巨型灯箱，竖立在广场上，并以此诗印制了数万张诗广告散发。投资亿元的国内首家国产化设备的温州垃圾焚烧发电厂，把《瓯之歌》中歌颂该企业的小诗《化腐朽为神奇》，制成精致的诗碑，矗立在大会议厅正中。《瓯之歌》的影响甚至波及海外。全球华人华侨社团推动中国和平统一大会于2000年8月26日在柏林召开。会前，筹委会主席、温籍侨领张曼新先生委派大会副秘书长余东兴先生（温籍华侨）到温州采购和制作大会礼品。当他看到《瓯之歌》后，认为"这是一本温州华侨全面了解自己故园山水、历史和改革开放带来巨大变化的高雅的书籍"。立即要求购买一批，连同其他礼品空运回柏林，送给来自世界各地的温籍侨领。温州市侨办在当年举办的温州籍华侨青少年"寻根夏令营"上，也把《瓯之歌》列为乡土读物。在温州市，《瓯之歌》已成为温州的"高雅名片"和"旅游诗册"，初版后，已重印5000册，今年可望再版。

我之所以如此不厌其烦地介绍《瓯之歌》在温州受到欢迎的盛况，是因为抑制不住内心的喜悦和兴奋。在当今诗坛上，诗歌创作不景气的论调时有所闻，究其原因之一，有些诗人，尤其是一些自诩"前卫"、"先锋"的青年诗人过于追求"走向内心"，结果却远离了读者大众。诚然，诗是抒写心灵，抒写情感和内心体验的艺术。但是，如果过于私人化，高雅到不食人间烟火,晦涩到谁也不懂,那么,这样的诗怎能为读者所接受? 只能由诗人自己"藏之名山"了。

其实,诗歌除了具有主观的情感体验和个人化的表现方式外,还应具有客观的社会内容和对读者的某种亲和力。美国的符号论美学家苏珊·朗格在她的《情感与形式》一书中,认为即使最具个人特征的思维也不可避免地打上社会的烙印。她说:"思维是我们本能活动的一部分——最具人类特点、感情色彩及个人特征的一部分。但这种高度的个人才能也是我们极其明晰的社会性反应,因为它与语言的联系是如此密切,以致不能脱离说话的方式。而且无论我们所运用的语言多么新颖,这一实践本身也纯粹是社会的承继。然而,深植于语言之中因而也深植于社会及其历史之中的理性思维,反过来又是我们个人经验的模式。"她还把"公众的反应"作为艺术的"最主要的变化性因素"之一(《艺术问题》)。我们知道诗歌是最富感情色彩及个人特征,并且是以语言作为材料的艺术。既然脱离社会现实和历史的纯粹的主观情感体验和个人化思维是不存在的,那么,完全脱离社会现实和历史,只表现纯粹的主观情感体验和个人化思维的诗歌自然也不可能存在。而且,诗歌作为艺术品,只有被审美主体(读者)所阅读和欣赏,才算完成审美过程。所以,苏珊·朗格所说的"公众的反应"确实是艺术审美过程中不可或缺的重要因素。正是在这样的意义上,余文法的诗歌创作在一定程度上获得了成功。

余文法的诗歌创作活动及其成绩被称为"余文法现象"。除了因为他是科技工作者从事诗歌创作这一点外,更重要的是他的诗歌在公众中引起了较大的反响,特别是在温州,他作为诗人,已成为令人瞩目的公众人物了。那么,该如何看待这种"余文法现象"呢?

首先,我以为"余文法现象"是值得肯定和欢迎的。诗人的诗在公众中引起如此大的反响,难道不值得肯定和欢迎吗? 比起那些自视高雅、前卫,却乏人问津的诗,至少在社会效果上已胜一筹。那么,余文法的诗缘何会受到人们的喜爱和欢迎呢? 我以为这是因为他的诗紧跟时代的步伐,紧密与现实生活相联系,表现普通人的思想、感情和生活,对普通人表现了一种令人感到亲切的亲和力。读余文法的诗,你会闻到浓郁的时代气息,看到多彩的社会生活。在《瓯之歌》中"时代风景线"一辑中,就充分体现了走向新世纪的新意盎然、蓬勃向上的时代精神,表现了色彩斑斓的现实生活。当你读着下列这些诗,诸如《现代化不是梦》《世纪梦圆》《电子信箱,悠然打开》《为腾飞增添力源》《风景这边独好》《红色的东方》《网络的闪电》《龙港农民城》《丹心耿耿架金桥》《温州城市新景观》等诗,你会强烈地感受到诗人讴歌新时代、新生活的满腔激情,而被深深感动。诗人的激情来自新世纪时代精神的感召,以及他对发生了巨大变化的第二故乡温州的深情厚爱,使他情不自禁地放声歌唱,歌颂时代,歌颂故乡。但是,与浮夸的"假大空"式的歌颂不同,诗人的激情是与理性联系在一起的。诗人清醒地认识到,虽然"现代化不是梦",但是,现代化却来之不易,需要付出汗水和艰辛。诗人唱道:

> 大地在呼唤理性与真情,
> 苍穹在昭示科学与文明。
> 现代化,
> 不是梦,
> 宏伟目标,
> 尚有漫漫征程。
> 现代化,
> 不是梦,
> 构架新温州大厦,
> 需要更多的汗水与艰辛。(《现代化不是梦》)

诗人在讴歌新时代、新生活时,并不流于空洞浮泛,相反,而是非常具体生动。从诗集中,我们可以看到,有关社会生活的方方面面,诗人几乎都写到了。于是,诗集就成为全面介绍温州的全景诗。宜乎当地将诗集称为诗化窗口、旅游的诗册。诗集受到当地各部门、各行各业的欢迎是情理之中的事。我们还注意到,诗人既表现重大的事件,如表现金温铁路全线开通的《世纪梦圆》、歌颂温州经济技术开发区的《风景这边独好》等诗,又表现郊镇田野,如《龙港农民城》《希望的田野》等诗;既描写市长、企业家这样的风云人物,如《市长同饮分岁酒》《柔中藏刚》《从战士到骑士》等诗,又将关注的目光投向寻常百姓、普通人家，如描写归航后渔家温馨生活的《渔港之夜》："海滩上，/ 风柔月朗，/ 渔网下，/ 俪影轻摇，/ 共披一件新编的羊毛衫，/ 小别重逢话悄悄。/ 吸一口充满咸味的空气，/ 尝一下家制的洋茜菜。"还有描写军嫂的《军营流着微笑》，表现人民警察的《蓝盾闪光》，歌颂海关人员的《国门上，有双神奇的眼睛》等诗，都以饱蘸深情的笔触，开掘、讴歌这些普通人的人性美。所有这些诗不仅贴近生活，而且表现了一种对普通人的人文关怀和亲和力。而这正是余文法的诗之所以受到公众欢迎的原因之一。

除了在内容上对公众表现了令人感到亲切的亲和力外，余文法的诗在形式上同样也表现了这种亲和力。余文法具有较为深厚的古典诗词的基础，他的诗受古典诗词的影响较深。这种诗的特点是雅俗共赏，朗朗上口，很为广大的读者所接受。从更深的层次分析，实际上，这也符合社会的审美心理。因为虽然新诗诞生至今已近百年，但是古典诗词在人民群众中的影响还是根深蒂固的。我们常见父母和老师让孩子们背诵唐诗，古典诗词成了孩子们的启蒙读物。此外，写旧体诗词的诗人和业余作者数量之多，可能已经超过写新诗的诗人和业余作者，至于爱好古典诗词和旧体诗词的读者就更多了。这种社会的审美心理，实际上是人们对遥远的艺术传统的认同和依恋。而某一艺术传统的形成，恰恰由于在艺术中对某一重要创造手段的采用。影响最大的艺术创造手段所产生出来的是最持久的艺术传统。古典诗词中的格律结构就是产生这种伟大诗歌传统的创造手段。余文法的诗虽然没有严格的格律，但是，它那经过锤炼而较为凝练的语言、规整的诗句、富有节奏的音韵分明具有古典诗歌传统的余风。如《华盖吟》，从诗题到内容、形式都像一首词和小令："华盖山，/ 晨练者的天堂——/ 亭亭松柏，/ 青青竹林。// 华盖山，/ 游人的乐土——/ 长长石凳，/ 弯弯花径。// 华盖山，/ 儿童的乐园——/ 啾啾山虫，/ 悠悠蝶影。// 华盖山，/ 爱情的摇篮——/ 依依明月，/ 浓浓绿荫。"这样的诗易记易诵，又写得富有诗情画意。除了在诗的句式、练字、押韵等方面着意经营外，诗人还善于精心营造一种具有古典美的诗意的氛围。这是他最擅长，也是最常用的手法。如《校园重访》一诗，诗人一开始就营造了富有诗意的氛围："风微微，步轻轻，/ 夜空明月，地上繁星。/ 街市书屋，学子盈盈，/ 学院路，流溢书的清馨。"这种诗意

氛围的营造常用于风景诗中。《楠溪江》就是一首非常出色的、富有古典美的风景诗:

> 一滩卵石，
> 两岸青峰。
> 江渚红树飘零，
> 溪边绿竹摇风，
> 岩上黄菊灿灿，
> 堤下白芦丛丛。
> 竹筏逐流，
> 漂入画中。
> 浪花与水鸟齐飞，
> 鹭鹰伴长篙舞动。
> 裸足击水，
> 碎了秋空。
> 野林深处山歌骤起，
> 忽见三、四村姑牧童……

说它具有古典美，是因为它从用词遣语到营造意境皆颇有古风，如"江渚"、"飘零"、"红树"、"绿竹"、"黄菊"、"白芦"、"村姑牧童"等词都显得古色古香，较为雅致。而"浪花与水鸟齐飞，/ 鹭鹰伴长篙舞动"，则是受了唐代诗人王勃《滕王阁诗序》中"落霞与孤鹜齐飞，秋水共长天一色"的影响。而且三、四句和五、六句分别对仗，九、十句对仗，对得很工整。在余文法的诗作中，写得最好的无疑是此类诗。除此以外，他也写了不少更为自由的新诗，即较少运用格律、较为散漫的诗。这一般是诗人在抒发奔放的激情时写下的。如《现代化不是梦》《火炬烛天照东瓯》等就是这样的诗，这属于政治抒情诗。不过，即使像这样的政治抒情诗，诗人也会尽可能地运用对仗、押韵之类的古典诗词的表现手法。如:"翩翩银燕，/ 在蓝天翱翔，/ 滚滚铁龙，/ 为大地歌吟。"(《现代化不是梦》)可见，诗人十分偏爱这种表现手法。我们知道，诗人刘章擅长并专写古典式的新诗。

（我把运用古典诗词的表现手法写的新诗称为"古典式的新诗"。）余文法走的也是这一条创作道路。不同的是,他也写像政治抒情诗之类的别的诗,尽管在创作过程中,仍会多少运用一些古典诗词的表现手法。因此,是否可以这么说,余文法的诗歌创作的定位,是介于古典式的新诗与自由的新诗之间。此类诗既典雅优美,又平易近人;既具有古典美,又不失时代精神;既反映了现实生活,又符合社会审美心理需求。这样,余文法的诗受到公众的欢迎也就不足为奇了。

当然,余文法的诗在某些前卫、先锋的诗人看来,可能会不屑一顾。但是,不可否认的事实是,他的诗受到了公众的欢迎,产生了社会效果。而某些先锋诗越来越走向内心,却越来越远离读者。远离读者的诗还有存在的价值吗?

诚然,余文法的诗还远不够完美,他还需要不断努力,提高诗艺。我只是愿意借他的诗,向诗人们,特别是某些自视甚高,一味强调内心体验,不食人间烟火的先锋诗人们进一言:亲和力是诗的一种魅力。把缪司女神从精神天堂请回到人间来吧! 她与人间的亲和关系是与生俱来的。广大读者所眷注的是缪司女神那亲切美丽的微笑。

作于 2001 年 3 月 17 日

北京芳城园寓所

诗意化的感觉与想象
——读章闻哲的诗

以前没有读过章闻哲的诗,现在读的也只有 59 首诗。但是,就这么几十首诗,却使我看到了一位成熟的诗人。看一位诗人是否成熟,其重要的标志之一,就是看他是否具有诗意化的感觉与想象。众所周知,感觉与想象并非诗人所专有,普通人都有。而诗意化的感觉与想象却是作为诗人所不可或缺的。诗人与普通人的不同,在于前者所拥有的诗的王国具有超验性,也可说是超验世界,而后者所面对的则只是经验世界。

像所有女性一样,章闻哲对周围的世界具有敏锐、细腻的感觉。但是,如果仅止于此,作为诗人还是不够的。在一般人的想象中,女诗人总是钟情于花花草草。章闻哲似乎也不例外,在这几十首诗中,就有好几首写花的诗。同样写花,她写得就不同凡响。在《我与一朵花的抒情》一诗中,她别出心裁地居然写"一朵死去的花","死去的花"有什么好写的? 不会又像林黛玉那样怜惜"红消香断"而葬花吧? 当然不,你看她"省去 / 大量的,怜悯和 / 不必要的伤春",却"令我全神贯注地 / 把自己投进了它的 / 死亡中去 / 我像个忠实的赏花人 / 尽管,是一朵,死花的 / 赏花人"。试问在现实生活中,有谁会"全神贯注地 / 把自己投进"一朵花的"死亡中去"? 有谁会充当"一朵,死花的 / 赏花人"? 只有诗人,只有我们的女诗人才会在一朵死花上找到诗意化的感觉。诗意化的感觉。具有一种魔化的力量,甚至能赋予死花以生命。于是,女诗人就和死花有了对话:"我告诉它,我是 / 不受蛊惑的。/ 结果它反唇相讥:/ 我也是,不受 / 蛊惑的。/ 它说它 / 不是一朵,白活了一场的花 / 它说它 / 只能带着花的光环,死去。"一朵花,草木之躯的花,居然说它"不是一朵,白活了一场的花",并且说"只能带着花的光环,死去"。虽然,这只是女诗人对死花的主观的诗意化的感觉,并使之对象化,却仍然为自己的这种超验的感觉而震惊。于是,"这让我认识到,一朵花的死 / 是神圣的,是 / 不可侵犯的"。因此她尊重"一朵花的 / 名誉,和一朵花的 / 尊严"。就这样,女诗人以她对死花的诗意化的感觉,诠释了生命应该是平等的,应该受到尊重和敬畏的道理。同样写花的死亡,《茶花凋零时》中的"我"几乎同样面对死花,同样具有诗意化的感觉,但却写出了别样的精彩:

一

此刻
我站在,她死去的世界里
而她
躺在,我活着的世界
我惊异,于此等

交换

就像你,涂上了绿

然后,被归入,绿色的种类

当然,当然

这一次,我被涂上了死亡

二

我怀疑,她不在植物界

我也许,能呼唤出一匹河马

似拥有凶猛的力量

却并不能呼唤出,一小朵雪白的她

在这首诗中,不仅诗中"我惊异,于此等／交换",而且也使读者惊异人与花的生死"交换"。这是"我"设身处地、感同身受地体验茶花的生死。同样体现了人与万物生命平等的思想。源于这种生命平等的思想,甚至"我怀疑,她不在植物界",而是与人一样有灵性、有尊严的生命。最后三行以大与小、凶猛与柔弱的强烈对照,表现了"一小朵雪白的她"的高贵与自尊,以及"我"对凋零的茶花的敬畏。

从以上对两首诗的分析,可见女诗人那诗意化的感觉不仅停留在物象的表面,而是由此形象地阐发了深邃的思想和哲理。

章闻哲诗中的想象也是诗意化的。在《密码和注脚》其四中,女诗人写道:"假如我手持莲花／人间烟火便是灿烂星辰／今晚星空斜挂下来／一端系在购物广场的十楼／另一端刚好系在我所在的二楼窗棂上／我们拉好银河,等着牛郎织女走上去／亲爱的,说好了,你不牧牛,我也不织布","密码和注脚"都是抽象的数字和概念,而诗人却引发了如此美丽的想象。"莲花"带有佛教的色彩,佛是坐在莲花座上的。由"人间烟火"想象为"灿烂星辰",由"灿烂星辰"想象到银河,再由银河想象到神话中的牛郎织女。而这银河竟是由"我们""拉"来的,"一端系在购物广场的十楼／另一端刚好系在我所在的二楼窗棂上",多么奇谲的想象!这种想象把现实和神话结合起来。神话就是想象的结果。所以神话也就有诗的美质。《荷马史诗》所描写的就是希腊神话。在古代,先民通过对神的想象,使艰苦险恶的自然环境在他们眼中变得可以接受的栖居之所。因此,对诗意化想象的关注,能使"人诗意地,/ 栖居在这片大地上"(荷尔德林诗句)。正因为人们所生活的世界是远不完美的、世俗的世界,人又是有限的时间性的存在,想象的本质功能就在于把无限的东西引入有限。所以狄尔泰说:"最高意义上的诗是在想象中创造一个新的世界。"(见《论德国诗歌和音乐》)这"新的世界"应该是远比现实生活美好的理想世界。

当然,诗意的想象并不总是意味着表现美好的理想,也可表现对现实生活的不满,甚至憎恶。这恰恰从反面体现了对美好的理想的追求。如《生活》:

> 我被它,嚼着
> 我猜,我已经耗尽了
> 维生素,耗尽了
> 蛋白质,耗尽了
> 水
> 我猜我,已经稀烂了
> 我猜我,已经,被彻底消化了
> 我猜,生活已经,白白胖胖了
> 已经,健壮如牛了
> 我猜,生活可以,扬帆出海了
> 我猜
> 它,已经到达彼岸,该
> 心满意足了
>
> 我猜,到那时
> 生活仍然没有学会,莫纪我,怀念我
> 倒是,已为草木,或昆虫
> 的我
> 我的,卑微,与更卑微的,鸣叫
> 像一场必然的,祭祀,与追悼

而祭文上，庄严地写着：
我曾经，多么热爱
生活

这首写生活的诗，显然是写的现实生活，而不是理想的生活。在诗中，诗人发挥奇特的想象，极写"我"被生活挤兑。"生活"本是抽象的概念，在这里却被物化为张开血盆大口的可怕的怪兽，而"我"竟然"被它，嚼着"，"我已经耗尽了"，"已经稀烂了"，"已经，被彻底消化了"。与"我"相反的是，"生活已经，白白胖胖"，"健壮如牛"，"生活可以，扬帆出海了"。诗人有意将"我"和"生活"对立，有意写"生活"吞噬"我"，写出了生活中人的异化。最后一节写得悲怆："生活仍然没有学会，奠纪我，怀念我"，而"已为草木，或昆虫／的我"，只能发出"卑微的，鸣叫"，在"祭文上，庄严地写着：／我曾经，多么热爱／生活"。很显然，诗人借助奇特的想象，是在诉说"我"一相情愿地热爱生活，而生活却背叛了"我"，抛弃了"我"。这使人想起普希金的名诗《当生活欺骗了你》。这种人与生活对立、异化了的人的生活显然不是诗人所希冀，所愿意看到的。世界上真善美与假恶丑总是对立共生的。现实生活中总会充斥着丑陋、邪恶的事物和现象。于是我们看到了《一个怀揣小瓶子的女人》："她的瓶子，装满各种小疾／时时，发出，猫／溺水般的呻吟／她的瓶子，尖叫"，诗人调动我们的听觉，让我们对这怪异的小瓶子感到恐怖。然而恐怖的还在后面，诗人用诸如"鬼火无休止的，纠缠／是病入膏肓"、"可让一切腐朽"等诗句来形容这只怪异的小瓶子。而"一个怀揣小瓶子的女人／是个被瓶子的气息醺坏了的女人"，"她让世界犯了绝症"，"成为，不能痊愈的象征"，这个诡异的"怀揣小瓶子的女人"，令人想起潘多拉和她的魔盒。这种诗意化的想象更富有魔幻色彩。耐人寻味的是，诗人作为女性，却把女人作为人间邪恶的象征。

在章闻哲的诗中，像这样幽暗诡异的诗并非主流，有些诗写得很阳光，很澄明，想象诗意盎然，却不繁复，读来清新可喜，如《表妹》：

如果有一棵树，它成为我的亲戚
我希望是一棵苹果树，我可以叫她，表妹

表妹,有纤小而绿的身体
等她长大了,会有可爱的苹果脸
她从左边的叶子里探出头来
忽又从右边的叶子探出头来,一个快乐
的小亲戚
她也有青梅竹马,也像
婴宁一样荡秋千

　　还有一些是忽发奇想之作,表现了女诗人的丰富的想象力和智慧。如《亲密的替身》幻想着真有一个"与生俱来",作为"我的魂魄,我的天使"的"我的替身",能够"一双铁肩 / 担负着我的生死"。而《拥有一枚银币的少年》一诗则运用了美丽的、诗意化的想象,表现一位衣着褴褛的少年,在拥有一枚银币后,也拥有了美丽的梦,那是属于儿童的美丽的梦:"一枚银币,可以买下 / 一座庄园 / 庄园里 / 有数不尽的 玻璃弹珠 // 嗨!庄园里 / 还有一架真飞机 / 有一间屋子 / 小人书堆积如山 / 有可爱的小姑娘 / 有铁铁的,小哥们。"这是完全符合儿童心理和口吻的梦。然而,"严冬 / 早上的露水 / 从屋檐上滴下来 / 吵醒 / 了褴褛的,小小少年 / 和他的梦",少年"冬天的 / 体温,将全部施舍给,银币 "他希望"最好 / 发一场高烧","让银币迅速,燃烧起来 / 点亮冬天的树枝。把春天的花朵 / 预支"宁可自己发高烧,要"点亮冬天的树枝。把春天的花朵 / 预支",真是美哉,少年!诗人笔下的少年何等可爱,何等动人!安徒生笔下的卖火柴的小女孩用火柴点亮美丽的梦境,而此诗的少年则要用自己高烧的体温去"点亮冬天的树枝","预支""春天的花朵"。

　　不管章闻哲是否意识到,她的诗之所以能获得这样的成就,是因为她具有诗意化的感觉和想象。她是一位才女,又具有现代意识,并且能熟练地驾驭语言,只要她不断努力,潜心创作,相信她定会迎来她令人瞩目的创作的黄金时期。

写于 2009 年 7 月 18 日

北京芳城园寓所

智慧而抒情的表达方式

——读赵福君诗集《诗韵情缘》

苏珊·朗格曾经说：诗所获得的价值是由诗人的表达方式提供的。诗人的目的就是要让读者与他一起体味他自己对那些熟悉的事件或事物状态的特殊经验方式。阅读诗人的作品，不仅要看他表达了什么内容，而且还要看他以何种方式来表达。读了赵福君先生的诗集《诗韵情缘》后，我感到他是用智慧而抒情的表达方式，让读者与他一起体味他自己对那些熟悉的事件或事物状态的特殊的经验和体验，引起读者的共鸣。

诗集名《诗韵情缘》，自然情是表达的主要内容。所谓智慧而抒情的表达方式，我以为是与直抒胸臆的抒情表达方式相对的。在诗集中，有好多诗，诗人都规避了直抒胸臆的抒情表达方式，而采用了智慧的抒情表达方式。具体表现在以下几个方面：

其一，把深厚炽烈的情感熔铸在貌似客观冷静的叙述中。叙述语言不带任何情感色彩，可是，在字里行间无不流淌着真情实感。如《奶奶》一诗，诗人从头至尾都在客观叙述奶奶的身世、爱好，以及生活琐事，语言朴实，甚至没有半句赞美的话，可是，字里行间又无不渗透着诗人对奶奶的无限深情。这种表达方式令人想起艾青的名篇《大堰河，我的保姆》。

其二，在强烈对照的描写过程中，抒发诗人丰富的情感。如《站在讲台》一诗：

> 站在讲台
> 视力渐渐减弱
> 却有一双双眼睛
> 渐渐明亮

站在讲台

声音渐渐嘶哑

但是甜味的声音

一浪高过一浪

诗人用视力和声音的强烈对照,满怀深情地歌颂献身于教育事业的老教师。说是歌颂,却没有半句颂词,用的是白描手法,却使人读后悄然动容。第一节写得尤其好,含意很深。"渐渐明亮"不仅是指年轻学生生理意义上的眼睛明亮,更是指老教师用知识的火种,点燃学生的心灵,使他们充满智慧的眼睛"渐渐明亮"起来。因为眼睛是心灵的窗户。还有《飘雪夜》一诗,也是用对照手法,以今年和去年物是人非的对照,抒发诗人对爱人的强烈思念之情,"去年飘雪夜 / 小屋两红烛 / 相拥窗前站 / 同赏窗外雪 // 今年飘雪夜 / 小屋冷似铁 / 空余红烛泪 / 独对窗外雪"。此诗写得含蓄蕴藉,精致美丽,富有古典诗美。

其三,以客观物象的拟人化巧妙地抒情。如《炊烟》:"她穿着 / 白色连衣裙 / 袅袅娜娜的体形 / 站在屋顶 // 踮脚 挥手 / 还看不见我身影 / 就垫高脚下 / 冉冉上升。"把炊烟比作一位多情的姑娘,何等生动,情趣盎然!明明是诗人对炊烟的依恋(对炊烟的依恋也就是对家乡的依恋),可在诗人的笔下,炊烟一变而成为对他恋恋不舍的万斛深情的姑娘!同样,《小溪》一诗也是以拟人化的方式,把小溪喻为"母亲盼儿归"的"泪水涟涟"。

其四,用生动的意象来表达丰富复杂的情感。如《温柔的港口》。诗人以"河流"和"港口"作为温柔情感的意象,生动恰当地表现了抒情主人公"我"的复杂曲折的情感历程。而在另一首诗《既然》中,诗人又分别以"鹰"、"舟"、"缆绳"作为情感的意象,使人们内心深处复杂、细腻,而又难以说清楚的情感,外化为灵动而生气灌注的形象。

正因为赵福君运用了智慧的抒情表达方式,这就使他的抒情诗避免了空泛、浮躁、浅薄的弊病,而写出了新意,显得诗意盎然。我们期待着他进一步提高充实自己,向伟大的时代和伟大的人民奉献出更多更好的作品。

作于 2002 年 11 月 20 日

北京芳城园寓

百诗激情洋溢 讴歌民族脊梁

——读峭岩诗集《他们感动了中国》

每个伟大的民族都有自己的伟大的英雄。正是这些英雄促进社会的进步,推动历史的前进。也正是他们支撑起民族的广厦,无愧屹立于世界民族之林。他们堪称民族的脊梁。这是我读了峭岩先生的诗集《他们感动了中国》后的第一感受。

诗集共有 100 首诗。入诗者有革命家、革命先烈、文学家、艺术家、科学家,还有各个领域的先进模范人物。有早已作古的先贤,也有至今活跃在基层,勤勤恳恳从事平凡劳动,作出不平凡贡献的工农兵的杰出代表。他们中有九旬的老者,有 90 后的少年。从诗集所歌颂的对象,我们可以看到,英雄无出身贵贱之分,更无工作高下之别,只要为国家、为民族作出贡献,就无愧民族的脊梁。地质学家李四光使"缺石油的历史终结了 / 中国 泱泱大国 / 可与世界齐肩 / 英气豪迈"(《他的存在,和石油有关——李四光》)。紧接着下篇《一位掏粪工的精彩人生——时传祥》,时传祥虽然"干的是最脏的工作","却有着最干净的思想","干的是最平凡的事业","却拥有最伟大的光荣"。"两弹一星"的元勋邓稼先,"他生命的一端 / 托起中国的未来 / 他的名字 / 大写在华夏苍茫的天空","中国 / 在他强大之后强大 / 在他有名之后有名"(《献给"两弹元勋"的挽歌——邓稼先》);而售货员张秉贵,"三尺柜台""面向百万群众 / 心系万户千家","这里却是大海的源头 / 涓涓细流 / 都从这里起程出发"(《三尺柜台旁的风流——张秉贵》)。

诗歌不同于传记,不可能详尽铺陈人物的传奇故事,必须用最精炼的语言,写出人物的本质特征。诗集在这方面就做得很好。例如《世间最硬的是他的胸膛——黄继光》一诗,诗题就非常好,立意很新。抗美援朝的战斗英雄黄继光的故事众所周知,如何写出新意?诗人写道:"就在他用胸膛堵住枪眼的时刻 / 艾森豪威尔的眼镜掉在地上 / 五角大楼也在微微发颤。"以英雄的惊天地泣鬼神的壮举对美国总统和五角大楼的威慑,衬托英雄形象更加伟岸高大,光彩夺目。诗人写京剧表演艺术大师梅兰芳《人间大美的化身——梅兰芳》,不是"陶醉你的唱腔和扮相",而是主要抓住梅兰芳面对日寇的淫威,"蓄须明志"的威武不屈的民族气节,以及为促进中日人民友好感情,"深深播种着友谊",于"八年战乱之后 你又来到大坂 / 送来了清丽婉转的戏腔 / 送来了姣美的贵妃风采"。这就写出了这位艺术大师刚柔相济的性格特点。

对于有些英雄人物,历史早有定评,人们也耳熟能详,而诗人却能写得别开生面。例如雷锋,这是人们再熟悉不过的英雄了。年年都学雷锋,换了别人,真不知道如何下笔才能避免重复蹈袭前人之作,比如贺敬之的《雷锋之歌》。然而,诗人却能做到另辟蹊径。且看这首《行走中,总有回眸的时候——雷锋》:

　　　　你有时走　你有时回
　　　　走时　往往是,迷惘
　　　　来时　往往是清醒

　　　　你总在　无私与利己中推来推去
　　　　有人信仰　有人怀疑
　　　　时间就在争辩中走去

　　　　有人怀疑你手上的伤疤
　　　　也把手表　皮夹克的事摆上大纲
　　　　竟怀疑你手中的方向盘是否正确

　　　　但不变的是你假日推车的身影
　　　　半路上搀扶大娘回家的手臂
　　　　寄往灾区的一次次钱币

　　　　你是那个需要勤俭的年代

勒紧腰带野菜充饥的年代
唯一的一颗星火　一把火炬

你感动了整个中国的山河
激起了沉默　寂寞的涟漪
把埋藏贫困背后的良心唤起

人活着　不仅仅是为了自己
为大多数人活着的哲学
更接近人生的终极目的

你走了　你来了
都是一面旗帜的时隐时现
都是一种精神的永恒定律

　　与其他歌颂雷锋的作品不同,这首诗是具有针对性的。面对社会上对雷锋提出种种非议和质疑,以及是否还要学雷锋的问题,诗人用诗的语言作出了明确的回答,维护了这面飘扬在人们心中几十年的光辉旗帜。

　　诗集的艺术形式可圈可点,诗行诗句整饬,具有内在的韵律之美。如《他不是大师,他是这样的人——季羡林》,诗人用"他有时向我们走远／他有时向我们走近"和"他就是这样的人"的诗句贯穿全篇,作为起兴,引出各节,反复咏叹,很有韵味,表达了人们对这位国学大师的尊敬和热爱。诗集的语言平易流畅,富有表现力,然而常平中见奇,如写聋哑舞蹈家邰丽华:"而你的梦／长在会说话的手指上／用手指的纤细柔软／传达心灵世界的多彩多姿"(《梦之舞——邰丽华》)。用"梦"、"会说话的手指"来表现聋哑舞蹈家颇为传神。

　　这本诗集还有一个特点,就是在每首诗后都有"诗歌背景墙",图文并茂地展现被歌颂的英雄人物的肖像和小传事迹。这些"诗歌背景墙"分明是一座座英雄的丰碑。我们读着讴歌英雄的诗篇,又徜徉在英雄的碑林中间,英雄的浩然正气、崇高精神将充溢于天地之间,极大地荡涤我们的心胸,震撼我们的灵魂。我们要感谢峭岩先生为我们送来如此振奋人心的诗篇。

峭岩先生是一位多产诗人，更重要的是一位富有政治激情的诗人，他的作品大多表现重大题材，表现主旋律。在当今多元化的诗坛，能自觉地坚持自己表现主旋律的艺术追求，坚守自己为民族歌唱的美学理想，这是难能可贵的。他因此赢得广大读者的尊敬和热爱。我们预祝峭岩先生不断创作出讴歌伟大的时代、伟大的人民和民族英雄的灿烂诗篇。

作于 2011 年 11 月 26 日

北京芳城园寓所

心系故国情结　胸怀天下苍生
——《天地篇》序

适民先生在电话中要我为他的新著《天地篇》写序言，我欣然应允。当这部书稿越过千山万水，从新加坡飞到我手中时，我分明感觉到适民先生的手泽指温，感到分外亲切。我摩挲着书稿，不禁深情地回忆起我和适民先生从北京到新加坡，由相识到相知的过程。无论是在北京召开的"适民先生诗歌创作研讨会"上，还是在新加坡，适民先生陪我畅游名胜圣淘沙，都给我留下不可磨灭的印象。我们祖国有以诗文会友的传统，正是诗歌将我们联系在一起，成为爱诗如命的一对诗友。说来也真有意思，我和适民先生天各一方，离多合少，相聚也就是屈指可数的几次，可是，彼此相知却很深，真应了唐代诗人王勃的那两句诗："海内存知己，天涯若比邻。"正因为相知很深，所以知道彼此的个性和为人。人们常说"诗如其人"，当我读着这些诗时，眼前立即浮现出适民先生的音容笑貌，有时我会会意地频频点头。例如，在《赠诗人余文法》一诗中，诗人写道："今年早春 / 你飞越了千山万水 / 来到了新加坡 / 我迎你以《义勇军进行曲》/ 又迎你以世乒赛中国男女队夺冠的消息 / 再迎你以令普希金心醉的伏特加美酒……"因为迎接余文法先生时,我也在场,而且我初到新加坡时,适民先生也是在车内播放国歌来迎接我的,所以读来备感亲切。我还曾写了一篇短文《异域闻国歌》,发表在上海《新民晚报》上。适民先生曾说,对于每一位来自中国的朋友,他都要以放中国国歌的方式表示欢迎。这种颇为特殊的礼仪,也是他对故国向往、眷恋的一种慰藉。

说起适民先生的故国情结,真是令人感动。我们知道他生在马来西亚,是新加坡的公民,可是他总有着强烈的民族意识,时刻不忘自己是炎黄子孙。他对故国的这种血浓于水的感情,不断涌动在他的诗行间。如在组诗《神州行》其五《四月二日抵西安翌日前往黄陵县祭拜黄帝陵》中,诗人写道:

> 我是轩辕嫡系孙,
> 星空飞越祭英魂,
> 五千冬夏源流远,
> 更喜神州又播春。

虽然生长在异国他乡,却自觉地与源远流长的五千年中华祖先的根联系在一起,自称"轩辕嫡系孙"。这是何等深厚、何等宝贵的民族感情!又如这首《致天安门》:

> 天安门
> 太阳升起的地方
> 今天
> 我又来到你的身旁
> 把共和国的心扉
> 叩响

也许这极其朴素的诗句,对国人来说显得较为平常;可是,对于一位生长在国外的华人来说,却是异乎寻常的。我们可以想见诗人来到天安门前,瞻仰这座宏伟壮丽的建筑时的激动心情,我们甚至可以看到他眼中噙着热泪。

从《写于桂林的诗》《致兵马俑》《致大连》《锦州组诗》《访艾青故居》《致酒泉》等诗中,我们可以感受到诗人在踏上神州大地后,在参观游览过程中的兴奋喜悦的心情。如《写于桂林的诗》之一《致桂林》:"桂林 / 我心中的织锦 / 你如画的山水 / 永远牵动我的心。"诗人来到曾梦魂萦绕的桂林,从此,如画的山水永远牵动诗人的心。其兴奋喜悦的心情溢于言表。而在《致大连》一诗中,诗人更是满怀激情地欢呼:"我久闻其名的海滨花园城市大连哪 / 今天我终于飞越万水千山投入了你的怀抱。"诗人并且兴奋地赞美走向世界的新大连:"迈入新千年大连早已走向世界 / 世界也已走进令人流连忘返的大连城郊。"在《锦州组诗》中,诗人在参观辽沈战役纪念馆后,特地写了《献给锦州》一诗。诗人满怀崇敬的感情写道:"锦州,辽沈战役的主战场 / 你不愧是英雄的城市 / 今日来访犹闻当年的军号声 / 眼前分明是当年擎起的旗帜。""神州五号"载人宇宙飞船成功发射和回收,这一振奋全体中华民族民族自尊心的伟大壮举,同样也使海外华人欢欣鼓舞。诗人在《致酒泉》一诗中,就不可抑制地抒发作为华人的民族自豪感和如火的激情:

> 你从大漠深处
> 开辟通天之路
> 终使载人卫星
> 大展世纪鸿图
>
> 那天十月十五
> 大地曙光初露
> 火箭按时点燃
> 神五按时上路
>
> 终于纳入轨道
> 天地齐声欢呼
> 湿了华人眼眶
> 热了世人胸脯

望日准时着陆
英雄气宇如虎
贺电顿如雪飞
也有来自华府

你从大漠深处
开辟通天之路
华人寄予厚望
世人纷纷祝福

"湿了华人眼眶 / 热了世人胸脯",简练的两句诗,真实、生动、准确地表现了这一具有历史意义的伟大壮举,如何激荡着海外华人以及世界人民的心!

适民先生的故国情结,可谓深入骨髓,几乎达到本能和下意识的程度。只要与中国有关的事物、事件,他都会立即作出反应,或勾起对故国的怀念,或维护故国的尊严。在《心中话》一诗中,一位同学演唱的一曲《青藏高原》,勾起了他对故国的深情怀念:

从你悠扬激越的歌声中
我看到了
　　青藏高原
　　珠穆朗玛
还有心中
　　永远的中华

从你圆润动听的歌声中
我听见了
　　才旦卓玛
　　和海外一个女儿
对大地母亲
　　诉说的心中话

在诗人心中,青藏高原和珠穆朗玛就是"永远的中华"的象征。"海外一个女儿""对大地母亲／诉说的心中话",也代表了诗人自己的心声。中美撞机事件发生后,诗人立即作出强烈的反应,在很短的时间内写出了《中美撞机二题》,谴责美机"飞到神州近海上空／蓄意挑衅"的行为,并愤怒地指出:美机"迫降的理想之地／不是陵水／而是南海海底"。而对于为维护祖国尊严而英勇牺牲的"英雄的战机飞行员"王伟,诗人则热情地赞颂他"勇敢机智／临危不惧／灭了敌人威风／长了亲人志气",歌颂英雄"在滔滔南海上／竖起了／一面迎风的红旗／烈士得永生／人民长惦记"。

适民先生的故国情结,不仅体现在诗的内容上,而且体现在诗的形式上。与其前一本诗集《适民诗选》不同的是,《天地篇》中有大量的旧体诗词。如《水调歌头》《采桑子》,以及多首七绝、五绝。这说明适民先生对中华民族传统文化的认同和热爱。我们知道,适民先生生长在异国,所接受的更多的是西方教育,曾留学法国,后又在联合国任职,尽管如此,在他内心深处,还是对中国古典文学情有独钟。

如果说,适民先生对故国有剪不断、理还乱的情愫,是因为他原本就是华人,那么,他对国际风云的关注,则表现了一位正直善良的诗人关注天下苍生的博大胸怀。法国史学家兼批评家丹纳在《艺术哲学》一书中曾说:"有一种超乎一切之上的动力,就是爱;……爱的对象越广大,我们越觉得崇高。因为爱的益处随着应用的范围而扩张。在历史上,在人生中,我们最钦佩的是为大众服务的精神:我们钦佩爱国心。"适民先生由热爱家乡(他曾有《遥寄马空》等怀念家乡马来西亚的诗篇)、热爱故国,到关注天下苍生,正是这种扩张的、博大的爱的体现。国际风云波诡云谲,而他所倾心关注的还是世界各国的人民。朝鲜和韩国首脑峰会举世瞩目,然而,诗人关注的却是两国的平民百姓。在《南北和》一诗中,诗人兴奋地写道:"南北和／人人脸上绽笑窝／半世仇恨一笔销／江山从此不再燃战火"、"离散的亲人／已有两批喜泣承付重逢／分成两半的国土／有望重合",对朝鲜半岛的统一和骨肉重聚充满了真诚的期待和真挚的祝福。在《论美伊战争》诗中,诗人认为要消弭战争还是要靠人民的力量:"要扑灭战火,让和平之树常青／只有人民在全世界当家"。《如果没有它》是诗人献给联合国 2000 国际和

平文化年的献诗,正表达了诗人对世界和平,对人类优美的生存环境的向往
和理想:

> 如果没有它
> 我们怎能
> 把绿色还给大地
> 把雄伟还给群山
> 把深邃还给天空
> 把碧蓝还给海洋
>
> 如果没有它
> 我们怎能
> 把强健还给生命
> 把清新还给空气
> 把鲜艳还给花朵
> 把丰硕还给果实
>
> 如果没有它
> 我们怎能
> 把臭氧还给高空
> 把歌声还给五洲
> 把壮丽还给旗帜
> 把活力还给诗歌

全诗用排比句形象生动地表现了诗人对全球人类生存环境美好前景的热烈
憧憬和向往,表现了对整个人类命运的人文关怀。对于真正的诗人来说,有
无这种对整个人类命运的人文关怀是至关重要的。杜甫之所以成为中国诗
歌史上伟大的诗人,成为世界名人,正因为他关注民间疾苦,关注天下苍生,
写出了"三吏"、"三别"这样的不朽诗篇。在《茅屋为秋风所破歌》一诗中,
他从自身茅屋为风雨所破,"床头屋漏无干处,雨脚如麻未断绝"的困厄遭

遇中，仰天表达心愿："安得广厦千万间，大庇天下寒士俱欢颜，风雨不动安如山！呜呼！何时眼前突兀见此屋，吾庐独破受冻死亦足！"当然，适民先生关注现实生活和世界风云，关注天下苍生，还出于诗人的良知和社会责任感，而这又可追溯到中国传统的人文精神，很显然，这与儒家的积极入世的人生态度相一致的。所以即使诗人面对世界，写的是国际题材，但是从其诗行中所体现的情感、人生态度、处世哲学，却依然与故国的传统文化、价值判断和人文精神丝丝相扣。

《天地篇》还收入了七篇文章，除了《论人文精神》外，都是有关诗的论文。《从屈原到闻一多》通过对这两位诗人的介绍和评说，"肯定他们身上体现出来的爱国主义精神"，诗人认为"从屈原到闻一多，时间的跨度超过两千年，但这股爱国主义精神，却是一脉相承的"。在《论人文精神》一文中，适民先生对中华人文精神作了这样的阐述："中华人文精神，顾名思义，指的就是以中华民族（包括全体中国人民和全体海外华人，下同）为主体的一种思想体系。它和中国社会主义精神文明应该是相辅相成的，或者说，它应可丰富社会主义精神文明，成为其中的一个重要内容。"在《关于诗的思考》《诗的方向》两篇文章中，适民先生分别从诗的定义和功能、诗的发展方向等角度，阐明自己的观点，颇有见地。《以诗论政》则是专门论述政治抒情诗的，在国内政治抒情诗已不多见的今天，作为海外诗人的适民先生却能关注、研究政治抒情诗，提倡写政治抒情诗，实在难得。在《我对新华诗界现状的观感》中，适民先生呼吁"新华诗界不同流派之间和同一流派之内的诗人们，能求同存异，力求拿出上乘之作，以在彼此之间并和世界上其他地区的华文诗人进行交流，愿新华诗歌早日走出低迷，新华诗苑百花齐放！"《论刘思的诗》是适民先生为数不多的诗歌评论之一，他从刘思诗歌的思想内容、艺术特色以及旧体诗词三个方面来评论这位新加坡诗人的诗作。因为自己也是诗人，更能体会诗歌创作的甘苦，故能做到分析深中肯綮，立论高屋建瓴。相信刘思先生读过此文后，定会感到欣喜，感到心悦诚服的。

我知道，适民先生为了诗，付出了很大的牺牲。他不仅笔耕不辍，不断有新作问世，而且为了诗歌事业，放弃了在联合国工作的优厚待遇，毅然回到新加坡，创办《热带文艺》和《海峡诗刊》杂志。这两种杂志，经适民先生惨淡经营，办得很出色，在新马华人诗坛，乃至在国内，都产生了不小的影响。我现在也参与诗歌理论刊物《诗探索》的编辑工作,深知办刊物的不易,真可谓举步维艰,甘苦自知。我愿意借适民先生的新著《天地篇》问世之际,向他表示衷心的敬意! 并祝愿他身体健康,盼望读到他更多的佳作。

　　是为序。

作于 2004 年 7 月 16 日

北京芳城园寓所

体味抒情的美丽
——读于炼的诗

　　当今,在某些青年诗人中间,抒情诗受到冷落和疏远。之所以会这样,我想其原因不外乎有两点:一是他们认为抒情诗表现了青春期的躁动,给人以不成熟的印象。而青年是最怕被人说不成熟的;二是抒情诗往往与浪漫主义相连,而在那些尊崇现代主义和后现代主义的青年诗人的心目中,浪漫主义早就成为历史的陈迹而过时了。何况,在诗歌史上,浪漫主义,尤其是革命浪漫主义曾经与浮夸、虚伪、浅薄结缘,弄得声名狼藉。其实,无论在哪个时代、社会,抒情诗都不应受到冷落。抒情是人类最基本的感情宣泄方式。抒情诗是抒发诗人美好情感的动人诗篇,永远不会过时,即使在当前社会、政治、经济变革的时代,即使文化、社会心理发生了巨大的变化,抒情诗仍将在诗歌领域中占有不容忽视、不可或缺的地位。这是因为抒情诗所蕴含的浪漫主义和理想主义的倾向,在本质上反映了人类心灵深处成为生命驱动的基本经验,以及对终极渴望的诉求。细究起来,可以这样说,我们每个人心中几乎都隐秘着某种乌托邦的冲动,对于完美、神圣的向往。抒情诗就是要把远不完美的现实生活,加以提升、升华、诗化,使之成为完美的、理想化的诗国。抒情诗既是对心灵的抚慰,又是对未来的信念。

　　这样,当我读完了于炼的两本以抒情诗为主的诗集《三套车》和《圣洁的玫瑰花》后,就感到分外惊喜和欣慰。惊喜的是,作为企业家,作为与金钱、利润、效益打交道的商界人士,居然对诗情有独钟,实在难得。于炼在《三套车》的"再版后记"中这样写道:"因为认识了你,我才愿意再一次年轻,再一次青春成一个诗人,同你一道唱绿一次生命!"这里的"你"显然指的就是诗。在于炼的心目中,他是把诗看得和青春、生命同等重要的。他又写道:

> 没有什么理由,只要走进老板生涯就可以泯灭纯真背叛浪漫背叛高雅而遗忘透明的你;没有什么借口,只要拥有商旅的匆忙,就可以省略往昔而不去想过去的苍茫……

无论是"老板生涯",还是"商旅的匆忙",都不能泯灭他那纯真、浪漫、高雅、透明的诗心。这也回答了人们可能对他作为诗人的质疑。谁说老板和商旅与诗无缘?于炼既是成功的企业家,又是出色的诗人。其实,经商与写诗并不形同水火,至少它们在想象力这一点上是相同的。写诗必须具有想象力自不待言,经商又何尝离得开想象力? 一个产品的开发、一个广告的创意,都是想象的结果。而从人的本质来看,因为人是有限的时间性的存在,他总是渴望把自己从暂时性的时间中解脱出来,幻想使自己成为永恒的生命。为此,人们总会以极大的热情和精力去进行最大限度的创造,力图把最强的生命价值的东西创造出来,并发挥到极致。这也可说明,为何有些天才人物如此多才多艺,为何人的个体生命虽然有限,而其创造力却是无限的。对于有着企业家和诗人的双重身份的于炼我感到惊喜和钦佩。

使我感到欣慰的是,作为企业家的于炼并非偶尔涉足诗坛,浅尝辄止,也非附庸风雅,沽名钓誉,混个诗人的桂冠,而是全身心地投入诗歌创作,并取得不俗的创作实绩。可以这样说,于炼是真正的诗人。也许从他这样一个个案,足以证明抒情诗依然具有不竭的生命力。

于炼出生在20世纪60年代,与出生在80年代的先锋前卫诗人不同,他的诗更认同传统,不一味追求卖弄技巧,而更注重真情实感。这大概也与他的年龄和经历有关,像他这样上了一定岁数,又有过丰富的人生经历,并且取得令人瞩目的成就的成熟的男人,不会有像青年们常有的那种青春期的躁动不安,天马行空般的不切实际的幻想;不会在艺术上一味追奇逐异,极尽怪诞之能事,而是不可避免地以成熟男人才具有的博大、深沉、睿智、沉稳的心理来创作诗歌。

我们知道,说起诗的传统,不全是就诗的内容和形式而言,而主要是指诗歌的观念和精神。从于炼的诗主要是抒情言志这一点来看,他的诗应该是倾向于传统的。当然诗歌观念和诗歌精神,是通过诗歌的内容和形式表现出来的。

于炼抒情诗的抒情对象大到中国、故乡,小到爱情、亲情、友情。其抒情音调,或为雄浑的主旋律,或为低回的小夜曲。《中国根》绝对是于炼的一首主旋律的抒情诗,作为可以朗诵的、篇幅较长的政治抒情诗,在他的作品中也不多见。诗题本身就显示了诗人对中国根,对中华民族传统文化历史之根的追溯、向往和眷恋,拳拳深情溢于字里行间。他情真意切地写道:

> 寻找昔日的杜康
> 让血液酒精般燃光
> 我呼喊始祖炎黄
> 让生命之树绿荫成行

古老的杜康酒、始祖炎黄都是中华民族传统文化历史的象征。诗人借用"血液"和"生命之树"两个比喻,形象而恰当地阐发了今天要把文化历史传统发扬光大的深刻含义,而不单纯地抒发怀古之幽情。而且,这种传统文化历史的"根脉"还"连结着祖国统一的向往"。祖国统一是中华民族,包括台湾同胞在内的共同关注的伟大事业,此诗道出了两岸人民共同的心声。中国传统的诗歌精神就是关注现实,具有社会责任感,正如唐代诗人白居易所说:"文章合为时而著,歌诗合为事而作。"这种对现实的关注,不仅限于国内,诗人还将关注的目光投向国外。在《三套车》中,诗人以《尼克松归行》和《并非失败的会谈》两首诗,表达他对"和平的呼唤"。

诗人关注现实的社会责任感使他对现实有着清醒的认识,即使面对深爱的故乡,也不曲意护短粉饰,违心地唱赞歌。正因为如此,他的《故乡》一诗就真实地表现了他对故乡的复杂感情。他对故乡是爱之深,责之切,批判的眼光所及是"长也长不高"的"一代代的愿望",是"洗也洗不掉"的"丑陋",是"走不完的疲劳",是烧也烧不尽的"几千年的香火"。最后一节,诗人借梦中的"一声吼叫":"我的故乡并不老!"一吐心中块垒,是对故乡未来美好前景的憧憬和信念。在这里,诗人对故乡的深情是通过不满和批判来表达的。这令人想起闻一多的那一声呐喊:"这不是我的中华,不对,不对!"闻一多是一位爱国主义诗人,这一声不满旧中国的呐喊,正传达了他对新中国的向往和憧憬。

在于炼的抒情诗中,写得最为出色的是爱情诗。于炼的爱情诗颇类似晚唐温庭筠、李商隐的婉约派。在表现若即若离的爱情时,抒情方式是含蓄、内敛、隽永,富有古典情韵。如"我们对视着 / 看你流出的泪 / 如同望雨 / 雨泡透了情感 / 便有忧伤满地流淌""可我隐约看到 / 几滴细雨划过你美丽的脸 / 击落了 / 一群飞翔的鸟 // 微茫了 如站在岸 / 望远去的帆"(《望雨》),说是"望雨",实是望泪,不说泪"泡透了情感",偏说"雨泡透了情感",于是"便有忧伤满地流淌"。而"几滴细雨划过你美丽的脸 / 击落了 / 一群飞翔的鸟",这里,泪水依然被细雨所置换,泪水居然能击落"飞翔的鸟",人们从这种不无夸张的诗句中,依稀可以看到"恨别鸟惊心"、"沉鱼落雁"等古典诗歌和成语的影子。这种情景交融的境界被营造得何等优雅美丽,又多么含蓄蕴藉! 而"站在岸 / 望远去的帆",这一形象姿态,更成为一种经典的形象姿态,令人想起温庭筠《忆江南》的诗句:"过尽千帆皆不是,斜晖脉脉水悠悠,肠断白蘋洲!"还有李白的送孟浩然的诗:"孤帆远影碧空尽,惟见长江天际流。"在《爱你千千年》中,诗人干脆直接引用了苏轼的《水调歌头》的词:"但愿人长久,千里共婵娟。"当然不仅是用词遣语,其抒情方式也是富有古典情韵的。如果说,以上所引的诗其抒情方式还比较含蓄,那么这首《给你》就很率性,表白爱情真诚袒露。你看,"我"要把"我跳动了十八年的心脏"、"我积攒了十八年的阳光"、"我守望了十八年的向往"、"我铸造了十八年的坚强"都给"你",然而,诗人并未就此止步,他继续写道:

> 你已经拿去了我的生命
> 只要把它放在神圣的地方
> 我浸泡痴情的血液

就会奔流成不息的大江
没有半点吝啬
终生流淌

把爱情视为生命，奉为神圣，所有的血液都浸泡着痴情，这是天地间一种何等深挚、何等美丽的感情！这又是一种何等古典式的浪漫主义的爱情！在《期待》中，诗人用饱蘸着阳光金黄和春天碧绿色彩的诗笔，为我们勾勒了一幅古典式浪漫主义爱情的美丽图画：

我们从相识
目光就掺合着阳光
心灵就喷发着太阳
我们曾把离别交给远方
然后
相思和泪滴飘落到阳台上
我们曾共摘一片海棠
把春天夹进诗集
只为那相爱的季节永远晴朗

在于炼笔下，爱情诗异彩纷呈，生动形象地展现了丰富多彩的情感世界。在现实生活中，爱情并不总是结出美满甜蜜的果实，在相当多的情况下，爱情只是一枚青涩的苦果。如何对待失败的爱情？不同的人态度迥异，有人忧伤、颓唐，一蹶不振；有人愤怒、怨恨，甚至失去理智，做出极端行为。难得诗人把失恋者的心态写得如此平和坦诚，豁达大度，颇有绅士风度，而且还写得如此优美。在《相忘》一诗中，失恋的"我"如此大度，非但不计恩怨，而且不计自己的感情受到伤害，反倒体贴入微地为对方着想，希望对方忘记自己，以免内心痛苦："我不愿长驻你心／让你终生难过……"作为成熟的男人，"我"反过来安慰对方："真诚也有过错／泪水泡湿的日子／也能长出欢乐"，"相忘也能谱成一支／淡淡的歌……"同样，在《爱你千千年》中，诗人写道："祝福你淡淡忘却忧伤／忘却我……／平平安安直到永远、永远"。

读了这样的诗,使人从人的原始情绪和冲动中解脱出来,升华成优美高贵的情感,提升到人性中美丽善良的道德的层面。这就是诗歌所起的潜移默化的教化作用。

爱情离不开性爱,诗人并不刻意回避,在这最为敏感、最易被人诟病的禁区,他大胆闯入,把性爱写得如此庄严美丽,而与猥亵绝缘。试看,他是这样来写男女交合的:

> 四月的夕阳静静沉落
> 女人把男人唱成一支雄壮的歌
> 星光如水洗净香艳洗净赤裸
> 我神情庄严
> 沐浴这条命运之河
> 你让我什么都不说
> 轻轻柔柔将我发硬的冲动
> 送入爱之国
> 我的心燃成一片燎原大火
> 子子孙孙　越烧越多
> ——《命运之河》

在此诗中,诗人写出了男人的雄壮、女人的轻柔,甚至写出了如"燎原大火"的情欲,显得大胆率性,却无半点猥亵,既然性爱合乎自然法则,为繁衍"子子孙孙"所必然,又有何欲语还羞的?《午夜》再一次写了男欢女爱,"海一样起伏的疲惫 / 燃烧着白嫩嫩的渴望 / 我再一次吻你的娇媚 / 我再一次甜甜的畅游 / 然后抱紧你 / 静静死去",最后诗人写道:

> 明晨的光唤醒你我
> 在你感激的眸子里
> 我第一次看到自己的强健
> ——《一个从不照镜子的男人》

这些诗句真实地描摹了做爱后男子的心理状态。这是所有男人都共有的心理状态。凡经过初次性体验的男人，都会感到自己长大成人了，不再是孩子，而是强健的男子汉了。在法国作家罗曼·罗兰所著的长篇小说《约翰·克利斯朵夫》中，当主人公约翰·克利斯朵夫第一次与情人做爱后，就有这种心理，其中描述与此大同小异。美国学者罗洛·梅说："两性的存在具有加深强调异性特征的功能。"（见《爱与意志》）性行为不仅加深强调异性特征，而且加深了男性自我的性别意识。如此深入细微，而又真实地描摹性爱的心理状态，实属罕见，我深服其才。

如上所说，爱情并不总是芬芳的花朵，有时也会结出青涩的苦果。这位"独身宿舍"里的"少女"，就尝到这种"苦果"了。在《独身宿舍·少女和泪》一诗中，美丽的少女因为天真，因为"幻想无边无际"，陶醉于"他侃侃而谈"，迷惑于"那束丁香"，轻率地委身于"一位记不起姓名的中学同学"，"将积攒了二十二年的纯洁／慷慨于浓荫掩映的丁香树下／慷慨于过于窒息的紧张和焦灼……"直到她看到"他的言词又施展于／另一个同你一样好看的女人"，于是，她的爱情"破灭了"，她曾"悲歌"，曾"祈祷"，但最终她"舒展一下愁容／忍痛将腹内的生命献给医生的手术刀／然后，飞旋舞步／重新进入少女进行曲"。此类事，在社会上屡见不鲜，未婚先孕也是诸多社会问题之一。然而诗人对这位失身少女却怀有深切的关怀、同情和善良的宽容，使这个不幸少女的沉重的遭遇，有了一个轻松的、令人欣慰的结果："真的，谁也不会发觉此事／秘密只属于你一个人／因为你美丽／仍然受到男人们的追逐／无需消沉／最终你仍会成为母亲。"此诗也许是于炼唯一的一首带有抒情色彩的叙事诗，充溢于诗行之间的深厚感情和善良的人文主义关怀使读者感动不已。

于炼的抒情诗中还有亲情诗也相当出色，简直催人泪下。如《对妈妈说》一诗，诗人这样写道：

> 风雪中我怎么也喊不出
> 那声呼唤
> 任发涩的字眼在心中回荡
> 我爱……

爱是那样不属于表达
我的心是您的肉
我的血是您的奶
我奔涌不止的泪水
是一条源头发自母爱的大河

　　"爱是那样不属于表达"，这一句看似再寻常不过的诗，却道出了无数人的心里话，赢得人们内心的共鸣。也许我们都有过同样的体会：对至爱的父母亲就是"喊不出 / 那声呼唤"："我爱你!" 这也许是因为中国人含蓄内敛的民族性格所致吧？此诗还有一个特点，就是朴实无华，全诗没有卖弄技巧，没有意象堆砌，没有扑朔迷离的朦胧，有的只是简单的比喻，而且实在也算不上什么新鲜奇峭的比喻。可是，就是这样由四个简单比喻组成的排比句，却偏偏拨动了人们最为敏感、最为脆弱的爱的神经，竟使读者受到极大的情感冲击，乃至感动得潸然泪下。同样令人动容的诗还有 "赤裸的身体山一样贫瘠 / 似负重的牛" 的《父亲》。由此可知，真正的爱、深沉的情感是朴素的，是不需要任何点缀和装饰的。另外，在当前，因物欲横流而冲击传统道德，因急功近利而淡薄亲情的人不在少数。此诗对于这种人不啻为接受一次爱的洗礼，接受一次情感教育。是的，对于某些人，特别是青少年来说，情感教育是他人生中必不可少的一课。我由此对诗人表示由衷的敬意和谢意。

　　在于炼的抒情诗中，歌唱友情的诗熠熠闪光，引人注目。如果说，他的爱情诗婉约缠绵，他的亲情诗朴素深沉，那么他的友情诗则显得阳刚大气，雄浑豪放，尽现男儿本色。《战友》一诗与《中国根》一样，可归入可以朗诵的政治抒情诗，高唱爱国主义的主旋律：

为了保卫身后慈祥的父母
我们同是一片土地上的树
不但共有铁一样的皮肤
更有钢一样坚硬的头颅

生死与共的战友情谊是世界上最珍贵的友谊。经过岁月沧桑和坎坷的人生体验,益发感到友情的宝贵。诗人在《友情》一诗中,是这样诠释友情的:

> 酒杯碰撞酒杯,撞出我们曾经拥有
> 　的寂寞
> 曾经燃烧着的渴望……
> 我终能明白,坚实属于男人与男人
> 　相连的心
> 比海洋深沉,比森林广阔,比爱情潇洒
> 这才是友情——朋友伟大的别名

"男人与男人相连的心"就是这样"坚实","比海洋深沉,比森林广阔,比爱情潇洒","这才是友情",与爱情和亲情都不同的友情。男人之间的友情深沉、广阔、潇洒,自有男儿本色。

　　读于炼的抒情诗,如同欣赏一台抒情的音乐会。我体味着抒情的美丽:主旋律的壮美、小夜曲的优美和柔美。我置身于美的氤氲之中。从审美的角度审视抒情,本来就具有两种基本的向度:既有燃烧激情的高歌,又有缠绵柔情的低吟。惟其有真正诗性的抒情,才有真正美的抒情诗。

作于 2006 年 6 月 7 日
北京芳城园寓所

别具慧眼　另类感觉
——读孟想的诗

　　我与温州结缘,源自温州的一位老诗人唐湜先生。我两次去温州都是为了他。第一次是在 2001 年夏,我因研究"九叶派"诗歌而专门采访他,第二次是在两年后,我参加他的研讨会。就在那次研讨会上,我结识了青年诗人孟想。我俩曾在雁荡山上合影,我还曾在他本子上题词。虽然当时我还没有读到他的诗作,但是在交谈中,我还是感觉到他的聪慧颖悟,气质不凡。知道他同时从事小说创作,所以我在题词中说:"相信你身兼诗人和小说家毫无愧色。"六年过去了,他是否堪称小说家,我因为没有读过他的小说,所以不敢妄加断语;然而当我读了他的诗集《第一首诗》的书稿后,我可以毫不夸张地说:孟想作为才气过人的优秀诗人毫无愧色。我欣喜地想,温州真是出诗人的胜地。雄奇秀美的雁荡山、风光旖旎的瓯江,地灵人杰,孕育了诗坛才俊。"九叶派"老诗人唐湜先生已然作古,可喜的是,崛起了一代如孟想这样优秀的青年诗人!

孟想的诗,取材不外乎季节、风景、情感等生活中随处可见、俯拾即是的题材。看其诗题何等寻常平淡,如果不看诗的内容,你甚至会担心这些诗也会很平淡,更会很平庸。然而,当你读到在这些寻常平淡的诗题下的诗时,你一定会惊出意表,感到不可思议。诡异奇幻的想象、缤纷多彩的意象、瑰丽怪险的语言会使你如入佳境,流连忘返。

那么,孟想何以会在看似寻常平淡的诗题下,写出如此令人惊奇的、非同寻常的好诗呢?我以为这是因为他在观察生活时别具慧眼,而在感受生活时,又拥有另类感觉的缘故。

我们所面对的世间万物、生活中各种纷繁的现象是一样的,普通人和诗人的区别就在于前者的眼光只囿于日常生活中的眼前事物,而后者却能在平凡事物中,发现普通人看不到的美和哲理。正如美国著名心理学家西尔瓦诺·阿瑞提说:"对于现在的诗人来说,诗歌是一种不可思议的魔术综合,它能使我们超越日常生活去发现梦想不到的美与出乎意料的真理。这种超越并不意味着对现实世界的否定。这种不可思议的魔术能使我们去重新发现世界。"[1] 我说孟想在观察生活时别具慧眼,正是说他"超越日常生活去发现梦想不到的美与出乎意料的真理",是"重新发现世界"。城市里的公园是休闲的人们经常去的地方,是再普通不过的了。但就是这再普通不过的公园在孟想的眼中却非同寻常。在《八点半的公园》一诗中,他一开始写道:

---

[1] [美]S·阿瑞提:《创造的秘密》,辽宁人民出版社1987年版。

"八点半,我路过公园 / 我路过童年和少年",那是他在童年和少年时常去的地方。接着,他用三节诗写到"这个世界""出奇地宁静,安详",写到"似曾相识"的"童年的树","陌生而腼腆"、"小姑娘一样绽放"的"花儿",还有"勤劳的小蜜蜂",尤其是他"分明看见了昔日荒芜的小山墩 / 随着一片土地的展开 / 成为了钢筋水泥丛中 / 唯一的小小乐园",如果诗写到这里就此终结,似乎也未尝不可,写出了"我"的怀日心理,以及公园的变迁。一般的诗人们也许都会这样写的。然而,孟想毕竟不是一般的诗人,他凭借后面精彩的诗句提高了整首诗的水平:

> 这样的乐园
> 依然在许多花朵一样的童年摇荡
> 只是
> 泥土的芳香和青草的气息
> 已经被八点半的喧嚣替代
> 当我从空气中拔出身子
> 眼睛盯着自己的眼睛
> 完成了一次
> 把自己看一遍的高难度动作
>
> 我看见了空气中的我
> 分明比八点半的空气更稀薄
> 阳光转移到游乐园之后
> 我的影子
> 被一座高耸的建筑物所遮盖住

如果说树、花儿、小蜜蜂使他仿佛回到童年,那个"出奇地宁静,安详"的"梦的空间",那么,当"泥土的芳香和青草的气息 / 已经被八点半的喧嚣替代"时,"我"不得不从"泥土的芳香和青草的气息"的"空气中拔出身子",回到喧嚣的现实。在喧嚣与躁动的滚滚红尘中,诗人竟然不知自身谓谁,不知自身在生存环境中的地位。因而他会"眼睛盯着自己的眼睛 / 完成了一次 /

把自己看一遍的高难度动作"。当然,在生活中,除非照镜子,"眼睛盯着自己的眼睛",是不可能的,可是在诗中,却是可能"把自己看一遍的"。其实,与其说是看自己的眼睛,不如说是看自己的内心。人们不是常说"眼睛是心灵的窗户"吗?游离于自身,以一个旁观者的姿态来客观地观察自己。所以诗人写道:"我看见了空气中的我/分明比八点半的空气更稀薄。"这种在常人看来悖乎常理的写法,正体现了现代派的一个重要特点即内视。由此可见孟想诗中的现代意识。孟想的别具慧眼在于从普通的公园看出了人在喧嚣的都市生活中的生存状态,甚至"眼睛盯着自己的眼睛",以局外人的姿态来审视自身,审视自己的心灵。这正是孟想的诗的过人之处。像这样的诗在他的诗集中比比皆是,如他把雨比作音乐"屋檐挂下珠帘/演奏开始"(《雨,音乐一样自由》),又如他从剃须刀看到了"这缓缓的收割/在秋天里变得熟练",接着,他不无幽默地揶揄"一个耕耘着的男人","无论作物多么稀少/他休闲的内心/一旦对剃须刀念念不忘/他似乎拥有爱情了"。而从泡沫又联想到雪,"从严冬走过/泡沫代替了一场记忆的大雪",最后,他不忘再幽女人一默"唠叨的女人/面对男人干净的嘴巴/她在满足中扩大了笑势"(《剃须刀》)。

我们说诗人是敏感的,就是说诗人要比普通人感觉更灵敏,所谓"心比比干多一窍"(《红楼梦》形容林黛玉语)。然而,我们的这位诗人孟想的感觉岂止是敏锐,简直是另类。也就是说,面对同一对象,孟想有着与别人全然不同的感觉,甚至是超出常人的感觉。如《速度》一诗,首句就是"在路上,想到死亡",这自然不算另类,因为车祸与死亡总是相连的。然而下面的诗却表达了他常人无法体会的感受,"能够在生与死之间/自由来往/仿佛拥有真正的爱情/在路上/我想到飞翔想到痛苦/想到/是什么力量/使笨重的流星坠下来"。最后两句石破天惊,"我的心不是地球/却承受了撞击的快感",流星撞击地球何等恐怖,而诗人居然想象这种撞击的快感。在孟想的诗集中,以四季为题材的诗不少,在这些诗中,诗人对四季的感觉就是令人意想不到的。春天是万物复苏、生气勃勃的季节,然而在孟想的笔下却是"春天已经死去",而诗题则是《春天赞歌》,是赞美死去的春天。即使写到"春天安静地睁眼/如同婚礼中的新娘/灿烂的笑容","新娘"、"灿烂的笑容",看来很喜庆,是要唱赞歌了,但最后一句却是"把所有的爱情埋葬"！如此大煞风景的春天赞歌恐怕是绝无仅有的吧！那么诗人对夏天又是什么感觉呢？又是语出惊人："夏天是从化石内部挖掘出来的／一尾活鱼／在一个干涸的午后／把满街的眼珠子／都翻到了太阳镜的背面"(《夏天无主题》)，绝对是独特的感受，又带几分幽默。至于秋天，古往今来写秋天的诗不胜枚举，有谁写向秋天投降的吗？恐怕没有。而孟想写了，诗题就是《向秋天投降》，而且"必须举着双手／向唯一的果实投降"。同样，冬天也被诗人写得不同凡响，诗题《被晒干的冬天》，是因为诗人"居住在南方"，"野外没有大雪"。诗人拟人化地赋于冬天以生命。"我的冬天在凌晨的速度中驰骋"，"冬天，她披上了某种外衣／比我的热还暖和，还亮"，"冬天。她控制不了整个世界／但她必须毁灭"。

我是第一次读孟想的诗，因为没有看到他诗歌创作成长的过程，所以他的诗给我的印象似乎从来就这么成熟。当然事实绝非如此。这创作中的甘苦只有诗人自知。孟想诗歌成熟的标志之一还在于他的诗歌语言。他另类的感觉形诸诗句，就是颠覆语言传统的、正常的规则，把玩语言于股掌之上，魔术般地化为诡论语言。克·布鲁克斯说："诗的语言是诡论语言。诡论是诡辩用的冰凉机巧狡黠的语言。"他还说，"诡论正合诗歌的用途，并且是诗歌不可避免的语言。"①孟想娴熟地驾驭诗的语言，愈出愈奇，使之成为迷人的诡论语言，令人惊叹。当然，世界上任何事物都具有两面性。诡论语言用得好，可以增强诗性和感染力，给人以诗美的享受。但如果不顾诗的内容，一味玩弄语言，玩弄技巧，一味追求佶屈聱牙，使得诗句不可索解，谁都不懂，那就是麦克斯·伊斯特曼所批评的对晦涩的崇拜了。

读孟想的诗是一种艺术享受，这种艺术享受来自他的诗给我们带来始料未及的新奇和惊喜，来自他所营造的诗的华堂美不胜收，令人目不暇接。我相信他会继续给我们带来不断的惊喜。

作于 2009 年 5 月 27 日

北京芳城园寓所

---

① 克·布鲁克斯：《诡论语言》，见杨匡汉、刘福春编《西方现代诗论》花城出版社，1988 年版。

爱心在动情地歌唱

——评《志愿者之歌诗选》

在现代社会中,志愿者以其独特的风貌成为大众关注的群体,平时他们默默无闻地辛勤工作,为社会无偿付出,而在重大的社会事件和活动中,更常常可以看到他们匆匆忙碌的身影。志愿者为社会的和谐、发展和繁荣作出了突出的贡献。

收在这本诗选中的诗是对志愿者真诚而热情的赞歌。也许,从专业的水准来要求,这些诗在艺术上显得不够成熟,甚至有些粗糙,但是当我读完诗选后,还是被洋溢其中的昂扬的时代精神、浓郁的生活气息,炽烈奔放的激情所深深感染。

诗选内的作者大多是来自各条战线的业余作者,他们可能不太谙熟诗歌的创作技巧,但是可贵的是他们拥有如海的深情,如火的热情。尤其是他们中有些本身就是志愿者,所以更能真切地表现志愿者服务社会,无私助人的高尚精神,以及阳光向上、意气风发的风貌。今年是奥运年,所以奥运志愿者就成为诗歌所表现和讴歌的对象。如下面这首《圆梦的日子》(作者王天鸽):

> 五年前,一颗梦的种子在心中萌芽,
> 转瞬间,我们在亲手缔造它的成长;
> 我们就像是勤劳的夏洛特,
> 用心编织着梦的网格——
> 平常的日子里,
> 我们为打工子弟学校送去了朗朗书声,
> 我们为孤苦无依的老人送去了浓浓情意,
> 我们为灾区的儿童送去了暖暖的衣物,

我们为北京城的风貌送去了抹抹的绿色……
我们的身影穿梭在北京的街头巷尾,
我们的热情感染着每一个角落;
而这些,恰是梦的基石——
我们的志愿之心。
在一步步走近梦的日子里,
心中反而多了几分忐忑,
我,够专业吗?
我,够热情吗?
可是,原来我们可以做到很多——
用甜美的微笑诠释着真情,
用无声的真诚沟通着彼此;
用温柔的双手贡献着力量,
用纯粹的心意感动着世界;
烈日下,顽强坚守,挥汗如雨,
暴雨中,服务他人,衣背尽湿;
苦过,累过,也通过,
但是我们快乐着,幸福着;
用纯纯的一颗心,
用真真的一份情,
我们继续向圆梦的日子迈进着;
因为我们是光荣的奥运志愿者,
我们要做普照的阳光,
要做闪耀的星辰,
照亮天空和夜空。

　　这首诗明白如话,其真情可感。读着这样的诗,令人真切地感受到"纯纯的一颗心""真真的一份情",并且如闻其声,如见其人。特别是诗中的"我们"志忑不安地反躬自问,更显出志愿者一心要把工作做得精益求精,尽可能完美的愿望,他们深深懂得要圆奥运美丽的梦,必须从最琐屑的、艰苦的工作做起,脚踏实地,一步一个脚印,才能"向圆梦的日子迈进着"。

志愿者的真情不仅表现在为社会公益事业所作的无私奉献,而且还表现为对弱势群体的体贴入微的人性关怀。如《小星星不哭》(作者梁苏会)一诗就相当动人:

> 当孩子的脸上只有默然,
> ——那本应天真烂漫!
> 当珍贵的童年只有黑暗,
> ——那本应色彩斑斓……
> 相对幸运的你是否会坐立不安?
> 当调皮的小星星变得越来越黯淡,
> 当心力交瘁的母亲眼中泪光闪闪……
> 热情洋溢的你是否能视如不见?
> 半晌的无私奉献看似弹指一挥间,
> 然而人间真情就在此中无限蔓延……
> 不要让他们的世界只有孤单,
> 用我们的行动打造爱的港湾,
> 轻轻俯到他们耳边:
> 小星星不哭,
> 我们与你相伴……

这首诗对遭受不幸的孩子、"心力交瘁的母亲"那种悲悯的情怀,感同身受的同情、温馨体贴的人文关怀,令人悄然动容。这首诗写于四川汶川地震之前,然而,如果用来表现地震中的孤儿和失去孩子的母亲,竟然也十分熨帖。"不要让他们的世界只有孤单,/ 用我们的行动打造爱的港湾",这不正是我们的国家和人民在抗震救灾中付出艰苦卓绝的努力,为受灾群众这样做的吗?这也说明无论发生什么灾祸和不幸,我们的国家和人民都会为受害者"打造爱的港湾"的。而这其中就有志愿者默默无闻的辛勤工作。

对于中国的志愿者来说,他们的无私奉献的精神,源于中华民族的传统道德准则,最早可以追溯到古代儒家的"老吾老,以及人之老;幼吾幼,以及人之幼"的仁爱主张。正因为拥有仁爱之心,才能无私地向需要帮助者施以援手。在《志愿奥运颂》(作者李迎春)一诗中,作者写道:"弘扬中华民族传统美德,/践行奉献友爱志愿精神。/勤于奉献,甘于寂寞/是志愿服务的闪光名片。"虽说诗句较为直白,甚至质木无文,但是却说明人们的爱心既出于善良的天性,又受到悠久的中华民族传统道德的影响。

　　志愿者的意义远比想象的深远。志愿者不仅仅做了好事,而且他们在做好事的同时,也送去了爱心,从而激发了更多人的爱心,使爱心更加扩大:"让我们共同努力/用微笑和关爱/播洒欢欣和希望/用温暖和无私/传播友情和爱心/让志愿奉献者的爱心播洒得更广阔、更深远。"(万乔:《圣火·志愿者》)这样,志愿者的队伍就会越来越扩大,我们的社会就会越来越和谐美好。

　　志愿者所做的也许只是琐屑的平凡细事,然而其志却不可小觑,志在国家和人民。出于爱国心和责任心,他们把这些琐屑的平凡细事与祖国的尊严和形象联系起来:"在这个历史的时刻/祖国的大梁是由我们来扛的/祖国的尊严是由我们来维护的/祖国的形象是由我们来展示的。"(杨帅:《梦想在飞翔》)以自己辛勤而尽可能完美的工作,自觉维护祖国的尊严和形象,这就是志愿者! 多么可爱的志愿者!

　　诗集中,有些诗还是注意到运用艺术表现手法。如"志愿者的微笑是邂逅在青春街口的花朵/向着整个世界灿烂绽放/志愿者的承诺是地平线上升起的太阳/照亮五洲期待已久的目光/志愿者的信念是燃烧百年的火炬/用激情点燃瑰丽的梦想/志愿者的憧憬是承载着希冀的翅膀/在奥林匹克旗帜下高高飞翔"(邸畅:《志愿者之歌》)。如果说把"志愿者的微笑"比作"向着整个世界灿烂绽放"的"花朵",虽说不错,但还不算精彩,那么把"志愿者的承诺"比作"照亮五洲期待已久的目光"的"地平线上升起的太阳",就很新颖奇妙,并且十分精当。承诺如每天都要升起的太阳,以喻信守承诺,一诺千金。还有如"最伟大的桥/在心灵之间//可做桥的材料/不光是水泥钢筋/还有微笑和双手/还有和平鸽和橄榄枝//修路的人是路的一部分/修桥的人是桥的一部分//有时/一个人就是一座桥/其实/每个人都应成为一座桥/其实/每个人都能成为一座桥"(黄守东:《桥》)。

　　把志愿者比作用"微笑和双手"、"和平鸽和橄榄枝"构筑起来的沟通心灵的桥。语虽浅近,却含义深长。

读完这部诗集,我不由得掩卷沉思,该如何评价这样的诗呢?总的说来,如上所述,若从艺术标准衡量,恐怕大多数作品都嫌不够成熟,甚至粗糙。但是,这些作品真实表现了志愿者的大爱之心,展现了他们热心公益事业,无私奉献的精神风貌,抒发了他们爱国爱民的崇高情怀。真诚朴素的感情令人感动。我不是唯政治标准第一论者,不完全因为是主旋律的作品,政治性强,才给予较高的评价,是因为这些诗确实打动了我。衡量艺术作品,除了政治标准和艺术标准外,恐怕还有一个道德标准。道德和政治是两个概念,不能等同。丹纳在《艺术哲学》一书中,就把道德作为文学作品的标准。他说:"文学价值的等级每一级都相当于这个道德价值的等级。"我们知道,热心公益事业、无私奉献等属于道德的范畴。

当然,仅仅是表现道德高尚的作品,尚不足以打动人心。作品要有感染力,还必须以情动人。这些诗表现了人性中最美的东西,那就是爱心。爱心是最能感动人的。还是这位丹纳,在《艺术哲学》中说:"有一种超乎一切之上的动力,就是爱;因为爱的目的是促成另外一个人的幸福,把自己隶属于另外一个人,为了增进他的幸福而竭忠尽智。……爱的对象越广大,我们越觉得崇高。因为爱的益处随着应用的范围而扩张。在历史上,在人生中,我们最钦佩的是为大众服务的精神:我们钦佩爱国心。"这部诗集所讴歌的就是"为大众服务的精神",就是"爱国心"。所以,这部诗集不仅在道德价值的层面上可以唤起人们的崇高感,唤醒更多人的善良的人性和良知,而且在情感的层面上,以爱心和真情抚慰那些遭受不幸的弱势群体,感染更多的人,使他们了解志愿者,不断投身到志愿者的队伍中来。我想,这既是出版这部诗集的初衷,也是我充分肯定这部诗集的理由。

作于 2008 年 6 月 1 日

北京芳城园寓所

震撼人心的诗交响乐

——评郝斌生的长诗《汶川涅槃》

我几乎是一口气读完郝斌生的长诗《汶川涅槃》,诗中那彭湃的激情、磅礴的气势,深深地感染了我。感染之余,又引起我的深思:汶川地震距今已两年多了,两年多之前,我也读了不少有关汶川地震的诗,虽然也不乏佳作,但是终究没有留下深刻的印象。缘何在两年后,这部长诗会如此令我震撼,令我激动不已?一个理所当然的解释是这部抒写汶川地震的长诗,正好令我联想到今年青海玉树的地震。当然,相同的灾难会使我从长诗中产生共鸣;但是仅仅这一点远不能解释我被它打动的理由,真正的理由是长诗本身所达到的思想深度和艺术成就。

要用长诗来全方位地表现汶川地震这一震惊世界的灾难事件,对于一般的诗人来说,可谓千头万绪正不知从何写起。然而对于郝斌生来说,却是成竹在胸,布局已定。他采用交响乐的结构方式,把全诗分为三个交响,每个交响有八个乐章。第一交响是写地震突然爆发,举国上下抗震救灾;第二交响是写大灾中爱心的传递;第三交响是写灾后的反思和展望。面对纷繁复杂的素材,诗人能巧妙地加以选取,成为交响乐中一个个动听的音符。我不得不佩服诗人驾驭素材的非凡能力。

应该承认,交响乐式的结构方式是很成功的尝试。长诗通过三个交响,全方位、全景式地展现这场灾难;又通过每个乐章表现了大灾中感人肺腑的细节,既大气磅礴,又细腻动人。长诗的大气磅礴,表现在诗人用恣肆汪洋的笔触,酣畅淋漓地写出这场天塌地陷的灾难的惊心动魄。在"天塌了,地陷了"这一乐章中,诗人写道:"宇宙疯狂了 / 地球暴虐了 / 日光无色了 / 黑云压城了 / 河水倒流了 / 啊啊 / 天塌了 / 地陷了","桥梁如草绳般断开 / 楼房像积木一样坍塌 / 罪恶滔天的震波 / 如挥动一条血淋淋的长鞭 / 横扫大半个华夏",凝炼而极富表现力的诗句,历历如绘地向读者再现地震突然袭来时的可怖一幕。比写地震更惊心动魄的是写举国上下，全民投入抗震救灾。一幕幕宏大壮阔的场面有声有色地呈现在读者面前。在"总书记的声音，总理的脚步"这一乐章中，人们身临其境般地聆听到总书记的声音"他用坚毅刚强向全世界宣告／人民的嚎啕／就是执政党的痛苦／灾区群众的泪／就是共产党人心尖上的血"；人们身临其境般地看到"总理的脚步走遍每一个重灾区／他恨不能长出分身术／一天变出三个温家宝／他恨不能自己的花甲年华／生出力拔山兮的力量"，看到"他疲惫的身影／他嘶哑的嗓音／他憔悴的面容"。在波澜壮阔的抗震救灾的斗争中，人民军队是主力，他们用青春和热血谱写了可歌可泣的英雄诗篇。在"一片一片的橄榄绿"的乐章中，诗人满怀激情地写道："地上铁流浩荡／天空战鹰翱翔／在10万平方公里的地震灾区／显示着共和国的支柱力量／陆军、海军、空军、第二炮兵……／2万，5万，11万，13万……"诗人用如椽之笔，用不无夸张的手法表现这支人民子弟兵的伟岸雄风：

> 随着抢险队伍的日夜攀升
>
> 地震灾区出现了移动的森林
>
> 一片一片的橄榄绿
>
> 让周围的群山都成为侏儒

把抢险队伍比作"移动的森林"，战士们的高大身影把群山都比下去了，群山都"成为侏儒"。诗人就是如此善于营造战士们的伟大的整体形象。

长诗之所以显得大气磅礴，撼人心魄，固然得力于诗人出色地再现了这场伟大的抗震救灾斗争的雄伟壮阔的画面，更重要的是全诗洋溢着中国人民在中国共产党领导下，面对天灾，不怕困难，不怕牺牲，不屈不挠，顽强奋斗的精神。这是中华民族最可宝贵的精神。正是这种伟大的精神，鼓舞人心，涤荡胸怀。所以虽然这场巨灾给国家和人民的生命财产造成巨大的损失，但是全诗却没有悲伤，只有悲壮；没有低回的哀乐，只有高亢的战歌。昂扬的英雄主义精神是这部诗的交响乐的主旋律。这也是这首长诗所显示的雄浑壮丽的诗美。

诗人善于营造恢弘的场面、壮阔的形象，使长诗显得有气吞山河之概；

但与此同时,诗人又善于刻画细节,使长诗显得细腻动人。如在"白衣天使"这一乐章中,诗人写到一位普通的护士陈晓沪,"在她忙得不可开交的时候 / 地震发生了",她"做出的第一个反应 / 就是转移病人",她"用羸弱的身躯 / 背起住院的病人 / 从四楼跑下三楼 / 从三楼跑下二楼 / 从二楼跑下一楼 / 1个、2个、3个 /5个、7个、10个",接着,诗人写下了感人肺腑的一幕:

> 突然,她感到腹部疼痛
> 这疼痛像刀一样割
> 像斧一样劈
> 她没有倒下
> 因为她背上还有一个人
>
> 但这个人分明看见了
> 陈晓沪下身滴出的血
> 所有在场的人
> 都分明看见了
> 那与白衣成对比的殷红
>
> 这时,陈晓沪才意识到
> 她昨夜的母亲梦
> 她结婚才两个多月
> 她有 40 天的身孕
>
> 一个白发苍苍的老妪跪下了
> 跪在陈晓沪的白衣下
> 孩子,孩子没有了
> 那是你身上的肉呀

类似这样动人的细节,长诗中比比皆是。诗人不仅写了护士,还写了将军、战士、志愿者、警察、演艺界人士,从香港富豪到普通的共产党员,为了抗震救灾,献出了爱心,甚至付出生命的代价。诗人是新闻工作者,特别留意细节是他职业习惯。他所选取的细节都是表现爱的,这首长诗可以说是爱的颂歌。在"爱的奉献"、"鹰的姿势"、"生死不离"等乐章中,诗人尽情歌颂了人类最伟大的感情,那就是爱。救援队发现一位已经死亡的母亲身下,"还有一个孩子 / 啊,还活着 / 她躺在一条红底黄花的小被子里 / 大概有三四个月大 / 因为母亲的庇护 / 她毫发未损 / 被子里塞着一部手机 / 手机屏幕上 / 有一条写好的短信 / 亲爱的宝贝 / 如果你能活着 / 一定记住我爱你"。为了保护课桌下的孩子,教师谭千秋"用身躯死死护住课桌","看你守护的姿势 / 是母鸡护雏的姿势 / 是雄鹰展翅的姿势"。还有"张家春,北川中学的物理老师","这位 29 岁的羌族汉子 / 在眼看着教室门框变形 / 生命之门就要关闭的时刻 / 一个箭步冲上去 / 试图用身体把门框矫正 / 试图自己站成一道门 / 站成一位把关的将军 / 有人回忆,也有人看见 / 最后一个孩子是他踹出去的 / 那是他一生中第一次无情地踹人 / 那是最光彩的临门一脚"。因了这些感人的细节,长诗不仅不显得空泛,还显得丰富和充实,而且还显示了与雄浑壮丽相对的细腻婉约的另一种诗美。

这部长诗所抒发的雄浑之情震撼人心;而所体现的细腻深情则是对心灵的爱的抚慰。它无疑是一部抒情长诗。然而,正如英国湖畔诗人柯勒律治所说,一首好诗应该具有思想深度和活力,并且说,一个诗人同时也应是一个哲学家。这部长诗的思想深度,就在于对地震这种看似不可抗拒的天灾的深刻反思。这种反思我在以前相同题材的诗中尚未见过。诗人悲愤地写道:"我们不能只看到天灾 / 看不到人祸 / 因为那些学生 / 并不是非死不可 / 因为那些学校 / 并不是非倒不可",诗人一针见血地指出:

本应该固若金汤的地方

却脆如麻秆

多是豆腐渣工程

而那些楼堂馆所

那些垄断行业建造的行宫

却金城汤池

雷打不动

要永绝祸患
就要拷问灵魂
就要重建机制
就要向我们的积习做斗争

把悲剧推诿于天灾
在道德上是一种无赖
遇事总想找一条光明的尾巴
把责任卸下
我们最大的敌人不是天灾
是我们自身的疮痍
是我们自身的狡黠

这就是我们这位富有正义感的诗人所发出的不平之鸣,表现了直陈弊端的诗人的职责和勇气。虽然是灾后的亡羊补牢之语,虽然上了岁数的人们都曾经历过,但是他所指陈的几十年来对自然造成破坏的种种荒唐愚蠢的行为却依然切中要害,令人触目惊心。诗人在"在汶川,我找到一块大寨田"这一乐章中,就对这种荒唐愚蠢的行为进行深刻的反思:"我们与地决斗与天决斗的斧头 / 往往正是给人类自己挖坟掘墓",这当然不是耸人听闻,而是唤醒世人的警钟。诗人急切焦灼地向人们呼吁:

我们必须改变行为方式
再不能干西水东调的傻事
我们必须改变生活方式
再不能干劳民伤财的蠢事

我们宁愿要一条暴虐的黄河
也不情愿看着她被人为地强暴
我们宁要一条绿色的长江

也不叫她变成淘金者的下水道

经过沉痛深刻的反思，诗人在最后一个乐章"让我们师法自然"中提出"师法自然"、"天人合一"：

　　地球从来就是一个生命体
　　它也有血有肉也讲恩仇
　　既然人类斗不过自然
　　那为什么不考虑天人合一

诗人在最后用热情的诗句表达了他对"天人合一"美好理想的赞美：

　　通过给予而获得，切不可贪婪
　　把个体的情感与地球母亲结合起来
　　在明媚的阳光下和世界互认亲缘
　　与万物真正结合，互相渗透
　　这才是我的喜悦，我的愉快

所以，这部长诗不仅以情动人，而且以深刻的思想发人深省。
　　最后，值得一提的是长诗的语言。长诗可读性强，要归功于它的语言。它的语言非常流畅、生动、形象。在"献诗 2008,5月"中，诗人用"五月"贯穿始终，用排比的手法，浓墨重彩地渲染汶川地震后的愁云惨雾的氛围，一下子就抓住了读者的心。在"天塌了，地陷了"这一乐章中，诗人还运用了欲扬故抑的手法。天塌地陷的灾祸，在他笔下竟成了"这本是地球深处的一次游戏"，接着他展开想象的翅膀，故意轻描淡写，形容得那么平常，无足轻重："就如同庙会上的两位香客 / 摩擦了一次肩膀 / 就好比吃奶的两头牛犊 / 不经意的一次顶撞 / 就如同我们在影剧院门口 / 被人流裹挟着进场出场 / 乱了方寸，失去主张……""这本是地核的一次咳嗽 / 一次痉挛 / 一次伸缩 / 一次颤栗 / 一次很平常的活动 / 根本就不值得大惊小怪 / 不值得挂齿"。对地球来说是无足轻重的"一次游戏"，可是对人类来说，则是天塌地陷的巨大灾祸。诗人用强烈的对比笔法，表现在强大的大自然面前，人类是何等脆弱！

诗人深厚的古典文学修养使长诗增色不少。如"惊天大飞行"这一乐章中，诗人引用了荆轲刺秦王中"风萧萧兮易水寒，壮士一去兮不复还"的歌词，表现空军战士请战时"气吞山河"的悲壮。在"李嘉诚们"这一乐章中，诗人又化用了刘禹锡《乌衣巷》的诗句："财富瞬息都在变化／有人把它看得很小／有人把它看得很大／君不见昔日王谢堂前燕／飞落寻常百姓家"，在"汶川涅槃，四川雄起"乐章中，诗人又引用了《山海经》等古籍中的古代神话传说来鼓舞灾区人民："中华民族饱经忧患／有共工怒触不周山／有蚩尤大战／有精卫填海／有愚公移山／有大禹治水／有女娲补天"，在表现灾区少年的英雄风貌时，诗人还引用了典故和传说："我们的 80 后、90 后／甚至新世纪出生的孩童／所表现出的顽强和智慧／都超过了历史上的／曹冲称象／司马光砸缸／沉香劈山／哪吒闹海。"

读完这部长诗，我联想到西方拍摄的有些灾难片。依靠电脑特技，把灾难渲染得有声有色，惟妙惟肖，以致引得观众不断发出恐惧惊吓的尖叫。看过此类灾难片，使人感到好像刚刚经历一场噩梦。由此，我忽发奇想：倘若郝斌生按照某些西方灾难片的路数来写这部长诗会怎样？我想结果不言而喻，肯定是失败之作。其原因盖在于只看到自然的强大力量，而无视人的力量。诚然，正如诗中所言：至今"人类斗不过自然"，但是，人却要战胜自身。因为人是有精神的。凭着不屈不挠、永不言败的顽强精神，人战胜了自身的恐惧、怯懦和私念，勇敢地投身到救助他人、重建家园的斗争中去。这种精神堪称崇高。正是从这一点，我以为郝斌生的这部长诗是成功的，因为他表现了人的崇高的精神，写出了一个大写的人。

写于 2010 年 8 月 15 日

舟曲泥石流遇难同胞全国哀悼日

北京芳城园

读杨正武的抒情诗

关注诗坛的人们都有这个感觉：这些年来，抒情诗受到了冷落，特别是一些青年诗人，为了追逐现代主义和后现代主义"反抒情"的时尚，更不屑于写抒情诗。其原因是怕被人讥为"青春期写作"，流于肤浅；其实，还有一个更重要的原因，那就是在那些青年诗人看来，抒情的时代已经过去了。

其实，无论在哪个时代、社会，抒情诗都不应受到冷落。抒情是人类最基本的感情宣泄方式。抒情诗是抒发诗人美好情感的动人诗篇，永远不会过时，即使在当前社会、政治、经济变革的时代，即使文化、社会心理发生了巨大的变化，抒情诗仍将在诗歌领域中占有不容忽视、不可或缺的地位。这是因为抒情诗所蕴含的浪漫主义和理想主义的倾向，在本质上反映了人类心灵深处成为生命驱动力的基本经验，以及对终极渴望的诉求。细究起来，可以这样说，我们每个人心中几乎都隐秘着某种乌托邦的冲动，对于完美、神圣的向往。抒情诗就是要把远不完美的现实生活，加以提升、升华、诗化，使之成为完美的、理想化的诗国。抒情诗既是对心灵的抚慰，又是对未来的信念。

正是在抒情诗受到冷落的情况下，我读了杨正武先生的两本诗集：《杨正武诗歌精选集》和《杨正武新诗近作选》，其中，抒情诗占了相当部分。我高兴和欣慰的心情是可以想见的。

抒情诗所抒之情，其情感对应物无非是外部世界和内心世界，抒情诗人在诗中所讴歌的是他在外部世界和内心世界中所发现的诗美。杨正武的抒情诗也正表现和讴歌了他在外部世界和内心世界中所独特发现的诗美。

一个热爱生命，热爱生活，热爱大自然的诗人，必能从大自然中发现诗美。杨正武正是这样的一位诗人。正因为他具有充满爱的赤子之心，才能从外部世界中发现诗美，并用尽可能美的形式加以表现。如"不知水中的芙蓉／留住了明月／还是草尖的露珠／恋住了星星"（《月下剪影》），明月、花草、露珠本无情，诗人却写它们"留住了明月"，"恋住了星星"。诗人赋予无生

命的物体以鲜活的生命和丰富的情感,实际是抒发诗人自己的情感。又如
《带刺的玫瑰》:

> 尖尖的刺
> 刺伤了谁的手指
> 是为太阳热烈的瞳孔
> 还是为月亮幽静的梦
> 是为那姿色动人的美丽
> 还是为爱的疼痛 滴血
> 欲手不罢
> 欲心不忍
> 你终于摘下了
> 足以使人心动的那枝
> 在众目睽睽之下
> 消瘦了我的相思

写尽了玫瑰的冷艳,写出了抒情主人公又爱又怕,欲罢不能的缠绵悱恻的心
情,又体现了一种含蓄蕴藉的古典美。

对于诗人来说,善于发现外部世界的诗美固然非常重要,但是,善于发
现内心世界的诗美无疑尤为重要。诗人除了具有才华、灵感等天赋外,有
无内视、内省意识是能否成为真正的诗人的决定性因素。所谓"内视"、"内
省",就是诗人必须直面自己的内心,审视自己的灵魂。"内视"、"内省"意识
还是现代意识的重要标志。如《自己最难寻》就是一首表现内视和内省的
诗,诗人写道:"沿着记忆的路 / 追索自己 / 见片片白云 / 飘然而过"。诗人
形象地、寓意深刻地描绘了自己追索自己的情景。而勇敢地直面自己的内
心,审视自己的灵魂是很不容易的,所以诗人说"自己最难寻"。内视和内省
的结果,是对生命的价值、生与死的深刻的、富有哲理意味的思考。因此便
有了如对生死思考的《界》、"于感悟之中 / 寻找自我"的《进入境界》,以及
"投进透明的诱惑 / 又禁不住梦幻的空虚"的《人生感悟》等诗。

诗人还应善于开掘、发现、表现人性中的真善美,即使是对假恶丑的鞭

拽，也是为了呼唤真善美。诗歌是精神宝库中高贵而璀灿的明珠。诗歌就是要以真善美的高贵精神，创造一个与远不完美的现实世界相对立的、完美的、理想的、诗意化的世界，使人们的心灵得以净化，升华，也充满诗意。所以从根本上说，诗歌就是要开掘、发现、表现心灵中优美的、充满诗意的、闪烁着人性光辉的精神。杨正武的抒情诗充分体现了这一点。如《蘸着阳光写诗》："心贴着心取暖／是过冬的最好选择／打开思想之窗／就有希望变成春鸟飞来"，就生动地讴歌了充满人文精神，闪烁人性光辉的、理想的人际关系，以及"蘸着阳光写诗"的诗意化的世界。

爱情是诗歌和一切文学作品的永恒的主题，爱情诗属于抒情诗的范畴。杨正武的爱情诗写得不俗。如《那丝微笑》："将那丝微笑储进情感的存折吧／精心选那金色的时光藏起／相信你会理解这番心思／莫要让人提取求你"，构思很巧妙，富有新意。

构思巧妙，语言尖新，确是杨正武抒情诗的艺术特色。如《瞧这一家子》一诗，把天空、太阳、风、云、雨比作一家子，用拟人化的手法，写得情趣盎然。

贝恩在《抒情诗问题》一文中说，必须用高度的技巧创作抒情诗，"对于抒情诗来说，或者是尽善尽美，或者是一钱不值，二者必居其一。这乃是抒情诗的本质所决定的。"（见《二十世纪外国重要诗人如是说》，河南人民出版社 1992 年 11 月出版）。我期待着杨正武先生不断地充实自己，从古今中外优秀的抒情诗中汲取营养，力争创作出"尽善尽美"的抒情诗。

作于 2002 年 9 月 12 日

北京芳城园寓所

大气磅礴的英雄史诗

——读太湖英雄歌《华抱山》

几乎是一口气读完了太湖英雄歌《华抱山》，掩卷之后，感触良多。一是为其磅礴的气势和悲剧的美所震撼；二是为其曲折生动的情节、鲜明浓郁的民俗风情，以及让我备觉亲切的吴侬软语所感染；三是为之感到非常自豪，这不仅因为我的籍贯是无锡，而无锡是吴歌的主要发源地，并且《华抱山》是仅见的篇幅如此长的英雄史诗。而且改变了汉族无长篇史诗的传统说法；更重要的是，我国又一部可以进入文学史，不比外国史诗逊色的长篇英雄史诗被发掘出来，中华民族伟大的传统文化宝库又增添了一份珍品。这是整个中华民族的光荣。

我们知道，衡量叙事作品艺术价值的尺度主要看其人物、情节和风格。《华抱山》是一部歌颂英雄华抱山的长篇叙事诗。我们就从这三方面来加以考察。

先说人物，也就是具有鲜明性格的人物。由于这是一部英雄史诗，故事来源于民间传说，所以带有浓厚的传奇色彩。长诗主人公华抱山就是一个农民起义领袖，一个充满传奇色彩的英雄。在他身上体现了人性和神性。

首先，长诗赋予华抱山以不同寻常的神性。长诗一开始就为主人公华抱山的出世作了充分的铺垫，营造了一个十分凶险、严峻的背景和氛围，并且以大胆丰富的想象，以浪漫主义的手法，渲染英雄出世的神奇色彩。一般人都是"十月怀胎，一朝分娩"，而华抱山的母亲竟"怀孕一年未临盆"。这就使华抱山尚未出世先具有令人惊异的神性。而他出世前的背景则是："明朝末年火着天打降灾星，/ 国乱家穷田荒民不生。/ 朝廷要交谢恩银，/ 小小百姓雪上加霜逃性命。"如此严峻的生存环境，如此凶险的时代氛围，预示着英雄今后曲折坎坷、经磨历劫的悲剧命运。华抱山刚出世时，长诗又渲染了奇异的景象："鸟雀飞腾，鸡鸭齐鸣，天公滚乌云，地公黄砂滚。"刚出胎的孩儿居然会"伸出小手揩父双眼睛"。然而，更奇的是，当族长以犯十禁为罪名，把他抛入河中时，出现了鸭群护婴，河流"东流改西行"的奇迹，而当母亲缺奶时，"三个月小龙"已能四肢落地爬着行"，爬到母牛处吃奶。当族长走狗抢走他时，乌鸦报警，"老牛突然回头往回奔"；当"小龙被闷、捏、踏三死（害）没了命，/ 东风吹来暖仔身，/ 春雨入口悠悠醒，/ 落地雷鸣还了生"，不仅生还，而且山猪喂奶，"母虎身驮小龙"。此后，在他的童年期间，以九龄童抱起千斤石。在他青年时期，搏杀鳝精吃鳝肉，力如天神，打败了轻视中国人的德国洋人，抱起万斤假山。在他当了吼山农民起义领袖后，又机智善断,大摆毒蛇阵、毒蜂阵、锯藤阵、芦苇纸船阵、白灰阵、草墩开花阵等等,大败官兵。这种种奇迹多方面显示了华抱山作为传奇英雄的神性的一面。作为史诗中的英雄,华抱山身上所具有的神性是不足为怪的,很自然的。活在人民群众的心上,流传在人民群众的口头,传说中的英雄深受人民群众的爱戴而加以美化和神化是很自然的。或者毋宁说,正由于英雄人物身上所具有的超自然力的神性,才使英雄传说、英雄史诗更加广泛地流传。中国上古神话《女娲补天》《精卫填海》是如此,希腊神话、荷马史诗中的英雄亦是如此。如果将《华抱山》与之比较,我们就会发现它们在某些方面竟有惊人的相似之处。

但是,华抱山不是神,而是人,虽然他具有神性。如果将英雄身上的神性不恰当地无限扩大,那就完全成为神了,成为呼风唤雨、无所不能的神了。如此一来,我们所读的就不再是英雄史诗,而是神话故事了,其由鲜活的人性和尘世人情民俗所显现的艺术感染力就会大打折扣。华抱山虽有神性,且创造了许多不可思议的奇迹,但他还是一个有血有肉、有着真情实感、喜怒哀乐的活生生的人。

首先,华抱山不是天神下凡,而是凡人所生。他受到磨难,一样会感到痛苦,他的包裹一样会被人偷去,也一样会感到饥渴难忍。尤其是虽然他具有神性,却不是无所不能,他还需要学习,他的许多了不起的本事并非天赋,而是靠学习获得的。长诗写他学武艺历尽艰辛,先从朱、华两公学习,后来为了拜师学本领,决心离开家乡,离开众乡亲,独自远行。他是个有心人,别人赶庙会是为了看热闹,而他则是为了去演武场看人练武,学习本领。尤为动人的是他真诚拜龙庙高僧为师,经历了多次严峻的考验,不达目的决不罢休,终于使高僧收下了他这个关门弟子。

作为活生生的人,华抱山也有丰富的情感,也有喜怒哀乐的情绪变化。他孝敬父母,热爱乡亲,而对欺压、剥削人民的族长、官府,乃至皇帝怀着不共戴天的刻骨仇恨。他揭竿而起,当了吼山的起义领袖,决心以不屈不挠的斗争,为人民,为乡亲讨个公道。既然是人,是个活生生的男人,那么"人非草木,孰能无情"?华抱山也有恋爱,他与凤妹情意绵绵,他们"一个是黄连树上苦鸟鸣,/一个是梧桐树下弹苦琴",真是"知情知心又知音"。由于具体可感地写出了华抱山的人性,使这位英雄更加鲜活生动,有血有肉。

丹纳说:"天生的精神本质同身体的气质相连,两者合成一个最初的背景; 教育、榜样、学习、童年与少年时代的一切事故一切行动,不是与这个背景对抗,便是加以补充。倘若这许多不同的力量不是互相抵消,而是结合、集中,结果就在人身上印着深刻的痕迹,成为一些凸出的或强烈的性格。"如果说神性是"天生的精神本质"的提升和结晶,那么"身体的气质"则更多体现了平凡的人性。从华抱山的"教育、榜样、学习、童年与少年时代的一切事故一切行动",到他青年、中年时代的"一切事故一切行动",凡此种种都结合、集中在他的身上。于是,华抱山"凸出的或强烈的性格"也就体现在他的神性和人性的统一上。

丹纳说的"一切事故一切行动"就是情节。情节对于叙事文学来说是相当重要的因素。情节对于人物来说,也就是人物的遭遇。一部成功的作品必须使人物的遭遇与其性格配合。也就是说,人物所遭遇到一连串的事故,以及他所采取的一连串的行动,应该有助于表现人物的性格,甚至人物性格中原本隐藏得很深的一些特点或本能,都可以通过细节、情节显露出来。作品中的情节一般是给人物安排各种不同的考验,许多考验可以安排得越来越严峻,越来越凶险。这不仅是使作品逐渐推向高潮的手法,而且通过这一连串的考验,使人物的性格逐步变得清晰、明朗、丰富、饱满和完整。当这些情节把人物一步步推到最后的胜利或最后的毁灭之时,其性格的真相也逐步得到完的揭示,故事的结局也随即到来。长诗《华抱山》的情节设定就是这样的。长诗为主人公华抱山安排了一连串越来越严重、艰难的考验,而他也正是在这些考验中逐步成长为顶天立地的英雄。

这些考验从英雄诞生时就开始了。如上所述,他一出世就被族长走狗抛入河心,赖有鸭子围护,才得生还。之后,他又被走狗们偷走,并施加毒手,将他闷、捏、踏,然后抛上吼山喂虎豹狼群。顽强的生命力使他在春雷春雨中苏醒,又一次逃脱魔掌。之后,他三岁拜朱公为师学习文武本领,七岁丧母,离村远行拜师。途中打败武举人,抱起千斤石人。接着,他历尽千辛万苦拜求高僧学艺,经严格考验,高僧终于把他收为关门弟子。从此他刻苦练功,学会了绝技软硬功夫。他又遵师嘱,除掉了危害百姓的、已有三百年的鳝精,打败了德国洋人,抱起了万斤假山。最能体现英雄反封建叛逆精神以及智勇双全的性格特点的情节,就是华抱山上吼山举起义旗,自称公道大王,建立公道军,把斗争矛头直指封建皇权。而他巧摆毒蛇阵、毒蜂阵、锯藤阵、石灰阵等等大败官军的情节,正表现了他料事如神,指挥若定,智勇双全的性格特点。这些情节曲折紧张,可谓跌宕起伏,一波未平一波又起,层层推进,最后把故事推向高潮,最终完成人物性格的塑造。在这里,值得一提的是,此部史诗虽是英雄的赞歌,但也没有一味的赞美,而是怀着惋惜的心情唱出了英雄的性格弱点,这种性格弱点不能不说是导致英雄起义失败的众多原因之一,华抱山的性格弱点在于犯了和东郭先生同样的错误。对于官兵过于仁慈,"只要求饶就放生",正如长诗所唱的那样:

> 华抱山,忒善心,
> 成了东郭老先生,放虎归山种祸根,
> 一失算成了千古恨。

当然,农民起义总是以失败告终乃是历史的必然,起义领袖的性格弱点只是偶然的因素。长诗以其鲜活的人物形象,曲折有致的情节,令人信服地展现了由偶然因素引起的必然结果。长诗的这一情节处理引人深思,它给人以启迪和联想。它令人想起巴黎公社在胜利的狂欢中疏于防备,为凡尔赛宫的反动势力已经一蹶不振的假象所迷惑,没有及时消灭反动势力的残余,以致凡尔赛的反动势力东山再起,最终把世界上第一个无产阶级政权——"巴黎公社"扼杀在摇篮里。这一情节设置使作品具有一定的哲理和思想深度,明显高出于一味歌颂英雄的同类叙事诗。

最后谈谈这部长篇叙事诗的风格。我们知道,风格必须与作品别的部分如上述的人物、情节相配合,这样作品才能给人一个完整的、强烈的总印象。这部长篇叙事诗的主要人物是农民起义领袖华抱山,而情节又是取材于民间传说中农民起义军与封建皇朝的官兵进行殊死斗争的故事。与其相配合,这就决定了这部长篇史诗的风格基调:民俗色彩、乡土人情、民歌韵味。

因为这部长篇史诗长期在无锡口头流传,并且由于官府的查禁,秘密地传子不传婿,又是来自社会最底层的农村,未经文人刻意加工润色,更不可能形诸文字公开出版,所以这部长篇史诗的最大特点就是原汁、原味、原生态。史诗产生流传于无锡,其人物、故事都来自无锡本地。由无锡这块土地上土生土长的长篇史诗,保留了原汁、原味、原生态的地域风俗和人情。长诗中保留了无锡所特有的风俗,如连心,还暗含英雄在困难中看到了希望,开花有了结果。再如"樱嘴说,乌头沉,/鹅(娥)脸飞上红彩云","乌头"既指满头乌发,又指丫头(小姑娘),无锡方言中"丫头"读如"乌头"。

最后,谈谈长歌的语言,长歌用的是无锡方言,未经改成普通话,这就保持了原生态的地域乡土风韵。整理者朱海容先生这种做法是值得赞许和提倡的。宁可保留方言加注解,也不要将方言翻译成普通话。一经翻译成普通话,方言中那些最有情趣,具有独特表现力(有的还无法准确译出),并且最富有生命力的语言就消失殆尽了。打开长歌集,犹如打开无锡地区语言的宝库,除了上述比兴、谐音双关外,长歌中还大量使用歇后语,如:"青松树上绕青藤——青(亲)上加青(亲)",同时又是谐音双关,这样的例子不胜枚举,俯拾皆是。长歌中的语言充分表现了无锡方言、民间语言的丰富多彩、生动活泼和强大的生命力,表现了无锡人民,尤其是处于社会底层的无锡农民的机智、幽默、风趣。长歌来自民间,来自乡间,通俗自然是它的特点,但可贵的是它通俗却不粗俗。民间语言中有精华,也有糟粕。我们在长歌中找不到语言的糟粕,这是难能可贵的。这就决定了这部反抗封建统治的英雄史诗不仅在思想内容上格调较高,而且在艺术上,语言上品位也很高。

另外,还有一点值得一提,那就是长歌中明显含有曲艺中评书、说唱的成分。长歌中说表时很像说书人的口吻。如"攀弓射箭两头弯,/唱起开场唱华抱山","暂落朱华两家喜又惊,/要唱梅里吼山一段情",又如"东风吹来西风停,/我推橹扳艄风送云",接着三个"勿唱"之后,最后才"要唱大海中无舵小舟送风行"。既像说书人的开头,又像说唱者的开头。至于对人物相貌、风景场面等的大段铺叙,则更像评书中的说表,古典章回小说中的赞。由此可再一次证明民歌与曲艺、说唱文学的血缘关系。

总的说来,《华抱山》是一部不可多得的民间文学的杰作。正如钱舜娟先生在序中说:《华抱山》足以补写进《中国文学史》,也无愧于进入世界文学宝库。"当我们读完这部杰出的英雄史诗而激动不已之际,要特别感谢史诗的搜集整理者朱海容先生。朱海容先生在后记中较为详细地记叙了他为搜集整理这部史诗,费尽心血,历尽周折,个中滋味,可谓一言难尽!由于他的百折不挠的努力,艰辛的劳动,终于使《华抱山》这一颗几近湮没的灿烂明珠,重见天日,重放光芒。朱先生还整理出版了《吴歌王的歌》,还挖掘搜集了不少民间故事。此外,他对吴文化也有深入的研究,出版了研究无锡民俗文化的专著《古吴春秋》。正如《华抱山》是不可多得的史诗杰作一样,朱海容先生可以说是不可多得的民间文学家、吴文化的研究专家,作为无锡人,我为之骄傲。

选自 2000 年第 5 辑《中韩文化研究》

深厚的文化底蕴　绚丽的吴俗风情
——评《华抱山》续集

由于民间艺术家朱海容老先生的艰辛努力,汉族长篇英雄史诗、长篇吴歌《华抱山》的续集也问世了。关于《华抱山》及其续集的人物、情节,我已有文章分析评说过,本文着重论述它的文化底蕴和吴俗风情。

《华抱山》及续集,诞生并流传于无锡农村民间,至今已有数百年的历史。它诞生的时代正值中国封建社会的后期,社会矛盾尖锐激化,农民不堪忍受封建统治阶级的残酷剥削和压迫,纷纷揭竿而起,举行轰轰烈烈的农民起义,表现了人民创造历史的历史主动性。《华抱山》及其续集真实地反映了历史的面貌,特别是真实地表现了农民的意志、愿望和丰富多彩的生活。这是因为史诗的作者就是广大的农民,这种代代相传的口头文学,融汇、凝聚了农民的勇敢、顽强、机智、幽默,以及乐观向上、对美好的平等、均富理想生活的向往,所以长篇吴歌《华抱山》及其续集,完全可以称为农民艺术。英国著名艺术评论家赫伯特·里德(1893—1968)在他的《艺术的真谛》一书中,曾用专门的章节论述农民艺术。他说:"农民艺术并非是农民模仿上等人的艺术的结果,也就是说,它不是上等人的艺术的拙劣的翻版,也不是(热衷于)简朴生活的产物。确切地说,农民艺术仅指那些乡巴佬依照未受外界影响的当地传统制作的东西。"这里有两点值得注意:一是农民艺术"不是上等人的艺术的抽劣翻版",既不是"模仿上等人的艺术的结果",也不是经过"上等人",如文人加工的艺术(如《三国演义》《水浒》《西游记》等);二是农民艺术属于"未受外界影响的当地传统"的艺术。我认为,《华抱山》及其续集也正具有这样的特点。

首先,《华抱山》及其续集完全来自农村乡间,与文人创作、加工无缘。这就决定了它的原创性,决定了它鲜明的农业文化的艺术表征。这一艺术表征可以说贯穿这部史诗的始终。农业文化与农业生产活动密不可分,史诗中所描写的农业生产活动被赋予了浓郁的文化色彩,生活中的农时、节气、农活,以及总结农事经验的农谚在史诗中,或作为人物活动的时空背景,或成为推动情节发展的契机和线索,或变成巧妙的隐喻和象征。例如在《华抱山》第二集第五章"小小龙拜师"第四节"小小龙苦练"中,节气不仅作为小小龙苦练的时空背景,而且又巧妙地成为时令景物的有机组成部分:"红灯初放立春天"、"鹊报梅魁雨水边"、"露临天雷惊蛰间"、"芳草放鹞清明前"、"谷雨佳人采桑莲"……等等。随着节气的变换,表现时间的推移和空间的嬗变。又如在第三章"小小龙成长"第三节"小小龙学文习武"中,作为农民的无名氏作者这样写道:

秧好护好收好出丰年,

好苗粗耘懒收丰也欠

久风久雨出晴天,

白土勤耕出好田,

历水勿死出圣贤,

好苗好收出丰年。

真金还得百火炼。

以好苗护好出丰年,"白土勤耕出好田"这样总结了农业生产活动经验的朴素的真理,强调教育的重要。渔娘深深认识到这一点,于是决心"教子成龙斩妖奸"。这样就引出了"小小龙学文习武",推动了情节的发展。再如第四节"小小龙初露锋芒"中,当朱公昏倒在地,渔娘急救时,诗中唱道:"白露来仔露水天,瘦田也出丰收年,朱公终于开仔眼。"这是化用了农谚:"白露三朝露,好稻满天(地)露",以白露遇露对禾稻有利,衬托事物由坏的方面向好的方面转化,昏厥的"朱公终于开仔眼"。这里农谚的化用对情节起了转捩作用。而对于反面人物,农谚则被用来讽刺与嘲弄。例如用"水浇西风勿晴天"来嘲讽贼参将雪上加霜,进退两难的困境。在第四章"小小龙访师"第二节"朱老公痛训小小龙"中,朱老公用"莳烟头秧末要坏一年"来教训小小龙,以插根部扭曲的秧要影响一熟一年的收成为比喻,教育小小龙要"快快寻师苦学又苦练"。这一句就来自农谚"莳秧排石脚"。在这里,朱公教育小小龙不是用抽象的大道理,而是用总结农事经验的农谚,形象生动,浅显易懂。这是出自农民之口,如闻其声,如见其人,而也只有农民才听得懂,才备感亲切。当然,更重要的是这部长篇英雄史诗真实地反映了数百年前,无锡农民的悲惨生活,他们的英勇抗争,以及对美好生活的热烈憧憬。在艺术创作方法上,它运用了现实主义和浪漫主义相结合的方法。当写到农民的悲惨生活时,史诗用的是现实主义的手法,真实地揭露统治阶级欺压农民,横征暴敛的罪行;当写到农民的英勇抗争以及对美好生活的热烈憧憬时,则用了浪漫主义的创作方法,大量运用了夸张的表现手法、富有传奇色彩、引人入胜的曲折的情节,以及充满大胆、美丽想象的神话故事。处处体现了农民的意志、愿望和思想感情。这部长篇英雄史诗虽然有不无粗砺之处,但是,却未经文人加工润饰,原汁原味,表现了农民艺术的原创性。它的可贵的价值也正在于此。当然,除了文学价值外,从保留农民艺术的原创性这一角度看,它还具有文物价值。我们从中可以窥见数百年前,吴地农民的思想感情、生活斗争和风俗习惯。

其次,这部长篇英雄史诗是属于"未受外界影响的当地传统"的艺术。古代交通不发达,由自给自足的自然经济所构成的农业社会,具有封闭性和保守性,很少与外界联系,因此也就未受或很少受外界的影响。这就极大程度地保留了当地的文化传统。史诗的诞生地是无锡,其中就保留了吴文化的发源地——无锡的传统文化,特别是传统的民间文化和民俗文化。翻开这部长篇英雄史诗,几乎随处可见灿若云霞的传统吴文化、绚烂浓烈的吴俗风情。在《华抱山》第二集中,小小龙乃是其母凤妹饮露成孕而生。"饮露成孕"这一富有传奇神话色彩的传说,曾长期流传在无锡民间。笔者的籍贯是无锡,幼时曾亲耳听过长辈、乡亲们生动地叙述这一美丽的传说,只是甘露不是来自龙柏树,而是来自桃花花瓣。当然,这样的传说如果追本溯源,还可以追溯到远古人类的幼年时期。"饮露成孕"的传说,分明是母系氏族社会知母不知父的婚姻制度的遗迹。同样,立尸不倒的传说也经说书人之口在吴地民间广为流传。尽管如此,在史诗中,龙凤二人壮烈牺牲后立尸不倒的悲壮的英雄形象,还是给人以情感的巨大震撼力。

《华抱山》及其续集,既是长篇吴歌,自然与吴地民歌有着千丝万缕的联系。事实上,它也吸收了民歌的表现手法,如续集第二章"小小龙出世"中第三节"小小龙落水",就运用了民歌中常见的一连串的排比句:

> 湖边有棵苦黄连,
> 苦连浪苦鸟叫连连。
> 苦鸟勒苦连浪叫苦苦连天,
> 叫得龙山浪千竹万木勿肯眠,
> 叫得满地遍野万紫千红格鲜花闭仔眼,
> 叫得太湖里虾兵蟹将泪满面,
> 叫得蛇虫百脚脸色变,
> 百鸟百兽头伸脚跷恨青天,
> 叫得凤妹悠悠醒来张开仔眼。

这些排比句不仅是句式上的简单排列,而且在艺术上也体现了民歌的特色,即主观感情投射在客观物象上,用夸张的手法改变客观物象,使无情的物象也具有人的情感,使无情的动植物都变成了善解人意的有情物。而这民歌特色又是道地的无锡民歌特色。龙山、太湖都在无锡境内,语言又是无锡方言。

除民歌外,《华抱山》及其续集夹叙夹唱的表现手法与吴地传统曲艺艺术如宣卷、弹词的表现手法如出一辙。宣卷是古老的说唱艺术,属于佛教文化。每当夜里做佛事时,主唱者便说唱劝人为善、因果报应的故事。笔者幼时在无锡,曾十分迷恋宣卷。续集第六章"梅里百姓念三龙"中第一节"朝山拜香念诗篇",就曾提到宣卷的巨大影响,"太湖无锡历来有坐夜宣卷烧香上山把佛念",写无锡的百姓爱戴华抱山父子,说唱"拜香新诗篇"。除宣卷外,佛教文化中还有庙会、娱神的高跷戏文等,都给了这部长篇史诗以文化滋养。续集中第六章第二节"小泉泉急奔朱华店",就生动地描绘了朝山进香、坐堂拜唱的盛况:"有锣鼓响连天,/有高跷戏文演,/男格唱诗篇,/女格舞翩翩,/还有黄旗绿伞五色艳。"

评弹是吴地最有影响的说唱艺术,兴起于清代光绪年间。但是,民间说书人、说唱艺术的历史则更加悠久。《华抱山》及其续集与民间说书、民间说唱艺术有着血缘关系,则是肯定无疑的。史诗中多次出现"唱山歌师父"直接与听众对话的场面。如"听山歌朋友开仔言"、"听山歌朋友听我言"、"丢落闲话唱正言,闲话一多人讨厌"等,这"唱山歌师父"就相当于民间说书人。所以,悠久深厚的吴地传统民间文化哺育了这部长篇英雄史诗。

除了表现悠久深厚的吴地传统民间文化外,《华抱山》及其续集还展现了绚丽斑斓的吴地民俗文化。整部长篇史诗好像是一轴多姿多彩的吴俗风情画卷。

在民俗文化中,最为常见的是婚丧嫁娶的习俗。续集一开始就浓墨重彩地描绘了祭祀和送葬的场面。那是父老乡亲为牺牲的华抱山和凤妹举行祭祀和送葬的仪式。祭祀大典被描写得十分庄严隆重,不仅写到"男男女女,老中少年,/白衣白纤,/披麻戴棉",而且还详尽地历数祭品:"一青二白、三酿四件、/五咸六甜、七荤八素九寿面、/猪头三牲十只眼,/还有廿盘干湿点。"不仅写到"人人手持白幡白纸钱",孝堂"高挂一个特大'奠'",写到"长明方灯"、"白烛"、"灵柩"、"香炉"等常见的祭祀礼仪和用品,而且特意展现了无锡地区特有的祭仪:

> 第三祭为三献,
> 各地献演唱班走上殿。
> 吴歌吴谣万万千,
> 歌唱公道换新天。
> 拜香诗班唱"至贤",
> 木鱼"吉角""八吉"翩,
> 一面唱勒一面演,
> 一步三拜拜祖先。

"拜香诗班"又称"拜香会","拜香"是无锡地区特有的、迎神赛会朝山进香的一种仪式。"八吉"是拜香队伍中以示吉利的舞蹈。同样,在送葬仪式中,也出现了无锡特有的民间习俗:

> 众人动手可换天,
> 一个时辰不到点,
> 挖坑埋棺才(全)完全,
> 吴周两老把头点,
> 手拿线尺上下左右量一遍,
> 说道:"六三"、"三六"勿差一线线,
> 面南背北前水后山(墩)吭不偏,
> 华家(夏)龙根勿断弦。

所谓"六三"、"三六"都是古时无锡地区的民间丧葬习俗,指的是对墓穴长宽深的讲究,且还有无锡民间老话,"六尺长,丁财旺","三尺宽,困得安","六尺深,出贤孙","三尺高,步步高"。这种习俗反映了人们祈求人财两旺、吉祥美满的生活。此外,如婴儿生下三天要吃三朝面,"小小龙困勒摇篮间,/ 身旁有把桃木剑,/ 头顶青铜小镜照云天,/ 脚穿虎头小鞋颜色鲜"。"桃木剑"、"青铜小镜"、"虎头小鞋"都是"避邪"之物,这种无锡的风俗寄托了人们对孩子平安幸福的美好祝愿。在《华抱山》续集中,类似这样的表现吴俗文化的细节还有很多。必须指出的是,这些风俗习惯是不能简单地斥之为封建迷信的。在古代强大的自然和社会的压力面前,人类为了获得生存下去的勇气和信心,为了对美好生活的憧憬不致泯灭,有时不得不把希望寄托在超现实的力量上。宗教和神话正是由此而产生的。

  民间文化和民俗文化都属于传统文化的重要组成部分,就像地下埋藏的矿藏一样,它们经过悠久历史的沉淀,岁月浪涛的淘洗,具有相当的稳定性和强大的生命力。它们甚至已渗透到人们的思想、性格和行为之中。长篇英雄史诗《华抱山》及其续集,不仅有饱满完整、栩栩如生的人物形象,跌宕起伏、曲折离奇的故事情节,而且还有如此色彩缤纷的、吴地农民所特有的民间文化和民俗文化,这就使这部长篇英雄史诗更加丰满、充实,散发浓

郁的生活气息,更加富有可贵的文化意蕴。这也就是《华抱山》及其续集之所以流传了数百年,之所以具有如此强大的生命力的原因。

写于 2000 年 10 月 7 日

北京芳城园寓所

云想衣裳花想容

——读杨子散文诗集《云之歌》

"云想衣裳想容",读完杨子的散文诗《云之歌》,心中竟忽然冒出李白的这一句诗。因为,读完这本散文诗集,掩卷思之,给我留下最深印象的还是云和花。

古往今来,吟咏云和花的作品可谓不计其数。因而诗人所面对的难题,就是必须不落窠臼,写出新意。如何对待前人已用过的题材?歌德认为,关键是作家"按自己的方式去处理"(《歌德谈话录》第 8 页)。歌德还说:"诗人的本领,正在处于他有足够的智慧,能从惯见的平凡事物中见出引人入胜的一个侧面。"杨子正是这样一位具有自己个性和独创性的女诗人。例如她写云,除了注重从外形特点写它"似柳絮,如丝绵,白得纯、白得净、白得透明"外,还写出了云的内在的美,写出了云的"灵魂"——当然,云是自然现象,是不可能有"灵魂"的。这是诗人自己的思想感情向云的投射,使云也被赋予了人的丰富的情感;也许因为人间有太多的污染,她才飞去,但她分明仍在眷恋着大地:山上留着她的芳踪,水里映着她的倩影。""她的爱心无变,她的归宿是大地"(《云之歌》)。这可以说这章散文诗的"诗眼"。由于灌注了诗人自己独特的感受和情感,就使它区别于以往同一题材的作品,显现出与众不同的"引人入胜的一个侧面"。在诗人的笔下,作为自然现象,没有生命的云,竟"通晓人性,以晴阴雨雪与人间悲欢离合构成和声,欢快时,你衣绢清素,淡妆不施,新浴方罢,你艳如出水芙蓉,娇似含苞月季。抑郁时,你拨墨蔽天,秀眉微颦,扣诉如泣,含悲欲滴;悲愤时,你风雷交加,狂涛大作,洪流滚滚,震撼天地。你用真善美造福众生,你用泪水荡涤世间的埃尘,你用正义的怒吼驱除人间的邪恶"(云的旋律·寻云》)。

花,更是诗歌中屡见不鲜的题材,是"惯见的平凡事物"。而诗人照样能写出新意,能"见出引人入胜的一个侧面"。就以诗人最喜欢的那首《牵牛》来说,"有人讽刺它的攀高结贵,有人嘲笑它的倚仗权势,也有人赞美它的晨号嘹亮,这些当然都是巧妙的构思,而我却欣赏它的虽纤弱而实倔强的品格"(《代后记:饱蘸新墨寄情思》)。于是,诗人"反问嘲讽者:难道你喜欢爬行吗?"又如写《吊兰》,"总是高高地悬空吊起,睥睨着群芳",她之所以不可一世,是因为"远离贫困的黄土地","其实,她的根仍植在盆中的泥土里"、"如果没有那一抔黄土,她还能趾高气扬吗? 这里写的虽是一盆吊兰,但它却给予人们以富有社会内容的启示和思考。还有如《昙花》,由昙花一现,联想到"一代英杰",乃至"绵长的历史","也不过是一瞬而已"。诗人由此进一步悟出了这样的道理:世上之事也真怪,有时因其永恒而珍贵,有时又因其短暂而受宠。"再知《一品红》,诗人写"它红在寒冷的冬天,愈冷愈红"。"我把一品红的'品'理解为品行之'品',而不是官位的标志"。"如果红得发紫,红得妖媚,红得肉麻,红得吓人,就只能是红之末流了。"诗人故意把自然界中花的红色与社会上的走红混淆起来,收到寓意双关、耐人寻味的艺术效果。从这些云和花的散文诗中,我们可以看到,杨子不仅用她的生花之笔描画世界的美丽,更以她特有的女诗人的慧心去参悟蕴含在美丽之中的哲理。

杨子以她女性特有的敏感和丰富的情感去表现美。而她的敏感和丰富的情感本身就是美丽的,女性的柔情和诗人的气质,在她的身上合二而一。甚至并不美丽的事物,在女诗人那丰富情感的阳光照耀下,也焕发了生命的活力和虹彩。例如在《旧伞》中,女诗人满怀深情写的却是"一把旧的黑伞,一把我母亲用过的伞,一把为我们母女两代人遮风挡雨的旧伞"。尽管"人们说,它太破了,太缺少色彩了,早该将它收起",但是,"我却不忍把它丢弃。因为它牵系着我太多太多难忘的回忆。"与此类似的,还有的《小巷》等作品,灰色的小巷、黄土路,看来很土气,只因它们留下女诗人"儿时的足迹",灌注了女诗人深厚的怀旧情感,所以也显得亲切有味了。

最能体现女诗人细腻、丰富、美丽的情感的，自然是她的以爱情为题材的散文诗。杨子的这类散文诗，并不以渲染肤浅的卿卿我我的柔情蜜意为能事，如同某些平庸之作所表现的那样；实是既含蓄又体贴入微地表现了女性的情感流程中细微的爱波颤动。从而使她的爱情散文诗具有较高的艺术品位。一件红色的风衣。似乎再平常不过的了。然而，就因为它是爱人在她的本命年送给她的礼物，这件平常的红色风衣立刻被赋予了不平常的意义，不啻是一片爱心的象征，成了"我生命新篇的标志"。又如《血染的手帕》，同样"没有惊心动魄的故事，只是生活中一支小曲"，然而就是"生活中一支小曲"，一旦与刻骨铭心的爱情相联系，那么这件小事就将永远烙印在相爱着的两人心上。本篇中的"我"就是这样，"经过这一次，我知道，从此后有一双眼睛在关注着我，有一颗心在为我激动，有一个人在为我忧伤"。

在本文的开头，我说此散文诗集中给我印象最深的就是吟咏云和花的作品。当然这是就总体印象而言的，其实不囿于此，其他佳作也颇多。比如在"前驱风采"一辑中，女诗人犹如一位高明的画家，为文化前辈们速写，寥寥数笔，就将冰心、巴金、艾青、闻一多、朱自清、吴晗、老舍等前辈文学家的音容笑貌，形神兼备地画了出来。在"世态剪影"一辑中，女诗人又有意识地切近生活，从少女到老妇，从各种职业的女性到"勒勒车旁的女孩"，从商品到"卦摊"，鲜活地再现了人间的世态百相。而"人生拾叶"中的各章，则是女诗人对宇宙、岁月、人生的唏嘘喟叹和沉重思索。

杨子是一位很有才气的女诗人，她又勤奋刻苦，笔耕不辍。我们相信，在散文诗的园地中，她一定能收获到更为丰硕的成果。

生命体验：美丽的诗魂
——读刘成东的诗

数年前，在《星星》诗刊上，我曾以《能读懂的诗不是好诗吗？》一文，与刘成东先生商榷。今天看来，文章仅停留在懂与不懂的层面上，未能作更深的阐述,而且较多强调诗的使命意识和社会意义,对于诗的生命意识和诗人的生命体验则论述得不太充分。现在读了刘成东先生的《黑月亮》《高原》《体脸》三本诗集,正好借评论其诗之机,着重谈谈这个问题。

当然,我无意再继续懂与不懂的对话,但是,当我读了刘成东的诗后,除了仍坚持先前的看法外,却好奇地发现他的创作与他的理论并不一致:一是他也写些平易近人的诗,即被他称之为"不是好诗"的"读得懂"的诗;二是这类诗大多是言近旨远的佳作;三是他那些不容易懂的诗,却因其晦涩迷离,过于堆砌意象,反而显得较为平平。艺术的辩证法就是如此:如果一味刻意地、苦心孤诣地在形式上穷极新奇,不加节制,那就未必产生真正意义上创新的好诗。很可能就会"以辞害意",影响诗的意蕴,反为不美。过犹不及,诗人必须遵循艺术自律的法则。一首诗,如果每句每字都刻意求新,那倒反而没有新意了。我以为,读懂与否并非衡量诗的高下的唯一标准,而生命体验才是诗的灵魂。

生命体验包含着诞生、命运、遭遇、死亡等要素。生命体验是倾注生命的体验,也就是从自己的命运和遭遇出发来感受生活,并力图去把握生活的意义和价值。生命体验是诗人区别于平庸的芸芸众生的重要标志之一。后者只是盲目地生活着,并不想去探究生活的意义和价值。诗人的生命体验是一种对自身生活的反思,这是一种渗透着思想的情感活动。他必须透视自己的内心情感,必须从自己的内在精神出发,去观照具体生活现象的意义。尽管其诗华美工丽,技巧斗奇争胜,倘缺乏内在感受,缺乏内在精神,仍不能算是真正的诗人。在诗中注入生命,创造人生的意义,乃是诗人的天职。诗人还要有命运感,表现了个人的命运,因其蕴含着普遍意义,故而也就表现了更为广大的人类命运。诗人生命体验程度的深浅,决定了他的内在价值的大小,也决定了他的诗的意蕴的深浅。

诗人经过深刻的生命体验,使作品具有丰富深刻的意蕴,具备了可以不假藻饰和技巧取胜的优势;相反,没有这种体验的诗,只能借助华美的词语和炫目的技巧来掩盖内涵的贫乏,意蕴的肤浅。骨肉深情,生离死别,男女爱情等历来是诗歌的永恒题材,也是最能打动人心的。盖因这些都与个人命运攸关,诗人在写这类诗时,经历了深切的生命体验,因此才能动人心魄。如刘成东在《冬日》一诗中写父亲思念出走的妹妹,其悲伤忧郁的表情生动如绘,如塑像般给读者留下不可磨灭的印象:"妹妹出走那一天/父亲的目光长满了忧郁/天空冰窟咬痛一脸惶感//灰色的阳光穿透天空/穿透父亲夜色般的皱纹/感觉无泪的辉煌。"如果说,这些诗句还很讲究技巧,那么以下的诗句可谓明白如话:"父亲,兄弟,小妹/这些标准的平民百姓/日出而作日落而息/什么都信什么都不信/山高皇帝远/只对土地与土豆/还有那一本老掉牙的黄历/感情最真"。(《慕雨之后》)如此类似大白话的诗句依然能令人感动,盖因此非浅露的直白,而是诗人被至今尚存在的贫困地区的落后愚昧所震撼,这些明白如话的诗句熔铸了诗人对贫困地区的父老乡亲的挚爱和关怀,也未始不能看作扩大为对人类命运的终极关怀。如果诗人没有感同身受的生命体脸,那么明白如话只能成为浅薄直露的同义词。这种感受在《父亲》中,更与亲情融为一体。且看诗人如何描绘父亲的形象:"芒草织成的蓑衣/如一截被太阳燎黑的树桩/插入泥石掺合的土地。"仅用三句就象征性地勾勒出父亲的悲剧形象。接着对这位"谁也不知道你的名字/名字早被山路泥泞淹没/黄土上,你的脚印默默躺着"的作为农民的父亲,加以虚实结合的描绘:"蓑衣中揣着那只水壶/算是你唯一的现代家什/装了三十年的故事早已寡淡/浑浊的目光,有时/还会在干瘪的壶嘴抚摸/温习那位女人远去的泪水/怎样敲痛厚厚的山塬。"最后一节尤为出色,却完全是白描实写:"桑树叶绿了一片岩坎/路头终于走来了一串人声/你颤颤巍巍地望一望/然后坐下/然后拿出烟锅/体验这个日子。"前面已写了父亲过的是一种孤独、贫穷、枯燥和沉闷的生活,最后诗人平静地写父亲"坐下""拿出烟锅""体验这个日子"。这里可以有两种理解:一是因为"终于走来了一串人声",父亲兴奋得"颤颤巍巍地望一望",然后"体验这个日子","一串人声"竟至使父亲如此激动兴奋,要慢慢加以品味体验,极写日子的单调无聊;二是告诉人们这样的日子还要无休止地继续下去。貌似平静的诗句却反映了诗人不平静的。无论作何理解,这个平淡无奇的结尾留给读者咀嚼不尽的回味和遐想。人们可以相信这里写的是作为个体存在的父亲,但更有理由相信,这未尝不是贫困落后地区人们艰难的生存状态的真实写照。这平淡无奇的结尾却包含着丰富的意蕴,由无奇而出奇,表现了如清人刘熙载所说的"平中见奇"的功力。当然这种功力不完全是技巧性的,更重要的是诗人倾注生命的内心体验。至于爱情诗,更是非有刻骨铭心的内心体验不能写好的。在《你走的那天》中，诗人将情侣比作鱼和水："你真是一泓深情的水么 / 活蹦乱跳的鱼儿是我了 / 在水中,游得很帅"。这种比喻本不算新鲜,但最后二句却出语突兀,出人意料："你走的那天 / 我成了一条抽象的鱼。"水已不存,鱼将何依? 全诗至此,嘎然而止,诗尽意犹未尽,味之隽永。又如《夏夜》一诗,诗人写抒情主人公"总想走进你的窗口 / 听一听你生命的晚间音乐"、"多想在歌谣中的情节里 / 扮演悄悄爬上来的半个月亮 / 穿透你双眸中的水域 / 为你守候水面的宁静"。此诗更加含蓄蕴藉,诗中抒情主人公的情感不是外向辐射型,而是内向体验型。他将对情人的爱情深深藏在心底,并不急于表白,而是慢慢地体验、品味,并加以不断升华,因此才显得如此静谧优雅,诗意盎然。

不仅写情的诗,就是写景的诗也同样须有生命体验,没有经过生命体验写出的风景诗是没有生命的。可以看出,刘成东的一些风景诗佳作,都是他倾注了自己的心力和生命,经历了深沉的内心感受和体验才写成的。在他的诗集《高原》的第二辑"红土高原"中,我们看到这些描写"红土高原"的长诗,都不是单纯地描写高原的奇异风光,而是倾注了诗人的"一种情结 / 死去活来"(《格里拉山高峰》)。那是一种什么情结呢? 那是对这片红土高原,和生长其中的父老乡亲,以及悠久古老的地域文化的无限热爱之情。这种"死去活来"的"情结"几乎达到了物我两忘的程度,主观和客观融为一体:"我就是你的泥土呵 / 请从我松软的歌声走过 / 请从我四月的目光走过 / 一朝相望 / 胜过十年相守"(《我就是你的泥土》)。当然,仅仅是热爱之情,其感受和体验还不能算很深。正因为热爱这方土地和生于斯长于斯的人民,所以对其贫穷和落后就有了切肤之痛。于是,在他的诗中,不仅有"宁静巨大的山梁"和"紫红的峭岩",以及"相互倾听的花瓣"和"相互照耀的麦穗"(《我就是你的泥土》),而且还有"山里汉子脸上的苦涩"和"女人眼角酸酸的皱褶"(《夜色来临》),以及"皱纹布满痛苦的母亲"和"脸色如石头一样沉重的父亲"(《格里拉山高峰》)。以致他的诗不全是一片温馨亲情,而也是"比药还苦的诗行"(《我就是你的泥土》)。正因为如此,他的这些写景诗表现出一种令人沉重惋叹的悲壮美。诗人笔下的自然是其主观化、心灵化了的自然,经历了他"死去活来"的情感体验,所以才如此真切动人。

在刘成东的诗中,为古今中外的诗人、艺术家写照的作品为数不少。诗集《体验》以"大师"为题,用了整整一辑的篇幅。虽然时空相距遥远,但是诗人通过以心灵阅读作品,经过内心深刻的体验,却依然可以与古代和外国的大师们进行心灵对话。如写陶渊明:"贫苦写满你居家的日子 / 有一抹乐趣让我反复阅读 / 有一纸光灿袅袅的人格体验 / 风光你的生命"(《陶渊明》),如写杜甫:"你患病的头颅令人感动 / 一如你山峦般的诗句 / 却无法撞亮昏暗的太阳"、"唯有一脸苦辣辛酸 / 铸就了中国文人的形象"(《杜甫》),又如写里尔克:"你是豹,怀抱死亡 / 永远围绕一个圆心舞动 / 舒缓的步履晕眩伟大的意志 / 却感动不了千条铁栏"(《里尔克》),写惠特曼:"惠特曼,你无法用亲吻 / 拭去亚美利加的眼泪 / 夜,祈愿,死亡,星星 / 以及向军旗敬礼的黑种妇人 / 那里深藏着神圣的泉源"(《惠特曼》)。诗人结合自己的内心体验来阅读大师们的作品,受到感动,产生共鸣,这些诗句正是他阅读体验的结晶。

更为可贵的是,诗人不将自己局限在斗室一隅,去体验咀嚼一己的悲欢,而是拓展视野,投身到沸腾的生活中,真正品尝到生命体验的欢乐。诗人所在的攀枝花是西南著名的钢城。诗人热情地将钢铁生产的过程誉之为"另一种超越的境界",喻之为生命的诞生。诗人写道:"钢铁之声持续闪耀 / 投入生命的快感","钢铁之魂 / 深入我们的肌体 / 感动我们的品德和思想 / 感动钢铁所有的歌者","今夜诞生的钢铁 / 验证关于生命的真谛"。只有从自己真实的内心感受出发,才会有发自肺腑的深情歌唱。他在另一首《钢铁与音乐》中写道:"每一粒矿石,血液般 / 沸腾我们肺腑 / 沸腾我们朝气蓬勃的年龄 / 我们隆起的胸脯里 / 有一种现代风格的音乐抵达","只有我们最钟情这种音乐 / 于是,钢铁与音乐 / 让我们美丽一生"。钢铁本是冰冷无情之物,然而在诗人的笔下却和音乐一样美丽。这就是诗人独特的内心体验。诗人还设身处地为普通劳动者代言,如《巡道二说》。诗人以细腻的内心体验,传神地写出了巡道工的美好心灵:"泊在我肩头的那一束灯光 / 让前方的城市背后的小站 / 潜入我布满道路的身体。"连身体都"布满道路",真是奇特的想象!然而更精彩的是最后一节:"如果今夜倒于道路 / 就倒为一截黑枕木罢 / 请后面巡道工伸出手来 / 让我把前方的路途 / 赠给你。"巡道工以生命倾注在他所热爱的工作岗位上;而诗人也以生命体验并展现了巡道工那崇高而美丽的内心世界。

在狄尔泰的本体论的诗的学说中,体验占有极为重要的地位。一个真正的诗人必须内视自己的灵魂,对自身的命运、遭遇进行深刻的反省,从而通过自身的力量,为自己创造出现实世界不可能给他提供的富有意义的、优美而富有灵性的精神世界,并以此去充实、升华更多人的精神世界。这既是诗人生命意识的需要,也是其使命意识的需要。刘成东将自己的一本诗集命名为《体验》,可见他对生命体验的重视。相信他在不断地进行生命体验时,定能使自己的诗歌创作达到一个新的高度。

1996 年 6 月 19 日

北京芳城园寓所

浓郁的乡情　清新的诗意
——读刘向东诗集《母亲的灯》

一天,我从收音机里偶然听到中央台的读书节目正在朗诵刘向东的诗《母亲的灯》。我立刻被深深地吸引住了。诗本身的率真深情,加上播音员声情并茂的朗诵,对我产生了巨大的情感冲击力,使我亟欲看到以此诗命名的诗集。好像知道我这种迫切的心情似的,没过几天,向东就给我寄来了他的新著《母亲的灯》。我在惊喜之余,对他在诗歌创作中又获硕果而着实高兴。

李瑛与李小雨是父女诗人,刘章与刘向东是父子诗人,还可以举出一些例子,这使我几乎相信诗人具有诗歌创作的遗传基因。事实上,从生物学的角度看,这当然是不可能的。父子诗人的现象只是说明家庭影响、艺术氛围的熏陶对诗人成长的重要。向东是幸运的,有这样一位诗人父亲,从小就受到父亲的亲炙。父亲是他诗歌创作的启蒙老师,但是,世间的事情往往具有两面性:有时看似有利的条件却未尝不是不利的因素。刘章创造条件培养儿子成为诗人,但是向东要想成为独树一帜的真正的诗人,就必须走出父亲对他影响的巨大的阴影。父亲的知名度越高,给他的压力也就越大。要走出父亲影响的压力本非易事,更何况父子写的是同一类诗——乡村题材,那更是难上加难。这对向东来说,无疑是个挑战。读了诗集《母亲的灯》后,我欣慰地看到向东不仅勇敢地接受了挑战,而且果真走出了父亲的影子,走上了一条属于自己的创作道路。

当然,走出父亲影响的阴影,并不等于认同那些鼓吹虚无主义的所谓"弑父"情结的论调,而是有所继承,有所突破,有所发展。作为新一代的乡土诗人,我以为向东最为可贵的一点,就是继承了乃翁乃至老一辈乡土诗人对家乡、故土、父老乡亲无限深厚的感情。在《出门在外》一诗中,诗人真实而深挚地传达出"出门在外"的游子思念故土的心声:

> 一个人独自向远方
> 背负整片故土的体温离亲人的骨殖越远
> 离老屋的呼吸越近

在这位游子的心目中,"故土"和"老屋"都是有生命的。他能感受"故土的体温",和"老屋的呼吸"息息相关。这种对家乡故土的爱不是抽象的,而是具体的。俗话说:爱屋及乌。因为爱家乡,就爱家乡的一切风物;或者毋宁说,爱家乡就体现在爱家乡具体的风物上。这些风物有"老屋后的一棵小树"、庄稼(其中有《麦子》《谷子》《红高粱》),还有"那棵老槐树"等等。"老屋后的一棵小树","它和我有着同一个生日"。当"远离它三十年之后","兄弟捎话来说 / 要放倒它,要翻盖老屋"时,诗人无限深情地说:

> 让它生长吧,兄弟
> 在我的记忆里,它还是小树
> 还记得你见它流泪的事儿吗
> 我问它哭了吗,你说它没哭
> ——《老屋后的一棵小树》

对一棵小树尚且如此眷恋钟爱,把它想象成能"流泪",能"哭",有情感的生命;那么,对于农民视之如命,在乡土上生长的庄稼,诗人更有一种与众不同的特殊的感情：

> 仿佛你压根儿就
>
> 不是庄稼
>
> 显眉显眼儿，像谁的妹子
>
> 比野风还野，如我的弟兄
>
> ——《仿佛你压根儿就不是庄稼》

把庄稼比作"妹子"、"弟兄"，这是向东的独创。既然包括"麦子"、"谷子"在内的庄稼和人类，都是故土大地上的生命，那么人类与庄稼也就有了骨肉手足之亲。

　　诗人热爱故土家园，只因为脚下的这块故土家园是诗人生于斯、长于斯的父母之邦。因此，诗人对故土家园的挚爱深情又是与对父母亲的亲情密不可分的。诗集以《母亲的灯》命名，并多处写到对父母亲的亲情，读了令人为之悄然动容。《母亲的灯》一诗为我们展现了这样动人的一幕：在那贫困匮乏的年代，一盏"微微的光芒／豆儿一样"的油灯，使诗人感到"夜呵多么富裕"，"寰宇只剩了一盏油灯／于是吹灯也成了乐趣"。其乐融融的天伦之乐，使生于匮乏贫困的诗人感到"多么富裕"，多么温馨。这种亲情的温馨令他终生难忘，以致到今天，虽然电灯代替了油灯，可是他依然"看见母亲纤巧的手／小心地护着她的灯苗儿／像是怕有谁再吹一口／她要为她写诗的儿子照亮儿"。在《娘亲》一诗中，诗人把娘亲视为"最光辉的人物"，并深情地唱道："我诗的味道该是母乳的味道／我诗的深沉该是母爱的深沉。"而在《脊背》一诗中，诗人"写我把母亲背在背上／攀登医院的楼梯／写来写去／仿佛不是我背着母亲／依然是母亲把我背起"。这一"背"的动作富有雕塑感。儿子背着患病的母亲"攀登医院的楼梯"，这一画面本身就很动人，而"我"的错觉则又将这种亲子之情深了一层，写出了反哺情深。写对母亲的爱，向东写得细腻、深挚；而写父亲，他则换一种笔墨，用写实与写意相结合的手法，叙事与象征并用，情景交融，并且交替使用烘托与对比的表现方法。《牧羊人》和《感谢羊群》是向东献给父亲的两首诗。前首诗的首句就出手不凡，"风雨牧你，你牧羊"，写意与写实结合，联想新奇，形象生动地表现了

父亲那一段风雨如晦、屈辱而苦难的人生经历。接下去又以巧妙的烘托和对比的手法,写出人和羊相依为命的生活:

> 白水煮箩卜生活味淡
> 羊儿吃草声如雨如烟
> 渴了,浅浅泉边共羊饮
> 困了,深深山谷伴羊眠

而最后"总觉得你就是一只羊",既是父亲的象征,又是对首句的呼应。另一首则是用烘托、对比、情景交融的手法,写出父亲身处逆境而不消沉的乐观、磊落的坦荡襟怀。你看他——"风来了,雨来了 / 横也是鞭竖也是鞭 / 山青了,水绿了羊也悠然人也悠然…… // 有花半山 / 有草半山 / 有白云半山羊儿半山 / 自有新诗半山 // 看雷满天 / 看雾满天 / 看狂沙满天飞雪满天 / 自有阳光满天",字里行间充满了对父亲的热爱与敬重。

诗人对父母亲的深厚情感,既来源于血缘亲情(这是最主要的),又来源于传统的道德观念。在农耕社会历史悠久的中国,传统道德成为规范人们思想和行动的准则。热爱父母,也要敬重追念祖宗先人。数典忘祖被认为是大逆不道的。在偏远的山村,这种传统道德观念的影响就更深。自幼生长在山村的诗人不可能不受其影响。这样,当我们看到诗集中有几首写祖坟的诗,就不会觉得奇怪了。值得赞许的是诗人虽然也写到了"给先人跪下,磕响头 / 尔后往每一个坟头上添土"(《清明的早晨,我在祖坟上遇见亲人》)。虽然也表明祖宗和"我的血脉"(《面对祖坟》)相连,但是并没有为狭隘的封建宗法观念所局限,而是注入了清新的现代意识。"面对祖坟",诗人陷入了对生命价值的沉思,墓地里的人们曾经"各自在各自的位置上 / 保持顽强的呼吸 / 或用骨头照亮道路 / 或用胸脯温暖大地"(《山民墓地》),然后真诚地唱起生命的颂歌,"活着真好。活着,年轻美丽 / 老了老了尤其美丽"(同上),在诗人的笔下,长眠在祖坟里的祖宗"睡觉也睁着眼睛 / 在时间中等待启示 // 幸而是睁着眼,他们 / 全都成了 / 历史的证人"。不仅是"历史的证人",这些祖宗先人还"睁着眼睛"关注来者。生者都可以感觉到"身后有着他们迷路的人"(《清明的早晨,我在祖坟上遇见亲人》)。诗人在积淀了浓厚的中国传统文化的祖坟这一题材上,灌注了清新的现代意识,写出了新意。然而,更重要的是,诗人是将祖坟视为"灵魂的房子":"只有我灵魂的房子是属于这儿的 / 我的祖坟!"(《面对祖坟》)视为"我生命的真凭实据",视为"孕育了我,哺育了我"的故土的一个重要部分。"当我一个人远走他乡 / 我背负着整片故土 / 离你越远 / 越能听见你厚重的呼吸"(《面对祖坟》)。

正因为诗人并未为狭隘的封建宗法观念所局限,所以他的眷注的目光并不仅仅停留在父母、祖坟、村庄、家乡,而向着更宽广的天地延伸。他的好几首诗都深情地讴歌黄土,因为"我们的祖宗,是黄土的化身 / 祖宗的黄土,是万物的爹娘"(《黄土黄》)。他写到"有人去远方 / 揣着一把黄土 / 最终又要揣回来,甚至 / 放弃追求一生的金银"(《黄土》)。他歌颂黄土上"苍天在上天为父 / 泥土在下土是娘"的人们,"挺立着 / 自己靠自己的骨头支撑 / 倒下去 / 灵肉与花草同样芬芳"(《另一种视角》)。他热爱黄土,热爱黄土上的人们,正是他热爱家乡,热爱亲人,热爱父老乡亲情感的扩大与延伸。

由热爱黄土,进而扩大为对祖国母亲的热爱。对诗人刘向东来说,爱国并非是抽象的,正如他爱故乡并非抽象一样。他从热爱故乡到热爱祖国,其情感轨迹是很清晰的。法国批评家丹纳说:"有一种超乎一切之上的动力,就是爱","爱的对象越广大,我们越觉得崇高。因为爱的益处随着应用的范围而扩张。在历史上,在人生中,我们最钦佩的是为大众服务的精神:我们钦佩爱国心"(《艺术哲学》第 376—377 页)。在诗集中,向东有两首诗写香港回归,足见诗人对此世纪盛事的高度关注和兴奋激动的心情。在写了一百年来香港所受的屈辱,"苦难在血肉中旋成年轮 / 我们自己舔自己的血 / 我们包扎 / 用尽了整个世纪的白云"之后,"在我扑向你怀抱之时 / 我无论如何要喊这一声·'我回来啦!' / 你看你— / 千百岁的儿子到了家门"(《归来》)。在香港回归的当天,诗人情不自禁地歌唱:"我的祖国,要爱 / 我就像现在这般爱你!"(《1997 年 7 月 1 日零点随笔》)正因为诗人是从热爱家乡扩大为热爱祖国的,所以这样的诗句具有丰富的情感底蕴,丝毫不显得空泛。

作为新一代的乡土诗人,刘向东的诗在思想感情上继承了前辈乡土诗人热爱家乡故土、父老乡亲的优秀传统,并有所突破,注入了现代意识;然而,比起同辈的乡土诗人,又较为单纯,没有他们所感到的惶遽和困惑:即一方面渴望走出家园,摆脱贫困和落后,追求城市的现代文明;另一方面又不满在物质文明幕后所掩盖着的庸俗和贪欲,于是又向往回归到那远离物质文明、充满淳朴敦厚的民风、充满田野气息和人情味的乡村家园中去,以期使自己漂泊的灵魂有所归依。我们在向东的诗中,看不到为摆脱贫困和落后,渴望远离家乡,向往城市文明的诗,相反,他时时眷念着家乡,即使"在离家很近的贵宾楼过夜 / 家乡依然在我梦中"(《回想》)。

在艺术表现手法上,刘向东既汲取了现代诗的某些特点,又兼顾多数读者的欣赏口味和习惯,避免晦涩,力求言近旨远,平中求奇,写得很精致。如《落叶·飞鸟》就写得十分精致:

墓地·老树·鸟巢
那些鸟巢——

半个圆,向天空开放
收日月之精
而半圆的坟墓倒扣
拢大地之气

土地说:落叶归根
于是,叶子下沉
天空说:鸟儿凌云
于是,翅膀向上

是自由诗的形式,但有内在的韵律,并且对仗也较为工整,类似词和小令。同样写得精致流畅的诗还有《化蝶》,内在节奏很美。

诗评家陈超为刘向东诗集《谛听或倾诉》所写的序,题为《独自歌唱》,我觉得这是对刘向东创作道路的充分肯定。我们期待着不断听到刘向东用他独特的嗓音,唱出一曲曲美丽动人、乡情浓郁、带着晨光露水的歌。

作于 1999 年 10 月 31 日

北京芳城园寓所

情文并茂　诗意盎然

——评胡榴明的散文随笔集《红裳》

　　友人将一本散文随笔集《红裳》送给我，请我写一篇评论。我看书名很美，猜想作者可能是一位女士，再看作者，并不认识。友人告诉我，胡榴明是湖北诗人胡天风的女儿。我想起来了，十多年前，我曾为胡天风的诗集《呼唤》写过一篇评论，记得发表在《光明日报》上。虽然我和胡天风从未谋面，但听人介绍，约略知道他一些情况。他被打成胡风分子，在历次政治运动，特别是在"文革"中饱受迫害。我的文章发表后不久，他就去世了，还不知道他看到没有。尽管同样没有见过胡榴明，因了她父亲的缘故，我却感到一阵亲切。先是听友人介绍，后来又读了她的文集，才知道她也经历了不少人生的坎坷。由于受父亲所谓政治问题的牵连，她被剥夺了受高等教育的权利，先后当过工人、民办学校教师，长期生活在社会的底层。这一对父女竟一样命运多舛！我先后为他们父女写评论，也算是有缘分，同时又使我生出一些感慨。

　　胡榴明没有继承父志写诗，而是对散文和随笔情有独钟。虽然没有写诗，但有一点从她父亲那里继承下来，那就是具有诗意的眼光。这不仅表现在"旅游季节"一辑中的游记中，使其诗意盎然，而且这种诗意充溢在整本文集之中。

　　在"旅游季节"一辑中，读者随着作者诗意的眼光浏览了祖国的名山大川、富含历史文化底蕴的人文景观。如在《瓜洲古渡》中，作者回忆起三十年前泊船瓜洲时的情景。她从王安石的"京口瓜洲一水间"的诗，写到冯梦龙的《杜十娘怒沉百宝箱》，最后，她赋予瓜洲渡口以生命，写"它正承负着厚重的一切沉沉地睡去"，这"厚重的一切"是什么呢？作者没有明说，我以为应该是历史文化的积淀。然后，她笔锋一转，写道："阔大的江面上，有一个小小的我，在那个夜里没有入睡，我静静地等待，等待三十年之后的自己，今夜与我相遇,相遇在古渡瓜洲……"这个结尾完全可以称作隽永而意境深远的诗。这里有两个强烈对照与反差:一是"阔大的江面"与"一个小小的我"的对照和反差;一个是"沉沉地睡去"的瓜洲古渡与"没有入睡"的我的对照和反差。通过这种对照与反差,增强了作品的艺术张力,也就增强了作品的艺术感染力。然而,更妙的是作者的忽发奇想:"我"为何"难以入睡"?原来是"我静静地等待,等待三十年之后的自己,今夜与我相遇,相遇在古渡瓜洲"。这看来是非常荒诞的念头,却充满了发人深省的哲理意味。这是运用时空倒错的表现手法,体现作者对人生的深沉的思考。在现实生活中是荒谬的,而在艺术作品中却是真实的,合理的。正如爱与死是文学艺术的永恒主题一样,个体的有限与宇宙的无限也是文学艺术的永恒主题,并且永远是艺术魅力的重要源泉。像这样富有意蕴的散文还有《崂山》《泉州一片月》《滕王阁》等。

如果说,在"旅游季节"一辑中,作者以诗意的眼光观照名山大川、人文景观,那么在"闲情"一辑中,作者则是以诗意的眼光观照日常生活,或者毋宁说把日常生活诗意化。其实,无论是寄情山水,还是把日常生活诗意化,都可以在中国历史文化传统中找到渊源。作者虽然长期生活在社会的底层,但是她出身在知识分子家庭,父亲又是一位诗人,中国历史文化传统不可能不在她身上产生影响。中国传统文人的人生处世哲学向来有两条:即如孔子所云:达则兼济天下,穷则独善其身。独善其身,就退隐,追求虚静境界,由此,中国文人喜爱"闲人"这一形象,与此相联系的,便是将"悠闲"、"闲适"、"闲云野鹤"、"闲情逸致"等视为人生的最大乐趣。文人们往往在书画作品上盖上一个"闲章",以示高雅。因此,体现儒家诗教的闲适诗文成为中国古代文学的一个重要传统支脉。这一重要传统支脉在现代文学那里仍得到承继,在 20 至 40 年代,沈从文、废名、周作人、梁实秋、林语堂、丰子恺等作家的优秀作品都体现了闲适的美学精神。但是,到了 50 年代,这一美学精神几乎彻底断绝。到了 80 年代,这种体现中庸平和之美的美学精神才重新被发现,被认同,并且一直延续至 90 年代,差不多可以被认为是一种文学潮流。所以,作者"闲情"一辑中的散文,不仅体现了传统的闲适文学的美学精神,而且也适应了当前的文学潮流。在《闲情》一文中,作者虽然说:"闲情已被父亲带走,犹如清烟似的飘散……"但是,从整辑"闲情"看来,她的闲情丝毫不减。你看:《饮茶》《喝咖啡》《下午茶》《饮酒杂谈》《闲居》《茶馆》《庭院》《食器》《瓷器》《玉雕》《插花》等文,仅仅看标题就可大致推想文章所显现的闲情逸致、浓厚的传统文化的氛围。可以看出,作者在写这些文章时,不仅心情特别放松恬淡,而且把日常生活诗意化的感受和体验津津有味,娓娓动人地传达给读者,使读者和作者一起,从貌似平凡无奇的日常生活的现象和事物中,得到精神上的升华,从而获得不俗的情趣和艺术享受。如《饮茶》篇,作者从陆羽的《茶经》、张岱的《陶庵梦忆》,还有日本的"茶道"谈茶文化,然后,却不以为然地认为"茶道"之类"忒过一些,程式繁琐而做作,颇觉不耐",而她自有独特的见解,主张"崇尚贵在自然","有没有张岱那种品鉴功力并不重要,重要的是身心休憩,心不为形役,尽享古往今来数千年茶文化的意趣"。在这里,她的雅过即俗,雅在俗中的见地本身就是不俗的。此外,她还写了一些小动物的小品。她以女性特有的温柔细腻的笔触,饶有兴味地,惟妙惟肖地状写了小动物的可爱情态,读时常使人忍俊不禁,解颐一笑,充满了生活的情趣。

"偷来的书"一辑是作者的读书笔记和随感录。作者读了大量的书。她的读后感,有的是借他人之酒杯,浇自己之块垒,如《花间一壶酒》,作者借李白的诗,抒发自己的感受。她最后写道:"我想生存,我必须保持清醒,无论如何将自己灌醉实在是一件很愚蠢的事。今天不再是唐朝,我也不是李白,只是在诗书卷页里,我常常和他对饮,我永远都不抵他的酒量。也许,酒永远是英雄最后的归宿,最后的,失意的英雄。"有的则是她独特的见解。如《卧薪尝胆》一文,作者在读了《东周列国志》后,对"卧薪尝胆"自有其全新的理解。她说:"所以说'卧薪尝胆'这一举动,按现代观点是属于一种特殊的心理诊疗,即是将人的某些理念思维在其神经中枢反复强调以加深记忆,以求达到某一预期的目的。这办法早在或正在科技军事政治等很多领域内被广泛应用,不知是否受了越王勾践的启发?"

"沧桑"辑多是作者的回忆散文。这里有对已逝岁月的回眸,有对旧时风物的深情眷注,也有对往昔若即若离的情感波澜的如诗如歌的咏叹……如《游子他乡》一文,把"初恋时,我们不懂爱情"的少男少女,那种欲语还羞、既痴情又矜持、若即若离、似真似假的初恋,演绎得委婉曲折、真实动人,令人想起自己初恋时的情景,堪称优美纯真的初恋诗篇。

虽说有家学渊源,但终究不是中文系出身,完全靠自学成才,又是"近四十岁才开始写作",作者所遇到的困难可想而知,能有如此丰硕的创作成果实属难得。我对她由衷地表示钦佩,并祝愿她有更多的佳作问世。

作于 2001 年 12 月 10 日

北京芳城园寓所

人生不幸诗家幸

——读王贵珠诗集《游子情》

几回掩卷,悄然动容。这就是我在读农民诗人王贵珠的诗集《游子情》时的投入状态。我已经好久没有这种如此投入的阅读状态了。"诗贵真情"这句老生常谈,在这部诗集中却使人感到分外真切。真情实感是诗的生命,不管是旧体诗、新诗,或是别的什么形式的诗,凡是好诗,都是表达了真情实感的。诗集正是以其真实的情感,真切的人生体验打动读者的。

诗集中的真情实感来自作者对不幸坎坷人生切肤之痛的感受。王贵珠的生活经历可谓苦难重重,令人酸鼻。他不仅穷困潦倒,扶老携幼,沿街乞讨,而且家庭也很不幸,是个残破的家:"有父而又无父,有母而又无母,有夫而又无夫,有妻而又无妻,有家而又无家……"他在诗中真实地描写了常人难以忍受的苦难与不幸:"父弃糟糠妻弃儿,合庄无不暗叽叽。战争夺去团圆日,动乱送来分手时。"(《鹧鸪天·伤时》)"眼冒金花耳打夯,赶门难得雪加霜。揣儿不怕跟头摔,牵女无亏要饭筐。路遇熟人皆远避,巷逢恶狗竞凶狂"(《七律·乞讨》)。虽然他过的是"一把平车载祖孙,泪湿衣襟,汗湿衣襟"(《一剪梅·投宿》)的颠沛流离的生活,但患难中见真情,他对老母和儿子充满了深厚的爱。山东是孔孟的家乡,山东汉子王贵珠显然也受到了儒家传统思想的影响,特别看重孝道和恩义:"乳先跪,孵还覆,物知恩义人何类?"(《钗头凤·路漫漫》)尤为可贵的是,在如此艰难困苦的境遇中,他不向命运低头，没有被生活重担所压垮，更没有从此沉沦，而是时刻勉励自己振作起来，在逆境中不堕青云之志："莫怨世情多冷暖，人生有志自争光。"（《一七律·乡思》）；"看年年枝青叶青，总不能人穷志穷。"（《越调黑麻令·人穷志不穷》）读者从这些诗句中感受到这位山东汉子坚毅顽强的人格力量，而这种坚毅顽强的人格因受到不幸坎坷生活的砥砺而愈见光彩。

当然，诗集《游子情》之所以能使读者为之动容，掩卷涕下，是因为其内容并不囿于一已之悲欢，而是通过抒情主人公自身的遭遇，真实地反映了在那个特殊的年代里，处在社会最底层的人们的悲惨生活。如写"文革"中贫困的生活："山村四月两头忙，一日三餐野菜汤。"（《七律·惜太平》）写派别斗争，六亲不认："锣鼓声声惊梦魂，早炼红心，晚炼红心。亲朋都似陌生人；你也摇唇，他也摇唇。"（《一剪梅·刨根》）寥寥数语，就把"文革"的政治氛围传神地表现出来了。作者穷困潦倒，飘泊天涯，亲身经历了民间的疾苦，他的不幸也正是时代的不幸。他在诗中所表现的苦难生活，正是当时大多数人们苦难生活的写照，具有一定的普遍意义。

动荡飘泊的生活，不仅使王贵珠受到了磨练，而且使他开阔视野，为他的诗歌创作提供丰富的素材，给予他人生的感悟与启示，在他乞讨途中，他"一路风情收眼底"，"任尔不平多少事，都付与，诗一行。"（《江城子·庄子喜留人》）在《七绝·到甘南》一诗中，他写道："登高一览旧疆界，顿忘小家思大家。"尽管身处窘困逆境之中，但登高一望，大好河山尽收眼底，顿觉豪迈之气溢满于胸，竟暂时忘小家，想起了正处于忧患中的国家。"忘小家思大家"，应该说这是作者思想感情的一次升华。这是十分可贵的。在飘泊途中，而对沿途的风物景色，他"多少感怀事，都存乞丐篇"（《五律·汶南除夕》）。如"溪干常有奔腾日，藤老终无自主身"（《七绝·武夷行》）。又如"花开三月难分艳，果到九秋易辨香"（《七律·思乡》）。这些既有形象，又带有哲理性的类似警句箴言的诗句，显然是作者对人生感悟和思索的结果。

坎坷的人生道路对王贵珠来说是既不幸又有幸。正是不幸的生活遭遇在客观上成就了一位诗人。人生不幸诗家幸。信哉斯言。

诗集《游子情》中的绝大部分诗都采用了旧体诗词和小令的形式。可以看出，作者的古典文学，特别是古典诗词的基础较好，能较熟练地写驾驭格律诗的形式，读后感觉有旧体诗词的韵味。如《七绝·闽江垂钓》就写得情景交融,很有韵味:"绿水青山一网收,始知美景白云留。乱红总似离人泪,随雨亦将化碧流。"当然,这些诗调表现的是现代生活,所以在形式上就不一味拘泥于传统诗词的语言,而能吸收化用现代的语言,甚至口语,而且总的说来,不显得过于牵强生硬,给人感觉较为自然。如"重归胜似画中游,不毛沟,果林稠,车到山前,拔地起新楼。不是群童争引路,生养处,竟难投"(《江城子·秋访沂蒙》)。写的是词,却明白如话,流啭自然。有的更在诗中引进了口语,如"莫怨祖宗寒,依田园,伴流泉,'绿野''白莲'该数咱!"(《黄莺儿·贺乔迁》)显得活泼生动。

王贵珠是幸运的,在《农民日报》等新闻媒体的帮助下,特别是在山东省莱芜市委领导同志的亲切关怀下,经过自己的刻苦努力,他终于脱颖而出,成为一名农民诗人。但是,伴随着成功而来的,往往是新的挑战和压力。一个严峻的问题摆在王贵珠面前:随着生活境遇的改善,他还能再写出具有噬心镂骨的生命体验的好诗吗?我以为,只要王贵珠继续保持与人民群众血肉相连,息息相通,像他在飘泊动荡的生活道路上所做的那样,了解他们的疾苦,关心他们的痛痒,他就一定能无愧作为人民代言人和时代的儿子的诗人的光荣称号。

用崇高的精神,优美的情操去感化、熏陶人们,这是诗人神圣光荣的职责。而要做到这一点,诗人自身必须提高精神境界,丰富文化素养,同时必须具有现代意识,紧跟时代步伐。我想这对于包括王贵珠在内的所有诗人来说,都是至关重要的。

当然,正如孔子所云:"言之无文,行而不远。"不断提高诗的艺术性也是诗人不断超越自身的过程。我相信王贵珠不会满足已有的成绩,一定会不断努力,提高诗艺,把旧体诗词这种诗歌形式驾驭得更加娴熟,使之既符合格律,又富有新意,使之更加精致优美。此外,我还期待诗人在诗歌形式上有所突破,不要局限于旧体诗词这一种形式。诗集中有少量的新诗,但远远不够。我希望他多创作一些新诗。不少前辈诗人都是既能写新诗,又能写旧体诗的。从某种意义上说,新诗比旧体诗更加难写。我相信王贵珠如果一旦闯进新诗创作的领域,他一定会感到一种全新的创作乐趣。我期待着读到他的新诗佳作。

献给故国母亲的诗花
——读《适民诗选》

适民先生是一位生长在海外的华人诗人,然而,极为难得的是,在他心中却萦绕着挥之不去、极为强烈的母国故土情结。这是我读了《适民诗选》后,给我留下的深刻印象。

这种母国故土情结饱含着深厚的民族感情,而民族感情如同血缘亲情般融入血液中,使人难以割舍,几乎成为一种本能,当然也是一种自觉。在《诗选》中,我们可以看到诗人作为华夏后裔、炎黄子孙,有着自觉的民族认同感,有着强烈的民族自豪感。在《龙之歌》一诗中,诗人写到作为中华民族的图腾,"龙 / 仍活在 / 亿万人民的心中",为自己属于龙的传人而自豪的心情溢于言表。《有一种文字》则更是通过赞颂汉字,表现了民族的自豪感。在世界上,也只有汉字"历数千年而不衰 / 火烧不掉 / 雷劈不倒","早已走出自己的国度 / 把希望的种子 / 撒遍天涯海角"。海外华人通过拜谒黄帝陵认祖归宗,诗人也正是通过拜谒黄帝陵,表达了强烈的民族认同感:"我们都有共同的语言 / 不分海外和海内 // 中华文化血脉长流 / 黄帝是我们祖先的第一辈 / 我愿献出毕生的心血 / 献给全人类。"(《心愿》)而《致一民族》,更是一首诗人所根系的中华民族的深情的赞歌。诗人充满自豪,满怀信心地歌唱这个"走过了五千年的漫长道路","发明了火药、罗盘和造纸术","产生过诗经、楚辞和乐府",以及"唐诗宋词"的伟大民族。可贵的是,诗人并非盲目乐观和自信,而是看到了前进道路上必然会遇到的困难、挫折,甚至失误,"你已经绕过了一段很长的弯路 / 你可能误入了一段更长的歧途",但是,这个古老而年轻的民族在"困难面前永远不懂得屈服",坚强的信念使"我深信你终能战胜千难万险 / 最终走上通往理想的坦途"。在《写给娘》一诗中,诗人把母国比作"生我""养我"的娘。也许在国内的诗人,这种比喻不算新鲜,可是对一位海外诗人来说,把自己与母国的关系比作游子和慈母，那是再恰切不过的了。诗人是如此感人至深地写出了海外游子对慈母的拳拳深情："十年河东转河西 / 如今强风又吹起 / 神州威力震八方 // 多少人又想起娘 / 多少人又寻找娘 / 多少人又呼唤娘 / 多少心帆又起航 / 多少心潮 / 又涌起激越的波浪。"一连串的排比句表现了中国的强大对海外游子的巨大鼓舞，使其更加心向故国。最后一节诗，"让你永在儿身旁 / 让儿永在 / 你身旁"，以儿女偎依在母亲身旁如此朴素的比喻和语言，真实动情地唱出了海外游子思念、向往故土的共同心声。

适民热爱母国故土，还表现为对中华民族悠久的历史文化的情有独钟。除了赞颂汉字外，他还大声疾呼"说华语光荣"，"华文有前途"。中国古代伟大的诗人屈原，以其人格和诗作的双重魅力，征服了诗人，使他情不自禁地写下了既有冷静思考，又有激情奔涌的诗句："两千多年 / 是漫漫的长夜 / 不灭 / 你的求索精神 / 不灭 / 离骚的声情音节 // 历史 / 已度过了深夜 / 我们仍然记得 / 你用以论证的语言 / 你用以写诗的文字 / 你用以殉国的鲜血。"（《纪念屈原》）在《致李白》一诗中，诗人通过丰富的想象力，与李白进行了对话。而《听华乐》则是诗人在听到中国"五千年多少乐曲"之时，"最令人心悦"的情绪的写照。

名胜古迹、人文景观都属于文化的范畴。《诗选》中有不少赞美中国名胜古迹和大好河山的作品。长城是诗人"昔日常梦游"的地方，"今日上城头"后，看到"居庸关外美 / 江山无限好"，由此生出感触："心内长城牢"（《上长城》），要是人人心内筑起长城，同心同德，艰苦奋斗，建设国家，故国何愁不强盛？在诗人心目中，长城已成为中国人民伟大的创造力和凝聚力的象征。一由长城写到修筑长城的秦始皇"地下的宫殿"中"保卫秦始皇"的兵马俑（《写给兵马俑》）。诗人骄傲地写道："武士们 / 个个身高 / 一米八 / 可见 / 古代的中国人 / 在世界上 / 本来就不 / 低人一等。"这里包含着两层意思：一是字面上的意思；另一层意思就是创造了被称为"世界第八奇迹"的"古代的中国人 / 在世界上 / 本来就不 / 低人一等"。前者是实写，后者是虚写，是指在创造能力上古代中国人不低人一等。《武夷行》和《海南行》两诗以优美的笔触，写出了诗人对故国大好河山的热爱、眷恋和流连忘返。可贵的是，诗人并非单纯地写景，而是通过写景表达了他对中国美好前景的热烈向往："桃源景致美 / 美景摄心间 / 四化实现日 / 神州尽桃源。"

与其他海外华人不同,适民的母国故土情结自有其鲜明的特点：即他并不仅仅停留在对母国故土的思念和向往,而是把自己当作中国人民中的一员,有着自觉的公民意识和主人意识。这就使他与中国人民心心相印,悲喜与共。他满怀深情地歌颂了中国人民热爱的伟大领袖毛泽东和邓小平。《柳梢青》一诗就是歌颂毛泽东主席的："双九辞行,／春风秋雨,／一别三年。／亮节高风,／恩泽百代,笑看人间。／／重读旧日诗篇,／人感奋,／江流向前。／今日思君,／千年伟业,／不朽名言。"中国改革开放的总设计师邓小平同志逝世后,举国震悼,远在新加坡的诗人适民很快就写出了《悼邓小平》一诗。他满怀深情地写道："你挽狂澜于既倒／为中国制定了新的路线和韬略","你是中国人民的儿子／你深情地爱着祖国和人民"。香港和澳门回归是本世纪中华民族统一大业中的大事,是中国人民的大喜事。而早在香港回归前两年,适民就写诗《献给九七》,其企盼之心与故国同胞一样迫切。到了 1997 年,诗人又写了一组《写给香港的诗》,迎接香港回归。如《紫荆花》："紫荆花呀／你压倒了群芳／飞上了旗面／永放悦目的光芒。"1999 年,诗人又写了组诗《迎澳门回归》,如《献给澳门》："只有在五星红旗的照耀下／澳门,今天你才显得这样／容光焕发。"正因为有这种公民意识、主人意识,所以我们在读他的诗时,时时可以感受到他的热切关注的目光。例如他虽处异国,却关注着中华民族的母亲河——黄河,写下了《根治黄河》的诗篇。而国内的诗人、作家、艺术家,则更成为他诗中的主人公。这些诗如《人民的艺术家——纪念赵丹》《致丁玲和巴金》《哀顾城》《致顾工》《悼饶庆丰》《致舒婷》等。

作为新加坡诗人,适民也写了不少描写新加坡热带风光的诗,如《热带的雷雨》《细雨中游圣淘沙》等。这些诗写得情景交融,寓意于景。而他的咏物诗,如《水》《木》《金》《火》《土》《咏星星》《赞雪中炭》等等,则是托物言志。在《时间》一诗中,诗人将无形的时间写得既无情,又有情,富含深刻的哲理。时间是无情的,"你使多少权贵／一一化为尘土",时间又是有情的,"你使多少诗章／闪光如珍珠",并且"时间／最了解人类的肺腑／你给我们／带来了光明一束束"。

适民先生曾任联合国译员,所以他的诗还有一个显著的特点,就是体现了外交官的风采。这不仅指他写了不少游历世界各地的诗篇,如《欧游小

唱》《向东行》《美洲行》《我又回到了巴黎》等等；更为重要的是，面对波诡
云谲、变幻莫测的世界政治风云，他有强烈的参与意识。他常常情不自禁地
对世界发言，明确地表示自己的好恶爱憎和臧否立场。我们从这类题材的
诗中，可以领略到他那外交官的人格魅力和动人风采。如《致阿拉伯民族》
《波兰在流血》《致阿拉法特》《致克林顿》《美洲的红树》《你们象征着美国
人民的明天》《写波斯湾战争》《致罗马尼亚友人鲁白安》《致索列斯库》《写
北约轰炸南斯拉夫》等等。如《写波斯湾战争》一诗，诗人深刻地、一针见血
地将这场战争概括为"以血换油"和"以油换血"，"以血换油 / 付出的是 /
血 / 得到的 / 未必是 / 油"，"以油换血 / 糟蹋的是 / 油 / 白流的 / 还是 / 血"。
在（《致阿拉伯民族》一诗中，诗人愤怒地质问："为什么让 / 两伊的将士 /
在自己的土地上 / 自相残杀 / 死得不清不楚？"诗人写道："真主有知 / 也会流
泪痛哭，/ 痛哭 / 子民不长进，/ 痛哭 / 民族受侮辱……"恨其不争的心情跃
然纸上。而当 80 年代初，波兰发生了流血事件后，诗人焦灼地向世界呼唤：
"波兰在流血！"随即对事件的发展及后果极其关切："高压底下，/
百姓群情
激越，/ 等在前面的 / 是更大的流血，/ 还是全民的祝捷？"（《波兰在流血》）
又如组诗《写北约轰炸南斯拉夫》中《谁是罪魁祸首》一诗，诗人写道："点
燃了火药库 / 势必引起连锁反应 / 谁是罪魁祸首 / 重重迷雾怎能遮蔽世人
的眼睛"，愤怒谴责北约的暴行。从这些诗中，我们分明可以看到一位站在
人民的立场，维护正义与和平，嫉恶如仇，激情如火的外交官的形象。

　　读完《适民诗选》，我感觉适民先生诗歌的总体风格是清新自然，平易近
人的。清人刘熙载在《艺概·诗概》中推崇陆游的诗："明白如话，然浅中有
深，平中有奇，故是令人咀味。"我认为适民先生在诗歌创作中也是以此作为
自己的艺术追求的。他的《以诗论诗》可能受到杜甫的《戏为六绝句》的影
响，以诗歌的形式表明他对诗歌创作的观点。其中有两句："字句须斟酌，凡
俗出神奇！"此观点显然与刘熙载的"平中有奇"相暗合。在诗歌创作中，
他努力实践着自己这种"凡俗出神奇"的艺术主张。如《冷与热》一诗，可
谓明白如话，诗人以外界气温和人心温度的强烈反差，对比，赋予"冷和热"
这"凡俗"的温度，以寓意深刻的内涵，做到"平中有奇"，真是言近旨远。有
的诗则写得平中见趣，情趣盎然，"我叫孙儿 / 抓起一把阳光 / 好放在爷爷
的手上"（《抓起一把阳光》），还有的诗写得平中见美，如《蝴蝶》："假如花朵

是静止的蝴蝶／蝴蝶就是飞动的花朵／／有花朵的地方就有蝴蝶／有蝴蝶的地方就有生命的本色／太阳赋予你们各种颜色／你们以五彩缤纷点缀大地山河。"写的是蝴蝶和花朵,但是人们有理由相信,适民先生也希望以自己五彩缤纷的诗歌点缀中国的诗坛。而《适民诗选》正是一位海外诗人献给故国母亲的一束美丽的诗花。

作于 2000 年 9 月 7 日
北京芳城园寓所

火热的诗情　闪光的思辨
——评欧阳斌的散文

1990 年到 1994 年,他一共出版了五本散文集(其中《山和水的和弦》系与他人合著),在短短的四年中,能有如此丰硕的成果,实在难得。读者一定以为他定是位专业作家了。非也,他是一位在公务之余笔耕不辍的业余作家。他就是中国作家协会会员、湖南省邵阳市政府常务副市长欧阳斌同志。

对于"文革"中的"老三届"知青,我一直非常钦佩。他们在人生道路上有着太多的坎坷、曲折,甚至不幸,但是这些却恰恰正是生活给予他们的最慷慨的馈赠。惟其如此,他们才经受了生活的磨练,丰富了人生的阅历,增强了自强的信念。所以他们中的不少人,在各自的领域中,都作出了突出的贡献。欧阳斌正属于"老三届"知青,生活所给予他的馈赠,自然也是慷慨的。他生活经历是丰富的,先后当过下乡知识青年、工人、教师、记者、省长秘书、县委书记、省委办公厅督查室主任,直至现在的副市长。对于一个抱着严肃的态度从事创作的作家来说,还有什么能比生活经历这种"馈赠"更宝贵、更重要呢?

由于欧阳斌得天独厚的丰富的生活经历,使他的散文充溢了浓郁的生活气息,并且闪耀着哲理和思辨的光辉。

欧阳斌的不少散文就表现了他丰富的生活经历和细腻真切的情感体验,读来令人感到委婉亲切,感人肺腑。如在散文集《蓝色的远峰》一书中,第一辑"人生之旅"所收的都是这类散文。其中如《童年的纸折船》《清纯的乡情》《南方,一个无名的小站》《喊魂》《少年的白帆》等,可称为自传体散文。读着这些散文,仿佛置身在窗前灯下,倾听一位胸无城府的知己好友深情地、娓娓动人地叙说那已成为过去的亲切的回忆。作者向我们叙述了他从童年到少年,从少年到青年,所亲身经历过的一个个幸与不幸、欢乐和痛苦的故事,讲到在那特殊的、一切都变得疯狂的年代,那场"史无前例"的"革命"所带给国家和民族,以及家庭的灾难。虽然这一切早已为人熟知,可是,当作者具体写到他的家庭,在这场突如其来的风暴中流泪受难,乃至骨肉离散时,仍不免使人动容。尽管车站送别的场面并不少见,但在特定的时间、特定的形势下,母亲送别幼子,此情此景,却依然令人黯然神伤,悄然动容。作者除了写亲身的生活经历和情感体验外,还用他多彩的笔墨描绘他在生活中的所见所闻。《荒火》和《69号路碑》是两篇类似小说的出色的散文。前者叙说了在动乱的年代里,一对出身不同的青年恋人凄婉动人的爱情悲剧:他们一个被迫另娶"大他八岁的陌生妇女",一个受尽凌辱后,不得不遁入空门,削发为尼。作者把烧荒的荒火作为这场悲剧的背景,颇含象征意味。作者最后写在"荒火"过后的"黑色的焦土"上,出现了"一大片一大片漫山遍野涌流而来的绿……"更加耐人寻味。后者则满怀崇敬地歌颂了一位"生也缄默、死也缄默",最后壮烈殉职的筑路民工。作者生动传神地描写这位"只会用眼睛和力量说话",名叫哑哥的民工,具有"一双聪慧的眼睛,一口雪白的牙齿,一脸动人的憨笑";写他萌动了朦胧的爱,以致不畏艰险,攀登上悬崖绝顶,采摘下一朵蓝色的"勿忘我"花,亲手交给美丽的姑娘;写他如何被误解而遭到连长的责打;写他在关键严峻的时候,如何镇定自若而充满自信地点燃导火索;最后写他在献身前的一瞬间,那"如血如霞似的灿烂"的"憨笑"……这样,就把这位普通民工、默默无闻的英雄,写得个性鲜明,血肉丰满,富有立体感。

欧阳斌还写了许多描写山水的散文。欧阳斌的山水散文有两个特点:一是热,一是冷,热是指他的散文富含热情。作者不是一般意义上的游山玩水,而是对祖国的大好山水风光投入了极大的热情,由赞美山水,进而歌颂伟大的祖国,歌颂为祖国山水披上锦绣的平凡的建设者。在《东江湖之歌》的文末,作者充满激情地写道:"东江湖,中国二十世纪的创业者们镌刻在湖南大地的一首晶亮的文明之歌!"所以他的这些散文是一首首祖国山水的热烈的赞歌。他的山水散文又有"冷"的特点。所谓"冷",就是指他面对青山秀水,能冷静地沉思,从中悟出某些哲理意蕴或人生真谛。所以他的这些散文时有哲理和思辨的闪光。如在《老人湖》畔,作者竟"想得很多很远。生与死、爱与恨、荣与辱、瞬间与永恒,这些千古难解的谜,谜底似乎都可以在这墨绿色的深潭里来寻得。登上峰顶无疑是令人向往的壮举了,然而作者却悟出这样深刻的道理:"原来这万人仰慕的峰巅竟只有瞬间欢乐,而幸福却只在充满甜酸苦辣的探寻过程中永存!"(《淡蓝色的远峰》)在《寂静的深谷》一文中,作者由深谷想到老子的《道德经》,写到在峰巅与在深谷的不可同日而语的感受,由此想到登上峰巅固然"令人心神迷荡",然而置身深谷时的"痛苦和寂寞",却"可以再生出无坚不摧的原动力"。

作者在《蓝色的远峰》这本集子的"后记"中说,他迷上了哲学,时不时地写一点哲学随笔,"自称为哲理散文"。《生命的风景》和《远方的诱惑》这两本集子中就收了不少这样的哲理散文。如前一本集子中所收的《哲人乐园》一文,就含有不少富有哲理的警句。并且使抽象的哲理具体化、形象化:"哲人自有哲人的星光。他是以自己的星光照亮自己的生命的。哲人的星光是深邃的思想。"又如后一本集子中所收的《永远的追寻》一文,也表现了诗情和哲理联姻后所开出的绚丽的花朵,可视为哲理散文诗。请看这样的文句:"我们将青春储存于历史,历史则交还与我们一个多姿多彩的生活和充满诱惑的未来,生命的全部富有便是这样取得和昭示的。"而《人生顿悟》这一大本集子,则全是箴言式的人生启示录。

欧阳斌在《人生顿悟》的"跋"中,表示要"暂了文缘","写一部繁荣经济的'无字之书'",我到认为不必"暂了文缘",在经济战线主战场,正好运用散文这一武器,当好一名战地记者,以赤诚和心血,抒写祖国繁荣昌盛的辉煌篇章。欧阳斌同志以为如何?

拳拳故国心　深深恋诗情

——读适民的诗

　　读着新加坡诗人适民先生的诗，感觉特别亲切，有时竟忘了他是新加坡诗人，觉得他俨然就是中国诗人大家庭中的一员，他的诗仿佛也是中国诗歌百花苑中的一朵。

　　之所以会有这样的感觉，是因为他在诗中所表现的对母国故土，对中华民族深厚炽烈的情感。作为炎黄子孙，作为海外的华人诗人，适民有着自觉的民族认同感，有着强烈的民族自豪感。在《龙之歌》一诗中，诗人写到作为中华民族的图腾，"龙 / 仍活在 / 亿万人民的心中"，为自己属于龙的传人而自豪的心情溢于言表。《有一种文字》一诗则更是通过赞颂汉字，表现了民族的自豪感。在世界上，也只有汉字"历数千年而不衰 / 火烧不掉 / 雷劈不倒"，"早已走出自己的国度 / 把希望的种子 / 撒遍天涯海角"。海外华人通过拜谒黄帝陵认祖归宗，诗人也正是通过拜谒黄帝陵表达了强烈的民族认同感：

　　　　我们不远千里万里
　　　　今天来聚会
　　　　我们都有共同的语言
　　　　不分海外和海内

　　　　中华文化血脉长流
　　　　黄帝是我们祖先的第一辈
　　　　我愿献出毕生的心血
　　　　献给中华，献给全人类。
　　　　　　　　——《心愿》

在《致一民族》一诗中,诗人将自己根系的中华民族作为抒情对象,充满自豪,满怀信心地唱起民族的赞歌。这是一个"走过了五千年的漫长道路","发明了火药、罗盘和造纸术","产生过诗经、楚辞和乐府",以及"唐诗宋词"的伟大民族。这个古老的民族"以五四为起点你又走上了新路";这个古老而又年轻的民族在"困难面前永远不懂得屈服 / 千年锁链变成了历史的古物 / 万里江山出现了宏伟的蓝图"。可贵的是,诗人并非盲目的乐观和自信,而是看到了前进道路上必然会遇到的挫折和失误:"你已经绕过了一段很长的弯路 / 你可能误入了一段更长的歧途",但是,坚强的信念使"我深信你终能战胜千难万险 / 最终走上通往理想的坦途"。

在《写给娘》一诗中,诗人更把母国比作"生我""养我"的娘。也许在国内的诗人,这种比喻不算新鲜,可是对一位海外诗人来说,把自己与母国的关系比作游子和慈母那是再恰切不过的了。适民是如此感人至深地写出了海外游子对慈母的拳拳深情:"十年河东转河西 / 如今强风又吹起 / 神州威力震八方 // 多少人又想起娘 / 多少人又寻找娘 / 多少人又呼唤娘 // 多少心帆又起航 / 多少心潮 / 又涌起激越的波浪。"一连串的排比句表现了中国的强大对海外游子的巨大鼓舞,使其更加心向故国。最后一节诗,"让你永在儿身旁 / 让儿永在 / 你身旁",以儿女偎依在母亲身旁如此朴素的比喻和语言,真实动情地唱出了海外游子思念、向往故土的共同心声。

热爱故国,必然热爱中华民族的文化。适民对故国悠久的历史文化情有独钟,在不少诗中都有所反映。《有一种文字》赞颂汉字已如上述,中国古代伟大的诗人屈原,以其人格和诗作的双重魅力,征服了诗人,使他情不自禁地写下既有冷静思考,又有激情奔涌的诗句:"两千多年 / 是漫漫的长夜 / 不灭 / 你的求索精神 / 不灭 / 离骚的声情音节 // 历史 / 已度过了深夜 / 我们仍然记得 / 你用以论政的语言 / 你用以写诗的文字 / 你用以殉国的鲜血。"(《纪念屈原》)在《致李白》一诗中,诗人甚至想把为李白的诗谱写的"深挚而又悠远 / 苍凉而又美丽"的"这首歌曲","邮寄给你",只可惜"即使通过时光隧道 / 也寻不到你的踪迹"。尽管如此,诗人还是通过丰富的想象力,与李白进行了对话:"歌曲已无须邮寄 / 我也不必再把你寻觅 / 只须通过心波 / 就可把歌曲传给你。"

"在这热带的深夜 / 听这优美的音乐 / 我的心起而飞扬 / 追遂每一个音节"（《听华乐》），这是诗人在听到中国"五千年多少乐曲"之时，"最令人心悦"的情绪的写照。

　　名胜古迹、人文景观都属于文化的范畴。适民的诗中就有不少赞美中国名胜古迹和大好河山的作品。长城是诗人"昔日常梦游"的地方，"今日上城头"后，看到"居庸关外美 / 江山无限好"，由此生出感触："心内长城牢"（《上长城》），要是人人心内筑起长城，同心同德，艰苦奋斗，建设国家，故国何愁不强盛？是的，在诗人心目中，长城已成为中国人民伟大的创造力和凝聚力的象征。正因为如此，诗人才写了三首歌颂长城的诗（其他两首分别为《致长城》和《长城新篇》）。由长城写到修筑长城的秦始皇"地下的宫殿"中"保卫秦始皇"的兵马俑（《写给兵马俑》）。诗人骄傲地写道："武士们 / 个个身高 / 一米八 / 可见 / 古代的中国人 / 在世界上 / 本来就不 / 低人一等。"这里包含着两层意思：一是字面上的意思；另一层意思就是创造了被称为"世界第八奇迹"的"古代的中国人 / 在世界上 / 本来就不 / 低人一等"。前者是实写，后者是虚写，是指在创造能力上古代中国人不低人一等。

　　《武夷行》和《海南行》两诗以优美的笔触写出了诗人对故国大好河山的热爱、眷恋和流连忘返。可贵的是，诗人并非单纯地写景，而是通过写景表达了他对中国美好前景的热烈向往："桃源景致美 / 美景摄心间 / 四化实现日 / 神州尽桃源"。（《武夷行》）

　　与其他海外华人不同的是，适民并不仅仅停留在对故土的思念和向往，他的公民意识、主人意识使他与中国人民心心相印。他满怀深情地歌颂了中国人民热爱的伟大领袖毛泽东和邓小平。《柳梢青》一诗就是歌颂毛泽东主席的："双九辞行，/ 春风秋雨，/ 一别三年。/ 亮节高风，/ 思泽百代，笑看人间。// 重读旧日诗篇，/ 人感奋，/ 江流向前。/ 今日思君，/ 千年伟业，/ 不朽名言。"中国改革开放的总设计师邓小平同志逝世后，举国震悼。远在新加坡的诗人适民很快就写出了《悼邓小平》一诗。他满怀深情地写道："你挽狂澜于既倒 / 为中国制定了新的路线和韬略"，"你是中国人民的儿子 / 你深情地爱着祖国和人民。"九七香港回归是本世纪中华民族统一大业中的大事，是中国人民的大喜事。而早在香港回归前两年，适民就写诗《献给"九七"》，其企盼之心与故国同胞一样迫切："盼'九七' / 迎'九七' / '一万年太久／只争朝夕","太平山上／即将升起五星红旗／处处人们／眼眶都将闪耀喜悦的泪滴／／胜利的'九七'／涤荡屈辱的'九七'／人们将高高举起双手／迎接你／／久被分隔的儿子／很快就会回归母亲大地／并将和母亲携手迈入／更加灿烂的二十一世纪"。到了 1997 年,诗人又写了一组《写给香港的诗》,迎接香港回归。如《紫荆花》:"紫荆花呀／你压倒了群芳／飞上了旗面／永放悦目的光芒";《铜锣湾》:"铜锣湾／多少年来你总向北盼／终于盼来了／满载祖国恩情的风帆";《庆回归》:"七月一日／庆回归／从此江山／更崔嵬"。正因为有这种公民意识、主人意识,所以我们在读他的诗时,时时可以感受到他的热切关注的目光。例如他虽身处他乡,却关注着中华民族的母亲河——黄河,写下了《根治黄河》的诗篇。而国内的诗人、作家、艺术家,则更成为他诗中的主人公。这些诗如《人民的艺术家——纪念赵丹》《致丁玲和巴金》《哀顾城》《致顾工》《悼饶庆丰》《致舒婷》等。

作为新加坡诗人,适民也写了不少描写新加坡热带风光的诗,如写《热带的雷雨》:"热带的响雷／惊天动地／震响了我家的窗牖／也叩响了／我的心扉。"又如《细雨中游圣淘沙》,诗人面对着"山崖上尊尊大炮"不禁发出感慨,"当年只摆着好看／今天不知是感到光荣／还是感到汗颜"。可见诗人不是单纯地写景,而是在写景中有寓意存焉。情景交融,寓意于景,正是他写景诗的特点。而他的咏物诗,则是托物言志。如《水》《木》《金》《火》《土》《咏星星》《赞雪中炭》等等。在"世道虽薄,／人情虽淡"的社会里,诗人热情地"非锦上花,／赞雪中炭!"在《时间》一诗中,诗人将无形的时间写得既无情,又有情,富含深刻的哲理。时间是无情的,"你使多少权贵／一一化为尘土",时间又是有情的,"你使多少诗章／闪光如珍珠",并且"时间／最了解人类的肺腑／你给我们／带来了光明一束束"。

适民先生曾任联合国译员,所以他的诗还有一个显著的特点,就是体现了外交官的风采。这不仅指他写了不少游历世界各地的诗篇,如《欧游小唱》(一)(二)、《向东行》《美洲行》《我又回到了巴黎》等等;更为重要的是,面对波诡云谲、变幻莫测的世界政治风云,他有强烈的参与意识。他常常情不自禁地对世界发言,明确地表示自己的好恶爱憎和臧否立场。我们从这类题材的诗中,就可以领略到他那外交官的人格魅力和动人风采。如《致阿拉伯民族》《波兰在流血》《致阿拉法特》《致克林顿》《美洲的红树》

《你们象征着美国人民的明天》《写波斯湾战争》《致罗马尼亚友人鲁白安》《致索列斯库》等。如《写波斯湾战争》一诗，诗人深刻地、一针见血地将这场战争概括为"以血换油"和"以油换血"，"以血换油 / 付出的是 / 血 / 得到的 / 未必是 / 油"，"以油换血 / 糟蹋的是 / 油 / 白流的 / 还是 / 血"。在《致阿拉伯民族》一诗中，诗人愤怒地质问："为什么让 / 两伊的将士 / 在自己的土地上 / 自相残杀 / 死得不清不楚？"诗人写道："真主有知 / 也会流泪痛哭，/ 痛哭 / 子民不长进，痛哭 / 民族受侮辱……"恨其不争的心情跃然纸上。而当 80 年代初，波兰发生了流血事件后，诗人焦灼地向世界呼喊："波兰在流血！"随即对事件的发展及其后果极其关切："高压底下，/ 百姓群情激越，/ 等在前面的 / 是更大的流血，/ 还是全民的祝捷？"（《波兰在流血》）从这些诗中，我们分明可以看到一位站在人民的立场，维护正义与和平，嫉恶如仇，激情似火的外交官的形象。

适民先生共出版了四本诗集，即《赞雪中炭》《青山永不老》《新绿》和《银河可飞渡》。综观他的诗，可以看到他在诗歌创作上有着多方面的艺术追求。正如谭家健先生在《银河可飞渡》的"序"中所说："他的诗，兼采古今之长，讲究格律音韵而又不受拘束，喜用杂言长短句，七言、五言、四言、三言，随手拈来，以节奏分行，或三行、四行、六行，以意成章，或一韵到底，或隔句押，或章末押，以琅琅上口铿锵有力为原则。许多诗节奏明快，抑扬顿挫，富于音乐美，适合于朗诵，其总体风格以昂扬雄浑为主，大致接近豪放派，有些描绘也吸取婉约派。"这样的评价是很精当的。适民先生诗歌的总体风格是清新自然，平易近人。清人刘熙载在《艺概·诗概》中推崇陆游的诗："明白如话，然浅中有深，平中有奇，故是令人咀味。"又说，"诗能于易处见工，便觉亲切有味。"我认为，适民先生在诗歌创作中也是以此作为自己的艺术追求的。他的《以诗论诗》可能受到杜甫的《戏为六绝句》的影响，以诗歌的形式表明他对诗歌创作的观点。其中有两句："字句须斟酌，凡俗出神奇！"此观点显然与刘熙载的"平中有奇"、"易处见工"相暗合。在诗歌创作中，他努力实践着自己这种"凡俗出神奇"的艺术主张。如《冷和热》一诗，可谓明白如话，诗人以外界气温和人心温度的强烈反差、对比，赋予"冷和热"这"凡俗"的温度，以寓意深刻的内涵，做到"平中有奇"，"易处见工"，真是言近旨远。

适民先生对故土的拳拳挚爱之心，对缪司女神的深深眷恋之情，令人感动，令人肃然起敬。

浅议李青凇的诗

诗人李青凇笃信佛教，在佛教界中属于居士，可谓诗人中的另类。读他的诗与偈语相类，却富有哲理和玄机。我想从以下三方面解读和分析他的诗。

一、人与自然宇宙

由于人的生命只是一个过程，只是有限的时间性的存在，而人的想象力和创造力则是无限的。具有无限想象力和创造力的人，总想突破有限的时间性的存在，以实现自身的价值，但是事与愿违，在强大无限的自然面前，个体的人显得是多么脆弱和微不足道。敏感的诗人意识到这一点，于是，千古以来发出了多少人生无常的震古铄今的喟叹。个体与自然、有限与无限、短暂与永恒的矛盾，成为诗歌咏之不绝的永恒的主题。唐朝诗人陈子昂的诗《登幽州台歌》就是表现这种永恒的主题的典型："前不见古人，/ 后不见来者，/ 念天地之悠悠，/ 独怆然而涕下。"表现了个体的人在天地之间的渺小，抒发了孤独苍凉的感情。因为这种苍凉的感情深刻地反映了人类内心深处的共有的感受，所以此类诗总能获得人们强烈的共鸣。尽管古往今来此类诗颇多，但仍然深深地感染着一代又一代读者。且不说古代还有不少这样的诗，如《古诗十九首》中的"生年不满百，常怀千岁忧"、曹操的《短歌行》"对酒当歌，人生几何？"等，就是到了当代，也出现了像郭小川这样的诗人，他的一首《望星空》，同样抒发了这种对宇宙浩渺无垠，而人生短暂的深沉的慨叹。

人在本质上具有渴求绝对、永恒，超越自然和现实的自由的灵魂，但事实上，作为具有丰富精神世界的人，其生存既无法摆脱有限，又没有离开无限；既处于经验现实之中，又高蹈于理想境界之上，鉴于此，人渴望从暂时性的时间中解脱出来，幻想拥有长存的生命，这种幻想便是想象。

明乎此，我们不难看出，即便是凭借想象，在诗人与自然和宇宙的关系上，依然不是平等的，诗人对于自然和宇宙即使不是匍匐在地，也是怀着深深的敬畏，在强大的自然力面前自叹弗如的。

然而，我们看到，李青凇的诗颠覆了抒情主体"我"和自然宇宙的从属关系，不再是受自然宇宙支配摆布的"沧海一粟"，而是与自然宇宙融为一体的真正的主体。

李青凇是礼佛的居士，我们所谓的抒情主体"我"，在他看来则别有一种诠释，他在"自白"中说："这个'我'，不仅是人类，而且是世界万物的代称，天地人神的化身。'我'可以是您，是我，是他（她），是它，等一切事体；同时可以是一条道路，一束光芒，一滴水珠，甚至可以是一个词语，一点空白，一片虚无，它什么都是，什么都不是；又无所不在，无所不容，遍虚空，含法界……""这个'我'，不仅是人类，而且是世界万物的代称，天地人神的化身"，这就是说，"我"已与"世界万物"、"天地人神"融为一体．所以，李青凇的诗的抒情主体突破了以往抒情诗的传统，出现了全新的抒情主体的形象。如："我乃天地灵气／天地中来，天地中去／依天地而生天地／借己之气而生万象之气／我代表创世的天庭／独自沉醉在风雪之怀抱"，"我"成了"天地灵气"，"代表创世的天庭"，这样的抒情主体可谓绝无仅有。

二、经验世界与超验世界

人生活在客观现实的世界里，这就是所谓的经验世界，但是具有丰富精神生活的人，不甘安于日常的、物质化的庸俗生活，而是要追求一种有意义的生活，渴求将世界诗化，正如海德格尔经常引用的荷尔德林的名句："人诗意地栖居在这片大地。"对于诗人来说，面对世俗的经验世界，他要创造一个与此对立的、远比现实世界美好的诗意化的世界，也正如柏拉图所说以超验的原则把世界诗化。这个超越于现实世界的更高、更理想、更美好的诗意化的世界就是超验世界。

互相对立的经验世界与超验世界，在李青凇的诗中呈现出并非绝对排斥，而是以超验世界为主，兼容经验世界，并互相转化的现象。李青凇的诗总的说来是以超验为主的，因为诗人信奉佛教，又受老庄思想的影响，所以他的诗呈现为形而上、抽象、玄异的特点。但是，他的诗又并非全是超验的，只高蹈理想境界，而不食人间烟火的，还有非常接地气的、亲切温馨的一面。例如，他既有这样超验的、不食人间烟火的诗句：

> 我将超越灾难和自然规律
> 时刻都在接近玄之又玄的天道

又有如此接地气的、亲切温馨的诗句：

> 隐居在京都的云端
> 默念老母托人代写的家书
> 怀乡病复发并大作不止
> 我尝到了乡愁的滋味
>
> 我沉重地走向您
> 母亲，请还我
> 超脱的人生吧
> 可您也成了屋前那棵
> 满脸沧桑的香樟
> 我怎能忍心诉说愁肠

这些诗句表明诗人毕竟是有血有肉、有着骨肉亲情的人。"此刻正在行使从神到人的交接"。从人到神，再从神到人，诗人就这样完成了经验和超验的交接转化。

三、入世与出世

中国古代的儒家知识分子，兼有入世与出世的思想，所谓"达者兼济天下，穷者独善其身"。作为礼佛的居士，诗人的作品无疑主要体现为出世思想，如：

> 在人世的盛宴上
> 我没有座席 惟有站着
> 惟有挺拔在无人上座的高峰
> 独自餐风饮露静察默悟
> 观江河轮转 日月升落
> 感天地变幻 众生忧乐

这是远离人世，遗世独立的世外高人的形象。然而，同时他又是十分关注
"众生忧乐"，是臧否人间是非善恶的评判者：

> 有人是天下少有的蠢驴
> 伤天害理尔虞我诈弱肉强食
> 人类的灾难是他们造成的
> 在灾难中也不忘记争夺
> 甚至在自我的毁灭中
> 也要把无辜的生灵带进坟墓

　　自以为远离人世的世外高人，终究不能完全做到遗世独立，因为在他
内心深处，蕴藏着对这片大地和人民深挚的爱，正如他在诗中所坦言的
那样：

> 我从母亲爱的门口
> 走到祖国这片大地上
> 我不只是母亲的儿子
> 也不只是祖国的公民
> 大自然是我真正的母亲
> 万物都是我的祖国

可见他之所以积极入世，正是出于对"这片大地"和"万物"的大爱，"我爱的是芸芸众生"，他出世是"拒绝一切人伦的荣耀和欲望／尤是那些速朽的肉体和糜烂的生活"，他入世是"不能抵挡对美的向往和善的呼唤／尤是那些艺术的馨香和真理的光环"。

洛夫先生在李青淞的《我之歌》的序中说："诗人一方面高声歌颂现实人生的意义，一方面又深深地挖掘形而上的生命奥义。"信哉斯言！

我想，洛夫先生这段话，对李青淞的诗中经验与超验、入世与出世的关系作了很好的诠释。

作于 2016 年 1 月 6 日
北京芳城园寓所

叙事长诗重现艺术魅力
—— 读胡丘陵的长诗《2001 年 9 月 11 日》

当我看到长诗的这样一个诗题，而尚未展读时，以往阅读惯性所形成的思维定势，使我对这部长篇叙事诗作了自以为是的推测，认为它会把震惊世界的美国"9·11"事件的前因后果、具体过程，以及真实的细节展现出来。及至读完了这部长诗，竟大出我的意外，在获得阅读享受的同时，也引起我的思考：叙事诗该如何写？

可以这样说，长期以来，叙事诗的写作一直困扰着新诗创作。按说，抒情应该是诗歌的本质特点，叙事不是它的主要任务，而是小说和其他叙事文学的任务。可是叙事诗使它在叙事和抒情之间逡巡徘徊，处于两难的尴尬境地。许多诗人在创作叙事诗时，总会遇到这样的难题：要么只见事件的铺叙而缺乏诗情，成为分行的小说；要么抒情游离于叙事，成为叙事的点缀。叙事和抒情这一对矛盾似乎无法调和，于是，曾有人提出把叙事诗从新诗领域中清除出去。

读了这部长诗,我高兴地看到,原来叙事诗还可以这样写。这就为叙事诗的创作开创了一条新路。

我非常同意蓝棣之教授对这部长诗的命名:"这是一部对历史和当下进行宏观思考的'现代史诗'性的作品。"不过,我还是想从叙事诗创作的角度,谈谈对这首长诗的看法。

我觉得这首长诗是以叙事诗的形式表现"9·11"事件,但是与传统的叙事诗不同的是,它规避对事件的平铺直叙,而以诗的本质抒情为主。在整首诗中,读者可以感受到诗人关怀天下苍生,祈祷世界和平的广阔的胸怀和深挚的情感。规避对事件的平铺直叙,并非不要叙事。诗人是运用叙事的智慧,进行智慧地叙事。何谓智慧地叙事?就是不照搬生活中的事件本身,而是对其进行艺术概括,用饱蘸情感的生动鲜活的形象,来暗示或象征事件的发展和进程。如长诗开头,诗人描写撞击事件的发生就不是直书其事,而是用象征和比喻的手法来表现的:

> 两只原本可爱的鸽子
> 吞进了,圣水与仇恨浇灌的几粒粮食
> 和一千零一夜的故事
> 迷失在,绕树三匝
> 总不能筑巢的楼林
> 将毁灭的方向,当成
> 回家的方向

这样的叙事非常富有诗意,耐人寻味。在这里,"圣水与仇恨浇灌的粮食 / 和一千零一夜故事"显然是暗示中东地区基地组织的恐怖分子。

作为贯穿长诗的抒情风格,我以为是粗犷和细腻的结合。在作品中,既有传统的政治抒情诗的激情和气势,又有富含人文关怀的温情柔意。前者如:"让时间告诉天空 /——要风的时候就刮风吧 / 要雨的时候就下雨吧 / 要阳光的时候 / 到处都是灿烂阳光。"后者如:"两滴眼泪掉了下来 / 大西洋咸了许多 / 问一问殉难者 / 消失的那一刻 / 痛,还是不痛。"字里行间流露的深情感人肺腑!两滴眼泪就能染咸大西洋,以夸张的语言,极言创痛巨深！而询问殉难者"痛，还是不痛"，更以体贴入微、感同身受的语气表达了对殉难者的人文关怀。

此长诗还有一个特点，就是以奇峭脱俗的诗句，表现睿智深刻的哲理。这样的例子很多。如："几千人长眠不醒了／几十亿人却一同醒来／同时发现，梦想不再"。有时候只改动一字，便境界全出："是谁，将人送上天空的工具／变成将人送上天堂的工具。""天空"与"天堂"一字之差，含义迥异，令人回味不已。原是造福人类的飞机，被恐怖分子用作毁灭人类的工具。上面我说过诗人智慧地叙事，这里，我要说诗人智慧地说理，所谓智慧地说理，就是避免枯燥乏味地讲大道理，而是把睿智深刻的哲理包孕在奇峭脱俗、令人惊异的诗句中，发人深省，有的已经成为警句和箴言。如："在歪曲的目光里／许多道理再也直不起来了"，又如："智慧的恐怖／比野蛮／更为恐怖"。

此长诗给人印象最为深刻的是大量用典。我很佩服诗人的博闻强记，古今中外的典故，信手拈来，皆成文章。有些典故用得非常巧妙，可谓天衣无缝，浑然天成，给全诗增色不少。这种大量用典的现象在近年来的新诗创作中殊不多见。有时几个典故用在一处，显得十分熨帖，看不出拼凑痕迹。如："如此迷人的风光／是不是波德莱尔的花朵／在撒旦的诗篇里开放。"这里有两个典故，都是作品。一为波德莱尔的《恶之花》，一为英国诗人拉什蒂的《撒旦诗篇》。三行诗中，用了两个典故，用得巧妙，不露痕迹。最值得称道的是，成功地把古今中外的典故糅合在一起，不显牵强，得到有机的统一。如："两幢大楼，都穿着／皇帝的新衣／纽约有没有庄周的蝴蝶／孔丘因为没有轮船／也就不能到达大洋彼岸。"我们知道，《皇帝的新衣》是安徒生的童话，而庄周梦蝶则是中国古代的典故。把中外古今的典故糅合在一起，造成幽默的效果。当然，有相当部分不常见的外国典故，对于不熟悉这些典故的青年读者来说，可能会造成一些阅读障碍，建议加上注释。古今中外典故的成功运用，表现了此作品兼具历史意识和现代意识，沟通了传统和当下。

总的说来，这部长诗以其深刻的思想内涵和艺术的独创性，为叙事长诗的创作提供了成功的范例，给读者带来了思想的震撼，艺术的享受。

初稿于 2005 年 7 月 27 日

北京芳城园寓所

淑女气如兰　有诗蕴深意
——读深意如兰的诗

深意如兰是网络诗人，一般说来，网络诗人应该很前卫，但是出乎我意料的是，她的诗具有东方的古典美。诗中化用了古典诗词，并且翻出了新意。作者的古典文学的修养是比较深厚的。所以才能信手拈来，皆成文章。化用得恰到好处。这在当今青年诗人中是十分罕见的。不仅是诗句，而且意境也是东方古典式的。

读深意如兰的诗觉得非常流畅，有一种难得的阅读快感。有的诗句虽然比较长，但是读起来却没有冗长之感。有的诗还大致押韵。

这一切，说明女诗人遵奉了唯美主义的美学原则，她的诗写得很美，很精致，并力求典雅，读她的诗，给人的感觉是女诗人本身就是气质高雅的淑女，所谓"淑女气如兰，有诗蕴深意"。

另外，她的爱情诗具有女性诗人特有的情感细腻，委婉动人的特点。但是，她既有"藕丝有多粘爱你的心就有多缠"的缠绵悱恻的一面，又有"明知道走向你就是走向火／然而我仍然甘愿做一只扑向涅槃的飞蛾"的率真大胆和爽直的一面。她所运用的是浪漫主义的抒情方式。

从深意如兰的诗歌创作中，我们可以受到以下启示：

1. 美仍然是诗歌创作乃至一切艺术创作所追求的目标。艺术是给人以赏心悦目的美的享受，而不是在前卫、先锋的幌子下，贩卖光怪陆离与美毫无干系的所谓现代诗，徒然让读者饱受折磨。

2. 中国博大精深的古典诗歌传统仍然是新诗发展中不可或缺的渊源。那种想完全割裂古典诗歌传统，自创先锋前卫的所谓现代诗，无疑如同揪着自己头发要离开地球，当然是痴人说梦。

3. 浪漫主义的抒情方式并未过时。其实，无论在哪个时代、社会，抒情诗都不应受到冷落。抒情是人类最基本的感情宣泄方式。抒情诗是抒发诗人美好情感的动人诗篇，永远不会过时，即使在当前社会、政治、经济变革的时代，即使文化、社会心理发生了巨大的变化，抒情诗仍将在诗歌领域中占有不容忽视、不可或缺的地位。这是因为抒情诗所蕴含的浪漫主义和理想主义的倾向，在本质上反映了人类心灵深处成为生命驱动力的基本经验，以及对终极渴望的诉求。细究起来，可以这样说，我们每个人心中几乎都隐藏着某种乌托邦的冲动，对于完美、神圣的向往。抒情诗就是要把远不完美的现实生活，加以提升、升华、诗化，使之成为完美的、理想化的诗国。抒情诗既是对心灵的抚慰，又是对未来的信念。

诗化的亲情如此美丽动人

——读祁人诗《和田玉》

这是一首咏唱母子情深的诗。这样的题材，应该说是屡见不鲜的。可贵的是此诗写出了新意。亲情诗可以写成共享天伦，如沐春风；还可以写成如泣如诉，悲情凄切。而这首《和田玉》，我之所以说它写出了新意，是因为它把人类最伟大的情感母子亲情诗意化了。读了此诗，人们不仅为诗中所流露的浓浓亲情所感动，而且还为诗中所散发的浓浓诗意所感染。亲情的诗化，诗化的亲情，为我们带来审美的愉悦和享受。

此诗以和田玉贯穿始终。我们知道，千百年来，我们中华民族对玉有一种特殊的、深厚的感情。在汉字组成上，凡是与珍宝有关的字都从"玉"旁。玉不仅是一种可供赏玩或供使用的物件，而且更重要的是一种传统文化精神的象征。在玉的身上被赋予了诸如纯洁、坚贞、品德高尚等传统道德的文化底蕴。以玉为母子亲情的象征，这就为整首诗营造了浓郁的、富有中国特色的诗意。诗人把和田玉比喻为"纯粹、内蕴和温润"的"母亲的眼睛"，其实，"纯粹、内蕴和温润"正是中国人表达情感的特点，也是这首诗所带给读者的感受。

从第二节开始，和田玉变成"一只玉镯"。这"一只玉镯"成为这一幕亲情诗剧的重要道具。诗中的"我""为母亲献上这一只玉镯",是当儿子的对母亲的一片孝心,是对母亲的真情流露。而"母亲将玉镯／戴在一个女孩的手腕","戴玉镯的女孩／成了我的新娘"。这第三节所写的是习以为常的婚俗。婆婆送新婚的儿媳首饰是传统的习俗。这看来平常的铺叙,却是重要的过渡和铺垫。

最重要也是最精彩的是末节:

> 为什么叫作新娘?
> 新娘啊,是母亲将全部的爱
> 变做妻子的模样
> 从此陪伴在我的身旁

可以这样说,末节堪称全诗的"诗眼",也正是白居易所说的"卒章显其志",这一节使全诗境界全出。我不得不佩服诗人非凡的想象力,他通过玉镯的一献和一戴,忽发奇想:"是母亲将全部的爱／变做妻子的模样／从此陪伴在我的身旁。"玉镯的传递象征着爱的传递。我们知道,母亲是不可能陪伴儿子一生的,她要在身后延续她对儿子的爱,只能托付给儿媳。在新婚时,婆婆常会对儿媳说:"我把儿子交给你了!"而从夫妇双方的心理分析来看,妻子对丈夫除了性爱外,其心理深层处未尝没有母爱的成分,有时自觉或不自觉间会把丈夫当作儿子来爱;同样,丈夫对妻子除了性爱外,有时有意识或无意识中,也会把妻子当作母亲。丈夫从小就具有的恋母情结,会在妻子身上延续。所以,诗人这一奇想,看似有悖情理,出人意外,然而细细体味,却又在情理之中。

这是一首美丽的爱的诗篇。爱被表现得何等蕴藉,何等优雅!虽然此诗没有刻意斧凿藻饰,但是整首诗都氤氲着浓郁的诗意。

附录

刘士杰论诗

苏州评弹与戏曲艺术

苏州评弹是苏州评话和苏州弹词的合称,是流行于江浙沪一带吴语区的曲艺形式,至今已有两百年的历史。评弹与戏曲的本质区别,就是评弹是曲艺,而戏曲则是戏剧。曲艺是说唱艺术,由一人或多人一边叙事说表,一边歌唱;而戏曲则是中国传统戏剧。由演员装扮剧中人粉墨登场,载歌载舞,敷演情节。虽然从戏曲史的角度看,曲艺和戏曲有着与生俱来的渊源关系,戏曲主要由曲艺发展而来,例如,北宋、金、元代的诸宫调发展为元杂剧,诸宫调属于说唱文学,而元杂剧则属于戏剧。诸宫调《西厢记》成为王实甫杂剧《西厢记》的蓝本。诸宫调《刘智远》成为南戏《刘智远白兔记》的先声。近代的曲艺如东北的二人转发展成为吉剧,北京的京韵大鼓发展成曲剧,山东琴书发展成吕剧。但是,曲艺和戏曲的质的规定性还是不容抹煞,不能混淆。

然而,曲艺和戏曲也有"两下锅"的事例,在北方,由快板书发展成为"快板剧",由曲艺快板书成为戏曲"快板剧",兼有快板和戏剧的特点。在南方,评弹界在建国初为了宣传婚姻法,编演了书戏《小二黑结婚》,所谓"书戏",又称化妆弹词,就是评弹演员粉墨登场,饰演剧中角色,在舞台上演戏。其他演员在乐池中弹三弦、琵琶伴奏。为了捐献飞机、大炮,支援抗美援朝,上海评弹团又演出了书戏《野猪林》。此外还有《上海滩》、《雷雨》等书戏。书戏还保留了"说书"的特色,有一个"说书人"贯穿始终,解释剧情。该怎样来评价"书戏"呢?笔者认为可以作为一种介于评弹和戏曲之间的另类的艺术形式,偶尔演演,未尝不可,但是不能作为方向,不能成为主流,否则作为说唱艺术的曲艺品种评弹就失去根本要素,就不成其为评弹了。

不过,既然评弹可以演"书戏",说明评弹与戏曲还是有相同之处。

评弹之所以是评弹,除了唱腔和说表外,还必须要"起角色",也许可以这样说:"起角色"是评弹的灵魂。正是"起角色"这一特点,使评弹具有戏剧性的因素。

所谓"起角色",是指评弹演员充当书中的角色,并绘声绘色地表现出来。这一点与戏曲是相同的,戏曲演员也是充当剧中的角色,并绘声绘色地表现出来。所不同的是,戏曲演员在剧中充当的角色相对固定,个别场合中,演员会前后充当两个角色;而评弹的"起角色"比较灵活多样,根据书中情节的需要,同一位演员,可以起多个角色,甚至可以一人千面。这就是作为曲艺的评弹所具备的特点。说表是演员叙述故事情节,"起角色"是演员进入书中充当角色,是为书中的人物代言。演员在演出中,一会儿是叙述者的身份,一会儿又摇身一变为书中的人物。真可谓跳进跳出,何其有趣!

说到评弹与戏曲的关系,不妨从美学的两对概念"再现与表现"和"内容与形式"谈起。

艺术可以分为再现艺术与表现艺术。所谓再现艺术是客观真实地反映社会生活的艺术;而表现艺术则更多地表现作者主观愿望和强烈情感的艺术。前者如戏剧、电影等,后者如音乐、诗歌等。评弹有再现艺术的特点,"起角色"具有戏剧性,有人物,有戏剧冲突,如《珍珠塔》中方卿戏姑一段,两位演员充当方卿和姑娘的角色,个性分明,活灵活现,观众在听书,更似在观剧,眼前分明是长衫旗袍的演员,而在想象中,却变成了渔筒简板道士装束的方卿和欺贫爱富的势利姑娘,尽管早知道情节,却还是满怀期待,兴致勃勃地看得津津有味,看过后觉得回味无穷,大呼过瘾。

评弹又有表现艺术的特点,最为突出的就是它的唱。评弹的唱词典雅,唱腔优美,流派纷呈。此外,演员在说表中,不仅叙述情节的发展,而且灌注主观的好恶情感,对善恶忠奸,作褒贬臧否的评判,演员的激情常博得台下观众的共鸣。

而戏曲虽然是再现艺术,以科白、身段动作演绎剧情,但是绝不是客观地表现人物,而是运用多种手段表现剧作者的主观褒贬臧否的倾向,向观众传达对剧中人物的好恶评判。最为典型的就是脸谱,脸谱是戏曲人物性格的符号。特别是净角,红脸象征忠勇,黑脸象征铁面无私,白脸象征奸诈。观众一望而知是好人还是坏人。还有戏曲的虚拟象征动作,这些都是再现中体现,这也是戏曲的中国特色。西方戏剧,例如话剧,剧中人物一出场,观众并不知道他是好人还是坏人,随着剧情的发展,人物性格逐渐丰满,直到全剧达到高潮，观众这才看清剧中人的性格和品行。这是典型的艺术再现。脸谱是中国戏曲的重要特征，中国观众通过脸谱、自报家门，从剧中人一上场就评判其忠奸善恶，这是典型的表现艺术，而脸谱化恰恰是如话剧、歌剧等西方戏剧所极力诟病的。

众所周知，评弹受戏曲影响很深，在"起角色"中，上场诗、自报家门、虚拟动作，甚至捋须整冠均来自戏曲。而戏曲正是再现艺术与表现艺术结合的产物。本来是再现艺术的戏剧情节、动作、对话，在戏曲中却很强调表现，受到音乐（如曲牌、锣鼓点）、舞蹈（如程式、技巧和身段）的制约，是在再现中有表现；本来是表现艺术的音乐、舞蹈，在戏曲中却又很强调再现，受到戏剧情节的制约。

其实包括评弹在内的戏曲艺术的这个特点是与中国传统文化整体特征分不开的，中国传统文化整体特征就是主观因素与客观因素始终是结合在一起的。

所以，评弹与戏曲在艺术的再现和表现、主观因素和客观因素互为作用，相辅相成这一点上是相同的。

再从内容和形式同样是一对相对的美学概念来分析阐述评弹与戏曲的既有联系，又有区别的关系。

多年来，对于内容和形式的关系，似乎早有定论，就是内容是主要的，形式是次要的，内容决定形式。实际上，这是长期来，在思想界、艺术界受到左的思想影响的结果。在文艺为政治服务的年代，强调革命内容，而形式是为内容服务的。其实，内容和形式的关系并非如此机械和简单，而是一种辩证关系。内容决定形式，反过来，形式也会在一定程度上影响甚至决定内容。内容大于形式，反过来，形式也会大于内容。

中国传统戏曲就是一种形式大于内容，甚至决定内容的艺术。中国传统戏曲在长期的发展过程中，其形式日臻成熟和完美，许多名角"唱、唸、做、打"的表演技艺已经达到炉火纯青的境界。这种表演形式已经大于戏曲的内容，也就是说，戏曲的内容，如戏剧情节已经退居次要地位，已经不重要了，观众欣赏的只是形式。就如京剧《空城计》，谁不知道其情节和人物？观众进剧场，主要不是看其情节人物，而是去听演员唱那段脍炙人口的唱："我本是卧龙岗散淡的人……"也就是说，观众进剧场是奔角儿来的。所以，北京人进剧场是听戏,而不是看戏。

我们知道,评弹与戏曲有着不解之缘,在评弹表演中,演员借鉴,甚至搬用戏曲表演中的程式和动作做派。这是与评弹起角色这个重要的艺术特征分不开的。在戏曲中,当人物上场时,在九龙口亮相后唸引子、上场诗,这一套程式被评弹照搬过来了。因为这时评弹演员不是在说书,而是在演戏了。评弹演员在书台上,唸挂口,唸中州音的韵白,以及哭和笑一如戏曲的规范程式,这是评弹与其他地方的评话最大的不同之处。评弹的特点就是演员可以跳进跳出,一会儿他的身份是说书人,在叙述故事;一会儿他的身份又是书中的人物,在演戏。所以,观众不仅是在听故事,而且是在看演故事。既然评弹演员也要演戏,因此也应熟悉戏曲的"手、眼、身、法、步",至于戏曲演员的"唱、唸、做、打"的功夫,评弹演员也要熟悉。这样,尽管评弹演员只是手执一把折扇,然而在观众眼里,他也可能是折扇轻摇的儒雅秀才;也可能是手提刀枪的孔武威猛的大将。由此可见,作为评弹演员,单是从戏曲中借鉴借用的表演形式就这么丰富,更不用说评弹自身的表演形式也是相当丰富的。

我们知道,评弹演员的基本功是"说、噱、弹、唱",先说"说",评弹就是说书,说表为其第一基本功。评弹演员的说表就是叙述故事情节,必须做到口齿条理清楚,再复杂的情节,在演员口中也要交代得线索不乱,入情入理。例如,唐耿良先生说评话《三国》,在"赵子龙长板坡救幼主"这回书中,唐耿良先生一张嘴把众多的人物、纷繁的情节,交代得清清楚楚,而且人物性格栩栩如生,历历如绘,呼之欲出。在评弹的说表中,有时运用草蛇灰线,伏脉千里之手法,注重细节和伏笔。有时看似闲笔,后来却成为重要的细节。如弹词《玉蜻蜓》,书中一个小人物的一个小细节,竟然推动情节的进展。小人物朱三姐看完龙船后,因为穿上新鞋,走路脚疼,没有随人群回家,而是靠在树上揉脚,一面取出折扇扇风,扇坠玉蜻蜓随之晃动,引起金大娘娘的注意,把朱三姐带入府中盘诘,引出玉蜻蜓和汗衫血诗,再引出元宰详诗,庵堂认母。一双新鞋看似闲笔的细节推动情节的进展。可见评弹说表艺术的细腻周到。

再说"噱",评弹行话说"放噱头"。每当遇到过场书,或书中情节似乎显得沉闷时,评弹艺人就"放噱头",引得听众解颐一笑,活跃了书场气氛。

"放嘘头"类似相声,讲究抓哏,有的跟书中情节有关,称为"肉里哏",如《玉蜻蜓》中、"问卜"一回,胡瞎子吃团子被烫,令人忍俊不禁,有的与书情无关,采取联想式抓哏,称为"外插花",目的都是一个,引听众哈哈一乐。在以前旧社会,为了迎合听众的低级趣味,有的艺人"放嘘头",往往流于低俗、粗鄙,甚至带有不健康的色情倾向,这是不可取的,是应该加以杜绝的。建国后,书坛上一片清新健康的新景象,即使"放嘘头",也是注意分寸,做到格调高雅,因为评弹是高雅的艺术,所以嘘头也应该高雅。嘘头应该是幽默,而不是无聊的搞笑。记得有一次笔者在书场听严雪亭先生说《杨乃武与小白菜》,记不清是怎么一来,竟然说到书中人物的语言与生活中人物语言不可混淆,否则便会闹笑话。他举例说:譬如有人去冷饮店买雪糕,说着他学着戏曲中小生的道白,用小嗓韵白说:"店家请了,我要买一支雪糕!"引得全场一片笑声。这就是"外插花"的嘘头,这样的嘘头就是高雅的嘘头。

弹词主要的伴奏乐器是三弦和琵琶。有成就的弹词艺人的弹奏功夫也是非常了得。张鉴国先生的琵琶衬托乃兄张鉴庭先生的张调,可谓珠联璧合,相得益彰。同样,朱雪琴先生所唱的琴调,如果没有"琶王"郭彬卿先生出神入化的琵琶伴奏,一定会逊色不少。

唱是弹词基本功的最后一功。就像京剧唱腔有马派、麒派、梅派、程派等流派一样,弹词唱腔也分流派,有蒋月泉先生的蒋调、张鉴庭先生的张调、徐云志先生的徐调、徐丽仙先生的丽调等。真是流派纷呈,各擅胜场。

这样看来,评弹的形式可谓繁丽赡富,大于内容。惟其如此,听众进书场,和观众进剧场一样,主要是冲形式去的,也就是奔角儿去的,奔评弹的角儿去的。所以,尽管书的内容早已耳熟能详,听众还是热心地欣赏其形式,尽管形式也已经相当熟稔,有的唱篇甚至还能诵唱,听众还是百听不厌地欣赏。这样,评弹的形式甚至具有独立的欣赏价值。如中篇评弹《王魁负桂英》中徐丽仙唱的"梨花落"的唱段,成为可以单独演唱和欣赏的评弹经典唱段。对于一些经典的传统书目来说,其内容已经无关宏旨,相同的书的内容被不同流派的艺人演唱,却可以演绎出不同的多姿多彩的形式。

当然,形式大于内容,并不是说可以忽视内容。评弹既然是说书,无论是大书(评话)和小书(弹词),书的内容自然是第一位的,毕竟形式所要表现的还是内容,如果将内容比作皮,形式就是毛,毛是附丽于皮上的,皮之不存,毛将焉附?尤其是一些新创作的评弹首先是以其内容吸引听众的,而评弹青年听众更是从听故事入门,从而喜欢上评弹的。

所以,评弹的内容与形式的关系是辩证关系,不能简单地断言内容决定形式,形式是次要的,只能为内容服务;形式有其表现的能动性,完全可以大于内容,甚至有独立的欣赏价值。

评弹与戏曲虽然是两种不同的艺术形式,但是艺术是相通的,不同的艺术形式可以而且应该做到互相借鉴,分别从对方的艺术形式中汲取营养。由上述,评弹受戏曲影响很深,借鉴了不少艺术形式;不少评弹演员还会客串演戏曲。如杨振雄向俞振飞学昆曲,并创造了杨调,张鉴庭曾经是绍剧演员,高博文客串演出程派京剧。同样,戏曲也向评弹借鉴艺术长处。评弹善于细腻地刻画人物,而戏曲由于历来以程式化表现人物,有时显得比较刻板僵化,很少从人物性格出发,演员在台上也显得呆板。特别是传统戏曲,演员代代相传,台上表演一招一式,一板一眼,都是按照程式如法炮制。如从前青衣都是捂着肚子唱,目光呆滞,面无表情,没有考虑人物的心理依据。评弹刻画人物的细腻手法,为戏曲表现人物提供了借鉴和参照。著名的京剧表演艺术家周信芳很喜欢听评弹,而且还会唱。他所创造的麒派艺术就很注重人物的性格和心理刻画。在《宋士杰》一剧中,当宋士杰从公差处偷出田伦给顾读的信,偷录在自己的衣襟上时,他手持蜡烛,微微颤抖,那种惶恐不安,唯恐公差发觉的心情表现得十分传神;而当展读书信后,又义愤形于色,决心要抱打不平。周信芳很有层次地、细致地表现宋士杰从惶恐不安,到义愤填膺的心理发展过程,展现了宋士杰嫉恶如仇、侠义心肠的性格。麒派艺术很注重人物的性格和心理刻画,抑或与周信芳喜欢评弹,并从中得到启发和借鉴不无关系?除了周信芳以外,盖叫天、童芷苓等京剧表演艺术家也会唱评弹。被称为"小冬皇"的王珮瑜七岁时就会唱弹词开篇《新木兰辞》,如今唱《情探》中"梨花落",一改她唱老生时的阳刚正宫之调,而尽现如泣如诉的哀怨柔美之声。也许,她的老生唱腔如此动听,是因为揉进了阳刚和阴柔两种美质。京剧演员喜欢评弹,恐怕不仅仅是因为艺术爱好,还有从艺术上借鉴的因素。

综上所述,可见评弹与戏曲既有联系,又有区别,它们是两种不同的艺术形式。然而,在再现和表现、内容和形式的美学层面上又极为相似。它们可以互相借鉴,但是不可混淆。

写于 2016 年 4 月 8 日

上海达安城

传统戏曲中所体现的艺术辩证法

中国的戏曲艺术有着上千年的发展历史,是世界文化遗产中的瑰宝。中国传统戏曲之所以能够流传至今不衰,并且得以发展和繁荣,是因为在长期的演变发展过程中,戏曲艺人越来越纯熟地掌握了戏曲艺术的技艺,有的甚至臻于炉火纯青的境界。更为重要的是,传统戏曲在长期的演变发展过程中,戏曲艺人们出于对艺术美的执着而不懈的追求,自觉或不自觉、有意识或无意识地逐渐摸索并掌握了戏曲的艺术规律,使戏曲的艺术水平不断提高。

在戏曲的这些艺术规律中,戏曲艺术所体现的艺术辩证法自然不可能是戏曲艺人自觉创造的,很可能是戏曲艺人为了表现艺术美,在长期的艺术实践中有意无意中摸索到的表演门道,正好符合辩证法的规律。

两个相反相对的艺术因素和艺术表演手段相辅相成地统一起来,成为完整的艺术作品,体现了艺术辩证法。例如美与丑是一对对立的、相反的美学概念,然而在戏曲中,却互相映衬,互相依存,统一在完整的一出戏中。《秋江》是一些剧种常演的折子戏,剧情是道姑陈妙常与书生潘必正相恋,潘必正为姑母所逼,赴京赶考,陈妙常买棹追舟,与情人相会。这出折子戏有两个主角:陈妙常与艄公。陈妙常是旦角,俊扮;艄公是丑角,俗称"小花脸"。陈妙常急切追赶情人,催促艄公赶紧划船,而风趣俏皮的艄公故意和她开玩笑,引起强烈的喜剧效果,舞台上一俊一丑,载歌载舞,以丑衬托美,显得更美。美丑对照,相映成趣,使整出戏活泼灵动,情趣盎然。同样,在

《女起解》中,苏三与解差崇公道,也是旦角与丑角,也是一俊一丑,美丑对照映衬,苏三的悲苦与崇公道的风趣形成鲜明的对比,增强了艺术魅力,这也是这出戏久演不衰,甚至耳熟能详,不少人还能哼上几句的原因之一。

虽然在戏曲中,脸谱是性格的象征和符号,甚至成为道德判断的表面依据,如红脸象征忠义,白脸象征奸诈,黑脸象征刚正等;但是在某种情况下,戏曲艺术为了深层次地刻画人物,往往突破了"以貌取人"的惯例,而采取外形与内心相反相悖的艺术手法来表现人物。一般说来,传统戏曲中俊扮的角色都是正面人物,但是有的戏突破了这个惯例,俊扮的角色偏偏是反面人物。如《铡美案》中的陈世美、《棒打薄情郎》中的莫稽、《乌龙院》中的阎惜娇、《翠屏山》中的潘巧云等。相反,丑扮的角色偏偏是正面人物。如上面所提到的艄公和解差崇公道,他们是丑角,却是善良的好人。当然丑角中也不乏反面人物,如《一捧雪》中的汤勤、《望江亭》中的杨衙内、《活捉》中的张文远等。

无独有偶,在外国的戏剧作品中也有美丑对照、以丑角为正面人物的现象。如歌剧《巴黎圣母院》中吉卜赛少女爱斯梅拉达和钟楼怪人卡西莫多就是美丑的对照。爱斯梅拉达美艳绝伦,而卡西莫多则丑陋无比。又有外表与内心的美丑对照,卡西莫多虽然外表旷世奇丑,但是却心地善良,具有美好纯洁的灵魂;而貌似正人君子的副主教克洛德·弗洛罗实际上是内心黑暗、淫邪虚伪和险恶狠毒之徒,还有那个上流社会的花花公子弗比斯,空有一副好皮囊,完全是轻佻浮华、玩弄女性、极端自私的伪君子。是否可以这样说,美丑对比的辩证法是艺术表现的美学原则之一。

传统戏曲中的美与丑的对照,既有俊扮与丑扮的两个角色的美丑对照,也有一个角色的外形与内心的美丑对照。

除了美与丑的对照外,传统戏曲中还有刚与柔的对照,"力拔山兮气盖世"的楚霸王项羽,花脸应工,可谓威猛孔武,刚强无比,而帐下美人虞姬则旦行应工,美艳绝伦,柔情似水,一净一旦,一刚一柔,一出《霸王别姬》演绎了末路英雄的凄美爱情与悲歌。同样,《赵匡胤千里送京娘》也是一净一旦,载歌载舞,刚柔相济,演绎了另一出英雄美人的传奇,义薄云天的伟丈夫救助弱女子,被传为千古佳话。

传统戏曲的艺术魅力还表现在艺术形象并非单一化和简单化,而呈现出性格的不同方面的特征。净角俗称"大花脸",一般说来表现威武刚强的性格特点,但是,在传统戏曲中,演净角却不能一味地刚强,还必须在刚强中演出"妩媚"来。"妩媚"应该用于花旦的表演上,用在净角的表演岂非滑稽?实则不然,花脸,特别是注重做工的架子花脸,在刚强中演出"妩媚",是架子花脸表演应该达到的境界。在京剧《芦花荡》中的张飞,架子花脸应工,卸去了八面威风的将军大靠,换上了一身渔夫装束,像猫儿玩弄老鼠一样,他尽情戏耍,最后生擒周瑜。张飞双手捋着胡须,像孩子般得意洋洋的神态,尽现这位"喝断了桥梁水倒流"的猛将于刚强中现出妩媚的一面。又如京剧《李逵探母》,当母子重逢时,以架子花脸应工的李逵,扑倒在老娘的怀中,让瞎眼的老娘抚摸他儿时因淘气摔伤而留下的疤痕,以让母亲相信他就是她的铁牛。为了表现他对母亲的依恋之情,不用韵白,而改用京白,顿时显得温馨亲切。在观众眼中,这位手执双斧的水浒英雄已成为依偎在母亲膝下的孩子了。那在母亲跟前近乎撒娇的李逵显得多么妩媚可爱。

所以不仅净角与旦角有着刚与柔的对比,而且就是净角本身也有刚与柔的对比。传统戏曲中的刚柔对照,相辅相成,从人物的角度看,可以从对比中使人物性格更加鲜明,从戏曲艺术的角度看,避免了单调,增强了丰富性和艺术张力。

中国传统戏曲的虚拟化也许是世界戏剧史上最为独特的表现手法。因而虚与实的关系也就成为传统戏曲所体现的艺术辩证法中的不可或缺的要素。

众所周知,源于西方戏剧的话剧是现实主义的,舞台上的布景和道具都是写实的,例如话剧《雷雨》和《茶馆》,其布景和道具都真实地再现了那个历史时期的时代氛围。而传统戏曲则是虚拟的,没有布景,只有一桌两椅,有些戏不得不要布景,如《空城计》《罗成叫关》等表现城墙的戏,则象征性地用画着城墙的景片作为城墙,不讲究细节的逼真,反正观众明白那个意思就行了。没有繁复逼真的布景,这就给演员表演留下了空间,也留给观众想象的天地。更为传统戏曲虚拟化创造条件。布景越是翔实逼真,演员越难以用虚拟化表演。一些新编现代戏曲,布景翔实完备,演员不用虚拟化表演,结果就成为话剧加唱。

传统戏曲虚拟化是演员和观众共同完成的,舞台上的虚拟化被台下的观众所认同,这才完成了虚拟化。虚拟化是与假定性相联系的,传统戏曲的假定性必须合情合理,这合情合理就建筑在真实的基础上。比如,传统戏曲中挥舞马鞭代表骑马,这就带有假定性,观众认可,那是因为马鞭作为骑马必备的工具,马鞭这样的道具使观众联想到骑马,台上演员动作的假定性,与台下观众的联想性结合在一起,于是就完成了戏曲的虚拟化。试想,如果演员手里拿的不是马鞭,而是太监手持的拂尘,观众怎么联想也联想不到骑马。可见戏曲虚拟化必须建筑在真实性的基础上。由于挥舞马鞭代表策马飞驰,由此生发出一系列优美的身段舞蹈,这样的策马飞驰的身段舞蹈,甚至被革命现代京剧《智取威虎山》杨子荣打虎上山一场戏所借鉴,演绎得有声有色。

传统戏曲的虚拟化还表现在以少代多,最典型的就是龙套。龙套也叫文堂。传统戏曲中扮演兵卒、夫役等群众角色的统称。由于所穿均是各色的龙套衣而得名。龙套不同于舞台上的"零碎儿",一个个上场,而是以整体出现,一般以四人为一堂。在舞台上用一堂或两堂龙套,可以假定代表千军万马,起烘托声势的作用。

传统戏曲中更多的是动作的虚拟化,戏曲中的人物在表演开门、关门、上楼、下楼、上船、下船等都用虚拟的动作。虽然动作的对象不是实体,是空的,但是逼真的动作使观众仿佛感到有实体的存在。观众看到当演员表演上船时,其实舞台上根本没有船,一位"船"上的演员用桨接"岸"上的演员,"岸"上的演员纵身跳到"船"上,两位演员分别用上跳和下蹲的动作,表演"船"的前后颠簸和摇晃。这就非常形象地表现人物上船了。

看过京剧《拾玉镯》的观众大多对孙玉姣一系列的虚拟动作拍手叫好,在京剧曲牌《银绞丝》的优美旋律中,少女孙玉姣忙得不可开交,只见她又是赶鸡,喂鸡,一会儿又捻起线来,她把线的一端固定在虚拟的墙上的钉子上,在另一端用双手手掌搓线,还用牙齿咬住线,用手弹,竟发出清脆的"嘣嘣"的声音(自然是胡琴弹拨出来的音响),然后又开始纳鞋底,只见孙玉姣用虚拟的针在头发上划几下,立刻使纳鞋底这个虚拟动作显得极其真实和生动。这一系列的虚拟动作做得是那么自然、流畅和娴熟,更重要的是太逼真了!每次演到此,总会赢得满场彩声。

为什么虚拟动作会赢得满场彩声?因为是从真实的生活中提炼出来的,虚拟动作的灵魂还是生活的真实。因为从生活中来,所以虚拟动作具有极强的生命力。成熟成功的虚拟动作逐渐成为程式而被保留下来，成为经典。

这就是传统戏曲中虚与实的关系，艺术的虚拟从生活的真实提炼而成为艺术真实，体现了艺术辩证法。

传统戏曲中形与神的对立统一关系也是艺术辩证法的重要因素之一。一般说来，形似和神似是统一的，但是有时为了强调突出神似，可以与形似相悖，甚至变形。

形似是艺术创作的基本要求，在形似的基础上，要进一步达到神似，才能使艺术上升到新的台阶。优秀的艺术家在艺术创作中为了达到神似，常常不惜改变形似，在他们看来，"形"应当为"神"服务。据《世说新语·巧艺》记载："顾长康（即顾恺之）画裴叔则，颊上益三毛，人问其故，顾曰：裴楷俊朗有识具，此正是其识具，看画者寻之，定觉益三毛如有神明，殊胜未安时。"

顾恺之是东晋著名的画家，他为裴楷画像的时候，在面颊上添画三绺胡须，但却非裴楷面部所有，之所以添画三绺胡须，目的就是为了使裴楷的画像更有神明。虽然没有做到形似，但是却做到了神似。

绘画如此，戏曲未尝不是如此。我们看京剧《群英会》，剧中周瑜的造型是雉尾生（属于小生行当），英俊潇洒，风流偶傥；而诸葛亮则是老生的造型，长须过胸，稳重端方。但是在历史上，赤壁之战时，周瑜三十三岁，诸葛亮初出茅庐，刚刚二十七岁，也就是说诸葛亮比周瑜年轻六岁。那么为什么比周瑜年轻的诸葛亮要戴上髯口，而周瑜反倒是小生装扮呢？

我们看剧中周瑜和诸葛亮这两个人物的表演就可悟出其中的缘由。在《群英会》中，周瑜无疑是个最为活跃的角色。蒋干过江，明明是为曹操当说客，周瑜心知肚明，却在宴会上严令：为曹操当说客者斩！使蒋干噤若寒蝉，接着炫耀军威，拔剑起舞，以震慑蒋干。其间，诸葛亮一直不动声色，静观其变。周郎的借刀杀人的反间计，逃不过诸葛亮的眼睛。周瑜性格外向，暴躁易怒，最后三气周瑜是其性格的悲剧。而诸葛亮性格内向，总是摇着羽扇，踱着方步，腹中玄机，神鬼莫测。这是一个充满睿智的长者形象。年长者一般总是以稳重端庄示人，而年轻者给人的印象是喜怒形于色，易冲动，好胜心和嫉妒心强。这样，传统戏曲为了传神地表现周瑜和诸葛亮的性格特点，不惜违反历史真实，把年轻的诸葛亮扮成长须垂胸的老生，而把年长于诸葛亮的周瑜扮成小生。这与顾恺之为裴楷画像，添上裴楷所没有的三绉胡须,可谓有异曲同工之妙。

　　传统戏曲中的"形"与"神"就是这样互相依存,而又相悖,形似是基础,神似是精髓,为了艺术真实,可以不必泥古,不必在细节上完全遵循历史真实。倘若认真考证起来,传统戏曲舞台上角色的扮相都违反历史真实的,因为满台的帝王将相所穿戴的行头都是明代的服装装束,哪怕是明代以前的秦汉都是这样的装扮,这已经是约定俗成了,为观众所认可,即使是历史学家去看戏,也不会因此提出质疑的,因为这是戏,不是历史教科书。

　　传统戏曲的无名作者和艺人,一切从艺术美出发,为此,他们殚精竭虑,精益求精,不断进行艺术实践,务必使戏曲的女神尽善尽美,他们的艺术实践和探索,由此获得的宝贵经验,丰富了戏曲艺术的表演形式,成为戏曲艺术的珍贵财富。继承前人创造的艺术成就,总结传统戏曲的艺术规律,无疑有利于戏曲事业的繁荣和发展。

作于 2016 年 7 月 3 日

上海达安城

诗化人生的实录

——读刘士杰的《诗化心史》

吴思敬

　　我始终认为,诗评家除去要有冷静的头脑和严谨的逻辑思维能力外,同时还要有充溢着爱的心灵、锐敏的艺术感觉和诗性思维的本领。读了《诗化心史》,我深感刘士杰便具有这种可贵的素质。

　　印度大诗人泰戈尔说:"美呀,在爱中找你自己吧。"(《飞鸟集》)一句话,便点出了美的发现离不开爱。诗的美,从本质上说,是诗人本质的对象化,也就是说,诗的美能体现诗人的自由的、有意识的创造活动,以及才能、智慧、思想、感情、品格等人的全面本质。这样,诗评家在阅读诗歌时的情感状态,便会直接影响着对诗美的感受和发现。一般说,诗评家内心蕴蓄的情感越真挚、越强烈,这种感情在阅读中就越容易辐射到审美对象中去,与诗人的心灵发生共振,从而发现一般读者不易发现的美。刘士杰在从事诗歌评论时,他的爱心则体现为对诗人人格的尊重、对诗人的创作和不同的艺术主张的理解和宽容。

怀着一颗爱心,凭借锐敏的艺术感觉与诗性思维的本质,刘士杰沉浸在诗国中,将探寻的触角伸向诗人心灵的深处,正如他的评论集名《诗化心史》中的"心史"二字所标明的,他是用"心"来与诗人对话,用"心"来感受和体会诗的。这使得他对诗人的艺术思维的成果往往能有独到的领悟与发现。如在评张烨的诗的时候,在开头先引用了张烨的诗句:"我的心灵装满了复杂的美丽。"以及别人的评论:"她歌颂人性的美,却从不脱离现实的复杂性。"接下来,刘士杰说:"这自然是符合张烨诗歌创作的实际的;但是,我以为,张烨诗的'复杂的美丽'还不止于此,还体现在古典美和现代美的交相辉映上。"刘士杰称张烨的诗构成了"东方古典美和西方现代美交相辉映的'彩色世界'",在对张烨诗歌的评论中,这一见解是新鲜的,是评论家在诗人的心灵与艺术世界漫游中的独有会心的发现。

刘士杰在诗评界崭露头角还是在新时期。在他看来,批评不是对创作的依附与寄生,而是一种独立的审美意识的展开,是一种艺术感觉转化为理论形态的表达方式。因而,作为诗评家的刘士杰在从事诗歌批评的时候,就不是匍匐在诗人的作品上爬行,而成了他与世界对话的方式,也是他生命的一种形态。这些年来,刘士杰对当代诗歌的研究大致有两种路子:一种是从宏观上对诗歌流向进行概括与描述,如《"朦胧诗"的兴起》、《论"新生代"诗歌》以及《两条平行铁轨的部分对接》等,在这些文章中,除去展示了刘士杰对诗坛全局的了然于胸以及对当代诗歌发展规律的着意探寻外,尤其体现了他对青年诗人创作的关怀和理解。他满怀热情地肯定了青年诗人在新时期为我国诗歌创作做出的杰出贡献,也实事求是地指出了他们的局限与不足。他的某些具体的价值判断在较为传统的评论家看来未免有些"异端",而在较为新潮的评论家看来也不无可议之处,但刘士杰却能把握自己,自有他的"定力"。他把诗歌评论看成他人格的外化,不肯为外界的舆论而牺牲自己的艺术观念。他的这类文章,对于寻觅新诗发展的规律,把握当代诗歌的脉搏，以及对诗歌中的写作都是有建设性意义的。他的另一种路子是从微观上对诗人诗作进行研究。这类文章实际上成为《诗化心史》的主体，也最能见出刘士杰的批评个性。每一首诗的文本都是诗人生命在瞬间固定下来的一种形态。诗评家对文本的解读，就是要把凝固在物化的诗行中的光华四射的生命形态展示出来，这是诗评家最基本的任务，也是诗评界所涉及的各色各样的理论命题的前提与归宿。刘士杰对此有清醒的认识，为此他写了大量的文本解读类的文章，从冰心、冯至这些新诗作者的名篇，到韩东、王家新这些新生代诗人的力作，都在他扫描的视野之下，几乎贯通了一部新诗发展史。他的解读，是透过诗歌的表层话语，沉浸在诗的意境之中，与诗人的心灵进行对话，这是一种以艺术的审美的态度所进行的文本的解读。

与批评家的艺术感觉与思维方式相联系的还有其叙述方式，也就是批评的话语方式问题。因为批评家对诗人诗作的评论不是只给自己看的，他要把自己的意见传达给诗人以及社会公众，这就要通过一定的批评文本把它表述出来。对诗歌评论而言，这其间的难度是很大的。实际上，当一首诗的文字符号映入眼帘的瞬间，诗评家就已卷入了同语言的搏斗。诗歌语言的直觉性、模糊性、多义性，对诗评家既是巨大的诱惑，又是一种无形的阻隔。诗评家必须勇敢地闯入这语言的迷宫，去沉潜、去品味、去把握，当他与诗人的脉膊碰巧达到同一频率时，他就会怦然心动，就会在寻常的文字符号中有所发现与领悟了。当然，此时诗评家所沉吟顿悟出来的东西，往往又是可意会却难以言传的。刘士杰对诗有独特的悟性，同时又具有把所悟的东西传达出来的能力。刘士杰的诗歌评论，没有名词轰炸，没有故弄玄虚，没有云山雾罩的空谈，他总是不紧不慢地娓娓道来，把包在诗歌外壳上的障眼物一层一层地剥去，最后把那最精彩的核呈现给读者。

离开诗歌理论批评，去单方面谈诗歌创作的繁荣，这是一种虚幻的繁荣。当传统的诗学批评观念与新的创作现状如同方枘圆凿，格格不入，当诗与非诗、好诗与坏诗的界线变得含糊不清——一些人感动不已的诗作被另一些人视为语言垃圾，一些人称之为里程碑的诗作被另一些人视若敝屣的时候，真正的有创见的诗歌理论批评的出现就显得十分必要了。诗歌呼唤批评，诗坛需要具有献身精神的评论家。

对诗歌现状的冷静描述

——评刘士杰的《走向边缘的诗神》

程光炜

最近读到刘士杰先生的新著《走向边缘的诗神》，颇觉欣然。这不光因为我和他是同行，深知秉烛夜读、埋头耕耘的甘苦，更因为在日渐浮躁的文化环境中，能够比较公允地看待各种诗歌现象者，已经不多。

该书是从"诗歌走向""写作姿态""诗歌个案研究"三个方面展开他对当前诗坛的描述的。90 年代初至今，无论知识分子群体还是不同的文学集团的思想形态、价值取向，都发生了出人意外的诸多变化。其间出现过关于"人文精神立场"的争论，在诗坛内部，也发生过一些问题的驳难，我想无论说它从中心到边缘，还是从什么主义到什么主义，有一个值得注意的现象是，评论界评价作家作品的尺度有很大的差异，甚至是截然不同。本书作者对诗歌基本态势持的是一种较为谨慎的态度。比如，他对 90 年代诗歌职能的变化，主要是从历史沿革、文化环境对诗歌的影响别析叙述的，而且强调了中国传统美学在这一调整中所起的作用。他认为："这种避动趋静的闲适的美学精神正是中国传统文化的重要组成部分。'闲适'所体现的中和之美正符合'不怒不露''乐而不淫、哀而不伤的温柔敦厚的诗教。"在第二章"青年诗人：多种姿态纷呈"中，我以为对不同诗人群体的价值显现、审美趣味的把握是十分确切的。90 年代的文化，它的最为醒目的特征之一就是分化。同一年龄作家的分化，同一阵营诗人的分化，不同文化群体，甚至同一文化群体也出现了明显的思想歧见，讨论这一问题的原因和背景比较复杂，不是本文的任务。不过，能敏锐地注意到这种分化，而且从作品分析入手予以评价，正说明作者所具有的洞察力和艺术感觉。比如，在本章中他注意到黄灿然诗作中"自我反省的巨大勇气"，认为对"理想主义"简单贵难是有失公正的，因为他发现，即使是批评者未必就没有对"希望"的诉求。与此同时,他把目前诗坛上热衷于写个人心理、生理体验的诗作称作"形而下的解构主义",提出了温和的批评。其中,提到一位青年诗人关于黄河的一首小诗,认为是"第三代诗非崇高、非文化诗歌的观念的反映",表露出不敢苟同的态度。

在占去著作一半篇幅的"诗歌个案研究"部分,作者用三章的规模论及三代诗人的创作追求,以及在此过程中提出的一些问题。一般认为,一些老诗人最近几年的创作,显示了他们在晚年的艺术创造力,是一个值得关注的现象。尤其像郑敏、牛汉等从40年代过来的诗人,一生经历了创作的爆发期、沉寂期和恢复期,一般认为在古稀之年很难再有所作为。但令人惊讶的是,他们不仅写出像《诗人之死》《如果咒骂没有带来沉思》《夜》《酷夏,一个人在北京自言自语》《梦游》等诗作,有些重要的诗论文章,还给人们以启发。作者认为,郑敏仍然保持着她从前那种"典雅而洗练"的风格,"爱好冥想"的写作特点,结合了冯至、卞之琳的某些素质,在晚年的作品里,则显示了"更深邃、睿智的哲思";牛汉近作中的"生命诗学"不单是作者一贯的特色,更是他"物我一体的感悟方式"的集中体现。刘士杰对青年诗人的创作给予了较多关注,肯定了他们艺术探索的可贵精神,对一些问题也提出了自己的看法。值得一提的是,作者在研究诗人创作中"夹叙夹议"的评论方式时给读者以亲切、自然之感。他注意从诗学的基本课题入手,也注意把富有美感的文字带入对作品的评价、审视和欣赏之中,其中的一些文章,是可以作为美文来读的。

但我也以为对批评对象的选择应该更严谨些才好。有些诗作虽出现在一定的历史段落里,却未必就有"文学史"的意义。好在本书作者有自己的判断力,想必自有评断、审美的标准吧。

读《走向边缘的诗坛》致刘士杰

士杰兄：

收到大著，正在忙时，阅读不得不被多次打断。今天，终于一字不漏地通读完了全书，感受到一种巨大的满足！

这是一部多年未见的诗学著作，一部让我大开眼界的书。你不但评述了 90 年代的诗歌，实际上是对 80 年代至今的全国诗歌写作进行了一次眼光卓绝、公正深入的系统梳理，其有功于中国诗坛是无庸置疑的。在这世纪之交，它将是无可替代的。

我惊叹于你积累的深厚，对诗人们的风格、个性、作品和创作经历竟如此之熟悉，这是一桩不是有心人是绝对办不到的事。全书构架恢宏，深入浅出，既有对诗歌的深入感悟，且处处可以让人感觉到一位思考者的力量。如此论诗，才是正理。从流派探讨到细部评说，从入选诗的斟酌到详其所详、略其所略，无不体现出你的匠心，以及一种务求整体均衡的构架能力。

不同于这些年来推销商似的诗歌评论，大著没有学究气味，不囿于门户之见，而有精深独到、公平正直的个人见解，难得！

我觉得你的评论视野异常开阔，心态宽厚冲和，既能以专家、学人的身份为一般读者指点迷津，又能以一般读者的豁达胸怀兼容并蓄，这是为确立中国诗歌多元格局、良性互动所作的一份真正的贡献。我注意到你既评西川也评伊沙，既评翟永明、海男也评张烨、李小雨，由此打破了高蹈与世俗的老死不相往来，且有益于中国诗歌界的南北对话。

我读得最用心的是你的诗人专论。其中有几位的作品在过去我从未接触过，有几位我虽略知一二，但不如你的理解深入，因而阅读的过程也是一个经常感受到震撼的过程。士杰兄，正是你让我改变了对王小妮的看法，重新认识了她近期诗作的价值。同样的例子还有李瑛、王耀东等。王耀东的《门前的老榆树倒了》以前我从未读过，也无处可找，多亏大著才得以拜读。

所有种种都得向你说声谢谢!

　　总之,大著有效地纠正了我的偏颇,使我对 90 年代的诗歌有了一个比较全面的了解,也对中国诗歌未来的走向获得了某种信心。这就是我读得如此认真的缘由。

　　作为一个附带性的收获,专著对我所从事的当代诗歌教学工作能起到立竿见影的作用,所以,我还要为我的学生向你说声谢谢。

　　我欣喜地看到一位既能高屋建瓴、所见者大,又能深入细致地解读当今诗歌的诗学家,正在愈来愈受到众人的瞩目。你的言说是令人信服的。

沈泽宜

1999.6.4 夜

深沉睿智的沉思
——读刘士杰《审美的沉思》

辛　民

　　刘士杰的论文集《审美的沉思》中,不仅有诗论,诗评,诗歌赏析的文字,还有大量关于报告文学、杂文、小说、戏曲、话剧、电视剧乃至电影的评论。如此广泛的研究领域,可能会给人一种"博杂"的感觉,但我认为这正是这本论文集的一个值得重视的特点。学术研究无疑需要分工,分工可以使我们精力集中并向纵深开拓。但过细的分工也会带来知识的贫乏和理论的偏狭,目前学术界就存在这种情况: 搞文学的不懂艺术,搞艺术的不谙文学;即使搞文学的也隔(文)体如隔山,研究诗歌的不懂小说,研究小说的不懂戏剧,甚至研究短篇的不看长篇,研究现代的不管当代……长此以往,要出现具有广泛影响的大理论家大约是很困难的。大理论家的眼界绝不能偏狭。我国现代文学史上的大作家、大理论家如鲁迅、郭沫若、茅盾等,他们不仅博古通今,而且学贯中西,所以他们在创作上和理论上才有那种高屋建瓴的气势,他们的宏论才具有广泛的指导意义,刘士杰的《沉思》自然远未达到前辈理论家的水平,但他的"博杂"却无疑能给我们许多启示。

刘士杰《沉思》的价值自然决不仅仅在于"博杂"。我以为,在博杂中求精深,这才是他这本论文集更为重要的特点。我们不想说刘士杰在其研究的一切领域中,他的每一篇论文都达到了精深的程度,但他在许多方面提出了一些精辟的见解,这却是事实。例如《〈包氏父子〉从小说到电影》一文,就是他这种博杂而精辟的研究成果。他首先认真地研究了张天翼的小说《包氏父子》,发表了《充满喜剧色彩的悲剧》,然后又仔细地研究了谢铁骊的同名电影,发表了《带有喜剧色彩的悲剧》,最后才在这两者的基础上研究《包氏父子》从小说到电影的再度创作。指出影片编导比较准确地掌握了原著的精神,真实地再现并丰富了原著所反映的时代风貌、风土人情和人物形象,既保留了张天翼粗犷、幽默的风格,也体现了编导工笔细描的艺术个性;同时也指出影片后半部客观上有对老包同情、怜悯多于批判、讽刺的倾向,不太符合原著精神并使艺术风格也不够完整。正由于刘士杰既熟悉张天翼在小说中的独特创造,又了解谢铁骊在影片中的艺术追求,所以他才能准确地指出改编的得与失,从而显示出与众不同的扎实细致、视野广阔、见解精辟的特色。特别应该提到的是《古老兰花放新彩》这篇研究昆曲《十五贯》推陈出新的长篇论文。刘士杰从《错斩崔宁》、《双熊梦》到《十五贯》,清楚地梳理了"十五贯"故事在宋元明清四代发展的历史,细致地剖析了旧作的民主性精华和反动落后的糟粕,然后从主题思想的重新提炼、情节线索的大胆取舍、人物性格的强烈对比和内心世界的深刻挖掘以及昆曲这一古老艺术形式的批判与继承等诸方面,深刻地探讨《十五贯》推陈出新的成功经验。文章资料丰富、鞭辟入里,显示了作者良好的理论修养及在中国古典戏曲方面广博的知识和丰厚的积累。

在《沉思》中,最能显示刘士杰研究成果的,自然还是他的诗歌研究,这里有诗论、诗评和诗歌赏析。这部分论作不仅时时闪现他睿智的思索、精辟的见解,更重要的是文如其人表现出一种平和而淡远的文风。也常能把比较玄妙的诗歌理论问题作深入浅出的阐释,给人以豁然开朗之感。例如关于诗歌的构思问题,这是许多初学者感到迷惑难解的问题,也是许多诗评家说而不清的问题。而刘士杰抓住"诗缘情而发"这一诗歌的根本特征,将感情区分为自然形态的感情与变为艺术的感情,然后指出:"诗歌创作的构思过程就是将自然形态的感情加以提炼,纯化和深化,使之变为艺术的感情的过程。"这种说法浅显易懂而又不啻是一种真知灼见。刘士杰为人热情、谦和,从不与人过分争执,即使抓住别人理论上的疏漏,也采取一种平和冲淡的态度,点到即止,与人为善。这种态度于学习讨论是有益的。

刘士杰与《审美的深思》

苏 敏

他生于上海,又在上海的大学毕业,为人却不像个"上海人"。简洁地说吧,就是生活得不够精明老道。约定俗成一般,世人对"上海人"仿佛共识某些人性的特征。也许,因为在北京工作太久了? 这便是包括笔者在内,不少人对他出身于上海的一个惊讶。

还有,也是他那"现象源于本质"的一个小特征,这里,不妨引用他的同事兼前辈朱寨的介绍——

二十七年前,刘士杰从上海复旦大学中文系毕业,分配来北京文学研究所(现中国社科院文学所)。"与他同时被分配来的还有其他上海、厦门、南京等大学中文系毕业生,在当时这批江南学子中,他的年龄不一定最小,却显得最年轻,而且童稚天真,所以都称呼他'小刘'。"他不是对生活隔岸观火的人,"我亲眼看到在'文革'中,他怎样与人磕碰,被人推搡。但事后不记恩仇,依旧笑脸对人,与人和蔼相处。许多人经历了这样的风雨世面变得成熟老练,甚至有了城府,他反而更加自觉地保持着本来的童稚天真。所以,至今人们依然毫无顾忌地称呼他'小刘'。"

给人以年轻的样子,我想,大概首先要归功于心理的年轻、精神上的放松吧。年龄,这一不掩人耳目的数字,倒有些奥妙。

如今,已是文学所副研究员的"小刘",将自己数十万字的文艺评论与作家专访,集结为《审美的沉思》由文津出版社出版了。

刘士杰的这本"处女作"中,既有对现代文学史上著名诗人诗作的评论,也有对当代诗界人物与作品的评论;既有对报告文学、杂文、小说的评论,也有对传统戏曲、话剧的评论,还有记录海内外作家的访问。读后,感到刘士杰笔触深入、涉猎面广,其素养和志趣堪称高雅。

在当前一片"通俗再通俗"的潮流中,静下心来,攀一点高雅附身,何尝不是欣赏的另一类选择?

曾有名人说过:"文学是人生的点心。"并不是所有的阅读者,都为了从书中猎得发财招术。总会有人为了那一份兴致与情调,去寻找"人生的点心"。也总会有人去烹饪制作那种"点心"。

当然,话又说回来,能够享用点心,一定是解决了温饱大事之后的洒脱。在人类万千样食品里,点心,自有它的位置和服务对象。因而,用不着为"人生的点心"奔走疾呼甚或悲观失望,现时商界不也流行着类似的观点么:物竞天择、双向选择……

事情回到现实里的一天,笔者听见刘士杰在电话中说:

"你知道吗?我现在很穷。"

这话,正好惹甘于寂寞的人沉思。

图书在版编目（CIP）数据

刘士杰论诗 / 刘士杰著 . -- 上海：上海文化出版社，
2019.10

ISBN 978-7-5535-1776-6

Ⅰ.①刘… Ⅱ.①刘… Ⅲ.①诗歌评论－中国－当代－
文集 Ⅳ.① I207.22-53

中国版本图书馆 CIP 数据核字（2019）第 206300 号

上海文化发展基金会资助项目

出　版　人：姜逸青
责任编辑：赵光敏
装帧设计：汤　靖
内文排版：方　明

书　　名：刘士杰论诗
作　　者：刘士杰
出　　版：上海世纪出版集团　上海文化出版社
地　　址：上海市绍兴路 7 号　200020
发　　行：上海文艺出版社发行中心
　　　　　上海绍兴路 50 号　200020　www.ewen.co
印　　刷：江苏凤凰数码印务有限公司
开　　本：890×1240　1/32
印　　张：15.125
印　　次：2019 年 10 月第一版　2019 年 10 月第一次印刷
书　　号：ISBN 978-7-5535-1776-6/I. 703
定　　价：68.00 元

告读者：如发现本书有质量问题请与印刷厂质量科联系
T：025-83657300